国家民委创新团队 "中华文学遗产与中华民族共同体内涵建设" 资助项目
〔民委发（2020）76 号〕

西北民族大学 2024 年度中央高校基本科研业务费科研创新平台能力提升专项项目
"中华优秀传统文化的多元融合特征研究"（31920240126-16）

元代北方少数民族
散文作品整理与研究

多洛肯　姚丽娟　侯彦帆
孟　静　李连旭　万雨萌　著

社会科学文献出版社
SOCIAL SCIENCES ACADEMIC PRESS (CHINA)

目 录

上编　元代北方少数民族散文
　　　研究　　　　　　　　　001

引　言　　　　　　　　　　　003
第一章　元代北方少数民族散文
　　　　创作背景及概貌　　009
第一节　元代的民族交融与北方
　　　　少数民族散文的兴起　011
第二节　元代的文化环境对北方
　　　　少数民族散文的影响　013

第二章　元代北方少数民族散文
　　　　文体类析　　　　　019
第一节　奏议文　　　　　　020
第二节　序跋文　　　　　　028
第三节　杂记文　　　　　　040

第四节　其他文体　　　　　055

第三章　元代北方少数民族散文
　　　　特色　　　　　　　057
第一节　豪迈雄健与沉着质实
　　　　之风　　　　　　　057
第二节　善引经据典阐明事理　062
第三节　多关心国事与人民疾苦
　　　　之作　　　　　　　064

第四章　民汉文化交融中的元代
　　　　北方少数民族散文　068
第一节　元代北方少数民族对儒家
　　　　文化的崇尚　　　　069
第二节　元代北方少数民族对道家
　　　　文化的青睐　　　　072

下编　元代北方少数民族散文作
　　　品整理　　　　　　　　077

凡　例　　　　　　　　　　079
元代蒙古人散文辑录　　　　081
1. 伯颜　　　　　　　　　081
　大丞相贺表　　　　　　　082
2. 郝天挺　　　　　　　　083
　杜氏孝感泉记　　　　　　084
3. 按摊不花　　　　　　　085
　上公亭记　　　　　　　　085
　忠孝祠记　　　　　　　　086
4. 忽都达儿　　　　　　　087
　皇太子受册贺笺　　　　　088
　重修关王庙记　　　　　　088
5. 燮理溥化　　　　　　　089
　乐安县志序　　　　　　　090
　重修南岳书院记　　　　　090
6. 阿鲁威　　　　　　　　092
　跋虞雍公《诛蚊赋》　　　093
　《续轩渠诗集》序　　　　093
7. 同同　　　　　　　　　094
　对策　　　　　　　　　　094
8. 察罕帖木儿　　　　　　097
　祭颜子文　　　　　　　　097
9. 囊加歹　　　　　　　　098
　善士郭英助文庙礼器记　　098
10. 那木罕　　　　　　　098
　贺皇后笺　　　　　　　　098
11. 哈剌台　　　　　　　099

《圭塘欸乃集》跋　　　　　099
12. 僧家奴（讷）　　　　100
　赵清献公文集序　　　　　100
　宣圣遗像记　　　　　　　101
　仙掌石题名[1]　　　　　　102
13. 笃列图　　　　　　　102
　瑞盐记　　　　　　　　　103
14. 息剌忽　　　　　　　103
　武当事迹序　　　　　　　104
15. 朵儿直班　　　　　　105
　题郑氏义门家范后　　　　105
16. 仝仝　　　　　　　　106
　潞州知州张奉议新塑五龙神像记　106
17. 答兰铁睦尔　　　　　108
　祀西镇碑记　　　　　　　108
元代色目人散文辑录　　　　109
1. 廉希宪　　　　　　　　109
　论史天泽事　　　　　　　110
　陈大计功进　　　　　　　111
　陕蜀行省奏事　　　　　　111
　请改革世官之制　　　　　111
2. 察罕　　　　　　　　　112
　安南志略序　　　　　　　113
　涑水东镇创建景福院记　　114
　林县宝严寺圣旨碑　　　　115
3. 不忽木　　　　　　　　115
　请兴学校疏　　　　　　　116
　请遣使劝谕陈日燇自新疏　117
　请效法汉文帝克谨天戒疏　117
4. 赵世延　　　　　　　　118

茅山志序 119
南唐书序 120
净明忠孝全书序 121
程氏读书分年日程序 121
经世大典序录 121
治典总序 123
赋典总序 123
礼典总序 123
政典总序 124
宪典总序 125
工典总序 125
孔庙加封碑跋 126
读书崖记 127
灵谷寺钟铭 127
昭德殿碑记 127
藏御服碑 128
太华山佛严寺无照玄鉴行业记 131
泰定四年丁卯代祀江南三山还朝
　醮于崇真宫作上清像云中赵世
　延赞 134
唐楫化度寺邕禅师塔铭跋 134
5. 鲁明善 134
农桑衣食撮要自序 135
6. 廉惇 136
宴集芙蓉花序 137
廉文靖公集世系状 137
7. 赡思 139
宝庆四明志重刻序 140
元善众寺创建方丈记 141
元甘肃等处行中书省平章政事

荣禄大夫公神道碑 141
河防通议序 143
8. 马祖常 144
伤己赋 146
适忘赋 147
悠然阁赋 148
草亭赋 148
感柏树赋 148
遣奉使巡行诏 149
追封河南王夫人制 149
思州军民宣抚使田冕晃忽儿不花
　封赠二代制 150
太师右丞相封赠三代制 150
太保左丞相封赠三代制 151
平章也速迭儿封赠三代制 153
太傅秃鲁封谥制 154
右丞按滩封谥制 155
尚书左丞相某封谥制 155
会试策问 156
拟廷试进士策问 156
贺元旦表 157
正旦贺兴圣宫表 157
贺正旦笺 157
贺建储表 158
贺春宫笺 158
贺建储表 158
监修国史贺正表 158
监修国史贺正表 159
贺建储表 159
贺建储笺 159

贺立后建储表　159　　送雅琥参书之官静江诗序　175

请慎简宫寮疏　159　　李氏寿桂堂诗序　176

建白一十五事　160　　王夫人贞节序　177

请量移流罪　163　　跋夫子击磬图　177

辨王左丞等　164　　跋姚照磨考墓铭后　177

弹大都路总管范完泽　164　　跋诚求堂诗　177

弹中书参议孛罗等官　164　　书翟太素弹琴诗序后　178

论执弓矢禁例　164　　恭题御书雪月二字　178

论秦州成纪县等处山移事　165　　记御史台题名后　178

论百官请赏　165　　题松厅事稿略后　178

论加恩典　165　　题简母墓铭　179

举翰林待制袁桷等　166　　滋溪文稿志　179

弹右丞相帖木迭儿　166　　仁本堂解　179

进《千秋记略》札子二　166　　小石山记　180

送刘文可之官汝州序　167　　留侯庙记　180

送牛国宝罢教光学北归序　167　　石田山房记　181

送崔少中序　168　　小圃记　181

送人南归序　168　　圣清庙记　181

游经历字序　169　　愿学斋记　182

送李公敏之官序　169　　礼部合化堂题名记　183

送高富卿学正归滑州序　170　　察院题名记　183

送简管勾序　170　　殿中司题名记　184

送吴养元管勾还家省亲序　171　　州判张君去思记　185

国语类记序　171　　记河外事　186

送聂道元诗序　172　　天下通祀碑记　187

风宪宏纲序　172　　固始县重建县治记　188

卧雪斋文集序　172　　上都翰林分院记　189

周刚善文集序　173　　舟箴　189

杨玄翁文稿序　173　　酒箴　190

梁氏寿庆堂诗序　174　　致乐堂铭　190

梁彦中家茔中致恳亭铭 190

书椟铭 191

书几铭 191

居室铭 191

止善堂铭 191

遵诲堂铭 191

王仁甫左丞德符堂铭 191

鞿然亭铭 192

李氏种德堂铭 192

龚友辅缥古斋铭 192

允怀斋铭 192

恭赞御书奎章阁记 192

吴宗师画赞 193

赞双兔 193

赞吴牛 193

息盷传 193

王氏传 195

节妇高氏传 195

赠亚中大夫顺德路总管董君行状 196

敕赐太师秦王佐命元勋之碑 197

太师太平王定策元勋之碑 200

张公先德碑 203

敕赐御史中丞赵公先德碑铭 204

大兴府学孔子庙碑 206

安丰路孔子庙碑 208

光州孔子新庙碑 210

重修通济渠龙祠碑铭 211

光州固始县南岳庙碑 212

敕赐弘济大行禅师创造福州南台

   石桥碑铭 213

光州达噜噶齐乌玛喇公去思碣 214

皇元敕赐赠翰林学士杜文献

   公神道碑 215

翰林学士元文敏公神道碑 219

集贤直学士贡文靖公神道碑铭 221

大元赠中奉大夫行中书省参知

   政事张公神道碑 224

致仕礼部尚书邢公神道碑铭 226

金燕南河北道肃政廉访司事

   赵公神道碑 228

敕赐赠参知政事胡魏公神道碑 230

故礼部尚书马公神道碑铭 233

敕赐大司徒蓟国忠简公神道碑 235

霸州长忽速剌沙君遗爱碑 237

故贞节赠容国夫人萨法礼氏碑铭 238

济南安氏先茔碑 239

朝请大夫大名路治中致仕

   冯君先茔碑铭 240

故朝请大夫礼部郎中王君神道碑 242

安定郡夫人王氏墓志铭 243

故荣禄大夫大司农卿郝公墓志铭 245

故显妣梁郡夫人杨氏墓志铭 246

征行百户刘君墓碣铭 247

监黄池税务王君墓碣铭 249

丁君诔 251

夏干祷雨文 251

寿宁宫设醮青词 251

祭星祝文 252

9. 琐非复初 252

中原音韵序 253

10. 辛文房	253	周朗画《杜秋图》	274	
唐才子传引	254	十二月十二日帖	274	
隐逸诗人论	255	草书怀素自叙	274	
女性诗人论	256	跋静心本兰亭	275	
方外诗人论	257	奉记帖	275	
仙道诗人论	258	跋赵孟𫖯常清静经帖	275	
11. 贯云石	258	跋任仁发张果见明皇图	276	
孝经直解序	259	题丞相义门诗后	276	
阳春白雪序	260	18. 鲁至道	277	
今乐府序	260	鼎建庙学记	278	
夏氏义塾记	260	阳桥记	279	
万寿讲寺记	262	19. 唐兀达海	280	
12. 边鲁	263	龙祠乡社义约	280	
高阳令边敏铭略	264	20. 唐兀崇喜	282	
13. 偰玉立	264	自序	282	
正旦贺表	266	节妇后序	284	
皇太子笺文	266	劝善直述	285	
绛守居园池诗序	266	报效军储	286	
九日山题名	266	祖遗契券志	287	
14. 偰哲笃	267	为善最乐	287	
重修县学记	267	观德会	287	
15. 偰文质	268	21. 余阙	288	
无一禅师塔铭	268	元统癸酉廷对策	289	
16. 偰处约	270	上贺丞相书	293	
勿轩熊先生传	270	再上贺丞相书	294	
17. 巎巎	271	再上贺丞相书	295	
康里巎草书柳子厚谪龙说	272	再上贺丞相书	295	
阎立德王会图跋	273	与中书参政成谊叔书	297	
题唐欧阳询化度寺邕禅师塔铭	273	与月可察尔平章书	297	
颜真卿述张旭笔法一卷	273	与国子助教程以文书	297	

与曾舜功书　　　　　　　　　298
与危太朴内翰书　　　　　　　298
与刘彦昺书　　　　　　　　　299
与子美先生书　　　　　　　　299
与子美先生书　　　　　　　　300
与子美先生书　　　　　　　　300
复陈景忠修撰书　　　　　　　300
勉励叶县尹手批　　　　　　　301
送归彦温赴河西廉使序　　　　302
送月彦明经历赴行都水监序　　303
送樊时中赴都水庸田使序　　　305
送范立中赴襄阳诗序　　　　　305
李克复总管赴赣州诗序　　　　306
送葛元哲序　　　　　　　　　307
送许具瞻序　　　　　　　　　307
赠刑部掾史镏彦通使还京序　　308
为高士方壶子归信州序　　　　309
送李宗泰序　　　　　　　　　310
杨君显民诗集序　　　　　　　310
贡泰父文集序　　　　　　　　311
聚魁堂诗序　　　　　　　　　312
藏乘法疏后序　　　　　　　　313
待制集序　　　　　　　　　　313
跋揭侍讲遗墨后　　　　　　　315
题宋顾主簿论朋党书后　　　　315
题孟天炜拟古文后　　　　　　316
题涂颍诗集后　　　　　　　　316
题永明智觉寿禅师唯心诀后　　317
题黄氏贞节集　　　　　　　　317
书合鲁易之作颍川老翁歌后续集　318

济川字说　　　　　　　　　　319
含章亭记　　　　　　　　　　319
穰县学记　　　　　　　　　　320
湘阴州镇湘桥记　　　　　　　321
汉阳府大成乐记　　　　　　　323
新修大宁宫记　　　　　　　　324
梯云庄记　　　　　　　　　　326
合肥修城记　　　　　　　　　328
大节堂记　　　　　　　　　　329
宪使董公均役之记　　　　　　331
钧州重修学记　　　　　　　　332
定远县重修通济桥记　　　　　334
郡城隍庙记　　　　　　　　　334
染习寓语为苏友作　　　　　　336
结交警语　　　　　　　　　　336
御书赞　　　　　　　　　　　336
赞晦庵　　　　　　　　　　　336
慈利州天门书院碑　　　　　　336
安庆城隍显忠灵祐王碑　　　　337
化城寺碑　　　　　　　　　　339
济美堂铭　　　　　　　　　　340
青阳县尹袁君功铭并序　　　　341
勉学斋铭　　　　　　　　　　342
镏府君墓铭　　　　　　　　　342
葛征君墓表　　　　　　　　　343
张同知墓表　　　　　　　　　344
两伍张氏阡表　　　　　　　　345
潜岳祷雨文　　　　　　　　　346
西海祝文　　　　　　　　　　347
后土祝文　　　　　　　　　　347

西岳祝文　347　　　　26. 王翰　363

河渎祝文　347　　　　圭塘欸乃集跋　363

江渎祝文　348　　　　27. 伯颜　364

中镇祝文　348　　　　节妇序　364

西镇祝文　348　　　　龙祠乡社义约赞　365

湖广省正旦贺表　348　　濮阳县尹刘公德政碑　365

正旦贺笺　348　　　　28. 甘立　366

圣节贺表　348　　　　题赵孟頫书过秦论　367

22. 泰不华　349　　　　29. 郏经　367

祷雨歌序　350　　　　青楼集序　367

题范文正公书伯夷颂卷后　350　　30. 忽思慧　368

题范文正公与尹师鲁二札卷后　351　饮膳正要序　369

书李孝光汉洛阳令方圣公储传后　351　31. 偰斯　370

赤频潭灵溥庙记　352　　尧臣公传　370

明伦堂记略　353　　　　祭忠烈公文　371

23. 萨都剌　353　　　　32. 偰列篪　371

龙门记　354　　　　白牛岩牛伯琦诗刻序　372

武彝诗集序　355　　　　33. 廉惠山海牙　372

雪矶和尚住瑞岩诸山疏　356　　活幼心书决证诗赋序　373

雪窦请野翁茶汤榜　356　　至正二十三年郡守忽欲理持建置

晦机和尚迁仰山杭诸山　357　　　白马庙记略　373

云外和尚住天童诸山　357　元代契丹与女真人散文辑录　374

禹溪和尚住雪窦　357　　1. 耶律楚材　374

冷石泉住平江北禅教寺诸山　357　进西征庚午元历表　375

印月江住湖州河山江湖　358　答杨行省书　376

24. 偰逊　358　　　　寄赵元帅书　376

金元吉名字说　358　　约善长和诗战书　378

25. 孟昉　359　　　　寄万松老人书　378

杭州路重建庙学记　360　司天判官张居中六壬祛惑钤序　379

十二月乐词　361　　　苗彦实琴谱序　380

西游录序　　　　　　　　　　380

辨邪论序　　　　　　　　　　381

万松老人评唱天童觉和尚颂古
　从容庵录序　　　　　　　　382

评唱天童拈古请益后录序　　　383

楞严外解序　　　　　　　　　384

心经宗说后序　　　　　　　　385

糠蘖教民十无益论序　　　　　386

释氏新闻序　　　　　　　　　387

屏山居士金刚经别解序　　　　388

万松老人万寿语录序　　　　　389

屏山居士鸣道集序　　　　　　390

书金刚经别解后　　　　　　　390

贫乐庵记　　　　　　　　　　391

燕京大觉禅寺创建经藏记　　　392

和公大禅师塔记　　　　　　　393

赵州柏树颂　　　　　　　　　394

黄龙三关颂　　　　　　　　　394

自赞　　　　　　　　　　　　394

自赞（其二）　　　　　　　　394

燕京崇寿禅院故圆通大师朗公
　碑铭　　　　　　　　　　　395

题万寿寺碑阴　　　　　　　　396

祭侄女淑卿文　　　　　　　　397

为庆寿寺作万僧疏　　　　　　398

太原开化寺革律为禅仍命予为
　功德主因作疏　　　　　　　398

为石壁寺请信公庵主开堂疏　　398

王山圆明禅院请予为功德主因
　作疏　　　　　　　　　　　398

万卦山天宁万寿禅寺命余为功德
　主因作疏　　　　　　　　　398

请某公庵主住竹林疏　　　　　399

请湛公禅师住红螺山寺疏　　　399

请容公和尚住竹林疏　　　　　399

请智公尼禅开堂疏　　　　　　400

代刘帅请智公尼禅住报先寺　　400

请某庵主开堂疏　　　　　　　400

为庆寿寺化万僧疏　　　　　　401

请亨公庵主开堂疏　　　　　　401

三学寺改名圆明仍请予为功德
　主因作疏　　　　　　　　　401

平阳净名院革律为禅请润公禅师
　住持疏　　　　　　　　　　401

太原五台寺请予为功德主因作疏　401

请定公庵主出世疏　　　　　　402

大龙山永宁石壁禅寺请忘忧居士
　为功德主代为之疏　　　　　402

代忘忧居士请琳公禅师住持寿宁
　禅寺疏　　　　　　　　　　402

为大觉开堂疏三道　　　　　　403

贾非熊修夫子庙疏　　　　　　403

孝义永安寺请予为功德主因作疏　403

请旭公禅师住应州宝宫寺疏　　404

请文公庵主住王山开堂出世疏　404

请严庵主住东堂出世疏　　　　404

请希庵主住晋祠奉圣寺开堂疏　404

请学庵主住翠微山宝林寺开堂
　出世疏　　　　　　　　　　404

请石州海秀首座住文水寿宁寺疏　404

太原山开化寺灰烬之余再新故宇
　　请余为功德主因作疏　　405
重修宣圣庙疏　　405
燕京大万寿寺化水陆疏　　405
请奥公禅师开堂疏五首　　405
请湘公上人住持新院仍名兴教寺
　　者因作疏　　406
德兴府嘏峪云岩寺请东林老人
　　住持疏　　407
请柏岩俨公疏　　407
邳州重修宣圣庙疏　　407
安庆织万佛疏　　407
请聪公和尚住山阴县复宿山疏　　407
为武川摩诃院创建佛牙塔疏　　407
请定公住大觉疏　　407
补大藏经板疏　　408
武川摩诃创建瑞像殿疏　　408
太原修夫子庙疏　　408
和林建佛寺疏　　408
题恒岳飞来石　　408
法语示犹子淑卿　　409
万寿寺创建厨室上梁文　　410
和林城建行宫上梁文　　410
茶榜　　410
玄风庆会录　　411

2. 李庭　　415
兰泉先生文集序　　415
恒斋先生文集序　　416
云岩先生文集后序　　417
嵩阳归隐图序　　417

林泉归隐图序　　418
王尊师泛霞图序　　419
二老谈玄图序　　420
长安五陵会序　　420
重阳诏旨碑序　　421
冯道人语录序　　421
大霞薛真人疏抄序　　422
庸斋直解后序　　422
愚庵集解序　　423
送荆干臣诗序　　424
虚静子文集序　　424
跋文子堂家传　　425
跋陶渊明年谱序　　425
景陶轩记　　425
重修终南山太一宫记　　426
兴平县重修仙林宫记　　427
遗安堂记　　429
古卯瓶记　　430
创建瀍石桥记　　430
廉泉记　　432
撰济渎灵应记　　433
蓝田县东创修玄真观记　　433
琴鹤堂记　　435
兴真观记　　435
为张经历世杰恒斋铭　　436
杨经历省斋铭　　436
王彦修存斋铭　　436
药郎中母写真赞　　436
晋陶处士画像赞　　437
陕蜀行中书省左右司员外郎郭公

行状　　437

元朝故洵州三河县令兼镇抚军民
　　李公墓志铭　　438

故京兆路都总管府提领经历司
　　官太傅府都事李公墓志铭　　440

金故光禄大夫刑部尚书尼庞窟
　　公墓志铭　　441

大元宣差陕西京兆府总管大夫人
　　尼庞窟氏墓志铭　　442

故宣授陕西等路达鲁花赤夹谷
　　公墓志铭　　443

金故朝请大夫同知裕州防御使
　　事王君墓志铭　　444

故西蜀四川都转运使王公墓志铭
　　446

大朝宣差京兆路总管仆散故夫人
　　温迪罕氏墓志铭　　446

故宣差京兆府路都总管田公
　　墓志铭　　447

故尚书行中书省讲议官来献臣
　　墓志铭　　449

元故三白渠副使郭公墓碣铭　　450

故嵩州安抚使成公墓表　　452

大元故宣差万户奥屯公神道碑铭　　452

解州盐池重修二王神庙碑　　455

大蒙古国累朝崇道之碑并序　　456

玄门弘教白云真人綦公本行碑　　457

祭亡友郭周卿文　　459

故宣差丝线总管兼三教提举任公
　　诔辞　　460

谢张平章启　　462

寿表　　462

寿表　　463

寿表　　463

圣寿祝文　　463

老人星致语　　464

圣寿青词　　464

僧录司斋意　　464

祈雨青词　　464

大祥荐母青词　　465

冯子文集钱疏　　465

南冠赎身鸠钱疏　　465

京兆府灞河创建石桥疏　　466

又　　466

京兆府重修太一元君上庙修缘疏　　467

祭风伯文　　467

祭飞蝗文　　467

祭勾芒神祝文　　467

灞桥破土祭文　　468

谒城隍文　　468

宣圣庙上梁文　　468

3. 耶律铸　　469

天香台赋　　470

天香亭赋　　475

琼林园赋　　479

龙和宫赋　　482

独醉园三台赋　　485

独醉道者赋　　486

独醉园赋　　487

独醉亭赋　　488

方湖别业赋　489
四痴子赋　490
雪赋　491
听琵琶赋　492
大尾羊赋　493
毁假山赋　493
永歌赋　494
寄生树赋　495
醉吟斋铭　496
镜铭　496
酒铭　496
圣寿颂　497
有以灵寿杖为皇子寿者辄献颂曰　497
酒赞　497
独醉道者自赞　497
醉圣赞　498
红叱拨赞　498
花史序释　498
四痴子释　501
独醉道者自警　501
有以拟下彬禽兽决录目为请者
　戏为赋此　501
4. 石抹咸得不　501
请真人长春公住持天长观疏　502
请丘神仙久住天长观疏　502
5. 夹谷之奇　502
贺正旦笺　503
6. 张孔孙　503
重修乐安儒学记略　504
清丰县重修庙学记　505

修庙学记　506
重修束皙祠碑记　506
7. 石抹思诚　507
晋祠诗刻跋　507
8. 李术鲁翀　508
张文忠公归田类稿序　510
大元通制序　510
范坟诗序　511
大都乡试策问　512
韵会举要书考序　512
襄城县学记　513
重修嘉显侯庙记　514
高平县庙学记　515
重修奉元明道宫记　516
普济宫重建麻衣子神宇铭　519
知许州刘侯民爱碑　521
镇平县尹刘侯遗爱之铭　524
安氏尊经堂铭　525
驻跸颂　525
真定路宣圣庙碑　526
浚知州刘公友谅遗爱碑　528
赠同知陕州飞骑尉追封洛阳县
　男杨君世庆碑铭　529
湖州路安定书院夫子燕居堂铭　530
河南淮北蒙古军都万户府增修
　公廨碑铭　531
大元创建三皇庙碑铭　532
参知政事王公神道碑　532
大元故镇国上将军河南淮北蒙古
　军都万户府副都万户赠辅国

上将军枢密副使护军追封云
中郡公谥襄懋忽神公神道碑铭
　　　　　　　　　　　　535
平章政事致仕尚公神道碑　537
皇元故武略将军济南冠州万户府
　　千夫长监末赤公神道碑铭　542
大都路总管姚公神道碑　543
元赠陇西郡侯李公祖考妣神道
　　碑铭　　　　　　　　548
左丞陈公墓表　　　　　550
渤海郡吴绎世庆碑　　　552
参知政事南阳郡公韩昌墓志铭　553

9. 述律杰　　　　　　　555
启建华亭山大圆觉禅寺碑文　555
重修大胜寺碑铭　　　　557
宝珠山能仁寺之碑　　　558

滇南华亭山圆觉寺元通禅师行
　　实塔铭　　　　　　560
玉案祖师雪庵塔铭　　　561
10. 石抹允　　　　　　561
重修孔子庙记　　　　562
11. 乌古孙良桢　　　　563
求贤自辅疏　　　　　564
请国从礼制疏　　　　564
12. 徒单公履　　　　　564
冲和真人潘公神道之碑　565
建国号诏　　　　　　568

参考文献　　　　　　　570
附录　元代北方少数民族散文
　　作品列表　　　　　575

上编　元代北方少数民族散文研究

引　言

　　元代作为中国历史上十分特殊的一个时间段，其文学极富时代性与交融性，中原文明的凝聚力与少数民族地区的开放性，形成了"内聚外活"的文化结构。虽然元朝统治时间不长，但是其各种文体的创作呈现出不同于其他朝代的风貌。中原文化的稳定性与少数民族边疆地区的边缘性活力碰撞，加之元代特殊的文化政策造就了元杂剧这种独特的"一代之文学"。其他文体（如诗歌、散文）也受到少数民族文化原始性、流动性的影响，给当时的文学创作开辟新轨迹的可能，形成一种"有偏斜度的超越"。经先秦、两汉及唐宋时期的大发展，散文到元代时不免盛极难继，但元代散文同样构成了中国散文发展史上的重要一环。元代的散文创作，可以说是群星璀璨，特别是王国维"凡一代有一代之文学"① 之说一出，研究者对元曲（包括元散曲、元杂剧）给予了更多的关注。整个 20 世纪前半期，一般学者都认为元代散文无甚可观，元代散文研究一直处于相对薄弱的状态。这就是查洪德在《元代文学通论》中所提到的元代文学研究的一大遮蔽——"一代有一代之所胜"②。近年来，学界反思"一代有一代之文学"这种观念，认为它影响了对某一时期文学的全面客观的评价，它的长期流行，使不少人形成了一种固化思维——"元代文学研究只有元曲可观"，改变这种偏见需要一个过程。直到 20 世纪八九十年代，随着元代散文研究成果的逐渐增多，学界对元代散文才从忽视向重视转变。正因如此，元代北方少数民族这一群体的散文，才受到足够的关注。元代北方少数民族散

---

① 王国维：《宋元戏曲史》，华东师范大学出版社，1995，第 1 页。
② 查洪德：《元代文学通论》，东方出版中心，2019，第 13 页。

文研究指的是：对元代北方少数民族作家用汉语创作的散文的考察和研究，具体而言，是对有散文作品存世的元代蒙古人、色目人、契丹与女真人这三个北方少数民族群体的作家用汉语创作的散文的考察和研究。对元代北方少数民族散文情况的研究，可以加以纵向的梳理和横向的比较，有助于我们从历史的进程中找到借鉴之处。

有元一代，忽必烈"天下一家"的政治思想消除了民族对立的樊篱，民族文化交融的进程与广度得到空前提高与延伸，作为统治阶级的蒙古人，十分重视对汉文化的学习，多措并施，为元代北方少数民族的文学创作提供了良好的政治、文化氛围。

然而，在此背景下，学界对元代北方少数民族散文作家队伍关注不够，如果进行一番细致的文献检索，并对其中有价值的部分加以仔细考察，我们就会发现，元代北方少数民族散文文坛也并不像想象中那样落寞。从元代少数民族散文创作的实际情况来看，北方少数民族的散文创作有自己鲜明的特点，值得我们去重视和研究。以元代社会历史文化为大背景，对元代北方少数民族散文作家群进行整体观照，全面梳理北方少数民族散文作家及其存文的基本情况，勾勒出作家队伍群像；考察北方少数民族散文的发生、发展规律和时代赋予它的独特性，以及代表性的文家与文章，从文体分类、艺术特色、创作观念等方面对元代北方少数民族散文作出深入探析，以期展现多民族文化交融中的元代北方少数民族对汉文化的接受情况，从而把北方少数民族散文放在中国散文史这一历史长河中，阐释元代北方少数民族散文在元代散文史、中国散文史上的地位和作用。

陈垣先生的《元西域人华化考》不仅是"西域人"这一群体研究的滥觞，还开启了元代少数民族散文文献考证的先河。据陈垣先生考证，元代西域文家有赵世延、马祖常、余阙、孟昉、贯云石、赡思、察罕共7位。他在《元西域人华化考》卷四"西域之中国文家"一节中写道："考元西域文家，比考元西域诗家其难数倍。"[①] 道出了考证的艰辛。确实，在此后几十年，文献考证陷于后继无人的困境，成果很少。直到20世纪90年代，对少数民族作家群的考证工作才渐渐复苏。台湾学者萧启庆发表了《元代

---

① 陈垣：《元西域人华化考》，上海古籍出版社，2000，第75页。

蒙古人的汉学》（此文收录于《蒙元史新研》，台北：允晨文化实业股份有限公司，1994）。他通过搜集石刻、方志、书画录等史料，考证出蒙古文士共 16 人，按元朝前期、中期、后期的顺序依次列出。这对元代北方少数民族散文研究来说可谓一大进步。可喜的是，进入 21 世纪，李修生主编的《全元文》（凤凰出版社，2004）收录了元代大部分当下可见的汉文文章，堪称"新世纪元代文学研究的重要基石"①。该书的出版对元代北方少数民族散文研究起到了很大的推动作用。这一巨著为我们整合了元代散文的文本，也激发了学界对此的研究兴趣。一时间，围绕《全元文》的补遗、辑佚、校读等工作的成果陆续产生，主要从金石志略等数据入手对个案作家进行增补。如：刘洪强《〈全元文〉补目 160 篇》（《古籍整理研究学刊》2009 年第 3 期）中辑得蒙古人哈剌台、色目人王翰的文章各 1 篇；苏成爱《〈述善集〉所见元文及其作者考略——〈全元文〉补目 23 篇》（《学理论》2015 年第 23 期）辑得色目文士唐兀达海的文章 1 篇，唐兀崇喜的文章 7 篇；杨绍固、李中耀《〈全元文〉佚文二十八篇辑考——元代高昌籍偰氏、廉氏家族相关佚文辑考》（《古籍整理研究学刊》2016 年第 2 期）辑得廉希宪奏议文 2 篇，廉惠山海牙序文 1 篇，偰列篪序文 1 篇，偰逊文章 1 篇，偰斯文章 2 篇；陈开林《〈皕宋楼藏书志〉的辑佚价值——〈全元文〉佚文补目 166 篇》（《湖州师范学院学报》2016 年第 1 期）辑得忽思慧、阿鲁威文章各 1 篇；王志强《〈全元文〉补正十二篇》（《南昌师范学院学报》2018 年第 2 期）辑得孟昉《杭州路重建庙学记》1 篇，等等。

此外，多洛肯撰著的《元明清少数民族汉语文创作诗文叙录（元明卷）》（中国社会科学出版社，2014）以叙录的形式，将蒙古人、色目人、契丹与女真人作家的存文情况钩稽成目，为北方少数民族散文的研究提供了直接的便利。

随着相关研究成果的增多，元代少数民族作家队伍这一群体也引起了更多的关注，不少专家学者对少数民族作家散文创作的文学史意义作出了较高评价。诸多学者摒弃传统个案研究方法，将视野拓宽到族群、整体之

---

① 参见查洪德《〈全元文〉：新世纪元代文学研究的重要基石》，《中国典籍与文化》2007 年第 2 期。

中，整体性分析群体特征、群体成因、群体风貌等因素，以群体的视角研究元代少数民族作家创作。元代少数民族作家群体研究的力作还数王树林发表于《民族文学研究》2015 年第 6 期的《元西域文家散文的文献考察及整体风貌》一文，将元代西域文家作为具有特征性的一个群体来探究，将他们的散文创作作为文学现象，探究其散文整体风貌，不仅可以在很大程度上反映出元末文风，而且读者可借此探求和把握他们的民族特质。

顾世宝在《蒙元时代的蒙古族文学家》（兰州大学出版社，2012）一书中对蒙古族散文做了专章介绍，以"元代的蒙古族散文作家群体"为一章，分节介绍了"蒙古族散文创作的起步"、"元代蒙古族进士的文笔"以及"其他蒙古族散文作家"等内容，共涉及蒙古族散文作家 15 位，对每个作家的生平和著述情况都进行了整理和分析。温斌在《民族文化交融与元代少数民族作家创作》（吉林大学出版社，2015）"元代散文发展与少数民族文人创作概观"一章中提到"元代散文分期与少数民族文人创作"的情况，以《全元文》为基础，对不同时期少数民族文人的散文进行简要分析与总结，以此来厘清元代散文发展中少数民族文人的创作轨迹。涉及元代散文初期、前期、中期、后期的少数民族文人共 4 人，最后得出元代少数民族文人的散文创作与整个元代散文的发展轨迹相吻合，由此印证了民族融合、文化交融的大背景是推进元代少数民族散文创作的最主要因素。

对契丹与女真人这一群体的研究，主要以家族的视角展开，且以耶律楚材家族研究居多。胡淑慧《辽金元文学构成的新主体——非汉族文人群体研究》（浙江大学博士学位论文，2005）第四章第三节"非汉族文人群体作者及其作品的特点"就专门列举了"契丹耶律家族"这一群体的创作情况。在耶律楚材家族研究方面不断开拓的当数和谈，对耶律楚材家族诗文创作、艺术特色及其背后的文化成因、家学渊源都进行了系统的梳理和研究，形成了一定的影响力。并且，随着文学研究成果的增多，耶律楚材及其家族文学的研究逐渐成为学术增长点，随之出现了一系列成果。

综上所述，学界对元代北方少数民族散文研究的关注度日益提高，出现了可喜的发展趋势。

元朝是我国历史上第一个由少数民族建立的大一统的封建王朝，其散文创作肯定要受到当时社会政治、经济文化等多方面的影响。而当时的社会政治、经济文化等与统治民族有千丝万缕的联系，形成了独特的历史文化语境。元代文化精神的最大特点是"大"：气象宏大、大气包容、大而疏略。查洪德称其为"大元气象"①，虽然多种文化在元代有冲突，但主导方面是和谐。在元代独特的文化精神下，作家们形成了有别于前代人的人生价值观，也获得了中国文人从来没有的思想和创作自由，以及观察认识问题的多元视角。蒙古族统治者在意识形态方面的弱化，使元代社会在思维和行为方面显现出很多与其他朝代不同的特点，从而导致了元代文人思想的多元化、创作的多元化。因此，对元代北方少数民族散文进行研究，可以爬梳文学与政治的关系，对了解元代北方少数民族散文在少数民族文学创作中的地位和影响，乃至在元代散文史、中国散文史上的地位和影响十分有意义。

元代共有的文学主题是"厌乱思治"。从这个主题出发，我们不难对目前通行的很多观点有本能的怀疑，比如一直流行的元杂剧反传统、反道德的说法。元代少数民族文人分析社会现象，强调社会失序与道德失范的影响，并且最终呼吁文学回归文学本位："文章要服务于当时的社会与道德重建，文人们就必须具有强烈的使命意识，文风也就重实尚用。在这种观念指导下，元初文论家对凡有违世用的为文倾向，都是反对和批判的。"这就涉及查洪德提出的元代文学研究的第三种"遮蔽"——"重政教功用、重道德评价观念"，这种阶级性、人民性的文学批评方式，使元杂剧与元曲甚至诗文的研究，都只注重其社会批判的价值。这种批评方法没有立足于元代的社会现实，遮蔽了元代文学本身的实际意义，需要逐渐转变。元代北方少数民族散文创作的繁盛，离不开元代多民族文化交融下文学的双向互动。少数民族接受汉文化的熏陶，并与汉族儒士交游来往，从中汲取汉文化的优秀成果，汉族文家亦从少数民族文化中领略异域风情、提取新奇的异域元素用于创作，二者在交流互补中竞相发展，扩展了双方文学创作的空间，构成了统一的中国文学多维有机整体。这不仅推动了中原文化向北扩展及传播，促进了民族文化的交流与融合，更对后世民族的文化发展产生深远的影响。通过研究元代的文学交流发展，可以反映出中

---

① 查洪德：《元代文学通论》，东方出版中心，2019，第77页。

国各民族所共同创造的中华民族文学的丰富性与多样性，可以进一步加强民族团结，树立民族自信心，并为科学认识"中华民族共同体意识"，提供有说服力的实证材料。因此，在中华各民族文学交融和构建民族共同体的视域下研究元代北方少数民族散文是很有必要的。

第一章
元代北方少数民族散文创作背景及概貌

  元代是我国历史上第一个由少数民族统治者建立的统一政权。其疆域空前辽阔，民族交融深入，民族问题复杂。这意味着无论是其政治结构还是社会制度，都与历朝历代有所不同。元代的特殊性决定了其政策的特殊性，"四等人制"的出现在一定程度上有利于北方少数民族物质和精神的发展，提供了文学的发展空间，也为北方少数民族文人的散文创作提供了土壤。随着元代文化交融的深入，元代社会环境宽松、言论自由的特征显现，"儒、释、道"等各种思想相继迸发，对文士们的创作起到了思想引领的作用。再加之，元代重读书、喜藏书、兴刻书的社会风气日益浓厚，成了北方少数民族文士散文创作的内在推力。在这样的背景之下，元代北方少数民族文士创作出了一批数量可观、质量上乘的散文作品。

  元代建国时间较短、战乱频仍，诸多作家的诗文集还没来得及传播就已毁于兵燹，颇令人遗憾。但值得庆幸的是，《元文类》《秘书监志》《元统元年进士录》《元史》等著作里，尚存了一些元代北方少数民族作家的散文作品。元代北方少数民族散文作品，除个别文家有文集存世，如马祖常的《石田先生文集》、余阙的《青阳先生文集》、耶律楚材的《湛然居士文集》、耶律铸的《双溪醉隐集》等，其余皆零星散见于金石碑刻和各地方志中。

  有元一代，民族文化交融逐步深入，元代北方少数民族与汉族在民族交融的大背景下双向互动，促进了元代北方少数民族文士的散文创作，再加上元代崇儒、尊道、学术风气浓厚的文化环境推动，元代北方少数民族散文创作日益繁盛，据现有文献和资料，元代北方少数民族散文作家共有 62 人，存文总篇目 574 篇，其中蒙古散文作家共 17 人，散文 23 篇；色目散文作家共 33 人，散文 323 篇；契丹与女真散文作家共 12 人，散文 228 篇。文体形式多样，作家身份也不尽相同，包括宰相、进士、状元、普通文士等。

元代北方少数民族各类文体类型众多，涉及十余种文体，其中以奏议文、序跋文、杂记文为代表，内容之丰，主题之鲜明，在符合文体写作规范的同时，又极具作家个人写作风格和特点。奏议文的作者基本都为朝廷官员，因其文体特点，故其内容能反映官员的政见主张，且多与国家的长治久安息息相关，从中亦能看出朝廷的施政方略，所述之事几乎都有史实依据，有很强的实用性。序跋文虽然是对某部著作或某一诗文进行说明的文字，但是大多数序跋文能反映出作者的观点认同、交游和喜好等。杂记文分台阁名胜记、山水游记、书画杂物记和人事杂记，在其实用性之外还蕴含了深刻的社会意义。

通过对文体的分析，元代北方少数民族散文的特色随之呈现出来，在作家本身的民族特质、人生经历、学问修养、用语习惯的影响之下，具体体现在以下几点：豪迈雄健与沉着质实的风格，善于引经据典来阐明事理，多关心国事和人民疾苦之作。蒙古文人行文以叙事为主，议论较少，抒情也较少，自然豪迈些。色目人性格质直朴实、豪迈浑厚，文如其人，散文中也就自然体现了豪迈雄健之风。契丹、女真人则体现出尚真质实的风格。散文起源于应用，依靠自身的一些特性，如直抒胸臆，传达作者的观点和意见等，其文体的实用性越来越被重视。蒙古文人也十分重视散文的这一特性，多以散文来传达治世之理、明世之音，表现国家长久之信仰、教化之重要等，以此维护元朝统治秩序，以期实现元朝长治久安的目标，具有"重实用、善明道"的特点。为实现这一目的，蒙古文人创作的散文在说明事理时往往借用典故、引用儒家经典，增加文章说服力，让行文变得更加严谨。色目文人的散文中这一特色更加明显，他们言事为文，往往都是据史引经，有理有据，阐明事理。元代北方少数民族文士在其散文关心国事与人民疾苦的描写也颇多，对国家、社会以及人民有着厚重的责任感。契丹、女真文人的散文创作则更显朴素，在作家本身的民族特质、人生经历、学问修养、用语习惯的影响之下，形成了一定的艺术特色。

最后，多民族交融使元代少数民族散文表现出崇儒、尊道的创作倾向。他们深受儒家文化影响，在散文中表达重教兴文的主张，流露出忠君爱国、体恤民情的儒家情怀。同时，他们也将道家的清静无为当作人生理想，积极从道家的语言风格中汲取营养。当然，汉族文家也会从少数民族文化中吸取营养用于创作，例如，提取新奇的异域元素、描写异域风情等，这样的双向互动，丰富了散文的内容题材，也使元代散文呈现出内涵独特而别具时代特色的一面。元代北方少数民族散文的书写，扩展了文学书写的空间，在中国散文史乃至文学史上都有一定的地位。

第一节　元代的民族交融与北方少数民族散文的兴起

元代是中国历史上第一个由少数民族统治者建立的统一政权，无论是社会结构还是统治秩序都具有特殊性。一方面，忽必烈"天下一家"的政治思想消除了民族对立的樊篱，民族文化交融逐步加深；另一方面，统治阶级为了维护自身利益，制定了"四等人制"的等级制度和特殊的宽松的文化政策。这些政策的实施，给北方少数民族文士提供了物质基础、精神基础、文化基础，从而使他们获得了文学创作的空间和土壤。

元代的特殊性首先表现在其疆域辽阔，各民族交融与共，民族问题复杂。《元史·地理志》中是这样记载元朝疆域的："起朔漠，并西域，平西夏，灭女真，臣高丽，定南诏，遂下江南，而天下为一。故其地北逾阴山，西极流沙，东尽辽左，南越海表。盖汉东西九千三百二里，南北一万三千三百六十八里，唐东西九千五百一十一里，南北一万六千九百一十八里，元东南所至不下汉、唐，而西北则过之，有难以里数限者矣。"① 元代疆域面积之大，是任何一个朝代都无法比拟的，就连最繁盛时期的汉、唐两代的疆域，也与元代相差甚远。这归结于元代自太祖到世祖常年征战，用兵未停。清代赵翼在《廿二史札记》中描述了这一过程："元自太祖起兵，灭国四十，降西夏，取金中都，又攻西域，至东印度国遇角端始还。太宗继之，灭金，侵宋，西征钦察，去中国三万余里。迨宪宗，又命世祖

---

① （明）宋濂：《元史》，中华书局，1976，第 1345 页。

征大理，兀良合台征交趾。至世祖时，用兵已四十余年，世祖即位又攻讨三十余年。自古用兵，未有如是久者。"① 经过艰苦卓绝的努力，第一个由少数民族建立的政权——元代站到了历史舞台上。政权建立之初，民族融合特征并不很明显，但是随着大一统局面的稳固以及对外贸易的发达，民族与民族之间、文明与文明之间交流越来越多，程度越来越深。疆域虽然广袤，但并不影响各族人民迁徙、杂居、交融，因此形成了民族大交融的局面，促进了文明进步。

元代的特殊性还表现在政策特殊。待到忽必烈征服南宋，为了加强统治民族的优越地位，保护蒙古贵族和色目世臣的利益，巩固统治秩序，他把属民分为四等。元朝时虽然这样划分，对此却并没有统一的名称。"四等人制"一词是到了民国时才被屠寄在《蒙兀儿史记》中提出。在等级观念之下，第一、二等的上层分子有种种特权，居统治地位。南人地位最低，最受歧视。等级的不同，使他们在政治、法律、科举、刑律等方面的待遇也不同。如在官员任用方面，蒙古人、色目人拥有极大的优势。据《元史》卷六《世祖三》载，至元二年（1265）元廷曾规定："以蒙古人充各路达鲁花赤，汉人充总管，回回人充同知，永为定制。"② 等级高低，显而易见，蒙古人掌握地方的最高权力，再利用可以信赖的色目人对汉人进行制衡，以此维护蒙古人的统治。

除了以上优待，制定等级制度的目的就是优化资源分配，确保上层等级在资源上的优待地位不被侵犯，具体表现在学校制度、科举入仕等方面。在学校制度规定上，元朝政府以"永保蒙古人之优越地位为目的"③，对蒙古人和色目人实行了文教优待政策。《元史·选举志·学校》中有关于元朝国子学的记载：

> （世祖至元七年）其生员之数，定二百人，先令一百人及伴读二十人入学。其百人之内，蒙古半之，色目、汉人半之。武宗至大四年秋闰七月，定生员额三百人。冬十二月，复立国子学试贡法，蒙古授

① （清）赵翼：《廿二史札记校证》，王树民校证，中华书局，1984，第686页。
② （明）宋濂：《元史》，中华书局，1976，第106页。
③ 蒙思明：《元代社会阶级制度》，上海人民出版社，2006，第65页。

官六品，色目正七品，汉人从七品。仁宗延祐二年秋八月，增置生员百人，陪堂生二十人……以四十名为额，内蒙古、色目各十名，汉人二十名。岁终试贡，员不必备，惟取实才……学正、录岁终通行考校应在学生员，除蒙古、色目别议外，其余汉人生员三年不能通一经及不肯勤学者，勒令出学。①

可见，蒙古人、色目人和汉人、南人之间教育和进仕资源分配很不合理。

第二节　元代的文化环境对北方少数民族散文的影响

表面上看，元代等级制度森严，对各族人民限制颇多，但更多的是一种亲疏之别、内外之别，各族人民之间迁徙、杂居和交往甚至通婚并未受限制。从这一层面来看，反而促进了国内各民族的文化交流，为民族融合奠定了基础。杨镰先生在《元代文学编年史》一书中说："元代文学的特点，正是在将一个或几个民族的单一文化整合成为区域内所有民族共同的精神财富的这一发展过程中得到充分体现的。"② 民族交融促进了文化交融，文化交融造就了元代文化的多元与独特。

蒙古族一统中原以后，汉族虽然在政治上不占优势，甚至受到种种不平等的待遇，但汉民族的思想言论却未曾受限，终元一代，共九十一年间，没有实行学禁，也没有文字狱。也正因此，少数民族与汉民族的交流从未被隔绝。总体来说，元朝在思想文化政策上是宽松开放的。环境宽松，言论自由，人们就能畅所欲言。这一观点也得到了学界的普遍认同。著名学者杨镰指出："元代实行的是'独特的文化政策'，独特在于它是漠视文化的，无为而治的，没有政策的'政策'。"③ 查洪德指出："元代是一个思想和言论自由的时代，征服在文化上无所作为，既无促进文化发展的措施，也无主导性意识形态的强力干预，元人的文化和文学活动，都是

---

① （明）宋濂：《元史》，中华书局，1976，第 2029～2031 页。
② 杨镰：《元代文学编年史》，山西教育出版社，2005，第 50 页。
③ 杨镰：《元代文学编年史》，山西教育出版社，2005，第 3 页。

自为自在的，也是自主的，元代文化是在一种自在状态下发展的。"①

（一）以"理学"为中心的儒家思想占主导

"理学"是哲学化的儒学，是以儒家伦理道德为哲学核心的儒学。按照左东岭的观点②，元代是没有明确以儒家思想为精神基础的统一王朝。元代初期，蒙古族在入主中原之前，本身文化滞后，文学水平低，也没有历法，只接触过乃蛮（即今中亚、印度、大食及欧洲）等西域文化，在入主中原之后，对博大精深的中原汉族文化认识不清，一时间不能适应，更别提有什么作为了。没有"官方"的明确规定和支持，本该是政府负责的道德教化工作，只能由文人自觉承担起来。元代大儒许衡就曾说："纲常不可一日而亡于天下，苟在上者无以任之，则在下之任也。"③ 随着"蒙人之汉化政策""以汉法治理汉地原则"的实行，极少一部分儒士能进入朝廷，得到重用，努力让以理学为中心的"汉法"被统治者认识并接受。另外的绝大多数儒士，失去了仕进的途径，多以著述、教授为业，使理学伦理逐渐渗入普通民众的日常行为之中。就这样，凭借着儒士一点一滴的努力，理学成为占据教化主导地位的意识形态，并逐渐向民间传播，虽然没有明文规定其占主导地位，但是单从上层和民间都能自觉遵从并且维护来说，能够看出理学已经占据精神领域的主导地位。

一代文学的风格、内容常常受当时的思想左右，元代的文学创作也不例外，甚至受影响更深。儒学思想不仅在教育上产生了深刻影响，对文学创作也影响颇深。理学家在文学创作时将儒家思想奉为圭臬。虞集说过："朱氏诸书，定为国是。学者尊信，无敢疑二。"他还更为具体地谈道："群经、《四书》之说，自朱子折衷论定，学者（赵复）传之，我国家尊信其学，而讲诵授受，必以是为则。而天下之学，皆朱子之书。"④ 包根弟在《元诗研究》第一章中也提到"元代理学家，因处于胡人（蒙古）统

---

① 查洪德：《元代诗学通论》，北京大学出版社，2014，第 4 页。
② 左东岭：《元代文化与元代文学》，《郑州大学学报》（哲学社会科学版）1991年第 1 期。
③ （明）宋濂：《元史》，中华书局，1976，第 3717 页。
④ （元）虞集：《道园学古录》卷三六，商务印书馆 1929 年四部丛刊影印本。

治之下，故于性理之外又兼论及事功，更散播民族大义"①。这些论述更加深入地表明了理学的境界和高度，以及给文学创作带来的境界和高度。张晶在《辽金元文学论稿》中称：理学对元代正统文学影响很大，正统文学包括诗文，认为理学的精神实质是以"仁义忠孝立本"、以维护封建秩序为己任的，这正符合元代加强统治的目的。②

元代北方少数民族文士无疑也受到理学的影响，他们在作品中或是大加赞赏孔子、孔庙——"圣人论道，至天而止，非止也，天无以加焉"③（石抹允《重修孔子庙记》）；或是强调设礼兴学、重教化、兴文教的意义——"观于斯者，要当有得于亭之外（按摊不花《上公亭记》）"④ "古人为政，以崇教化、美风俗为先务（按摊不花《忠孝祠记》）"⑤；或是于文字流转之间传达对忠君、爱国、泽民、孝悌等观念的尊崇，将儒家情怀抒发；或是直接以理学哲学思考文学创作问题，将儒家思想与文学创作融会贯通。他们对儒家观念的尊崇，甚至被载入史册。《元史·赵世延传》记载："（赵世延）为文章，波澜浩瀚，一根于理。"⑥ 《元史·马祖常本传》记载：马祖常被元文宗誉为"中原硕儒唯祖常"。⑦

（二）对道教及各种宗教一视同仁

蒙古人最初居住在朔漠之地，信奉的是珊蛮教，敬天畏鬼，喜好卜筮，故对一切宗教，只要能为大汗祈福，皆一视同仁。⑧ 其中以佛、道两教势力最大，最受朝廷尊奉。蒙元初期，道教盛行于北方，拯救万民，引

①　包根弟：《元诗研究》，台北：幼狮文化事业公司，1978，第 28 页。
②　张晶：《辽金元文学论稿》，北京广播学院出版社，2004，第 392 页。
③　（元）石抹允：《重修孔子庙记》，李修生主编《全元文》卷一一六〇，凤凰出版社，2004，第 37 册，第 71 页。
④　（元）按摊不花：《上公亭记》，李修生主编《全元文》卷一一五二，凤凰出版社，2004，第 36 册，第 368 页。
⑤　（元）按摊不花：《忠孝祠记》，李修生主编《全元文》卷一一五二，凤凰出版社，2004，第 36 册，第 369 页。
⑥　（明）宋濂：《元史》，中华书局，1976，第 4167 页。
⑦　（明）宋濂：《元史》，中华书局，1976，第 3413 页。
⑧　包根弟：《元诗研究》，幼狮文化事业公司，1978，第 11 页。

荐士人，不遗余力。北方主要信奉的是全真教。全真教主张儒释道三教合一，实则有保护汉文化之意。蒙元之际，其二代长春真人丘处机以七十三岁高龄，于己卯年（1219）奉成吉思汗之召北觐，在雪山为大汗三次讲道，谆谆善诱，一再以好生止杀进劝，使无数生灵免遭涂炭。后来亡金的士大夫遂多依道观而活命。大家尊崇道教，一方面是道教本身神圣，另一方面与道教在元初保全北方士子有很大关系。契丹人石抹咸得不在太祖十八年、太祖二十一年两次分别上奏朝廷请长春真人住持天长观，殷殷赤诚之心，天地可鉴；蒙古族息剌忽有一篇《武当事迹序》是为《武当总真事迹》所作，文中对道教的尊崇，既是为了个人追求，更是为了"彰北方圣人与天地合德之大"①，也是极力为元朝的统治寻求精神依托，以稳定社会秩序。

除了被认可的道教，佛教也是被尊奉的一大势力。蒙元时期，耶律楚材就是弘扬佛教精神的一大主力。他不仅自己爱好佛教，还积极为师友们宣传和推广他们的禅学著作，并且为他们的著作书序写跋，如为李纯甫作《屏山居士金刚经别解序》，希望能为佛教精神的宣扬尽一份力。

（三）元代社会及学术风气的内在推动力

虽然元代等级制度森严，但元人并不故步自封，反而更加注重营造自己的内心世界，寄情于书卷之中。在这种状况下，元人重读书、喜藏书、兴刻书的社会风尚日益凸显。这种社会风气对促进文学活动无疑是有利的。

第一，重读书。曾有人认为，元代不足百年，且多半时间用于扩张领土，社会环境纷杂混乱，几乎无人热衷读书，这其实是错误的认识。元代重视读书的社会风气形成的原因有两点：一是书院普及，学子求学不再是难事；二是长期不开设科举，元人渐渐摒弃急功近利的心理，潜心读书，体悟读书的乐趣。从元代的书院之普遍、书业之发达、藏书之丰富可以看出，元代人们实际上是非常看重读书的。书院作为进行社会

---

① （元）息剌忽：《武当事迹序》，陈梦雷主编《古今图书集成》卷一九五《方舆汇编·山川典》，清雍正四年铜活字印本，国家图书馆藏。

教化的重要媒介，担负着社会教化的功能，以其开放性拉近教育与民众之间的距离，从而完成道德教育和礼仪学习，太宗八年建立的太极书院是元朝最早的书院，由此开始，书院之风渐兴。再加上，书院的山长基本都是名贤大儒，学生来书院就读时也不分贫富贵贱，一律予以传道授业解惑，学子纷纷慕名而来。学子越来越多，书院也就越来越兴盛。书院的讲学较为自由，学子也能更自在地在书院求学，书院也就成了元代学术思想的最大传播地，造就了经学、史学、子学、文学等各类人才。这大概就是诸多元代北方少数民族文士热衷于写作"书院记"的原因，此类作品的兴盛，就是作者深谙书院对宣扬教化的意义所在。元代直到延祐年间才开始开科取士，倘若从成吉思汗 1206 年建立蒙古国算起，到此时，元代已有近百年，这百年时光从未正式开始科举选拔，广大文人墨客的注意力早已不在科举上，渐渐不再指望科举成为扬名立万的手段，致力于丰盈自己的精神世界成为他们的乐趣所在。从这一点上来说，热爱读书是元人自发的行为。

第二，喜藏书。元人喜欢收藏书籍，既是个人爱好使然，也与收藏者爱读书密不可分。蒙古族作家阿鲁威颇好读书，其藏书甚多，以至有"元室文献之老"的美名。这一点在多位诗人的诗作中都有记录，虞集《奉别阿鲁威东泉学士游瓯越》诗有云："挂冠俄去国，连舸总盛书。"① 又《寄阿鲁威学士》诗云："往岁楼船过太湖，珠帘翠幕护图书。"② 阿鲁威所到之处，图书相伴，藏书之多，视如珍宝。他的好友洪希文谓其："诗工缀锦，王翰求邻。咀嚼群经，搜罗百史，办下功夫日日新。"③ 说明阿鲁威热爱搜集书籍史料，以便于钻研学问。色目人中也有大藏书家，《元史·阿剌兀思剔吉忽里传附阔里吉思传》记载："阔里吉思，性勇毅，习武事，尤笃于儒术，筑万卷堂于私第，与诸儒讨论经史，性理、阴阳、术数，靡

---

① （元）虞集：《道园遗稿》卷二，台湾商务印书馆，1986，景印文渊阁四库全书，第 1207 册，第 739 页。

② （元）虞集：《道园遗稿》卷二，台湾商务印书馆，1986，景印文渊阁四库全书，第 1207 册，第 739 页。

③ 唐圭璋：《全金元词》，中华书局，1979，第 941 页。

不该贯。"① 从史册中的寥寥几字得知：阔里吉思这样一位勇猛的武士，在军事能力出众的情况下，还精通儒术，在自己府第里建造"万卷堂"，在堂中与文士大儒交流经书史籍、性理、阴阳、术数等。如此热衷于儒家学说，且有诸多儒士探讨交流，自然少不了书卷做伴，致力于藏书也是自然的。

第三，兴刻书。随着印刷术的发明和成熟，印刷书籍的成本不断下降，书籍印行的数量逐日增多，读者更多也更宽泛，这也是促进社会读书风气养成的重要原因。元代设有专管刻书事务的机构，刻书体制也越来越完善严谨，不仅官刻书风气盛行，儒学刻书、书院刻书、私宅和书坊刻书也大量存在，一时间书卷浩繁，所刻之书数量多而且质量精。元代很多大家的诗文集就是这样刊刻出来并广为流传的。不得不说，书业的兴盛、文集的广为传刻，大大促进了散文的滋生与发展，因此元代北方少数民族散文的昌盛与印刷技术的发达实际上有着密不可分的关系。

---

① （明）宋濂：《元史》，中华书局，1976，第 2925 页。

第二章
元代北方少数民族散文文体类析

"文辞以体制为先"①，文体作为一种文本样式、文学体制，是文本构成的规格和模式，不同文体有不同的特征。把握散文文体，有助于更好地解读作品。元代北方少数民族散文不仅数目可观，而且文体众多，涉及十余种文体（具体见表1）②，其中以奏议文、序跋文、杂记文为代表，其余文体也有可取之处，内容之丰，主题之鲜明，符合文体写作规范的同时，又有作家个人写作风格和特点。

表1 元代北方少数民族散文文体分类

单位：篇

文类 ＼ 群体	蒙古人	色目人	契丹与女真人	合 计
奏议文	4	49	74	127
序跋文	6	87	35	128
碑志文		47	44	91
杂记文	10	45	23	78
箴铭文		15	6	21
题名文	2	12	1	15
书牍文		10	4	14
赠序文		10		10
传状文		8	1	9
论说文		8		8

---

① （明）吴讷：《文章辨体序说》，人民文学出版社，1962，第7页。

② 文体分类标准参考褚斌杰《中国古代文体概论》，北京大学出版社，1990。

续表

文类　　　群体	蒙古人	色目人	契丹与女真人	合　计
祝　文		8		8
哀祭文	1	1	3	5
其他体类		22	37	59
总　计	23	322	228	573

据统计，奏议文、序跋文、碑志文和杂记文的数量排行遥遥领先，但是遗憾的是蒙古人没有碑志文存世，色目文人和契丹与女真文人所作的碑志文不能代表整个元代北方少数民族散文的水准，因此在数量和质量上都具有代表性的文体是奏议文、序跋文和杂记文，对文体的类析主要围绕这三种代表性文体展开。

第一节　奏议文

古代的奏议文属于公牍文的一种。古代臣下给帝王的上书，是"上行公文"，称"奏议文"。帝王给臣民的指令，是"下行公文"，称"诏令文"。① 据统计，元代的诏令文有 800 余篇，数量多且涉及的内容广，又因其多是别人代言之作，虽能反映帝王的思想和政策，但不能代表帝王的真正水平，另外，诏令文与其他文体相比，文学性确实较逊色。"上行公文"——奏议文，又因时代或所陈述的内容不同，而分为章、奏、表、议、书、启等不同的体类。蒙古人奏议文只有 4 篇，色目人 49 篇，契丹与女真人 74 篇。奏议文的价值在于其一方面是古代王朝统治政策或思想的反映，另一方面对于反映作者行文手法及思想也有很大价值，奏议文作者在上书言事时一般是以精练扼要为主，政策倾向简洁明确，十分注重实用性和说理性。

---

① 褚斌杰：《中国古代文体概论》，北京大学出版社，1990，第 438 页。

（一）蒙古人奏议文

经过统计，留存下来的元代蒙古人散文作品属于奏议文的有 4 篇，涉及表、笺、策这三种体类，分别是：伯颜的《大丞相贺表》、忽都达儿的《皇太子受册贺笺》、那木罕的《贺皇后笺》、同同的《对策》。事实上，元代蒙古人的散文，尤其是奏议文，远远不止这些。正如台湾学者萧启庆在《元代蒙古人的汉学》一文中说的那样，读经应举的蒙古士子皆应能文，所以能够下笔为文的蒙古人应该为数不少，但现能考出者却寥寥可数。原因是元代蒙古人专集已无完整者传世，而总集中则皆无蒙古散文作者手笔，考察甚为困难。这实在是一件憾事。

元朝赫赫有名的丞相伯颜，是蒙古巴林部人，《大丞相贺表》是他仅存的一篇奏议文，是在战胜宋廷后以表章的形式向朝廷传去的捷报，庆贺战争的胜利和国家统一大业完成，文章辑自丛书集成初编本《平宋录》，收录于李修生主编的《全元文》卷六一三中。文章开篇指出了天下一统大业即将完成的时代趋势，随后指出南宋的负隅顽抗几乎是蚍蜉撼树，继而指出战争的策略："命阿喇哈取道于独松，董文炳进师于海渚，臣与阿珠、阿达哈等尜司中闉，直指宋都。掎角之势既成，水陆之师并进。常州一破，列郡传檄而悉平；临安为期，诸将连营而毕会。"① 短短几句，将战时的策略规划出来，各有分工侧重，目标明确——"直指宋都"。不出其所料，一个月南宋就竖起了降旗，两个月已全部归降。《元史》卷一二七《伯颜传》中有记载，早在至元十二年，伯颜就请求世祖批准乘胜追击宋军的建议："［至元十二年］四月乙丑，有诏以时暑方炽，不利行师，俟秋再举。伯颜奏曰：'宋人之据江海，如兽保险，今已扼其吭，少纵之则逸而逝矣。'世祖语使者曰：'将在军，不从中制，兵法也。宜从丞相言。'"② 伯颜于至元十一年（1274）大举伐宋，到至元十二年（1275）请求乘胜追击，再到至元十六年（1279）终灭南宋，完成统一大业，一方面

---

① （元）伯颜：《大丞相贺表》，李修生主编《全元文》卷六一三，凤凰出版社，2004，第 19 册，第 665 页。

② （明）宋濂：《元史》卷一二七《伯颜传》，中华书局，1976，第 3106 页。

反映出伯颜不凡的军事才干，另一方面表明其开疆拓土、鞠躬尽瘁的功绩。难怪《元史》本传说他"深略善断"①，从文章中描写的灭宋策略可见一斑。

忽都达儿的《皇太子受册贺笺》和那木罕的《贺皇后笺》不失为优秀的贺词。忽都达儿是元仁宗延祐五年（1318）进士，那木罕为蒙古诸王。这两篇贺笺篇幅短小，语言简短有力，多用四言、六言、七言，在符合文体规范的前提下，深切地表达了祝贺，也寄寓了美好的祝福，具体文章如下：

皇太子受册贺笺 延祐六年

鸿册东宫，允叶推尊于太极；龙墀南面，应符储位于前星。宗社无疆，臣民有庆。（中贺）聪明时宪，刚健日新。遵祖训以绍丕图，宸闱昼永。奉慈颜为隆至养，宇宙春回；爱守器之克勤，实肇邦之是赖。臣某等式瞻鹤禁，叨职麟台。隆仪如日之方升，休光仰荷；盛典与天而齐久，眷命恢洪。②

贺皇后笺 泰定三年，那木罕

岁集陬訾，茂启三阳之运；春回禁苑，聿开六壸之祥。天地清明，宫闱愉悦。（中贺）雅存懿范，丕著徽音。翟茀以朝，敏慧凤成于君道；彤管有炜，贤慈式建于母仪。克佐昌辰，允膺繁祉。某等职縻东观，班簉内廷。汉殿礼严，愿献椒花之颂；周家化洽，行歌《樛木》之诗。③

同同所作的《对策》，文章名称言简意赅，就直接以"对策"命名，写作此文的目的一目了然。古代的"对策"是士子陈述政见的一种方式，

---

① （明）宋濂：《元史》卷一二七《伯颜传》，中华书局，1976，第3116页。
② （元）王士点、商企翁编《秘书监志》卷八，高荣盛点校，浙江古籍出版社，1992，第145～146页。
③ （元）王士点、商企翁编《秘书监志》卷八，高荣盛点校，浙江古籍出版社，1992，第149页。

士子根据论题来回答书写，针对某些社会问题、政治措施发出议论。同同这篇对策就是针对"持盈守成之道"这一议题而作，洋洋洒洒 2300 余字，虽有多处文字丢失，但文章状貌基本完整。文章从历朝历代的历史经验谈起，论证了"持盈守成之道"的内涵和外延，又结合当时元朝社会局面和情况，为大元的长久发展积极地建言献策。立论明确、逻辑严密、论证充分。

> 臣对：陛下发德音下明诏，持盈守成之道，远稽三代近祖宗，皆非愚臣所能及也。然先民有言，询于刍荛，臣敢不悉心以对。臣伏读制策曰，古人有言，得天下为难，保天下为尤难。自古持盈守成之君莫盛于三代，夏称启能敬承继禹之道，殷称贤圣之君六七作，周称成康能致刑措。夫以禹之功而惟启，以文武之德而惟成康，贤圣之君之众莫若殷，亦不过六七而已。其后，惟汉之文景而言"文景之治"，犹不得比之三代，善继承者，何若斯之难也。……①

元代蒙古族奏议文数目虽少，但能从这仅有的 4 篇文章中一览蒙古族丞相贺表、状元贺笺和重臣对策，得以见识他们的政见主张，知人论世，也称得上一件幸事了。

（二）色目人奏议文

色目人创作的奏议文共有 49 篇，占到了整个北方少数民族奏议文的38.89%，其中马祖常、余阙和不忽木最为突出。马祖常有 35 篇奏议文，数目最多；余阙次之，有 8 篇；不忽木则略少，共 3 篇。

马祖常的奏议文可分为制诏、章疏、策问、表笺等，虽然多为应酬之作，但是内容丰富，大到国家政策，小到民生百态，都囊括其中，对于我们了解这位历仕五朝的良臣的政见议论、思想变化是大有裨益的。马祖常（1279~1338），字伯庸，号石田，七岁知学，延祐初，贡举法行，乡贡会试皆第一，廷试为第二。授应奉翰林文字，擢监察御史。在任期间选贤与

---

① （元）同同：《对策》，李修生主编《全元文》，凤凰出版社，2004，第 56 册，第 260 页。

能，勤政廉洁，累迁礼部尚书，两知贡举，一为读卷官，寻参议中书省
事，拜江南行台御史中丞，迁陕西行台御史中丞。马祖常不仅有政治才
能，还颇有文才，元文宗誉之为"中原硕儒唯祖常"①，著有《石田先生
文集》十五卷存世。《元史》载："尝预修《英宗实录》，又译润《皇图大
训》《承华事略》，又编集《列后金鉴》《千秋纪略》"②，惜今已不传。唯
此《石田先生文集》是马祖常去世后第二年，即后至元五年（1339），
苏天爵与马祖常堂弟马易朔呈请朝廷，整理刊行，才得以传世。此本又
称扬州路儒学刻本，简称元本，共有十五卷，其中诗赋五卷，文十卷。
卷一，五言古诗；卷二，七言古诗、五言律诗；卷三，七言律诗；卷四，
五言绝句、七言绝句；卷五，乐府歌行、杂言、联句、骚、赋；卷六，
制诏、表笺、青词祝文；卷七，章疏；卷八，铭、箴、赞、杂文、策问、
题跋、记；卷九，序；卷十至卷十四，碑志；卷十五，行状、传。除元
刻本之外尚有明弘治六年光州熊翀所刻《马石田文集》，共十五卷，附
录一卷，卷首加李东阳序，卷尾有张颐、熊翀跋文。据北京图书馆王玉
良先生考证，1922 年上海古书流通处影印的所谓《元四家集》中的《石
田先生文集》即明弘治刻本。今人点校本有 1991 年中州古籍出版社出版
李叔毅点校本等。李叔毅在点校本的前言部分说道："过去的文学史、
文学理论诸书多数是只论其诗，不及其文。这对了解马祖常来说，造成
很大误解。其实，本书所录制诏、表疏、碑志等文不只是应制、应酬之
作，在其行文繁简、着墨淡浓之间，处处都映现出马祖常本人的态度和
情操。其史料价值也是不可多得的。本书所录记、传、叙、跋、箴、铭，
对于研究马祖常的人生哲学和文学观点的重要性和可靠性决不比其诗词
稍差。"③

　　确如李叔毅所说，马祖常的文章道明了他的观点和政见。身为历仕五
朝的良臣，马祖常受儒家思想影响很深，本着"积极入世、兼济天下"的
观念，无论任何职都恪尽职守，"祖常承乏察院，初官未熟时事，往往笃

---

① （明）宋濂：《元史》卷一四三《马祖常传》，中华书局，1976，第 3413 页。
② （明）宋濂：《元史》卷一四三《马祖常传》，中华书局，1976，第 3413 页。
③ （元）马祖常：《石田先生文集》，李叔毅点校，中州古籍出版社，1991，第 4 页。

信古道，动辄得咎"。① 即使是面对皇上的威严和权臣的奸佞，他也毫不畏惧，为了黎民百姓，他不顾权臣把握朝堂，大胆上疏，直陈政见。《建白一十五事》《论百官请赏》《论加恩典》《请量移流罪》《记河外事》等都是其政治见解方面的代表作。《建白一十五事》是直言进谏皇上的一篇力作，开篇便指出为官的宗旨与目的："窃惟古者建立言事之官，非徒摘拾百官短长，照刷诸司文案，盖亦拾遗补阙，振举纲维，上有关于社稷，下有系乎民人。礼文风俗，治体所存；名爵谥赠，政理斯在。教化有方，则善恶自别；设施有法，则缓急自明。重谷则农自勤，定制则官自守，修武则先恤兵，严试则可劝吏。"② 接着把眼下皇帝要做的十五件事一一列出，涉及兵、农、学等多方面，条分缕析，有理有据。除了进谏自己关于社稷的建议与想法，马祖常还作文推荐贤能之才，弹劾奸佞之臣，《举翰林待制袁桷等》《弹右丞相帖木迭儿》《弹中书参议宇罗等官》《弹大都路总管范完泽》等。文章短小精悍，有感而发，堪称深谙儒家之道的士大夫之文。

色目人中还有一位善作奏议文的文士，他就是不忽木。不忽木早年就跟从许衡学习儒学，汉化较深，后来官居吏部尚书、昭文馆大学士、平章军国事等职，"及帝前论事，吐辞洪畅，引义正大，以天下之重自任，知无不言"③。不忽木现存文《请遣使劝谕陈日燏自新疏》《请效法汉文帝克谨天戒疏》《请兴学校疏》三篇，辑自《元史》卷一三〇《不忽木传》，虽然数目略少，但也能从中看到一代政治人物的主张和理念。《请兴学校疏》原文前有"至元十三年，与同舍生坚童、太答、秃鲁等上疏曰"④ 一段文字，表明此篇是多人合作完成的，但是文中引经据典，陈词真切，也能一窥不忽木的汉文功底。文章由《学记》引出教育的重要性，告诫圣上："古之王者，建国君民，教学为先。"⑤ 再举前朝重视学校教育的举措，

---

① （元）马祖常：《石田先生文集》，李叔毅点校，中州古籍出版社，1991，第165 页。

② （元）马祖常：《石田先生文集》，李叔毅点校，中州古籍出版社，1991，第147 页。

③ （明）宋濂：《元史》卷一三〇《不忽木传》，中华书局，1976，第 3172 ~ 3173 页。

④ （明）宋濂：《元史》卷一三〇《不忽木传》，中华书局，1976，第 3164 页。

⑤ （明）宋濂：《元史》卷一三〇《不忽木传》，中华书局，1976，第 3164 页。

表明国家实施教育已经迫在眉睫。然后再将如何施行学校制度有条不紊地列出,等待圣上的抉择。整篇文章有理有据,论证充分,语言朴实而有说服力,是一篇合格的奏议文。

(三) 契丹与女真人奏议文

契丹与女真人奏议文的代表当数耶律楚材。耶律楚材,字晋卿,《元史》卷一四六《耶律楚材传》载其:"博极群书,旁通天文、地理、律历、术数及释老、医卜之说,下笔为文,若宿构者。"[①] 他的奏议文多达45篇,大部分是为法会、建佛寺、建佛像、建佛塔、请禅师等佛教相关事务而作的疏文。句式整齐,用语精练,最后以"谨疏"结尾,严格规整。

除了代表作家耶律楚材,契丹与女真人中还有一些作家,虽然只有零星几篇文章,但也值得探究一番。如:契丹人石抹明安之子石抹咸得不曾袭父职为燕蓟留后长官,他就有两篇请长春真人住持天长观的奏章,明确表达了对道教的尊崇,在文中认为天长观为"人间紫府,主上福田"[②]。赞美长春真人"识超群品,道悟长生。舌根有花木香,胸襟无尘土气。实人天之眼目,乃世俗之津梁。向也乘青牛而西迈,不惮朝天"[③]。语言精练、意象清雅、文势不凡,真切自然地表现了丘处机的优秀品质和过人之处,表现出对长春真人入主天长观的殷殷期望及对他本人的景仰之情。

再如,女真族文人夹谷之奇,字士常,号书隐。初授济宁教授,辟中书省掾。大兵南伐,授行省左右司都事。清代邵远平著《元史类编》评曰:"为文简严有法,多传于世。"[④] 他的《贺正旦笺》就符合这一评价,辑自清四部丛刊本《国朝文类》卷一七,夹谷之奇虽存文很少,但此篇笺文写作十分有章法,对于中原传统的阴阳五行学说可谓十分了解。

> 位拱少阳,仗簇黄麾之晓,气暄太簇,祥开青禁之春。邦本益

---

① (明) 宋濂:《元史》卷一四六《耶律楚材传》,中华书局,1976,第3455页。
② (元) 石抹咸得不:《请真人长春公住持天长观疏》,李修生主编《全元文》卷二,凤凰出版社,2004,第1册,第25页。
③ (元) 石抹咸得不:《请真人长春公住持天长观疏》,李修生主编《全元文》卷二,凤凰出版社,2004,第1册,第25页。
④ (清) 邵远平:《元史类编》,清乾隆六十年席氏扫叶山房刻本。

隆，舆情胥庆。（中贺）仰遵圣训，参决政机，执中传精一之心，作贰毓元良之望。重明继照，阴邪常遏于未形；九四在渊，阳德克潜于已著。兹履端之云始，宜介福之孔多。某等素乏长材，叨居端尹。星辉海润，莫酬沾被之恩；月恒日升，第祝绵延之算。①

女真文士乌古孙良桢有《求贤自辅疏》《请国从礼制疏》两篇文章，《求贤自辅疏》辑自《元史》卷一八七，题目为《全元文》编者自拟，文章认为自天历年间纲常崩坏的问题仍然十分严重，不可轻视，作者认为应当请知名儒士以儒家传统道德修养影响大内，期待在新时代能"启沃宸衷，日新其德"，如果这样做是"万世无疆之福也"。

天历数年间，纪纲大坏，元气伤夷。天祐圣明，入膺大统，而西宫秉政，奸臣弄权，畜憾十有余年。天威一怒，阴晦开明，以正大名，以章大孝，此诚兢兢业业祈天永命之秋，其术在乎敬身修德而已。今经筵多领以职事臣，数日一进讲，不逾数刻已罢，而亵御小臣，恒侍左右，何益于盛德哉。臣愿招延儒臣若许衡者数人，置于禁密，常以唐、虞、三代之道，启沃宸衷，日新其德，实万世无疆之福也。②

《请国从礼制疏》则辑自文渊阁四库本《元朝典故编年考》卷八，作于至正三年，作者认为区分"国人""汉人南人"之礼节差异，明面上看是保证"国人之优越地位"，实际在长期统治来看，是十分有害的，会激化民族矛盾，对元朝的统治不利。作者认为要制定通识的礼制，"自天子至于庶人，皆从礼制"，这样才能"明万世不易之道"。

纲常皆出于天，而不可变。议法之吏乃言国人不拘此例，诸国人各从本俗，是汉、南人当守纲常，国人、诸国人不必守纲常也。名曰

---

① （元）夹谷之奇：《贺正旦笺》，李修生主编《全元文》卷三七六，凤凰出版社，2004，第 11 册，第 159 页。"太簇"，《全元文》作"大簇"，有误。

② （元）乌古孙良桢：《求贤自辅疏》，李修生主编《全元文》卷一七〇一，凤凰出版社，2004，第 56 册，第 134 页。"不逾"，《全元文》作"不渝"，有误。

优之，实则陷之，外若尊之，内实侮之。推其本心，所以待国人者不若汉、南人之厚也。请下礼官有司，及右科进士在朝者会议，自天子至于庶人，皆从礼制，以成列圣未遑之典，明万世不易之道。①

从体类上来看，这两篇文章虽类似公文，但是却不似应用文那样刻板，反而表现得十分简练、语言平易，一方面是文体的要求，另一方面可以看出作者高超的文字技巧和文化水平，同时作者对礼制和儒家文化的了解也很多。乌古孙良桢自幼资质过人，至治二年（1322）荫补江阴州判官，调婺州武义县尹，改章州路推官，为官期间两袖清风、廉谨自持，是为人称道的父母官。可见他热衷于关心民生国事，与其为官经历是紧密相关的。

第二节　序跋文

古代文章分体，有序跋类。序，指序文，是写在一部书或一篇诗文前面的文字，一般会交代写作缘由、写作内容、写作体例和目次等；跋，指跋文，又称题跋或跋尾，是附写在书后或诗文后的文字，以说明文字和议论文字居多，或为读后感，或为考订书、文、画、金石碑文的源流、真伪等的短文。序和跋性质相近，它们都是对某部著作或某一诗文进行说明的文字，因此本文归于一类来说。② 这些说明的文字不是随意而作的，当然也有一些是应邀附和之作，但大多数序跋文能反映出作者的观点认同、交游和喜好等。

（一）蒙古人序跋文

蒙古文人所作的序跋文共有 6 篇，分别是息剌忽的《武当事迹序》，燮理溥化的《乐安县志序》，阿鲁威的《〈续轩渠诗集〉序》和《跋虞雍

---

① （元）乌古孙良桢：《请国从礼制疏》，李修生主编《全元文》卷一七○一，凤凰出版社，2004，第 56 册，第 135 页。

② 褚斌杰：《中国古代文体概论》，北京大学出版社，1990，第 378 页。

公〈诛蚊赋〉》，僧家奴的《赵清献公文集序》，哈剌台的《〈圭塘欸乃集〉跋》。这 6 篇文章，包含了对国家长治久安的殷切希望，对前朝名人的景仰，对好友作品的支持和对恩师的赞美，正是这些朴素而丰富的感情让这几篇序跋文生动起来，也能够看出蒙古族序跋文思想的独特之处。

创作时间最早的当数息剌忽的《武当事迹序》，从文中可以认定创作的时间为至元年间，其间息剌忽奉命镇守钧州（即今湖北丹江口），因道教名山武当山就在境内，于是到任之初，息剌忽就各方搜集武当事迹，在拜访道学进士刘洞阳时，偶见《武当总真事迹》三卷，其中"前代之沿革，佑圣之仙踪，宫观之本末，神仙之隐显，与夫峰峦之秀，溪涧之幽，昆虫之灵，草木之异，井井有条而不紊"①，"不出户庭则武当万古之灵踪已遍历矣"② 等句，让他爱不释手，因之息剌忽"索之以广其传，愿与四方乐善好事君子共，亦足以彰北方圣人与天地合德之大"③。从第一段"朱汉上曰：坎为昆虫之灵，天地之中，圣人得天地之中，则能与天地日月鬼神合。先天而天弗违，圣人即天地也；后天而奉天时，天地即圣人也。圣人与天地为一，是以作而万物睹。坎北方之卦也，大元运启于北，眷命自天，统御乾坤，并明日月，山川鬼神亦莫不宁。至元庚午冬，元帝现龟蛇瑞相于大都高梁河金水中，此后天而奉时之验也，元帝，北方元武之神也，尊居天一，位镇坎宫，威慑万灵，周行六合。武当山，元帝之所寓，元武非此山不足以显其灵，此山非元武不足以彰其名。此先天而天弗违之理也。大元元帝皆北方之圣人，是以与天地为一圣，作物睹天道之常"④以及最后一句"因索之以广其传，愿与四方乐善好事君子共，亦足以彰北

---

① （元）息剌忽：《武当事迹序》，李修生主编《全元文》卷九九〇，凤凰出版社，2004，第 31 册，第 82 页。

② （元）息剌忽：《武当事迹序》，李修生主编《全元文》卷九九〇，凤凰出版社，2004，第 31 册，第 82 页。

③ （元）息剌忽：《武当事迹序》，李修生主编《全元文》卷九九〇，凤凰出版社，2004，第 31 册，第 82 页。

④ （元）息剌忽：《武当事迹序》，李修生主编《全元文》卷九九〇，凤凰出版社，2004，第 31 册，第 81～82 页。

方圣人与天地合德之大"① 中，可以看出息剌忽对道教的尊崇，期望道教文化与元朝的融合，久久不衰，以天地八卦为由，建构出元代繁盛之因，期望大元得眷天命，可惜元代不足百年便已亡国，但是像息剌忽这样的有心之士的确是难得的。

息剌忽是在精神理念上期望元代的长治久安，燮理溥化则是用实际行动为国家的长治久安贡献一份力量。燮理溥化泰定四年（1327）中进士第后，先赴安徽任庐州路舒城县达鲁花赤，后于至顺癸酉年（1333）调任抚州路乐安县达鲁花赤，就此与乐安县结缘。《乐安县志序》正作于此时。燮理溥化在乐安县任职期间，十分重视教育与文化事业发展，大修孔庙礼殿，兴建讲堂、学宫居室、斋舍等，政绩斐然。在《乐安县志序》中，他坚信"古之郡国皆有志"②。他认为县志自古就可以"定区域，辨土壤，而察风俗也"③，作用不可小觑，"遂以谕鳌溪书院直学李肃精加点校，逐卷增而续之"④，使"封畛之广狭，山川之远近，名宦之游历，文人之咏赞，与夫一民一物、一言一行之有关于世教者，靡不具载考。是邑之事迹，一寓目而尽得焉"⑤。最后，作者以此句道出了所作《乐安县志序》的原因："邑士陈良佐率为锓梓，余因是而得风物山川之美，又因是而知斯文之盛、好义乐善者之多也，为题其端云。"⑥ 燮理溥化对一方县志都如此重视，既能说明其人思想境界之高，心思之细腻，也能看出其为大元社稷思虑深远的心情。

阿鲁威创作的《〈续轩渠诗集〉序》和《跋虞雍公〈诛蚊赋〉》，是蒙

---

① （元）息剌忽：《武当事迹序》，李修生主编《全元文》卷九九〇，凤凰出版社，2004，第31册，第82页。
② （元）燮理溥化：《乐安县志序》，李修生主编《全元文》卷一七〇一，凤凰出版社，2004，第56册，第152页。
③ （元）燮理溥化：《乐安县志序》，李修生主编《全元文》卷一七〇一，凤凰出版社，2004，第56册，第152页。
④ （元）燮理溥化：《乐安县志序》，《乐安县志》卷八，清康熙二十三年刻本。
⑤ （元）燮理溥化：《乐安县志序》，李修生主编《全元文》卷一七〇一，凤凰出版社，2004，第56册，第152页。
⑥ （元）燮理溥化：《乐安县志序》，李修生主编《全元文》卷一七〇一，凤凰出版社，2004，第56册，第152页。

古族散文中序跋文文体的集大成者，也是阿鲁威仅存的两篇文章。考察这两篇文章对于赏析阿鲁威的散曲、了解阿鲁威的为人以及探究阿鲁威的交游情况都有重要的作用。

阿鲁威禀赋优异，且自小勤奋好学，精通蒙、汉两种语言文字，汉文修养深厚，而且熟识中国历史典籍，曾翻译《世祖圣训》《资治通鉴》等。虽为学富五车的学者，但阿鲁威做官的时间却很短，曾经在元英宗至治间官南剑（今福建南平）太守，泰定帝泰定年间任经筵官、翰林侍读学士、参知政事等职，一生中大部分时光是隐居度过的。他不仅学识出众，而且尤以散曲创作闻名，是元代成就较高的散曲家。散曲内容多为鄙薄高官厚禄、向往隐居生活；抒发时光易逝、怀才不遇之感慨；赞扬古代英雄贤士。其散曲风格豪放悲凉。明代朱权在《太和正音谱》中将其列入元散曲七十大家之列，并称其散曲"如鹤唳清霄"①。除了擅长创作散曲，阿鲁威还擅长诗歌创作，与大诗人虞集等人多有唱和，惜其诗歌今已不存。学界普遍认为，阿鲁威并无散文存世，对阿鲁威的研究也只囿于其散曲家的身份。陈开林在《湖州师范学院学报》2016 年第 1 期上发表《〈皕宋楼藏书志〉的辑佚价值——〈全元文〉佚文补目 166 篇》，文中辑得阿鲁威《〈续轩渠诗集〉序》一篇，更新了学界对阿鲁威存文的认知。都刘平《元代蒙古散曲家阿鲁威佚文辑存及生平新考》② 一文的发表，表明学界对阿鲁威的散文认知又深了一步。都刘平在文章中指出，新辑得的两篇文章，分别为《〈续轩渠诗集〉序》和《跋虞雍公〈诛蚊赋〉》。《〈续轩渠诗集〉序》辑自陆心源编《皕宋楼藏书志》卷九九（《续修四库全书》第 929 册，第 440 页），《跋虞雍公〈诛蚊赋〉》辑自明代汪砢玉编《珊瑚网》卷一〇（《景印文渊阁四库全书》第 818 册，第 153 页）。

《〈续轩渠诗集〉序》一文中阿鲁威对洪希文其人其文均推崇备至。洪希文（1282～1366），字汝质，号去华山人，莆田（今福建）人。其父洪岩虎，系宋代贡士，曾任兴化教谕，后来与洪希文隐居山中，生活清苦，

---

① （明）朱权：《太和正音谱》，中国戏曲研究院编《中国古典戏曲论著集成》（三），中国戏剧出版社，1959，第 19 页。

② 都刘平：《元代蒙古散曲家阿鲁威佚文辑存及生平新考》，《民族文学研究》2017 年第 3 期。

但父子唱和无愠色。洪岩虎死后，洪希文嗣为乡先生，郡之名族争致西席。《续轩渠诗集》为洪希文所撰诗文集，类分十卷，附录一卷。附录乃其父岩虎所作《轩渠集》，因其已断残不全，故为附录。序文作于延祐五年，阿鲁威时任泉州路总管。洪希文的家乡"莆阳"，元代隶属于兴化路，泉州路与兴化路接壤，因此阿鲁威在此任期间，常于二路之间往返，与洪希文交游甚密。洪希文现存《陪东泉郡公作霖料院，雨，登楫江水亭》《沁园春·寿东泉郡公》两首赠予阿鲁威的诗词，也证明了这一点。阿鲁威与洪希文为何如此交好？大抵是志趣相投所致。阿鲁威的文学作品中反映了其厌恶功名利禄、向往诗酒隐居的思想倾向。这与洪希文隐居山中、清苦度日但又乐在其中的人生经历不谋而合。精神境界的一致，是二人友谊经久不衰的主要原因。这篇序，就是二人友谊的见证，序跋文的魅力就在于此。

阿鲁威的另一篇序跋文《跋虞雍公〈诛蚊赋〉》，是阿鲁威对南宋名相虞允文正直贤能的欣赏和肯定，从《诛蚊赋》中的"使天下之为人臣者得以安其君，天下之为人子者得以宁其亲"[1] 一句点出了虞允文诛恶锄奸、为国利民的志向，从而反映出阿鲁威渴慕清官廉吏的心情。虞允文（1110~1174），字彬父，一作彬甫。隆州仁寿县（今四川省眉山市仁寿县虞丞乡）人。南宋绍兴二十四年（1154），虞允文登进士第，累官中书舍人、直学士院，指挥过采石之战等，为南宋立下了赫赫战功，是南宋时期赫赫有名的宰相，也是阿鲁威心目中清官廉吏的标杆。虞允文文采出色，《诛蚊赋》是其早年间比较有名的作品之一，文中以蚊蚋荼毒人间，比喻金逞威于河内，主张除恶务尽，不能任由这无穷之毒存于世间。文章以其深深的爱国情打动了元代诸多诗人，柯九思、郑元佑等都因读其《诛蚊赋》而深受启发，于是赋诗留存世间。阿鲁威何以为其题跋便不言自明了。

与阿鲁威的《跋虞雍公〈诛蚊赋〉》一样，僧家奴的《赵清献公文集序》也是赞赏前朝人物之作。辑自南阳赵氏刻本《赵清献公文集》卷首，

---

① （明）汪砢玉：《珊瑚网》卷十，台湾商务印书馆，1986，景印文渊阁四库全书，第 818 册，第 153 页。

收录于李修生主编《全元文》卷一四二四。整篇文章感情充沛，辞采飞扬，行文流畅，叙事与议论兼备，算得上元代蒙古族散文中的高水平之作。《赵清献公文集》系北宋名臣赵抃所作。赵抃有"铁面御史"之称。细读僧家奴所作的这篇序，文辞中充满了对赵抃的赞赏，尤其是对其"屹立台端，谠言正操，确乎其不可拔，挺然其不可夺，谏必纳，劾必黜，泰彰臣道，日新君德"①"抨弹权幸，诛锄强悍，摘奸烛幽，发政施令，皎如星月，厉若雷霆"② 表现出深深的崇敬。与赵抃的官场经历一样，僧家奴也是一路宦海沉浮，早年为元武宗宿卫，至正初任广东宣慰使都元帅、江浙行省参政，历福建宪使，赵抃所经历的僧家奴同样经历过，所以有切身的体会，因此僧家奴对赵抃的崇敬之情，是惺惺相惜之情，其中"不知何年钟秀孚凝，而复出斯人也邪？"③ 一句，更是将这种深情表露得淋漓尽致。僧家奴有此文采并不稀奇，除了擅长作文，他还热衷于作诗。至正九年（1349）八月，他与申屠駉、奥鲁赤、赫德尔等在乌石山作《道山亭联句》："（子迪）'追陪偶上道山亭，迭巘层峦绕郭青'；（元卿）'万井人家铺地锦，九衢楼阁画帏屏'；（本初）'波摇海月添诗兴，座引天风吹酒醒'；（文卿）'久立危栏须北望，无边秋色杳冥冥'"④，诗作多吟咏山中之景，毫无逼仄习气，创作水平较高，从中还能一窥蒙古人、色目人一同创作联句的盛况。

《〈圭塘欸乃集〉跋》辑录于元代许有壬《圭塘欸乃集》（影印文渊阁四库全书本）。作者哈剌台，哈儿柳温台氏，泰定四年（1327）登进士第。在文中，他写道：许有壬曾官御史中丞，后因年老辞官归隐山林，"得地数十亩，筑亭凿池"⑤，整日与山林做伴，好不乐乎？天朗气清之时，率子弟吟诗

---

① （元）僧家奴：《赵清献公文集序》，李修生主编《全元文》卷一四二四，凤凰出版社，2004，第46册，第208页。
② （元）僧家奴：《赵清献公文集序》，李修生主编《全元文》卷一四二四，凤凰出版社，2004，第46册，第208页。
③ （元）僧家奴：《赵清献公文集序》，李修生主编《全元文》卷一四二四，凤凰出版社，2004，第46册，第208页。
④ 陈衍：《元诗纪事》，上海古籍出版社，1987，第438～439页。
⑤ （元）许有壬：《圭塘欸乃集》，台湾商务印书馆，1986，景印文渊阁四库全书，第1366册，第909页。

作对，更相唱和，因得《圭塘欸乃集》。这便是《圭塘欸乃集》的创作由来和创作环境。整篇文章充满了对许有壬的赞美："世士大夫宦游中外老归于乡者有之矣，得山川之胜而燕游者则鲜也，得山川之胜而燕游者有之矣，弟若子俱能文辞者则鲜也。"① 赞美许有壬善于教授弟子。"公以明经擢上第，致位廊庙，佐天子出政令几三十年。"② 赞美许有壬的对朝廷一片赤诚。"相之人凡出处去就，一以乡先生为法。是集之鸣也，益著众所谓贤者又不得专美于昔矣。"③ 赞美《圭塘欸乃集》的汇编使许有壬开创了专注现在、不忆往昔的"出处去就"新方式。文末自署"至正辛卯冬至前五日，诸生哈剌台再拜"。自此推测他可能是许有壬的弟子。典籍中对哈剌台的介绍较少，这一序跋文的解读，对我们了解哈剌台的师承关系，提供了一定的帮助。此外，哈剌台还与苏天爵等人来往甚密，苏天爵曾为其祖母作《元故赠长葛县君张氏墓志铭》。可见哈剌台的交友是十分广泛的。

（二）色目人序跋文

色目人的序跋文大体围绕三个主题：第一，治国思想和人生旨趣；第二，创作理论和文学观点；第三，编撰过程和个人体悟。

元仁宗延祐六年（1319），赵世延养疾于金陵，监察御史王主敬请他为《南唐书》作序，"天历改元，余待罪中执法。监察御史王主敬谓余曰：'公向在南台，盖尝命郡士戚光，纂辑《金陵志》，始访得《南唐书》，其于文献遗阙，大有所考证，裨助良多，且为之音释焉。因属博士程熟等，就加校订，锓板与诸史并行之。越明年，余得告还金陵，书适就，光来请序。'"④《南唐书》是一本记载五代时南唐国历史的纪传体史书。共有三部："马元康、胡恢等，迭有所述，今复罕见。至山阴陆游，著成此书，

---

① （元）许有壬：《圭塘欸乃集》，台湾商务印书馆，1986，景印文渊阁四库全书，第 1366 册，第 909 页。
② （元）许有壬：《圭塘欸乃集》，台湾商务印书馆，1986，景印文渊阁四库全书，第 1366 册，第 909 页。
③ （元）许有壬：《圭塘欸乃集》，台湾商务印书馆，1986，景印文渊阁四库全书，第 1366 册，第 909 页。
④ （元）赵世延：《南唐书序》，李修生主编《全元文》卷六七五，凤凰出版社，2004，第 21 册，第 683～684 页。

最号有法，传者亦寡。"① 马、陆二书都记载了南唐国自李代吴至李煜降宋间的兴衰史。赵世延认为南唐的历史"矧其间政化得失，兴衰治乱之迹，有可为世鉴戒者，尤不可泯也"②。最后指出了写作此序的目的"后世有能秉《春秋》直笔究明纲目统绪之旨者，或有所考而辩之。姑识其端，以俟君子"③。从他的《南唐书序》中可以看出赵世延的治国思想和人生旨趣。

马祖常存世的作品虽多，但是没有理论性的专著，所幸在其创作的序跋文中，能够觅得他的一些创作理念。他在《周刚善文集序》开篇说道："六经之文尚矣。先秦古文，虽淳驳庞杂，时戾于圣人，然亦浑噩弗雕，无后世诞诡猷骸不经之辞。"④ 直接表达了他的为文理念，遵循古法，创造新美，也成了他创作的重要审美倾向。在《卧雪斋文集序》中，他认为："夫人之有文，犹世之有乐也。乐之有高下节奏，清浊音声，及和平舒缓，焦杀促短之不同，因以卜其世之休咎，象其德之小大。人之于文亦然，然不能强为也。赋天地中和之气，而又充之以圣贤之学。"⑤ 他反对为文"乖戾邪僻忿懥淫哇之辞"⑥，认为只有赋予文一种"天地中和之气"⑦，才是"理之自然"⑧。马祖常的这种创作理论和文学观点，对元代文风影响很大，一时间"文宗秦汉，以古为美"的创作理念开始流行，从这个角度说，马

---

① （元）赵世延：《南唐书序》，李修生主编《全元文》卷六七五，凤凰出版社，2004，第 21 册，第 684 页。
② （元）赵世延：《南唐书序》，李修生主编《全元文》卷六七五，凤凰出版社，2004，第 21 册，第 684 页。
③ （元）赵世延：《南唐书序》，李修生主编《全元文》卷六七五，凤凰出版社，2004，第 21 册，第 684 页。
④ （元）马祖常：《石田先生文集》，李叔毅点校，中州古籍出版社，1991，第 185 页。
⑤ （元）马祖常：《石田先生文集》，李叔毅点校，中州古籍出版社，1991，第 185 页。
⑥ （元）马祖常：《石田先生文集》，李叔毅点校，中州古籍出版社，1991，第 185 页。
⑦ （元）马祖常：《石田先生文集》，李叔毅点校，中州古籍出版社，1991，第 185 页。
⑧ （元）马祖常：《石田先生文集》，李叔毅点校，中州古籍出版社，1991，第 185 页。

祖常开启了一种新的风气。

除此之外，还有一些色目文家的自序，如贯云石的《孝经直解序》，唐兀崇喜的《述善集》自序，鲁明善的《农桑衣食撮要自序》，忽思慧的《饮膳正要序》等。这些序文或详述其编撰过程，或发表个人体悟，感情真挚，语言细腻，读来发人深省。其中最具代表性的是贯云石的《孝经直解序》。贯云石（1286～1324），本名小云石海涯，字浮岑，号成斋，又号酸斋、疏斋，高昌畏兀儿人。曾北从姚燧学，燧见其古文峭厉有法，及歌行、古乐府慷慨激烈，大奇之。贯云石的著述颇丰，曾有诗文集《酸斋诗集》和著作《孝经直解》行世，亡佚于明清之际。今存有《孝经直解序》《阳春白雪序》《今乐府序》三篇序。

《孝经直解序》作于至大元年（1308）二月十六日，是他在其著作《孝经直解》中的自序，全文如下：

> 子曰："人之行莫大于孝。"□□"移风易俗，莫善于乐；安上治民，莫善于礼。"一□□□□五刑，莫大之罪。是故《孝经》一书，实圣门大训。学者往往行之于口，失之于心，而况愚民蒙昧，安可以文字晓之？古之孝者，父母爱之，喜而不忘。父母恶之，劳而不怨，犹常礼之孝也。立身行道，扬名于后世者，其犹远哉？尝观鲁斋先生取世俗之语直说《大学》，至于耘夫菀子皆可以明之，世人视之以宝，士夫无有非之者。于以见鲁斋化艰成俗之意，于风化岂云小补！愚末学，辄不自量，僭效直说《孝经》，使匹夫匹妇皆可晓达，明于孝悌之道。庶几愚民稍知理义，不陷于不孝之罪，初非敢为学子设也。或曰："汝得无欲比肩鲁斋公乎？"予曰："奚敢！"又曰："侮圣人之言乎？"予曰："岂敢！"时至大改元，孟春既望，宣武将军、两淮万户府达鲁花赤小云石海涯北庭成斋自叙。①

作者先是强调"孝"的深刻价值，引出阅读《孝经》的重要性，但是《孝经》是"圣门大训"，普通人阅读有一定难度，所以作者以许衡直解

---

① （元）贯云石：《孝经直解序》，李修生主编《全元文》卷一一四四，凤凰出版社，2004，第 36 册，第 190～191 页。

《大学》为榜样，"直说《孝经》，使匹夫匹妇皆可晓达，明于孝悌之道"①。目的明确，态度谦逊，用语平实，是一篇通俗易懂又饱含深情的自序。

如果说贯云石的《孝经直解序》是在思想上启迪人生，那么唐兀崇喜在《述善集》中的自序就是行动上务实的典型，他在文中将其家世、祖辈的功绩娓娓道来，有条不紊，事实详尽，又于文末表明自己的意志："今乱略既定，将挈家复业，衰友朋耆宿，续为前约，务农兴学，重建崇义书院，以酬平生之志，诚所愿也。"② 全文如下：

> 余杨其姓，世居宁夏之贺兰山。先曾祖讳唐兀台，国初从军有功，选为弹压。岁乙未，扈从皇嗣兄弟南征，收未顺之国，攻不降之城，累著劳绩，将议超擢，以疾卒于行营。
>
> 先祖讳间马继其役，攻城野战，围襄取樊，无不在行。而素乐恬退，不希进用。大事既定，来开州濮阳县东，官与草地，偕民错居，卜祖茔置居于草地之西北，俗呼十八郎寨者，迄今百年，逾六世矣。
>
> 至元八年，签充山东河北蒙古军。十六年，奉旨选充左翊蒙古侍卫亲军。三十年，定著为籍，后追赠敦武校尉军民万户府百夫长。
>
> 公为人资性纯厚，好学向义，服勤稼穑。尝言："宁得子孙贤，莫求家道富。"厚礼学师以教子孙。岁至治癸亥，于所居之西北官人寨之乾隅卜地一区，市屋为塾，南北为楹者九，东西广亦如之。肇始经营，而竟不果。
>
> 先考忠显公，慨然继志，立乡约，一风俗，兴学校，育人材，以成其事。暨岁泰定，续置东西瓦舍，为楹者亦如先祖敦武公所市之数，适与南北九楹齐。先茔井于其西，乃叹曰："欲求家道久昌，莫若教子义方。"割资一千五百缗，购瓦舍为楹者三，为標有七，欲于前所置东西九间房之正北，构讲堂，延师儒，诲子孙，以为永图。复

---

① （元）贯云石：《孝经直解序》，李修生主编《全元文》卷一一四四，凤凰出版社，2004，第 36 册，第 191 页。
② 焦进文、杨富学校注《元代西夏遗民文献〈述善集〉校注》，甘肃人民出版社，2001，第 51 页。

未就，以疾终于正寝，可胜痛哉！

愚窃自谓，资虽不敏，叨居胄馆，忝预公试，俟贡有期。值父忧，还家养母，以守业务本为事。既毕丧，敢不思先祖积累之勤，成均师友切磋之笃，圣天子涵养六世之恩，使祖宗以来安享百年之福，冀以报其万一。于是拜禀于母恭人孙氏，恪遵先志，计仰事俯育之余。罄家资，购材傭工，于先人忠显公续置东西九间房之正北，创购讲堂，为间者三，颜以"亦乐"，故集贤学士魏郡潘先生名且记之。复于其西规地为亩者三，建大成之殿。神门两庑，斋馆庖湢，及学田五百亩，不侥浮誉，专为育材。

寻以妖贼蜂起，两河调兵，遂至正十六年秋，愿献粟五百石、草一万束，助殄寇之资，不求官钱名爵。朝议嘉之，赐以"崇义书院"之号。

继念先考忠显公先立乡会义约，凡十余条，月为一会，各相稽订，置簿立籍，定其赏罚。中推年高德盛、材良行修者，俾充约举、约司，掌管约人。酌古礼意，合今时宜，凡可行之事，当戒之失，悉书于籍，使各遵而由之。其在约者，死丧、患难、济救之礼，德业、过失、劝惩之道，历举而行。数年有成，四方来观，皆慕且仿。故学士潘先生复为之序，翰林待制愚庵颜先生为之赞，今翰林侍讲学士晋安张先生诗。

乃至正十一年，盗起颍、亳。又七年，延蔓河北，兵燹之际，避地京师，又十年矣。

今乱略既定，将挈家复业，衰友朋耆宿，续为前约，务农兴学，重建崇义书院，以酬平生之志，诚所愿也。谨缮写三先生所著暨元约于卷端，伏惟省、台、馆、阁、成均之钜公，四方游居在京之大夫士，赐之题咏，以为教勉。不惟使愚陋庶有传于当时，后世亦以见我圣朝用武之日，而其未乏材也夫。

至正二十有七年春三月吉，杨氏崇喜敬书。①

正统《大名府志》卷六，嘉靖《开州志》卷六，光绪《开州志》卷

---

① 焦进文、杨富学校注《元代西夏遗民文献〈述善集〉校注》，甘肃人民出版社，2001，第49～51页。

六，焦进文、杨富学校注《元代西夏遗民文献〈述善集〉校注》等文献资料和唐兀崇喜本人的这篇《自序》，使我们对唐兀崇喜的了解更进一步。唐兀崇喜曾袭任百夫长，就读于国子监，是国子生，因他长期不仕，故又被称为处士。他于至正年间尝捐助米五百石、草万束以帮助元廷镇压红巾军，而不求官位；捐良田五百亩以养士，创建书院，元廷赐名"崇义书院"。元末避乱于大都，尝为官，官职不详。但从危素称他为"处士"、陶凯称他为"杨公"，说明他在京师还是有很高的地位和声望的。

（三）契丹与女真人序跋文

元代契丹与女真人序跋文创作以耶律楚材和李庭为主力。二人的序跋文不仅数目多，而且质量优。耶律楚材有 13 篇序跋，李庭也有 17 篇序跋文传世。从序跋中我们可以观察到文人的文学思想和交流的情况，作者的种类情况都可以从中体现出来，序跋文能够帮助我们更好地了解作者。

耶律楚材的序跋文具体篇目有：《司天判官张居中六壬祛惑钤序》《苗彦实琴谱序》《西游录序》《辨邪论序》《万松老人评唱天童觉和尚颂古从容庵录序》《评唱天童拈古请益后录序》《楞严外解序》《心经宗说后序》《糠孽教民十无益论序》《释氏新闻序》《屏山居士金刚经别解序》《万松老人万寿语录序》《屏山居士鸣道集序》。从篇目看，为禅师、佛经所作居多，耶律楚材弘扬禅学，所以十分热衷于为师友们的禅学著作作序，希望能为他们的著作起到宣传和推广作用。细读耶律楚材的序文会发现，他多次为万松老人的著作作序。这位万松老人即万松行秀，是当时的佛教首领，耶律楚材既为其作序，其弘扬禅学的目的就随之凸显出来了。

李庭的序跋文内容则更加丰富，包括文集序、图序、碑序和跋，具体篇目有：《兰泉先生文集序》《恒斋先生文集序》《云岩先生文集后序》《嵩阳归隐图序》《林泉归隐图序》《王尊师泛霞图序》《二老谈玄图序》《长安五陵会序》《重阳诏旨碑序》《冯道人语录序》《大霞薛真人疏抄序》《庸斋直解后序》《愚庵集解序》《送荆干臣诗序》《虚静子文集序》《跋文子堂家传》《跋陶渊明年谱序》。

在李庭的序跋作品中，表达了他的仕隐观念。这与他个人在宦海浮沉的经历有关。李庭少精于学，弱冠之前两预乡荐，都没能入仕，后设馆教学来维持生计，1244 年任陕右议事官是他入仕的开始，但是因为他不愿阿谀附上的性格，不久便辞官回乡了。元世祖忽必烈于潜邸时，李庭应命前来，得以受重视。后来任职期间依旧直言不隐，刚直不阿，仕途并不很顺。因此，仕与隐之间的抉择，成了他在文中经常传达的理念。在《林泉归隐图序》中，他指出不管不顾的"隐"世，并不是他所认为的隐世之道，"愤世嫉邪、全身远害，逍遥江海之上，偃息云林之表，长往而不返者矣"①，是对"隐"的误解，他对一位欲遁迹林泉的名医作了如下分析："朝亦可隐，市亦可隐，隐初在我，不在于物。子但专心致志，益治子之术，浮湛闾里，潜心积德，不求声名，固不害其为隐也。又何必高谢人间，窜伏岩壑，亲鱼禽而友麋鹿，然后为隐哉！"② 李庭强调所谓真正的"隐"其实是内心的隐，只要内心平和，居于功利之外，处处可隐，并非遁形于高山岩壁之中才叫"隐"。

第三节　杂记文

明代吴讷的《文章辨体序说》云："大抵记者，盖所以备不忘。如记营建，当记日月之久近，工费之多少，主佐之姓名，叙事之后，略作议论以结之，此为正体。"③ 古人将以"记"名篇的文字，称为"杂记文"。根据杂记文所记写的内容和特点可以简要地将其分为四类：台阁名胜记、山水游记、书画杂物记和人事杂记。④

（一）蒙古人杂记文

在对元代蒙古人杂记文的分类上，本书就运用这种分类标准，将十篇

---

① （元）李庭：《林泉归隐图序》，李修生主编《全元文》卷五三，凤凰出版社，2004，第 2 册，第 124 页。

② （元）李庭：《林泉归隐图序》，李修生主编《全元文》卷五三，凤凰出版社，2004，第 2 册，第 124 页。

③ （明）吴讷：《文章辨体序说》，人民文学出版社，1962，第 42 页。

④ 褚斌杰：《中国古代文体概论》，北京大学出版社，1990，第 353 页。

杂记文进行了分类。其中属于台阁名胜记的五篇：按摊不花的《上公亭记》《忠孝祠记》，燮理溥化的《重修南岳书院记》，忽都达儿的《重修关王庙记》，全全的《潞州知州张奉议新塑五龙神像记》；属于人事杂记的五篇：郝天挺的《杜氏孝感泉记》、笃列图的《瑞盐记》、答兰铁睦尔的《祀西镇碑记》、僧家奴的《宣圣遗像记》、囊加歹的《善士郭英助文庙礼器记》。

台阁名胜记并非只单纯地描述亭台楼阁、名胜古迹，除了描述风物本身，这类杂记文还往往具有充实的思想内容和一定的社会意义。从蒙古人现存的这五篇台阁名胜记中，就可以清晰地看出这一点：按摊不花的《上公亭记》寄寓了自己的儒治理念，表明自己"崇教化"的决心，《忠孝祠记》通过祭祀三闾大夫屈原及罗氏二子，教导世人"美典型""美风俗"；燮理溥化的《重修南岳书院记》通过记录重修南岳书院，表明了"兴文教"的重要性；忽都达儿的《重修关王庙记》是为重修关王庙所作的记，字里行间流露出对"励忠全节，不贰其心"的忠君爱国精神的敬佩，目的在于宣扬优良的社会风气；全全的《潞州知州张奉议新塑五龙神像记》主要讲述的是地方官员张瞻甫修塑五龙神像祈求风调雨顺的事迹，传达了地方官员忠于职守、为民造福的精神，也具有一定的教化意义。

按摊不花，于皇庆、延祐年间（1311～1320）任平江州判，在任期间重视教化，崇尚文教，参与编撰了《成州志》一书。清代光绪《湖南通志》卷二四九载："延祐《平江志》，蒙古按摊不花纂，（据）县志。"生平事迹见（明隆庆）《岳州府志》卷一三；李修生主编《全元文》卷一一五二。李修生主编《全元文》卷一一五二收其《上公亭记》《忠孝祠记》两篇。

《上公亭记》将修复上公亭的历史缘由、前后过程和由此引发的感慨，都如实记录了下来：

> 上公亭，祀王文正公旦也。亭旧在宝积寺。知信州朱师通记略曰："公在相位，身致太平。北和番庭，西纳戎夏。海内富实，时调岁成。百职任人，各有攸序，宇量宏大，莫穷其际。秉政十八年，圣

治文明，比隆前古，有宋以来，一人而已。"常以大理评事出宰是邑。先是，正寝有妖魈，人不敢居。一夕，守吏梦白衣告曰："相君至矣，即当避去。"俄而公至，安然无警。又尝暑月憩林下，地素多蚂蚁，公所至，蚁皆去席尺余。天生正人以匡天下，固自异焉。知县张仲舒祠公佛舍，适公之侄篚函遗像以来，因肖而像之，以慰邦人士之瞻。宋宝祐癸丑，县令王有先修创，亭在县治西南之巅，市材重修，致景慕之意。归附后，倒塌不存。州判常从仕，捐俸鼎建亭一所，门楼一间，因记之曰："时非晋，而兰亭之禊不改；人非柳，而愚溪之胜自如，岂景物果能自寿哉？其人贤，其事核，后之人因而寿之耳。"夫平乃丞相王文正公过化之邦，不花承乏平江州判，与丞相制锦之地适符。今去宋宝祐癸丑后六十年，是为大元癸丑皇庆二年，与令尹修筑之岁偶合。物换星移，址荒亭没，蓁棘瞑迷，莫览仿佛。幸图志可按，越明年甲寅，始得之州治右岗。众惧以废为难，因捐己俸，募众工，酌上神誓之曰："是邦贤相宿临，勋著上公。旧令依而表章之，待州民与嗣来者不薄也。过大梁者仁想于夷门，游九京者留连于随会。今乃构营，非泛常土木比。叠屋竖槛者，尚庶几种德之遗。"不日告成，匠氏骄其工制之雄卫，趋来前曰："由此治平江者，例有上公望矣。"余谢不然。人生行业为要，荣达付命。要者在我，命者在天。史著丞相严重简宽，风格峻整，善断大事，决大疑。时东南抚定无几，公晓计臣曰："东南民力竭矣。"又曰："朝廷权利至矣。"惟恐因渔蠹以断本根。及抑张师德之奔竞，黜买边之立异，不报密院之误印，不使荐引之知恩，皆识度伟拔。逮其捐馆，子素犹未官。高风清操，可立万古，岂但官崇位显，足为仕昌江者美谈哉？今焕新旧规，实于丞相行业有取，于令尹景慕是稽。观于斯者，要当有得于亭之外。匠氏曰："吾侪小人，不足以知君子。"因竖之记。①

在修复过程中他身为平江州判，在众人都畏惧这项工程的时候，以身

---

① （元）按摊不花：《上公亭记》，李修生主编《全元文》卷一一五二，凤凰出版社，2004，第 36 册，第 367～368 页。

作则，带头"捐己俸，募众工"，亲身参与其中，不是为了单纯求取"由此治平江者，例有上公望矣"的荣耀，而是出于对先贤由衷的敬慕和对儒治文化的虔诚之心。"穷则独善其身，达则兼济天下"①，按摊不花的官职虽小，但他能身体力行地推崇教化、重视人伦，能从古代先贤身上汲取精神力量，堪当造福一方百姓的"父母官"。

他的另一篇散文《忠孝祠记》，按摊不花看重了忠孝祠所存在的意义，认为"双庙之建，所以彰君臣、父子之大义，于风俗诚非小补。且记语铿锵，可诏万世"②，于是通过祭祀三闾大夫屈原及罗氏二子，实践"为政，以崇教化、美风俗为先务。教化莫急于扶纲常，风俗莫切于消锲薄"③ 的为政理念，宣扬"屈忠臣、罗孝子"的忠孝精神，传达"崇教化""美风俗"的决心，也是一篇具有一定社会意义的台阁名胜记散文。宣扬忠君爱国精神的，还有忽都达儿于延祐七年所作的《重修关王庙记》。

《重修南岳书院记》写于至正五年十月初一，是燮理溥化为记录重修南岳书院所作。南岳书院是唐代李邺侯读书的地方，最初创建在南岳的左边，在"天下龙蟠凤逸之士兴起，倡明道学"④ 之时，前代四大书院重兴，南岳书院也因此得以重修。作者燮理溥化，字符溥，自幼勤奋好学，曾尊翰林侍讲学士揭傒斯为师，学习经史诗文，泰定初举湖广乡试，泰定四年（1327）进士，先后任舒城县、乐安县达鲁花赤等。燮理溥化深谙"治民之道，使民知礼义而已。使民知礼义，先示其所尚而已。民知所尚，则知所向方哉"⑤ 的道理，在任期间十分注重文教，"首理学，政咸用其学以教导民。民始益知人之所以为贵，儒之所以为重，而复知所以养生而送死"⑥，还因此修建县学明伦堂、龙眠书院等，讲习经史，躬行提倡文教的主张。元代

① 杨伯峻：《孟子导读》，中国国际广播出版社，2008，第185页。
② （元）按摊不花：《忠孝祠记》，李修生主编《全元文》卷一一五二，凤凰出版社，2004，第36册，第369页。
③ （元）按摊不花：《忠孝祠记》，李修生主编《全元文》卷一一五二，凤凰出版社，2004，第36册，第369页。
④ （元）燮理溥化：《重修南岳书院记》，李修生主编《全元文》卷一七〇一，凤凰出版社，2004，第56册，第153页。
⑤ （元）揭傒斯：《揭傒斯全集》，李梦生点校，上海古籍出版社，1985，第321页。
⑥ （元）揭傒斯：《揭傒斯全集》，李梦生点校，上海古籍出版社，1985，第321页。

翰林院学士揭傒斯曾在《舒城县龙眠书院记》中提及爕理溥化建造龙眠书院的始末："于是又治地邑东，得李公伯时龙眠山庄故基于东禅寺、舒王祠西，尝没于寺者。据山川之会，想昔贤之游处，乃会其禄入，募工度材，作书院以事先圣先师，以为出治立教之本……以其面龙眠之山，端丽奇峻，能出云雨，膏泽天下。榜之曰龙眠书院。且示不忘李公之故……苏文忠、黄文节二公尝过其山庄，故合祀于堂之北。"① 在《重修南岳书院记》中，爕理溥化更是亲笔记录了重修南岳书院的过程，以示后人，可见其对"兴文教"的重视。

全全《潞州知州张奉议新塑五龙神像记》主要讲述的是地方官员张瞻甫修塑五龙神像祈求风调雨顺的事迹，彰显了地方官员忠于职守、为民造福的优秀品格，同时教导各地方官员"为官当若此"，也具有一定的教化意义。全文如下：

> 五龙神庙，在潞之东南三十里处，太行之孤峰，其来远矣。按《晋史》所载，自慕容时肇厥祥灵，首建庙事，故邦邑藏祀，在河北居多。皇宋之熙宁三年五月旱，开国公刘涣刺潞州军州事，祷雨于祠，而灵雨飞倾。酬神之赐，始塑五方龙像于正殿之后堂。大观戊子岁八月，灵雨害稼。河东转运判官王恒祈晴捷应，乃以状闻。敕赐曰"会应王"，褒神之应也。然五龙亦各锡以王号，东方曰广仁，南方曰真泽，西方曰义济，北方曰灵泽，中方曰孚惠，本其德而言也。且神所居之山，由是得名，亦曰五龙焉。兹山峙表封内，为名镇，礼宜秩祭，故潞之邦伯严祀之。至正辛巳，太原菊轩张侯瞻甫，讳景严，名野仙布化，刚明果毅，奕宦天朝，盖学而仕、仕而学者也。乌府荐能，俾来尹是邦。岁壬午，会天亢阳，雨不时若，山待童而泉涸，禾麦半槁，地赭嘘烟，耄稚呻吟，而跂踵望云霓者万万，实侯理政之明年也。侯恻然谂诸僚佐曰："士，先天下之忧而忧，后天下之乐而乐。吾奉圣天子明训，承宣斯土，职膺字牧，而雨泽愆期，阖境之民，匪遑奠居。宁却禄食，不忍戕百谷以伤民。虽旱干之厄，天灾示谴，民

---

① （元）揭傒斯：《揭傒斯全集》，李梦生点校，上海古籍出版社，1985，第321～323页。

上之责，果可逭乎？考之往昔，则成汤有七年之旱，且婴茅断爪，躬祷林薮，所以重民食也。我当斋沐致虔于龙山之神，恳求甘澍，以慰民望。可乎？"佥曰："善。"遂竭诚涤虑，婴醴酗，走拜宇下。民之观仰者坌集，香酎未竟，雨之作者霈然，感神庥而上下欢忻。侯悯灵祠汩于草莽，岁历绵久，绘彩剥蚀，檐楣崩堕，虽万木能支也。首新庇神前殿三楹，并应门等。梓匠献智，民叶情者蚁附。摧者扶之，缺者补之，凡基础榱甍、檐扉瓦栎，悉以绚昶。四望环墙，隅楞峻直。未十旬，美功克完，丰荣之状，倍蓰于昔。丛给之需，咸备于官，而民弗扰也。尚虑雨旸祈请，无水以供神釜，于庙门东南二十余步，相地作井。神灵暗符侯德，未逾丈而飞泉上达。既又肯亭其上，覆翼斯井，置扃壁，卫观者之渎。又明年甲申秋，侯说稼躬省神宇，尤虑作新之志靡周，挽乡邦耆老喻之曰："殿后有五龙之故堂焉，肇造于古，迨今千载。瓦坠土浸，木腐神弊，板荡凋落，千百之存，奚翅一二？况龙之为神，鼓风霆，驾烟雾，出没乎宇宙，而变化莫测。虽神之形寓乎此，而神之灵在天。且敬神之念存于此，则神之灵也应乎彼。庙貌不严，何以称栖神之愿哉？我将新其堂暨其像，以塞靡周之念。尔其输力乎？"众皆曰："诺。"侯命上党县主簿散只兀台董其役，乃割俸金为木石之资，趋役者云会，经营谋画，如前殿之制。落成之日，颜其扁以壮轮奂之光。继而命工塑五龙于堂内，揉木为骨，组绘为皮，羽甲文彩，各以其宜。取《大易》"飞龙在天"之象，以中央之孚惠居正楹，广仁、真泽居东楹，灵泽、义济居西楹。而龙之鬐鬣，色以异尚，须目鳞鬐，齿距形角，毫末纤备，道活奋迅，而回顾夜光之珠。雷师鼓风霆于巽方，电姬挈金蛇于坤位，咸驾驭祥光，为之前驱。烟云布护，晻霭一堂，瞻者为之起敬。创役于处暑之先，讫功于重阳之后。有五龙乡耆老郭才等请文于予，用纪鼎新之盛。尝惟天下之事，创始非难，而继述为难。且龙山在郡圻堮中为名镇，而龙居之，亘古而祀事弗泯，故龙之灵有在，而阴佑一方。曩者庙貌虽存，委圮之势，日就崩毁。始也祷雨勃应，报神赐，大新前祠，终又改塑五龙于后殿。昔者作其形于皇宋之熙宁，今乃新其像于大元之至正。举数百年之废坠，为一朝之美，观侯敬神之志为何如？将见风雨以时，物不疵疠，岁获有年之登，神所以复侯功、笃民祜也渥矣。他日沃壤之民，岁时香火于祠下，则酌龙渊而忆深泽，扪穹碑而思至德，咸曰："我侯往矣，德泽斯存。俾吾耕凿以利，而享含哺之乐。"呜呼仁哉！又岂徒作岘山之悲而已。故直书其概，备将来之鉴云尔。其文曰：太行之岭，有峰蔚焉，雾瀹云蒸，高出乎天。上有灵祠，是曰五龙，昭成祀典，源自慕容。龙乎允灵，维民事之，职司润物，历年久之。壬午亢阳，群姓喧喧，潞之有牧，厥惟菊轩。忧民之忧，子爱弥笃，禾麦将枯，我宁不告。奔走祠下，斋沐宣诚，酌以芬蕊，天瓢奄倾。荷神之棋，灵宇皆新，于经于营，赞役子民。龙之像古，艳彩凋落，置彼穹堂，于焉改作。色准五方，文以金碧，蜿蜒其形，昂峨孔硕。云行雨施，渥我黍稷，神贶昭答，渊乎叵测。伊孰其功，曰侯之力，于万斯春，懋兹昌德。有元至正五年三月乙酉。①

　　人事杂记的内容大体不外乎记人与记事。郝天挺的《杜氏孝感泉记》就是一篇记事文。文章记叙了平遥西汾村"孝感泉"的由来。西汾村村民饱受无水可用之苦多年，待到杜氏归葬，先茔之侧竟凿出一井，而且甘之如饴，村民认为这是杜氏子孙的忠孝精神感动了上天的缘故，因此起名为"孝感泉"。记人记事，具有深刻的教育意义。

　　笃列图的《瑞盐记》则记录了一件祥瑞之事。元顺帝妥懽帖睦尔刚即位，运司就上言：水旱五六年的解州盐池，居然"预期呈秀"，实在应该派遣使者前去祭祀，来答谢上天的恩赐。于是，作者以集贤修撰的身份奉旨前去，"率运使臣拜不花等，以牲斋致祠如礼"②。运司和作者都认为，出现这种祥瑞，要归功于元顺帝这位新皇帝，运司说："此实圣天子元德彰闻，神祇感格之所致也。"③笃列图更是赞叹："圣人首出庶物，德浃仁博，而天赐之福。昔伏羲、大禹之时，河洛出图书。尧、舜、文王之世，

① （清）胡聘之：《山右石刻丛编》卷三六，清光绪二十五至二十七年刻本，第45页，国家图书馆藏。

② （元）笃列图：《瑞盐记》，李修生主编《全元文》卷一六四八，凤凰出版社，2004，第54册，第54页。

③ （元）笃列图：《瑞盐记》，李修生主编《全元文》卷一六四八，凤凰出版社，2004，第54册，第54页。

凤仪于庭，或鸣于岐。此天人交感之理，为不诬也。今皇帝圣德龙飞，而盐池瑞应，岂苟然哉？凡百有司，各敬其事，以修厥职，共承天休。呜呼！懋哉。"① 笃列图通过这篇小短文，运用"天人感应"的思想，对新皇帝寄予了深切的希望，期望元顺帝可以带领元朝走向盛世，殊不知这位皇帝，后来竟成了元朝的最后一位皇帝。

蒙古文臣答兰铁睦尔的《祀西镇碑记》，记录了其替元顺帝前往西镇祭祀的经过："至正十有五年春正月戊午朔，皇帝即位大明殿，既受群臣朝，乃诏中书。若曰：'维西镇吴岳，其遣正议大夫、秘书卿答兰铁睦尔，将仕郎、翰林国史院编修官王武代朕往祀。'盖以遵彝典也。越十又六日癸酉，上御文德殿，举香币南乡加额以受焉，所以重礼神而祈休贶也。答兰铁睦尔受诏，以闰月二十有四日辛亥至于祠下，谨斋沐就，次翼日壬子，祇帅守臣陇州官以羊一、豕一祭于大神。执事在列，陪臣在庭，荐裸陟降，悉如仪式，所以重君命而莫敢不虔也。"② 最后也指出"天人感应"的神奇力量，久经干旱的"秦陇以东，关西以西"地区"飞雨大作，万物膏润，草木欣欣向荣，山川为之改观"③。让作者发出了"岂圣天子至诚而无远不通，神之昭答应感而聪民不忒"④ 的感叹。《全元文》记载："答兰铁睦尔曾任秘书卿一职。"⑤ 身为秘书卿，他写作的文章应该不可胜计，但是流传下来的文章只此一篇，还是颇令人遗憾的。

僧家奴的《宣圣遗像记》一文，辑自清同治三年《广东通志》卷二一五。单从题目看，颇像书画杂物记之类，但细读其内容发现，虽然文章由宣圣遗像开篇，但是实际讲述的是将孔子遗像和尼山、孔林二图刻石立

① （元）笃列图：《瑞盐记》，李修生主编《全元文》卷一六四八，凤凰出版社，2004，第54册，第54～55页。
② （元）答兰铁睦尔：《祀西镇碑记》，李修生主编《全元文》卷一七九一，凤凰出版社，2004，第59册，第20页。
③ （元）答兰铁睦尔：《祀西镇碑记》，李修生主编《全元文》卷一七九一，凤凰出版社，2004，第59册，第20页。
④ （元）答兰铁睦尔：《祀西镇碑记》，李修生主编《全元文》卷一七九一，凤凰出版社，2004，第59册，第20页。
⑤ （元）答兰铁睦尔：《祀西镇碑记》，李修生主编《全元文》卷一七九一，凤凰出版社，2004，第59册，第19页。

碑、以惠学林的故事，仍属人事杂记。文章先是记叙了"我"所藏的宣圣遗像的来源："宣圣遗像，前景陵簿靳氏传云：'昔埋驿梁，有执政者过之，其马嘶伏，策亦不进，遂得此石刻于桥之下，乃唐吴道子笔也。寻举置郡之崇文阁。'予时都运山东计府使，得兹本藏之。"① 继而记叙了"我"萌生将孔子遗像和尼山、孔林二图刻石立碑的想法："岁在甲申，调官宣帅东广，视政之暇，出是刻及所绘《尼山》《孔林》二图，示掾刘从龙摹临，将立石郡庠，以新士人之瞻。乃请建置于宪长君雪公元素正议，公曰：'信哉！圣人之貌，威而不猛，恭而安，其道如日月之丽天也。然沮雒而弥彰，畏匡而弥光，抑焉得而毁欤？今神宇陆沉于杂沓蹄涔之间，曾不知其几千百年，彼骥之有识，一嘶之顷，宛然俨出于殿陛，以昭我皇元文明之圣，宜寿于石，以广公传。'时宪副子谦徐公、知宪事东甫何公、照磨彦文许公佥曰：'可。'乃命广庠文学陈元谦伐越山之石，镌碑三，居圣像于中，左《山》右《林》，立于文庙天章之阁。"② 最后指出了这样做的目的是："俾郡之士人君子、荒服岛夷崇仰圣人高坚前后之风，河岳光灵之辉，庙林文蔚之气，如在邹鲁之邦，岂不有助于风化也欤？"③ 文章作于至正五年正月十五日，当时的僧家奴是中奉大夫、广东道宣慰使都元帅，正是因为僧家奴的官职所在，其推行教化的心才更加赤诚，更加值得敬佩。

囊加歹的《善士郭英助文庙礼器记》，是一篇实用性很强的短文，全文讲述了至正年间，善士郭英捐赠楮帛六千缗给庙学，备释奠之需的故事，语言颇具复古之风，难免晦涩生硬，缺乏文学色彩。

（二）色目人杂记文

色目文人所作杂记文，有着深厚的意蕴，往往寄托了作者的感情归

---

① （元）僧家奴：《宣圣遗像记》，李修生主编《全元文》卷一四二四，凤凰出版社，2004，第46册，第208～209页。

② （元）僧家奴：《宣圣遗像记》，李修生主编《全元文》卷一四二四，凤凰出版社，2004，第46册，第209页。

③ （元）僧家奴：《宣圣遗像记》，李修生主编《全元文》卷一四二四，凤凰出版社，2004，第46册，第209页。

宿。代表文家有马祖常、余阙等。马祖常在他的杂记文中寄寓了自己的审美理想和精神归宿。到了元后期，马祖常仕途失意，以病辞归，居光州石田山房，时取箧中书册悉心点样，以存家学。此时便更乐意寄情于山水，在山水和诗意的生活中寄寓自己的感情，《石田山房记》就是其在这方面的代表作：

> 桐柏之水发为淮，东行五百里，合溮、潢山谷诸流，左盘右纡，环缭陵麓。其南有州曰光，土衍而草茂，民勤而俗朴。故赠骑都尉、开封郡伯浚仪马公，实尝监焉。公之子祖常，少贱而服田于野，以给饘粥。乡之人思慕郡伯之政，念其子之劳而将去也，乃为之卜里中地，亟其茸屋而俾就家。屋之侧有崇丘，可六七丈，溪水旁折而出，岸碕之上，嘉树苞竹，荟蔚蔽亏。前为木梁，梁溪而行。周垣悉编菅苇，门屋覆之以茨。岁时里邻，酒食往来，牛种田器，更相赏贷。寒冬不耕，其父老各率子若孙，持书笈来问《孝经》《论语》孔子之说。其耕之土，虽硗瘠寡殖，不如江湖之沃饶，然犹愈于无业也。祖常者因乐而居焉，于是名其屋曰石田山房。且自为记与图，以属当世能言之士，请为赋诗，异日使淮南人歌之。①

"石田"一词出自《左传·哀公十一年》："得志于齐，犹获石田也，无所用之。"② 在这里指不可耕种的石头地。《石田山房记》开篇便讲淮河、光州的地理风貌及民俗，接着描写石田山房的兴建与环境。运用叙事与白描的手法，通过记述建造石田山房的过程，突出光州百姓"民勤而俗朴"的生活面貌，流露出马祖常对自食其力、安居乐业的光州生活的满足，也表明石田山房对他精神养成起到的重要作用。在此文中，不仅记人记事，而且蕴含着作者内心的感受和情感归宿，这一点是其他文体都做不到的。

余阙则在杂记文中表明清晰的主题：赞扬那些忠于职守，以国家及人

---

① （元）马祖常：《石田先生文集》，李叔毅点校，中州古籍出版社，1991，第169 页。"笈"，《石田先生文集》作"籍"，误。

② （春秋）左丘明：《左传》，蒋冀骋标点，岳麓书社，1988，第 405 页。

民的安危为己任、造福百姓的官员。此类主题的代表作有《宪使董公均役之记》《梯云庄记》等。在这些文章中，他为见到百姓安居乐业、衣食无忧的太平盛世而感到欣慰，而这些景象的背后是很多忠于职守的父母官付出的艰辛努力。在《宪使董公均役之记》中，就记叙了董公治理有方，使当地百姓生活安定的过程：

> 盖公之遇人有礼，故吏尽其力，其使民有义，故贫者戴其德而乐其役，富者服其公而忘其劳，以故为是大制，政不肃而成，民不扰而治也。传曰："天地养万物，圣人养贤，以及万民。"公之是举，兼礼与义，则诚贤者矣。①

当余阙看到人民生活安定、衣食无忧时，感到十分欣慰，当余阙看到有董公这样一心为民、礼义兼施的官员，看到董公一心一意为人民谋福利，把百姓的安定生活作为仕途目标时，余阙就更加钦佩了。余阙在文中大力赞赏这些官员的行为，不仅仅是为了赞赏本身，也表明了自己的思想导向。元末社会动荡不安，天灾人祸让百姓生活在困苦之中，具有儒家情怀的余阙，明白光靠自己的力量是不够的，他希望有更多的贤明之士去造福百姓，带领他们去创造安稳富足的生活，安定整个国家。这种对国家的热爱、对人民的热爱，都通过文字体现出来。

在《梯云庄记》中，余阙也表明了这一点：

> 晋地土厚而气深，田凡一岁三艺而三熟，少施以粪，力恒可以不竭。引汾水而溉，岁可以无旱。其地之上者，亩可以食十人。民又勤生力业，当耕之时，墟里无闲人。野树禾，墙下树桑，庭有隙地，即以树菜茹麻枲，无尺寸废者。故其民皆足于衣食，无甚贫乏，家皆安于田里，无外慕之好。②

这种自然条件优越，人民勤奋劳作、衣食富足、生活欣欣向荣的景象正是作者所希望看到的。余阙渴望人民拥有美好生活，正是他心系百姓与

---

① （元）余阙：《青阳先生文集》卷九，上海书店出版社，1985，第9页。
② （元）余阙：《青阳先生文集》卷三，上海书店出版社，1985，第7页。

国家的表现。作为一个深受儒家传统思想浸染的儒士及受命于朝廷的官员，余阙在心理及行为上都表现出对人民与国家深深的责任感，人民的生存与国家命运都是他担忧的重要方面，忧国忧民之心清晰可见。

（三）契丹与女真人杂记文

杂记文既可叙事言情，又可抒怀明志，题材较为广泛，限制也较奏议文等较少，这样使作者的腾挪之处更加广阔，容易发挥出作者的高水准，元代虽未能延续唐宋繁荣之相，但杂记文仍然是契丹、女真文人充分展现艺术才能和抒发内心世界的重要载体，元代契丹、女真文人杂记多有佳篇，风格也更多样化。随着时代变迁，元代契丹与女真文人降附于蒙古族的统治，一方面为了于纷乱的世道中存活，另一方面以实现个人抱负为愿，他们积极入仕，渴望获得一席之位以展示自己的才干与抱负。在蒙古开始大力伐金以后，很大一批契丹人因不满金朝的统治转而投效蒙古，并一展宏图、建功立业。据《元史》有关记载可知：有数十万契丹人降附了蒙古，他们随着蒙古军队攻城略地，在伐金灭金及后来灭亡南宋等战争中都发挥了很大的作用。

中书令耶律楚材就是这样一位经世之才。作为促使蒙古征服者适应中原文明的初期代表人物，他以其杰出的贡献在蒙元时期留下了浓墨重彩的一笔。1215 年蒙古军攻破中都之时，耶律楚材当时是金朝左右司员外郎。1218 年春，耶律楚材应成吉思汗的征诏，来到漠北行宫。次年追随成吉思汗西征。窝阔台汗即位后，耶律楚材日益受到重用。耶律楚材取得如此成就，自然与其自身才干有关，也与其忠君泽民的人生志向不可分，这一点在他的杂记文中也有具体体现。

耶律楚材创作的杂记文较少，《贫乐庵记》中他就以对话展开，以"忧乐"之辨，言其"致君泽民"之志，借三休道人之口，言"咏圣人之道，归夫子之门"① 之乐；以"君子之处贫贱富贵也，忧乐相半，未尝独忧乐也"，辩证地看待"忧乐"的关系，无论是忧是乐皆不可忘记"吾君

---

① （元）耶律楚才：《湛然居士文集》卷八，谢方点校，中华书局，1986，第196 页。

尧舜之君，吾民尧舜之民"的志向；后以"夫子以谓处富贵也，当隐诸乐
而形诸忧；处贫贱也，必隐于忧而形诸乐"① 这一观点解开问题，进而阐
释为"第恐不知我者，以为洋洋于富贵，戚戚于贫贱也"②，文字中处处体
现耶律楚材抚国安民的情怀，以及对于人生之志及忧乐关系的深刻思考，
显示了作者开阔的胸襟和独特的人文情怀。

契丹文人张孔孙现存杂记文 4 篇，基本都为修筑庙宇、官学所作，在
为西晋名士束皙所作祠碑记中，作者以"任于朝而忠言直节"为贤才之标
准，后描写束皙政绩、才学皆优，深切地表达了作者对束皙品德和才学的
赞佩之情，具有一定的教化意义。

《重修乐安儒学记略》《清丰县重修庙学记》《修庙学记》三篇都是为
重修庙学、宣圣庙所作。在这三篇文章中，不乏评价孔子、孔庙的句子：

> 孔子之道垂宪万世，有国有家者所当承奉，庙学损坏随即修完。……
> 正殿、两庑涂以丹碧，夫子南向，颜孟十哲侍坐，又塑七十二子像于
> 两庑，创作祭器百二十余件。③

> 孔子之圣，极于化初，置于道先，自生人以来未有如者，后之人
> 不可得而赞也。汶上，古鲁中都，先圣曾宰是邑，迄今天下之人闻中
> 都之名莫不思见风化遗俗之美。④

自唐宋以来，文庙祭祀就已经和学校教育结合起来运作了，形成了
"庙学合一"的现象，"由学尊庙，因庙表学"⑤ 清晰地论述了庙学合一的

---

① （元）耶律楚才：《湛然居士文集》卷八，谢方点校，中华书局，1986，第
196 页。
② （元）耶律楚才：《湛然居士文集》卷八，谢方点校，中华书局，1986，第
196 页。
③ （元）张孔孙：《重修乐安儒学记略》，李修生主编《全元文》卷二八四，凤
凰出版社，2004，第 9 册，第 31～32 页。
④ （元）张孔孙：《修庙学记》，李修生主编《全元文》卷二八四，凤凰出版社，
2004，第 9 册，第 33 页。
⑤ （元）元明善：《武昌路学记》，李修生主编《全元文》卷七五七，凤凰出版
社，2004，第 24 册，第 297 页。

优势所在，教学旨在传授儒家文化，祭祀则是弘扬儒家文化精神的体现，二者相辅相成，相得益彰，为儒家文化的传播提供了行之有效的方法，促进儒家文化深入人心，也成了恩泽民众、惠民的一项基础任务。

将儒家思想中的忠孝仁义及人伦思想融会在文章之中，表现修建庙学对于统治平稳的重要性。兴礼学、设学校等一系列举措的施行，让作者看到了践行儒学理念以后的一些变化，也证实了儒家诸多观点存在的必要性：

> 伏睹中统建元以来，立学校殆遍天下，谁教官养生徒，凡所以敦教化属风俗者，属不具在。俾人人知君臣、父子、兄弟、夫妇、朋友之道，入则孝，出则弟，不犯上，不悖事，施于其身则一身安，施于其家则一家治，以至乡里知勘，官府加重。①

> 盖王政非教化不立，教化非学校不兴，是以今上继承大统以兴学养士为先，所以致本推敬□其教于天下，使天下之人回心向道歌咏太平，□作成人材，使之从政。为治之要，莫过于此，岂专簿书、狱讼、期会、敛散而已哉！且吏不明道，人不知学，虽簿书、狱讼、期会、敛散之事皆不得其当，其弊尤甚焉！经不云乎，君子学道则爱人，小人学道则易使也。牧民之吏，可不务学使人知道乎？②

张孔孙的文章中正有序，字里行间都是大儒的气度和见识。这与其经历、才学很有关系。他早年便以文章、才学闻名，后被元世祖忽必烈重用，至元初便授户部员外郎，历任湖北、浙西两道按察副使。张孔孙既有扎实的文化素养，又有丰富的任职经历，自然对事件的描述有更深刻的认识，也就更发人深省。

契丹文士石抹允的杂记文的主要内容也是表达对孔子的尊崇。他在

① （元）张孔孙：《清丰县重修庙学记》，李修生主编《全元文》卷二八四，凤凰出版社，2004，第9册，第32页。
② （元）张孔孙：《修庙学记》，李修生主编《全元文》卷二八四，凤凰出版社，2004，第9册，第33～34页。

《重修孔子庙记》开篇便赞孔子："圣人论道，至天而止，非止也，天无以加焉。"① 指明孔子之道的重要性，后又通过"此吾夫子立教，历于万世而无弊者焉。""盖钦圣诏云：'先孔子而圣者，非孔子无以明；后孔子而圣者，非孔子无以法。'""此子贡所谓：'夫子之不可及，犹天之不可阶而升也。'"② 等句，依次加深圣人之道的圣明之处，再结合应山县孔子庙的实际情况，"应山县自春秋时隶汉东，故今属随。金、宋以来，废于兵者，仅百年。归化后，民始奠居。所以吾夫子之宫，多因陋就简，春秋朔望，主者应故事而已"③。娓娓道来其自延祐年间至泰定年间的曲折修建过程：

> 延祐庚申，三城富侯庆来尹是邑，陋其制度而鼎新之，工及半，以代去。今尹历山瞿侯伟踵而成之，其勤笃盖有加焉。本县耆宿感二侯之化，争出帑以助役，材美赀坚，吏敏工善。其于堂庑、斋庖、垣墉，为之一新，梁桷榱桶，黝垩丹漆，悉举无遗。一时同寅若簿苏明，若尉刘仲信，若幕张廷秀，咸克相之。监邑从仕公保，保虽后至，亦完厥未完。讫工，本邑耆宿胡铨等议曰："邦君之善，不可不纪。"遂不远百里而来，求文于予。辞不获已，乃谓之曰：县，古子男之国也。为令长者，有社稷人民之寄，能尽厥职，上不负于国，下不愧于民，固已难得。况学校之设，世皆迂之。今二侯以难得之才，为世迂之事，前作后继，如出一手，可不嘉哉？然人受天地之中以生，既具是形，均禀是理，不学则不知也。知不知，系于学耳；学不学，又治乱之所由出。此朝廷所以于路府州县必立吾夫子之宫，择可师者主之，俾宪司暨长官提调牧养以求治也。噫！今瞿侯乃能遵此意，继前政，建此学，又能推此意，集后进，讲此道，吾知其尽厥职，上不负，下不愧矣。进进不已，将见楚随之俗，化为齐鲁之乡。泐之于石，诚可以劝，于是乎书。若夫继瞿侯之善，如瞿之继富，有

① （元）石抹允：《重修孔子庙记》，李修生主编《全元文》卷一一六〇，凤凰出版社，2004，第37册，第71页。

② （元）石抹允：《重修孔子庙记》，李修生主编《全元文》卷一一六〇，凤凰出版社，2004，第37册，第71～72页。

③ （元）石抹允：《重修孔子庙记》，李修生主编《全元文》卷一一六〇，凤凰出版社，2004，第37册，第72页。

后政君子在。①

文中真实记录了为重修孔子庙一代又一代人付出的努力，对于官员来说，完成重修之事既符合朝廷的规定，又做好了本职工作。此文语言浑厚典雅，论据扎实明确，逻辑清晰严谨，可见作者对于散文写作的用力。

第四节　其他文体

除了上文选出的有代表性的三种文体，元代北方少数民族文人创作的碑志文、赠序文和哀祭文，形成了一定的创作风貌，很有亮点。

元代色目文士的碑志文 47 篇，契丹与女真文士的碑志文 45 篇，篇目多，比重大。色目文士余阙、女真人孛术鲁翀所作的碑志墓铭，在言语细腻、感情真挚之外，如实记录传主事迹，还另辟蹊径，突破碑志文的传统写法，给人耳目一新的感觉。

正所谓"铭诔尚实"，碑志文往往真实记录传主的生平家事、所作所为，将传主的一生付诸笔端，镌刻于碑石，体现出了很强的实用价值和实录性，以文存史的精神潜移默化地通过这类文体得以实现。但是因为碑志文强调实录，所以内容很难创新，很难突破原有的模式。想要通过文章的笔法来突破问题框架，就更加难上加难。

女真文士同时也是古文家的孛术鲁翀，勇于突破传统碑志文的桎梏，探索新的碑志文撰写模式，从主人公的生平事迹展开，结合当地风俗地理，抛弃了传统碑志文赞扬行实的做法，显得别具一格，更为重要的是，其在碑志文中保留了许多对话及奏议制策的内容。这一特性比较像历代史官的职责，这才锻造出他文章中以文存史的实录精神。最能代表孛术鲁翀实录性和创见性的要数《平章政事致仕尚公神道碑》《大都路总管姚公神道碑铭》两篇。由小观之，孛术鲁翀的碑志文可以说代表了其古文的水平，文章言语简洁精练、朴素平易，有史家之笔，多排比句及条分缕析的

---

① （元）石抹允：《重修孔子庙记》，李修生主编《全元文》卷一一六〇，凤凰出版社，2004，第 37 册，第 72 页。

笔法，能够使传主及其他人物形象更加丰满生动，颇有史传之风。

除了有孛术鲁翀这种实录性和创见性兼备的碑志文，还有一些碑志文感情真切，寓理于情，娓娓道来。伯颜宗道的《濮阳县尹刘公德政碑》就是此类风格，开篇似老者口吻侃侃而谈，讲授诸多道理和历史经验，从而引出主人公的功绩和行实，文辞简短犀利，文风稳健不浮躁。

一般来说，祭文祭奠的多是亡亲故友，但是察罕帖木儿的《祭颜子文》祭奠的却是伟大的思想家颜回，与其说这是一篇祭文，倒不如说是一篇吊文。祭吊古人的文章，有时署"祭"，有时署"吊"："惟公德冠四科，未达一闲。潜心好学，禹稷同冠。兹仗节钺，廓清阴曀，军旅事殷，未遑与祭，敬遣辅行，载达情意。尚飨。"① 字里行间中透露出对颜子才学的敬佩。

---

① （元）察罕帖木儿：《祭颜子文》，李修生主编《全元文》卷八〇四，凤凰出版社，2004，第59册，第279页。

第三章
元代北方少数民族散文特色

　　文章风格与文章体式、所写内容息息相关。谈风格特色必然要与文章体式的特点、文章所写的内容相联系。总体来说，元代北方少数民族散文文体中规中矩，各类文体均能按照文体之句法、式样、目的来书写，如实展现元代北方少数民族文士的思想见闻、精神依托和社会责任等。奏议文，符合上行公文的文体要求，诉求得当，陈述得体，见微知著，将政见、议论与引经据典相结合，奏议文的功能被发挥出来。序跋文，也能在表明书序目的之外，体现作者的交游、爱好和兴味。杂记文，无论是记物还是记人都能将生活之事如实记录，并赋予深刻的社会意义，发人深省。其他文体数量虽少，但碑志文颇有古风，哀祭文情感深切，能于细微处见光亮，为元代北方少数民族文人散文特色形成积蓄一份力量。在作家本身的民族特质、人生经历、学问修养、用语习惯的影响之下，形成了一定的艺术特色。

　　元代北方少数民族散文艺术特色归纳起来共有三点，分别为：豪迈雄健与沉着质实之风，善引经据典阐明事理，多关心国事与人民疾苦之作。

第一节　豪迈雄健与沉着质实之风

　　元代北方少数民族散文的第一个特点是风格上的豪迈雄健与沉着质实。与其他文士刻意追求豪迈之风不同，元代北方少数民族散文中体现出的豪迈之气，是文士们本身性格使然，是自然流露出的，这种豪迈雄健的风格特点，具体表现在行文用语之中，有时直截了当，有时坦率自然。除了豪迈雄浑，元代北方少数民族文士的散文还凸显出沉着质实、不尚浮靡的风格特点，这一特点表现在他们的为文理念之中，也表现在具体的文章创作之中。

豪迈雄健的气概首先表现在蒙古文人的散文之中。综观蒙古文人，发现蒙古文人行文以叙事为主，议论较少，抒情也较少。这与蒙古民族特质不无关系。蒙古族进入中原后，改变了游牧的生活方式，习汉字，学汉法，研读儒家传统文化，但是其身上特有的草原文化精神气质是不可能在短期内改变的，这也决定了其在文学创作上的口头传统。这种文化气质，体现在散文中就形成了不事雕琢的风格。如在抒发事件和现象时，直截了当，毫不掩饰。伯颜在《大丞相贺表》中描述宋朝大势已去："独此宋邦，弗遵声教。谓江湖可以保逆命，舟楫可以敌王师。连兵负固，逾四十年。背德食言，难一二计。""拘囚我信使，忘乾坤再造之恩；结纳我叛臣，盗连海二城之地。""祸既出于自求，怒致闻于斯赫。""尚无度德量力之心，乃有杀使毁书之事。"① 不仅在军事目标上"直指宋都"，在语言上也"直指宋都"，细数宋朝的数宗罪，暂不论其事实如何，也不论是否为灭宋提供借口，仅观其咄咄逼人之势，一方面为下文军事战略的实施提供了理由，另一方面为全文增强了气势。蒙古族这种豪迈的性格，也直接造成了蒙古族人不善抒情、偏好平铺直叙的写作方式。郝天挺的《杜氏孝感泉记》、笃列图的《瑞盐记》、答兰铁睦尔的《祀西镇碑记》、僧家奴的《宣圣遗像记》，以及囊加歹的《善士郭英助文庙礼器记》，都是此类。有的作家写作水平稍高一些，文章就写得文采飞扬、潇洒自然，有的作家水平平实，文章的实用性自然就强一些。

色目文人的散文中体现出的豪迈雄健之风，也离不开他们豪迈浑厚、尚真质实的性格。余阙在《送归彦温赴河西廉使序》一文中指明河西民族人民的性格："大抵质直而尚义，平居相与，虽异姓如亲姻。凡有所得，虽箪食豆羹，不以自私，必召其朋友。朋友之间，有无相共，有余即以与

---

① （元）伯颜：《大丞相贺表》，李修生主编《全元文》卷六一三，凤凰出版社，2004，第 19 册，第 665 页。

人，无即以取诸人，亦不少以属意。"① 在余阙笔下，质直朴实、崇尚正义、乐于分享等，都是色目人的优秀品质，文如其人，在作文章时也就自然流露出这种豪迈雄健之风。色目文人马祖常少年时便志向高远，豪迈多气，这一点在他的诸多诗作中都有体现，《壮游八十韵》云："十五读古文，二十舞剑器。驰猎溱洧间，已有丈夫气。"② 短短几句，大丈夫的文韬武略尽显，豪迈之气洋溢胸间，气度不凡。再如《田间》一诗："意气每酣适，仰视北有斗。岂知念湘累，那复叹尼叟。丈夫贵立志，文字托永久。"③ 为官半生，不减一丝雄豪之气。其他诗作如："行歌鲜同欢，起舞真独作。啸咏气颇雄，攀跻力或弱。"（《都门一百韵用韩文公会合联句诗韵》）④ "昔在翰林日，与子同官联。……各不识时贵，浩气超八埏。"（《送别李彦方宪副之官》）⑤ "江海归来气尚豪，立谈便合拥旌旄。"（《赠刘时中》）⑥ 从不同角度展现了他的豪气及性格。

马祖常的豪迈之气不仅体现在诗作之中，在散文作品中，也不乏豪迈之气。《四库全书总目·〈石田集〉提要》称马祖常的文章："诸作长篇巨制，迥薄奔腾，具有不受羁勒之气。"⑦ 这里的"长篇巨制"多指他的碑板墓志之文。《石田先生文集》中光"碑志"文就有五卷，从数量上说，确实是奔腾雄浑、豪迈气壮的。而且碑志文不仅体量大气势大，内容也涉及方方面面，给人雄浑豪迈之感。即使是一些篇幅短小之作，读之也能感此气势，例如《李氏寿桂堂诗序》，开篇不先写寿桂堂，而是从燕赵慷慨壮伟之"风声气俗"入手，接着写"国家都燕"之雄风壮势，最后才从"居都之民"引出李正卿兄弟为八十岁老母"葺屋都邑之中"之"寿桂堂"。写一堂先从国都之形胜、国家之宏大以壮其势，这种气势给人以豪迈雄浑之感；因作者重在感慨的是一种"孝"行，又给人以"孝"充行于

① （元）余阙：《青阳先生文集》，上海书店出版社，1985，第168页。
② （元）马祖常：《石田先生文集》，李叔毅点校，中州古籍出版社，1991，第3页。
③ （元）马祖常：《石田先生文集》，李叔毅点校，中州古籍出版社，1991，第10页。
④ （元）马祖常：《石田先生文集》，李叔毅点校，中州古籍出版社，1991，第1页。
⑤ （元）马祖常：《石田先生文集》，李叔毅点校，中州古籍出版社，1991，第18页。
⑥ （元）马祖常：《石田先生文集》，李叔毅点校，中州古籍出版社，1991，第51页。
⑦ （清）永瑢、纪昀等：《四库全书总目》，中华书局，1965年影印本，第1440页。

天地之气象。①

余阙也是为文豪迈的作家，但是余阙文章中呈现出的豪迈之气与马祖常的豪迈之气又稍有不同，由于他生于元末乱世，其文中多呈现出一种朴厚刚烈之气。这在《合肥修城记》中有具体的论述，他说自己"生长合肥，知其俗之美"。合肥百姓"所不从乱而可与守者有三焉：其民质直而无贰心，其俗勤生而无外慕之好，其材强悍而无孱弱可乘之气。……惟其质直而无贰心，故盗不能欺；勤生而无外慕之好，故利不能诱；强悍而无孱弱可乘之气，故兵不能誅"。② 文章将合肥民众朴实浑厚、强悍刚烈的性格描述了出来。

傅若金《孟天伟文稿序》讲到南北文风不同时云："南方作者婉密而不枯，其失也靡；北方简重而不浮，其失也俚。"③ 恰如所述，元代北方少数民族文士的散文，虽然没有清丽委婉、幽丽蕴藉的诗情画意之美，但语言质朴平实，和谐典雅，一些文字还颇具复古之风，不失为另一种活力之作。这种语言的美恰恰是北方少数民族与汉族文化、思想、文学交融后所产生的特殊产物，既能展现出北方少数民族本身特质，又能反映各种文化交融后微妙的变化，具体表现则为尚真质实的风格与语言。马祖常和孛术鲁翀就是这样优秀的古文家，他们的为文理念从其散文中可以找到例证。

《元史·马祖常传》载："祖常工于文章，宏赡而精核，务去陈言，专以先秦两汉为法，而自成一家之言。"④ 确如其评，马祖常在自己的散文创作实践中，始终以古朴质实的审美倾向为主，他在散文中经常表达出"文宗秦汉，以古为美"的创作理念，他渴望以"质实"之风变天下浮华藻丽文风。他在《杨玄翁文稿序》中明确提出：赞赏国家取士能以质实为尚，不以藻丽进人。这篇文章中还记载了他中进士时元明善对他文章的评价和指导，及他对"质实"这一审美命题的认识。序云："延祐初，予售于有

---

① 王树林：《元西域文家散文的文献考察及整体风貌》，《民族文学研究》2015年第 6 期。

② （元）余阙：《青阳先生文集》卷三，上海书店出版社，1985，第 9 页。

③ （元）傅若金：《孟天伟文稿序》，李修生主编《全元文》卷一五〇三，凤凰出版社，2004，第 49 册，第 268 页。

④ （明）宋濂：《元史》，中华书局，1976，第 3413 页。

司。是时以古文名者，清河元公复初，假予以言曰：'子之修辞几于古矣，然于质实则过之，于藻丽则乏矣。'予起应之曰：'……今国家以文取四方士，其进也，不杂是以致此，幸先生教之。然称以质实，则祖常有未敢能。'兹十年余矣，……而犹以质实为难，而不得一变斯文为叹也。"① 在《卧雪斋文集序》中，马祖常崇尚"质实"，反对文的"大艳"，也反对文章的"过实"。他认为："赋天地中和之气，而又充之以圣贤之学，大顺至仁，浃洽而化，然后英华之著见于外者，无乖戾邪僻忿懥淫哇之辞，此皆理之自然者也。非惟人之于文也，虽物亦然。华之大艳者必不实，器之过实者必不良。"② 他所推崇的"质实"，在《周刚善文集序》中也有阐述，是一种自然淳朴之"质"，"赋天地中和之气，而又充之以圣贤之学""足以经世而载道"之"实"。而且从《翰林学士元文敏公神道碑》一文也可看出马祖常"不尚浮靡"的为文特点。这是一篇为元明善所作的碑文，完全没有一般墓碑文的应酬之语。文中直述：元明善卒，"宾客僚隶皆四散，无一人顾之者"。表明现状，不虚隐，不浮华。而在为其母杨夫人所作的《故显妣梁郡夫人杨氏墓志铭》中，马祖常写道："忆夫人病将棘时，祖常孑然立床第前，忽涕唾，夫人已不能言，顾指祖常唾迹，泣下而逝。呜呼！祖常尚忍书之耶！尚忍而不书耶？忍而书，其又能文耶？"③ 正是这样一份质实之美，体现出了浓浓的母子情深，感人泪下。这篇文章所体现的尚真质实及雄浑之气，是他文宗秦汉文学倾向的表现。

女真文人孛术鲁翀性格犷悍，又深深服膺儒学，还因此抗礼"天下僧师"——帝师。这些特殊性，导致他不同于其他人的盛大雍容，造就了他为文沉着质实、不尚高谈阔论的风格。这一点也得到了同时代文学家的认同：苏天爵在《滋溪文稿》中评价其曰："公为文章，严重质实，不为浮

---

① （元）马祖常：《石田先生文集》，李叔毅点校，中州古籍出版社，1991，第186页。

② （元）马祖常：《石田先生文集》，李叔毅点校，中州古籍出版社，1991，第185页。

③ （元）马祖常：《石田先生文集》，李叔毅点校，中州古籍出版社，1991，第245页。

靡。其词悉本诸经，如米粟布帛，皆有补于世教。"① 孛术鲁翀的质实精神主要体现在他的碑志文创作上，他所作的《平章政事致仕尚公神道碑》《大都路总管姚公神道碑铭》两篇碑文，将墓主一生行迹娓娓道来，井井有条，还力图突破碑板文章限制，就墓主行履之实入手，不避朝政大事，从实写来，为我们留存了一段正史不载之珍贵资料。

第二节　善引经据典阐明事理

　　散文起源于应用，散文依靠自身的一些特性，如直接表达人的内心情感、传达作者的观点和意见、沟通消息情报等，其文体的实用性越来越被重视。蒙古文人也十分重视散文的这一特性，多以散文的写作传达治世之理、明世之音、国之信仰、教化之重等，以此维护元朝统治秩序，实现元朝长治久安。因此具有"重实用、善明道"的特点。

　　为阐明一个道理或政见主张，元代北方少数民族散文作家往往善于引经据典来加深论证，借鉴历史经验来传达治世之音，增强文章说服力，让行文变得更加严谨。善于引经据典这一特点，反映了元代北方少数民族文士对儒家文化的研习之深，只有深受儒家文化浸染的人才能在写作时信手拈来，这提醒我们不仅要关注元代北方少数民族文士引经据典的方式，还要关注他们引经据典的内容。

　　蒙古文人创作的散文在引用时就分两种情况。

　　第一种，所述对象本身即为典故。《上公亭记》里的上公亭，《忠孝祠记》里的忠孝祠，《重修关王庙记》里的关王庙，《重修南岳书院记》里的南岳书院，《宣圣遗像记》里的宣圣遗像，《仙掌石题名》里的仙掌石。一个地点、一样物品，就蕴含了一个故事、一种精神、一份寓意。这些名称本身就带有历史的味道和痕迹。单是看这些名称，就已了然作者的目的和写作用意，再细读文内的内容，就更有利于作者阐释文中的道理，由此达到合二为一的作用。阿鲁威的《跋虞雍公〈诛蚊赋〉》和僧家奴《赵清献公文集序》

① （元）苏天爵：《滋溪文稿》，陈高华、孟凡清点校，中华书局，1997，第126页。

都是通过对前朝历史人物的敬仰，突出对今世之才、清官廉吏的渴望。阿鲁威钦佩于南宋名相虞允文"使天下之为人臣者得以安其君，天下之为人子者得以宁其亲"① 这样诛恶锄奸、为国利民的丹青之志。僧家奴钦佩于北宋"铁面御史"赵抃"屹立台端，谠言正操，确乎其不可拔，挺然其不可夺，谏必纳，劾必黜，泰彰臣道，日新君德""抨弹权幸，诛锄强悍，摘奸烛幽，发政施令，皎如星月，厉若雷霆"② 这样不避权势的正义呼声。

第二种，用典故引出所述对象。通过典故来阐明事理，最终达到教化百姓的作用。同同《对策》一文通过论述"持盈守成之道"实施的艰难，以及实施的重要性，辅以历数前朝统治者保天下的成败教训，"承悦慈极，尊任师傅，博求贤能，修明庶政，进敦笃，退浮华，谨访问，纳规谏，以天下之耳目为之视听，以天下之心志为之思虑"。借助夏、商、周等朝因不善继承造成"得天下为难，保天下为尤难"的历史经验，来解决本朝问题，或为本朝的长治久安提供经验借鉴，逻辑严谨，层次分明，使文章读起来有很强的说服力。

色目文人的散文中这一特色更加明显，他们言事为文，往往都是据史引经，有理有据地阐明事理。这对于他们实现人生抱负，为国家安定，为百姓发声，谋取利民政策，有很大的作用。马祖常的《请慎简宫寮疏》一文论慎选太子近侍的重要性，并非无据而言，而是引《新唐书·元稹传》语，以西周成王为例，据史引经，阐明事理。不仅有层次，而且增强了说服力，也提升了文章的水准。再如他的《建白一十五事》开篇即稽古陈事，阐明言事官之重要职责："古者建立言事之官，非徒摘拾百官短长，照刷诸司文案，盖亦拾遗补阙，振举纲维，上有关于社稷，下有系乎民人。"③ 自己以古言事官自任，进言自然就有了被接纳的道理，文章的说理水平，对于奏议能否被重视和接受十分重要。因此，一篇文章的创作亦是关乎百姓的真切利

---

① （明）汪砢玉：《珊瑚网》卷十，台湾商务印书馆，1986，景印文渊阁四库全书，第 818 册，第 153 页。

② （元）僧家奴：《赵清献公文集序》，李修生主编《全元文》卷一四二四，凤凰出版社，2004，第 46 册，第 207 页。

③ （元）马祖常：《石田先生文集》，李叔毅点校，中州古籍出版社，1991，第 147 页。

益，引经据典的作用也就凸显出来了。胡助曾在《挽马伯庸中丞》诗中盛赞马祖常："稽古陈三策，穷源贯六经。文章宗馆阁，礼乐著朝廷。"① 苏天爵《元故资德大夫御史中丞赠摅忠宣宪协正功臣魏郡马文贞公墓志铭》中记载："公每进说，必以祖宗故实、经史大谊切于时政者为上陈之，冀有所感悟焉。"② 余阙在《青阳先生文集》中的《送月彦明经历赴行都水监序》一文中论及"河患"一事，历数前代治河历史：从大禹治河，到周定王时大河南徙；再由汉初河患，到汉人马颊治河；再从北宋道失，到今日河患，提出"而治河者不以禹之所治治之"而导致"河患"为其原因。虽为纸上谈兵，但稽古引类，排闼而下，甚见壮观。余阙《元统癸酉廷对策》一文，"稽天地之理，验之往古"，历数往代统治者保天下之成败教训，告诫当今圣上应施仁政以保天下。这类散文与中土儒士政治家的文章一样，稽古穷经，引模拟附，给人以雄浑大气之感。

契丹与女真文人"引经据典"，主要通过事物本身的蕴意来达意，如重修孔子庙等，孔子庙本身就带有一定的隐含意义，通过这一用典，目的自然不言而喻。在此基础上，再进行进一步的讨论和论证，就更具有说服力。

元代北方少数民族散文中表现出的用儒家经典来阐明事理的特点，是对文士们的写作水准和写作深度的一个侧面反映，他们并不仅仅局限于平铺直叙自己的观点，还善于引用典故，这一方面拔高了作者的写作水平，另一方面增强了文章的说服力。元代北方少数民族文士的散文创作以此为标，是他们充分吸收中华优秀传统文化精华并结合本民族特性的结晶。

第三节　多关心国事与人民疾苦之作

国以民为本，在元代北方少数民族文士的笔下，对于国事和人民疾苦

---

① （元）胡助：《纯白斋类稿》，台湾商务印书馆，1986，景印文渊阁四库全书，第 1214 册，第 593 页。

② （元）苏天爵：《元故资德大夫御史中丞赠摅忠宣宪协正功臣魏郡马文贞公墓志铭》，李修生主编《全元文》卷一二六八，凤凰出版社，2004，第 40 册，第 391 页。

的关心，也成了他们创作的一个特点。作为第一个由少数民族建立的大一统政权，元代社会情况比前代更加复杂，元代初期和元代中后期的社会特征也不尽相同，造就了文士笔下不同的创作倾向，但始终围绕的中心是心系天下大事与民间疾苦。文士们对于国事和人民疾苦的关心，实质上就是对整个国家长兴的期望，希望国家繁荣昌盛、国泰民安。

元代契丹与女真文人就是这样的一个群体。他们深受儒家文化熏陶，不仅深谙儒家之道，而且能知行合一，乐于实践和躬行。儒家推崇"仁政"，他们便倾其才能躬以治世，积极推行仁政以安民生。即使为此被帝王和众人误解、排挤，屡谏屡败也在所不惜。儒家文化的根基已经深深地扎根在他们心里。他们认定只有儒治才能改变国家的现状，因此他们致力于解放更多沦为奴隶的百姓，恢复生产发展，规范社会秩序。

在大蒙古国时期就为国效力的耶律楚材十分关心民生和国事，一来与其职位有关，二来与其眼界和胸怀有关。前文已经提到，耶律楚材自幼饱读诗书，儒士的情怀一直浸染着他的仕途之路。"颙观颁朔施仁政，伫待更元布德音"①，他利用各种机会向蒙古统治者宣扬仁政，希望早日实现"普天钟鼓乐清平"②的景象。他还主张"创学校，设科举，拔隐逸，访遗老，举贤良，求方正"③，这是儒家思想以及其自身民族性格共同作用的结果。

耶律楚材之子耶律铸，也深受儒家思想影响，但是文风却与其父完全不同。他的作品以赋体居多，内容多描绘人间风物，文风柔和自然。单从题目看，与时事并无关系，但是深读之后才发现：文中的花草、假山、宫殿、园林等物，并非单纯的物，而是作者情怀的寄托。他通过托物寓意的方式，展示了对时事的关注、对现实的关怀。

元代中后期，社会逐渐显现出凋零的迹象。一些文人志士观察到了这些现象，希望通过笔端传递自身对国事和人民疾苦的关心。色目人余阙作为朝廷重臣，对国家、社会以及人民有厚重的责任感，在近二十年的官宦生涯中，余阙在京城及江南多地任职。这些经历使他能够广泛深入地接触

---

① （元）耶律楚材：《湛然居士文集》卷四，谢方点校，中华书局，1986，第69页。
② （元）耶律楚材：《湛然居士文集》卷五，谢方点校，中华书局，1986，第95页。
③ （元）耶律楚材：《西游录》，向达校，中华书局，1981，第20页。

现实生活，对国家及社会中存在的种种问题有更为深入的观察与体验，对元末社会的弊端有更为清醒的认识。面对这些被统治阶级想当然忽略的问题，余阙愤然抨击，在文章中大胆地揭露弊病，对于生活于困苦之中的人民也深感同情，但他的目的并不只是揭露这些问题，而是意图针对某些弊端找出解决办法，最终改善人民生活境况，使社会安定、国家兴旺。余阙身为元廷重臣，不仅关心国家社稷，而且十分关注民生疾苦，在二十几年的官宦生涯中，他深入地方，切身体验百姓生活，深切了解元末社会动荡之下人民艰苦的生存状态。他在《送樊时中赴都水庸田使序》《宪使董公均役之记》等散文作品中，都表现出了对生活在苦难之中的人民的同情与理解、对百姓安居乐业的欣慰、对引领人民创造美好生活的贤能之士的渴望等感情，心中一直萦绕着对国计民生的关切。

元代末期，政治黑暗，元朝统治弊病日益显露——官员昏庸，玩忽职守，人民生活困苦，也加快了国家的衰亡。作为一名正直的官员，余阙清楚地认识到元末社会中存在的种种问题，批判陷百姓于苦难之中的昏庸官吏，抨击朝政的弊端，痛恨那些不能忠于职守之人。在《赠刑部掾史镏彦通使还京序》中，他这样描写元末社会动乱、时局动乱及朝廷官员昏庸贪婪的情景：

> 舒岸大江为城，北走英、颍，南亘番、歙，西通黄、蕲、湘、汉、鄂、岳，东距鸠巢，所谓四通八达之地也。自兵兴，所在从乱，舒介其间而独徇义秉节，不与之共戴天。故群盗环攻之，舒亦不少屈挠。日治矜戟弓矢，以与之相格斗。盗大至，则男操兵，妇给饷，童子负瓦石，空巷乘城，与之决战。如是者今五年，其劳如此。故其富者日贫，而贫者日死，以耗。入其市，廛里萧然。适其野，榛莽没人，不见行迹。至其馆，簠簋不治，饩牵不具，委积不充，使者之道此，怒而去者往往有焉。其以公事来者，多视略以为喜愠。喜为春温，愠为秋凛，或怒而去，则民相与踧踏，曰："祸其始此耳。"不甘食安处者累月而未宁，逮无事乃已。①

---

① （元）余阙：《青阳先生文集》，上海书店出版社，1985，第98页。

　　由上文可见，元末统治者无视百姓死活，致起义频发，盗贼蜂起，朝廷官员巡视之时，却只关心个人利益，任凭灾情肆意蔓延，致人民生活于水深火热之中。面对元末社会的黑暗现实、朝廷的昏聩，余阙感到愤怒不已，在文章中他大举昭示社会黑暗，揭露昏官丑行，极力地鞭挞刮地三尺的官员，对于已处于末期岌岌可危的元朝感到忧心。他虔诚地抱着重整朝纲的期望，声嘶力竭地召唤着经世之士的到来。

　　像余阙这样在散文中抒发对国事的关心、对人民疾苦的同情的文士还有很多。他们以文章为武器，揭露社会现状，渴望朝堂不再昏聩、官员廉政得力，渴望能为国家长兴贡献一份力量，殷殷深情，拳拳赤心，一腔热血都付诸笔端了。

第四章
民汉文化交融中的元代北方少数民族散文

"凡某民族之人，一经接受异民族之文化，且心赏爱之者，其于异民族文化接受之敏感与深入，往往反优于彼民族之人。"① 因此元代北方少数民族对汉文化的接受，汉族对少数民族文化的接受，并不是简单直面性地吸收，而是远比我们想象得深入。元代北方少数民族散文的繁盛，就是突出的一例。这份繁盛离不开元代文化交融下文学的双向互动，少数民族接受汉文化的长期熏陶，并与汉族儒士交游来往，从中汲取汉文化的优秀成果，汉族文家亦从少数民族文化中领略异域风情、提取新奇的异域元素用于创作之中。两者的交流互动，扩展了双方文学创作的空间，对双方都产生了十分重要的影响，这在文学史上是不可忽视的。

元代北方少数民族对传统文化的吸收存在一定的共性，这种共性首先表现在对儒家文化的崇尚，对此在蒙古文人、色目文人、契丹与女真文人的散文中都有体现，但是侧重点不同：蒙古文人散文中体现出的是重教化、兴文教的主张，色目文人散文中流露出了忠君、爱国、泽民等儒家情怀，契丹与女真文人散文则更加务实，通过描述祭祀孔子、重修孔庙等具体事宜来表达对儒家思想的尊崇。其次表现在对道家文化的青睐上，三个群体对道教的文化有着不同程度的认同和尊崇，蒙古文人渴望从道教中寻找到国家建设的理论支撑，色目文人从道教中寻觅的是心灵的庇护所，契丹与女真文人则认为道教是抚国安民的"良药"。当然，汉族文家也从少数民族文化中吸取营养用于创作之中，例如，提取新奇的异域元素、运用

---

① 张文澍：《〈全元文〉之辑佚与女真族古文家字术鲁翀》，《民族文学研究》2004 年第 2 期。

新的语言因素、描写异域风情等，这样的双向互动，丰富了散文的内容题材，也使元代北方民族散文呈现出内涵独特而别具时代特色的一面。

第一节　元代北方少数民族对儒家文化的崇尚

受儒家文化的影响，蒙古文人、色目文人、契丹与女真文人在散文中都对儒家文化表现出了崇尚之情，但是文士们的侧重点不同。下面依次来分析。

（一）元代蒙古文人散文中重教化、兴文教的主张

在杂记文一节中，就论述过蒙古文人所创作的散文并不单纯为书写文章，也并非在文章中寄寓多深的感情，往往于文章中蕴含深刻的道理以及作家自身的观念想法等。文章实际上承担了社会教化的重任：督促百姓学习礼仪风俗，教导官员忠于职守、为民服务，教育学子关心国事、读书报国等。按摊不花的《上公亭记》就寄寓了自己的儒治理念，表明自己"崇教化"的决心，《忠孝祠记》通过祭祀三闾大夫屈原及罗氏二子，教导世人"美典型""美风俗"；燮理溥化的《重修南岳书院记》通过记录重修南岳书院，表明了"兴文教"的重要性；忽都达儿的《重修关王庙记》是为重修关王庙所作的记，字里行间流露出对"励忠全节，不贰其心"的忠君爱国精神的敬佩，目的在于宣扬优良的社会风气；全全的《潞州知州张奉议新塑五龙神像记》主要讲述的是地方官员张瞻甫修塑五龙神像祈求风调雨顺的事迹，显示了地方官员忠于职守、为民造福的优秀品格，教导各地方官员"为官当若此"，也具有一定的教化意义。

（二）元代色目文人散文中的儒家情怀

赵世延由景教世家转而接受儒学，后因受到权臣铁木迭儿的诬陷，转而参禅悟道①；这一点早在陈垣先生的《元西域人华化考》中就被考证。细察

---

① 　陈垣：《元西域人华化考》，上海古籍出版社，2000，第 51～54 页。

赵世延留存的散文，确实能验证这一心路历程，思想的变化导致了书写对象的变化，心理的转变直接决定了作品主题内容的呈现。赵世延接受儒家文化的熏陶，因此无论是为官还是作文都恪守儒家的道德规范，为官主张儒治，反对武力。在远征八百媳妇国时，朝廷众官一致认为应使用武力征服，赵世延却大加反对，他主张使用羁縻怀柔政策予以招抚。为此坚持上奏，极力进谏："蛮夷事，在羁縻，而重烦天讨，致军旅亡失，诛戮省臣，藉使尽得其地，何辅于国？今穷兵黩武，实伤圣治。朝廷第当选重臣知治体者，付以边寄。兵宜止，勿用。"① 这一政治观念正是吸收了孔子"远人不服，则修文德以来之"的仁政思想，由此可见赵世延受到儒家思想影响之深。从赵世延的《孔庙加封碑跋》一文中对孔庙的重视，就可以看出儒家思想在赵世延的心中不可动摇的地位，"圣人笃生周季，既不得位，悼天秩之陵替，悯良心于晦蚀之余，修《春秋》系王于天，正大一统；盗名犯分者诛已死于前，惧生者于后；茂建大中，标揭万世；性道以之而修明，彝伦以之而不紊，自生民之未有，其贤过于尧舜者顾不在兹与。"在文章的最后，缓缓提出了自己认为的治国之道："虽然，圣道之大，非国家无以表核于无穷；国家之隆，非圣道无以康乂于有永。……钦惟世祖渊龙六盘，汤沐关辅，盖尝礼聘先正儒臣许衡淑艾秦之子弟矣。矧四圣济治，浑浩涵煦之泽，亦既深矣。服圣人之教者，仰体振作之微，远洽周南之化，近溯关洛之流，以达乎洙泗之源。异时人才林立，羽仪天朝者，兹非其效乎？"深化了全文主旨，书文言志，一个"九朝良臣"的拳拳报国之心在此刻展示得淋漓尽致。"比奉诏汉人参政用儒者，赵世延其人也。"② 元仁宗说："世延诚可用，然雍古氏非汉人，其署宜居右。"③ 遂拜为中书参知政事。不久，又迁为御史中丞。赵世延能有如此顺畅的仕途，与其十分尊崇儒家思想是分不开的，因为儒家思想十分符合当时元代社会需要的意识形态，赵世延尊崇儒家与上层政治形态不谋而合，受重用和器重也就自然而然了。

与赵世延相比，马祖常对儒家思想的接受则更深远。祖常从小生活在

---

① （明）宋濂：《元史》，中华书局，1976，第 4164 页。
② （明）宋濂：《元史》，中华书局，1976，第 4164 页。
③ （明）宋濂：《元史》，中华书局，1976，第 4164 页。

一个受汉族儒家文化熏陶的家庭。他曾骄傲地说:"我曾祖尚书……世非出中国,而学问文献过于邹鲁之士……俾其子孙百年之间革其旧俗。"① 年龄稍长时,又求学于大儒张翌。科举未开之时,不少读书人选择由吏入仕,而祖常却不屑为吏,在学业渐成之后,他选择辞亲去国,仗剑远游,遍历大江南北,开阔眼界,增长知识。待到入仕之后,他又能将儒家思想运用到自己的工作中,指导着他每一步的前行。

余阙的散文则体现了浓浓的儒家情怀,虽身为色目人,但他深受儒家文化的熏陶,以儒家的道德规范立身处世,忧国忧民,以天下为己任。同时,作为元廷要员,他"谋国不谋身"的决心使他对社稷民生有着厚重的使命感,拳拳报国之心在文章中亦可稍见一二。

(三) 元代契丹与女真文人散文中对祭祀孔子的重视

蒙古灭金时期,儒学渐渐荒废,文庙祭祀也就此搁置。待到太宗窝阔台执政,北方儒学的文庙祭祀活动才渐渐开始复兴。元朝中后期,文庙祭祀发展得越来越成熟,不仅成了"朝廷重典",祭祀需要的祭器和大成乐也日渐完备,地方文庙祭祀也颇受重视,几乎成了全民关注的大事。于是重修孔子庙、重修宣圣庙、重修大成殿等工程陆续动工,记录重修孔子庙的文章也就应运而生。文士们往往希望通过记录这一过程,强调重修的意义,进一步凸显儒学对世人的重要意义。契丹与女真文人也不例外。他们在文章中记录重修孔子庙等相关事宜,借此强调儒学对世人的重要意义,表明自己的崇儒倾向。

除了通过重视重修孔子庙,表现崇儒思想,女真族古文家孛术鲁翀还用实际行动表明自己是孔子之徒,坚定崇儒的意志。《元史》记载:"帝师至京师,有旨朝臣一品以下皆乘白马郊迎。大臣俯伏进觞,帝师不为动,惟翀举觞立进曰:'帝师,释迦之徒,天下僧人师也。余,孔子之徒,天下儒人师也。请各不为礼。'帝师笑而起,举觞卒饮,众为之栗然。"② "帝师"是元廷对西蕃来朝大僧的尊号,其入朝、坐殿之威仪可参《元史》卷二百二

---

① (元) 马祖常:《石田先生文集》,李叔毅点校,中州古籍出版社,1991,第238 页。

② (明) 宋濂:《元史》,中华书局,1976,第4222 页。

"释老传"，所谓"百年之间，朝廷所以敬礼而尊信之者，无所不用其
至"①。孛术鲁翀挺身公卿之上，与帝师抗礼，自居儒者，以为不必屈媚异
教，即以儒教为立身根本。当日百官萃集，其中不乏儒者，为什么只有孛术
鲁翀敢于这样做？想必是女真武将的血性所激，女真民族的性格展露无遗。

第二节　元代北方少数民族对道家文化的青睐

元代北方少数民族的三个群体对道教的文化有着不同程度的认同和尊
崇，蒙古文人渴望从道教中寻找到国家的精神依托，色目文人从道教中找到
的是心灵的庇护所，契丹与女真文人则认为道教是抚国安民的"良药"。

（一）元代蒙古文人散文中对道教的尊崇

紧扣时代的思想导向就是作家书写和传递的不二法门，将作家所处时
代与思想联系起来，如：将大元和道教文化相融合，将天人合一的思想运
用到新帝登位，期望国家长治久安是作者最简单的心愿。蒙古文人息剌忽
的《武当事迹序》对道教的尊崇，期望道教文化与元朝统治相融合的迫切
心情，可谓无人能及。"圣人与天地为一，是以作为万物睹。""武当山，
元帝之所寓，元武非此山不足以显其灵，此山非元武不足以彰其名。此先
天而天弗违之理也。大元、元帝，皆北方之圣人，是以与天地为一圣，作
物睹天道之常。"作者眼中大元、元帝与武当山的关系非寻常可比。归根
结底，还是期待融合之后，元朝能得到道教的庇佑，从而实现国泰民安。
从文章第一段以及结尾最后一句"索之以广其传，愿与四方乐善好事君子
共，亦足以彰北方圣人与天地合德之大"（《武当总真事迹》三卷）可以
看出息剌忽真切的信念，期望元朝可以借助道教的文化，在思想文化上为
元朝寻找支柱，时刻惦念时代所需，在精神层面为元朝的发展夯实根基。

（二）元代色目文人散文中对道教的描述

在色目文人的散文中，道教是作为心灵的庇护出现的。当儒家入仕观

---

① （明）宋濂：《元史》，中华书局，1976，第 4520 页。

念与现实相冲突时，道家"无为自在"思想就会引导著作者寻找心灵的依托，得到乐趣的文士对道教的理念就更加尊崇。

元后期，赵世延屡次遭受权臣陷害，虽不畏权贵的心尚在，但入仕的热情已被耗尽，于是他渴望寻求"无为自在"和心灵的宁静，幸运的是他在道教的思想理念中找到了这种心灵感受，这也成为他思想的一个转折点，开始参禅悟道。通过赵世延的《茅山志序》《泰定四年丁卯代祀江南三山还朝醮于崇真宫作上清像云中赵世延赞》《净明忠孝全书序》等文章，都能看到他对道教的尊崇。

《茅山志序》中的茅山有"第一福地，第八洞天"之美誉。作《茅山志序》后三年，赵世延又作《泰定四年丁卯代祀江南三山还朝醮于崇真宫作上清像云中赵世延赞》。崇真宫是道教宫观，上清是道教的三位至高神中的其中一位，全称应为"上清真境玉宸道君灵宝天尊"，道家认为："大道为造化之根，大道为教化之本，大道为万物之主"，"大道无形，生育天地；大道无情，运行日月"。从这篇赞词中赵世延对上清像的赞誉，从外貌到神情，从静态到动态，从画像本身到画像以外的思想境地，言辞中透露出其对道教的着迷和认同之情，他认为道家的学说是"谈大道""流琼音"，认为崇真宫的精神境地是虚幻凌厉的。这种道教理念不仅成了他心灵的依托，也成了他精神上的支撑。

还有一篇《净明忠孝全书序》，赵世延在开篇也写到了作此文的原因。他认为道家的理念并非深奥到遥不可及，赵世延在篇末特意说明：道家的理念是与大中至正之道相吻合的，是值得提倡的，因此才作此序，表明心意。

（三）元代契丹与女真文人散文中对道教的认同

契丹与女真文人还与道教名流往来，对道教名流推崇备至，显示出了崇道倾向。契丹人石抹明安之子石抹咸得不曾袭父职为燕蓟留后长官，他就有两篇请长春真人住持天长观的奏章，明确表明了对道教的尊崇，在文中认为天长观乃"人间紫府，主上福田"①。赞美长春真人"识超群品，

---

① （元）石抹咸得不：《请真人长春公住持天长观疏》，李修生主编《全元文》卷二，凤凰出版社，2004，第 1 册，第 25 页。

道悟长生。舌根有花木香，胸襟无尘土气。实人天之眼目，乃世俗之津
梁。向也乘青牛而西迈，不惮朝天；今焉奉紫诏而南回，正当传道"。"长
春真人，重阳高弟，四海重名，为帝者之尊师，亦天下之教父。"① 字句短
小，语言精练，却气势不凡，将长春真人的过人之处展示得真切自然，对
长春真人的景仰之情也通过这些句子传递了出来。两篇文章都作于太祖时
期，一篇作于太祖十八年，一篇作于太祖二十一年。在这一时期，太祖不
断西征、南讨，虽然疆域不断扩展，但是社会秩序却很难维持，这就迫切
需要一种被广泛接受的社会意识形态来稳定统治秩序。丘处机和全真教恰
恰具有这样一种抚国安民的作用。他的师父王重阳在世时创立了全真教，
主张"儒、释、道"三教合一，最终创造出了"忠君"和"修炼心性"
共存的主张，名噪一时。王重阳去世后，面对宋、金、蒙古政权交替、战
乱不断的现实，他的弟子丘处机继续发扬道教传统，反对战乱，济世惠
民，给民众带来了很大的精神安慰，上至文武百官，下至普通民众，无人
不知，无人不晓。于是太祖亲下诏书，邀请丘处机西行授言，阐发治国和
养生之道。石抹咸得不上疏请长春真人来住持，一是统治阶级意愿，二由
民心所向，这两点足以说明道教在其心中的重要性。他作为朝廷官员，对
道教的尊崇自然少不了对社会意识形态的迎合，但其内心对全真教的认同
源自个人意愿也未可知，通过这两篇文章虽不能笃定石抹咸得不一定崇尚
道教，但也可窥一二。

　　元代北方少数民族散文处在一个少数民族统治之下的多元文化的交流
与融合的背景中，元代辽阔的疆域、多民族的聚居以及发达的对外贸易为
不同文明的交流提供了平台。多民族文化相互交流与交融，新的语言因素
给诗、文、曲等各类文学体裁的发展都带来了新的契机。诗歌方面，汉族
文人笔下的诗歌里异域词语层出不穷，展现了别具一格的景致和意象；散
曲方面，元代北方少数民族文化影响着元散曲的音乐风格、内容形式和走
向，甚至直接促成了元散曲的繁荣昌盛；无一例外，散文方面，这种历史
背景、文化背景，使散文呈现了内涵独特而别具时代特色的一面。少数民

---

① （元）石抹咸得不：《请丘神仙久住天长观疏》，李修生主编《全元文》卷二，
　　凤凰出版社，2004，第 1 册，第 25 页。

族具有雄健粗犷的民族气质，少数民族作家群的加入也给散文创作的题材和内容带来了更为新鲜的血液。元代疆域空前辽阔，广阔的地域使元代散文中出现了对异域风情的描写，丰富了其散文的内容题材。可以说，元代北方少数民族与汉族的双向互动，对元代北方少数民族文士与汉族文士的散文创作都产生了巨大的影响。

元代北方少数民族文士与汉族文士往来密切。诸多汉族儒士与北方少数民族文人都有师承关系，蒙古文人哈刺台就曾跟从许有壬学习，哈刺台在为许有壬的《圭塘欸乃集》作的跋中，自署"至正辛卯冬至前五日，诸生哈刺台再拜"。明确表明他是许有壬的弟子。此外，哈刺台还与苏天爵等人来往甚密，苏天爵曾为其祖母作《元故赠长葛县君张氏墓志铭》。据苏文所述，哈刺台的祖父马马曾任池州总把，祖母张氏为黄冈儒者张泰鲁之女。可见哈刺台的交友是十分广泛的。

与汉族文士交往密切的还有赵世延、马祖常、余阙等。萧启庆先生考证：色目文人赵世延器重汉族士人许有壬，两人不仅结为亲密的翁婿关系，还在政治与学术上保持密切的合作①。除此之外，赵世延与当时著名的书法家赵孟頫、文学家程钜夫都是亲密的朋友，赵世延的诸多作品都是由赵孟頫誊写的。可惜赵世延现存的文章中，没有与好友往来的文章，是很大的遗憾。色目文人马祖常、余阙等都有一定数量的赠序文存世，从他们的赠序文中可以一窥他们的交游情况，并探察其所在的多族士人圈。马祖常《送刘文可之官汝州序》中的刘文可，《送牛国宝罢教光学北归序》中的牛国宝，《送崔少中序》中的崔少中，《送李公敏之官序》中的李公敏等都是汉族文士，但是却与马祖常建立了深厚的友谊，良辰美景，与好友畅快交谈，岂不乐乎？余阙赠予汉族文士的文章就更多了，有《送樊时中赴都水庸田使序》《送范立中赴襄阳诗序》《李克复总管赴赣州诗序》《送葛元哲序》《送许具瞻序》《送李宗泰序》等，其中不乏汉儒大家。通过赠序这样一种形式，彼此分享人生理念、政见观念。以此在文章来往中密切关系，这在当时元代北方少数民族文士和汉族文士的交往中是相当普遍的。

---

① 萧启庆：《内北国而外中国》，中华书局，2007，第 487 页。

下编　元代北方少数民族散文作品整理

凡 例

一、本编收录元代北方少数民族散文作家 62 人，作品共计 573 篇。

二、本编基本按照作家行年先后顺序排列，仅知大概时期的作家归入元初期、元中期、元后期三个时段。行年不明，或有异说者，基本按照文献出处，列在本书末尾。身处两朝的作家，主要依据其身份和文学创作予以归纳，如虽然王翰的文学创作始于明朝，但他誓死不降明，仍将其归为元朝人。

三、元文别集，一般不仅一个版本传世。版本的选择，择善而从。有些版本虽然刊刻较早，但在传世过程中有残缺、漫漶、倒错等不足，则选择内容完整者为底本。

四、本书所收作家，皆撰作家小传，简要述其生平、著述及数据源，对作品、版本等状况进行考证，并引入其他文人对其评价之言，以求全面详尽。

五、作家小传后面附有点校说明。说明编录其散文作品时依据的底本与校本，以及所参考的作品情况。

六、对原始文献中重出、误收的作品，作了取舍判断，并在相应的位置作了说明。散文作品的辑补主要依靠《元史》《元文类》《大元圣政国朝典章》《元朝典故编年考》等书，以及类书和地方史志等文献。

七、编撰过程中，按照古籍整理通例对录入作品作了标点与校勘，底本中的自注、原注均予以保留。

八、整理者所作的校记或按语，均附录在作品之后。校记包括异文、正误、补缺、拾遗等。对校本的选择，择要而从。按语则针对文献归属，提供整理路径。

九、本书所收文，各篇皆分别注明出处；录自同书者仅在最后一篇之末注明出处。

十、原书之通假字，一般仍依底本。古今字、异体字、俗体字一般改为规范的简体。元代白话及硬译体文字则一律仍旧。凡作者用之避讳字，一律仍旧，唯缺笔处补足，后人避本朝讳所改者，尽可能改回，并加以说明。

十一、本书所收元文，尽可能选用善本、足本为底本；正文一依底本。底本确实有误，予以改正并出校记。一般异文，不出校记。校记附于篇末。笔画小误，显系误刻者，径予以改正。

十二、本书采取横行简体排版，并加新式标点。（类推简化字一般不用，保留繁体。）

十三、清代四库馆编纂《四库全书》时，元代史籍中的译名依清人满语改写，例如将"石抹"改作"舒噜"，"述律"改作"舒穆噜"，"耶律""移剌"作"伊喇"等。因此本书校点引用四库全书本时，这些改易之处一般径直改回。

元代蒙古人散文辑录

1. 伯颜

伯颜（1236～1295），蒙古八邻（巴林）部人。其曾祖述律哥图事太祖成吉思汗有功，被封为八邻部左千户。祖阿剌袭父职，兼断事官，平忽禅有功，得食其地。父晓古台世其官，从宗王旭烈兀开西域。伯颜长于西域。至元初，伯颜奉使至大都（今北京市）奏事，世祖忽必烈见其貌伟，听其言厉，遂将他留用宫中。至元二年（1265）伯颜官拜中书左丞相，四年（1267）改中书右丞。七年（1270），迁同知枢密院事。十年春，持节奉玉册立燕王真金为皇太子，十一年（1274），大举伐宋，与史天泽并拜中书左丞相，行省荆湖。后诏改淮西行省为行枢密院。庚子，伯颜薨，年五十九。卒赠太师开府仪同三司，追封淮安王，谥忠武。《元史》本传说他"深略善断"，"廉谨自持"。

生平事迹见元代杨朝英《太平乐府》卷四和《乐府群珠》卷一；明代宋濂《元史·伯颜传》卷一二七；明代宋濂《元史·帝纪》卷三九；明代叶子奇《草木子》卷四《谈薮篇》；陈衍辑撰《元诗纪事》卷四；隋树森编《全元散曲》上册；王叔磐、孙玉溱等选注《元代少数民族诗选》；白寿彝主编《中国通史》；李松茂主编《回族东乡族土族撒拉族保安族百科全书》；张家林主编《二十五史精编·元史明史》；张月中、王纲主编《全元曲》；叶新民著《辽夏金元史征》元朝卷。

明代叶子奇《草木子》卷四《谈薮篇》云："伯颜丞相与张九（即张弘范）元帅，席上各作一《喜春来》词。……帅才相量，各言其志。"明代宋濂《元史》评价其曰："伯颜深略善断，……大德八年，特赠宣忠佐命开济功臣，太师、开府仪同三司，追封淮安王，谥'忠武'。至正四年，加赠宣忠佐命开济翊戴功臣，进封淮王，其余如故，有子二人：买的，检枢密院事；襄加歹，枢密副使。"清代顾嗣立、席世臣编《元诗选·癸集》（上）中评论："诗文乃其余事。"汲郡王恽《玉堂嘉话》云："初宋未下时，江南谣云：江南若破，百雁来过。当时莫喻其意，及宋亡，盖知指丞相伯颜也。"陈衍辑撰《元诗纪事》卷二录其诗《过梅岭冈留题》一首，并于诗后引明代朗瑛《七修类稿》评曰："伯颜下江南，过金陵梅岭冈诗云云。所以著名，亦有是善。"

此次文的点校，以丛书集成初编本《平宋录》为底本，《全元文》收录其文时所选版本与此同，文共计1篇。

大丞相贺表

臣巴延等言：国家之业大一统，海岳明王会之归；帝王之兵出万全，岛夷敢天威之抗。始干戈之爰及，迄文轨之会同。区宇一清，普天均庆。臣巴延等，诚欢诚忭，顿首顿首。钦惟皇帝陛下，道光五叶，统接千龄。梯航日出之邦，冠带月支之国。际丹崖而述职，奄瀚海以为家。独此宋邦，弗遵声教。谓江湖可以保逆命，舟楫可以敌王师。连兵负固，逾四十年。背德食言，难一二计。当圣主飞渡江南之日，遣行人乞为城下之盟。

逮凯奏之言还，辄奸谋之复肆。拘囚我信使，忘乾坤再造之恩；结纳我叛臣，盗连海二城之地。我是以有六载襄阳之讨，彼居然无一介行李之来。祸既出于自求，怒致闻于斯赫。臣肃将禁旅，恭行天诛。爰从襄汉之上流，移出武昌之故渡。藩屏一空于江表，烽烟直接于钱塘。尚无度德量力之心，乃有杀使毁书之事。属庙谟之亲稟，揭根本之宜先。乃命阿喇哈取道于独松，董文炳进师于海渚，臣与阿珠、阿达哈等忝司中阃，直指宋都。掎角之势既成，水陆之师并进。常州一破，列郡传檄而悉平；临安为期，诸将连营而毕会。彼极穷蹙，迭出哀鸣。始则为称侄纳币之祈，次则有称藩奉玺之请。顾甘言何益于实事，率锐旅直抵其近郊。召来用事之大臣，放散思归之卫士。崛强心在，四郊之横草都无；飞走计穷，一月之降幡始竖。其宋主率诸大臣，已于二月初六日，望阙拜伏归附讫。所有仓廪府库，封籍待命。外臣奉扬宽大，抚戢吏民。九衢之市肆不移，一代之繁华如故。兹惟睿算，卓冠前王。视万里为目前，运天下于掌上。致令臣等，获对明时。歌七德以告成，深切龙庭之想；上万年而为寿，更陈虎拜之词。臣无任瞻天望圣，激切屏营之至。臣等诚欢诚忭，顿首顿首。谨言。

2. 郝天挺

郝天挺（1247～1313），字继先，号新斋，朵鲁别族，世居安肃州（今河北省保定市徐水区）。幼为国兵所掠，长通译语，善骑射。太祖遣使宋，往返再四，以辩称。自曾祖而上，居安肃州，父和上拔都鲁，太宗、宪宗之世多著武功，为河东行省五路军民万户。于太宗三年（1231）授行军万户，十二年（1240）进拜宣德、西京、太原、延安五路万户，定宗三年（1248）诏还，治太原。皇庆二年（1313）卒，年六十七岁，赠光禄大夫、中书平章政事、柱国，追封冀国公，谥文定。

郝天挺英爽刚直，有志略，曾受业于金元之际著名文学家元好问门下。后以功臣子为世祖召见，令执文字，备宿卫东宫。寻升参议云南行尚书省事、参知政事，陕西汉中道廉访使，入为吏部尚书、中书右臣。为官刚直不阿，与宰相论事，有不合者，辄面斥之。后出为江西、河南二省右丞，召拜御史中丞。前后为成宗、武宗、仁宗所信任。他关心社会时政，民生疾苦，曾向仁宗上疏陈七事，曰："惜名爵、抑浮费、止括田、久任使、论好事、奖农务本、励学养士。"诏中书省执行。寻拜河南行省平章政事。

生平事迹见明代宋濂《元史·郝天挺本传》卷一七四，列传第六十一（第4065页）；清代穆彰阿、潘锡恩等纂修（乾隆）《大清一统志》；柯劭忞《新元史·郝和尚拔都本传》卷一四八，列传第四十五；清代王士禛《池北偶谈》卷六；降大任、魏绍源、狄宝心编《元遗山金元史述类编》（第93页）；张根成主编《吕梁名人传略》（第28页）；（民国）龙云、卢汉编修，江燕、王珏点校《新纂云南通志》（第10页）；王叔磐、孙玉溱等选注《元代少数民族诗选》；周绍祖主编《西域文化名人志》（第77页）；王庆生著《金代文学家年谱》（第902页）；赵相璧《历代蒙古族著作家述略》。

郝天挺能文。《全元文》卷四五六辑有郝天挺《贻范元直书》一篇，文中所谈请放河朔百姓渡河南下之事，应当发生在金末"贞祐南渡"之际。范元直为金宣宗时期的河北西路察访使，为郝经祖父郝天挺的门生，郝氏乃代河朔百姓向他求情。故此文当为误辑。但据《全元文》卷四五六，元好问之徒郝天挺还有一篇《杜氏孝感泉记》，讲述的是一位孝子的故事。①

此次文的点校，以康熙四十五年《平遥县志》为底本，以乾隆三十六年《汾州府志》、文渊阁四库全书本《山西通志》作校本，《全元文》收录其文时所选版本与此同，文共计 1 篇。

杜氏孝感泉记 大德三年三月五日

《书》曰："至诚感神"者，诚也。至诚而不动者，未之有也。夫上天之载，无声无臭者，神也。力有所极，智有所穷，极之智力，感无声无臭之神天，舍诚奚先？诚身之道，惟孝为大。故王祥之盛冬跃鲤，姜诗之近舍涌泉，皆其应也。振古如兹，岂今不尔？太原平遥孝感泉者，出于本县西汾村里杜氏先茔之侧。泉之得名，由今四川行省左丞之母沁帅便宜夫人王氏之所指而凿者也。里自开辟有聚落已来，土脉咸苦，列井数十，皆螫舌不可尝。负绠抱瓮，远汲他所，民甚病之。帅薨归葬，夫人扶柩哀恸之余，相地出井，以供蘋藻锜釜之荐。泉忽通透，独甘如饴。毫稚欢骇，目之曰孝感。既周葬，遗泽至今赖之。帅讳丰，起迹农亩，金末兵乱，以材勇保据沁州。国初入附，累从战伐，所破城栅，全活万计。朝廷授以虎符、金吾卫上将军、绛军节度使、沁州都元帅便宜行事。其本州所隶亲王，亦有旨锡以沁阳公之号。投戈抚字，得人欢心。乙卯夏五月薨[1]，年六十六，遗命还葬西汾州祖茔。沁人留之不可，乃别建祠堂以奉香火。夫人王氏，孝于亲，睦于族，治家教子，慈肃有方。生男长曰思明，袭沁尹，累迁至明威将军、吉州路达鲁花赤。次思忠，自高丽国经历官迁承务郎、固镇铁冶提举。次思敬，由汴梁安西路总管，召拜内台侍御史，寻参知内省政事，改资善大夫、四川等处行中书省左丞。练达辨博，识明气

---

① 参见顾世宝《蒙元时代的蒙古族文学家》，兰州大学出版社，2012 年。

和，历中外余三十年，谢病退去。次思问，以绥德州知州签奉议大夫、签河东山西道肃政廉访司事。众孙三十许人，文通经史，武便骑射。出任者依日月之光，春秋扈从；居家者安桑梓之旧，晨昏甘旨。求忠臣于孝子之门，至诚感神，于斯见之矣。噫，西河之井泉，日夜洋溢，供乡里饥渴之求，源源无穷。杜氏之子孙，日夜蕃衍[2]，供家国人才之用，源源亦无穷[3]。临其亭甃，饮其清冽，乡里不能知所自，为忘本；子孙不能知所自，为忘孝。是宜勒诸石以告来者。大德三年三月初五日记。

校记：

[1] 乙卯夏五月薨："月"，原脱，今据乾隆三十六年《汾州府志》卷二九（以下简称《府志》）补。

[2] 日夜蕃衍，《府志》、文渊四库全书本《山西通志》卷二〇四均作"瓜瓞蕃衍"。

[3] 源源亦无穷：《府志》、文渊阁四库全书本《山西通志》卷二〇四均作"亦源源无穷"。

3. 按摊不花

按摊不花，蒙古人。皇庆、延祐年间（1311～1320）任平江州判，重教化，崇斯文，与修《成州志》。清光绪《湖南通志》卷二四九载："廷祐《平江志》，蒙古按摊不花纂。县志增。"又据明隆庆《岳州府志·官迹》载："按摊不花，延祐间判平江，纂州志有功，文章政事重于时。"

生平事迹见明隆庆《岳州府志》卷一三；李修生主编《全元文》卷一一五二。

李修生主编《全元文》卷一一五二收其《上公亭记》《忠孝祠记》两篇。

此次文的点校，以清同治十三年刊《平江县志》为底本，《全元文》收录其文时所选版本与此同，文共计 2 篇。

上公亭记

上公亭，祀王文正公旦也。亭旧在宝积寺。知信州朱师通记略曰：

"公在相位，身致太平。北和番庭，西纳戎夏。海内富实，时调岁成。百职任人，各有攸序，宇量宏大，莫穷其际。秉政十八年，圣治文明，比隆前古，有宋以来，一人而已。"常以大理评事出宰是邑。先是，正寝有妖魅，人不敢居。一夕，守吏梦白衣告曰："相君至矣，即当避去。"俄而公至，安然无警。又尝暑月憩林下，地素多蚂蚁，公所至，蚁皆去席尺余。天生正人以匡天下，固自异焉。知县张仲舒祠公佛舍，适公之侄箧函遗像以来，因肖而像之，以慰邦人士之瞻。宋宝祐癸丑，县令王有先修创，亭在县治西南之巅，市材重修，致景慕之意。归附后，倒塌不存。州判常从仕，捐俸鼎建亭一所，门楼一间，因记之曰："时非晋，而兰亭之禊不改；人非柳，而愚溪之胜自如，岂景物果能自寿哉？其人贤，其事核，后之人因而寿之耳。"夫平乃丞相王文正公过化之邦，不花承乏平江州判，与丞相制锦之地适符。今去宋宝祐癸丑后六十年，是为大元癸丑皇庆二年，与令尹修筑之岁偶合。物换星移，址荒亭没，蓁棘瞑迷，莫览仿佛。幸图志可按，越明年甲寅，始得之州治右岗。众惧以起废为难，因捐己俸，募众工，酹土神誓之曰："是邦贤相宿临，勋著上公。旧令依而表章之，待州民与嗣来者不薄也。过大梁者伫想于夷门，游九京者留连于随会。今乃构营，非泛常土木比。叠屋竖槛者，尚庶几种德之遗。"不日告成，匠氏骄其工制之雄伟，趋来前曰："由此治平江者，例有上公望矣。"余谢不然。人生行业为要，荣达付命。要者在我，命者在天。史著丞相严重简宽，风格峻整，善断大事，决大疑。时东南抚定无几，公晓计臣曰："东南民力竭矣。"又曰："朝廷权利至矣。"惟恐因渔蠹以断本根。及抑张师德之奔竞，黜买边之立异，不报密院之误印，不使荐引之知恩，皆识度伟拔。逮其捐馆，子素犹未官。高风清操，可立万古，岂但官崇位显，足为仕昌江者美谈哉？今焕新旧规，实于丞相行业有取，于令尹景慕是稽。观于斯者，要当有得于亭之外。匠氏曰："吾侪小人，不足以知君子。"因竖之记。

忠孝祠记

忠孝祠，祀三闾大夫屈原及罗氏二子。按：原事楚，楚王听谗，斥江南。原作《离骚》《九歌》《天问》等篇，冀悟君心，终不见省。原不忍宗国之危亡，遂沉汨罗以死。先秦时，罗氏二子以父仕铁官没舟洞庭，其女携弟循崖索尸，不获，皆赴水死。宋县令杨治斋寅以屈忠臣、罗孝子，创祠于上公亭址之下，所以激薄俗也。后庙宇毁圮，判官常从仕，勉附近富户协济，于是庙宇一新。其劝忠孝，亦治斋意也。因记之曰："古人为政，以崇教化、美风俗为先务。教化莫急于扶纲常，风俗莫切于消锲薄。纲常者，君臣、父子、夫妇之伦是也。锲薄者，尚嚣顽、专把握、讦阴私、乱曲直是也。有一于此，皆为斁教乱俗之民，故古人谨之。在宋盛时，蜀治斋杨公寅尹平江，致严忠孝双庙，盖其崇化励俗之迹也。"按：秦诱楚怀王入会武关，屈原宗臣泣谏曰："秦，虎狼也，不可近。"怀王不从，卒为秦留。原谪江南，愤怨沉汨罗以死，昔贤谓志与日月争光。罗氏二子，父溺死不得尸，子女循江泣索，因而溺死。每当阴雨之时，湖上人常见三尸逐浪上下，有白云掩罩，当时皆以为纯孝之昭。故汨罗一水，忠孝寓焉。双庙之建，所以彰君臣、父子之大义，于风俗诚非小补。且记语铿鍧，可诏万世。不花后治斋七十余年佐政是邦，安能舍公轨则，他求绳墨哉？庙葺旧碑勒，其一以公所以律平江者善。平江世代有更，人心无古今。公虽往，其流风遗范不与俱往也。后公生平江者，其义尚存，其忠孝尚古，其庙建宁不常如公尹日哉？噫！公以一日之仕而植无穷之教，则因循其日者，不特于公有愧，且何以辞屈原、罗氏二子哉？初建庙，李氏、叶氏佐费为多。今葺庙又出李氏，信积善余庆也矣。因并书之。

4. 忽都达儿

忽都达儿（1290~1359），元仁宗延祐五年（1318）右榜状元。生平事迹见李修生主编《全元文》。今存文两篇，《秘书监志》卷八《表笺》收其文《皇太子受册贺笺》，另有李修生主编《全元文》卷一四五七收其《重修关王庙记》一篇。

此次文的点校《皇太子受册贺笺》以清文渊阁四库全书本《秘书监志》为底本，《全元文》收录其文时所选版本与此同，《重修关王庙记》以民国二十六年刊本《莘县志》为底本，《全元文》收录其文时所选版本与此同，文共计2篇。

皇太子受册贺笺[1] 延祐六年

　　鸿册东宫，允叶推尊于太极；龙墀南面，应符储位于前星。宗社无疆，臣民有庆。（中贺）聪明时宪，刚健日新。遵祖训以绍丕图，宸闱昼永。奉慈颜而隆至养，宇宙春回；爰守器之克勤，实肇邦之是赖。臣某等式瞻鹤禁，叨职麟台。隆仪如日之方升，休光仰荷；盛典与天而齐久，眷命恢洪。

校记：

[1] 此文辑自清文渊阁四库全书本《秘书监志》卷八《表笺》，"忽都达儿"作"呼图克岱尔"，系清人译法。

重修关王庙记[1] 延祐七年

　　经云：事君能致其身，惟忠义之臣。战阵有勇，临难不避，身虽云亡，威名烜赫，千载之下，起敬慕，广庙食，而为明神者，其义勇武安王之谓乎！本传载，王河东人。初，先主合徒众于涿郡，王与张飞为之御侮，寝则同床，恩若兄弟，随先主同徒众周旋，不避艰险。先主袭杀车胄，使王守下邳，行太守事，而还小沛。建安五年，曹公东征，先主奔袁绍，曹公获王以归，拜为偏将军，礼之甚厚。绍遣大将军颜良攻东郡太守刘延于白马，曹公以王为先锋击之，王见良麾盖，策马刺良于万众之中，遂斩其首以还，绍诸将莫能当之，遂解白马围。曹公即表封王为汉寿亭侯。曹公壮王为人，而察其心无久留意，谓张辽曰："试以情问之。"既而辽以问王，王叹曰："吾素知曹公待我厚，然吾受刘君厚恩，誓以共死，不可背之。吾终不留，吾当立效以报曹公乃去。"辽以王言报，曹公义之。王乃杀颜良，曹公知其必去，重加赏赐，王尽封其所赐，拜书告辞而奔先主。呜呼！王之言行可谓忠义者也。庙在莘之东百有余步，始建岁月惜无碑考，值延祐七年大水为患，檐楹俱圮，阶门倾侧，殆无以展邑人香火之敬。监县明初公至大三年来治莘邑，与令刘克敬同心立政，俱修五事（田野、赋役、户口、盗贼、词讼），境内之民家受其赐。公性慷慨，不拘细行，志勇于义，至若勤课农桑，整齐人物，与夫起废举坠者，视他邑为最盛，与人交，愈久愈厚，所以无贵贱皆得其欢心。今虽代闲，向所谓起废举坠者，心无少已，乃涓吉倡首出橐金，敬请莘好义家以王庙修葺告之，咸乐为助。凡出木石瓦钱粟者，无远近悉至，命工重修，公亲莅之，不两阅月功毕。庙貌复新，筑危堤临大首，三门卓然，层台巍然，古柏森立，实一方之壮观。今而后拜其遗像，想王之英风者，励忠全节，不贰其心，庶无愧焉，非若巫觋徼福之祷也。噫！物之隆替，诚自有数，然必贞固明敏之士方见克全，其明初公之谓乎！公持蓟州学正王恒状坚请以文，义不容辞，因为之记。

校记：

[1] 此文辑自民国二十六年刊本《莘县志》卷一〇。

5. 燮理溥化

　　燮理溥化，一作燮理普代，字元溥，蒙古斡剌纳儿氏。顺德王哈剌哈孙族孙，约生活在元成宗至顺帝年间。泰定四年（1327）进士，历任舒城县达鲁花赤，抚州路乐安县达鲁花赤，后至元四年（1338）除南台御史（明万历三年《庐州府志》卷八）。燮理溥化自幼勤奋好学，曾尊翰林侍讲学士揭傒斯为师，学习经史诗文，泰定初举湖广乡试，四年（1327）中进士第，授舒城（今安徽舒城）首理学政。在任期间非常注重文教，天历二年（1329）在舒城东原北宋杰出画家李伯时故居龙眠山庄旧基上，建立了一座龙眠书院，讲习经史，提倡文教。

　　生平事迹见明万历三年《庐州府志》卷八；清康熙二十三年《乐安县志》卷八，《道园学古录》卷八《舒城县学明伦堂记》、卷三十五《抚州路乐安县重修儒学记》、卷四〇《题斡罗氏世谱》，《揭文安公全集》卷九《送燮元溥序》，李修生主编《全元文》卷一七〇一。

　　燮理溥化非常尊重揭傒斯。揭傒斯，字曼硕，龙兴富州人。名著于时，曾总修辽、金、宋三史，有《揭文安公全集》传世，燮理溥化曾参与编校此书。

　　李修生主编《全元文》卷一七○一收其文《乐安县志序》，辑录于清康熙二十三年《乐安县志》卷八。《重修南岳书院记》，辑录于民国十三年衡山康和声铅印、周镗续修明弘治元年刻本《衡山县志》卷五，清嘉庆二十五年《湖南通志》卷五○。

　　此次文的点校，《乐安县志序》以清康熙二十三年《乐安县志》为底本，《重修南岳书院记》以民国十三年衡山康和声铅印、周镗续修明弘治元年刻本《衡山县志》为底本，以清嘉庆二十五年《湖南通志》为校本，《全元文》收录其文时所选版本与此同，文共计2篇。

乐安县志序

　　古之郡国皆有志，所以定区域，辨土壤，而察风俗也。肇自黄帝建国，万区九丘，尚矣。唐虞三代地不同，而其书则自《禹贡》以及《周官·职方氏》之所掌，孔子述之，亦以其不可废也。周制，王畿、邦国都鄙之外则为县，立正以掌其政令。春秋时，县大而郡小。暨乎战国，郡大而县小。当时虽有郡县之名，而未尝废诸侯之封建也。秦裂都会而为郡邑，废侯卫而为守宰，于是，不曰郡国而曰郡县，则县小而亦可以方古诸侯之建也。故范蔚宗作《郡国志》，犹不失其名。然则受牧民之寄者，其可以县小而视之邪？余以元统癸酉至乐安，爱其山高水清，意必有古人之遗迹，而莫之考。或告余曰：“斯邑旧有《鳌溪志》。”因求得数册，乃淳熙及咸淳所辑，编帙散乱，无从批阅，遂以谕鳌溪书院直学李肃精加点校，逐卷增而续之。既成，观其所录封畛之广狭，山川之远近，名宦之游历，文人之咏赞，与夫一民一物、一言一行之有关于世教者，靡不具载考。是邑之事迹，一寓目而尽得焉，益信郡县不可无志也。邑士陈良佐率为锓梓，余因是而得风物山川之美，又因是而知斯文之盛、好义乐善者之多也，为题其端云。

重修南岳书院记

　　南岳书院者，唐李邺侯读书之所也。创始于南岳之左。故宋宝庆年间，运使张嗣可以其近市喧杂，地势湫隘，徙之集贤峰下，由是书院之制始备。胡文定公父子讲明《春秋》于此，宦游于此。既而晦庵、南轩相与讲道唱酬其间，湖南道学于斯为盛。国家龙兴之初，太祖皇帝金戈铁马，削平西北；世祖皇帝风飞雷厉，混一海宇。天下龙蟠凤逸之士兴起，倡明道学，于是前代四大书院聿然重兴。

其诸先儒过化之区，复赐旧额。斯文之盛，未有过于此时者也。至大历戊申，今翰林学士杨公宗饰来为山长，易敝更新，百废具举。后二十二年，为至顺庚午，衡山县尹石抹允修创益备，山长何鼎复请尹记之，刻石具在。今十有余年，继之者屡非其人，上下两旁，风雨侵凌，栋挠屋坏，视如传舍。田夺于豪强，而师生无以自给，弦诵之声几至废绝。至正三年秋，今翰林承直欧阳公从子述兴教之初，奠谒先圣先师，顾瞻殿堂门庑、斋舍庖库亦皆倾圮，惕然于怀[1]，曰："学校之废，责诚在我[2]。"值岁荒，廪稍不给，白之郡县，俞允其请。乃捐俸为多士倡，新明伦之堂，甚盛举也。朝廷作新风宪，命勋旧重臣分镇诸道。湖南肃政廉访使帖木儿不花公仗节来振风纪，首以学校之教作养人材、移风易俗为急务，郡县学院无不修举，委宪史译史王必、石温日赞襄之，又以承直兴学之言语之山长。明年，宪副刘昱行部至邑，山长以其事闻。时湖南道宣慰司同知元帅赤剌马丹、照磨欧阳逊、天临路知府事颜普、知事杨文质亦以代祀岳庙，因造书院。宪副公相与督劝，下其事于县。县尉马聪、典史谢斗祥承命而往，县尹赵忠力疾复起，民欢趋之。前衡州路经历野石帖木儿、岳市巡检朱文显以相山长，度材鸠工，不逾月，而燕居之堂、先贤之祠成。未几，尹复谢事。县丞黑沙督饷海运未还，改命主簿李伯渊董役，府委其吏曾果继促成之[3]。殿门、堂庑、斋舍、庖库、垣墉、屏闼，黝恶丹腰，不三月而焕然一新。衡云增高，湘水飞立，山川为之改观矣。是役也，非山长以学校为己任，不能以成其事；非宪府以勉厉为己任，不能以化其下。上有好者，下必有甚焉。文学孔希举记其始末，巡检朱文显踵门求文记之。嗟乎！自三光五岳之气分，而天无全才。仲尼圣人也，有德无位，乃删《诗》《书》，系《周易》，作《春秋》，明先王之道，以贻后世，其功有贤于尧舜者。孟轲氏，学孔子也，亦不得其位，而周流诸国，空言无施，后之学者赖其言，尚知尊孔氏，崇仁义，贵王贱霸，功不在禹下。秦始皇帝焚书坑儒，尽灭先王之道，以智力法律绳民，不足论也。汉有董仲舒，唐有韩愈，各以其学鸣于时。迨至宋时，周、程、朱、张诸儒相继而作，以续孔孟不传之绪，而道以明。为人臣者不知为学，必以掊克私己为务，事君必不忠；为人子者不知为学，必以悖逆争斗为先，事亲必不孝。夫妇无别也，长幼无序也，朋友无信也，是不知为学之甚也，其可乎哉？传曰：三代之学，皆所以明人伦也。人伦明于上，小民亲于下，此师道之所以立，学校之所以设，其有功于朝廷、生民甚大。今兹书院也，圣人有宫，从祀有庑，先贤有祠，师生有室，而田入于豪强，廪稍之不给，尤不能不望于部使者。至正乙酉十月朔也。

校记：

[1] 惕然于怀：原作"惕于然怀"，今据《湖南通志》本改。

[2] 责诚在我："诚"，《湖南通志》本作"成"。

[3] 府委其吏曾果继促成之："曾"，《湖南通志》本作"曹"。

6. 阿鲁威

阿鲁威，一作阿鲁灰、阿鲁翚，字叔重，号东泉，人或以鲁东泉称之，元代蒙古人。生活于元英宗、泰定帝前后。元英宗至治间官南剑（今福建南平）太守，泰定帝泰定年间任经筵官、翰林侍读学士、参知政事。元末寓居江南。其他经历知之甚略。不过从其作品所反映的内容来看，似乎他宦途并不顺达，具有厌恶功名利禄、向往诗酒隐居的思想倾向。阿鲁威禀赋优异，勤奋好学，精通蒙、汉两种语言文字。他不仅擅长词曲，而且对中国的历史典籍有丰富的认识。所以当时的一些知名人士（如洪希文、张雨、虞集以及朱德润等）都尊称他为"鲁东泉学士""学士东泉鲁公"，也有人称他为"元室文献之老"等，可见时人对他的敬重。阿鲁威一生主要过的是一种居士的生活，出任做官的时间很短。（详参云峰《民族文化交融与元散曲研究》，第 179～182 页）

生平事迹见元虞集《道园学古录》；明宋濂等撰《元史·本纪》卷三〇；明徐一夔《始丰稿》卷一二；隋树森编《全元散曲》上；云峰著《民族文化交融与元散曲研究》；赵相璧著《历代蒙古族著作家述略》。

阿鲁威汉文修养深厚，曾翻译《世祖圣训》《资治通鉴》等。能诗，与大诗人虞集等人有唱和。尤工散曲，今存十九支曲，散见于《阳春白雪》《乐府群珠》等书，隋树森编《全元散曲》所收最多。

李修生主编《全元文》未载阿鲁威之文，经过辑佚发现，阿鲁威现存一跋一序两篇文章，分别为《跋虞雍公〈诛蚊赋〉》《〈续轩渠诗集〉序》。《诛蚊赋》为南宋名相虞允文作的赋。《续轩渠诗集》为莆阳人洪希文的别集，"莆阳"即今莆田，元代隶属于兴化路。该序作于阿鲁威任泉州路总管之时，泉州、兴化二路接壤，阿鲁威在此任期间，与洪希文交游甚密，当时常往返于二路之间。（详参都刘平《元代蒙古散曲家阿鲁威佚文辑存及生平新考》《民族文学研究》2017 年 3 期）

此次文的点校，《跋虞雍公〈诛蚊赋〉》以明汪砢玉编《珊瑚网》卷一〇（《景印文渊阁四库全书》第 818 册，第 153 页）为底本，《〈续轩渠诗集〉序》以陆心源编《皕宋楼藏书志》卷九九（《续修四库全书》第929 册，第 440 页）为校本，文共计 2 篇。

跋虞雍公《诛蚊赋》

宋之南，其宰执惟虞雍公为最贤，观其《诛蚊赋》，所谓"使天下之为人臣者得以安其君，天下之为人子者得以宁其亲"，则知公之志。诛恶锄奸者，欲以宁君亲也，其以忠孝教天下后世者至矣。伯生世其家学，能于圣时致身西清，被宠眷也殊甚，及闲寂中乃书先太师此赋以赠人，其志亦有所在乎？闲上人再见伯生，其为我验之。和林鲁威叔重父谨题。

《续轩渠诗集》序

《三笑图》中着一诗人，诗家固有笑也，然而笑正自难。贾大夫不能射雉，不足以动其妻，况他人乎？吾圃洪先生，莆士巨擘，早有赋声，得隽场屋，本出于古诗之流。今观《轩渠遗稿》，造语清新，择料亭当，复以体物浏亮之制，发为缘情绮靡之章。使人一唱三叹，永歌不足，不知手之舞之、足之蹈之者，而为之轩渠。今其子缓斋，绍闻衣德，言□□□□先生必含笑于神清之洞，曰：予有后，弗弃基□□□□□家之叔党，邓禹不得而笑人矣。元延祐第五戊午长至节日燕山阿鲁威书于莆阳。

7. 同同

同同（1302～1358），字同初，玉速帖木儿之子。居真定（今河北正定），蒙古人，元顺帝元统元年（1333）癸酉科状元及第。明宋濂等撰《元史·选举制一》载同同为元统元年右榜进士第一。登第后授集贤修撰，寻迁翰林待制。后出为江西廉访司经历。至正十八年（1358），农民军陈友谅部攻陷郡城，被杀。

生平事迹在明宋濂等撰《元史·选举制一》；陈衍辑撰《元诗纪事》卷二四；赵相璧著《历代蒙古族著作家述略》（第32页）；邓洪波、龚抗云编著《中国状元殿试卷大全》；李修生主编《全元文》；新华社河南分社编《历代金殿殿试鼎甲朱卷》（第88页）；高文德编著《中国少数民族史大辞典》；王鸿鹏等编著《中国历代文状元·文状元名录》中均有记述。

同同是迁居中原的蒙古人，对汉文化有较深的造诣，特别是对古曲诗词兴趣更为浓厚。元末著名诗人杨维桢说："同同初诗多台阁体，天不假年，故其诗文鲜行于时。"仅存诗《宫词》（《和西湖竹枝词》）一首，收入清代顾嗣立编《元诗选·癸集》。诗云："西子湖头花满烟，谩（又作'共'）郎日日醉湖边。青楼十丈钩帘坐，箫鼓声中看画船。"李修生主编《全元文》卷一七〇五收其《对策》一文，辑于《元统元年进士录》。

此次文的点校，以《元统元年进士录》为底本，《全元文》收录其文时所选版本与此同，文共计1篇。

对策

臣对：陛下发德音下明诏，持盈守成之道，远稽三代近祖宗，皆非愚臣所能及也。然先民有言，询于刍荛，臣敢不悉心以对。臣伏读制策曰，古人有言，得天下为难，保天下为尤难。自古持盈守成之君莫盛于三代，夏称启能敬承继禹之道，殷称贤圣之君六七作，周称成康能致刑措。夫以禹之功而惟启，以文武之德而惟成康，贤圣之君之众莫若殷，亦不过六七而已。其后，惟汉之文景而言"文景之治"，犹不得比之三代，善继承者，何若斯之难也。臣闻自古之有天下者，创业至难，守成尤难。何也？天将有以大奉而王天下，必先使之勤劳忧苦、涉险蹈阻，功加百姓，德泽及四海，然后授之大宝，以为天下之谊主。是故人之情伪，事之得失，稼穑之艰难，前代之兴废，靡不历览而周知。盖操心常危而察理也精，虑患常深而立法也详，故能平一四海而无不致治者。守成之君兢兢业业，悟守先王之宪章，犹惧不治，况自深宫而登大位，习于宴安，不复知敬畏。贵为天子，富有四海，便佞日亲，师保日疏。声色、货利、游畋、土木与夫珍禽异兽，所以惑志而溺心者，不可胜数。管仲所谓宴安鸩毒是也。苟非刚明而大有为者，讵不为其所动。其间间有足以有为之资，则其颂功德，称太平，奏丰年，献祥瑞者，投间抵隙，接踵于朝廷。于是志骄气盈，穷兵黩武，以祖宗之法为不足法，好大喜功，纷更变□，至失厥位而坠厥宗者，比比又如此。是故禹、汤、文武大圣也，自累世积德而有穷兵黩武，以祖宗之法为不足法，好大喜功，纷更变口，至失厥位而坠厥宗者，比比又如此。是故禹、汤、文武大圣也，自累世积德而有天下，至难也。以天下相传，大事□□能继禹之功者，惟有启；承文武之德者，惟成康。圣贤之君之于汤殷六七而已。以圣人有天下，能继其后者止如此。况汉文景景继高帝之治乎？由此言之，继世之君有能持盈守成而不废先王之道者，可谓难也已。《诗》曰："不愆不忘，率由旧。"《书》曰"监乎先王成宪，其永无愆"，此之谓也。

臣伏读制策曰，我祖宗积德累世，至于太祖皇帝肇启土宇，建帝号，又七十余年，世祖皇帝始一天下，以致至元之治，厥惟艰哉。顾予冲人，赖天地、祖宗之灵，绍膺嫡统继承之重，实在朕躬，夙夜兢兢，未获其道。臣惟我国家积德千万世，与天无疆，至太祖皇帝受明命，兴王基，建帝号于朔方，又七十有余岁，世祖皇帝圣德神功，方能一天下，以成至元之盛治，王业之成何其难也。如此今也继之重，托之□□□□□□□□臣。□□□□□□□□□□□□皇帝陛下英姿天继，圣德日新，民情世态之熟识，险阻艰□□之备尝，历数在□□□□□□□□心之所归，讴歌者咸曰：吾君之子也。朝觐者咸曰：吾君之子也。先帝之所顾命，慈极之所眷注，宗王之所推崇，股肱大臣之所翼戴，陛下其时邈在蛮烟瘴雨之乡，夫岂有黄屋左纛之念哉。昊天成命，默定于苍苍也久矣，推之而不可推，辞之而不可辞。飞龙在天，□□□□□□□□□□圣作物覩，天下皆以至元之治，复望于今日。陛下所以汲汲有为，以副天下之望者，当如何哉！制策有谓：夙夜兢兢，未获其道。臣读至此，顿首称贺，有以见陛下谨持盈守成之心矣。充此心而力行之，行之不已，而求其至焉。虽禹汤文武，无以过也，又岂有不获者哉！《诗》曰："夙夜匪懈。"《书》曰"懋哉，懋哉"，此之谓也。

臣伏读制策曰，子大夫通今学古，其求启之所以敬承，六七君之所以称贤圣，成康之所以致刑措，其道安在？文景之所以不及三代，其故何由？及今日之所以持盈守成，孰先孰后，孰本孰末，何以致刑措，称贤圣，继祖宗之盛？悉心以对，毋有所隐。臣学不足以考古，识不足以通今，草茅微贱，何足以及此，而切有志焉。尝闻之三代之后得天下也，以仁治天下，亦以仁子孙继之，何敢加毫末于是哉？不过存敬畏，守成实而已。昔启之继禹也，遵其道而敬承之，左右皆禹之旧臣相与辅之，启又能尊亲而礼任焉。故能继其道而不废，□□□□□可顾。又曰：予临兆民，凛乎若朽索之驭六马，启之所以敬承者此也。陛下以是□□□行之敬承之道，无以加矣。臣闻大甲嗣汤伊□□□阿衡而告戒启沃者，无非成汤日新之功，大甲能守之，继是者能行之，所以继治。《书》曰："苟日新，日日新，又日新"。又曰："顾𬤊天之明命"。贤圣之所以继作者此也。陛下以是力行之，六七君之称贤圣不得专美于商矣。臣闻成王继文武之位，周公作礼乐行王政。成王克遵文武之德，康王又克守之，教化大行，刑措不用。《书》曰："庶狱庶慎"。又曰："心之忧危，若蹈虎尾，涉涉春冰"。成康之所以致刑措者，此也。陛下以是而力行之，则刑措矣。臣闻治天下莫大于仁政，而仁政莫先于教养。故三代之相承也，莫不制田里、教树畜，命训迪之官，任敦典之责，渐民以仁，摩民以义，节民以礼。民知礼义而不犯法，然后刑罚辅之，以正其不正者耳。无非先德教而后刑罚也。汉高帝得天下，秦俗未尽革，专刑威而弃教化，不事《诗》《书》，不尚节义，何以为子孙法？文帝继其后，其恭俭慈爱，虽足以化下，然贾谊劝其兴礼乐、行仁义，则辞曰未遑。景帝忠厚之风又不及文帝。文景虽曰能守成，仅能守汉之成宪耳，何敢比隆于三代乎？孔子曰："道之以政，齐之以刑，民免而无耻。道之以德，齐之以礼，有耻且格。"由此观之，德，礼本也；刑，政末也，本宜头而末宜后也。陛下先其本后其末，德教化行，礼乐兴，由之而致刑措，由之而称圣贤，由之而继祖宗之盛，在一转移间耳。臣切观祖宗所积之德，即文武之德，祖宗所成之功，即大禹之功，圣圣相承，以继盛治，不特如殷之六七君之贤圣，陛下持盈守成，亦继志述事而已矣。承悦慈极，尊任师傅，博求贤能，修明庶政，进敦笃，退浮华，谨访问，纳规谏，以天下之耳目为之视听，以天下之心志为之思虑。万国至广也，吾为天地以容之；万民至众也，吾为日月以照之。人之所欲者安也，吾为行仁政以安之；人之所欲者富也，吾为崇节俭以富之；人之所欲者寿也，吾为隆教化、兴礼让，使之趋善远罪以寿之。立经陈纪，不以小有故而沮挠；发号施令，不以小利钝而变更。次第而行之，强力以守之。念祖宗之勤劳，致王业之不易，慎终如始，必其成功。心即祖宗之心，治即祖宗之治，将见功高大禹，德并文武，日新又新，同符成汤，保天下之事备矣，持盈守成之道至矣。臣愚戆不足以奉大对，惟陛下裁择。臣谨对。

8. 察罕帖木儿

察罕帖木儿（？～1362），字廷瑞，颍州沈丘（今属河南）人。至正十二年（1352）授中顺大夫。官至中书平章政事等。二十二年，遇刺身亡。赠推诚定远宣忠亮节功臣、开府仪同三司、上柱国、河南行省左丞相，追封忠襄王，谥献武。及葬，改赠宣忠兴运弘仁效节功臣，追封颍川王，改谥忠襄，食邑沈丘县，所在立祠，岁时致祭。

生平事迹见明宋濂撰《元史》卷一四一；清乾隆十一年《沈丘县志》卷九；李修生主编《全元文》卷一八〇四。

李修生主编《全元文》卷一八〇四收其《祭颜子文》一文，辑于1977年台湾鼎文书局刊印《古今图书集成·学行典》卷一五四。

此次文的点校，以1977年台湾鼎文书局刊印《古今图书集成·学行典》为底本，《全元文》收录其文时所选版本与此同，文共计1篇。

祭颜子文

惟公德冠四科，未达一闲。潜心好学，禹稷同冠。兹仗节钺，廓清阴暗，军旅事殷，未遑与祭，敬遣辅行，载达情意。尚飨。

9. 囊加歹

囊加歹，字逢原，蒙古人，居济阳（今属山东）。元统元年（1333）进士，仕至同知制诰兼国史编修。

生平事迹见（明万历三十七年）《济阳县志》卷七；李修生主编《全元文》卷一六四六。

李修生主编《全元文》卷一六四六收其文《善士郭英助文庙礼器记》一篇，辑于（乾隆三十年）《济阳县志》卷十，民国二十三年《续济阳县志》卷一六。

此次文的点校，以清乾隆三十年《济阳县志》、民国二十三年《续济阳县志》为底本，《全元文》收录其文时所选版本与此同，文共计1 篇。

善士郭英助文庙礼器记

至正乙酉，善士郭英以楮帛六千缗，因故人路基提举勾吴，托铸铜器百二十五，续置竹豆四十有一，形制古若，不远百舍而来，悉上送官，藏诸庙学，以备释奠之需，可谓允迪报本者也。英字杰惠，迪信古，素履思诚，其行实之详，则见于进士王健所撰墓表。其先阳邱人，宗族素居济阳治，六叶祖有仕至朝散者。犹子思义，朝列大夫、知泰安州致仕；侄孙遵，奉政大夫、深州知府，政震燕南。

10. 那木罕

那木罕（一作"那么罕"），为蒙古诸王，泰定时在世。生平事迹及作品辑录见李修生主编《全元文》。李修生主编《全元文》卷九九一收那木罕《贺皇后笺》一篇。

此次文的点校，《贺皇后笺》以清文渊阁四库全书本《秘书监志》为底本，《全元文》收录其文时所选版本与此同，文共计1 篇。

贺皇后笺

岁集陬訾，茂启三阳之运；春回禁苑，聿开六壶之祥。天地清明，宫闲愉悦。（中贺）雅存懿范，丕著徽音。翟茀以朝，敏慧夙成于君道；彤管有炜，贤慈式建于母仪。克佐昌辰，允膺繁祉。某等职縻东观，班篚内廷。汉殿礼严，愿献椒花之颂；周家化洽，行歌《樛木》之诗。

11. 哈剌台

哈剌台，哈儿柳温台氏，泰定四年（1327）登进士第。哈剌台登第后，历任方城县达鲁花赤、汉阳州判官、徐州同知及内台御史等职。任职汉阳时，哈剌台曾刊行宋代以来咏歌当地太平兴国寺古柏的诗集《禹柏集》，可见其非常喜爱诗歌。哈剌台曾为相台许氏的《圭塘欸乃集》作跋，自署"诸生哈剌台"，他可能是许有壬的弟子。苏天爵曾为其祖母作《元故赠长葛县君张氏墓志铭》。据苏文所述，哈剌台的祖父马马曾任池州总把，祖母张氏为黄冈儒者张泰鲁之女。哈剌台既以许有壬、苏天爵这样的著名文士为师友，其汉文造诣自然不凡。其跋文保存在《四库全书》本《圭塘欸乃集》后。叙述简而有法，其中不乏出彩的句子。

此次文的点校，以元许有壬《圭塘欸乃集》（影印文渊阁四库全书本）为底本，文共计 1 篇。

《圭塘欸乃集》跋

唐国子司业杨侯，以年满七十白丞相去，归其乡。朝之公卿士庶共称其贤，昌黎韩子有文以传于世，世以为美谈。御史中丞相台许公，以年老亦白大夫而去。当太行之麓、洹溪之滨，得地数十亩，筑亭凿池，深广有度，树以松、竹、杞、梓，种以菱、芰、芙藻，水绿掩映。虽极人力，每云收雨止，层峦献翠，活水分清，俨若天钟其秀。公率子弟，或舟楫、或杖屦，荡扬乎清流，徙倚乎亭之左右，更相唱和，殆无虚日。有《欸乃》一集鸣于时，不知杨侯之去有是乐否？今世士大夫宦游中外老归于乡者有之矣，得山川之胜而燕游者则鲜也，得山川之胜而燕游者有之矣，弟若子俱能文辞者则鲜也。公以明经擢上第，致位廊庙，佐天子出政令几三十年，膏泽被于民物者固多，诸福之美萃于一门，天之施于公也实厚。相之人凡出处去就，一以乡先生为法。是集之鸣也，益著众所谓贤者又不得专美于昔矣。至正辛卯冬至前五日，诸生哈剌台再拜。

12. 僧家奴（讷）

僧家奴（又作僧家讷），一名钧，字元卿，号崞山野人。蒙古术里歹氏。曾祖杰烈从成吉思汗攻略江山，此后三世皆镇山西。僧家奴早年为元武宗宿卫，至正初任广东宣慰使兼都元帅、江浙行省参政，历福建廉访使。政事之余经史不离于手，吟咏不辍。

僧家奴能文，现存文《赵清献公文集序》《宣圣遗像记》《仙掌石题名》共计3篇，分别载于南阳赵氏刻本《赵清献公集》，清同治三年《广东通志》和清光绪五年《广州府志》。

此次文的点校，《赵清献公文集序》以南阳赵氏刻本《赵清献公集》、民国六年《西安县志》、民国二十六年《衢县志》为底本，《宣圣遗像记》以清同治三年《广东通志》为底本，以清同治十年《番禺县志》卷三〇、清光绪五年《广州府志》卷一〇三、清宣统二年《南海县志》卷一二为校本，《仙掌石题名》以清光绪五年《广州府志》为底本，《全元文》收录其文时所选版本与此同。文共计3篇。

赵清献公文集序^[1]

尝闻山岳钟秀，天产英彦，作名臣，为钜公，维持世教，辅毗王化，矧邦家之光，乃天下之福也。惟贤人君子，德符凤麟，非一朝一夕易为之有，良由百千年间一二人焉。予忝台檄，循察省治，核实宪迹，由浙历闽海道，辂过太末郡。郡乃清献公之里也。公宋朝名臣，屹立台端，谠言正操，确乎其不可拔，挺然其不可夺，谏必纳，劾必黜，泰彰臣道，日新君德。虽宪秩移牧，宽猛济事。予宿仰休风，咨访公文，得诸郡庠。手阅简集奏状等篇，如雪冤正法，折大臣陈执中之抗狱，精论明辩，斥宣徽王拱辰之辱命，释絷妇以安外寇，纳欧阳以充内辅，披裂忠肝，张扬义气，他如抨弹权幸，诛锄强悍，摘奸烛幽，发政施令，皎如星月，厉若雷霆。宜哉！公以道自任，当时名流推服，海内同声，亦以斯道与公。宜哉！公在熙、丰间，正色立朝，匡君利世，虽斯文之召观，公之子屼请隧碑铭于朝，哲宗嘉叹骨鲠敢言之气，以"爱直"名其碑。伟哉！功烈俾千载之下，端人正士起敬起慕。夫死生予夺，固人主之柄；安危利病，实台察之系。吁！后之司言秩者，闻铁面之名，挹莲峰之青，不觉凛然。呜呼！山岳精英，凤麟祯瑞，不知何年钟秀孚凝，而复出斯人也邪？时至治首元仲冬二十又六日，蒙古晋人僧家奴钧元卿拜跋。

校记：

[1] 此文辑自南阳赵氏刻本《赵清献公集》卷首。

宣圣遗像记[1]

宣圣遗像，前景陵簿靳氏传云："昔埋驿梁，有执政者过之，其马嘶伏，策亦不进，遂得此石刻于桥之下，乃唐吴道子笔也。寻举置郡之崇文阁。"予时都运山东计府使，得兹本藏之。岁在甲申，调官宣帅东广，视政之暇，出是刻及所绘《尼山》《孔林》二图，示掾刘从龙摹临，将立石郡庠，以新士人之瞻。乃请建置于宪长君雪公元素正议，公曰："信哉！圣人之貌，威而不猛，恭而安，其道如日月之丽天也。然沮雦而弥彰，畏匡而弥光，抑焉得而毁欤？今神宇陆沉于杂沓蹄涔之间，曾不知其几千百年，彼骥之有识，一嘶之顷，宛然俨出于殿陛，以昭我皇元文明之圣，宜寿于石，以广公传。"时宪副子谦徐公、知宪事东甫何公、照磨彦文许公佥曰："可。"乃命广庠文学陈元谦伐越山之石，镌碑三，居圣像于中，左《山》右《林》，立于文庙天章之阁[2]，俾郡之士人君子、荒服岛夷崇仰圣人高坚前后之风，河岳光灵之辉[3]，庙林文蔚之气，如在邹鲁之邦，岂不有助于风化也欤？至正五年岁次乙酉正月望日，中奉大夫、广东道宣慰使都元帅僧家奴记。

校记：

[1] 此文辑自清同治三年《广东通志》卷二一五。

[2] 立于文庙天章之阁："天"，《番禺县志》《广州府志》《南海县志》本均作"云"。

[3] 河岳光灵之辉："灵"，《番禺县志》《广州府志》《南海县志》本

均作"霾"。

仙掌石题名[1]

至正甲申秋，余奉天子命来镇东广，适官舍介于仙湖之东，而（下缺）观仙掌石刻，乃宋嘉熙萧大山（下缺）宛然如新。案郡志：仙湖旧名石洲，（下缺）石号九曜，而仙掌盖居其一焉。（下缺）兴，斯石屹然独存，今□九仙之（下缺）慨然兴叹，遂识诸岁月，俾后之来者，亦（下缺）而刻铭无穷，共臻千古之胜概，以（下缺）句云："星廛文囿剑池头，月地（下缺）壮游推太华，又观仙掌五羊州。"至正（下缺）中奉大夫、广东道宣慰使都元帅（下缺）。

校记：
[1] 此文辑自清光绪五年《广州府志》卷一〇三。

13. 笃列图

笃列图（1311～1347），字敬夫，又字彦诚，蒙古捏古台氏。燕山人。元文宗时代的一位蒙古族书画家兼诗人。祖父为信州永丰县达鲁花赤，即家于永丰县进贤坊。笃列图甫弱冠，至顺元年（1330）右榜进士第一，授集贤修撰，累迁江南行台监察御史，按治湖广江浙，升福建廉访司，以诬劾去职。后官内台御史。病殁，年三十七。元代王逢《故内御史捏古台氏笃公挽词》中载，笃列图在参加廷式时，文宗读其卷，叹曰："蒙古人文学如此，祖宗治教所及也。"故拔为第一。

其人短小凝重，眉目秀朗，官居巷处，言行一致，颇为士人称颂。及第时，因才华出众，中丞马祖常（伯庸）以妹妻之。时人赞之为："琼林宴壮元，银屏会佳婿。"笃列图因其父汉名为揭南新，故以揭为姓。其子即名揭毅夫，官至江西行省郎中。笃列图工诗文，善书画，尤以大字见长。

生平事迹见元王逢《故内御史捏古台氏笃公挽词》；李修生主编《全元文》卷一六四八；赵相璧《蒙古族著作家述略》；王叔磐、孙玉溱选注

《古代蒙古族汉文诗选》；王叔磐、孙玉溱等选注《元代少数民族诗选》；厦门园林博览园编《中国历代状元名录》。

元人《伟观集》［民国四年（1915）连平范氏双鱼室刻本］和清顾嗣立、席世臣编《元诗选》等收其诗二首。康熙朝张豫章奉敕编《御选宋金元明四朝诗》，卷七二收其诗一首，卷首之诸家姓名爵里有其小传，曰："图烈图，字敬夫，钮祜禄氏。燕山人，家信州永丰。至顺中进士及第，授集贤修撰。迁南台御史。历福建廉访，免官，寻拜内御史。"

李修生主编《全元文》卷一六四八，收笃列图文《瑞盐记》一篇，作于至顺四年七月。

元陶宗仪《书史会要》说其"善大字"。此外，他还绘有《海鹘图》，傅若金曾为之题诗。

此次文的点校，以罗氏影印本《金石萃编未刻稿》为底本，《全元文》收录其文时所选版本与此同，文共计 1 篇。

瑞盐记

至顺四年夏六月，新天子即位。先是，运司上言："解州盐池预期呈秀，宜特遣使投祠，以答神贶。"于是右丞相太师俊宁王、太傅答剌罕、左丞相等奏，遣使者集贤修撰笃列图，钦奉御香，以至顺四年七月初三日，往率运使臣拜不花等，以牲斋致祠如礼。运司又言："致和、天历以来，解州迫于水旱，盐池致耗，迨今五六年矣。及兹而雨旸时若，山泽效灵，货利浡兴，国赋充溢。此实圣天子元德彰闻，神祇感格之所致也。"臣笃列图拜手稽首而言曰："圣人首出庶物，德浃仁博，而天锡之福。昔伏羲、大禹之时，河洛出图书。尧、舜、文王之世，凤仪于庭，或鸣于岐。此天人交感之理，为不诬也。今皇帝圣德龙飞，而盐池瑞应，岂苟然哉？凡百有司，各敬其事，以修厥职，共承天休。呜呼！懋哉。"至顺四年七月朔，拜手谨识。

14. 息剌忽

蒙古人玖鲁古氏，息剌忽出身军旅世家，祖父因拓疆宇之功，分驻东鲁。自幼从银青荣禄大夫、行中书省左丞相蒙古台南征，参加过宋元战争。"三教之书颇为涉猎，虽累历仕途，心未敢怠"，称得上是一位文武双全的蒙古将领。

息剌忽存文《武当事迹序》一篇，作于奉命镇守钧州（今湖北丹江口）期间，他努力搜求关于武当之神元帝的相关故事，其原因乃是"大元、元帝，皆北方圣人"，为大元帝国的统治从神权角度寻找依据，"彰北方圣人与天地合德之大"。这篇序文保存于清代丛书《古今图书集成》卷一九五。

此次文的点校，以清代丛书《古今图书集成》为底本，文共计1篇。

武当事迹序

朱汉上曰：坎为天地之中，圣人得天地之中，则能与天地日月鬼神合。先天而天弗违，圣人即天地也；后天而奉天时，天地即圣人也。圣人与天地为一，是以作而万物睹。坎北方之卦也，大元运启于北，眷命自天，统御乾坤，并明日月，山川鬼神亦莫不宁。至元庚午冬，元帝现龟蛇瑞相于大都高梁河金水中，此后天而奉时之验也。元帝，北方元武之神也，尊居天一，位镇坎宫，威慑万灵，周行六合。武当山，元武之所寓，元武非此山不足以显其灵，此山非元武不足以彰其名。此先天而天弗违之理也。大元元帝皆北方之圣人，是以与天地为一圣，作物睹天道之常。

仆蒙古人，玑鲁古氏，祖父以恢拓疆宇之功，分驻东鲁。仆自幼从银青荣禄大夫、行中书省左丞相蒙古台南证，三教之书颇尝涉猎，虽累历仕途，心未敢怠。兹钦奉宣命来守于钧，而武当福地正居境内。到任之初，询问此山事实，所传不同，未堪为信，或告之曰："此中有前承应刘洞阳，道学进士也，必能知会。"一日访之，乃出所编《武当总真事迹》三卷，实符所愿，盥手阅诵，不出户庭则武当万古之灵踪已遍历矣。至于前代之沿革，佑圣之仙踪，宫观之本末，神仙之隐显，与夫峰峦之秀，溪涧之幽，昆虫之灵，草木之异，井井有条而不紊，因索之以广其传，愿与四方乐善好事君子共，亦足以彰北方圣人与天地合德之大。

15. 朵儿直班

朵儿直班（1315～1355），又作朵尔直班、多济巴勒，字惟中，元臣木华黎七世孙，蒙古扎剌亦儿氏。父别理哥帖木尔，祖硕德，曾祖乃燕，高祖速浑察，五世祖孛鲁。距木华黎止六世，为元后期名臣，擅长诗词书画。

吴廷燮据清钱大昕《廿二史考异》载："七年朵儿直班为中书右丞，后迁辽阳平章。"《黄溍集·鲁国公碑》："子朵儿直班进右丞兼御史中丞，改江南行台御使，拜辽阳行省平章政事，以太常礼院使召，迁中正院使。今为宗政院使。至正十年。"《黄文献集》："改元至正之明年，翰林学士朵儿直班。上亲御翰墨，作'庆寿'两大字，以赐。后七年，臣朵儿直班由辽阳行省平章政事，入为中政使。"①

生平事迹在明宋濂《元史》卷一三九；清钱大昕《廿二史考异》；清屠寄《蒙兀儿史记》；李修生主编《全元文》卷一六一一；赵相璧《历代蒙古族著作家述略》中均有记述。

《元史》称"朵儿直班立朝，以扶持名教为己任，留心《经》术，……喜为五言诗，字画尤精。"著书四卷，帝赐名曰《治原通训》，藏宣文阁。元陶宗仪《书史会要》云："朵尔直班，蒙古人，官中政院使，日尝奉敕书邓文肃公神道碑。"清屠寄《蒙兀儿史记》亦说："初为五言诗，尤善书翰。"其诗今不传。

李修生主编《全元文》卷一六一一收其文《题郑氏义门家范后》一篇，辑于清刻本《麟溪集》巳卷。

此次文的点校，以清刻本《麟溪集》为底本，《全元文》收录其文时所选版本与此同，文共计1篇。

题郑氏义门家范后

太山王元戴出签浙东宪，余以书属之曰："浦江郑氏同爨者数世，贤使者宜为风教致意焉。"元戴后行部至其家，襄回太息，赋诗而去。今观

① 详参吴廷燮《元行省丞相平章政事年表》，《东北丛刊》1930年第6期。

其家规，周详严密，虽唐宋名公卿素号有家法者，亦不是过，宜乎元戴嗟叹咏歌之不能自已也。郑氏之子孙尚世守之，则永无隳废矣。御史中丞朵尔直班书于京师迎阳坊之宝忠堂。字惟中，号中斋

16. 仝仝

仝仝，乡贡蒙古解元。李修生主编《全元文》卷一七○五收仝仝文一篇，作于至正五年（1345）三月，辑自清光绪二十七年刻本《山右石刻丛编》卷三六。

此次文的点校，以清光绪二十七年刻本《山右石刻丛编》为底本，《全元文》收录其文时选版本与此同，文共计 1 篇。

潞州知州张奉议新塑五龙神像记

五龙神庙，在潞之东南三十里处，太行之孤峰，其来远矣。按《晋史》所载，自慕容时肇厥祥灵，首建庙事，故邦邑葳祀，在河北居多。皇宋之熙宁三年五月旱，开国公刘涣刺潞州军州事，祷雨于祠，而灵雨飞倾。酬神之赐，始塑五方龙像于正殿之后堂。大观戊子岁八月，灵雨害稼。河东转运判官王恒祈晴捷应，乃以状闻。敕赐曰"会应王"，褒神之应也。然五龙亦各锡以王号，东方曰广仁，南方曰真泽，西方曰义济，北方曰灵泽，中方曰孚惠，本其德而言也。且神所居之山，由是得名，亦曰五龙焉。兹山峙表封内，为名镇，礼宜秩祭，故潞之邦伯严祀之。至正辛巳，太原菊轩张侯瞻甫，讳景严，名野仙布化，刚明果毅，奕宦天朝，盖学而仕、仕而学者也。乌府荐能，俾来尹是邦。岁壬午，会天亢阳，雨不时若，山待童而泉涸，禾麦半槁，地赭嘘烟，毫稚呻吟，而跂踵望云霓者万万，实侯理政之明年也。侯恻然谕诸僚佐曰："士，先天下之忧而忧，后天下之乐而乐。吾奉圣天子明训，承宣斯土，职膺字牧，而雨泽愆期，阖境之民，匪遑奠居。宁却禄食，不忍戕百谷以伤民。虽旱干之厄，天灾示谴，民上之责，果可诿乎？考之往昔，则成汤有七年之旱，且婴茅断爪，躬祷林薮，所以重民食也。我当斋沐致虔于龙山之神，恳求甘澍，以慰民望。可乎？"佥曰："善。"遂竭诚涤虑，婴醴酹，走拜宇下。民之观仰者坌集，香酹未竟，雨之作者霈然，感神庥而上下欢忻。侯悯灵祠泪于

草莽，岁历绵久，绘彩剥蚀，檐楣崩堕，虽万木能支也。首新庇神前殿三楹，并应门等。梓匠献智，民叶情者蚁附。摧者扶之，缺者补之，凡基础橖甍、檐扉瓦桷，悉以绚昶。四望环墙，隅楞峻直。未十旬，美功克完，丰荣之状，倍蓰于昔。丛给之需，咸备于官，而民弗扰也。尚虑雨旸祈请，无水以供神釜，于庙门东南二十余步，相地作井。神灵暗符侯德，未逾丈而飞泉上达。既又肯亭其上，覆翼斯井，置扃壁，卫观者之渎。又明年甲申秋，侯说稼穑省神宇，尤虑作新之志靡周，挽乡邦耆老喻之曰："殿后有五龙之故堂焉，肇造于古，迨今千载。瓦坠土浸，木腐神弊，板荡凋落，千百之存，奚翅一二？况龙之为神，鼓风霆，驾烟雾，出没乎宇宙，而变化莫测。虽神之形寓乎此，而神之灵在天。且敬神之念存于此，则神之灵也应乎彼。庙貌不严，何以称栖神之愿哉？我将新其堂暨其像，以塞靡周之念。尔其输力乎？"众皆曰："诺。"侯命上党县主簿散只兀台董其役，乃割俸金为木石之资，趋役者云会，经营谋画，如前殿之制。落成之日，颜其扁以壮轮奂之光。继而命工塑五龙于堂内，楺木为骨，组绘为皮，羽甲文彩，各以其宜。取《大易》"飞龙在天"之象，以中央之孚惠居正楹，广仁、真泽居东楹，灵泽、义济居西楹。而龙之黼黻，色以异尚，须目鳞鬣，齿距形角，毫末纤备，遒活奋迅，而回顾夜光之珠。雷师鼓风霆于巽方，电姬掣金蛇于坤位，咸驾驭祥光，为之前驱。烟云布护，晻霭一堂，瞻者为之起敬。创役于处暑之先，讫功于重阳之后。有五龙乡耆老郭才等请文于予，用纪鼎新之盛。尝惟天下之事，创始非难，而继述为难。且龙山在郡坼埒中为名镇，而龙居之，亘古而祀事弗泯，故龙之灵有在，而阴佑一方。曩者庙貌虽存，委圮之势，日就崩毁。始也祷雨勃应，报神赐，大新前祠，终又改塑五龙于后殿。昔者作其形于皇宋之熙宁，今乃新其像于大元之至正。举数百年之废坠，为一朝之美，观侯敬神之志为何如？将见风雨以时，物不疵疠，岁获有年之登，神所以复侯功、笃民祜也渥矣。他日沃壤之民，岁时香火于祠下，则酌龙渊而忆深泽，扪穹碑而思至德，咸曰："我侯往矣，德泽斯存。俾吾耕凿以利，而享含哺之乐。"呜呼仁哉！又岂徒作岘山之悲而已。故直书其概，备将来之鉴云尔。其文曰："太行之岭，有峰蔚焉，雾滃云蒸，高出乎天。上有灵祠，是曰五龙，昭成祀典，源自慕容。龙乎允灵，维民事之，职司润物，历年久之。壬午亢阳，群姓喧喧，潞之有牧，厥惟菊轩。忧民之忧，子爱弥笃，禾麦将枯，我宁不告。奔走祠下，斋沐宣诚，酌以芬苾，天瓢奄倾。荷神之祺，灵宇皆新，于经于营，赞役子民。龙之像古，艳彩凋落，置彼穿堂，于焉改作。色准五方，文以金碧，蜿蜒其形，昂峨孔硕。云行雨施，渥我黍稷，神贶昭答，渊乎叵测。伊孰其功，曰侯之力，于万斯春，懋兹昌德。有元至正五年三月乙酉。"

17. 答兰铁睦尔

答兰铁睦尔，蒙古人。正议大夫、秘书卿。至正十五年（1355），代顺帝祀西镇。李修生主编《全元文》卷一七九一收答兰铁睦尔《祀西镇碑记》1篇。

此次文的点校，以1934年《续陕西通志稿》为底本，《全元文》收录其文时版本与此同，文共计1篇。

祀西镇碑记

至正十有五年春正月戊午朔，皇帝即位大明殿，既受群臣朝，乃诏中书。若曰："维西镇吴岳，其遣正议大夫、秘书卿答兰铁睦尔，将仕郎、翰林国史院编修官王武代朕往祀。"盖以遵彝典也。越十又六日癸酉，上御文德殿，举香币南乡加额以受焉，所以重礼神而祈休贶也。答兰铁睦尔受诏，以闰月二十有四日辛亥至于祠下，谨斋沐就，次翼日壬子，祗帅守臣陇州官以羊一、豕一祭于大神。执事在列，陪臣在庭，荐裸陟降，悉如仪式，所以重君命而莫敢不虔也。先是，秦陇以东，关西以西，仍岁旱燠，大无麦禾，黎民阻饥。逮于冬春，雨雪弗降，百种不入，千里扬尘，山川无色，民胥怨咨。即将事之前夕，阴云四兴，霖雨霢霂，既而飞雨大作，万物膏润，草木欣欣向荣，山川为之改观。岂圣天子至诚而无远不通，神之昭答应感而聪民不忒？民之麦秋有望，于是乎在。遂书之为记。

元代色目人散文辑录

1. 廉希宪

廉希宪（1231～1280），布鲁海牙之次子，又名忻都，字善甫，号野云，畏兀儿人。王恽《中堂事记》中称其字人甫。因其笃好经史，手不释卷，世祖忽必烈称"廉孟子"。南宋理宗淳祐四年（1244）忽必烈召王鹗至漠北，廉希宪与阔阔等五人奉命从学。后又从张德辉学。

生平事迹见明宋濂撰《元史》；清屠寄《蒙兀儿史记》；李修生主编《全元文》；柯劭忞《新元史》；田卫疆《廉希宪》（《新疆地方志》1992年第 2 期）；彭运辉《出入无珍宝的廉希宪》（《信息导刊》2004 年第 15 期）；罗继祖《廉希宪受孔子戒》（《史学集刊》1983 年第 2 期）；赵永春《元初畏兀儿族政治家廉希宪》［《松辽学刊》（社会科学版）1984 年第 2 期］；刘正民《读书名始起、万古入冥搜——元代维吾尔族政治家、教育家廉希宪和他的〈水调歌头·读书岩〉》［《新疆教育》（汉文版）1984 年第 3 期］；匡裕彻《元代维吾尔政治家廉希宪》（《元史论丛》1983 年第 2 期）；刘维钧《维吾尔政治家廉希宪》（《新疆青年》1979 年第 11 期）。

元代元明善《清河集》刊有《平章政事廉文正王神道碑》《平章廉希宪赠谥制》；元代王恽《秋涧先生大全集》卷八六《廉平章能合复用状》；穆彰阿、潘锡恩等纂修《大清一统志》之《盛京统部》《湖北统部》《陕西统部》《甘肃统部》名宦条；廉希宪文，《全元文》卷二五七收录《论史天泽事》《木芙蓉花序》、《大元故平州路达鲁花赤行省万户赠推诚定远佐运功臣太师开府仪同三司上柱国——追封营国公谥忠武塔本世系状》》。

丞相伯颜评论廉希宪："男子中真男子，宰相中真宰相。"元代侯克中

《挽廉平章》诗曰："烈似秋霜暖似春，明于皎日正于神。千年海岳英灵气，一代乾坤柱石臣。宾客填门惟慕德，诗书满架不知贫。致君尧舜平生事，天命胡为只五旬。"

李修生主编的《全元文》，收其文《论史天泽事》《木芙蓉花序》《大元故平州路达鲁花赤行省万户赠推诚定远佐运功臣太师开府仪同三司上柱国——追封营国公谥忠武塔本世系状》，共计3篇。辑录于《元史》《大元圣政国朝典章》《元朝典故编年考》《永乐大典》，《木芙蓉花序》《大元故平州路达鲁花赤行省万户赠推诚定远佐运功臣太师开府仪同三司上柱国——追封营国公谥忠武塔本世系状》（以下简称《塔本世系状》）两篇文，《全元文》指出来源于《永乐大典》中的《廉文靖公集》；而《全元文》卷一八收廉惇《燕集芙蓉花序》《塔本世系状》两文，杨镰先生曾指出"文靖"是廉希宪的小儿子廉惇的谥号，廉希宪的谥号是"文正"，可能误将"文正"当为"文靖"之误，《塔本世系状》中开篇写道："延祐三年十二月，有密官奏事殿中。""延祐"是元仁宗爱育黎拔力八达的年号，延祐三年（1316），廉希宪早已去世，是不可能再去奉旨撰写《塔本世系状》的，而其子廉惇（1274~?）正值壮年，是有能力完成的。所以根据生卒年推断，《永乐大典》中《廉文靖公集》的作者也应为廉惇。廉希宪的奏议文除《论史天泽事》外，还可从苏天爵《元朝名臣事略》辑得《陈大计劝进》《陕蜀行省奏事》《请改革世官之制》三文。

此次文的点校，《论史天泽事》以明崇祯本《历代名臣奏议》为底本，《陈大计劝进》《陕蜀行省奏事》《请改革世官之制》以苏天爵《元朝名臣事略》为底本，《全元文》收录《论史天泽事》时版本与此同，文共计4篇。

论史天泽事[1]

天泽事陛下久，知天泽深者，无如陛下。始自潜藩，多经任使，将兵牧民，悉有治效。陛下知其可付大事，用为辅相。小人一旦有言，陛下当熟察其心迹，果有肆横不臣者乎？今日信臣，故臣得预此旨，他日有讼臣者，臣亦遭疑矣。臣等备员政府，陛下之疑信若此，何敢自保。天泽既罢，亦当罢臣。

校记：

[1] 本文辑自明崇祯本《历代名臣奏议》卷一五八，又《元史》卷一二六，题依文意代拟。

陈大计劝进[1]

殿下太祖嫡孙，先皇母弟，前征云南，刻期抚定，暨今南伐，率先取鄂，天道可知。且殿下收召贤杰，悉洽人望，子育黎庶，率土归心。今先皇奄弃万国，神器无主，而殿下位亲望重，功德兼隆，天意人心，灼然可见。

今额垿布格虽殿下母弟，彼以前尝居守专制有年，设有奸人，俾正位号，以玺书见征，我为后时。今若早承大统，颁告德音，彼虽迁延宿留，便名叛逆。安危逆顺，间不容发，宜早定大计。

校记：

[1] 本文辑自苏天爵《元朝名臣事略》卷七《平章廉文正王》引高鸣撰家传。

陕蜀行省奏事[1]

四川降民皆散处山谷，宜申敕军吏无妄掳掠，违者自本军千户以下与犯人同科。又禁诸人毋贩易生口。

校记：

[1] 本文辑自苏天爵《元朝名臣事略》卷七《平章廉文正王》引高鸣撰家传。

请改革世官之制[1]

国家自开创以来，凡纳土及始命之臣，咸令世守，逮今垂六十年。故其子若孙并奴视所部，而郡邑长吏皆其皂隶僮使，此皆古所无之。宜从更张，俾考课黜陟。

校记：

[1] 本文辑自苏天爵《元朝名臣事略》卷七《平章廉文正王》引高鸣撰家传。

2. 察罕

察罕（1245～1322），元代著名政治家、史学家。其先世是西域板勒纥城（今阿富汗北部巴尔赫省）人，初名益德，自号白云，人称白云老人。出生在河中府猗氏县。出生之夜，天气晴朗，月白如昼。蒙古语称白为"察罕"，故名察罕。察罕天资聪慧，体格魁伟，博览强识，自幼受到良好的家庭教育及中原与西域两种文化的熏陶，具有很好的素质和才干，通晓汉、蒙古及突厥、阿拉伯、波斯诸种文字。

赵相璧《历代蒙古族著作家述略》认为其是蒙古人；明宋濂《元史·察罕传》卷一三七载其："西域板勒纥城人也……察罕魁伟颖悟，博览强记，诵读国字书，为行军府奥鲁千户……察罕天性孝友，田宅之在河中者，悉分与诸兄弟……"《元史·仁宗纪》记载察罕以延祐元年（1314）致仕。本传称："既致仕，优游八年，以寿终。"

生平事迹在明宋濂《元史》卷一三七、海正忠主编《古今回族名人》、刘纬毅主编《山西历史名人传》、周绍祖主编《西域文化名人志》、李修生主编《全元文》、黄成俊主编《元代回族史稿》、赵相璧《历代蒙古族著作家述略》、陆宁《唐兀人察罕家族研究》[《宁夏大学学报》（人文社会科学版）2007 年第 6 期]、孟楠《略论元代的察罕及其家族》[《内蒙古大学学报》（人文社会科学版）2003 年第 3 期] 有载。著有《太宗平金始末》，今已不传，可能是从《脱必赤颜》中译出，《亲征录》中兼言太宗平金之役，似能证此书已在《开天纪》中。唯《元史·察罕传》行文将此书列于《开天纪》及《纪年纂要》之后，而《纪年纂要》显然与《脱必赤颜》无关，或明初修史者一时疏失也未可知。

另著《纪年纂要》，全名作《历代帝王纪年纂要》，《雪楼集》卷一五有程钜夫所作《历代帝王纪年纂要序》可证。序文说："帝王纪年，孔子断自唐虞（即自唐尧、虞舜开始），司马迁则自黄帝始，先儒固尝疑之。惟康节（即邵雍）《经世书》（即《皇极经世书》）则据孔子说断自唐虞。平章白云翁（指察罕），以政事余暇，悉取诸家记载而集正之，一以康节为准，名曰《历代帝王纪年纂要》。亦上及羲农者，因备博览而已。"此书明时仍存，明代宗景泰六年（1455）翰林编修黄谏据以重订。原书首列太皞、炎帝、黄帝、少昊、颛顼、帝喾六帝，记其在位年数及功德作为而不记其干支。唐尧而上至羲农始，不过"仍旧史志其大略以备观览云"。此下则记自尧至元仁宗延祐戊午（1318）。而今存黄谏重订书则改为"自甲辰至大明洪武元年戊申（1368）共三千七百二十六年，计六十三甲子"，并补记仁宗后元诸帝年号，已非原书旧貌。但原书既佚，赖此以见其梗概，亦未可厚非。黄谏对原书颇为推崇，说此书"一开卷而古今成败、国家兴衰、运祚长短皆了然可见，真若茫茫万里沙漠烟海中，而举目于日月星辰以得指归也"（现存于《借月山房汇钞》及《金声玉振集》二丛书中）。除《纪年纂要》外，察罕其他译作俱已无存。

安南（今越南）人黎崱所撰《安南志略》，卷首有察罕序，辞虽简略，亦足见其文采。李修生主编的《全元文》，收其文《安南志略序》《涑水东镇创建景福院记》《林县宝严寺圣旨碑》，共计 3 篇。辑录于《元史》《大元圣政国朝典章》《元朝典故编年考》《永乐大典》。

此次文的点校，《安南志略序》以中华书局 2000 年点校本《安南志略》为底本，《林县宝严寺圣旨碑》以 1955 年中国社会科学出版社《元代白话碑集录》为底本，《涑水东镇创建景福院记》以清光绪二十七年《山右石刻丛编》卷三七为底本，《全元文》收录其文时版本与此同，文共计 3 篇。

安南志略序

南粤之记尚矣，自迁、固所载，靡得而详焉。岂非以中州之士而志粤者鲜欤？黎侯景高，以其国儒先种学绩文，而无所用于世，撰《安南志》，厘为贰拾卷。其谱系官爵之沿革、山川郡邑之先后、礼乐刑政之原、兵农财食之计、行李之使、出入年月、词人咏士、朝辨藻品，一览而尽得之。

由其知之也习，故其言之也详，其有裨于迁、固之遗逸多矣。元世祖至元二十四载，余从镇南王，以王命讨粤人不庭，颇习其事。今黎侯之言，信而有征，异时列之史馆，将不在迁、固下；若其人所存，则又非简策之所能既。余尝嘉之，故为之引。荣禄大夫、平章政事、商议中书省事条山白云老人察罕序。（中华书局 2000 年点校本《安南志略》卷首）

涑水东镇创建景福院记

皇庆癸丑，予奉旨归解梁，为先子河东郡公建神道碑事，竟留且累月。邻境东镇前保宁院主僧英上人来请曰："昔我居保宁之起废也，十年落成，蒙古万户忽神公为之檀那，翰林阎承旨为记其事。凡住持事粗备。念保宁之屋有限，而十□衲子之来无穷也。思有以扩而充之，□而容之，顾吾力有所未迨，怀是者有年矣。一日监税程进者，以西溪地三十亩来施，相其邻疆地势坡陀，左泽右岗，崇卑秩然，若床若堂，若□□□阃奥，若素成之规。予周览之既曰：'此非道场地耶。'未几，程犹子顺复以东堂地四十亩见施，视之即其所也。遂谋创是院。有汪德全□□复以道南川地四十九亩，裴村地三十三亩见施，时檀护主忽神公辅国，洎万户昭勇公主盟其事，经画之际，倾帑以倡之。□檀越□□云集，木石砖甓金□蝉联而来，于是殿堂廊庑，庖湢廪厩，凡阿练若所宜有者，无不一备。像以金碧，室以丹腹。建始于大德辛丑春，落成于至大辛亥夏。六十年而大成。会二公复以院后地三顷，南原地三顷，为寺僧粥饭供，继是而来者□辍，予方将延四方高人相与商榷教乘义味、宗派异同，开□后来，晨夕一呗二香以祝圣人寿，以答十方檀施，以祐利一切群生，以毕吾愿终吾世而已。公生长是邦，今位中书，又所目击，烦为我记之。"予谢不获已，为叙其概。师俗姓焦，曲沃之北王西社人，母张氏。师幼敏慧，年逾□祝发于绛之净居，嗣华山荆溪上士法，壮有能声，遂膺妙辩慈惠大师绛县僧领之命，暨住持保宁，供学徒，设长讲，又喜吟咏，与四方贤大夫士游乐不倦。法之士人并志弘法教，克绍宗风，师道广而裁清，绰有弘量，故其成就庄严，不遗余力。然前之起废，十稔而成，后之构新，亦复如是，夫岂偶然者。古云，诸佛不违人本愿，故虽妄□小人，炷一香，散一花，□□愿于佛前，志求无上菩提者，佛咸记莂之。师以深心所念，故其成就亦不旋踵，盖其愿力所至。若夫檀那之树福田，以地施，以财施，以□施，以心施等一无量福果，俱不唐捐。又自其时节因缘故，同时发大肯心，有不期而合者，今皆识其姓若名字于碑阴云。延祐三年岁□□□□□□□□日记。（清光绪二十七年《山右石刻丛编》卷三七）

林县宝严寺圣旨碑

皇帝福荫里茶罕官人言语：今据彬公长老和尚住持峎峪山寺修建殿廊，系是俺每交与皇帝祝延圣寿者。不以是何人等，无得于寺内安下，侵欺骚扰作践，及不得将寺僧骑坐马匹夺充铺马。如遇十方檀越敬礼佛法者，亦依依例接待。中间或有不兰奚及奸细人等，本处官司自合审问来历，无得因而将僧众撼赖。如有违犯之人，照依故违扎撒治罪施行，无得违错。准此。甲辰年四月二十八日。（1955 年中国社会科学出版社《元代白话碑集录》）

3. 不忽木

不忽木（1254～1300），亦作卜忽木、不灰木、不忽麻、康里不忽。一名时用，字用臣，号静得。先世为康里部人，后入蒙古籍。宋濂《元史·不忽木传》云："不忽木一名时用，字用臣，世为康里部人。"早年入国子监，从许衡学。至元十四年授利用少监，出为燕南河北道提刑按察副使，进正使。至元二十二年，入为吏部尚书，历工部、刑部尚书，拜翰林学士承旨。授中书平章。元成宗即位，拜昭文馆大学士，平章军国事。卒，谥文贞。

生平事迹在元赵孟頫《松雪斋集》卷七；明宋濂《元史》卷二十四、卷一三〇；明陈邦瞻《元史纪事本末》卷八；乾隆《正定府志》卷四；清汪辉祖《元史本证·不忽木传》；清屠寄《蒙兀儿史记》卷一一四；柯劭忞《新元史》；陈垣《元西域人华化考》卷二、卷四；李修生《全元文》（卷六一四，第 692 页）有载。

不忽木能诗善文，尤长于散曲创作，惜其散曲今多散佚，仅存套数一组，包括十四支曲。隋树森《全元散曲》收其套数［仙吕·点绛唇］《辞朝》一首。另存诗七言绝句《过赞皇五马山泉》。

李修生主编的《全元文》，收其文《请兴学校疏》《请遣使劝谕陈日燠自新疏》《请效法汉文帝克谨天戒疏》，共计 3 篇。辑录于《元史》《大元圣政国朝典章》《元朝典故编年考》《永乐大典》。

此次文的点校，以《元史》卷一三〇《不忽木传》为底本，《全元文》收录其文时版本与此同，文共计 3 篇。

请兴学校疏[1]

臣等闻之，《学记》曰："君子如欲化民成俗，其必由学乎！""玉不琢，不成器；人不学，不知道。"故古之王者，建国君民，教学为先。盖自尧、舜、禹、汤、文、武之世，莫不有学，故其治隆于上，俗美于下，而为后世所法。降至汉朝，亦建学校，诏诸生课试补官。魏道武帝起自北方，既定中原，增置生员三千，儒学以兴。此历代皆有学校之证也。

臣等今复取平南之君建置学校者，为陛下陈之：晋武帝尝平吴矣，始起国子学；隋文帝尝灭陈矣，俾国子寺不隶太常；唐高祖尝灭梁矣，诏诸州县及乡并令置学。及至太宗数幸国学，增筑学舍至千二百间，国学、太学、四门学亦增生员，其书、算各置博士，乃至高丽、百济、新罗、高昌、吐蕃诸国酋长亦遣子弟入学，国学之内至八千余人。高宗因之，遂令国子监领六学：一曰国子学，二曰太学，三曰四门学，四曰律学，五曰书学，六曰算学，各置生徒有差，皆承高祖之意也。然晋之平吴得户五十二万而已，隋之灭陈得郡县五百而已，唐之灭梁得户六十余万而已，而其崇重学校已如此。况我堂堂大国，奄有江、岭之地，计亡宋之户，不下千万，此陛下神功，自古未有，而非晋、隋、唐之所敢比也。然学校之政，尚未全举，臣窃惜之。

臣等向被圣恩，俾习儒学。钦惟圣意，岂不以诸色人仕宦者常多，蒙古人仕宦者尚少，而欲臣等晓识世务，以任陛下之使令乎？然以学制未定，朋从数少。譬犹责嘉禾于数苗，求良骥于数马，臣等恐其不易得也。为今之计，如欲人材众多，通习汉法，必如古昔，遍立学校，然后可。若曰未暇，宜且于大都弘阐国学。择蒙古人年十五以下、十岁以上，质美者百人，百官子弟，与凡民俊秀者百人，俾廪给各有定制。选德业充备足为师表者，充司业、博士、助教而教育之。使其教必本于人伦，明乎物理，为之讲解经传，授以修身、齐家、治国、平天下之道。其下复立数科，如小学、律、书、算之类。每科设置教授，各令以本业训导。小学科则令读诵经书，教以应对进退事长之节；律科则专令通晓吏事；书科则专令晓习字画；算科则专令熟闲算数。或一艺通然后改授，或一日之间更次为之。俾国子学官，总领其事，常加点勘，务要俱通，仍以义理为主。有余力者听令学作文字。日月岁时，随其利钝，各责所就功课，程其勤惰而赏罚之。勤者则升之上舍，惰者则降之下舍，待其改过则复升之。假日则听令学射，自非假日，无故不令出学。数年以后，上舍生学业有成就者，乃听学官保举，蒙古人若何品级，诸色人若何仕进。其未成就者，且令依旧学习，俟其可以从政，然后岁听学官举其贤者、能者，使之依例入仕。其终不可教者，三年听令出学。凡学政因革、生员增减，若得不时奏闻，则学无弊政，而天下之材亦皆观感而兴起矣。然后续立郡县之学，求以化民成俗，无不可者。

臣等愚幼，见于书、闻于师者如此。未敢必其可行，伏望圣慈下臣此章，令诸老先生与左丞王赞善等，商议条奏施行，臣等不胜至愿。

校记：

[1] 题目代拟。原文前有："至元十三年，与同舍生坚童、太答、秃鲁等上疏曰。"即非不忽木一人之作。

请遣使劝谕陈日燇自新疏[1]

岛夷诡诈，天威临之，宁不震惧；兽穷则噬，势使之然。今其子日㷻袭位，若遣一介之使，谕以祸福，彼能悔过自新，则不烦兵而下矣。如或不悛，加兵未晚。

校记：

[1] 题目代拟。

请效法汉文帝克谨天戒疏

风雨自天而至，人则栋宇以待之；江河为地之限，人则舟楫以通之。

天地有所不能者，人则为之，此人所以与天地参也。且父母怒，人子不敢疾怨，惟起敬起孝。故《易·震》之象曰："君子以恐惧修省"，《诗》曰："敬天之怒"，又曰："遇灾而惧"。三代圣王，克谨天戒，鲜不有终。汉文之世，同日山崩者二十有九，日食地震频岁有之，善用此道，天亦悔祸，海内乂安。此前代之龟鉴也，臣愿陛下法之。（以上见《元史》卷一三〇《不忽木传》）

4. 赵世延

赵世延（1259～1336），字子敬，号迁轩，雍古部人，祖先原居云中郡（今山西大同）北边塞。其曾祖黑旦公，为金朝群牧使。成吉思汗起兵统一中国，对金朝养牧的骏马十分动心，率兵袭击金朝群牧监，夺取其马匹。公亦于此时归顺成吉思汗。黑旦公死后，世延祖父按竺迩幼孤，遂由外祖父术要申抚养，并从这时改为赵姓，按竺迩长大成人，骁勇善战，尤其长于骑射，被成吉思汗看中，留在身边随同征伐，累功受封至蒙古汉军征行大元帅，长期镇守四川，由是举家定居成都。按竺迩年老退休，其子黑梓以门功袭父元帅职，兼文州（今甘肃文县）吐蕃万户达鲁花赤。世延自幼天资秀发，喜爱读书，特别用心钻研历代治国平天下的所谓"体用"之学。他勤学苦读，少年成才，声名远播。刚刚成年，即为元世祖忽必烈所知，召世延进京，亲自接见之后，命送往枢密院御史台肄习官政。此后五十余年，世延历世祖、成宗、武宗、仁宗、英宗、泰定帝、文宗、宁宗、顺帝九朝，先后担任云南、湖北、江南、山东、安西、绍兴、四川、陕西、江浙、大都等各路及行省高级官吏或御史台等要职。

生平事迹在郝洪涛主编《甘肃历史人物》；李修生主编《全元文》；罗卫东主编《陇南史话》；罗康泰编《甘肃人物辞典》；谷苞主编《新疆历史人物》；周绍祖编《西域文化名人志》；郭卿友编《中国历代少数民族英才传》；化一《元代政治家赵世延》[《西南民族大学学报》（人文社会科学版）1982 年第 3 期] 中有载。

赵世延曾奉诏与虞集等人纂修《皇朝经世大典》，并且校订律令，汇编成《风宪宏纲》，世延文章波澜浩瀚，一根于理，广泛流传。

李修生主编的《全元文》，收其文《茅山志序》《南唐书序》《净明忠孝全书序》《程氏读书分年日程序》《经世大典序录》《治典总序》《赋典总序》《礼典总序》《政典总序》《宪典总序》《工典总序》《孔庙加封碑跋》《读书崖记》《灵谷寺钟铭》《昭德殿碑记》《藏御服碑》《太华山佛严寺无照玄鉴行业记》共计 17 篇。

又从影印文渊阁四库全书中第 815 册明赵琦美编《赵氏铁网珊瑚》卷一五辑得《泰定四年丁卯代祀江南三山还朝醮于崇真宫作上清像云中赵世延赞》一文，第 816 册明郁逢庆编《书画题跋记》卷二辑得《唐榻化度寺邕禅师塔铭跋》一文。

此次文的点校，《茅山志序》以元刻《茅山志》为底本，《南唐书序》以四部丛刊本《元文类》为底本，《净明忠孝全书序》以正统《道藏》卷二一为底本，《程氏读书分年日程序》以《程氏读书分年日程》为底本，《经世大典序录》《治典总序》《赋典总序》《礼典总序》《政典总序》《宪典总序》《工典总序》以《国朝文类》为底本，《孔庙加封碑跋》《藏御服碑》以 1934 年《续陕西通志》为底本，《读书崖记》以清嘉庆二十一年刻《四川通志》为底本，《灵谷寺钟铭》以清光绪六年《续纂江宁府志》为底本，《昭德殿碑记》以清同治《钦定日下旧闻考》为底本，《太华山佛严寺无照玄鉴行业记》以《新纂云南通志》为底本，《泰定四年丁卯代祀江南三山还朝醮于崇真宫作上清像云中赵世延赞》《唐榻化度寺邕禅师塔铭跋》以影印文渊阁《四库全书》为底本，《全元文》收录其文时版本与此同，文共计 19 篇。

茅山志序

皇庆改元，制赐茅山四十五代宗师刘大彬洞观微妙玄应真人。后五年，褒封三茅真君徽号，各加一字，曰真应，曰妙应，曰神应。仍敕三峰为观，曰圣祐，曰德祐，曰仁祐。明年，传坛之玉印久湮，至是复出，有司上其事，奉旨嘉畀本山。于是涣渥杳臻，灵芝挺瑞，神人以和。凡经箓栋宇，百废之宜饰治缮完者，宗师得以悉其心力焉。又病，夫《山志》前约而后阙也，乃嘱诸入室弟子，采集成书，来征予序。阅其所载，诏诰之隆，仙真之异，洞府之邃，坛箓之传，人物之伟，楼观之盛，山水之清，草木之秀，碑刻之纪，题咏之工，莫不旷分类析，粲然大备。按：茅山，本句曲山第八华阳洞天，第一地肺福地。汉茅君昆季栖遁登晨于此山，因氏茅。迨晋魏元君，大畅厥绪，真风灵迹，绵绵延延，郁为寰宇之名山，神灵之区奥也。皇元治尚清静，自版图归职方氏，主坛席者，征至阙下，优降玺书，金汤其教，至宗师始显被恩数，度越前躅。於戏懿哉！盖山川之气，发舒于休息既久，亦宗师之道行升闻，寂通之妙，其在斯乎？顾《山志》不可不辑，而丕贶不可无述也。昔唐玄宗问理化于李玄静，玄静对曰："《道德经》君王之师也。汉文帝行其言，仁寿天下。"又咨以金鼎，曰："道德，公也，轻举，公中之私耳。"后之人盍体玄静之格言，踵宗师之诚感，则庶几休应。是又可续志，与兹山为无穷也。泰定甲子日南至，集贤大学士光禄大夫西秦赵世延序。（元刻《茅山志》卷首）

南唐书序

天历改元，余待罪中执法。监察御史王主敬谓余曰："公向在南台，盖尝命郡士戚光纂辑《金陵志》，始访得《南唐书》。其于文献遗阙，大有所考证，裨助良多，且为之音释焉。因属博士程熟等，就加校订，锓板与诸史并行之。越明年，余得告还金陵，书适就，光来请序。"按《南唐本纪》：李昇系出宪宗四世，间辟困厄，才有江淮之地。仅余三十年，卒不复振，而宋灭之。虽为国褊小，观其文物，当时诸国，莫与之并。其贤才硕辅，固不逮蜀汉武侯。而张延翰、刘仁瞻、潘佑、韩熙载、孙忌、徐锴之徒，文武才业，忠节声华，炳耀一时，有不可掩。矧其间政化得失，兴衰治乱之迹，有可为世鉴戒者，尤不可泯也。窃谓唐末契丹雄盛，虎视中原，晋汉之君，以臣子事之惟谨。顾乃独拳拳于江淮小国，聘使不绝，尝献橐驼并羊马千计。高丽亦岁贡方物，意者久服唐之恩信，尊唐余风，以唐为犹未亡也邪。宋承五季周统，目为僭伪，故其国亡而史录散佚不彰。然则马元康、胡恢等，迭有所述，今复罕见。至山阴陆游，著成此书，最号有法，传者亦寡。后世有能秉《春秋》直笔究明纲目统绪之旨者，或有所考而辩之。姑识其端，以俟君子。余前添史馆，朝廷尝议修宋、辽、金三史而未暇。他日太史氏复申前议，必将有取于是书焉。集贤大学士奎章阁大学士光禄大夫知经筵事赵世延序。（四部丛刊本《元文类》卷三三）

净明忠孝全书序

余尝待罪集贤，洪都黄冠师黄中黄，袖一编书来请曰："此吾师玉真子受都仙太史净明忠孝之筌要也。敢丐一言，寿吾道脉。"异哉！设教名义，得无类吾儒明明德修天爵之谓欤？夫臣职忠、子职孝，万古良知，有不可泯者，五常根于人心也。仁包四德而配春，故行仁必本之孝焉。四时行于天也，土旺四季而配信，故履信必主乎忠焉。然则纲三纲、常五常者，其惟忠孝乎？呜呼！尧舜之道，孝弟而已矣；夫子之道，忠恕而已矣。是知大道至德之要，其在兹乎？太史愤世，高骛虚玄，徒事清谈，未能力践，去大道愈阔也。于是即秉彝之固有，开简易进修之径，以化民范俗，言近指远，厥惟休哉！窃惟大哉乾也，至哉坤也。先儒特以诚敬释之，凡一意弗诚则非忠，一念不敬则非孝。学者能出忠入孝，由存诚持敬为入道之门，服膺拳拳，无斯须之不在焉。一旦工夫至到，人欲净尽，天理昭融，虚灵莹彻，自得资深之妙，于以合天地，于以通神明，莫知其然而然，造夫大道之奥也，又何难矣。道家炼神养性，吾斯未臻，歆艳导民忠孝，有吻乎大中至正之道，故为之书。荣禄大夫江南诸道行御史台御史中丞赵世延序。（《正统道藏》卷二一，第1777页）

程氏读书分年日程序

四明程君敬叔，广朱、真二先生遗意，述读书肄业法以惠承学之士。程节旷分阶序层见，亦既详且备矣。使家有是书，笃信而践习如规，一旦工夫纯熟，上焉者至于尽性知天，下焉者可以决科取仕，无为功用，讵可涯邪。览者毋以易易然而忽之。南台中执法迂轩赵世延书。（《程氏读书分年日程》卷首）

经世大典序录

钦惟钦天统圣至德诚功大文孝皇帝，以上圣之资，篡承大统。聪明睿知，度越古今；至让之诚，格于上下；重登大宝，天命以凝。于是辟延阁以端居，守中心之至正。慨念祖宗之基业，旁观载籍之传闻；思辑典章之大成，以示治平之永则。乃天历二年冬，有旨命奎章阁学士院与翰林国史院，参酌唐、宋会要之体，会粹国朝故实之文，作为成书，赐名《皇朝经世大典》。明年二月，以国史自有著述，命阁学士专率其属而为之，太师丞相答剌罕、太平王臣燕帖木儿总监其事。翰林学士承旨大司徒臣阿邻帖木儿、奎章阁大学士臣忽都鲁笃尔弥实、奎章阁大学士中书右丞臣撒迪、奎章阁大学士太禧宗裡使臣阿荣、奎章阁承制学士佥枢密院事臣朵来，并以耆旧近臣习于国典任提调焉。中书左丞臣张友谅、御史中丞臣赵世安等，以省台之重，表率百司，简牍具来，供给无匮。至于执笔纂修，则命奎章阁大学士中书平章政事臣赵世延，而贰以臣虞集，与学士院艺文监官属分局修撰。又命礼部尚书臣巙巙，择文学儒士三十人，给以笔札而缮写之。出内府之钞以充用。是年四月十六日开局，仿六典之制，分天地春夏秋冬之别，用国史之例，别置蒙古局于其上，尊国事也。其书悉取诸有司之掌故，而修饰润色之，通国语于《尔雅》，去吏牍之繁辞。上送者无不备书，遗亡者不敢擅补。于是定其篇目，凡十篇，曰君事四，臣事六。君临天下，名号最重，作《帝号》第一；祖宗勋业，具在史策，心之精微，用言以宣，询诸故老，求诸纪载，得其一二于千万，作《帝训》第二；风动天下，莫大于制诰，作《帝制》第三；大宗其本也，藩服其文也，作《帝系》第四，皆君事也。蒙古局治之。设官用人，共理天下，治其事者宜录其成，故作《治典》第五；疆理广袤，古昔未有，人民贡赋，国用系焉，作《赋典》第六；安上治民，莫重于礼，朝廷郊庙，损益可知，作《礼典》第七；肇基建业，至于混一，告成有绩，垂远有规，作《政典》第八；政刑之设，以辅礼乐，仁厚为本，明慎为要，作《宪典》第九；六官之职，工居一焉，国财民力，不可不慎，作《工典》第十，皆臣事也。以至顺二年五月一日，草具成书，缮写呈上。臣集等皆以空疏之学，谬叨委属之隆；才识既凡，见闻非广；或疏远不知于避忌，或草茅不识于忧虞；谅其具稿之诚，实欲更求是正；疏略之罪，所不敢逃。窃观《唐会要》创于苏冕，续于崔铉，至宋王溥而后成书；《宋会要》始于王洙，续于王珪，至汪大猷、虞允文，二百年间，三修三进。窃惟祖宗之事业，岂唐、宋所可比方？而国家万万年之基，方源源而未已。今之所述，粗立其纲。乃若国初之旧文，以至四方之续报，更加搜访，以待增修。重惟纂述之初猷，实出圣明之独断，假之以岁月，丰之以廪饷，给之以官府之书，劳之以诸司之宴，礼意优渥，圣谟孔彰。而纂修臣僚贪冒恩私，不称旨意，不胜兢惧之至。惟陛下矜而恕之。谨序。

治典总序

《书》曰："冢宰掌邦治，天子择宰相，宰相择百执事。"此为治之本也，故作治典。其目则有官制沿革，以见其名位品秩禄食之差；有补吏入官之法，以见用人之序；附之以臣事者，则居其官行其事，其人其迹之可述者也。

赋典总序

《传》曰："有德，此有人；有人，此有土；有土，此有财；有财，此有用。"兹古今不易之论也。粤若皇元，肇基朔方，神功大业，混一华夏；好生之仁，如天地无不覆载；此圣德之昭著也。今《赋典》之目，有曰版籍、户口。八纮万国，文轨攸同；总总林林，重译归化。此有人也，曰都邑，曰经理；始自建邦设都分疆画界。置郡邑以聚烝民；经田野以均税役；次而大封同姓，以厚亲亲之义。此有土也，曰农桑，曰赋税，曰钞法，曰海运，曰金银珠玉，曰铜铁铅锡，曰盐法，曰茶法，曰酒课，曰商税，曰市舶，均其贡赋，迁其有无；谷货流通，富民利国。此有财也，曰宗亲岁赐，曰百官俸秩，曰公用钱，曰常平义仓，曰惠民药局，曰市籴粮草，曰赈粜赈贷，曰恤惠鳏寡，岁有经费，制之以节；出纳稽会，有司具焉。此有用也，於乎！我祖宗创业守成，艰难勤俭，亦岂易言哉！大率以修德为立国之基，以养民为生财之本，布诸方策，昭示后裔，以垂宪万世者，宁有既乎？（以上《国朝文类》卷四〇）

礼典总序

于皇有元，应天顺人，功成治定，乃稽古经国，施和万民。惟帝中兴，礼乐大备，粲然成方，垂则后世。夫制礼自迩覃远，由亲暨疏；朝觐会同，以正大位；以统百官，以驭天下；锡赉燕飨，以睦宗戚；以亲大臣，以裸宾客；天下既定，弗敢怠宁。故行幸以时，君临万邦，在器与名；故通信以瑞节，辨等以舆服，定律作乐，治历明时。何以守成？求闻帝王之训以崇德，何以新民？率循圣贤之学以设教，励学以经行。而宾兴其贤能，广听于刍荛，以通彻其壅蔽，讨论润色，艺文修矣。厚往薄来，远人柔矣。天道弗远，示君以事。故度德以应祯祥，修己以弭灾变，而人道备矣。是以道合于天，德涵乎地，仁义孚于民，然后可以享上帝，事祖宗，通乎上下之祀，而无愧生荣死哀，极乎幽明之变。秘科内典，悉其祀祷之方，而鬼神之情见矣。考诸行事，厥有成绩，作《礼典》上、中、下篇。一曰朝会，二曰燕飨，三曰行幸，四曰符宝，五曰舆服，六曰乐，七曰历，八曰进讲，九曰御书，十曰学校，十有一曰艺文，十有二曰贡举，十有三曰举遗逸，十有四曰求言，十有五曰进书，十有六曰遣使，十有七曰朝贡，十有八曰瑞异，为礼典上篇；一曰郊祀，二曰宗庙，三曰社稷，四曰岳镇海渎，五曰三皇，六曰先农，七曰宣圣庙，八曰诸神祀典，九曰功臣祀庙，十曰谥，十有一曰赐碑，十有二曰旌表，为礼典中篇；一曰释，二曰道，为礼典下篇。盖国家典礼朝会，以尊君治人之道也；郊庙，以禋祀事神之道也；佛氏，为教超乎神人之表，所以辑福于国家民庶者也。故各为一篇之首。

政典总序

天生五材，兵能拨乱。轩辕之兴，其战七十。征顽伐鬼，代不绝书。惟我国家，光受贞符。二祖三宗，经营大业。天戈攸及，无远不庭。成庙以来，敷文享成。边陲又安，间有小警。德明德威，寻致敉宁。若创与守，度越前古。编之简册，焜耀无极。是作政典，其类二十，其帙百二十三。

凡天下事，其统有宗；贯锱挈裘，以索以领；作目录一卷。天造草昧，西东梗阻；式涣其群，以一万有；作征伐第一。末盗遐夷，潢池倔强；虮蚤奚校，道兼畏怀；作招捕第二。籍各编伍，宪度以申；践更调发，觏若昼一；作军制第三。刀斗灵姑，干戚斧钺；櫜兜函矢，皆军之用；作军器第四。作息进退，齐之实难；乃立之师，示以成式；作教习第五。器久益弊，习久益忘；俾陈在列，视其臧否；作整点第六。有能勤事，以死树功；高爵厚禄，用锡其成；作军赏第七。怠惰亡命，贼事败众；待尔以何，刀锯鞭扑；作责罚第八。周庐徼巡，前后左右；居重驭轻，以临天下；作宿卫第九。大君之心，天下一家；思保亿兆，皆如王宫；作屯戍第十。劳则思善，兴建是役；且宽三农，俾专南亩；作功役第十一。尔病我药，我振尔乏；沐浴膏泽，歌咏勤苦；作存恤第十二。看来丛脞，纷琐无归；取不可门，弃之弗备；作兵杂录第十三[1]。屯田军食，马牧军姿；猎以合围，斯寓军政，驿邮驲逻，皆有卒名；非兵而兵，故悉附见；作马政第十四，屯田第十五，驿传第十六，弓手第十七，急递第十八，祗从第十九，鹰房捕猎第二十，终焉。（以上《国朝文类》卷四一）

校记：

[1] 底本作"十二"，应误，故依据文意改为"十三"。

宪典总序

皇朝《宪典》之作，其篇二十有二焉，而各以其序也。法缘名兴，令自近始，故名例为法之本，卫禁居令之先。百官有司，守法以奉上，布令御下，故职制次之。敬莫大于事神，畏莫大于知义，故祭令、学规次之。刑以弼教，威以戢暴，故军律次之。祸乱式遏，生聚易争，故户婚、食货次之。争起于无厌，无厌者好犯上，故大恶次之。恶之初稔，非淫即贪，故奸非、盗贼次之。淫贪之作，始于自欺，故诈伪次之。伪作于心，征于词气，故诉讼次之。辞穷则斗，气暴则残，故斗殴、杀伤次之。庶狱备矣，庶慎兴焉，示为法者，非罔民也，故禁令、杂犯次之。知禁者罪可远，触禁者罪不可逃，故捕亡次之。君子立法之制严，用法之情恕，无求民于死，宁求民于生，故恤刑、平反、赦宥又次之。至于终之以狱空，则辟以止辟之效成，刑期无刑之德至矣。此其为序，如是概而论。其为书，则固五典之法书也。《治典》非宪，无以明黜陟。《赋典》非宪，无以吝出内。《礼典》非宪，无以敬傲惰。《兵典》非宪，无以律骄盈。《工典》非宪，无以惩滥恶。其事散殊，其法周密，故必随事以分类，随类以表年，纲以著其约，目以致其详。初若因目以立纲，久乃从纲而知目。纲举目张，吏易遵行，民易趋避，而是书之体用，庶乎其为得矣。纲之所不能该，目之所不能悉，则有附录焉。作《宪典总序》。

工典总序

有国家者，重民力，节国用。是以百工之事，尚俭朴而贵适时用，戒奢纵而虑伤人心，安危兴亡之機系焉，故不可不慎也。六官之分，工居其一。请备事而书之。一曰宫苑，朝廷崇高，正名分，苑囿之作，以宴以怡。次二曰官府，百官有司，大小相承，各有次舍，以奉其职。次三曰仓库，贡赋之人，出纳有恒，慎其盖藏，有司之事。次四曰城郭，建邦设都，有御有禁，都鄙之章，君子是正。次五曰桥梁，川陆之通，以利行者，君子为政，力不虚捐。次六曰河渠，四方万国，达于京师，凿渠通舟，输载克敏。次七曰郊庙，辨方正位，以建皇都，郊庙祠祀，爰奠其所。次八曰僧寺，竺乾之祠，为惠为慈。曰可福民，宁不崇之。次九曰道宫，老上清净，流为祷祈，有观有宫，有坛有祠。次十曰（庐帐），庐帐之作，比于宫室，于野于处，禁卫庐帐斯饬。次十一曰兵器，时既治平，乃韬甲兵，备于不虞，庀工有程。次十二曰卤簿，国有大礼，卤簿斯设，仪繁物华，万夫就列。次十三曰玉工，次十四曰金工，次十五曰木工，次十六曰抟埴之工，次十七曰石工。天降六府，以足民用，贵贱殊制，法度见焉。次十八曰丝枲之工，次十九曰皮工，次二十曰毡罽之工，服用之备，有丝有枲，有皮有毛，各精厥能。次二十一曰画塑之工，次二十二曰诸匠，像设之精，缔绘之文，百技效能，各有其属。（以上《国朝文类》卷四二）

孔庙加封碑跋

上天眷佑，皇元有区夏于马上。统、元间文轨混同，登贤图治，然犹屡颁纶诏，崇祀孔子，兴学育材，永底雍熙之盛。大德龙集丁未，统天继圣钦文英武大章皇帝纂集明命，入践丕图，法天聪明，述祖休烈，式敷理化，用怀有生。时维宇县清夷，光岳昭泰；推原所致，惟夫子道广莫并，垂范百王，匪愆徽称，曷尊圣教。立极裁两阅月，遣使阙里，祠以太牢，加封大成至圣文宣王。巍巍乎炳今冠古，诞告中外，伦品胥欢。又四年，命天下勒石学宫，奉扬帝则。於戏！圣人之道弥满六合，逮至八纮之外，凡有民社，莫不具纲三常五之叙焉者。盖此心此理之同，有不期然而然者也。故举斯纲恒斯常则安，弛斯纲拂斯常则危。兹圣道之在天下，有家有国者之不能一日而已也。嗟夫！圣人笃生周季，既不得位，悼天秩之陵替，悯良心于晦蚀之余，修《春秋》系王于天，正大一统；盗名犯分者诛已死于前，惧生者于后；茂建大中，标揭万世；性道以之而修明，彝伦以之而不紊，自生民之未有，其贤过于尧舜者顾不在兹与。虽然，圣道之大，非国家无以表核于无穷；国家之隆，非圣道无以康乂于有永。鱼川泳而鸟云飞，同休于亿万维年。阶太平于绵绵，固宜阆大崇报，穷天地之罔极也。钦惟世祖渊龙六盘，汤沐关辅，盖尝礼聘先正儒臣许衡淑艾秦之子弟矣。矧四圣济治，浑浩涵煦之泽，亦既深矣。服圣人之教者，仰体振作之微，远洽周南之化，近溯关洛之流，以达乎洙泗之源。异时人才林立，羽仪天朝者，兹非其效乎？皇庆二年五月十三日，中奉大夫陕西诸道行御史台侍御史臣赵世延稽首顿首再拜恭跋。（1934 年《续陕西通志》卷一六六）

读书崖记[1]

合江之北，有神臂山，呀然虚开，清窈竦深，广袤百十步，飞泉帘垂，列嶽屏蠹，岚光林影，映带左右，与尘凡迥隔。山之麓，即先氏书崖。[2]《志》云：铁泸城三里，有读书岩。父老往往过之，闻书声。后神童先汪，七岁至其地，曰："吾读书故处也。"遂寝处其中，为《九经注》。（清嘉庆二十一年刻《四川通志》卷一九）

校记：

[1] 读书崖记：据《蜀中广记》补。
[2] 即先氏书崖：嘉庆《四川通志》卷六〇 "读书崖记" 条下所录赵世延记文止于此句。

灵谷寺钟铭

真土胚中，火水运工。鼓之巽风，冶金在镕。假合成工，象其穿窿。大明未东，孰启群蒙。鲸音渢渢，警愦开聋。人天其通，五福攸同。斯乃钟山之钟，振宗风于无穷。（清光绪六年《续纂江宁府志》卷九下）

昭德殿碑记

古者，天子祭天地山川岁遍。稽之虞舜，二月东巡狩，至于岱宗，柴望秩于山川，肆觐东后，历群岳如岱礼，至冬乃毕。秦汉以来，时巡之礼，或讲或辍，鲜绍乎古矣。礼五岳视三公，至唐始封以王爵。司马承祯又请旁立真君祠。宋因加帝号，岱曰仁圣。自是，祠遍郡国。皇元有天下，世祖皇帝岁遣使，赍香帛，诣祠致祭。至元辛卯，加封大生，于以祈纯嘏，以永皇图；曾百嘉，以厚民生也。国初城大都，规模宏远，祖社、朝市、庙学、官署无一不备，独东岳庙未建。元教大宗师张开府留孙，于延祐末买地城东，拟建东岳庙。事既闻，仁宗命政府庀役开府，辞曰："臣愿以私钱为之，傥费国财，劳民力，非臣之所以报效也。"上益嘉赏，遂敕有司护持，毋得阻挠。方得涓吉鸠工，而开府遽厌世。嗣宗师吴特进，念师志未毕，竭心经营，不惜劳费。于至治壬戌春，成大殿，成大门；癸亥春，成四子殿，成东西庑，诸神之像各如其序，而后殿则未遑也。泰定乙丑，徽文懿福贞寿大长公主东归，过祠有祷，捐缗钱若干缗，竟其所未竟者。天历改元，皇上入纂正绪，主来朝，适后殿落成，事彻宸听，赐名昭德；命大司徒臣香沙，奉宣玉音；谕臣世延，文诸贞珉，用昭悠久。臣惟五气流行，木位东方。四时顺布，春居岁首。仁者木之德，生者春之用，然则天地发育万物之功，皆本于东方。故群岳祀之方域，而岱宗祠遍海宇。虽与礼经稍殊，然推原所以致人心向往之深者，其在兹乎？《诗》曰："泰山岩岩，鲁邦所瞻。"泰山，盖鲁之望也。今主食邑于鲁，则诸侯得祭其山川在境内者。以邦君之母，有事于望祀，宜乎神之听之，异于季氏之旅矣。况际圣天子，膺天景命，百灵莫不受职，其于默佑显相宗社亿万年无疆之休者，宜何如哉？是宜为铭。铭曰：两仪肇分，元气流行。方岳奠位，于赫厥灵。岩岩岱宗，惟鲁之望。时巡首途，秩祀攸尚。帝出乎震，春育无穷。仁圣大生，代有襃崇。相我国家，熙洽民物。昭明在上，有祷弗弗。贞寿之东，历祠捐金。五祀来归，灵宇靖深。帝曰休征，维天允棐。恫愊全受，若合符轨。含齿戴发，罔不欢心。天子万年，式诏来今。曰雨曰旸，毋愆毋忒。有年屡书，报祀无斁。（《钦定日下旧闻考》卷八十八）

藏御服碑

皇元德有上天，太祖圣武皇帝，握符龙翔，辟宇垂统。历太、定二宗，至宪宗御极，世祖以太弟之亲，抚临方夏，分地关辅，渊龙于六盘之三年，政教聿修于内，六师戡夷于外。逮入继大统，定鼎幽燕，坞夷瘴海[1]，穷发□轧[2]，莫不□觐琛贡，若运肘足以建腹足[3]，故为治益隆。然其册庙胜恢鸿业，实繇关辅发之。列圣承承，宜兹致孝思而无斁也。至元仓龙甲子，成宗践祚，恪绳祖武，协爨墙之思，竞业万几，期□至致。大德癸卯春仲初夕，恍然梦游于金阙之庭，□老者曰："是为歧郊之终南也。"既旦，□诣左右[4]，审谛临幸，则为终南重阳万寿宫。昔尝□凤鸣[5]，廷臣齐咨，咸以为吾君追孝先帝，积诚所由致。翼日，敕尚衣出尝所御服一袭，遣集贤大学士臣献可、近侍臣把海等[6]，驿置于是宫。其经教事[7]，辅道体仁文粹开玄真人臣德或钦承欢趋合羽，禋肃坛埠，俨恪祝釐，对扬天休。适久不雨，昧爽竣事，玄云砰霆，甘泽周霈；动植怿茂，人心感和。使者归福于上，臣德或祗□龛殿□像[8]，宸居如觐，清光肃穆，南乡寅奉御服而宝滕之。岁丁未，成庙宾天，又七祀，延祐改元，臣德或进神仙演道大宗师，嗣教长春，请于太保领集贤院事臣国枢、集贤大学士臣邦宁以颂述之辞。上闻，命臣世延执笔以记，集贤学士臣孟頫书之，平章政事臣孟篆额。臣世延承命，悚悸不得，以綦陋辞，谨叙陈颠末，庸侈丕显丕，承之谟烈，因言天人交际若影响也。夫御群化者天也，子兆民者君也，□万事者理也[9]。君者所以承天御群化理者，君所繇执以为治者也[10]。天理无二致，人心之所同，得征乎人，以验于天，顺乎理，斯得天矣。故曰："天人之际，感与应而已矣。"匹夫且不违，而况君国子民巍然立极者乎？洪惟先朝深宠之泽[11]，覆露生养。统元引年，至大德间，几五十年，重离迭耀，万邦欢康，雨旸罔愆，祯嘉仍会。当时天子端拱于上，颐其精神，念虑思肇造之艰，懔嗣服而无逸，不追八骏而神游于先帝渊潜汤沐之地，兹非孝弟之至通于神明者乎？休征既符，发自天衷，爰授御服，藏诸名山，以示天下后世。不省方而观民设教之化寓，不□□而增高益厚之礼备，方之桥山弓剑亭亭云云远矣[12]。兹非先于四海，无所不通者乎？方今圣天子以仁孝治天下，光岳昭宁，万类滋遂，然犹宵旰寅畏，鉴于烈祖成训，新文明以饰太平之盛，盖将扬耿光播休懿，以示悠久。兹非继志述事绎隆圣绪于无疆者乎？古称雍积高为神明之隩，重阳仙翁浚全真之源，滥觞甘河，旁魄衍溢，六传至开玄，会众流而导其归壹，以虚诚自持。在嗣教之秋，蒙被非常之宠，数炳蔚乎兹山兹宫，亦岂非寂感之妙能致之者乎？继治清虚无为者，盍思乎兵车租庸，不征力于县官，而又崇尚若是，其显其隆，抑修而玄默之道，将由希征凝寂、鞠躬揭虔、效华封人，祝皇祚于亿万年，庶乎合于天保之诗矣！臣世延谨拜首稽首而献颂曰：

于铄皇元，允集大命。笃启世祖，丕乘景运。于时渊龙，于秦之中。于以肇师，载缵武功。奕世重光，践修维义。逮我成庙，克承克继。明明梦寐，远幸于兹。俾藏御服，以永时思。至元之政，化薄海外。施于大德，制而不□。礼备而举，乐和以众[13]。天降其祉，神荐其麻。精诚潜乎，三五协治。匪曰盈成，孝思攸致。维今天子，懿恭渊仁。寰寓时雍，为元之春。犹为翼翼，茂阐祖训。迄贞厥符，以赞攸应。穆穆祖宗，陟方帝庭，何以侑之，广张钧天。河山百二，麾斥指顾，风马云轺，翩其来下。终南琳宇，若宸宸存。□朝垂裘，百灵俊奔[14]。鼓钟万年，帝力是恃，播之颂诗，永诏来世。（1934年《续陕西通志》卷一六二）

校记：

[1] 坞夷瘴海："坞"，《道藏金石略》作"岛"。

[2] 穷发□轧："轧"，原缺，据《道藏金石略》补。

[3] 若运肘足以建腹足："足"，原缺，据《道藏金石略》补。

[4] □诣左右："诣"，原缺，据《道藏金石略》补。

[5] 昔尝□凤鸣：原缺，据《道藏金碌》补。

[6] 遣集贤大学士臣献可、近侍臣把海等："把"，原缺，据《道藏金石略》补。

[7] 其经教事："其经"，原缺，据《道藏金石略》补。

[8] 臣德彧祗□龛殿□像："殿"，原缺，据《道藏金石略》补。

[9] □万事者理也："者"，原缺，据《道藏金石略》补。

[10] 君所繇执以为治者也；原缺，据《道藏金石录》补。

[11] 洪惟先朝深宠之泽："洪"，原缺，据《道藏金石略》补。

[12] 方之桥山弓剑亭亭云云远矣："亭"，原缺，据《道藏金石略》补。

[13] 礼备而举，乐和以众："而举""以众"，原缺，据《道藏金石略》补。

［14］百灵俊奔："俊奔"，原缺，据《道藏金石略》补。

太华山佛严寺无照玄鉴行业记

师讳玄鉴，字无照，原籍曲靖，普鲁吉人。父高姓，母董氏，宋末宦游连然，年五十无嗣，乃祷于普门大士。一夕，母梦入一寺，见楼阁参差，殿宇辉煌，阶下无数奇花开敷荣茂，傍有老僧授一昙花。觉而有娠，月满而生，当大元至正十三年丙子春二月也。生而常啼，父母甚忧，会虎丘讲主云岩净公过而问之曰："近闻官人已得贵胤，特来相贺。"父曰："托彼长老，前三日果得一子，但啼泣不止，奈何？"净曰："请与一见。"父即抱示之。师见净如有夙识，一笑而啼即止。净公接抱，周身抚摩，而嘱之曰："大圆镜里，本自空寂；胡来汉现，何忧何喜。"父曰："如蒙佛佑，以寿后当舍入空门。"净曰："谨记勿忘。"作别而退。父将师见净之状告于母，母亦将入梦之兆诉于父，互相谓曰："此子若得天年，定为法门上士。"既长，与群儿嬉戏，不类俗谛，不茹荤辛，不处污秽，稍有所犯，辄病不休。咿唔才上口，便能说大义，父母爱如掌珠。偶染痼疾，医药不治。父母甚忧，仍祈于大士前，许以出家。其疾渐瘳，未旬即愈。父母自念前愿不可违，送入虎丘寺，礼净公剃落。师方六岁。不数月，父母随亦解组。师神姿超卓，道骨坚贞，在同辈中最为精进，长礼拜、打坐、经行。稍壮，凡附近讲肆，悉赴听受。十六圆具，慎护身口教，观义理，博究渊明。及知有教外别传之旨，即请益领参于筇竹雄辩法师。净公迁化，师尽弃所学，单看狗子无佛性话。立愿不沾床凳，不入城郭，力究此宗以报师恩。三年限满，于无字边总没入处。往见友人雪庵，自陈蒲团上事，庵谓曰："参禅一着，纵饶死尽偷心；断绝诸缘，更要见人始得。"师闻之，即发誓参方。自滇黔游荆楚，抵吴越，历见两宗知识二十余员，不能顿明本有。至正乙未间，初参高峰妙祖。才展礼，即被打。师曰："学人才礼拜，不知有何过犯，和尚便施痛棒。"祖曰："似你东卜西觅钝汉，不打更待何时。"师乞依座下，祖曰："随中峰去。"师即就师子院，叩见中峰本祖。中曰："何处来？"对曰："高峰。"中曰："既登高峰，因甚又落中峰？"师曰："俊鹘冲霄去，金鳞点额回。"中曰："高峰和尚有何言句?"师曰:"学人才礼拜,却被痛打。"中曰:"和尚得恁么婆心切。"师于言下有省,汗出浃背。中曰:"汝作么生?"会师掩耳而出,中曰:"好好保任,勿生忧喜。"师归堂后,尝诣死关礼拜,屡被逼拶,才得打成一片。未经数月,高峰迁化。师哀痛不已,燃顶供养。自后恒侍中峰,寸步不移。一夕,闻中峰客中夜话,咬断葛藤。了明自性,不觉失声曰:"原来原来。"中曰:"汝眈来。"师展两手,中然之,付以源流,命为东堂,分座。说法勿论道俗,皆至诚诚诰,极其谦恭,故往来争传,名播三吴。大德癸卯春,偶思父母年老,请假省觐。中曰:"尔胜缘在滇,可急回,勿别往。"师领命,绘像请赞以归。中峰赠偈曰:"狂心未歇为禅忙,万八千程过远方。丧尽目前三顿棒,挥开脑后一寻光。陈年故纸浑无用,今日新条亦顿忘。见说云南田地好,异时归去坐绳床。(其二)衲僧用处绝罗笼,拶着浑身是脱空。辗破一尘如有旨,拨开万象觅无踪。德山焚疏情先死,良遂敲门路已穷。积劫缠劳忽吹尽,黑龙潭下五更风。"至秋末始达故里,闻父母俱已谢世,师痛哭不已。与诸禅者结坛,讲菩萨戒三七以荐悼之。邦人深感其化。城南有蛟,夏秋之际,每多泛水祸民。请师诵戒持咒,建塔镇之,后亦无患。宣慰安举宗亦佐土县朱龙海等,感师德化,建正法寺以居之。又寺南十里许,有山名天马,下有龙湫,叶落触波,则风雨竟夕不止,民甚畏之。师至龙湫,振锡旋绕,举世尊化迦叶因缘种种说法,龙闻法徙去,不复为患。遂建寺,名安国,山曰真峰。未几,法席大振,皈依者众,声于王庭。梁王讳甘剌麻,遣使迎师问道。师将法席付徒镜中等,随使入对。首开心地法门,次举惟心净土,王不甚欢忻。时大德丙午春,命平章也先不花同御史陈师廉等,卜斯地以建梵刹。一载而成,赐寺额曰"佛严",山曰"太华",延师为开山第一祖。说法日,有商岩、山月、智福、道元、涌海、戒融等,皆精通妙典,深明至理,俱已倾心赞化,其得戒受皈崇者,不及悉数。而王公贵人,或登山问道,或入内授法,均获胜益。如平章也先不花,御史陈师廉、参政也罕的斤、安南使宁端甫、同知杨立义暨清远居士等,该得洞明心地,直达无为者也。至大辛亥夏,大理世守段忠公请师就崇圣寺,阐波离教,为四众受戒,感彩云现瑞,经时而散。夷罗车里宣慰率各酋长执弟子礼求净土密要,师剖心指示,均该获益。回为大众说法,内有誓不出山之语。忽皇庆壬子年安南王遣使聘赍，请师就交说法，师应诺，令使先回，师择日后行。随将衣法付嘱商岩，自作手书，令执事辞王公宰官居士诸山耆宿，云："准于八月中秋，要交趾说法，幸勿相送。"复催执事人治行装，先一日令大众诵涅槃经。偈云："有为之法，其性不常。生已不住，寂灭为乐。"大众俱不解，惟商岩戒融知之，命众竭力诵偈。次早请师就食起程，连请二次，师端坐不应，视之，业已坐化。大众齐拥丈室，椎胸号哭，悲哀不已。商岩止之曰："师已示寂，悲伤何益？莫如尽心修道，以报师恩。"大众闻之即止。讣闻，梁王宰官居士诸山耆宿，莫不悲伤感异。出龛日，普皆云集，香花幡盖，音乐哀声闻于数里之外。荼毗得舍利百余粒，合诸不坏，奉于本寺之左。世寿三十七，道腊三十一。癸丑岁，云南王老的进表，请敕谥号"智觉慧印禅师"。中峰和尚闻之，遣僧致祭，文曰："佛祖之道未易坠兮，吾无照远逾一万八千里江山以来兹，佛祖之道失所坠兮，吾无照负三十七春秋而云归。生耶，死耶？果离合兮，非智眼而莫窥；祖意，教意？果同异兮，惟神心其了知。谓无照于吾道无所悟兮，大方极目，云胡不迷。笑德山之焚疏钞兮，何取舍之纷驰。鄙良遂之罢讲兮，徒此是而彼非。惟吾无照总不然兮，即名言与实相互融交涉而无亏。出入两宗大匠之门兮，孰不叹美而称奇。屈指八载之相从兮，靡有间其毫厘。我阅人既多兮，求如无照者，非惟今少，于古亦稀。我哀无照之亡兮，哀祖道之既堕，而今而后，孰与扶颠而持危。对炉熏于今夕兮，与山川草木同怀绝世之悲。"四众造支提命余述师行业，余曰："我在吴中，亲依师座，虽不见其迹，其未洞其体，识其用，而难穷其妙，何敢涂抹，虚自招罪戾。"四众索之再三，余曰："观师之出也，轰天震地；观师之没也，真幻俱泯。其师之机辩绝伦，得大自在处，岂余可窥也？"谨录梗概而为铭曰：师承悲愿，示以因缘。昙花叶梦，迹降螳川。气宇丰厚，骨相端严。举措神异，颖悟天然。才离襁褓，病魔牵连。许投佛地，弹指即痊。髫龄舍俗，胜于高年。精进教观，不滞言诠。慕有空宗，立誓不眠。十六纳戒，二十离滇。吴山楚水，两脚踏穿。历参知识，二十余员。后见中峰，始破疑团。相从八载，授以心传。职典序首，说妙说玄。凡诸所作，力必当先。偶思省觐，不惮风烟。祖嘉孝道，送以诗篇。归抵故国，二亲皆捐。勤修禅诵，荐拔九原。乡人感慕，为建精轩。患蛟为祸，建塔镇焉。说法度人，不止万千。声动王

庭，领奉金仙。遣使迎师，博问真诠。梁王大喜，命臣师廉。卜地开基，赐
额佛严。请师主之，溥利尘寰。得骨得髓，商岩道元，广谈实相，利济无
边。预知时至，作偈投函。辞别王臣，要往安南。令僧诵偈，一坐不还。讣
闻道俗，莫不嗟叹。阇维灵骨，舍利晶鲜。表奏天子，谥号加衔。造建实
塔，永镇华巅。惟冀师道，奕世绵绵。（《新纂云南通志》卷九三）

泰定四年丁卯代祀江南三山还朝醮于崇真宫作上清像云中赵世延赞[1]

冠芙蓉兮玉比德，衣云霞兮绚五色。谈大道兮坐瑱席，流琼音兮达宣
室。贯羲文兮妙德一，相箕畴兮广敷锡。轮天神兮天只尺；言谔谔兮帝心
格。进崇阶兮总仙籍，著赞书兮表清直。事列圣兮如一日，显祖父兮饶封
国，信行藏兮古是式，从赤松兮师黄石。玄中之玄兮太虚无迹，洞瞩万变
兮凌厉八极。

校记：

[1] 本文辑自影印文渊阁四库全书第 815 册（明）赵琦美编《赵氏铁网珊
瑚》卷十五，第 757～758 页。

唐榻化度寺邕禅师塔铭跋[1]

欧书世所传者《九成宫碑》，邕禅师塔铭见者或鲜，尝观宣和内府所
藏荀公曾帖，其清劲精妙，与此帖殆无异。宜乎为世所宝也，至顺龙集壬
申十月初吉。迂翁云中赵世延德敬父观于金陵之筠雪斋。

校记：

[1] 本文辑自影印文渊阁四库全书第 816 册（明）郁逢庆编《书画题跋
记》卷二，第 610～611 页。

5. 鲁明善

鲁明善，名铁柱，字明善。元农学家。其父迦鲁纳答思，通晓汉、
藏、印度及中亚诸语，元代著名翻译家，后官至荣禄大夫，大司徒。鲁明

善出生在高昌回鹘王国，并在故乡度过幼年。元初随父自西域迁居大都（今北京），幼年受过良好教育，汉文造诣很高。曾任靖州（今湖南靖县）和安丰（今安徽寿县）的达鲁花赤，后做过司法或监察方面的官。

生平事迹在达力扎布主编《中国边疆民族研究》第一辑《鲁明善〈农桑撮要〉版本考述》；周绍祖主编《西域文化名人志》；刘维钧著《西域史话》；张碧波、董国尧主编《中国古代北方民族文化史（上）》；陈延琪、王庭恺主编《中国少数民族论著索引》；郭卿友主编《中国历代少数民族英才传》；黄泽主编《中国各民族英杰》第三卷；《民族词典》编辑委员会编《民族辞典》；铁木尔·达瓦买提主编《中国少数民族文化大辞典·西北地区卷》；刘德仁编《中国少数民族名人辞典·古代》中均有记载。

著有《农桑衣食撮要》二卷，成书于延祐元年（1314），首刊于安丰。全书共两卷，一万字左右，记述范围广泛，有气象、水利、农耕、畜牧、园艺、蚕桑、竹木、果菜等方面的各种农事活动和农家日常生活常识二百零八条。正如鲁明善在该书《自序》中所说：“凡天时地利之宜，种植敛藏之法，纤悉无遗，具在是书。”另据虞集《靖州路达鲁花赤鲁公神道碑》记载，鲁明善还善于鼓琴，曾编有《琴谱》八卷。《农桑衣食撮要》二卷善本，录入清张海鹏编《墨海金壶一百十四种》七百十三卷。清钱熙祚《珠丛别录》录《农桑衣食撮要》二卷刻本；清庄肇麟辑刻本，清咸丰四年（1854）录《农桑衣食撮要》；清光绪间“农学丛书”第七集录《农桑衣食撮要》二卷，刻本；清光绪十五年，《清风室丛刊》录《农桑衣食撮要》二卷刻本；李修生主编《全元文》收录其《农桑衣食撮要自序》共计1篇。辑录于《元史》《大元圣政国朝典章》《元朝典故编年考》《永乐大典》。

此次文的点校，以《丛书集成》初编为底本，《全元文》收录其文时版本与此同，文共计1篇。

农桑衣食撮要自序

农桑，衣食之本。务农桑，则衣食足，衣食足，则民可教以礼义，民可教以礼义，则家国天下可久安长治也。虞夏殷周之兴，罔不由此。秦汉而降，知恤鲜哉！我世祖皇帝中统建元之初，首诏有司，岁时劝课，以厚民生。立大司农司，以专其任。列圣相承，式遵祖训，凡我臣子，孰敢不虔。乃者叨蒙宪纪之任，因思衣食之本，取所藏《农桑撮要》，刊之学宫，所以钦承上意，而教民务本也。凡天时地利之宜，种植敛藏之法，纤悉无遗，具在是书。苟为民者，人习其业，则生财足食之道，仰事俯育之资，将随取而随足。庶乎教可行而民安于下矣，固久安长治之策也，其可以农圃细事而忽之哉！虽然，游末是趋，舍是书而不务，以自取贫困，固吾民之罪。而夺其时以落其事，使是书为徒设，则有司之咎也。於戏！时和岁丰，家给人足，与吾民相忘于谣衢击壤之域，顾不美欤！谨题其篇端，以告来者，庶牧民者知所劝也。至顺元年六月甲申谨叙。（《丛书集成初编》应用科学类《农桑衣食撮要》卷首）

6. 廉惇

廉惇（约 1276 ～?），字公迈，廉希宪幼子，贯云石之舅，畏兀儿人。其外甥贯云石是元代前期相当活跃的曲家、诗人，现存廉惇诗文，竟未涉及贯云石。廉氏家族子弟遍布全国。仅廉氏第一代布鲁海涯就有十四个儿子。生平事迹见元王士点、商企翁同撰《秘书监志》卷九；明宋濂《元史》卷一二六；清钱大昕《元史氏族表》；杨镰《元诗史》《元西域诗人群体研究》。

著作有《廉文靖集》。"文靖"是廉惇的谥号。集名既为《廉文靖公集》，无疑是他去世后所编。但据其《刻图书诗卷》"读书岩上书充栋，刻我新章贻后生"，显然他生前就曾将诗作结集，并有家刻本行于世。《廉文靖集》的失传大约就在明初编辑《永乐大典》前后，据《永乐大典》残帙和《诗渊》等书，可辑出廉惇佚诗 260 余首，相当于四五卷之数。这个数量在元代蒙古、色目诗人之中名列前茅。另外还保存有少量的文、词。其中《村居诗》34 首（见《诗渊》册五）、《南轩城南书院诗》40 首（见《诗渊》册五）为其代表作。另有佚文《塔本世系状》（《永乐大典》卷一三九九三），是元仁宗延祐四年（1317）七月应塔本后人迭里威实之请所作，这是西域人为西域人所写的史传文字罕见的一例。

廉惇是受汉族文化影响极深的畏兀儿子弟。他尊崇汉族儒士，在朝时为萧赟易名请制赠就是一证。同时，汉族诗人对其也非常敬佩。据廉惇之诗，他长期优游林下，家中的藏书室"读书岩"收藏三万卷图书，他曾写下多达 34 首的《村居诗》，而且常提到"读书岩"，提到自己的读书生活。《全金元词》录存其词一阕（误署廉希宪），《全元文》（第八册、第十八册）辑录其文 4 篇，两篇误署廉希宪①。

此次文的点校，以《永乐大典》为底本，《全元文》收录其文时版本与此同，文共计 2 篇。

宴集芙蓉花序

木芙蓉华与菊时，性喜暖，恒产南土，繁于中州，前未闻也。友人周介甫始移自汉中，植于咸宁之甫张别业，每于其荣，辄邀宾朋，具樽俎以乐之。时天高气清，凌霜未肃，听流水，蠲丝竹，倚方丛，当妓丽，而嫣然其顺，灼然其媚，姹然其艳，粲然其蔚。逐客献态，又非阳春凡卉之所可厕。已而耀灵西沉，则酣然其寐。是有以象夫道义之士，顺阳以逆晦。于是羽觞纵横，笑歌迭作。客辍杯而言曰："追玩以废光阴，块默以孤景物，俱未适夫中。盖一张一弛，文武之道也。今日之集，岂徒然哉？"介甫欲述以辞，俾余荐引。（《永乐大典》卷五四〇）

廉文靖公集世系状

大元故平州路达鲁花赤、行省万户、赠推诚定远佐运功臣大师、开府仪同三司、上柱国、追封营国公谥忠武塔本世系状。延祐三年十二月，宥

---

① 据孙坤、多洛肯著《元代畏兀儿高昌廉氏家族诗歌创作述论》（收录于朝戈金主编《全媒体时代少数民族文学的选择》，中国社会科学出版社 2016 年版），《全元文》第 8 册与第 18 册各收署名廉希宪与廉惇的文章三篇与两篇。"按'廉文靖公'为廉希宪的幼子，死后谥'文靖'。廉希宪大德八年（1304）谥号'文正'。另《塔本世系状》中开篇写到'延祐三年十二月'，'延祐'为元仁宗年号，延祐三年为 1316 年，廉希宪（1231～1280）早已过世，而其子廉惇（1274～?）正值壮年，是有能力完成的。所以根据生卒年推断，《永乐大典》中的《廉文靖公集》的作者应为廉惇。"另杨绍固《元代畏兀儿内迁文学家族变迁研究：以偰氏、廉氏家族为中心》（中国社会科学出版社 2020 年版），对比《全元文》所收二人文章，内容、出处相同，仅题名与个别标点不同。也可为佐证。

密官奏事殿中，有旨曰："汝枢密臣迭里威实，曾祖塔本行省，昔在太祖皇帝朝，劳烈居多，人罕能比。及其子若孙，累世效勤于吾家，其封勋赠谥，未赏之行，敕中书锡之。"制下中书，以礼部翰林太常议，赠其高祖行省塔本推诚定远佐运功臣、太师、开府仪同三司、上柱国，追封营国公，谥忠武；夫人阿撒八乌迷，追封营国夫人。祖阿里乞失帖木儿，赠宣忠辅义功臣、荣禄大夫、平章政事、柱国，追封营国公，谥武襄；夫人孛罗真，追封营国夫人。父阿台，赠宣力功臣、资德大夫、中书右丞、上护军，追封永平郡公，谥忠亮；两夫人阿台、阿俎氏并封永平郡夫人。既拜受诏，用明年仲春吉，告祭于茔域，已事而还。秋七月，迁河间路总管。将行，言于其友人廉惇曰："仆之三世，既获锡命褒嘉，所以立德于家、积劳于人、承休于国者，欲拜名文之士，表之墓道，以示于众，永于传。若迹行之实，必求端而不华、信于远以述之，唯子是托，不我拒也。"予惟晚生，不获接前烈绪余是惜，谨按长官程泰撰《忠武碑》、翰林待制杨恕撰《三代惠政记》而序之，曰：公讳塔本，唐之北庭都护别夫八里，畏吾人也。父送吾摄沱，沱生五子，公最幼。方童时，作止异乎同辈。形貌端整，音容清洁，性纯粹，聪敏出人。未及冠，或闻于国太母。既见，察其仪度，委以事，皆集，谓堪器重，遂俾从事行宫，付人二十领之以试。后随军征进，每建勋绩；主财出纳，获息亦加。自是谟谋参赞为多，不数年，大蒙倚任。太祖皇帝命使河西，及取金氏城邑，行阵有功。岁壬申，扈从太驾入中都，奉旨从哈撒儿大王收抚北京诸城郭，凡遇降民，则全活之。同行有嗜杀人者，公曰："攻城略地，本为生民。今杀之，徒得空地，何用为也？"太祖闻之，甚然其言。是年，授金虎符，镇抚北京行省都元帅，便宜行事。其管内，北际沙漠，西南接赵地，以及畿甸，而东至于高丽。县邑长吏，悉命公委之。未几时，政效即著。会来京师，平州总管王诰，监军程泰，刺史卑仲吉辈共议，令人转达于公曰："昔癸酉岁，天兵分帅东来，本州军民固有归附之意，为主帅者所遏，不克如志。今天下既一，因民素心，愿请属麾下。"公曰："今尔曹欲若是，上意如何？"遂俾人以事闻。朝廷遣使与公至平州，以公为行省部元帅。岁庚辰九月也。至则询民，间有所恶即去之，所欲之未行者即先之，户定额，人知程课，免于刑责。又郡中每岁出金四百锭，比他郡特重。公力言于朝廷，得减五十锭。世祖皇帝即位，中统元年八月，复受平滦路达鲁花赤。三年，诸王、驸马道由平滦，供饷者，计以银数百五十锭，省部欲罢不给，公赴朝廷侃言辩析，凡数月始获承授，遂以畀民。又念豪右权贵，与编民征收不齐，乃通为文簿，以甲乙次之，而咸得均一，至乎军丁匠役皆然。至元十年，加怀远大将军、平滦路达鲁花赤兼管诸军奥鲁劝农事。值年谷不登，民饥，公与僚佐议，欲发官廪以济，曰："脱不蒙听，愿自偿之。"同僚皆从其言，恃以活者甚众。后言于上司，然之。以郡地古孤竹国，伯夷、叔齐之风，万世起慕，奏请于朝，立庙封公。又出己财，立祠于小河堡，岁时致祭。僚属迁至，则先令家人备饮食供器，且曰："所须并在，幸无及民。"亲戚乡邻贫者，月给米面，以周恤之。死不能葬者，为出棺椁衣被殓葬焉。至于听讼，必温言详谳，负迫抑不能自伸雪者，缓察审究，得其情而上。族属有违令者，必据法论，不少假。或事缘日久，格而未便，皆举行之。至厅事廊庑、府楼亭榭有败，悉兴无废弛。至元二十一年，加昭武大将军、平滦路达鲁花赤，余如初。二十三年，乃颜叛，朝廷遣使谓公曰："汝守东北久矣，畜马蕃息，今当出马以资，回日倍汝酬也。"公乃择健马五百匹以上，帝嘉之。时军中得叛寇大银瓮一，即召公以赐。上曰："与汝为据。"二十五年元日，宴殿庭，上命承旨撒里蛮传旨，谓："尚书省臣桑哥阿台事，汝曹毋议，朕自度之。"未再承命，以疾卒于京师，寿六十一，归葬于永平之先茔。公夫人二人：阿台阿，蒙古氏，生女一。俎氏，乐亭县儒士之女，生子男三人，女一人：长曰也先不花，朝列大夫金将作院事。次迭里威实，端庄明敏，由廉访金司马御史里行，扬历中外，蔚为时闻，前枢密院判，今嘉议大夫、河间路总管。次八十，奉直大夫、宝钞提举。侧室所生男二人：答兰帖木儿、孛宽，婿则阿剌答津丞相，及纳绵付总管、宋也先帖木儿。孙男□人，女□人。公孝友宽慈，忠信易直，继祖先之志，而政绩严勤，克述其美，郡之士民耆艾，迄今颂其三世政化。好德所将，庆裔绵长之自也。谨录事状，以备太史氏采择。（《永乐大典》卷一三九九三）

7. 赡思

赡思（1277～1351），即沙克什，字得之，色目人，其祖由大食

（今阿拉伯）迁入真定（今河北正定），遂为真定人。祖父鲁坤，随蒙古军东迁，居丰州（今内蒙古呼和浩特市东白塔镇），窝阔台汗时，官至真定、济南等路监榷课税使，又迁居真定。少时师事王思廉，好经学、史学、天文、历算，尤精于水利、地理之学。年七十有四。谥文孝。

生平事迹在明宋濂撰《元史》；清钱大昕《廿二史考异》；周绍祖编《西域文化名人志》；李修生主编《全元文》；白寿彝主编《中国回回民族史》；郭卿友主编《中国历代少数民族英才传》；吴建伟撰《回回旧事类记》中均有记载。

著述有《四书阙疑》《五经思问》《奇偶阴阳消息图》《老庄精诣》《镇阳风土记》《续东阳志》《重订河防通议》《西国图经》《西域异人传》《金哀宗记》《正大诸臣列传》《审听要诀》及文集三十卷。《常山贞石志》中保存赡思文 5 篇：《加号大成诏书碑阴记》（至治三年五月）、《哈珊神道碑》（至顺三年十二月）、《大善众寺创建方丈记》（元统三年二月）、《龙兴寺钞主通照大师碑》（至正六年八月）、《龙兴寺住持佛光弘教大师碑》（至正六年八月）。李修生主编的《全元文》，收其文《宝庆四明志重刻序》《大善众寺创建方丈记》《元甘肃等处行中书省平章政事荣禄大夫公神道碑》《河防通议序》，共计 4 篇。

此次文的点校，《宝庆四明志重刻序》以清光绪三年刻本《鄞县志》为底本，《大善众寺创建方丈记》以台湾影印清同治十一年刻本《栾城县志》为底本，《元甘肃等处行中书省平章政事荣禄大夫公神道碑》以《全元文》为底本、《河防通议序》以《丛书集成·河防通议》为底本，《全元文》收录其文时版本与此同，文共计 4 篇。

宝庆四明志重刻序

唐世柳芳之史，烬于禄山之火，刘煦执笔以继之，遂成一代之典。逮欧宋□作，则记录森严，文章炬赫，于时大行，而煦之书废弛几绝。然笔削既加，损益交变，而详略互见，旁求广索者亦或有取焉，故赖以不泯。于是《唐书》有新、旧之称。四明有志久矣，而著述非一，可稽者惟宋乾道间郡守张津重缉大观初所编为七卷，及宝庆间庐陵罗浚复演为二十有一，而各以图冠其首。国朝袁翰林桷命十有二考以成书，盖变体也。文富事明，气格标异，诚为奇特，乃大掩前作。然浚之书，讵可全废哉？俾与《旧唐》为徒以备参考，亦自有补，乃命梓刻于郡学。至正改元仲夏末旬月，真定赡思序。（清光绪三年刻本《鄞县志》卷七五）

元善众寺创建方丈记

栾城县治，故关城也，元魏分平棘北部于汉关县故城置栾城县，盖取西南晋栾宾旧邑之名。近郭艮隅，汉棘蒲侯柴武之故台存焉。上广博有佛刹，曰善众。隋唐之盛，高僧惠休、辩敷、辩英皆着迹于此。玄奘未西之前，亦尝挂锡。历代废兴靡有常。定国初，监郡大资兀鲁爱兀赤公升此而有瑕邱之乐，乃大兴完缮。自时厥后，继继承承，增葺略备，而丈室独阙，师席未正，缁侣憾焉。延祐戊午，法师志舜奉玺书住持，焚修接度之余，尽瘁外业。殿庑门墙，僧寮客次，云会香积，贝章宝藏，宗师灵塔，靡所弗及。扶倾易朽，塞罅补漏，或仍或创，疊疊落成。供具什器，车硙库厩，焕然一新。逮至顺癸酉，极力思举，崇基峻楹，隆栋邃宇，甃甓覆瓦，堂奥厢序，倏尔俱兴，以间计则若干。墉壁之涂塈，榱拱之黝垩，咸适其宜而不违时制。鸟革翚飞，聿瞻有瞩，宝就完舆，情歆羡寺。僧志庆持状求文，以志其续，曰：师靳姓，世居寺南柴村。幼礼宏教大师满公祝发，不惮勤苦，锐求精进，遂主讲席。及命住持，仍受师号，曰智辩。其居名刹，领大众一遵公道，不徇己私，檀信施与，悉归常住。益置良田六百亩，度弟子五十人。岁饭云游僧以千计。院门细务，亦必躬亲，于世法尤为稔熟，故远近悦慕。有功如此，不忍终晦，愿先揄扬之。余亦嘉其意而为之记云。六月上旬，大食赡思记。（台湾影印清同治十一年刻本《栾城县志》卷一四）

元甘肃等处行中书省平章政事荣禄大夫公神道碑

至顺壬申之冬孟，诸生班祝再拜以请曰："弟子生甫逾年而孤，音容不志，顾复有恃而长，今亦奄弃。大事既襄，墓碑未铭，深虑风声不树。访诸故老，得先人行事之略，愿吾子文诸石，以资不朽。"予以义荒辞，乃序其概：公讳哈珊，畏兀人，世王高昌。在唐为回鹘，禄山之灭，史存功载。后以神异禅今高昌王之远祖，而身相之□世其官，簪绂蝉联，云仍未艾。逮高昌归我太祖皇帝，公之大父讳写云赤笃忽璘，以本国兀鲁爱兀赤官实从来，既而命以宣差正定府路都达鲁华赤断事官，监是郡，因丽兹土。爱兀赤公之息四：伯讳八儋，以左右手都万户，领天下鹰房，而侍中近习，莫与之京。仲讳速混察，从皇弟旭烈育适西域。叔讳哈剌哈孙，以资德大夫、中书右丞行中书省事，后以本官袭父职，终于位。季讳间间，尝为宣慰使。公实出伯氏，而养于叔室，后缵其绪。□长身美须髯，辨给而明于事物，沉谋有威，知本国文字，兼长骑射。裕宗辟春宫，以世家之胄服象胥之役。至元二十年，以奉训大夫为詹事判官。二十四年，除正定路总管府达鲁华赤兼管内诸军奥鲁劝农事，升嘉议大夫，盖践其世位也。莅事而威声大振，僚佐景仰，诸属恪服，强圉屏迹，发号施令，风行草靡，事勿弗集。二十九年，升正议大夫，仍旧职。正定滨滹沱，岁夏秋水患多，暴堤崖决，□□□数兴，动辄连月，薪刍之费，计出巨万，公私疲弊，靡所告劳。言者谓：治河在迩，即汉太白渠也。旧合洨水于栾城县北，转经赵州之南，而东入大陆泽。嘉阳堰则洨水由平山西入滹沱，其势益张，湮塞之余，枯渎尚存。若浚治而复嘉阳堰，则洨水循故道，而滹沱之势可分，湍悍之暴可杀，舟楫以通，实镇之利也。公采其言，以闻诸朝，奏可。而邻境四路丁夫各万，以即是工。曾不逾时，绩用告成，民乐而安之。未几，规利者恶害其私，乃窃破新堰，前功就弃。方谋再举，而风纪以徒劳刻锐意遂沮。公之群戚趾接于朝，闻之而恚，特奏令公复治燕南道，已行之案制可。而符随下，参佐欢然，将移文宪府，公徐止之，曰："是非可终，宜姑缓之。"少焉台复奏罢，众服其明，且有容。凡再命，而居是郡九年。元贞之元，西陲有警，而甘肃平章政事适阙，中书数举而成庙未允。一旦有旨曰："甘肃平章，朕得之矣。正定路达鲁华赤哈珊其人也，巨室之裔，足谋略，善弓马，宜嗣股肱，以居方面。"特授荣禄大夫、甘肃等处行中书省平章政事，踵赐玉带。既至，则大振纲纪，广布耳目，调节物宜，以敌外患。敬事亲王，善抚士卒，因得尽力，而边衅不足为虞。大德三年入觐，玉音亲劳之余，大赍是膺。易三珠金虎符，统领西边军马，仍旧平章政事。陛辞之日，奉密旨曰："'钱谷'之出，当从便宜，不必拘执绳墨，要在藩屏诸王，暨军民悦愉输忠而已。"既至，以西事方殷，甘州城监奏请而坚完之。复身率三军，径入不庭之境，会其远遁而归。上尊酒、海东青，聿至三锡□□功也。旧诸行省之用及千定，必咨都省，公承密旨，无复故常，是以储待盛而赏赉丰，物来之应，捷于景响。虽曰事从公议，画一之权在己，省帖之下印署纵完，非公密记，一钱不出，故浮议纷然以闻。然权势之赫盛极，而或致有言，终亦莫之能凌。在职九年，以疾薨于所寓之正寝，大德八年二月中旬之九日也，春秋五十。是年归葬于正定栾城县台头寺之左茔，卜远之兆在五月上旬之九日。配大族达鲁乃蛮氏，字别的斤，封赵国夫人。严明刚果，公既薨，而有政不紊，鞠育孤幼，慈而能教。提挈往来，出入宫掖，不殊平素，及子就荫而止。后公二十七年，以至顺辛未二月十八日薨，合祔如礼。子男一，班祝，以荫绪累迁朝列大夫、佥河东山西道肃政廉访司事。女五：曰脔子哥，适太尉脱桓。曰锁暖韶，适亲王奥鲁赤。曰不颜怀力谧失，适高昌王押斯忽斯官海音都。曰道童，适秦巩州民匠总管府达鲁华赤颡失钤。曰兀霜，适近侍销南八。噫嘻！天锡之庆，无亏于异域；天赋之才，不踣于异事。盖散殊森然，其归一致，而万物皆备，率由同原也。公本高昌，而移祚于中国，起象胥而著绩于边陲，其有谓乎？乃为之铭。铭曰：钜本西植，远派东流，恒镇之阳，尔公尔侯。大陆其浸，滹沱其川，兹焉旧迹，方面式专。股肱既力，规绳莫拘，卒宁西鄙，保障无虞。天命靡常，不遐其龄，辒车东下，次列先茔。遗孤嗣兴，镂珉纪实，追慕何穷，昊天罔拯。（台湾影印清同治十一年刻本《栾城县志》卷一四，又见清乾隆二十七年刻本《正定府志》卷四七）

河防通议序

水功有书尚矣，《禹贡》垂统于上，而《河渠书》《沟洫志》缵绪于下。后世间亦有述，逮宋、金而河徙加数，为害尤剧，故设备益盛，而立法愈密，其疏导则践禹迹而未臻，其壅塞则拟宣房而过之矣。金时都水监有书详载其事，目曰《河防通议》，凡十五门，其体制类今簿领之书，不著作者名氏，殆胥吏之纪录也，今都水监亦存而用之。愚少尝学算数于真定，壕寨官张祥瑞之授以是书，且曰："此监本也，得之于太史若思。"后十五年复得汴本，其中全列宋丞司点检周俊河事集，视监本为小异，虽无门类，而援引经史，措辞稍文，论事略备。其条目纤悉，则弗若之矣。署云"朝奉郎尚书、屯田员外郎、骑都尉沈立撰"。愚患二本之得失互见，其丛杂纷纠，难于讨寻，因暇日摘而合之为一，削去冗长，考订舛讹，省其门，析其类，使粗有条贯，以便观览，而资实用云。至治初元岁在辛酉四月吉日，真定沙克什序。（《丛书集成·河防通议》卷首）

8. 马祖常

马祖常（1279~1338），字伯庸，号石田，世为雍古部，居靖州之天山。其高祖锡里吉思，当金季为凤翔兵马判官，子孙因号马氏。曾祖月合，乃从云南伐留汴，后徙光州。祖常七岁知学。延祐初，贡举法行，乡贡会试皆第一，廷试为第二人。授应奉翰林文字，擢监察御史。弹劾柄臣铁木迭儿十罪，罢之。柄臣复相，左迁开平县尹，因欲中伤之，退居光州。铁木迭儿死，乃除翰林待制。累迁礼部尚书，两知贡举，一为读卷官，寻参议中书省事，参定亲郊礼仪。元统初，拜御史中丞，转枢密副使，辞归。起为江南行台中丞，又改陕西，皆不赴。至正四年卒，年六十。赠河南行省右丞字魏郡公，谥文贞。

生平事迹在元许有壬撰《至正集》卷四六《马文贞公神道碑铭》；元黄潘《金华文集》卷四三《马氏世谱》；元苏天爵《滋溪文稿》卷九《马文贞公墓志铭》；明宋濂《元史·马祖常传》；陈垣《元西域人华化考》卷二；陈衍辑撰《元诗纪事》卷一二；李修生主编《全元文》；傅璇琮主编《辽金元文学》；邓绍基主编《中原文化大典·人物典·人物传》；于乃昌、冯育柱主编《中国少数民族文艺理论集成》中均有记载。

马祖常有文集行于世，尝预修《英宗实录》，又译《皇图大训》《承华事略》。又编集《列后金鉴》《千秋纪略》，受赐优渥。《元文类》收录马祖常文20篇，诗赋33首。马祖常还著有《石田集》十五卷，其中诗五卷，存诗765首，是目前已知存诗数最多的色目人作家，被文宗誉为"中原硕儒唯祖常"。《石田先生文集》十五卷，乃祖常去世后，苏天爵于后至元五年编辑整理，并呈请朝廷，校勘无误，发至扬州儒学，刊行于世。其中诗赋五卷，文十卷。卷一五言古诗；卷二七言古诗、五言律诗；卷三七言律诗；卷四五言绝句、七言绝句；卷五乐府歌行、杂言、联句、骚、赋；卷六制诏、表笺、青词祝文；卷七章疏；卷八铭、箴、赞、杂文、策问、题跋、记；卷九序；卷十至卷十四碑志；卷十五行状、传。有元刻本、明刻本、影写本、清抄本，但究其源流仅有元后至元五年和明弘治六年两个底本而已。名家书目颇多收录，但在版本描述上有的著录有误。

马祖常《石田先生文集》，清钱大昕《十驾斋养新录》卷九四录元椠本《石田先生文集》十五卷，凡诗赋五卷、文十卷。清人马瀛《吟香仙馆书目》录元板《石田集》十五卷，十二本王文进《文禄堂访书记》卷五、清钱曾《虞山钱遵王藏书目录汇编》、管庭芳《读书敏求记校证》卷四（上）录元刊本《马石田文集》十五卷。明弘治六年太原府熊翀刻本《马石田文集》十五卷（诗赋五卷、文十卷）附录一卷，简称"熊本"。熊本所据底本乃为民间传抄本，后来为清代藏书家季沧苇、张金吾所有，《季沧苇藏书目》著录。惜钤印模糊，不能完全弄清此本的流传情况。是本乃现存的唯一一部"熊本"足本，今存国家图书馆。卷二第十九、二十叶各有两叶，当为成册时重复装订所致。李盛铎木犀轩藏本，十册。此为《四库全书》（文津阁本）底本，原为湘潭袁芳瑛卧雪庐藏书，光绪时散出为李氏所得，今藏北京大学图书馆。李盛铎《木犀轩藏书题记及书录》有著录。刘承幹嘉业堂藏本。今藏台湾"中央"图书馆。1996年台湾新文丰出版发行公司出版《元人文集珍本丛刊》册六《马石田集》据此影印。据《嘉业堂藏书志》卷四著录，此本曾被误认为元刊本，后乃辨其实明刻本也。2003年，北京图书馆出版社出版《珍稀古籍书影丛刊》之四《嘉业堂善本书影》所著录《马石田集》为元刊本。瞿氏铁琴铜剑楼藏本，六册。原本字迹模糊不清，今藏国家图书馆。此本李氏藏本、刘氏藏本不同之处在于上两本除少李序与张、熊二跋，余皆同熊本。赵氏小山堂钞本，原为杭州赵氏小山堂藏书，后归汪氏振绮堂，后又由丁丙八千卷收藏，今藏南京图书馆。吴兴陆氏十万卷楼钞本，今藏南京图书馆。赵氏小山堂钞本，无丁丙跋，今藏福建图书馆。朱彝尊写本，见《寒瘦山房鬻存善本书目》卷四著录，今藏中国科学院图书馆。清文瑞楼钞本，原上海金氏文瑞楼藏书，今藏上海图书馆。清钞本，今藏四川省图书馆、国家图书馆、南京图书馆、中国社会科学院文学研究所。《马文贞公石田集》五卷，《元六家诗集》之一，清吴县金侃手抄本，有朱氏手跋，今藏台湾图书馆。清顾嗣立、席世臣编《元诗选·初集》之丙集收马祖常诗267首，编为《石田集》一卷。另有康熙顾氏秀野山房原刊本，中华书局 1985 年铅印本。

《石田先生文集》十五卷（诗赋五卷、文十卷）附录一卷，李叔毅、傅瑛点校本，后附有《马祖常年谱》。元朝至元年间，苏天爵撰《元文类》，录其诗 20 首、文 20 篇。明朝潘是仁编纂《宋元诗六十一种》，共收马祖常诗三卷。郑振铎（西谛）所编《西谛书目》中，收录此三卷诗。

马祖常编有《英宗实录》《皇图大训》《承华事略》《列后金鉴》《千秋记略》及《章疏》一卷，见《元史》卷一四三本传。他的《石田山房集》，是至元五年奉旨刊行。现有影印元四家集本。

李修生主编的《全元文》，收其文《伤己赋》《适忘赋》《悠然阁赋》《草亭赋》《感柏树赋》《遣奉使巡行诏》《追封河南王夫人制》《思州军民宣抚使田冕晃忽儿不花封赠二代制》《太师右丞相封赠三代制》《太师左丞相封赠三代制》《平章也速迭儿封赠三代制》《太傅秃鲁封谥制》《右丞按滩封谥制》《尚书左丞相某封谥制》《会试策问》《贺元旦表》《正旦贺兴圣宫表》《贺正旦笺》《贺建储表》《贺春宫笺》《建白一十五事》《请量移流罪》《辨王左丞等》《论百官请赏》等，共计 139 篇。

此次文的点校，以元至元五年扬州路儒学刻本《石田先生文集》为底本；以上海古书流通处影印之元四家集本、台湾影印清乾隆文渊阁《四库全书》本为校本。《全元文》收录其文时选文版本与此同，集外共辑得佚文 6 篇，共计 139 篇。

伤己赋

嗟余生之多忧兮，几颠踣而数穷。誓缵言以自见兮，力迟古之高风。呼天龙以驾我兮，伻天使使为期。何九稼之不一获兮，尚偃蹇而如兹？岂剞劂之有不善兮，将世德之下贤？荐刍荽于宗器兮，缀履綦以玑璇。封敦庬以块泰岱兮，谓泛滥其莫涯。冠髫童以弁冕兮，问礼意而莫支。决大疑于淫鬼兮，凭巫传以度揆。顾圣言之靰靰兮，指纲维为械意。悯相道之无朋兮，去一发之几希。枏吾车之莫骋兮，胶吾口而难辞。惩前悔之不惮兮，配古道其或可思。一旦舍此而改图兮，念后余之病我。日浚恶以启堙兮，患世之屏经而好权。遭歧蹊之多迷兮，世或谓之固然。抱昌辞以适与我兮，俟来学以偕行。辨百家之纠纷兮，孰察余之衷情？乱曰：我涉大波，孰为航兮？我载大涂，孰为箱兮？古声喤喤，金石之扬兮，世无伥兮。

适忘赋

　　适机子遇忘机子于大都。适机子曰："若知吾适机乎？凡群动万汇，丛至沓来。肯綮輵轕，泉渗穴开。揣摩捭阖，迎合附会。孕奸媒孽，逆承人意。子不吾信，请衍斯义。惟是都也，子欲浮闽、越、吴、蜀则登舟，子欲走并、冀、朔漠则升车。若东若西，或南或北。扶耄挈稚，囊金橐谷。发轫则达，不俟龟卜。顾兹弗觉，而踽踽踶踶，木偶弗若。譬骥之童龁，牛之食角，子何不智甚耶？"忘机子曰："子庸知我之蕴底耶？今子说我以私智，啖我以巧利。阴塈厥丑，阳涂其丽。固妾妻之所羞，而舆台之是贵。我游神八纮，而身寓一室；心玩千古，而视不离席。幽晦莫耀，韬闭莫测。明是非于后世，公得失于方策。邈邈绵绵，似消似息。鉴空渊渟，罔有形迹。子令我登航浮流，则航有覆；令我升车涉途，则车有轶。何发轫之讵达，而谬以不智目我哉！"适机子哑而愕，噱而笑曰："八纮寥廓，子将奚托？千古冥漠，子庸用学？晔煌煌之舆马，烜赫赫之官爵。彼幽晦与韬闭，实狴犴与钤镯。后世孰亲于妻孥？方册孰快于女乐？同生同死，皋、夔、羿、浞。世方溟渤，子翅瀺灂。喔咿粟斯，无害于仪；鸥夷脂韦，无损于皮。若夫航之覆，车之轶，宁尽废车航也哉！不智之讥，子复何辞！"忘机子附髀鼓膺，咍且吁曰："初闻若之辩，可骇可慕，旋而筹之，惟蟊惟蠹。慨战国之口颊，俾宗庙其墟墓。墨焉朱焉，悲丝泣露。繄二贤虽诡迹于孔、孟，庶惮天于朝穆。顺于骹骸，改我轨步。或嘘或煦，或濡或呴。杂肖翘于一喘，群黄卉于一澍。擿埴索涂，螟胤赢负。吾恐祸天下之一英才，子且吞言而勿吐。"适机子曰："有是哉！姑置之。子自耷尔璞，我固淬我稍。孰利孰钝，厥效卓卓。"忘机子曰："大璞不耷，大金不淬。蔑尔利钝，奚伤至器？"二子方藻吻簧舌，矛盾辨诘，有马子者，鲁仲连之流也，以书连矢，射其所曰："夫天地精明，人实肖形。倥侗颛蒙，教学陶钧。盖金玉之合应，匪忘适之异情。子盍听钧天于广野，觌万舞于天庭。然后范圣度，揆时中，蹈龙蛇，占凤麟。兹岂非庄周氏所天民者乎？"二子解围，合盟而去。

悠然阁赋 为周南翁作

舒吾眺之落落兮，觋寥廓之无迹。会冥冥之遐思兮，契万品之攸职。拟大化而罔象兮，悼世德之囿形。聿道遥而容与兮，泊乎游乎泰清。是有当于吾衷兮，表吾庐以自肆。骋余马于析津兮，崇吾屋乎江氾。揭高躅于古道兮，追前修其或然。伟一世之君子兮，又赠之以兰荃。曰予未有知兮，何私意之仿佛？懿夫子之悠然兮，殆反予乎空谷。

草亭赋

长清先生被召供奉翰林之明年，构亭于所居之前，匾名曰"草亭"。谓其友夷门之客曰："古者能赋可为大夫，客盍赋斯亭以见志哉？且无盈辞以夸，无曲辞以竞，无刻辞以饰，而亦无寓辞以病也。"遂为赋曰：都邑雄雄，有亭厥中。广可函丈，而高如广。踪赤埴外涂，而白茅上崇者，非先生之草亭耶？予盖得觞酒赋诗于其下矣。弱篠小草，葱菁乎其左茁也。丹花碧敷，窈窕乎其右撷也。壶箭博局，琴几画图，庋而设也。笔间研石，书帙剑器，布且别也。秩然其有截也，憺乎其能洁也。冠屦肃肃，佩玉在躬。笾豆晏晏，言笑有容，朋合悦也。登降步趋，衣带委如，姬孔舆舆，讽言徐徐，自整摄也。是则游息之植学，燕间之修业者，固可征于前哲也。夫至乃葺屋作室，黝垩丹漆，华目铄心，文采差参。回廊曲房，翱翔步蹈，飞阁虚堂，击鼓吹笙。此固侯王之所当，而非下士之所可常。俄有一人歌于坐旁，其歌曰："衡门之下，可以栖迟。有美君子，不恤其私。不恤其私，烨也古辞。作亭丛丛，蜗蟀龟穿。于室之东，繄古之宗兮。"又歌曰："爰有人兮好儒，视藐藐兮独趋。不龌龊兮以濡，畴道之依兮而孰与居！"

感柏树赋

光州孔子庙庭及宋司马光祠前柏树，皆先子集贤府君治光日携祖常手植者也。今二十六年矣！苍虬翠蛟，森列左右。祖常蒙诗书之泽，忝官礼部尚书兼经筵官。天历己巳正月，以谋葬得请还光。又蒙圣天子不弃弊物，驰使再召，以疾未行。舆疾瞻仰孔子庙庭，抚摩群柏，凊然感思，作赋以见意焉。

涉淮湄而南迈，有寝丘之遗封。画州圻而近古，壤寡殖而不丰。曰瘠土之民劳，庶善心之易挚。慨先哲之岂弟，兴黉宇而纳之。哀刭兵之累俘，缘其裳而来游。又相田以谋食，廪饩馏其浮浮。间携我以观学[1]，命畚锸以执事。揖豆笾以下堂，列稚植于两庑。荫乔木于今兹，慕予亲于曩昔。岁邈邈以云徂，涕潸然而洒膺。顾瞻恋而移晷，拭手泽之或存。屺祠位之蔽亏，恍神斬之缤繙。当予亲之在官，尽厥谓于民庸。暑无葛以代浣，佩无玉以为容。终下陈而弗忮，荣天爵以俟天。撺未艾于孙子，永文寿于大年。矧兹树之后雕，匪庶草之竞华。睹斯道之昌期，征于神而不遌。

校记：

[1] 间携我以观学：“间”，底本作“问”，据四家集本、四库本改。

遣奉使巡行诏

朕祗承洪业，夙夕惟寅，凡所以图治者，悉遵祖宗成宪。曩者屡诏中外百司，宣布德泽，蠲赋省刑，赈恤贫乏，思与黎元共享有生之乐。尚虑有司未体朕意，庶政或阙，惠泽未洽，承宣者失于抚治，司宪者怠于纠察，俾吾民重困，朕甚悯焉。今遣奉使宣抚，分行诸道，案问官吏不法，询民疾苦，审理冤滞。凡可以兴利除害，速宜举行。有罪者，四品以上停职申请，五品以下者，就便处决[1]。其有政迹尤异暨晦迹于丘园才堪辅治者，具姓名闻。咨尔臣庶，体于至怀。

校记：

[1] 就便处决：“决”，原作“次”，据四家集本、四库本改。

追封河南王夫人制

古者妇人之义，名字不出闺门，乃所以别男女，严内外也。故河南行中书省左丞相卜邻吉台妻胡氏，徽柔惠淑，早嫔高门，相其夫子，显闻于时。予方推恩四海，矧我股肱之旧而有尔伉俪之良乎？故追封尔为王夫人，仍启河南故圻以从封夫爵。噫！妇官一品，褕翟有光，其尚阴骘尔家，服我宠休之无替。

思州军民宣抚使田冕晃忽儿不花封赠二代制

国家外建藩屏，以靖远人，责其宣布怀仁之惠，能使恩威并流而一方清谧者，稽于国典，可不赏劳乎！具官某父某官某，向膺朝宠，勤庸服官，勠力小心，不闻有过。乃教忠于嗣子，得宠庆于世家，兹朕所不忘者也。故命追褒异数，阶秩一品，有灵在幽，尚迪尔后。

比属有司，考礼于恤典矣。而妇人之贵，尝视其夫子焉，况有《鹊巢》《汝坟》之懿，能行于其闺门衽席之间者乎！具官某母某氏，女仪柔婉，来嫔辨族，相其宗事，珩璜有节。又能笃生令子，服柔疆场。抚绥之劳，汤沐衍封，胙以列国，其尚歆承休宠，利尔后昆，以延馈祀之无已哉！

朕以孝治天下，凡人臣之亲，悉命因其班列之次，功庸之等，以为宠数之异焉。具官祖父某官某，昔备官使，辑绥边氓，颇著惠怀，有誉南服。夫天之施仁，于物无间，朕敢不法天而已哉！宥密之司，阶品为贵，启尔后人，保兹终吉。先王制礼，妇人之义饮食衣服祭祀而已，非有与于外事也。然或妇道母德，可以表率宗族而成其夫子者，顾宜有以显贲之也。具官祖母某氏，早躬组纴，克遵女戒，作配令族，柔闲有仪。惟时闻孙，扞我边圉，膺被爵禄，光宠于时，而尔可不疏封乡国，以广彤管之训乎？赞书在门，其告泉壤。

太师右丞相封赠三代制

定策元臣，肇启中兴之运；推恩彝典，聿申先正之褒。揆礼是宜，劝善惟允。具官某，质实无竞，沉鸷有谋。服劳王家，久著属橐之绩，薄违圻父，夙专乘一作秉障之功。嘉尔曾孙，为予冢宰。於戏！溧阳开国，仪崇斧钺之光；册府书勋，铭载旗常之显。英灵如在，宠数是歆。

曾孙有庆，衍三世之恩荣；大赉匪私，劝百辟之忠荩。有嘉淑女，作配先臣。具官某妻某，孝养姑嫜，教遵姆傅。居谨珩璜之节，躬亲丝枲之勤。宜厥家人，相其宗事。鱼轩翟茀，往膺江左之封；凤诰龙章，用播《召南》之德。歆予时命，迪尔后昆。

开国承家，礼重胙勋之典；析圭儋爵，恩先予善之仁。报施匪私，褒崇惟称。具官某，英标俶倘，伟器沉深。早奋厉于师中，爰驰驱于戎右。股肱心膂，桓桓挺万夫之雄；弓矢干戈，井井饬九伐之法。世称良将，胄衍名孙。定大策于枢机，奠皇图于寰宇。於戏！石城钟阜，肇开赤壤之封；砺山带河，允著丹书之誓。贲尔奄岁，歆我丝纶。

朕茂膺景运，大赉元勋。恩推再世之封，礼及重闱之庆。具官某妻[1]，柔嘉维则，婉娈有容。事夫尽举桉之恭，职修中馈；弄孙致含饴之乐，福裕后昆。凡我邦国之光，繄尔室家之助。凤台胙土，聿开脂泽之田；鸾诰封泥，永贲泉扃之兆。尚歆宠数，益衍休祥。

朕以崇德报功，实先王之令典；建邦启土，昭奕世之殊勋。眷我旧臣，锡兹敕命。具官某，魁奇天挺，卓荦人雄。韬略迈于孙、吴，志勇迈乎贲、育。昔武皇抚军于龙漠，躬栉风沐雨之劳；而大将出阵于鱼丽，懋扫穴犁庭之绩。威行万里，恩浃六师。迄振旅以褰戈，底来宾而包匦。每御衣裳之会，聿深钟鼓之思。生子象贤，由教忠而上义；为国敌忾，遂翊运以中兴。永惟阀阅之隆，端系社稷之重。不有异数，曷称至怀？於戏！旐矢彤弓，尝旌勤于征伐；丹书铁契，尚迪庆于承传。淮甸分茅，泉台告第。朕眷元臣之勋，幼被慈母之训。属有司之考礼，宜大国之疏封。具官某妻某，毓秀名门，作配君子。珩璜琚瑀，修婉娩于妇容；蕴藻蘋蘩，致齐庄于宗事。笃生令器，实赞丕谟。底海宇之谧宁，承邦家之休庆。绿绨方底，鸾翔芝检之书；霞帔袭衣，雉缬茀车之采。江都锡壤，泉室增华。

校记：

[1] 具官某妻："妻"下四家集本、四库本有"某氏"二字。

太保左丞相封赠三代制

匡时靖难，资大策于元臣；崇德报功，覃湛恩于累叶。奉常议礼，息壤定封。具官某故曾祖父，服勤侍卫，秉信功臣，太傅、银青荣禄大夫、上柱国梁国公、谥敬简探马哈儿，秉质无华，诒谋有永。早备钩陈之列，式昭析木之祥。衍善庆于曾孙，笃忠贞于熙代。使宅百揆，光于前闻。於戏！开国浚郊，具仪文于钛钺；承家新郑，绍世美于衣冠。录我丝纶，告尔窀穸。可追封阳翟王。

朕论功定赏，念捍卫之多艰；推庆行封，俾覃延于三世。懿彼静女，配予先臣。具官某故曾祖母梁国夫人忽都真，早饬壶仪，克承宗事。不假诗书图史之戒，素闲织纴组紃之功。迪美萃于曾孙，发祥殷于令族。新庙奕奕，斫松柏于析津，原田每每，画封圻于梁土。龙章有赫，象服来歆。可追封阳翟王夫人。

朕奖元勋，恩推旧德。济其世美，诏厥孙谋。属大业之中兴，赖名藩之外援。追封奕业，实著彝章。具官某故祖父守忠翊正效节宣力功臣、太师、金紫光禄大夫、上柱国梁国公、谥庄顺称海，质禀淳庞，躬行恺悌。囊鞬宿卫，久服劳于王家；弓冶承传，遂开先于相阀。方乾坤之清谧，俾纶綍之涣颁。用礼劝忠，书功旌善。於戏！伊洛瀍涧，乐哉魂魄之游；山川土田，衍尔蒸尝之奉。昭兹来裔，祐我丕基。可追封河南王。

命妇朝后，彤管著于《女箴》；令妻相夫，鬐丝陈于《内则》。亶惟淑德，嫔于名门。具官某故祖母梁国夫人忽刺真，毓质柔嘉，修容婉娩。久袭祥于世业，当擢秀于孙枝。为国怀材，赞予茂烈。云翔鸾诰，俾泽漏于泉台；飙转鱼轩，想神游于梁苑。尚贻多祐，福尔后人。可追封河南王夫人。

惟王建国，必崇德以报功；自天降康，乃生贤而靖难。兹眷元臣之懿，宜推先正之褒。具官某故父怀忠济美积德崇庆功臣、太师、开府仪同三司、上柱国特进河南王、谥忠懿谨只儿，蕴善弗彰，绍谋斯永。为郎执戟，夙多宣力之勤；有子克家，益励教忠之训。定中兴之大策，立不世之殊勋。匪衍王封，曷称朕意？於戏！河山带砺，式藏盟府之书；乾坤珍符，期笃熙朝之祐。格思英爽，歆此宠光。可追封郑王。

朕惟元臣，克相中兴之业；母有令子，宜膺崇秩之封。稽诸彝章，广我孝治。具官某故母河南王夫人燕赤吉纳，夙闲姆训，绰著妇功。奉筐筥于蒸尝，节珩璜于夙夜。内政素勤于在馈，慈训尤切于断机。德启闺门，光资邦国。倬兹郑圃，乘翟茀以来游；嘉彼《召南》，赋《鹊巢》以行化。俾颁纶诰，用贲泉扃。可追封郑王夫人。

平章也速迭儿封赠三代制

夫用之纡者积必厚，行之徐者力弗殆。斯道之常，匪曰责报也。平章也速迭儿曾祖父赠定威佐运功臣、荣禄大夫、司徒、柱国，追封曹国公、谥忠定拨撒，出于华族，夙奋材武，从我太祖皇帝，亲属囊鞬，崛起戎列，威行方国，战功良多。及定陇陕，斩将搴旗，临敌致死，大节赫然。《传》不云乎："活千人者有后"，兹尔数世之远，传家孙曾，愈硕大光显，又得议封于礼官博士，非用兵有活人之德而然乎？命颁异数，开国曹南，中土奥壤，袭庆济美。可示为将者之劝，可赠定威佐运功臣、光禄大夫、司徒、上柱国，追封曹南王，谥忠定。

古外命妇朝后是则，妇官尚矣。平章也速迭儿曾祖母追封曹国夫人塔拜，劬劳慈育，生子克家，战胜攻取，丕佐兴运。议礼制度，于尔有封，从夫之爵，曹国小君。象服翟茀，歆兹追宠。可追封曹南王夫人。

朕稽古为治，立国以礼。故临御四海，永慕祖宗创业之艰难，美其兴运佐命之臣，厚厥世赏，以训臣邻。矧其胤裔，又有能全其终始者乎？平章也速迭儿祖父赠宣忠靖远功臣、光禄大夫、中书右丞相、柱国，追封曹国公、谥桓毅也柳干，早备宿卫，分从贤王，前躯先登，戡定河外。俾金为墟[1]，而宋社遂以屋者，盖尔战多之力焉。异姓封王，于尔为宠矣，英爽不亡，尚保尔世哉！可追赠宣忠靖远佐运功臣、金紫光禄大夫、中书右丞相、上柱国，追封曹南王，谥桓毅。

夫恩礼覃于百官，则先近臣；漏泽施于九原，则观来者。平章也速迭儿祖母追封曹国夫人灭列，早嫔高门，无违宫事，克相君子，为王虎臣。又有闻孙，赞予景运。俾有司议封，乃追命尔为王夫人，以曹南之田为脂泽之赋，尚歆宠渥，益衍庙食，可追赠曹南王夫人。

先王有崇德报功之制，岂曰观美？盖以旌善而劝忠也。平章也速迭儿父光禄大夫、中书左丞相，先赠协谋定远佐理功臣、太师、开府仪同三司、上柱国曹国公，谥武宣阿剌罕，生长富贵宴安，而无子弟之习，胜衣荷戈，奋身前躯。维时世庙观兵江浒，貔虎百万之众，谋臣如云，乃能立功名于其间，北征叛王，转战千里，南殄奔君，树旗海屿，勋劳显著，宠贲便蕃我国家，于君臣之道可谓至矣。朕不闻鼓鼙，犹思将帅，况尔有后，为予荩臣。中兴之初，率两河将士勠力介胄之间，大臣以闻，乃隆推恩之礼，上及于尔三世焉。曹南之郊，桑谷沃壤，开国称王，人臣极位。尔克有灵，歆我纶命。可赠推诚宣力定远佐运功臣、太师、开府仪同三司、上柱国，追封曹南王，谥忠宣。

我家经营南国之初[2]，尚赖膂力之士，材武之臣，克成大业，勋劳之迹，皆已铭于太常矣。又且尊显其身，以至于室家之有庆者，兹非典礼之懿乎？平章也速迭儿母曹国夫人脱端，淑慎端惠，凤配君子。尊《召南》之化，而象服是称；施孟母之教，而训忠有言。卓兹令器，为朕虎臣，临御之际，褒锡宜先。开国曹南，以衍脂泽之赋，炜其荣哉！贲尔窀穸。可追封曹南王夫人。

君子不昵于宴安之私，以能成其功名者，亦尝资于内助焉。平章也速迭儿母曹国夫人阔阔伦，幽闲端懿，鸡鸣而起，相其宗事，妇德有称，没从夫爵，启封曹土，鱼轩象服，裕尔后昆。可追封曹南王夫人。

校记：

[1] 俾金为墟："金"下四家集本、四库本有"国"字。

[2] 我家经营南国之初："我"下四家集本、四库本有"国"字。

太傅秃鲁封谥制

帝垣台位，象已著于上玄；太傅师臣，官尤崇于常秩。有怀旧德，追锡真王。太傅秃鲁早陟华阶，懋修素履。小心翼翼，文昭持橐之班；终日乾乾，劳著属櫜之绩。宗亲入观，傧相是资。酎金不罚于诸侯，英荡悉同于元会。枢机宥府，奠军国于乂宁；鼎鼐台司，赞阴阳于化育。践扬禁近，阅历岁年。持风纪于台端，肃官箴于朝暮。天不憗遗，朕用盍伤；思答茂勋，爰申恤典。於戏！胙尔茅土，俾开国于广阳；播予丝纶，尚流泽于幽壤。谅兹灵爽，服此宠章。可赠怀忠秉义昭宣弼亮功臣、太师、开府仪同三司、上柱国，追封广阳王，谥清献。

男位正家，恒有资于内助；女师结帨，庸作配于上公。奖我旧勋，迨于佳俪。太傅秃鲁妻畏吾氏，幽闲毓德，婉娈赋姿。象服是宜，奉蘋蘩于祭祀；彤管有炜，谨珩瑀于箴规。懋著妇功，克相宫事。痛所天之先殒，诲厥嗣以益严。石窌启封，赐广阳之大国；容台议礼，赞召南之夫人。享尔高年，钦此异数。可封广阳王太夫人。

右丞按滩封谥制

朕以崇德报功之制，圣王建国之皇图；论名立谥之称，昭代褒贤之钜典。用光绥宠，俾洽臣邻。右丞按滩，少禀晬姿，早登膴仕。周庐星列，入陈扈跸之劳；专驲飙驰，来上屯田之奏。恩威袭蛮夷于冠带，忠孝扩诗礼于箕裘。锡类著乎家邦，浚明勤乎夙夜。貂蝉七叶，饰躬不渎于华鲜；弧矢四方，迪德弥彰于懿美。笃生令器，丕佐明时。聿殚嘉猷，晋参大政。横经内殿，矢兹密勿之言；熙载外朝，体朕都俞之意。有司考礼，于汝推恩。爰颁涣号之辞，式副哀荣之志。於戏！丞相一品，英灵尚克以歆承；泰阶六符，善庆益延于似续。录诸告第，钦我赞书。可赠秉义效忠著节佐治功臣、太保、开府仪同三司、上柱国，追封特进赵国公、中书左丞相，谥贞孝。

《周南》正始，教化被于闺门；赵国疏封，宠荣光于泉壤。爰稽彝典，用奖有官。右丞按滩妻唐吾氏，毓质柔嘉，修仪婉娩。来嫔阀阅，早乘翟茀之车；克相夫君，益著《鹊巢》之德。笃生令器，褒作名臣。服慈训之不忘，迪嘉谋之入告。推恩追锡，体人子报本之心；考礼饰终，示我朝广孝之治。尚昭懿范，歆此告词。可封赵国夫人。

尚书左丞相某封谥制

朕纂承天序，入正大统，思予皇考，继志述事。眷惟至大之间，更张庶政，务适人宜。褒赠以劝百官，鼓铸以利兆姓。时弗金谐，事或中辍。兴言追悼，斯念旧臣。故尚书省丞相某，早列环卫，给事禁闼。升诸台席，浚明夙夜。佐予皇考，一德一心。顾遇宠赉，廷臣莫及。予方以孝治天下，躬祼武庙，如见羹墙。况予先臣，有子在列。兹命礼官公议于朝，谓尔宜封郓城王。位贵专楚都，旌旗斧钺，开国西南，精忠不昧，尚从先皇于遰狩哉！可赠竭忠宣力守义佐治功臣、太傅、开府仪同三司、上柱国郓城王，谥荣敏。

会试策问

圣王之设官也，俾在位之臣，咸称厥职，以亮天工者，其法不越乎选举而已。皇元稽古立制，用贤使能，叙进差等，成法具在。夫事久将弊，亦可变通者乎？入官者日滋月积，循名责实，有不胜其烦，然选举乖方，则瘝官病民，曷术得以无二者之失乎？命风纪择可为守令者善矣，然必求于资历相当，足以尽抚字之才乎？汉世公卿二千石皆得辟举，可施于令乎[1]？课绩，良法也，今以五事备责守令，往往虚文，考功可复乎？州郡牧守，限于品秩，缺员者众，唐以来权行守试，激厉奖借之道，独不宜于今乎？诸君子袖为举首，各悉其说。（本文见涵芬楼《古今文钞》卷五六、《文翰类选大全》卷一四六）

校记：

[1] 可施于令乎："令"，四家集本、四库本、涵芬楼《古今文钞》本、《文翰类选大全》本均作"今"。

拟廷试进士策问

文武之道，有国家者不可偏废也。文艺对策取学问之士，我朝已行之矣，独武举未讲，非所以备文武之道也。方今四海亿兆之众，蕴蓄才能者，岂无其人乎？夫武职子弟，袭受世赏，衣食为事，游媚富贵，使之将万人，率千夫，其于功勋之裔，则至厚矣，国家何赖焉！兹将议立武举，以求草泽弓马膂力之夫谋略拔能之士，以应武选，其策何先乎？必功勋世臣之裔，草泽有能之人，兼用并置，仍不戾于时宜，何者为便益之道乎？子大夫学通古今之制，袖然来廷，其悉以对，朕将亲览焉。

朕纂承大业，祗遹先猷，畏天爱人，罔敢不敬。故屡诏有司，各扬乃职，使恩泽下流，而吾民得以遂生而乐业，斯朕之志也。而闻有司瘝官者不一，或贪墨不法以抵冒条禁，或优游不事以苟年劳，或保禄自营，或矫情取誉，廉耻之风，几于不兴。且有官之士，在民之上，所以师表百姓，而百姓赖以安者也。而乃自治不严如是，何以居人之上哉？又古者刑不上大夫，而官序有常，庶绩咸熙。而今也，风纪之司纠劾论治，偷堕因循之俗日盛，未见其振起者，何欤？岂公家审官之术未得其要欤？抑毁誉养交不核实欤？将求激厉廉耻之道，而期官士自治，王泽下流，而百姓安，其策何自？子大夫明古今之义，其于事宜之体讲之详矣，悉心以对，毋隐。

贺元旦表

皇极建中，贲嘉生于世运；乾元资始，衍嗣岁于人时。叶气开先，纯阳肇德。钦惟道全居正，功洽体仁。坐宣室以受釐，百神奉职；御明堂而布政，万国咸宁。勾陈环列于端门，庭实骈罗于文陛。臣某等尘联乌府，迹篹鹓行。进封事于银台，惭稽衮补；纪卜年于宝历，欣对嵩呼。

正旦贺兴圣宫表

帝历开天，祥发贞元之会；母仪法地，源疏河海之涵。百物顺嘉，四时叶序。钦惟阴功庇世，懿德承乾。肇圣绪于姜嫄，弥虔祖武；形徽音于太姒，益衍孙谋。茂绥献岁之祥，膺保履端之吉。臣某等遭逢世泰，缀列朝行。官略中台[1]，王朔愿敷于锡福；庆隆长信，民功仰荷于资成[2]。

校记：

[1] 官略中台："略"，四家集本和四库本作"备"。

[2] 民功仰荷于资成："成"，底本缺，据四家集本、四库本补。

贺正旦笺

夏正授时，□民功于肇始[1]；皇储主器，履帝武于开元。庆集三朝，福罩万姓。恭惟秉文纯粹，叶德光华。青炜迎阳，爰启前星之重；黄离继照，式昭太极之尊。宅元祀以承天，布王春而献岁。臣某等叨尘官序，忝列谏垣。齿胄虞庠，茂对奎明于午御；赓歌鲁颂，仰观日丽于寅宾。

校记：

[1] □民功于肇始："□"，四家集本、四库本作"谨"。

贺建储表

伏以天潢毓德，聿开圣嗣之隆；庙柘承祧[1]，爰启储闱之庆。祥臻泰道，福集昌朝。钦惟迪德尧仁，躬亲舜孝。日丽乎天而明两，益绍重华；帝出乎震而浹雷，弥严继体。乃眷元良之懿，式膺监抚之崇。以等备位乌台，趋朝鸡曙。前星奏瑞，载瞻青辂之旗；太极含元，第衍黄图之籍。

校记：

[1] 庙柘承祧："柘"，四家集本、四库本作"祐"，当是。

贺春宫笺

甲观储祥，肇泰始含章之庆；春宫正位，受少阳体德之尊。神器有归，宗祧是赖。恭惟生知忠孝，夙禀温文。躬问侍之勤，德已昭于帝胄；膺监抚之重，道允叶于皇猷。承华克绍于丕基，建本方隆于大宝。臣某等忝居侍从，喜际文明。鹤禁景迟，愿早亲于四学；云门乐奏，期介祉于三宫。

贺建储表

圣嫡承祧，大庆方延于国祚；神孙主器，鸿休实登于天源。龟筮叶从，臣邻效顺。钦惟慈仁坤育，静德乾仪。益恢皇极之尊，绳其祖武；俾正少阳之位，贻厥孙谋。建储允属于元良，继体式昭于岐嶷。臣某等叨尘宪府，欣遇熙朝。瞻鹤驾于春宫，三灵奉贶；陪鹓行于长信，万福时臻。

监修国史贺正表

瑶图抚运，绍开致福之祥；宝历乘时，肇序体元之始。大钧播物，淑气迎和。钦惟道洽古今，性资文武。潜心帝王之学，圣敬日跻；合德天地之仁，皇猷允塞。岁事启成于农扈，治功端本于王正。臣某等辱备台司，监综史氏。觞称万岁，乐快睹于龙光；书载三坟，期永垂于狐笔。

监修国史贺正表

天明即命，绍开帝历之隆；王朔体元，序正人时之始。大钧埏扎，和气冲融。钦惟叶德重华，备道全美。御端门而肆赦，万寓熙春；坐宣室以受釐，五辰顺轨。方九宾之在列，萃诸福以来臻。臣某忝列师垣，兼尘史观。兽尊奉劝，庸申效于嵩呼；鸿笔纪谟，愿同符于洛画。

贺建储表

礼谨承祧，首正元良之位；德符主器，丕昭大统之归。宗社乂安，臣邻庆抃。（中贺）道侔乾始，祥发震亨。受命建中，邦家之基巩固；始谋思永，蓍龟之吉叶从。重晖焕于前星，镂册光于上嗣。监抚有托，似续无疆。臣等获睹青宫，幸趋绛阙。圣神永锡，颂寿考之万年，忠孝弥彰，衍本支之百世。

贺建储笺

德配前星，肇正青宫之位；礼严吉日，丕昭宝册之尊。任重承祧，职勤问寝。中贺温恭夙著，英叡日新。受震建中，式际上元之运；明离继照，永开太平之基。启鹤禁以肃清，奉龟图以祗敬。国本斯立，宗支以昌。某等职厕虞庠，班联魏阙。终始于学，愿广绩熙之功；追琢其章，庸赞泰和之治。

贺立后建储表

册建中宫，体黄裳之居正；祧承长器，仰苍震之储祥。国本以宁，壸仪攸叙。中叙圣资神武，玄德钦明。美教化，厚人伦，允叶相成之义；奉宗庙，承祭祀，丕昭继照之明。庆洽三宫，欢腾八表。臣某职尘仙馆，班簉帝廷。运值上元，盛典并行于吉日；天开泰定，显谟已著于初年。

请慎简宫寮疏

伏睹延祐三年十二月十九日，皇太子正位春宫，百司上笺称贺礼毕，钦惟列圣继统，治功大洽，文恬武熙，百年于兹矣。圣天子高览古今军国之几，早建天下之本，日月之明，无以比德。皇太子殿下温文仁孝，天赋美资，急宜招延天下硕德雅望、文采博通之士，朝夕起居，以侍左右，辅养懿美，熏陶冲和，三代绍述，厥要惟兹。《传》云：成王始为太子也，太公为师，周公为傅，召公为保，伯禽、唐叔与游。目不阅淫艳，耳不闻优笑，居不近庸邪。及为君也，血气既定，游习既成，虽有放心，不能夺已成之性。今皇太子殿下，春秋鼎盛，神明日强，道德之言，礼乐之事，当豫讲而速亲，其方不过求贤而已。伏乞今后议行建立宫寮之时，公集大臣核求名实相副，端能调护羽翼储闱之才，以系四海之望。所谓下官、臣仆，亦宜精择，而不可杂以商贾冗琐之流。天下休戚之源，实在于此。卑职草莱贱士，误被拔擢，敢不尽言，少纾重责。

建白一十五事

窃惟古者建立言事之官，非徒摘拾百官短长，照刷诸司文案，盖亦拾遗补阙，振举纲维，上有关于社稷，下有系乎民人。礼文风俗，治体所存；名爵谥赠，政理斯在。教化有方，则善恶自别；设施有法，则缓急自明。重谷则农自勤，定制则官自守，修武则先恤兵，严试则可劝吏。事欲究其本末，言似涉于繁芜。统论难悉，条析易陈。所有建白事一十五件，逐一开具如左，合行具呈宪台照详，伏请闻奏施行。

一、夫惟天子者，上承天地，下绍祖宗，社稷是寄，黎庶是戴，崇高尊大，无与比隆。奉养当极其精美，保爱当极其严密。大而一饮一食，小而一颦一笑。若调摄玉体，凝顺中和，则清明在躬，淑善咸应。钦睹皇上仁心如尧，俭德如禹，伏愿重以承天地祖宗之鸿业，于进御之间，当以玉食宜乎荣卫者为先。至于酒醴，固是谷麦所酿，然更乞于进御之际，命近侍臣邻，思一献百拜之义，则天下生灵，不胜幸甚。

一、郊祀者，国之大礼，在古所隆。钦惟圣上仁慈孝敬，度越百王。伏愿今后郊祀之日，大驾亲有事于南郊，亲祼于太室，则天地答贶，神明降禧，薄海内外，咸仰圣德太平之福，群生幸甚。

一、大内正衙，古之帝王朝百官之地，今大明殿是也。观阙盘郁，城雉缭环，祖宗之所御，黎庶之所瞻。今圣上谦德弥恭，尚居东宫之旧，窃虑民物观听，有所未喻。伏愿赐御大明正衙，镇服华夏，统体天地。何以言之，譬日月星辰，顺居次舍，则万物被光，群生仰明也。

一、百官朝见奏事，古有朝仪。今国家有天下百年，典章文物，悉宜粲然光于前代。况钦遇圣上文明之主，如科举取士、吏员降等之类，屡复古制。惟朝仪之典，不讲而行，使后世无所鉴观，则于国家太平礼乐之盛，实为阙遗。且夫群臣奏对之际，御史执简，史官执笔，缙绅佩玉，俨然左右，则虽有怀奸利、乞官赏者，亦不敢公出诸口。如蒙闻奏，命中书省会集文翰衙门官员究讲，参酌古今之宜，或三日二日一常朝，则治道昭明，生民之福也。

一、古之为治，盖有礼乐，非从事刑法之末也。夫有道之世，措置施设，悉存礼乐之义。钦惟圣上君德昭然，孝慈纯备，向居潜邸，招致天下儒学之臣，延纳海内知名之士，礼乐文物洽乎圣性。故践位以来，进儒术而抑吏道，却珍禽而绝游畋，清心寡欲，民物丰阜，其用儒之效，固已验矣。独未闻今皇储左右，天下儒学之臣有几，海内知名之士有几也。伏愿宪台闻奏，乞赐依准治古之法，命朝臣集议典制，请行皇太子视学齿胄之礼，明示天下教化之本。虽道德之躬，仁孝温文，固已笃至，然闻见习熟，又在熏陶，此实系国家万世之福。卑职先上章疏，特请选择师傅左右之人，至今未蒙施行。然区区之情，实念及此，不胜切至之甚。

一、中书省、枢密院、御史台三府掾史，虽职掌文书，亦日佐大臣决理政务。伏请闻奏，设立律学、算学博士，命随朝二品、三品正流衙门吏人，欲求转补三府掾史者，就其所业，于律学、算学博士之前应试，依科举差监察御史监试，吏、礼部官知举。每一周岁，试举一次。则三府有得人之实，下无躁进营求之私。试中之人，不必限以出身之高下，不中者发下本役，考满不得过从七品。仍预照会施行，则立贤无方，公道不偏。

一、诸道宣慰司，除吐蕃、南诏、两广、福建外，如淮东、浙东、荆南、山东四道，并为无用，徒月费俸廪，坐养官吏而已。如依准前代之制，就令一道重镇，路分总管、达鲁花赤，带受本道宣慰使等职名，钤辖数路，上不烦朝廷虚设职官人吏，下不使数路官府牵制烦复，无益于事。

一、诸翼军官，自万户下至百户，子弟承袭父兄之职者，合参酌古今之宜，设立武举，并须习学兵法武艺。如蒙古、色目人，只试以武艺，如愿试兵法，中者升阶。汉人兼试兵法、武艺，中式者方许承袭。如布衣之士，愿试及中者，于各翼或不叙、或户绝等歇空相应名阙内擢用。如此，庶使武备不弛，军政稍严，保大定功之事，为体不轻。必若今日，难于更张，则四方宣力老将，既已病死，承袭骄脆子弟，但知酒色裘马为华好，一旦真欲冒矢石、执干戈以犯勍敌，不惟本人自取肝脑涂地，从军将吏，死复何辜！卑职历观前古之迹，其祸患弊病，未有不生于太平之世。窃虑及此，伏乞施行。

一、司徒、司空，皆古三公之流，人臣名爵，无极此位。比者圣上践祚之初，沙汰冗滥，尤慎此官。近岁屡有杂人等如沈宗摄、汪元昌辈亦受司空、司徒，切虑天下后世传为口实，非便。

一、亲民之官，守令为急。然守令者，缘系朝廷迁除之人，才或不良，心亦知惧。而行省所差府、州司县提控案牍、都吏目、典史之徒，往往恃其名役之细微，纵其奸猾，舞文弄法，操制官长，倾诈庶民。盖此徒出自贴书小吏，数十年间转充是役。卑职顷居田亩，尝闻此等言曰："我等身无品级，子无荫叙。"原此初心，谓之无赖。而令窃弄府州司县之权，剥刻单弱，以肥其孥，良可悯叹。如蒙闻奏，命中书省除各路存留流官、经历、知事、照磨外，其余革去。请参酌古制，令各州判官金书州事，各县主簿勾稽本县文簿，实为官制不紊，体统稍均。人既有名，事自不苟，为系于民不细，伏乞施行。

一、命将守边，国之司命。然御将之方，当尽其道，毫铢一失，利害悬绝。要先知其艰难劳苦之情，平居使之顺其逸乐，略其深文密法，而不责其小廉曲谨，然后效死也易，是为御将之道。夫将不可不择也，择而用之勿疑，不疑则专，专则重，重则可倚，倚之而不效，则召而杀之，无轻召之理。今近岁连召北边大将，似涉轻易。古语云："临敌易将，非荣也。窃虑及此，伏乞闻奏施行。"

一、汉军征戍岭海之南，岁病而死者十率七八。其所属军官，利在危殆之际，必用资财，拟指军人北方本家所有孳畜田产，厚息借贷，准折还纳，终致破产，不敢有词。夫以世袭军官，蚕食部下行伍，深可哀痛。今后如蒙将在岭海及漳、汀等数处征戍军人，果有病患，除官为看医外，其贫苦阙用之人，比及取发封装以来，宜令本处有司约量借放，封装到日，拨除还官，并不收息。或应借贷而不借贷，不应借贷而借贷者，从本道廉访司体察究治。如此，庶不致中原军户日蹙，军官日富。

一、侍卫亲军，根本所系，宜令各卫指挥使立时教阅，练习武艺膂力，训养精锐，则万一应卒得用[1]。仍除镇卫守把外，不令与官员作工盖造，役使劳苦，幸甚。

一、太常定谥，古今美制，欲使奸人知惧于死后，善人有劝于生前。近岁谥号之称，不公殊甚。如今后太常定谥不公，宜令监察御史纠弹，庶使舆情稍伸，国典不旷。

一、农谷天下之本也，四民则以农为次，百货则以谷为首。操帛布之重轻，关生民之休戚者，谷为急焉。而近年工商淫侈，游手众多，驱垄亩之业，就市井之末，盖为政者失劝农之道焉。今后乞将各路府州县达鲁花赤，专管诸军奥鲁，总管、知府、知州、县尹专劝农事。事既归一，功仍可就。更讲究重谷劝农之方，画一开坐，行下有司遵守。如民有马牛驴畜递相食践田苗，并此彼争告田土疆界不实等罪名，及民间婚姻债负，拖欠金银资财，许得以谷赎罪，准折轻赏之类。果有力田之人，县、州劝农官等就于见在钱粮内，拨赏束帛豚酒，然后开申。不实者，许廉访司体察。如此旌异慰劳，行之数年，必有成效。（本文又见涵芬楼《古今文钞》卷三二）

校记：

[1]　则万一应卒得用："应"，四家集本、四库本作"仓"。

请量移流罪

礼乐刑政，治国之具，有一不修，则弛法度。钦惟国朝有天下以来，不嗜杀人，仁覆生齿，涵濡煦育，洽然大和，而于用刑，尤切慎重。然伏见近年颁降德音，中间屡无量移流徙之文，窃虑圣人爱物之仁，推恩未悉，有伤至化。夫大辟死罪，或被赦原，释然归保妻子，而减死流罪，竟无宽宥，不得生还里闾，此岂法之平允哉！乞今后如有例合长流罪恶，别请定拟长流条例；其不应长流者，亦请验情轻重，度地善恶，每遇恩泽，辄行量移。如蒙检举典故施行，则天下生灵幸甚。

辨王左丞等

窃闻传云：王臣蹇蹇，匪躬之故，国家实赖焉。夫便佞辨给，徒利一己，视国与民，漠然如无情者，国家何补哉！伏见中书左丞王伯弘，前中书平章政事拜住，曩在政府，常以直言正色，力持公平，与权臣帖木迭儿抗论可否。若此二人，其于国家缓急之际，刚毅不屈，信可倚仗，宜从宪台闻奏，将二人擢置机要，不令外补，实社稷之计。

弹大都路总管范完泽

伏惟京尹之职，民实具瞻，汉唐以来，尤慎兹选。至如我朝抡才审官，尝难其人，不以轻授。初如严、游、张、郭，近如姚、冀、二王等，俱负才干，悉有名称，缘饰文雅，练达事务，中外厌服，士论美之。苟非其人，曷以尸职？今某非儒非吏，素无寸长，才名不著于当时，禄位苟同于先辈。复若近日私家被盗一事，自至所属兵马司公廨，迫勒讯问贼徒，侵官失体，废法任情。即此而观，他可概见。理宜奏代，别选才能相应。

弹中书参议孛罗等官

近为太师、右丞相帖木迭儿滥用人员，窒塞常选，已尝论列。今察知中书参议孛罗、刘吉等四人，俱系帖木迭儿腹心之人，依凭请托，假借权势。孛罗乃前尚书省得罪之人，刘吉乃宣政院起身之冗吏，左司都事冯翼霄在宣政院侥幸骤进，右司都事刘允忠乃胥吏微品，朦胧奏准起复丧次，以图躁进。如此四人，列居显要，赞画政事，岂惟玷辱名爵，实废清议，宜从宪台奏罢。

论执弓矢禁例

近承奉照会，该钦奉奏准禁约：汉人百人以上执弓箭打围，处重刑；百人以下，流远方。微及一兔之获，罪各有差。窃谓作法有名，垂训无弊。且今日见行条例，已有禁汉人弓矢之科，又有禁诸人聚众之制，若复以上项打围处重刑等例错综而网罗之，诚恐愚氓举足陷罪，难避易犯，实为可怜。而朝廷受禁人捕兽兔之名，尤为非美。宜从合干部分，检举禁籥阃地旧规，遵守施行，不胜幸甚。

论秦州成纪县等处山移事

伏见议遣大臣驰驲陕西赈恤灾异，祈谢岳镇，卑职叨冒言路，敢有愚昧，谨用敷请。夫山移大变，实惟天谴。是为不动之物而动，大臣以下，各宜辞避官位，推让贤能，畏惧修省，表奏待罪。庶乎对越上帝，而为国绵延丕基。非但遣使祈谢，赈恤一方一隅而可弭灾也。窃又闻之，应天以实不以文。昔师旷对晋平公石言之语，载在方册，世世为监。今山移之谴，理无虚示，岂非在野有当用不用之贤，在官有当言不言之佞，所以感召不动之物而动，毒延庶民，甚可哀痛。且端本首善，在乎几微，万物咸遂，百职共宜，然后高下奠位，山川宅宁。伏乞宪台早为敷奏，任用贤才相应。

论百官请赏

比见随朝见任请俸官员，不思廉慎，奉扬乃职，或求妇嫁女，或市宅营私，往往交为恳奏财物，私相卖恩，实蠹公帑。夫宠赏赐赍，下及臣庶，国之所以鼓舞激励天下之具。而为人臣者蒙受恩泽之时，又当戒盈畏溢，固让力辞，必不允请，然后敢受。岂容敢渎亵天听，乞请财物者哉！况见任官员，自有俸给禄廪之厚，品职封荫之荣，至如一钱一米，拟合为官惜费。而乃上虚府库，自肥其家，其于忠孝廉耻，胥失之矣。今后如蒙宪台明白闻奏，禁约见任请俸官员，不得交相恳奏财物。仍令监察御史纠弹，庶几赏及有功，贪人知惧。卑职愚诚，不避谤怨，惟图报称，少裨治明。

论加恩典

故中大夫浙东宣慰使陈祐[1]，执德不回，夷险一致。始由才选，擢任专城，扬历清资，荣居方面。当其蹈节而遇害，岂知徇禄以偷生？况忠谠之言，素著于时，而患难之际，益明其志，可谓不辱其身者矣。稽诸恤典，爰有加封，施及旧臣，庶乎无愧。切闻礼及贤臣，国无不治之政；恩推耆旧，士有先死之心。故蔡国公张柔拔起编伍，归身我朝，擐甲荷戈，开拓土宇，卒为名将，有称于时，伟绩硕功，载在史册。如比史忠武公例，进封为王，可为无慊。前翰林学士承旨刘敏中，文采振发，学淳行美，精力未衰，敛身求退，高蹈之节，近世所无。理宜半俸，养老于家，激励廉耻，有开治化。

校记：

[1] 故中大夫浙东宣慰使陈祐："中"上四家集本、四库本有"大"。

举翰林待制袁桷等

上件官，学问究极乎群经，文章粲著乎当世。修国史则足以宣扬圣业，代王言则足以润色皇猷。久次翰林属官，诚为淹抑。翰林修撰陈观，性禀端方，操履严慎，使之居纠察之地，必能振举职业，不苟于事。前国子司业吴澄，知经博古，学术淳深，求之海内，可谓名儒。如蒙擢置两院，以备访问相应。

弹右丞相帖木迭儿

伏见中书右丞相帖木迭儿，贪纵不正，擅弄威福，国之奸邪，民之蟊蠹。已尝上章论列，今复体察到不公不法等事一十一件云云（当时不曾存稿），如蒙宪台早为闻奏追问，则天下生灵不胜幸甚。

进《千秋记略》札子二

伏以宾赞之官，专以辅导为职。辅导之方，又以毓德为急。古先圣王嘉言善行，日陈于前，所以熏陶渐染，养成至性者，实在乎此。卑职忝居是任，惟惧弗称。今纂集先代储贰故实及为臣子之道，逐一缮写成书，名曰《千秋记略》，谨用黄绫装背，随咨前去，早为择日，一同进呈，乞依准经筵例，进讲施行。

当职近纂集到《千秋记略》一书，用黄绫装背，已尝随咨发去贵院，乞择日进讲。去讫至今四月，未蒙施行。又照得詹事、宾赞等官，俱以辅导为职，理宜叶恭调护，事大体重，责望非轻，除外更乞早为择日进讲施行，须至咨呈者。

送刘文可之官汝州序

曩余在颍汝间，识泰山刘君文可。时文可尉新蔡县，尝骑骝驹，戴武冠，手大鸣镝，腰长刀，骁勇精悍，阖县狗鼠不敢窃发，余方疑文可直一武士尔[1]，于文吏事盖廓如也。又七八年，余荣试京师，每与缙绅学士论才器，人即先以泰山刘君为称首，无一人或短之。余又疑斯人者特乡里姓字之同者也，非余向之汝颍间所识者也，以是乏造请之礼焉。一日，阍门而谓余舍人曰："前新蔡尉刘君来。"余起走阶阤下，速诸宾位，拜既，历叙往时余先大夫官淮南行事，暨尊姐歌诗风流，讲射御田原，教种树农业诸论著文字数，真如诎五指而信之也。余于是犹贤之，重诿之曰："昔君尉县河外，不过如幽并豪侠等，而今也，蜚声称文儒，虽学术之力，而何功之亟也？"刘君曰："不然。丈夫子一蹴而当女子百跃，我视之尚为不力，何亟也？且我前年尉一县，今贰一郡，子知其道乎？令甲岁造楮币若干，置工官，秩视外县令丞上，凡工官岁造楮币，患不给。至大中，天官氏以我是司，我倍其岁之入而不剸民以自炫，属考官最，乃吏我为二千石亚。今将之官，子其序以表我。"遂序之曰：昔也武而今也文，昔也县而今也郡。河南成周之墟，《周南》《汝坟》之化不泯。我圣天子文教隆盛似周成王，要必刑措而后制礼作乐。君官河南，日当喋喋问文献衣冠家，掇拾周之逸书，以须上之征，则余也又将操觚牍以俟。

校记：

[1] 余方疑文可直一武士尔："武"，底本原缺，据四家集本、四库本补。

送牛国宝罢教光学北归序

余尝觌乎山之木，有所发蒙焉，隐于中曾未启也。顷之，友人国宝牛君告余曰："我将去颍川，愿子有言以赠。"余应之曰："赵夫子唱古学于君之邦，君之行殆欲大肆其所学而充其至耶[1]？敢以山木之说辱行李。"夫大山之产群木也，其当峰负麓，广坂长谷，风日所煦，清淑所会，是木也必挺耸条畅，繁蔚充盛，入云刺天，百仞千尺，本可柱宇，末可几豆。

其或穷崖绝壑，阴寒是集，楉栳杂植，丛灌互樛，是木也必盘错拥肿，离奇苻娄，不克茂达，不中规矩。宁元气滋液之不均耶，将厚地孕育之不类耶，抑亦所树立有利否也？何同是木，而材不材如是哉！今君之颍川，当汉魏时为名郡，天下高节之士率十五六出颍川，彬彬如邹鲁间，其流风余韵尚未艾也。今赵夫子岂其人耶？君所谓风日所煦，清淑所会者也，将见上征明堂之材于颍水之上矣。余方离奇苻娄，以待爨事。

校记：

[1] 君之行殆欲大肆其所学而充其至耶："至"，四家集本、四库本作"志"。

送崔少中序

谈者谓近世治赋之臣，率多弄刀笔，画筹策，日夜屑屑析毫毛利害，飞文舞书，阳与阴掇。一有豪杰魁伟之士，学古之人，以仁义为说者，则群笑且讥，指号狂惑，恐斥去后[1]。太师长史燕国崔君，以今年春提举山东铁冶，将行，天山马祖常曰："子好仁义说久矣。持仁义说往治东赋，是舞干羽而战也，是击钟磬而田也。"或曰："不然。夫操戈以入人之室，虽三尺童子，亦将召徒而拒之。使之端委执绥，揖让下车而问馆焉，则盗跖有所不敢辞。"道之于天下如是哉！道之于天下如是哉！遂系以诗曰："衣之华兮，虽绚而章。道之华兮，虽暗而光。有美一人兮佩锵锵，舍我而他，其何可忘！"

校记：

[1] 恐斥去后：四家集本、四库本作"斥去恐后"。

送人南归序

下邳翟君志道，解《易》《玄》，既成书，进之阙下，天子嘉其勤，诏丞相府特与提举儒学官。凡儒服者咸推为荣，仍悔其已由杂道进，而崇君之进以正也。率恶于君而因求君之学不已，遂讲玄义出老氏，孔子徒所不道。扬雄遭汉厄运，訑訑诸儒间，著《太玄》，深诱于《易》，其名义悉与《易》不类。宋周、邵、程、朱四家，论道理传天下后世者，往往尝以二书不并称。今翟君挈四圣一贤之要，归而比之，其有以越乎人矣。以余为识，翟君请问之，余谢不能，乃自为书遗之曰："夫士之博于文久矣，彼百氏肆曼衍雄深、荒忽鬼怪之辞，高说天人，下援俚谚，钩贯旁出，渔猎小道，蔚乎其相稽也，烨乎其相征也，骎骎乎其外襮而中窾也，訾訾乎其出哆而入嗇也，为士者靡不掇拾其菁华，而芟剔其蔓梗也。譬则津焉，民有趋父难，病川之不可徒涉也，而曰必求杠梁而不乘桴，则可乎否邪？其利害炳炳明矣！"且复谂翟君曰："君将再东南游，东南有胜国故都，去今世尚迩，其遗老犹在，中必有如箕子者，且为我讯之：《洪范》之与《易》，《易》之与扬雄《太玄》，果何如也？"遂抗手而别。

游经历字序

游氏为河南望族。河南，祖常父母邦也，宜知游氏为甚悉。始辨章公起家以清德素业，教诸子皆恭俭守家法，传数十年不弥而愈炽[1]，以及其孙僎。僎年弱冠，即筮仕为监修国史参军、宣政院经历。僎曰："子知吾家世，吾且有请。先是，翰林姚公名予曰僎矣，而字则未有也，愿有以字我。"祖常曰："惟古之道，冠而字于阼阶，礼之意以责成人也。今子官于朝有年矣，庸藉乎字为也？虽然，子有命，所不敢辞，请字曰嘉宾。夫僎，主人之贰也，古之人相见而礼饮也[2]。主有僎而宾有介焉，僎能修主人之辞以致乎宾，宾以授介，介亦有以复焉。于是乎宣礼节，合文章，观辞命，整容体，油油然大顺生、人道成矣。呜呼！其义顾不深哉？是则曰嘉宾如之何？不可尚思，有以实之。"

校记：

[1] 传数十年不弥而愈炽："弥"，四家集本、四库本作"殄"。

[2] 古之人相见而礼饮也："礼"，底本原缺，据四家集本、四库本补。

送李公敏之官序

天子有意乎礼乐之事，则人人慕义向化矣。延祐初，诏举进士三百人会试，春官百五十人。或朔方、于阗、大食、康居诸土之士，咸囊书橐笔，联裳造庭而待问于有司，于时可谓盛矣。然其进之道虽则曰应诏对策，皆不过文艺细碎，矫诬情实，求合乎有司，而觊得一官于天子也，未闻其不为利禄而不干世用，特立而独行，违今而趋古，孟轲所谓"虽无文王犹兴"者也。余在河南，即闻于阗人李君公敏能尊孔子之教而变其俗，其学日肆以衍，浸渍乎六经，汪濊乎百家，蔚然而为儒者。流离困苦，益自刻厉，教授于青齐之间，赖公卿大夫知其贤名，荐牍交上，用是乃起家而入官焉。且公敏始有志乎古道也，岂必欲公卿大夫之知哉！公卿大夫之知而不可必也，又岂为利禄世资，舍其所有而要其所无者哉！如此，则孟轲谓"虽无文王犹兴"者，吾公敏是已。余今盖知愧焉于其行，故为序以别。

送高富卿学正归滑州序

谂诿以为辞，骪骳以为学，利于时而踬于道，贱己而贵物，夫岂谓儒者之要哉！寡默以为廉，龊龊以为恭，兹又岂谓儒者之要哉！前年，魏郡高君富卿被省檄主光州学，州人之子弟从而向道者数十人。数十人方骈进不已，且将有来游来歌之士，而高君受代去学官，故服孔氏之言者，咸重不忍其舍吾党而它适也，咸重贤其操儒者之要，而无彼二者之失也。作为文章，书诸幕帟，以张于祖道之右。祖常窃闻而私慕焉，于其行，赠以言曰："君不踬于道，不贱乎己，使其在孔子之世，则有颜渊、闵子者为之依归而取正焉，斯能入善人之域矣。不寡默以为廉，不龊龊以为恭，使其在孟轲之世，则廉必不如仲子之廉，恭必不如柳下惠之不恭矣。若然，则高君可不谓之儒者乎？"

送简管勾序

中书以简君实理管勾曲阜庙学，将行，请吾为送别诗序，诺之二年，弗即与之也。及来京师，告阙里孔子庙荒圮不治，又请。吾曰："今可为之也。"始简君布衣褒然游公卿间，公卿皆礼之，虽小丈夫有所挟持不礼人者，简君亦能使之忘其挟持而礼之。其交于人，非有钩连濡沫之巧也，非有排难解纷之侠也，平易以坦夷，和乐而静专，年弥久而情益真也，时益赜而义愈笃也，如斯而已矣。汇类而观之，古之君子入道之域者，亦由于是矣。简君让曰："不敢有是，愿先生终序之。"夫阙里庙不治，公卿大夫士之事也，子无忧其不治也。彼佛老之人，室庐观阙，丹腹涂饰，图所以事其师者，坎焉若不终日。公卿大夫士咸以文名而官荣，庸有不治其师之庙，而自丰其屋者哉！子当求如偎斯者，作诗以俟之。

送吴养元管勾还家省亲序

番阳吴生养元，年弱冠，循循务进理自将，无世俗子弟华靡之习，吾尝爱之。今年中书署为曲阜先圣林庙管勾，捧檄而喜告于祖常曰："小人有亲，方寿而康宁。今兹被檄，非敢以尺寸之进为喜，喜得升斗之禄逮亲荣养也。"祖常闻之，遽然色变而叹曰："昔吾起草野，战艺于京师，得一官则皆失怙恃矣。后月给俸入，及闲拜锡赉，岁时市鲜新物品，馈食堂上，则追恨罔极。自罪不孝，以为不得奉一欢于膝下，虽叨冒光宠，适增愧报而获戾于清议。迄今睹大夫士之家，有侍其亲之在官者，憧憧于心也。向者吾年未老大时，闻生若言尚易易也，吾今老大矣，闻生若言，得重无刺于心乎？子归矣，持吾言以谂其亲，则生之亲将悦生之孝，而喜吾之言，可以为欢也。同朝君子，有能赋者请以此为序。"

国语类记序

结绳不施，书契有作，科斗鸟兽之迹，籀、篆、隶、分及今之书，杂然并传。观乎黄帝、帝喾而下，迨晋楚列国，其间货钱刀布，鼎彝敦簠，志记铭刻，文字形画之殊，极六书制作之变，曾不少相袭体[1]，而其声文音义，相生相成，百世一道。我国家造蒙古书，因天地自然之数，以成一代之书，求合乎先王之意，而不椸于人，宜乃列之学官，置博士弟子员，教授不废。是以近世之士，鼓箧而游学宫者，尝比于孔氏之徒焉。太仆经历持广平张大卿所著《国语类记》若干卷来请曰："是书实古转注之义为多，切讲此有年矣，大卿乃能缀缉本末，成一家言。凡国语之引物连类，假借旁通者，班班具焉。子盍为我序之？"祖常曩读曲台所记及汉《急就章》诸篇等，知世之古今文字，论列辨博，纤悉毕载。何则？其资寡者其中窳，其籍厚者其内充。则大卿之为是书，后世稽古者尚有考焉。

校记：

[1] 曾不少相袭体："体"，四家集本、四库本无。

送聂道元诗序

少之时，随亲提携往来，宦游江淮之交，缵古绩文，视世之进取不屑也。及官浮光，祖常年已二十矣。旦夕侍出入，吏来白事，尝从厅事后窃听，吏多以名呼，私甚薄之。独聂君道元，先子每特称其字焉，私又疑之。请曰："聂君持筐筐曹属，独字之何？"先子顾祖常而教之曰："儿来前立，吾诲汝言。聂君异他吏，当休沐下直，迹他吏皆纵酒叫号市中，道元服浣衣而讲律义于家不出也，斯可敬矣。汝无忘吾言。"后其名曰大彰炯，淮西、山南部使者并檄聘之。贡地官掾，转登台郎，奋迅腾拔，出赞淮东宪府，而祖常承大宗伯之职于朝。道元喜且命曰："先大夫知我，我之行，子岂无言乎？缙绅之士咸已赋诗为赠矣，子宜为序。"若夫壮诗人之情性，惜执手之别离，则诗序之制也。因情性之所由，以达乎人之亲，慨别离之相慕，推今日以至于当时，则兹序之所起也。敢以是为道元送别诗序。

风宪宏纲序

世祖肇建官制，兴起文物，属命御史台昭布体统，振肃纲维，正仪崇化，靡不缉绥。迨及列圣继明，屡扬宝训，亦靡不显示常宪，徼尔有官。钦惟皇上日月中天，烛见幽隐，绍述祖宗成法，申命台端，严兹纠劾，不俾瘝官贻忧惸独。于是台臣协恭奉职，上体渊衷，下宣风纪，谓古象魏有法，道路有徇。今国家肃清台纲，激引言路，其见诸训辞者，光大深厚，粲然有章，宜编缀成书，载在简册，垂告内外，俾当察视司持平者有所征焉。既奏上，制曰"可"。呜呼，盛哉！凡我耳目之官，尚知佩服之毋怠。（本文又见《元文类》）

卧雪斋文集序

夫人之有文，犹世之有乐也。乐之有高下节奏，清浊音声，及和平舒缓焦杀促短之不同，因以卜其世之休咎，象其德之小大。人之于文亦然，然不能强为也。赋天地中和之气，而又充之以圣贤之学，大顺至仁，浃洽而化，然后英华之著见于外者，无乖戾邪僻忿懥淫哇之辞，此皆理之自然者也。非惟人之于文也，虽物亦然。华之大艳者必不实，器之过实者必不良[1]。必也称乎求乎称也，则舍诗书六艺之文，吾不敢它求焉。袁君德平之文，可谓美矣，优柔而不哗，典则而不质，可以施之宗庙，告之朝廷，而今已死无及也。其子杲游于国学，以余尝从其兄伯长甫官史馆，而伯长甫又好余甚者也，请重序其父之文焉。噫！德平之文，世虽无知者，抑何伤乎？子杲兹又囊而归于越山之下，一日太史占候，言南方有光气上达于天者，其必德平之文在其下也夫！（本文又见《元文类》）

校记：

[1] 器之过实者必不良："实"，《元文类》作"饰"。

周刚善文集序

六经之文尚矣。先秦古文，虽淳驳庞杂，时戾于圣人，然亦浑噩弗雕，无后世诞诡訹骸不经之辞。司马迁耕牧河山之阳，得中州布帛菽粟之常，著而为史，其言雄深。唐韩愈絜其精微，而振发于不羁。嘻，文亦岂易言哉！柳宗元驾其说，忿懥恚怨，失于和平。《淮西》《雅歌》《晋问》诸篇，驰骋出入古今天人之间，蔚乎一代之制，而学士大夫皆宗师之。宋以文名世，欧、王、曾三氏。降而下，天下将分裂，道不得全，业文之士咸浇漓浮薄，不足以经世而载道焉。皇元隆平，宣布文化，姚燧、元明善袖然在廷，以文致位光显，而于今传之。周刚善汇其文数十篇，俾予观之，质实而不窳，藻丽而不华，殚其思以志于文而未已者也。兹将官南方，故书以为文序而略告之。

杨玄翁文稿序

读杨玄翁文稿再过，得其辞之意义，气之音节，盖隐君子之言也。延祐初，予售于有司。是时以古文名者，清河元公复初，假予以言曰："子之修辞几于古矣，然于质实则过之，于藻丽则乏矣。"予起应之曰："祖常初无志于斯世功名之业，闻古有所谓立言之士，粗愿学焉，而弗舍之也。今国家以文取四方士，其进也，不杂是以至此，幸先生教之。然称以质实，则祖常有未敢能。"兹十余年矣，蕴而未发也。力小，势在下，信者寡，而传者或疑之。间与东平曹子贞甫、王继学甫、中山王仪伯甫、蜀郡虞伯生甫、相下许可用甫、宣城贡仲章甫讲求其说，而犹以质实为难，而不得一变斯文为叹也。而今也，玄翁之文，隐君子之言也，蔚然而充，锵然而和，而怦然有激也。质实之域，几其造矣乎！乏于藻丽者，不饰之耳。君试以谂同志者，何如也？

梁氏寿庆堂诗序

监察御史梁克中请于马祖常曰："吾世家宛丘，国家平宋，吾父君用甫以应募，战有功，进领百户军。居闲，尝教克中昆季曰：'吾年幼气实，时骄于弓刃，出广海瘴地，与盗贼群结舰连展，转斗相薄，毒雾之塞也如盖帷，猿狄啼之悲如号魅。诸少年皆乐构难俘杀为快计，而吾独被甲执盾以赴敌，未尝妄戮一人，亦未尝以所欲贵富者载诸心，以残人之子女货贿。辛勤来归，吾弟又奄先人之业以自殖，而吾亦未尝芥于怀，以求己私分也。若曹生泰平盛世，慎自问学，事孝谨[1]。人人言天之报予善人恒有余庆，或者其有然乎？克中佩父训，学未成而仕，由御史大夫掾得官承务[2]，为江东廉访司经历，进南台御史，迁西台御史，入为监察御史，累阶五品。请于朝，封吾父曰奉训大夫、礼部郎中、飞骑尉、宛丘县男，母阎氏，宛丘县君，今寿皆八十，丹颐素领，虞坐堂上。不谷之子三人，孙男六人，曾孙男女又六人，日侍膝旁，怡愉甘旨，殆知喜而忘惧也。元统元年冬十一月，殿中侍御史和礼台等以闻天子，敕尚尊酒，偕所封制即贱臣之家以宠界之[3]。夫名与禄岂必贤者待之为荣哉？虽不贤者亦待以为荣也。《韩诗》曰：'曾子仕为吏，以乐其养其亲，虽禄不过钟釜，犹忻忻喜也。'可谓不贤乎？以彼其贤，犹曰喜及禄养，不贤者能勿喜乎？克中又将求荐绅先生作为文章，以谥天子之赐而助吾喜，为吾父母寿也。干一言，序吾意何如？"予曰："子孝矣夫，子孝矣夫！天之报予子固有不得而知者[4]。惟明天子所以望于子者，岂不曰孝子之于亲也，爱之以心，敬之以义，事之以道？仁人之于民也，必体父母以子之，故器子为御史，成子为孝人者，政有望于子也。子异时为名宰士，为良公卿，为民之贤父母，一是心而已。明天子之望子者如此，子姑持予言为子父母寿，其必亦喜无量。惟贤者而后知此意也，子谓何如？"克中曰："然。"即书而为之序。

校记：

[1] 事孝谨：四家集本、四库本作"事亲孝谨"。
[2] 由御史大夫掾得官承务："得"，底本原脱，据四家集本、四库本补。
[3] 贱臣之家以宠畀之："宠畀"，四家集本、四库本作"宠异"。
[4] 天之报予子固有不得而知者："得"，底本原脱，据四家集本、四库本补。

送雅琥参书之官静江诗序

奎章阁参书雅琥，字正卿，取高科登朝廷，以文学才谞遇知于天子，出贰郡治，以宣上德，而修百姓之务，亦可谓荣矣。然而有为不怿者，谓正卿宜在馆阁华要，与谋访献纳，发谋议，佐政事，而自效于静江荒远僻侧隅山浍海之地，孰失之欤？余为之言曰：中州大夫士吏南越者，往往不乐其土。其仕皆有苟且而无忧勤之心，以其故政事解弛，莫致其治教之意。而蛮民与猺合盗，广西数郡罹其暴。天子、宰相以静江重镇，守臣未易称任，又知正卿尝家衡、鄂，壁于其壤，识其山川巇坎之势，市里田土，风谣习尚话言之变，害利诡冒憸良之形，制其倾摇跳踯而导其善心，必有素计也。他日正卿以亲老乞高邮便养，而天子、宰相特有是命焉。夫以尝仕于朝，出入禁籞，为文学之臣，而治其所居，已安所有，事之宜否，皆已习熟之。士专思一虑[1]，以劳其职，以宣布上德而无苟且，以忧勤百姓之务，余知其必能成在官之政，为后来可守之法矣。此正卿所当自致其治教之意，而天子、宰相之所以命正卿者也，又孰失之欤？然余闻往时广西宪臣帅守尝并力以胜盗，胜则削骸戮孥，拚处毒民，使荆、湘、衡、鄂兵以万数卒殄焉。正卿其特将除是而已耶？抑用之为小异也？岂亦制而导之之素计犹不免为是也？天子、宰相任之之意其然耶？孔子曰：

"天下有道，盗其先变乎？"亦尝思于其言否耶。繇鄂溯湘，过衡麓抵静江，吏者多中州大夫士，正卿为余谂其贤者曰："受命为吏，大者专方镇，小者一郡一州，起居靡有所失，食饮不侈以妄，虽越南与中州不大异也。岂当以不乐两置官，以不事利进襮耶？觥曰余之言可，岂得蛮猺之为盗哉！噫！亦其民之幸也已。"于是不怿者与馆阁僚友及京师声明之士，各忻然为文章，以美其行而劝其无久于外，以致其去处之情，而请余为之序。正卿固喜任事者，故次第其言以送之。

校记：

[1] 士专思一虑："士"，底本作"土"，据四家集本、四库本改。

李氏寿桂堂诗序

燕赵古称多弹丝趾躩慷慨悲歌之士，风声气俗，表里并代，田猎骑射以为生常，报死感激以为壮伟。居秦之世，赵及韩、魏东方诸国，糜烂蹈藉，人几于无，而燕独存。其筋角枣栗之富，督亢之饶，传数十世而不衰，岂亦召公始封之之邑，人人爱之而不肯去，譬如甘棠而勿剪勿伐者也？我国家都全燕之地，以恒碣为城，以瀚海为隍，生聚教养十百于古。万方之珍怪货宝，璆琳琅玕，珊瑚珠玑，翡翠玳瑁，象犀之品，江南吴越之髹漆刻镂，荆楚之金锡，齐鲁之柔纩纤缟，昆仑波斯之童如[1]，冀之名马，皆焜煌可喜，驰人心神。则得为民而居其地者，天下几何人哉！得为民而又得居其地，且又不为彼物俱化者，盖真鲜矣。或曰：王畿之民，匪华车服美室屋，则不足以乐承平而崇理治矣。矧有悦亲心而婉顺其好者乎？讵可亟病其奢而深诟之也？析津李氏正卿，有母年八十矣，以纴绣为工不废。有弟四人，悉相孝友。正卿甫昆季葺屋都邑之中，以奉其母氏，翰林待制赵君穆为书其室之名曰"寿桂"。呜呼！若斯人者，亦庶几能悦亲者也，亦庶几不为物化者也。虽然，非得载诸太史氏文字之末，诗赋之间，则其亦孰信之哉！

校记：

[1] 昆仑波斯之童如："如"，四家集本、四库本作"奴"。

王夫人贞节序

集贤待制、兵部郎中康里巙之外祖姑王氏，故赠上护军、琅琊郡公之女，故御史中丞、蓟国文正公女弟，陕西行省郎中刘天瑞之夫人也。夫人十四岁嫁刘天瑞，又十六年而夫死，又二十六年，在所有司上其事于丞相府，旌其门焉。呜呼，甚矣礼之可以善俗也！古者妇人夫死，已称曰"未亡人"，则是欲从而死也。今王夫人始为显官女与妇也，则夙夜敬事，修饰工容，及其夫之没也，则疏布被体，号泣若将终身。呜呼！妇人之行尽如王夫人，则俗岂有不善者乎？然善俗之道，视其上之礼如何尔。上之礼既已敷锡导扬，表异褒美，书在官府，名在州里，凡所以为善俗之道者，亦云至矣。而缙绅学士读古诗，周知先王善俗之意[1]，相属而为之诗，以宣昭天子人伦之化，且使民有所歌咏而观感焉，是亦缙绅学士之懿德也，为义固不伟欤！

校记：

[1]　周知先王善俗之意："周知"，四家集本、四库本作"周礼"。

跋夫子击磬图

天地日月不容绘画，而松雪翁寓意于翰墨之中，吾固知其叹荷蒉之非，真知圣者也。

跋姚照磨考墓铭后

御史台寓姚绂，持其先世墓铭求予跋文。予读再过，乃识于后。始予考京邑乡贡第二场，课《包茅赋》一篇，绂实冠数百人。又以才谞佐予礼部。今又掾台府，祖常适官侍御史，而绂升充台掌故，则于其家世之传，文字之列，宜知也。且彭泽活人之众如此，绂之硕大显达，宁有既邪？

跋诚求堂诗

得龙之嗜，龙可以豢。知马之畏，马可以舞。彼含气之不灵，而我得其精，实用乎诚。况灵于彼者，可不以兹求邪？

书翟太素弹琴诗序后

古堂上乐皆亡，独琴在。今之琴虽尽非古意，然犹愈于亡也。省庵周先生谓余言：汴士翟太素雅善鼓琴，群髦方声，其工被歌诗间，子盍赋之？予悼道不传，缵缀事方殷，不能为韵语，俾太素弦之，省庵周先生其无庸病我。

恭题御书雪月二字

上日御奎章阁，听天下之政，盖所谓未明求衣，日旰忘食者也。恭己南面，不迩声色。清燕之顷，留神翰墨，于昭回云汉之章，尤见天纵之圣也。兹"雪月"二字，诏赐中奉大夫、侍御史臣健笃班。事天子，官侍御史，持平纲纪，宪法是赖，非有清明之德，配彼雪月者，则天子不以此官官之矣。圣神在上[1]，量包天地，幺么小臣，智识狭陋，曷足以窥之意者或万一欤？臣祖常又得陪侍御史下列，乃属臣为赞，遂告之以是，俾其子孙宝承之，以世其家焉。

校记：

[1] 圣神在上："神"，四家集本、四库本作"人"。

记御史台题名后

天历初，有制命御史台具石题名。圣言浑灏，有训有戒。天听明达，照知物情，而文字简易，盖尧舜都俞之音也。天地之大，日月之明，何德以象之！臣赵世延既承诏为文，至顺三年九月日，台臣等谨敷宣德意，列载如上，维时长贰曹属之次仍列于下，后之来者，尚征于始而继之也。且人之善恶咸在是，亦惩劝之义而不可废也。呜呼，慎之哉！

题松厅事稿略后

昔祖常承乏察院，初官未熟时事，往往笃信古道，动辄得咎。言秦州山移之变，则得奉祠太社；论铁公丞相废法擅权，则谪官开平。婴虎口之毒，摈斥五年。幸遭逢天日清明，更张化弦，凡是同恶，奸状显露，善类汇进，众贤登朝，而祖常忝备召用，待罪词垣。暇日偶翻阅书簏，见有章疏旧稿数十纸，因缮写成一编。祖常讵敢卖直要誉，庶亦存爱君忧时之万一云耳。名之曰《松厅事稿略》者，明其与同官论列者皆不记也。至治三年端阳日，浚仪马祖常识。

题简母墓铭

金石之文，铭圹尤难。宋王安石最善铭，可知其难也。此简氏铭，郭贯所撰。贯以篆名，文亦简不烦，序人子之孝，天之至情，难哉！

滋溪文稿志

右苏君伯修杂著。祖常延祐四年，以御史监试国子员，伯修试《碣石赋》，文雅驯美丽，考究详实。当时考试礼部尚书潘景良、集学直学士李仲渊置伯修为第二名，巩弘为第一名。弘文气疏宕，才俊可喜，祖常独不然此，其人后必流于不学，升伯修第一，今果然。而吾伯修方读经稽古，文皆有法度，当负斯文之任于十年后也。至顺元年九月五日，侍上幸中心阁还，休半日，书此以记予与伯修之旧也。马祖常志。（《滋溪文稿》卷首）

仁本堂解

粤古先民，孕善于中，而契乎天。倥侗不凿，质良而全。洁然以名，而不之贵；靡然以利，而弗之嗜。幢幢往来，不求不忮。圣哲弥纶，弼以仁义。鳏虞在下，嚚顽弗慈，乃以孝烝之。庳君弗弟，而友道日至，孝弟辨矣，仁义治矣。鲁东家素王，有子其徒，揭示仁本，范世立谟。彼妇姑勃磎，诤语寻箕，而独何居？煦濡以爱，饮食弗敬，是又孝耶？生先乎吾，宗法是系，敢不悌耶！儒服者云，行仁之本，孝弟实始，将由兹以达夫博施。故又曰：尧舜之道，孝悌而已矣。翕和雍熙，陶陶怡怡，比屋可封，而刑措不用者，顾不由世，咸孝悌而仁哉！我解仁本，以斯义准。吴氏之子，尚佩惟允。

小石山记

岳镇之列居四方，其间出云气神物变化灵异，以之顺成年谷，滋益品类者大矣。至于峦壑之美，岩穴之秀，木荣泉清，珍禽闲兽之所托依[1]，往来仙真高人之所栖宿，是皆有以寓游观乐放逸，在君子之所不可废者也。淮以南诸山，石矿而不莹。予得小如盎者一，凿器实水，植之其中，亦磊落峻拔，含蓄雄伟可喜也。彼虽不能如岳镇之大出云气光景，神物变化，要受封祭，然世或欲捷淇竹以塞河决，炼五色以补天漏，则予斯石也，其能无尺寸之功欤？

校记：

[1] 珍禽闲兽之所托依："闲兽"，四家集本、四库本作"奇兽"。

留侯庙记

国家著令，凡先民之有功有德于世者，在所得祀焉。彭城之留城，有庙曰留侯之庙，坏而不治，神将无依。其守赵君克明，始割月之稍入，劝民合力会财以集工徒。盖茨完好，垣墉旁周，阶庭室屋，有翼有承。丹漆黝垩，弗丽于淫，经用量制，咸称厥宜。神栖孔良，象设惟肃，吉蠲从事，牲醴硕鲜。乡之人祝祷，即孚岁疵疠[1]，佳生繁兴，民庶翕悦。遂来求文，刻石庙中，图以侈犬神惠，茂懋封邑于无极也。呜呼！古者作事有记，为教之意深矣大矣。彼务剿民以事鬼，徼福以媚神者，缙绅文儒之士，固不欲书于册而告于众矣。兹能以礼祠其乡之贤士大夫，讲俎豆之容者，则是敬君之命，而纳民于道也。则是非文法奔走之吏所能识也，又可不载诸言辞以传于世，列其懿行美迹，宣著显扬，俾人有所征而为善焉，可乎，否耶？矧若侯之功德卓伟，郡国固宜通祀之也，则今庙事于留者，可谓合乎礼之意矣。余典礼之官也，故为志以表之。

校记：

[1] 即孚岁疵疠："岁"下四家集本、四库本有"无"字。

石田山房记

桐柏之水发为淮，东行五百里，合浉、潢山谷诸流，左盘右纡，环缭陵麓。其南有州曰光，土衍而草茂，民勤而俗朴。故赠骑都尉、开封郡伯浚仪马公，实尝监焉。公之子祖常，少贱而服田于野，以给饘粥。乡之人思慕郡伯之政，念其子之劳而将去也，乃为之卜里中地，亟其葺屋而俾就家焉。屋之侧有崇丘，可六七丈，溪水旁折而出，岸碕之上，嘉树苞竹，荟蔚蔽亏。前为木梁，梁溪而行，周垣悉编菅苇，门屋覆之以茨。岁时里邻，酒食往来，牛种田器，更相贳贷。寒冬不耕，其父老各率子若孙，持书笈来问《孝经》《论语》孔子之说。其耕之土，虽硗瘠寡殖，不如江湖之沃饶，然犹愈于无业也。祖常者因乐而居焉，于是名其屋曰石田山房，且自为记与图，以属当世能言之士，请为赋诗，异日使淮南人歌之。

小圃记

余环堵中治方一畛地，横纵为小畦者二十一塍。昆仑奴颇善汲，昼日绠水十余石。井新浚，土厚泉美，灌注四通。阳春土脉亦偾起，古所谓滋液渗漉，何生不育者，信矣哉！杂芦菔、蔓菁、葱、薤诸种，布分其间，栅以秸薪，限狗马越入蹂躏。圃在前时为故主马厩，土有粪，合水之膏泽并渍之后，菜熟芼羹，以侑廪米之饙馏，吾于世资盖寡取也，如是可日计矣。学子汪瑄曰：铸铁作齿，缀于横木，使土平细，尤宜菜。余谓不然。土之力完则殖繁，若力尽，则亦不殖矣。因为小圃记。

圣清庙记

天元建国全燕，以御华夏，永平为甸服股肱之郡。至元十有八年，世祖皇帝甫平江南五岁矣，即橐干戈放马牛而不用，大召名儒，修礼乐之事，敕有司咸秩无文。于是永平郡臣以其邦为孤竹旧壤，伯夷、叔齐兄弟让国之所逃者也，列文以请，大臣以闻。上曰：其令代言为书命以褒之，谥曰"清惠""仁惠"。于今又五十年矣。郡臣前后凡不计几人，漫不兹省。某年某官等乃状上尚书曰："郡境庙象清惠、仁惠之神，岁无牲牢，祭品不备，领祠无官。尚书秩宗百礼有仪[1]，谨以告。"其日会太常议制，白丞相府，符下永平，曰："夷、齐求仁得仁，庙食固宜，岁春秋蠲吉具仪，有司行事。"符且署矣，乃重白丞相府，以孟轲称"伯夷圣之清者也"，孤竹其宗国也，今既象设而庙食之，宜以"圣清"名庙。丞相府佥曰：允哉！呜呼！大道之郁也，则民乌得而知古？岂独民乌得而知古焉，士盖有一二世不知其传者。大道之彰也，则民不识金革战斗之暴，内则有父子夫妇，相与饰于礼节；外则有官师之教，朋友之交，相与讲于古。岂独知己之所传，又知当时之名世者而传之。是则永平之人，遭逢国家之隆，而沐浴大道之彰也。吾将见行者让途，耕者让畔，学士相让于俎豆，工商相贷以器货而价不二矣。推本我世祖皇帝教化之意，顾不由此欤？邦之人尚砺其志而施于行哉，毋徒神之而已也。

校记：

[1] 尚书秩宗百礼有仪："百"，四库本《畿辅通志》作"有"，四家集本、四库本作"伯"。

愿学斋记

古之民生有世教，迨成人而四民之业定矣，于是有士者出，而上得之以备公卿大夫之目。其所施设于治政之具，则推其身之所修而已。后世庠序、俎豆、礼乐、诗书先王之道，一切不行。民之生于时者，率蔽于耳目见闻之习，骇然各骛于资之所近，情之所便而安之，家殊人异，而民志始苟矣。上之人又无以一之。嗟乎！四民之业不分，嚣杂奇邪，逾制不教之俗交拏其前，士之有特立不迁于彼者，真豪杰也哉！卢龙王君主敬从义甫士而起家，积官为礼部郎中矣，乃表其读书之室曰"愿学"，且曰：古有云，"非曰能之，愿学焉"，非敢谓乃所愿，则学孔子也。属同官马祖常记之。祖常读职方乘，按卢龙称塞下地。国家建国全燕，卢龙畿甸之服，声明文物之所被，王泽之所先，非古卢龙矣。矧舜州之壤，孤竹之墟，朝鲜之封，其民固已熙洽于圣贤之域矣。汉唐之君，其德不能远，故称之为塞，以涂堪其疆理之隘尔。三光、五岳、医无闾，北镇又东千里，天地氤氲磅礴，庞厚博大之气，钟于其间，区区以丈尺地量人物者，小夫之智也。今从义甫有士之行，而有位于朝，当世教方兴[1]，特立于圣贤之乡，贵而为天子之郎官，有名于朝矣。而朝之时曰书，夕之时曰书，犹名室曰"愿学"，乡之人日迪从义甫之诲，不迁于嚣杂奇邪、逾制不教之俗，而皆愿学焉，将不烦乎官师之政，而人悉为士矣。若然，则愿学之功，岂王氏所得私哉！

校记：

[1] 当世教方兴："教"，四家集本、四库本作"教化"。

礼部合化堂题名记

凡职事官悉有司也，惟六官隶丞相府，分领庶务，颁降文书。春官典礼，古秩宗之职，或谓之南省，或谓之仪曹，其视五官，非独有司之事焉。天子祠郊庙则赞相，中书论制度则与议，朝觐会同之班簿，声名文物之品节，咨辨位之名数，稽载籍之推本，莫不于是详定焉。褒崇旌异，劝善成俗，报德尚贤，尊右儒学之义，咸敦大而涵煦之，优柔而裕养之，生而不杀之道存焉。与夫饔膳醴齐之荐于上，饩牵牲牢之馈于下，以仁睦亲，以德体物。分吏以上四方之职贡，专官以比四方之宾兴，嘉谷灵兽，献祯奏祥，皆附以达。彬彬乎华要之地，而大夫士之高选矣。天历己巳，皇帝御极之明年，饬百官修职。礼部奉命惟谨，乃相告戒，不敢怠于事，登公堂而更相命曰：传所谓礼乐合天地之化者，岂不谓兹类耶？请用"合化"为礼部公堂之名，记堂之始，遂亦署官名之员联属之，次于左方云。令甲尚书三员，侍郎二员，员外郎二员，主事二员，令史十九人，通事一人，国字译史二人，西域译史二人，知印二人，奏差十二人。官并载其姓氏，序迁之由，令史以下，因制以具名，俾后之人有征焉。

察院题名记

审官之法既坏，仕者杂出，而天下始不治矣。或因缘时贵以取进，或多赀以交结，变易诡诈，佞媚侧辟，一朝居位而临民，民乌能偿其积贪乎！世祖皇帝至元五年立御史台，设监察御史，振肃庶官，纠劾贪邪，以绳吏牍，以除民瘼。当是时，宋尚未纳土，馈饷供给，羽书四驰，中原数十百州，日以飞挽为事。自汉唐之主观之，当以军府为急矣。而我世祖皇帝忧民方深，不俾瘝官毒我黎庶，则虽尧舜之明四目达四聪者，岂是过哉！列圣相承，成法具在。天历皇帝登极，顾御史大夫帖穆尔不华若曰："内外非台察，则官以墨败者无由而知，贪何以惧，奸何以发乎？汝可于台院、殿院、察院刻石以题名焉。"呜呼！天历皇帝丕承世祖之谟烈，诏台臣三院题名者。臣祖常才虽谫薄，不识帝王之度，要非夸以示人，必劝之以善而惩之以不善也[1]。名既刻矣，后来者有目为材御史者，有否者，则为御史者可不慎哉！臣祖常于是而知天历皇帝帝王之度也。守院御史脱脱、王德新请曰："石既具矣，请以尔言为察院题名记。"起自至元五年，至至顺三年，监察御史姓名咸列于左方云。（本文又见北京古籍出版社1983 年版《析津志辑佚》）

校记：

[1] 必劝之以善而惩之以不善也：《析津志辑佚》本"不善也"下面一段
    文字与底本相差甚大，且文意亦不类，附录于后，可参。

  附：察院题名记

  ……必劝之以善而惩之以不善也。名既刻题名记后。天历初，有制，命御史台具石题名。圣言浑灏，有训有戒。天聪民达，照物知情。而文字简易，盖尧舜都俞之音也。夫天地之大，日月之明，何德以象之。臣赵世延既承诏为文。至顺三年九月日，台臣等谨敷宣德意列载如上，维时长贰曹属之次，仍列于下。后之来者尚惩于始而继之也。且人之善恶咸在，是亦惩劝之义而不可废也。呜呼，慎哉！

殿中司题名记

国朝官制，御史台立殿中侍御史，虽三府大臣奏事，殿中先相关白。大朝会，则知百官序班于庭，在台，则百官有故，三日各令曹属报状，谓之曹状云。官独简贵，平居无文书，出则秉宪节，为使一道，故职是者必国人世臣之胄，必由监察御史以次进，它人不与也。天历皇帝在位，顾台臣若曰："殿中侍御史题名无刻，不宜尔。可令自今以上至制官之始，咸刻之于其署。"[1]殿中侍御史唆南孛罗诣侍御史马祖常言曰："尔为侍御史，时且以尔尝学古文，是记尔宜为之。"是为记。考之掌故，殿中侍御史得凡若干人，具载于后。（本文又见北京古籍出版社 1983 年版《析津志辑佚》）

校记：

[1]《析津志辑佚》所收马祖常此文，本句后尚有大段文字，附于后可供参考。

　　附：殿中司题名记

　　……殿中侍御史唆南孛罗诣侍御史马祖常言记。治书侍御史二人，殿中侍御史二人，治朝著之事。典事二人，掌幕府文书之事，后改为都事三人。后以都事之长，蒙古、色目一人，为经历。检校二人，后废。管勾三人，其一人兼架阁、照磨。监察御史十二人，后增至十六人，皆汉人。又增蒙古、色目人如汉人之数，今三十人。

　　至元十四年既取宋，置南行台。廿七年，专莅江南之地，号江南诸道行御史台，官秩如内台，而监察御史今二十四人。西行台，初由云南廉访司升行台，大德元年移治陕西，号陕西诸道行御史台，莅陕西、甘肃、四川、云南之地，延祐间暂废，复其官秩如南台，而监察御史今廿人。

　　至元六年初，置各道提刑按察司，正三品。有使、副使、佥事、察判、经历、知事。廿八年改肃政廉访使，副使、佥事各二人。大司农奏罢各道劝农事，归宪司，增佥事二人，经历、知事、照磨各一人。今天下凡廿二道，始建台时，大夫则塔察儿也。今六十年继居其官者，名氏拜罢岁月，则有掌故者在，谨记。（引自徐氏铸学斋抄本《析津志》）

州判张君去思记[1]

　　在唐，河东薛存义拜零陵令，且行，柳宗元赠以言曰："凡吏于土者，若知其职乎？民之役，非以役民而已也，民之食于土者，出其什一，佣乎吏使司平于我也。今受其直，怠其事者，天下皆然。"余每读文至斯，未尝不掩卷太息也。嗟乎！三代而上，长民者皆学士大夫，知义礼，有诚心，爱民自能先之劳之而无倦，隐然民之役也。三代而下，吏寡问学，无恻隐之实，罢软者不胜任，强干者依势作威，公然役民而已矣。惟元统、至元间，吾光州判官张将仕独不然。将仕质美性恬，勇于行善。先是，淮两畖民荐阻饥，无良者相扇就剽掠。及是岁稔，犹狃前非，所在窃发，教柅化梗，公私病之。将仕以逐捕为己任，盗不弭，为牧民者责。选良骑，挽强弓，挟劲箭，率武夫，即其巢穴逮之无遗，由是恶少屏迹，间里以宁。或讶判州不畏强御，能得盗，必超擢。将仕蹙然曰："此吾职分内事耳，何敢有功？且不能令民不为盗，致堕宪网，今得其情，徒切哀矜，何敢有功？"其不伐如此。暇日适泮宫，遍观黉宇，见庖廪无次，讲堂不治，司马丞相祠圮毁，谓士民曰："庙以祀先圣先贤，堂以厚有德，学校以育人材，昔马监州劝导州民，辟草莱，剪荆棘，经营创始三十年于兹矣，我后人乃不能继其万一，殊可愧叹！"即日命匠鸠材完缮，因司马丞相之祠，遂立三贤堂，以楚孙叔敖、齐相杨愔配食焉。三贤者，或生，或封，或隐于是，将仕又以道砺其州人也。已乃葺司夜之鼓，已乃葺逻徼之司，乃葺驿邮，盖以儒道不崇，人心不正，纵击鼓警奸，何益于治奸知警矣。然后严捕盗以警其未警者焉，修驿邮以传达文书焉。四者所施有序，以故州民德之，于其去也，思之不置，具状踉余门丐文记实于珉。余方阗门城西，取箧中败书册点校存家学，辞以未暇，至于再三，请益坚，义不可辞，乃曰："张将仕由汴省宣使判吾光，能使州民怀既去之思，是可嘉也。较诸受直怠事，役民而已者，邈乎其燕越矣。后之来者，考余文不诬，尚踵之哉！"至元三年二月吉日，资德大夫、前江南诸道行御史台御史中丞马祖常记。（清乾隆文渊阁四库全书本《石田文集》卷八）

校记：

[1] 州判张君去思记：底本原无是篇，依四家集本、四库本补。

记河外事

有计吏河外来，称河外斗菽三十千，弱民持钱告籴大家，大家亦无有。菽日益贵，民日益病，而有司赋之日益急也。余方食，投箸既其说[1]，且曰："菽之比粟也奚急？而病若是！是屡贱踊贵也。有司赋之亟，其谓何？请子悉之。"吏曰："子，儒服者，所谓治天下之事，子盖懵懵也。故事，国马食，岁征诸内地而不给，则漕河间盐错置郡邑，算民之口而廪食之，估当其直，而以稿秸入之官。又不给，则差河北郡县，凡民数几，可秣马几，俾马就食于外。今中山、河间赵地百姓，无糠粃救旦夕命，人挈男女之里中，不得易斗米，其均赋于河外，有以也。子泥于古而昧于今，而不知道方之道。子不仕则已，子而仕，将见瘝官之罚，集子之躬矣。"余曰："古尽不可信耶？"

校记：

[1] 投箸既其说："既"，四家集本、四库本作"记"。

天下通祀碑记

孔子而王之，其庙门必三然后为称顺。今京肱股之郡，已庙而无门以通神之送迎往来，以序入春秋祠官之位，无以限内外亵渎之御，其于事先圣先师之节文，视礼为爽焉。中书礼部侍郎曹伟为州著姓，独发白镪二千五百贯，率乡之父老益合钱厖徒请于州曰："愿新作孔子庙门。"州大夫逊曰："此官政也，士先有请，敢不儳焉以图成？"于是审制以攻位，树表以考室，下木上栋，材良埴密，文藻雕饰，鋈办甚宜，未逾时而工告役具焉，奂乎其不问可知为王者之居矣。凡过而趋者必仰，舆者必式，而忿戾邪僻之徒，亦必油然而革心也。此岂非有大惠于民哉！始州在辽金之世，国籍不内属，而文献礼乐之习，虽夺于兵戈，然好古卓立之士，从容揖让而为俎豆之容者屡有其人焉。我皇元立国燕土，而兹为四方首善之近地，涵濡天下仁义之泽，被服先王诗书之教，自族党闾巷之人，咸务修身以远耻，日笃以尊敬孔氏，而肄业于弦诵。衰其余财，乃相先圣先师妥灵之栖，而门屋之崇高，庙貌之庄严，而郡博士弟子得朝夕整冠抠衣游歌于其左右。彼有官者，又能因其俗美，而侈以为劝学迪德之方，意俱可为贤也已。泰定元年八月，州人蒲察晋以状来属祖常记之。按古谓作事必记，不腆之文何足以当哉！然嘉其士行之懿，可不为书之？若夫经营之岁月始末，廪给之出入多寡，斯贱事也，不书。书其大者也，以著明之为四方首善之倡，亦以示后之继者，俾有所观感，而兴起于崇儒之学也。（民国二十一年《顺义县志》卷一四）

固始县重建县治记

皇帝践祚，诏内外大小臣同毋旷厥官。县大夫稽首曰："予一二小臣，才学不力，罔有闻知，奉天子明命，辱守兹土。夙夜寅畏，如斋如疾，恐不能上宣王风，下成民功，以遗邦之羞。顾兹公署，既庳且陋，不克以居，何以馆王人？何以听臣事？予一二人，毋循故常，毋爽等杀，不刻不画，再营再构，宁不伟欤！"越明年改元，落成。凡为屋大小若干间，为工始末若干日。秋八月，县大夫走吏于光，请纪厥绩，将勒诸珉，以耀后之人。祖常曰："作器必铭，作事必记，于以考古，于以垂训，俾继我者从事稽也。今贤大夫承流宣化之余力，不谋其私，不肥其孥，辟兹新堂，照临百里，可无辞也哉！"惟固始为县，或国于周，或侯于汉，暨三国、晋、隋、唐，名制隶属，山川职贡，有图经在，皆不书，记其迩于世者。昔赵氏、完颜氏失德，江淮之交，风磷霄明，戍鬼昼悲。乃若斯邑，南穷山，北尽淮，陆可骑，水可航，田亩之畎，蹖碌者无虑十八九，虎豹之所宫，狐狸之所号，故老遗人谈之者，尚可掩袂也。迨我朝天昌景运，奄有二国，建制县邑，立官立师，抚摩疮痏，宠绥俘遗。不四十年，陈、蔡、曹、宋、吴、楚、瓯、越之民，杂耕于野，交居于郛，于今称沃壤。然其人失乡遂教习，夷獠之俗，动以利害相磨戛，以舌吻相撼摇，持短长日丛于官。重不幸饶茗、漆、竹箭、材木之利，粳秫之精凿，鸟兽之毛革，所以塞聪障明者，靡不悉焉。居官师之位者难矣哉！某年某月日，某官等偕治是邑，邑人宜之，不骇不哗，如子安父。居无何，奔走群执事，作兹役，翚翚之堂，翼翼之庑，宾客有位，庖厨有次。丰而不奢，华而不惑，譬天造地设，人未告劳，又何难之易如斯也？非大夫之贤，畴克尔哉！盖尝读《春秋》鲁庄公二十三年秋书："丹桓宫楹。"明年春书："刻桓宫桷。"《礼》曰："诸侯黝垩。"又曰："诸侯之桷，斲之砻之。"于《春秋》，于《礼》，立教者三致意焉，何则？重礼制之或爽也。今邑人宜大夫，大夫有人民，有社稷。文有吏，武有兵，谐其神人，罔有圮倾，尚何以二鲁謑诿为哉！（本文又见明成化二年《河南总志》卷一三、嘉靖二十年《固始县志》卷一〇）

上都翰林分院记

天子岁省方留都，丞相侍省中，率百官咸以事从。或分曹厘务，辨位考工；或陪扈出入起居，供张设具；或执囊鞬备宿卫；或视符玺、金帛、尚衣诸御物惟谨。其为小心寅畏，趋走奉命，罔敢少怠，而必至给沐更上之日，乃得一休也。惟词臣独无它为，从容载笔，给辂传，道路续食，持书数囊，吏空牍，旬日不一署文书，夙夜虽欲求细劳微勤以自效，而亦无有。然后知上之人不欲役其心，使之研精于思虑，而专以文字为职业，非如众有司务以集事为贤者也。至治三年，汶阳曹公子贞分直学士院，实应从行。祖常摄官待制，联属以偕上[1]，日惧谫薄，无以称其官。幸遭逢国家治康，内外清谧，臣邻廉耻，不烦训诲，蛮夷怀柔，不待约束，所以敷宣播告之辞，犹慎且简。间为民为岁而词，其词之祝，亦不诬神而夸，故其意质而文又寡，是以益积其蕴蓄而不得肆，发而为歌诗，以形容国家太平之功，乃更相与乐其秩之美，而喜其被光宠于明世也。吾徒之服是选者，良亦荣矣夫！良亦贵矣夫！可不研精于思虑以俟上之召，必蹈浑噩之实而列陈之，则庶乎不戾于躬也。不戾于躬，则于古也近矣。志诸壁，因以存故实云[2]。（本文又见清乾隆二十三年《□北三厅志》卷一三、涵芬楼《古今文钞》卷八三、《元文类》）

校记：

[1] 联属以偕上："偕"，四家集本、四库本作"阶"，《元文类》作"皆"。

[2] 因以存故实云：《元文类》、涵芬楼《古今文钞》"云"下尚有"是岁六月，翰林待制、承务郎兼国史院编修官马祖常记"二十二字。

舟箴

伐木于山，既斧既锛[1]。于缀以颖金，于屋以编菅。杵垩缕槷，斫桐之脂，涂于木间，以御外彼[2]。不舳而刳，不趾而趋。南国利之，以载以居。不车不庐，越纪弥章。矢溺淈浊，污海若之官[3]。冯夷乘颠，轩轾上下。万緪千纆，不施其功，卒不思改图。由是言之，水岂不仁哉！

校记：

[1] 既斧既锵："锵"，四家集本、四库本作"钻"。

[2] 以御外彼："彼"，四家集本、四库本作"波"。

[3] 污海若之官："官"，四家集本、四库本作"宫"。

酒箴

瓶曰：何鸥夷脂韦，敢侮予为？清冽以实我，纆微以緺我，手我肩我，燥熇须我。不我世须，世将焚如。彼殄天物，而麋民食。莫而之急，世迷厥明。不而之辟，日甘其啄[1]。而毒其肠，俾其燀疡，俾其叫狂。古宗庙之事，锡嘏受祉，以洽神人。冈淫之以讵，出入两宫。经营公家，以脂以韦。不予之涂泥，而唊其近利，而安其后讥，何鸥夷之智焉！

校记：

[1] 日甘其啄："啄"，四家集本、四库本作"喙"。

致乐堂铭

有母鞠我，聿卬而弁。于何申之？翼翼其燕。其燕其宁，笾豆载馨。于何将之？承其气声。嗟嗟妇子，亦克象肖。匪惟母宫，氾布称庙。惟夫人受祉，惟孝子锡类，惟天可忱迟，斯百厥世。

梁彦中家茔中致悫亭铭[1]

肃肃祖称，于昭厥灵。曰既降止，于墙于羹。不显孝思，鉴我蠲馐。昌尔孙子，宾兴于世。

校记：

[1] 梁彦中家茔中致悫亭铭："茔"，底本作"荣"，据四家集本、四库本改。

书椟铭

农善铫耨，匠利斧斤。其器既精，其绩惟勤。以食以居，可必于懵。士不农匠，崇文著书。济济闲燕，明世所须。秘册于椟，经史百家。内沐其泽，外芬其华。漆梓勒铭，以告弟子。我承庭训，敢不砺尔！惟天精明，不嗇于人。惟物淫昏，乃迷厥真。匪圣匪贤，曷先我觉？匪训匪辞，我孰从学？曰我祖考，奕叶显扬。革我世俗，维文是将。迨兹百年，士而不民。我辞谆谆，庶大尔身。

书几铭

木也材，漆也坚，工之良，其成器也完。吾克有之，利于燕闲之观。

居室铭

苟居室也敬，则畴之可订。苟学古也专，则畴之不传。有幽者神，有穹者天。将宠绥之，尔益勉旃。

止善堂铭

维昔邃古，厥民颛蒙。弗跂于福，弗邻于凶。鸟居兽食，其行充充。繄文字肇启，相我民止。明灵宣昭，曰人曰己，以放其昏[1]，以迪其内衷。以烛于盲，以震于聋。洽于大同，止善之功。

校记：
[1] 以放其昏："放"，四家集本、四库本作"破"。

遵诲堂铭

其诲谆谆，其遵欣欣。以绩以勤，以资其殷。

王仁甫左丞德符堂铭

耕之泽泽，获之秸秸。植之芸芸，木之蕡蕡。是谓德符，维善之趋。

有以考室，矢铭以质之。

蘩然亭铭

维兹世人，时化物迁。杂沓纷至，攻于吾前。吾乃应之，而一蘩然。其蘩者何？不吴不敖，不震不哗，顺受维嘉，岂嘻笑之怒者耶？

李氏种德堂铭

钱镈具，农服田，财贷集，商懋迁，维士进德德维贤，种之于世世有年。农商外求我乃天，皋陶之道子勉旃。

龚友辅缵古斋铭

古有道，载诸辞。我缵之，征于斯。维友辅，笃古学。予为铭，听毋藐。

允怀斋铭

畴沃沃，天是资。稼以获，力之施。道岂远？惟兹思。佩我铭，世乃师。

恭赞御书奎章阁记

至顺二年十一月七日，上遣内侍至臣祖常门，赐臣祖常御书《奎章阁记》碑本一幅者。臣祖常冗琐下品，才识浅薄，叨被光荣，待罪风纪。夙夜恐惧，无涓埃补报于聪明之方一[1]，不得斥逐则为大幸。顾乃曲加天宠，猥赐宸翰，焕乎日月之光华，郁乎云汉之昭回。羲画八卦，禹叙九畴，虽有义有文，亦不是过也。何则？羲有义而无文，禹有文而无义，必待周文、箕子者出，然后文义大备，垂之无穷。今皇帝陛下即位之明年，开奎章阁，布政四方，大臣公卿以次进对。少间，则览古文图书，综核古今，求其治乱之原，以施于天下，以戒于群臣，乃制《奎章阁记》，俾工官镵诸乐石，兹皆万世无疆之虑也。猗欤盛哉！臣祖常受赐，不胜感戴圣德，北向百拜斋沐，谨为四言诗以赞于后云：

皇帝明圣，受天之命。抚御四海，民物遂性。物性既遂，泰和雍熙。

雨旸咸宜，于于施施。清燕暇逸，不游不田。刻文垂训，万世是传。贱臣荷宠，天光临门。宝藏私家，以遗子孙。臣拜稽首，维圣作宪。羲画禹畴，法天行健。有义有文，于昭日星。岂惟修辞，大同于经。嗟臣蝼蚁，待罪风纪。瘝官逋罚，幸不诃鄙。乃重受锡，天德何报？糜躯御忠，罔极覆焘。

校记：

[1] 无涓埃补报于聪明之方一："方"，四家集本、四库本作"万"。

吴宗师画赞

有翌翌之思而弗施，有肃肃之容而自仪。冠裳孔都，登降拜趋。载以德舆，丰其道枢。俾同我尚，世之儒相，实民之望，岂囿于象者耶！

赞双兔

兔爰爰，相伏蹲。囿田涂，宅丘原。嗒彼置[1]，储颖功。寿斯文，图尔形。

校记：

[1] 嗒彼置："置"，四家集本、四库本作"置"。

赞吴牛

予观牛之颠趾饮啮，同于羔羊，其为功也，不类远矣。今目击此卷，不觉兴嗟。

息亩传

淮北墺有州曰息，先息国也，居申、蔡、沈、顿、胡、黄之间。自古国有南北，分则受剿焉，以是地大壤旷，蓬茅聿兴，天元视四海为堂陛，力田之亩多就垦焉。有亩妫姓，于凡亩中最称善播种事，致殷厥家。然大都世之靡丽奇瑰，淫冶纤绝，可酣可嗜者，一切无所好。俄为子求妇，亩翁谋于其媪曰："今兹东家女清婉静淑，姿美甚，年且盛，可当吾儿，须召媒氏通殷勤。"顷之，果召媒氏往问。媒氏乃过女父母家，匿所过事，阴觇女子病癭肿，至不辩颈颔，背如负箕，腹下垂如斛，目黑白不分，色漆墨，卒自项及踵无一善相。媒氏竟去，报聘子妇者曰："所问女不足当郎君万一。"具言状。其翁媪反訾媒氏，谓间谍两好，且称女子有柔德，能女工，不论色也。仍召他媒氏往。他媒氏性駔侩[1]，善佞，承戒过女家。既见女父母，诧陈国妫氏圣舜苗裔，今家同姓之国，淮西墺有亩粟千钟，地百顷，资巨万。其子复丰姿容，多才艺，门下女妾熟知，傥母靳赇我，俾二姓合好，则门下女专有其家。父母如所请，期受聘金日半相馈。他媒氏还报曰："女子玉色，丰颊巧笑，美目腾光，古毛嫱、西子不敢近。又刺绣剪缕，臞腾茝腊，极天下之工味，愿亟聘无怠，否则为王侯夫人。"翁媪喜不任。比聘女，先出束帛劳他媒氏，乃别奉白玉二格[2]，黄金十镒，纯绣采称是，请日纳聘。凡翁媪内外族暨里闬所善，闻之皆窃笑，相与图告翁媪云，他媒氏言貌于情[3]，先媒氏乃摘实耳。翁媪俱不听，命其子遂婚迎成礼。女子既归夫家，诿舅姑不我陋，侦夫之亲我之不灼也，仇族里之宿毁啮我也，大肆专妒，日凌其夫，凡夫党之登其门者，壶浆亦不馈焉。恶声彰著，丑状百出，虽夫之女兄弟佩履声过户外，亦恚恨不解。居半岁，舅姑怒于堂，夫恶于室，诸所与无不欲速其夫之出之也。久之，沉忧积无所寄托于天地之间，属淮滨大水，因自溺死，世之女子至今羞道焉。太史公曰：传称西子蒙不洁，则人皆掩鼻而过之。虽有恶人，斋戒沐浴则可以祀上帝。吾征诸古君子，可信。使此女幽闲贞懿，以组紃为事，不害其为贤也；庶几尚德之君子亦娶之，亦何乃用媚道赇媒进于夫。夫初不灼见厥丑，久鲜不败，彼舅姑者摈良媒不听，信聋于他媒氏，纳陋妇终致貌行不可掩，积怨交恶，稔祸室家。宜乎，世之出妇也多矣。

校记：

[1] 他媒氏性駔侩："駔侩"，底本原缺，据四库本补。

[2] 乃别奉白玉二格："格"，底本原缺，据四家集本、四库本补。

[3] 他媒氏言貌于情："貌"，底本原缺，据四家集本、四库本补。

王氏传

唐县董坚，妻王氏，同县人王瑄之女，佥江南浙西道廉访司事世安之女弟。初，王氏嫁坚，时年十五。坚父母在，王氏居于室，执妇道，非馈食堂上，履不过寝门。委委诸娣姒间，衣弊旧，不补缀，十百空不弃。或蚕得纨素，即问舅姑孰与，舅姑不与人，乃缝夫衣。久之，坚袭父职，为均州翼管军百户，戍两浙，王氏留侍舅姑所。至元丙子，坚将麾下兵从戍交趾，与黎蛮战死琼州海上。王氏年甫二十七，闻夫死丧，哭三年。坚父母不忍妇哀，甚恐且死，常慰唁之。王氏悉脱簪珥，不图泽面发修妇女容，日手缉麻枲作纑布，间剪刻采绘，象四时草木敷花，俾人持入里巷区舍，易有滋味物食，事舅姑益恭。舅姑死，王氏葬之，棺衾服布不贳贷于人。且有二子，鞠保尽慈，稍长，使从乡先生学古义。二子后果有树立，为文吏知名。今王氏年六十七矣，县令丞上其事丞相府，丞相府下郡国曰："有令旌其门，可。"延祐甲寅三月，翰林侍读学士清河元公为表曰"贞节王氏之门"。呜呼！真丈夫女也。赞曰：刘向叙《列女传》，曹大家注不失义，世传此书，又列之《汉·艺文志》。女道于君子，不翅十百倍，何文学论著不已也！今唐县王瑄女方诸古烈女，何嗛其传，信无疑。

节妇高氏传

畿内属县，永清为伙。南直村违永清之治所，积以里者若干、土衍而民朴，其男子率能力田慕义，不敢弛教而近刑，故永清一县，居畿甸五方杂俗之中，独称为乡多善士。然在男子之劝学迪德，固其所宜，而何足尚也？若夫妇人女子之行，有能卓然不为时俗之所移，巍然提身以节孝之美而无始终之异，此虽缙绅君子，犹或难之，况妇女乎哉！况妇女乎哉！高氏者，永清南乡漆里村高泽之女也。笄而嫁同县南直村里之王用，嫁九年而用死。有二婴女，哇哇以泣，两舅姑衣履日穿漏，视高氏抱持二婴，心怦怦内悲：我子已死，妇有女子，无丈夫子，妇一旦必弃王氏去。后高氏纺绩，给养两舅姑益谨。比及老，高氏事之过其夫用初死时；比其终，高氏谋棺衾葬，且一如大家。身自表率，二女习女工，

闺阁之中，出入有限。今长适某，次适某，自是阖永清之人，悉以高氏
为女师而尊敬之，如此者四十年矣。县书其状，列上于大府，请褒奖厥
德，借用为劝。府牒御史覆实，礼部考制，吏牍相征，无害于文，然后
命有司署表里门，不役以事。呜呼！俗之不善，有司之过也。兹永清之
县大夫知以善俗之意为政，得请于上，可谓有治民之术者矣，故因高氏
之行而并及其官焉。

赠亚中大夫顺德路总管董君行状

君讳元，姓董氏，赵州柏乡县进德里人也。考世增，世服农亩，喜文
字，孝事父母，乡井以善称。妣夏氏，生三子：长曰贞，次曰成，君之季
子也。君刚毅，体干魁岸。迨金室之乱，兄贞等各逃难避徙，君独留养亲
不去，虽蹂于兵戈之冲，而奉亲之衣衾酒食，必以时进。或有暴于乡者，
则率众以御之。以是寇惧不敢相犯，而乡境帖然，作业无虞。迨圣元戡定
华夏，宠绥流亡，民日渐离愁苦，思土著，而在所豪猾，乘时劫夺卑弱以
自利，君尤悯之。族党有逃亡而复归者，君即以完产而分给之，微至井臼
不湮毁也，由是人益高其义。其年调民赴云州冶银坑，有司持民急甚，君
亦在行中，又被檄督役。其年，故丞相淮安王使者入见，上固命护工[1]，
悉君执事恪谨。及报政，乃以其众别籍也可皇后位为绵户，仍署君为户
长，益优之也。居无几，弃之还里中，家居课子孙读书，为儒生，俾将有
用于世也。君平日务质朴，不事靡习，不与人角利，常以理谕人，不使之
有争斗狱讼，割财以周人之急。每语人曰："吾始以孤童遭世运屯难，出
万死之厄，而长逢天下治康，而诸稚颇慧，若将有成人之望。噫！天其所
以相我耶！"至元廿九年病卒于家，享年七十有五，葬于先茔之兆。葬之
日，执绋泣送者二千余人。后以孙讷贵，赠亚中大夫、顺德路总管、轻车
都尉、赵郡侯，夫人夏氏，追封赵郡夫人。遂考于礼之意而合葬焉。有男
子四人：长曰进，以子讷贵，赠嘉议大夫、礼部尚书，配文安赵氏，封赵
郡太夫人。次和，次福，次祐。女子六人：长适郭让，次适薛宽，次适番
禺县主簿孟瑛。礼部有子二人：长曰讷，以儒起家，辟为燕南道廉访书
吏，尝以大节自任，转拜监察御史，对击太师、右丞相铁木帖儿在廷不
敬，震动一时，由是扬历显要，政誉日隆，今官登大中大夫、吏部尚书。

次早卒。女四人：长适耿氏，次适孟氏，次适尹铎，次适赵德。和有子一人曰世杰，提领顺德等处杂户。女二人：长适杨祥道，次适霍禄。福有子一人曰谊，女三人：长适郭明，次适王隆，次适猾端。祐有子二人：曰谅，曰诚。吏部子二人：曰衍，资凤悟，绩文有绪，已而不年；曰维盘。女二人皆幼。按：董氏世出远古，而至广川汉江都仲舒名最显。广川为今河间地，于柏乡圻壤犬牙，郡侯岂其苗裔耶？不然，名德之盛，又何以异于自斩艾者哉！初，郡侯纯笃，力慕善道，殊不知责报于天，而必其子孙昌炽于后也。但德巨器大者，福禄之所归尔。予每观世之大人长者多不能伪，兹岂非人所积欤？若郡侯，可谓求福不回者也。予与吏部同官于朝，而又同志于古也，吏部属状其先世之行，予奚辞焉！愿立言之君子，重有以著于文，俾孝子慈孙之志德，昭其祖考之光美于罔极者，是亦善善之道，而《春秋》之教也。谨状。

校记：

[1] 上固命护工："固"，四家集本、四库本作"因"。

敕赐太师秦王佐命元勋之碑

元有佐命元勋之臣太师、秦王、中书右丞相伯颜，弘义帝室，有猷有烈，辅理匀宣，弼谐寅亮，小心夙夜，几三十年，人用榆诵，延兹休声，盖古所谓社稷之臣也。上即位之明年，制诏御史中丞马祖常若曰："臣伯颜有勋德于世，宜文诸石，以劝有位。尔言不诬，其令有司具其翊我文宗中兴之贤劳，及其世阀行治序次之。"臣祖常受诏百拜，退为文以进曰：初，文皇帝以武庙之子出居南服，民臣咸思依归焉。王时以平章政事、佩虎符节制江淮诸君镇汴。故太师、太平王、右丞相臣燕帖木儿建议迎文皇帝于邸，使以告王，王即檄下诸郡县，便宜发民丁，给卫士，聚刍粮金帛，驿输之用，不足则贷商人货，约偿倍息，又许民折来岁赋充上供。杀诸不用命者，夺之官。日接盥，介胄坐省中，指算厘划，节警近，广储峙，浚湟垒，堞剥缺，完治使坚。夜临按，尽五鼓下不遑寐。虽苇砾械钥之微，服膳馈享之具，必曲殚其心力。别募虓勇五十人，往扈跸于道。始赤剌里者有二于上，属乘传来京师，遣部人蒙哥不花、月鲁台、罗里遂杀之尉氏馆。平章曲列、右丞别吉帖木儿以私持时锐钝疑沮王，王手刺死之，榜于众，以举义事。戒有司奉行毋忽，民翕然引领幸上之来，朝夕急。而参政脱别台、万户明安答儿欲连兵图不利，脱别台手刃坐王下，数数睨，几刃王。王起，拔剑击之，走，追斫其右臂，杀之以徇。取所佩符节，整齐其部兵，得驿马千二百骑，下明安答儿狱。使闻，上悦甚，遣撒里不花拜王河南行省左丞相。是年秋八月廿日，大驾临御汴，王攌攌，贯也，一作挽强橐锋，率汴父老子弟导上至汴丘，操阶下，诸陪从官率卒吏，赏予各有差。百给物罔有纤巨，毕取如寄。而汴人且讴吟市不易，殆不知载体之大而劳也。明日，上解所被铠御服、宝刀及海东白鹘、文鹘为赐。王趣劝上曰："神器虚久，请亟北辕以主宗社。"乃毖车徒，严约令，麾毕罗络，亟上渡河。度道计日以息，至则顿递供张，靡一不具。士无敢哗以息，而民扶携望拜，欢呼如恐后。越七日，驾还宫以九月十三日正皇帝位，诏天下，改年天历，大业遂定。加王银青荣禄大夫、河南行省左丞相，寻拜太尉，赐黄金二百五十两，白金一千两，楮币二万五千缗，加开府仪同三司、录军国重事、御史大夫、中政使。明年正月，拜太保，加储庆使。寻又赐白鹘、文豹，降虎符，加忠翊侍卫亲军都指挥使。时上以天下让明皇帝，居东宫，拜太子詹事、太保，官阶勋职悉仍故。八月，拜中书左丞相。九月，加储政事。三年正月，拜知枢密院事。至顺元年，特命，王有大勋劳于天下，凡饮宴赐以月脱之礼，国语喝盏也。王定大难，诛戮既多，宜防不测，赐怯薛百人，灭里吉百人，阿速百人，俾朝夕宿卫王左右，以备非常。仍赐黄金两龙符，其文曰："广忠宣义正节振武佐运功臣"，系以宝带，令世为明券。又命阔阔出王之孙女。二年八月，进封浚宁王，加侍正府侍正。十月，加昭功万户都总使。十二月，加宣毅万户府万户，忠翊侍卫亲军都指挥使，佩故金符。三年十月，加徽政使。元统元年六月，今上践祚，以翼戴定策之勋，越二日，拜太师、中书右丞相、上柱国、监修国史兼奎章阁大学士，领学士院、太史院，总回纥、汉人司天监事。八月，加领经筵事。十一月，改封秦王。二年正月，加威武卫亲军都指挥使、太师，总余职，佩符领军如故。王昔十有五岁，成宣宗命侍武宗于藩，饬躬尽瘁，不自暇逸，劳任伕使，必先诸御人。仁宗王明宗于周，命王为周王常侍。四年，拜江南行台御史中丞。五年，拜御史大夫。六年，拜江浙行省平章政事。三年，拜河南行省平章政事。在汴，所至索政所宜施利害，与民举除之，而宿奸硕豪，异时常矫虔以毒民者，往往褫魄去，惧罪之将及己。故四海之人，靡不相为鼓颂，而被惠之邦，尤嗟其来之暮，而以不久留为叹且望也。父曰（原缺二十三字）武宗嘉爱焉。大德五年，从武宗北征，与海都军战铁坚固地，战哈剌塔花塔地，斩虏最诸将。十年，部将斡罗思、失班等遁，王追击之，失班格斗不下，王数战，力至失剌不剌地，失班降，即不杀。十一年，武宗自和林入缵大统，锡名曰把都儿，拜吏部尚书。把都儿，国语雄武也。至大元年，改尚服使。其年十一月，拜御史中丞。二年十一月，拜尚书平章政事，特赐龙虎符，领右卫亲军都指挥使。三年正月，加官特进。延祐三年，谨只儿总宿卫兴圣太后宫，皇赠怀忠秉义毓德衍庆惠迪功臣、太师、开府仪同三司、上柱国，追封郑王，谥忠懿。妣燕赤吉纳，郑王夫人。大父曰称海，故领军百户，从宪宗平宋，攻合州钓鱼山，勠力王事以殁。皇赠守忠翊正效节宣力功臣、太师、开府仪同三司、上柱国，追封河南王，谥庄顺。妣忽剌真，河南王夫人。曾大父曰探马哈儿，给事宿卫，皇赠服勤翊卫秉信基德功臣、太傅、银青荣禄大夫、上柱国，追封阳翟王，谥敬简。妣忽都真，阳翟王夫人。元统元年，上犹以恩礼为未称也，令有司更护[1]，进封曾大父曰服勤翊卫履信基德功臣、太师、开府仪同三司、上柱国，追封淮阳王，谥忠靖。妣淮阳王夫人。大父曰推忠宣力同仁效节勤远功臣，追封淮王，谥忠襄，职、阶、勋如故。妣淮王夫人。父曰推诚秉义协恭保德翊运功臣，阶、勋、爵、谥悉如故，咸有褒辞以示殊礼。正室夫人怯烈真氏，加封秦王夫人，故丞相野仙普化女，故太傅、右丞相秃忽鲁之女。弟兄四人：长也速迭儿，平章政事留守；次雪你台；次燕帖木儿，中政使。次教化的，尚服使。皆世。弟二人：伯要台，早卒；次马札儿台，今御史大夫。子男二人：长把剌释理，次沙加释理，咸备宿卫，世灭儿吉觷氏。夫以王之忠清粹德，辅翊累朝，孝友于家，嘉靖于国，礼以自持，义以立功。董万事之纪，成熙洽之治，为一代之臣宗，而又有捍王定策之大勋著在我国家，信史有载，鼎铭是刊宜也。矧又秉国钧，撑化泽，佐我天子于未艾，则夫爵有王土，极此光耀宠荣，以烁休美于后世，不其尤宜哉！古称有社稷臣者，王之谓矣。国家平康，百有余年，君臣之际，于斯为盛。天子名碑首曰"佐命元勋"，臣祖常文其敢辞！谨斋沐而献铭曰：

赫矣文帝，龙奋于南。云雷经纶，家难用戡。梁奠中夏，八方之枢。一有枭獍，则柅我徒。岂柅我徒，民胥于痛。匪直民痛，将斁我大谟。有嶷秦王，殿师于梁。袭甲于裳，斩其无良。合兵在郇，秣马在厩。以迓我元后，则罔不奔走。元后戾止，耄倪郊迎。弓矢铁钺，象籞鸾弸。大劳兵士，牛酒金帛。贾歌于区，农嬉于陌。舣舟河浒，谨帝之来。神工授能，瞬兹济而。帝曰王贤，汝久服事。相与有家，式殚勤瘁。予圣考武皇，惟王之嘉。大毒收指，气无留遮。外官蕃垣，焱其鹰扬。奉予一人，征徒皇皇。虎旗龙章，日月之光。帝车载安，言留上国。庙见告主，配天远极。乃肆大眚，乃旌有德。王实左右，以毗以翼。皇帝曰嘻，昼日三接。铠服宝刀，金篆符节。往总予揆，施我民褆。狞者以恬，呻者以愧。孰降割于下，鼎湖攀号。时定大策，王实焦劳。肆圣天子，文皇帝是以。乃图王封，绎彼世礿。山川土田，南国之埃。曰"佐命元勋"，惟王实有。天子诏臣，臣揭碑首。臣辞不诬，庶以永后。作秦王考，以续周卣。

校记：

[1] 令有司更护："护"，四家集本、四库本作"议"。

太师太平王定策元勋之碑

皇帝御兴圣殿，制诏中书省臣曰："惟太师、太平王、中书右丞相臣燕帖木儿，以忠孝世臣，戴于中兴，功在社稷，其令臣祖常文于碑，以昭于无极焉。"臣闻帝王受命，天必储瑰伟绝世之资，将相之才，与之会遇，以成大业。如我太祖、世祖，英杰智谋之士联裳充庭，以为一世之用者，岂非天哉！天历九年戊辰，皇帝将正大位，天人合应，丞相臣燕帖木儿以八月四日甲午，率勇士十七人，兵皆露刃，建大义于禁中，乃誓于众曰："武宗皇帝有圣子二人，孝恭仁文，天下大统当归之。今尔一二臣，敢紊邦纪，有不顺者斩！"手搤平章乌伯都剌、伯颜察儿缚之，分命勇士执诸疑贰者，咸下狱待罪。籍府库，录印符，空百司，皆入内以听命。其日，属学士臣明理、董瓦等，乘遽迎皇帝于中兴路，密以意谕河南省臣，而称臣劝进者接踵于道左矣。癸卯，弟撒敦，子唐其世皆弃其妻子孥来。皇帝以是月之甲辰发中兴，以丁巳至京师。比至浃旬之间，两以左右矫称使者。南来者云，驾已次近郊，诸王及河南省臣、万户各以兵从，民勿哗惊。北来者云，皇帝大兄且至。于是中外翕悦，而众志定矣。九月庚申，诸侯王王禅将北军军榆林西，丞相出师，彼未及阵，趣撒敦驰入营壁，众溃，追之怀来。戊辰，敌入千门镇关，撒敦赴之，战东蓟，败之。十有三日壬申，上即皇帝位于大明殿，受百官朝。甲戌，进开府仪同三司、上柱国、录军国重事、中书右丞相，监修国史、知枢密院事，赐黄金五百两[1]、白金二千五百两、中统楮币一万锭，金织杂采二千匹，白鹘一，青鹘一，文豹二。承诏将大军东出蓟，讨秃满帖木儿平章，即日就道。乙亥，宿三河，夜二鼓，侦者报王禅兵夺居庸关路六口[2]。丙子，裹粮趋榆河，未战，闻大驾出宫亲督将士，亟请见上奏事，曰："凡军事一以付臣，愿陛下班师，抚安黎庶。"上旋宫。明日丁丑，指挥使忽都不花、塔海帖木儿、同知太不花阴构变，未发事觉，械三人送关下斩之。己卯，与王禅前军战榆河，剿之，追残兵于红桥北。阿剌帖木儿枪刺马前，盘马斫之，刀中左臂。部曲和尚斫忽都帖木儿亦中臂，二人皆骁捷将也。会日晡，就宿战所。庚辰，上闻之，遣使赐御衣一袭，慰劳甚渥。两军隔红桥水为营。辛巳，合兵鏖战白浮之野，大败之，手刃七人。夜二鼓，尽呼裨将阿剌帖木儿、李伦、赤岳来吉，使将百骑，风上文噪[3]，乱以钲鼓，箭射营中，敌自蹂躏，至旦始悟。壬午，天雾，王禅等得弃甲北走。癸未，兵复集，我军列白浮，行伍立如植木，敌不敢犯。至夜，又命撒敦出其后南向，八都儿脱脱木儿出其前北向，鼓噪大呼，吹铜角，杂人马声，彼营军不知计，又皆夜相射，旦乃西走。八都儿者，华言猛士也。甲申，袭王禅兵于昌平北。上遣赐上尊酒，谕旨曰："丞相每与敌战，亲冒矢石，脱不虞，奈宗社何！以大将旗鼓督战可也。"丞相曰："凡战，臣先之，敢后者，臣论以军法。"是日，斩首数千级，降者万余人。乙酉，去衣履徒跣求生者又万余人，王禅遂单骑亡入北山，发也速歹儿、也不伦、撒敦追之。是日，还至昌平南，敌将竹温台阔阔攻破虎北口，掠石槽民。丙戌，先令撒敦进以大兵会诸侯王兵，转战四十里至牛头山，获孛罗帖木儿、蒙古答失牙失帖木儿、撒儿、讨温四大将，缚两手，载于马鞍，献上，天子斩之，降者万人，余兵四散。夜遣撒敦、脱脱木儿遮虎北口，要其归途。丁亥，诸侯王也先帖木儿及秃满迭儿驱万人薄我畿甸，跳梁通州城下。十月己丑，朔日，晡，彼方憩马，我军直捣之，不及抽一矢，东渡潞水而逃。庚寅，各面水阵兵不战。辛卯，宵遁，我军渡潞水袭之。癸巳，再与诸侯王太平也先帖木儿、朵罗歹及秃满迭儿、答海血战檀子山枣林，唐其世从，杀太平于阵中，余夜遁。甲午，撒敦、脱脱木儿将兵追捕。乙未，诸侯王忽剌斛、指挥使阿剌帖木儿、安童自紫荆关口犯良乡。丙申，我军循北山而西，士皆马上食，马以囊盛草粟系马口，且行且食。至卢沟，忽剌斛兵溃，凯还，都人观者拜者填道，入见天子，无矜容焉。上大悦，己亥，进封答剌罕太平王，以其地为食邑，降制褒美，功名烜耀，刻黄金为印章以宠赉之，珠对衣宝带一具。答剌罕，华言世代之也。秃满迭儿复入虎北口，战檀州南，歼之。万户路剌那海以戏下兵降[4]，杀秃满迭儿，函首京师。诛忽剌斛、阿剌帖木儿、安童、朵罗歹、塔海于国门之外。齐王月鲁帖木儿、元帅不花帖木儿乃起兵向开平，曰："皇帝正大统于大都矣，汝等知乎？"奸臣倒剌沙囚首请死。十月廿有二日庚戌，奉皇帝玺来上，大业遂定。明年己巳，上固让位于大兄明宗皇帝，命侍御史臣撒迪致让奉迎。三月戊辰[5]，丞相护皇帝玺于北土，明宗皇帝嘉之，拜太师，官阶如前。迨明庙上宾，皇帝洊升大位。一岁之间，为天子佐命，兼摄让征伐之事，而使中外清谧，华夏乂宁者，兹非天储其才，使与授命之君会遇以成大业者欤！文来奏上[6]，诏赠定策元勋名碑。呜呼，盛哉！臣祖常拜手稽首而献铭曰：

　　皇帝应天，赫矣龙奋。风霆不惊，受命启运。曰皇帝武皇[7]，御极惟昌。灵在天惟祥，神在庙惟享。祐厥圣子，弗畋以克克，一作荒。弗燕于室，海上浴日。车还周遶，阴骘我民。上帝监观，储兹师臣。维兹师臣，出将入相。戴我天子，征伐摄让。桓桓于于，有哑有徐。露刃祖呼，虎旅疾趋。建义禁中，群疑未同。缚二三臣，誓言于公。君君，一作曰大统之传，武皇帝有子。天序秩秩，孰敢干纪？圣祖明训，封建伯叔。分地车旗，屏翰林服。孳臣萌芽，交构我家。神怒而愤，民恫而嗟。于徒于旅，阚其如虎。伏忠履顺，有弗义者斧。地官金帛，司马介胄。于时廷臣，先事恐后。大车出之，军容大施。扼其重关，使不得突驰。罗络森峙，战守攻具。潢池弄兵，悉众来赴。载同我马，东北之野。斩鲵戮鲸，血蔎地赭。褫衣跣徒，日降万夫。号泣草间，丐其完肤。皇帝曰嘻，丞相汝劳。昼日三锡，宝带珠袍。丞相稽首，是皆帝祉。骁将贾勇，及我弟与子。十月日吉，泉上玉玺。奸臣蹙颠，泥首就死。奠兹海寓，登世万千。矢辞贞石，元勋之宣。元勋之宣，开国江堮。子孙保之，维善庆弗愆。（本文又见《元文类》、涵芬楼《古今文钞》卷六六）

校记：

[1] 赐黄金五百两："黄"，底本作"五"，据四家集本、四库本、涵芬楼《古今文钞》卷六六改。

[2] 兵夺居庸关路六口："六"，涵芬楼《古今文钞》作"大"。

[3] 风上文噪：《元文类》作"上风大噪"。"文"，四库本作"大"。

[4] 万户路剌那海以戏下兵降："路"，涵芬楼《古今文钞》作"哈"。

[5] 三月戊辰："戊"，底本作"戌"，据四库本改。

[6] 文来奏上："来"，涵芬楼《古今文钞》作"末"。

[7] 曰皇帝武皇："帝"，《元文类》、涵芬楼《古今文钞》作"考"。

张公先德碑

皇太后既全付有家于明宗皇帝之子，师保大臣协恭寅亮，□□有日，内外臣庶，翕和胥悦，讴歌道途，乃□徽政院事臣住童而言曰："宗庙社稷之事则大正矣，予何忧焉？若昔先姚皇姑徽文懿福贞寿大长公主□□□□来嫔帝室，克享终始，母仪天下。兹皆公主之教而何敢忘焉？□于引者思服事恭闳愿谨小心。予追□□极之报。先皇帝假汝官中政使，覃恩祖考，光施□□，汝宜慎之，引者思犹言胜者也。"臣□拜而对曰："臣今又叨贰徽政，置过待罪，世出太后陛下父母家，太后孝思父母，推及臣先。臣□□□家之□□请刻之于碑，以示臣子□观而勉焉。"论臣祖常制文。谨按：臣住童系本张氏，家牒亡所，自三世而下，籍雍吉刺部。雍吉刺之□□□王启封于鲁，与国家为世姻，贵亚于国姓，赏食□地曰全宁、曰应昌。张氏居全宁者四世矣。祖讳伯祥，赠嘉议大夫、同知太常礼仪院事、上轻车都尉，追封清河郡侯，祖妣王氏，追封清河郡夫人。考讳应瑞，摄鲁王傅，赠中□河南江北等处行中书省参知政事、护军，追封清河郡公，妣刚氏，追封清河郡夫人。臣稽于载籍，富贵利达，虽间有幸致，然□有世德启迪之功，则善庆之道不□也。臣住□名位不大显于时，备陪臣于异姓，一旦由陪臣而列官天子之朝，侍讲□□学士、中奉大夫、进资善大夫、中政使，存者享爵禄之崇，殁者□□□之美，而又有劳有勤，暴著中外，岂非有世德启迪之功者欤！不宁惟是，天历之初，大臣建议迎先皇帝于今中兴，脱使者于厄以济大事，先皇帝尝嘉赏之。夫人忽都替□氏封清河郡夫人。子三人：长郯间，金□政院事，□□备宿卫。次卜兰奚。是于法皆应铭，矧敬承太后之旨乎，臣祖常百拜而献铭曰：

维张受氏，始出清河。载合载□，其支则多。全宁□□，□□□□。爰有张世，谱亡厥系。虽则谱亡，卓矣弥昌。姓自我著，全宁之张。光奕宠荣，闳其门闾。□□则遇，□多休声。始也公主，百两□□。□帝媵臣，从官帝所。曰匪私□，是□□事。抠衣禁闱，履践不□。□□□□，孰□□□？□□□□，而得饼缯。张氏先德，潜而弗耀。孙曾发之，以其象肖。穿龟负碑，坐蟠蛟螭。□有行者，□我铭诗。

时至顺四年岁次□□□□□□□日建。（民国刊本《满洲金石志》志四）

敕赐御史中丞赵公先德碑铭

皇帝御奎章阁，诏大学士臣阿荣若曰："御史中丞臣世安事朕日久，克庸祇畏，相彼世传，谅有启迪之者，其令臣祖常为文以刻于碑。"臣祖常北向受诏，乃属辞为碑之文以应诏曰：皇帝将劝忠于天下，俾人臣知善后之道，兹千万世虑，匪私于臣世安也。谨按：中丞臣世安姓赵氏，始居奉圣州之矾山。四世祖柔当金季，朔南沦胥为丘墟矣，柔团结义民，栅险以厄其兵冲，使不得犯，为便道以给薪水如平时，乡之人赖以全活者亿万计。会天兵下紫荆口，柔率义民归行省八扎，且以单骑入各堡砦谕逆顺，各堡砦豪长皆弛兵来归我行省。行省以闻，制授龙虎卫上将军，真定、涿、易等路兵马都元帅，佩金虎符，兼总管银冶，再进总管诸处打捕鹰坊，加金紫光禄大夫。有子六人：长守赟，佩金符，金山北辽东道提刑按察司事，仍总管大都、保定打捕鹰坊；次守信，忠翊校尉、广宗县尹，人戴之如父母焉；次守仁，早卒不仕；次守纯，官百夫长；次守政，权打捕鹰坊府职。一学老子法，有道，提点汴之朝元宫，以方外，故不名。守赟二子：长谦，袭总管打捕鹰房；次晟，善治民，作县安喜，锄其武断乡曲者，县在畿甸，上下称之，选为行监察御史，再迁监察御史，山东道廉访副使，燕南道廉访使，以年改翰林直学士[1]，遇公卿，辄指言时事利病不休也。守信二子：长贯，早卒；次简，今洺水县尹。贯子世安，乃今中丞[2]。守纯三子：长还闾，官百夫长；次迁闾，提领打捕鹰坊；次山而早卒。守政二子：长允，昭信校尉、保定路总管府判官；次密，总管大都等处打捕鹰坊。维赵氏以国姓，世系绵远，谱牒无考。北土尚质，复不肯以姓之显者为所出，故奉圣赵氏自元帅以下迁卜珠颗山之阳，已而又卜宅于龙安，今遂为易州涞水人。涞水赵氏虽四世为郎官大夫，然自中丞起家给事禁闼，侍武宗皇帝冕服，即蹈规矩，言行有常；事今上皇帝于潜邸，勤劳夙夜，夷险一心。天历之元，皇帝入正大位，征拜参议中书省事，旋入中书参知政事。上让位居东宫，改詹事丞，领典用监卿，复入中书参知政事领经筵事，升拜中书左丞，入台为御史中丞，官资德大夫。立侍正府，以中丞兼侍正，光显荣遇，在廷鲜伦。而其折节下士，盖有人所不能跂及者。令典官第二品，得封二代，异恩特封三代焉。曾祖柔，追封天水郡公，谥庄靖。曾祖妣南氏，追封天水郡夫人。祖守信，赠资德大夫、中书右丞、上护军，追封天水郡公，谥康惠。祖妣李氏，追封天水郡夫人。父贯，赠荣禄大夫、大司徒、柱国，追封魏国公，谥贞宪。母刘氏，追封魏国夫人。臣尝读古书，历征纪载、年表、列传臣事多矣，其际会者不一。或以战多，或以民庸，或以文章，或以勤劳，或奋于功名以垂于简牍，夸者谓各以身致，亦无有不奕世载德，爵位不大，以蕴蓄庇荫于后昆者也。古则远矣，臣又幸得备从宫，闻世祖养德王藩时，则有若姚枢、赵璧，仁庙则有若季孟，斯亦"云从龙而风从虎"矣，其浚源岂无自哉！要之必本于仁，而其传自远也。传曰："活千人者有后。"元帅生逢末世，手搏斗诸盗，以完黔首者众矣，奚啻千人哉！则其后硕大昌炽，遭遇圣明以成其名，以显其亲者，揆之于天道何疑焉！中丞今一子曰亨，提点太府监内藏库。臣祖常辱列侍御史，每从中丞在官，日承论议，持平臧否，于疾言遽色弗之有也。诏既命臣为文，臣敢舞蹈百拜而献铭曰：

有赵之裔，北迁于南。涞水亢宗，元帅多男。赫赫元帅，叱咤风霆。栅木垒石，保有万丁。斗贼于原，完我髦倪。自顶及踵，肤无一疵。岂有肤疵？又无冻饥。便其薪蒸，食饮以时。活人万亿，归我行省。天子曰："嘻，予大肆眚。凡厥逋逃，悉来奠居。"申命元帅，金紫悬鱼。有善有庆，具美于胤。分宪尹民，咸树官政。广东之郊，土瘠而硗。膏以粪壤，众桑咸苞。民乐趋事，戴以父母。迄今有歌，兴于田亩。安喜继武，实为弟昆。铄其顽矿，使民不冤。司徒魏公，隐德于躬。钟美集厚，全天而终。发祥中丞，事我皇帝。兢兢翼翼，夷险不二。皇帝曰咨，咨尔臣同。我笃尔先，维以劝忠。维以劝容，培植基本。尔臣铭之，告于公衮。

校记：

[1] 以年改翰林直学士："以"，四家集本、四库本作"次"。

[2] 乃今中丞："中丞"，四家集本、四库本作"中丞君"。

大兴府学孔子庙碑

昔我太祖皇帝，受命造邦，金人孙于汴[1]，太祖即以全燕开大藩府，制临中夏，维时已有定都之志矣。故太宗皇帝首诏国子通华言，乃俾贵臣子弟十八人先入就学。城新刬于兵，学官摄于老氏之徒。迨世祖皇帝教命下，始正儒师，复学官，庙事孔子，归墙垣四侵地，勒石具文，作新士子。至元二十四年，既城今都，立国子学位于国左，又因故庙为京学。京师杂五方俗，尹治日不给，庙之墙屋弊坏，将压以毁，讲席之堂粗完。泰定三年，今大尹曹侯，上视庙貌祠位，皆不如制，割稍入为僚审倡，然后大家富人合赀以聚财者有焉，释子方士分食以庇徒者有焉，施施于于，咸乐相成。延两庑五十有二楹，缔构涂饰，工良物办，象从祀诸贤百有五人，妥灵惟肖，威仪有容，又恳请于朝，得廪饩弟子员百人，受学于师，复其身，不劳以事，于是天下首善之教兴焉。庙肇自唐咸通中，至辽、金、燕为都邑，故尝用天子学制，选举升造，与南国角立，亦一时之盛也。而太宗皇帝，当云雷经纶之世，圣训谆功，以德赏喻父师，以榎楚惩子弟。饥焉粟肉，渴焉酒醴，力焉仆使，恩义甚备，其养贤劝善之诚，固已高出百王之上矣。世祖皇帝立极作则，人文昭明，登用儒臣，躬亲讲学，故当时勋贤之裔，以及宿卫之臣，罔不以揖让俎豆之为懿，颛蒙昏庸之为耻也。而三代国学、党序、遂庠、家塾之等，秩然罗列于上下，才学经术用世之士，踵武而出。暨仁宗皇帝宾兴，大比四方，举进士[2]，凡登贤书策名礼部者，京师屡倍于外郡，非列圣仁涵义，揉百年之礼乐文物，推而致之欤？燕自虞夏为武卫之服，邵公之化尚矣。昭王筑台以徕贤士，邹衍、乐毅、剧辛至，有称于世，韩婴以《诗》、《易》为一家师，孔颖达博综五经，卓然庶几醇儒。今多士游歌在庭，抠衣在庙，将见鲁、邹之美矣，若婴、颖达宜所不道，矧衍、毅、辛之徒哉！夫儒者之学，《诗》《书》六艺之文，以至施之天下之道，无有二也。后世教不明，家异人殊，各溺于所习，以相诋訾，由上之教，无以一之也。嗟夫！古者小学、大学之师，弟子之传，皆本于道德仁义之实，著于《诗》《书》六艺之文，非有教有授，则不敢以传也。传焉而庞杂不经，则上有刑也。是故风淳而气同，由上之教，有以一之也。而王国多士，逢文明之会，肄业有学，学有师，春秋祀其先圣先师者，又有庙有位，入有食以处，出有贵于众，所以报称列圣教化之德，而应贤侯承宣之志者，必冠而起矣。提举学事崔居中、教授贾良、弼正张祯录司视以状请曰："庙之成，前尹焉思忽实能始之[3]，今尹曹伟实能终之，经历王孝祖、薛让，警巡监院兀都瞒使李权，且能考工于下也。"余既为言正尧、郕、沂、邹四公配食东乡位，其来请，遂为铭诗不辞。诗曰：

皇元有赫，奄受大国。于月之窟，于日之域。京邑翼翼，莫不来极予。诞敷文德，新都有嵯。辟雍峨峨，璬弁之瑳。济尔象牺，镐尔弦歌。新宫则那，旧庙如之何？皇帝在御，百度咸若。海输维楠，河浮厥柏。是寻是斫，虞庠岳岳，式光我上国。玄圣仪仪，玄紞龙衣，衍我先师，既右享之。采茅于池，荐此明牺，用介我蕃釐。蕃釐伊何？彼美多士，克明克类，克谅厥事。以登膴仕，以媚于天子。有铿华钟，路鼓逢逢，言燕于公，有翼有颙。多士既同，天府是庸，维曹侯之功。曹侯阃阃，乃承乃宣，御剧乃专。虞庠连连，王士安安。祇国维贤，天子万年。（又见涵芬楼《古今文钞》卷六六、四库本《畿辅通志》卷一〇七）

校记：

[1] 金人孙于汴："孙"，涵芬楼《古今文钞》、四库本《畿辅通志》作"逊"。

[2] 举进士："士"，底本作"世"，据四家集本、涵芬楼《古今文钞》、四库本《畿辅通志》本改。

[3] 前尹焉思忽实能始之："焉"，四家集本、四库本、涵芬楼《古今文钞》、四库本《畿辅通志》均作"马"。

安丰路孔子庙碑

泰定元年，东平岳复经历安丰路事，相路学孔子庙皆不称，谋所以大而新之。告其长属，一府尽倾意乐成[1]，大者割财，小者奏力，咸出名姓以来就功。二年，总管拜降君上谒庙，又先发稍入会钱遣学正及生二人作雅乐诸器于吴中[2]。于是，安丰路学祠事先圣先师庙位乐器，秩有序列矣。四年，教授官许士渊以状走京师，请曰："安丰，全楚东境州来之郊，其土广衍，其物阜大，其民质实，力穑而勤。宋失国，南播江表，尝恃其人以扼兵冲，故百年间人俗犷悍。当是时，虽有聪明俊秀之资生于其乡，无师以传业，无友以讲学，士因亦不得称于世。斯岂吾民之罪哉！国家覆被蒸庶，涵育生遂，重熙累洽，薰为泰和。薄海外内，诗书礼乐之教兴，父兄子弟，老老幼幼，日趋于化矣。而安丰为郡，在今绥服之内，密迩天子，声名文物之盛，民生衣食仰于田桑，无靡习杂好以迁其耳目视听，其志专一而易教。而吾经历君、总管君协恭在官，劝民以学，子备纂注之职，可不记以示人乎[3]？"祖常拜而为书曰：孔子道大，天地日月不可象也。然古之学者，入学必祀其先圣先师。后世庙孔子于学，春秋天下通祀之，所谓推本其始而喻之以义也。今二君守官，知教民不在笞辱奔走，而在于俎豆揖让；不以小法苛急，而以大道磨厉。先使之入学矣，而又使之习礼器，且有所尊敬焉。呜呼！有官者皆视其民如二君，则天下有不治乎？饰屋制器，用钱中统钞会之凡七百一十四定一十五贯^[4]，用食工米麦凡二百一十石^[5]，髹漆、黝垩、陶瓦、材木、砖石、箴枲之具，轮山航流，无胫各致。二君才谞之施于民者，它可卜矣。祖常，旁州之民也，闻邻州之士鼓箧而游歌于庙于学，章甫而逢掖于乡，乐其州有恺悌之政，而为邹鲁之俗也，讵得已于言乎？遂为诗曰：

桐柏喈喈，淮水中潏。左峙楚都，安丰之揭。殖我禾麦^[6]。有颙者民，田田宅宅。奠居饱嬉，弗大厥知。官师维良，开黉纳之。嗟我士民，天德元善。昔逢不辰，胃而不弁。今天子圣，俊乂咸事。嘉生灵应，骈入还至^[7]。泰和至顺，庠序聿兴。诗书礼乐，喤焉古声。古声喤喤，簴敬瑟琴。侑荐豆笾，求神阳阴。我神降嘏，多士在学。宾兴于乡，其光岳岳。二良民庸，作民维同。镌辞伐石，上于考功。（本文又见乾隆三十二年《寿州志》卷五及光绪十五年本《寿州志》卷九）

校记：

[1] 一府尽倾意乐成："倾意乐成"，乾隆三十二年《寿州志》、光绪十五年《寿州志》作"罔不乐成"。

[2] 又先发稍入会钱遣学正及生二人作雅乐诸器于吴中："生二人"，乾隆《寿州志》、光绪《寿州志》本均作"生员二人"。"器"，乾隆及光绪十五年《寿州志》均作"品"。

[3] 可不记以示人乎："以示人"，乾隆三十二年及光绪十五年《寿州志》作"之以文"。

[4] 用钱中统钞会之凡七百一十四定一十五贯："贯"，底本作"贾"，据四家集本改。另乾隆《寿州志》光绪十五年《寿州志》作"凡九千六百八十二定三十五贯"。

[5] 用食工米麦凡二百一十石："二百一十石"，乾隆及光绪《寿州志》作"一百八十五石"。

[6] 殖我禾麦：乾隆三十二年及光绪《寿州志》此句前有"安丰之揭"。

[7] 骈入还至："还"，乾隆及光绪《寿州志》作"遝"。

光州孔子新庙碑

光州既新作孔子庙，乃以图来征文于州人马祖常曰："尔先子为政于此州，州有学以教人，有田以养士，有庙以事先圣先师矣。今久圮不治，庙四出无垣，登降无阶，肖象之设，五采之服不彰，妥灵之位不严，配侑之序不饰。室屋榱桷，周庑重门，及笾豆礼器之类，一切敝旧，取具假借。岁春秋释奠，官及属，师及弟子，致斋无次。某等一二人辱守兹土，割其稍入，合民之钱粟，筏木陶瓦，木材陶良，以钱庀工，以粟佣力，丹漆黝垩，鎏锢施色之物皆集。作于天历二年七月九日，成于至顺元年八月十有八日。凡庙位象设，称乎南面而为王者之居；昔之不治者，今皆治矣；昔之无有者，今皆有矣。尔先子为政于此州，尔又以文名于时，尔宜为文告来者，庶谨之而毋毁也。"祖常三为典礼之官，习于先王之礼，而学于圣人之徒，陈迹往辙，不敢烦州人之听，独以我朝有道之世告吾州人。始宪宗皇帝都和宁，遣国子二十人，就学今都之南城孔子庙旁，旨意训诲，刻载庙中。世祖皇帝潜王邸，召学士王鹗，因幄中设主，陈俎豆，观祭孔子仪。武宗皇帝诏天下若曰："世尝知尊孔子矣，而皆未至也，其进封至圣文宣王孔子为大成至圣文宣王。"今上皇帝正位，制若曰："孔子大圣，推本父母，未极褒崇，父叔梁纥，可封启圣王，母颜氏可封启圣王夫人。"命以玺书告阙里庙庭。猗欤盛哉！夫天下既富而教兴焉。兴教必于学，学必有所师。师莫若圣，圣莫若孔子，则庙而事之者，学者宜莫先焉。且既富而教，虽三王之治，未有不富而能教者。吾州介江淮之交，生殖甚寡，然少长安于朴俗，衣服饮食，给于田蚕、弋钓之力，工商给于粗完，男女婚嫁，养生送死，质而有节，其人已几于淳厚，故易富而易教，弗如它州之必待厚藏而后富，近刑而后教也。是以见其大夫贤，欲有所兴起于善，而又应之之速也如此。诬天下以难治者，岂君子哉！国家以文化成四海，考郡县之绩，当以吾州为首焉。兹序其实而又系之以诗，俾州人歌新庙之成，而不忘州大夫之德也。诗曰：

于穆圣师，降我新庙。几筵维饰，象设维肖。四瞻周庙，载基载筑。雅雅鳞鳞，灵御之肃。灵御之肃，衣裳我人。俾不为群，而即于伦。蜒埴万类，同仁于天。匪言莫宣，匪文莫传。六艺百家，咸质于经。我维受之，日化于成。大帝在位，翕以敷施。考妣启圣，而追王之。四海作则，文明式昭。我州易教，作庙维乔。梗、楠、梓、柏，弗雕而斫。陶瓦縻漆，施色丹渥。丽牲在门，春秋蠲吉。官属师徒，端弁以入。其容锵锵，其神洋洋。牖兹颛蒙，暗而日章。淮嶽诸谷，会流为潢。南薄其郛，州名为光。光在百城，瘠土寡殖。维人易教，衣食耕织。则既衣食，又学为士。学士有师，先圣是祠。州侯德劝，我民岂忘之！（本文又见明嘉靖三十四年《河南通志》卷一六和四库本《河南通志》卷四三、涵芬楼《古今文钞》卷六六）

重修通济渠龙祠碑铭

延祐六年闰八月二十有六日，皇帝御便殿诏大司农臣晏若曰："昔我世祖夜梦龙见于掖庭外垣之水中，因命祠而神之，书其事于碑矣。粤在朕躬，纂绍继述，今兹龙神之祠，弗治将庳，已诏少府相宜度工。其始刻之碑，文略事隐，汝晏可同礼部尚书养浩重撰碑铭以进，朕将俾勒于石焉。"臣晏等承诏，惶恐谢罪，退而为辞曰：谨按：龙见之水，始为渊泉。涵泽滋涤，物润不燥，中居京邑，为利最大。及至元二十年，乃导泄漕引，东导沽潞，于是铭曰"通济渠"，即其南堨为龙之祠。表位显岩，象设肖似，周宫翼室，旁临夹峙。煌煌乎，炭炭乎，已莫可尚矣。而圣上孝德纯一，必欲深体先志，示教万世，故葺刓补敝，涂墍再新，埏埴黝垩，縻漆鋈锢之制，不侈而文。祠旁又为观音大士堂二楹，斋庖房宇，曲对列居。环以天潢，浮光上下，龟鱼泳游，日星景采，诚可妥神栖而宅龙灵也。某年月，上以大比丘尼某主领众比丘尼，率奉祠事，岁时祝香有使，嘉应旋臻。今年夏，天不雨，有司告状，上属巡幸化都，遣官来祠。行事之夕，冻雨大注，逮车驾还御光天宫，明日又雨。臣卫胥悦，畿甸大穰，自兹上益神之。臣晏等伏惟世祖圣德神功，文武皇帝继天抚运，乾奋飞御，感召阳类，梦孚神龙，所谓变化不测，雷雨下方者也。逮皇上登极，文治聿兴，至诚格天，深仁被物。嘉禾骈植乎垄亩，瑞芝联茎乎庙学。百神述职，三辰顺轨，诸福汇集，有祷斯应。况龙者天神之精，灵明所钟，固能阴助施化，赞相元气于冥漠之中者也。呜呼！历观隆古哲王，清心无为然后可以对上帝，洽人神，而纳一世于大和至寿之域也。今我圣天子宵旰图治，光大祖训，所以宠绥煦濡。鳏寡茕独者，靡不悉所以祈天永命；敛福锡民者，亦靡不虔斯其祠龙之神，而资我生齿年谷之事也钦！猗欤盛哉！臣晏等谨百拜稽颡而献铭曰：

于穆圣祖，天声震发。扬德正中，监视景铄。有龙孔灵，叶梦之征。下见池㵎，侑帝岁登。帝曰祠之，罔神之媚。讯占习吉，考祥天类。亦既在庭，厥应嗣兴。墙屋雅雅，灵栖是承。惟延祐天子，凡生资始。敷文周雍，祈年汉畤。皇武绎思，重新兹官。工徒献功，丹漆矢陈。穰题完好，不訾以断。神具底宁，相我铫镈。惠布甘澍，勿需禜雩。神嘘为云，出入罔以舆。帝伻来临，芎藉式忱。祝辞不诬，神其时歆。神其时歆，皇永有报。亿万之年，用祠昭孝。

光州固始县南岳庙碑

五岳奠五方之地，而各神于其人，风雨日月之交，有年谷之顺成，民物之疵疠焉。南岳祝融之墟，距因始记里二千，然皆古楚封域，是其神必灵于一方无疑也。神而灵，能变化佐天地，主宰象形，流行荡摩，又岂阁于一隅哉！传有曰："山泽通气。"气块圠旁礴扶舆充两间者，大而不可以拟言。众人狭中而咸私其乡，神则罔不通也。神而通，则虽庙祀于他邦亦宜哉！予尝被命代祠衡岳，且辱宗伯之职矣，知典礼咸秩无文。岳渎，上之所躅吉有事者也，僭有厉禁，非民之所得礼也。国家以仁治天下，示民大同，斥雕哗而不用。凡山林丘陵坟衍之神，能福于人，乡人得祠之，俾或祷而得年谷焉，得无疵疠焉。兹亦上之所愿推施于天下者，不禁也。地又匪天子岁时遣使之位，祷又不大爽于礼禁，庙无烦官司而民乐相之，居民上者，又忍不因其俗而顺悦之乎？是三者皆应记也。庙事有成，悉汝南民李聚之力。鸠材厖徒，百工并兴，富者入赀，窭者奏技。盖聚当病，若有物凭之者，自言"尔作庙则愈"。今聚年七十矣，衣结蹑履，北走京师，绘庙之图，介昭功万户总使府副使刘文秉、御史台管勾王珪，拜马祖常丐文，归而刻诸庙中载考。庙屋为阁者五间，为庑者二十间，为后殿者三间，为门者、为别室者大小凡若干间，皆象神仪于其中。外凿二池，潴水植莲，客来游者，憩息有亭。东为石矼，周为缭垣，对树嘉木，合阴成列，已蔚然而称神栖矣。固始，吾州之属邑也。父老子弟，吾之所敬爱者也。既来请文，夫何让焉？乃为诗以侑邑人迎送神之词，信民生太平之乐恺也。诗曰：

南山跻兮兴云，雨我田兮赖我神君。神君降兮水渚，幢駢罗兮夹以斧。威不祥兮无疵疠，顺年谷兮吾食汝。吾食汝兮何报？鼓以牲兮蘱芼。来连舞兮乐予，庙翼翼兮邑子趋。载击鼓兮问年，粳盈畴兮秫盈田。富寿恺兮众咸熙，自今兹兮乐民时。维兹邑兮孔休，神福汝兮多来牟。泛布濩兮需四海，充无垠兮神咸在。（本文又见明嘉靖二十一年《固始县志》卷一〇、涵芬楼《古今文钞》卷六六）

敕赐弘济大行禅师创造福州南台石桥碑铭

至治三年，今天子嗣大历，服慈仁俭勤思，与元元共迪天休。惟浮图意义广大，乃常诏词官咸秩厥祀，凡其徒功行峻洁者，特褒宠之。逾年，改元泰定。宣政使臣月鲁铁木儿以福建平海头陀禅录行业修著[1]，宜锡恩渥，谨上言曰：师王姓，法助名也。世为泉南农家，母感异梦而生。生十二年而为沙门，又一年而受沙弥戒，又七十五年而殁。殁三年而葬，葬又九年，恍无以表异之，非天子广爱推恩，褒宠功行之旨也。师天性圆悟，善心自然。始执业于灵应师，再参诸毗尼师，不泥不拘，无有障碍，惟以发明己事为究竟。故研穷内典，洞了佛乘，日发猛勇以毕至愿。尝见舟济西汪者，即恻然曰："是必及于难。"报止之，弗听，卒之暴飑飘溺。又尝为埭于海滨，水啮蚀，埭且崩，师麾以葽，潮为缩云。身衣百结，木食涧饮，更岁时，寒燠不懈，盖道益勤而心无怠，年益迈而志弥笃，此其行甚高。福唐粤闽之会，城三面距江，其水皆自高而下，石错出其间，若骑布兽伏，迅湍回洑，旁折千里，汇而为南台江。日以舟栿比，连大絙为浮梁以济。每潦涨卒至，则絙绝舟裂于两碕，民多溺焉。师故将桥江以利涉者，先命弟子吴道可走京师，因圆通玄悟大禅师李公闻于上，天子嘉其意，诏师卒成之。既被命矣，众愈弗疑。于是大姓割其财，小夫奏其力，闽盐转运使王某且率其属合治之。不一年，得钱为贯者数百万。乃为墩二十八，植材木，砻密石，纳水腹而基之。工未告具而师化矣。后二年，其徒曰嗣玉、法喜、法秀、德遇、嗣水实终成之[2]。长一百七十丈有奇。仍积其赢资及故端明殿学士王君某田之岁入，岸南北为亭，北岸之东为寺。

御史中丞曹公匾曰"万寿桥"。寺如桥之匾。师所至人争趋之，故居泉则有毗蓝庵、弥勒庵，居兴化则有嵩山院、宝塔院，居南庵则有星聚堂、昆仑堂。凡为庵、为堂、为院、为亭、为塔、为陂、为埭、为杠、为大桥、为三门佛殿，总一百八十有六，状皆瑰诡殊绝，而南台万寿桥其尤巨者也。此其功甚大。先是，师未殁之二年，仁宗皇帝赐玺书，加号"弘济大行禅师"，帝师亦授衣一袭为传法。本其所以宠赉光大之者，匪自今矣。呜呼！一真如界，复何假于人天小果也夫！然相以表性，非象不彰，故弥勒之华严、阿育之宝塔，遍于十方，岂真为伟卓观美而已？今之学佛者昧于此，或离乎真，或蔽乎物，伥伥焉几无以存其身，而大庾厥教，视师为可愧矣。是其功行皆可襃崇。奏闻，有制曰"可"，其命史臣为文以刻诸石。铭曰

菩提大士谛真如，假象现法表道枢。弘济禅师乃其徒，心如摩尼形槁枯。洞开五蕴观空虚，究竟三乘超有无。食粝衣卉损丰腴，精勤妙用行不渝[3]。闽人欢喜歌以趋，钵锡随地成屋庐。作矼截流载大涂，车迹步武乾无濡。万猊蹲蹲护浮图，长杙下入龙蛟驱。旁礴山骨积重跗，中凿水空通尾闾。居者行者若赐醐，坎其击鼓吹笙竽。师归冥冥众为吁，百神导引幡幢纡。海国田良陂有鱼，稚齿生长鬈髦娱。史臣为铭承帝俞，世世无圮视其郛。

校记：

[1] 行业修著："行"，底本作"白"，据四家集本、四库本改。

[2] 嗣水实终成之："水"，底本原缺，据四家集本、四库本补。

[3] 精勤妙用行不渝："勤"底本原脱，据四家集本、四库本补。

光州达噜噶齐乌玛喇公去思碣[1]

初，内侍臣乌公繇杭州司税长以承务郎监守陈州，于今为民吏称诵，时余弟祖孝以进士卒是邦，故知公为详。至治癸亥，复阶前资来治光。光甸淮右，民物颇阜，壤土袤沃，未易理也。公至之日，一以诚恪，奸宄缊信，索民所宜为则易置之，躬率以勤制，廉直急官事犹理家。凡执意论

列，曹吏俯首将命，寮亚允协，执笔署纸尾唯谨，威德济洽，惠利遂行。初政甫期年而治行卓然，为淮、蔡称首，淮南北闻公名，靡不争为鼓誉。以故农职畎亩，民就礼俗，健骨（一作儿皆）窃伏田里以事其业，比屋充庶，弦诵之声相闻，氓负襁子来者袂如雨，及至，则如归。州东南境百里而远属县曰固始，先时有群无赖畴相诋讦者，以产白金盗执民地，诬上官，侥誉毒民，左狙右掠，不得则死继之。民缘是往往破业，甚则决身蛇虎之吻，讼连蔓数岁。公恻然为建言，白政府罢之，居民至抚手道慰，虽前日之跳踉幸望者，亦莫不奔走来同焉。兹非所谓因民之所利而利之者欤？大定丁卯冬[2]，公为州之五年也，余自京师归淮南，展先子墟墓，而公始以终更罢，光人之贤有言者持状来取文以表公惠。呜呼！世之吏以能称者殆不多见，而矫虔者往来相属，视先王礼乐教化为腐枢，则姑汲汲乎告听论诉之政，曰施化易也。失在于政，则曰民不变也。为国者求人如弗及，而彼将讫无成功。余所以重有感于乌公也。然则公视彼非有素饬之材，而操一切按致之法者，盖异等矣。述其理道，参之古，能吏其庶几乎！后来读此文者，尚亦有百年文献之思也耶？（清乾隆文渊阁四库全书本《石田文集》卷一〇，又见明成化二十二年《河南总志》卷一六）

校记：

［1］原本无此文，依四库本补。参校明成化二十二年《河南总志》卷一六。

［2］大定丁卯冬："大"疑为"泰"之误。

皇元敕赐赠翰林学士杜文献公神道碑

相之安阳县王裕里，有处士杜缑山之墓。既葬之六十六年，当天历己巳，皇赠处士官翰林学士、阶资德大夫、勋上护军、爵魏国公，谥文献。越六年，元统甲戌，皇又诏臣祖常制其墓之碑，臣彝书其碑之字[1]，以赐其曾孙臣秉彝使刻。臣受诏，按监察御史臣苏天爵序公言行之状，为文曰：公讳瑛，字文玉，其先霸州人。金将亡，士少识时变，犹以业文辞规进取。而公独自霸州之信安，辟地河南缑氏山中。于天下书靡不读，读靡不记，靡不见其趣诣，上下今古，于得失否臧之悉，靡有不究其心，皆无众人之存，而若有待于世。金亡，凶额暴垄亩，仕者鹿兔走，血气不得宁，而公独间关转徙，以诗书从容授徒汾晋间。故中书粘合珪开府于相，以书币聘公至，独教以缓刑薄敛，广学内士，兴滞补弊，以修捍其民，而卒以基平宋之业[2]。会国朝岁己未，世祖观政江南，至相，召公问计，公对以谓汉唐以还，天下之趋舍安危，顾法与食与兵三者而已。国无法不纪，人无食不命，乱无兵不守，三者君之恃也。今宋蔑之，殆将亡矣。以宋之将亡，而兴之在圣主，天命必得。今若控襄樊之师，委戈下游以倒其背，而无缩于锐，是县车束马而大业定矣。更劝上数事，以为事不尔，后当如此。上内之，心贤公，谓可属以大用。既皆如云[3]。江南平，即使至相征公[4]。闻王文统当图，辄引避，使索不见。近臣奏起公为大名，彰德、怀孟等路提举学校官，辞不就[5]。或谕使仕，则曰："后之世虽去古之世远，而先王之所以设施制度，其本末先后，未尝有异也。今不能因天下之哀苦，以变更后世之弊政，以趋合先王之意，梦焉而已，其势岂易易复古哉！吾又不能窥时俯偭，以赴机繁之会，仕奚从益？"于是杜门谢客，著书穷学，于世之贵富贱贫，一无所动其心。以优游厌饫于道艺，以终其身以殁。呜呼！公之言若此，其尤可以窥公之志也。其所著有《春秋地里原委》十卷，《语孟旁通》八卷[6]，《皇极引用》八卷，《皇极疑事》四卷，《极学》十卷，《律吕礼乐杂说》三十卷[7]。其大略不以一身之穷，而忘天下之忧，以为不见其志于行事，则将文以发其意。文不克用于时，则将以垂诸人，后之人用吾言焉，吾固不穷也。公所为作之意若此，公之志可知矣。始公之学也，有所待而迄不得一施以止，盖几亦遁世而不悔者钦！其志若此，其仕不至于耽禄而弊时，审矣。惜公之去而不试于事也。公气貌魁伟，美须仪，望之俨然爵禄器也。既家于相，中书畀以相之良田亩千，不受。术者言公居屋下当有黄金[8]，家人欲发视，公斥止之。公去，居者果得黄金百斤。观公之存于二事之廉，若不足数然。公之殁也既久，其大者渐以无传[9]，则其小者亦不得而略也。公以至元十年九月十六日终于家，寿七十[10]。终之日命诸子曰："即死，当题我曰处士杜鲽山墓。"今首之碑，从公志也。公曾王父信，王父植，父时升[11]，母某氏。配孙[12]，后公九年卒，祔公墓。子男三人：处思，甫冠卒[13]；处立，郡文学；处愿，终东昌路推官，有惠政。女适李某[14]。孙男又三人：曰愚，以子秉彝贵[15]，封奉议大夫、枢密院判官、骁骑尉、安阳县子；曰坚；曰钦，皆为士[16]。曾孙七人，秉彝、秉钧、秉直、秉让、秉容、秉一、秉德[17]。曾孙又二人：洹、漳[18]。呜呼！公之事远矣，故虽详公之言而所次止此。然即此，而公之为人可见，则亦岂得为略哉！秉彝由丞相掾为奎章阁典签，时与修《大典》[19]，尝录公之事以送太史。今拜陕西行台御史，而天子又赐公之碑以往焉[20]。相人见秉彝之来，必曰：是魏公厚积之贻，有曾孙贤，其将大未艾，则不宁公有荣也。秉彝亦贤后嗣哉！我国家褒恤宠嘉之意，盖益有征矣。故臣取其尤可以传后世者序之而为铭。铭曰：

明明世后，皇闻于天。我征祖南，捷捷其陈。建我干旄，于洹之滨。遄脂我车，轨蒲殷殷。魏公在野，谁适与谋？学以待世，靡恫靡罗。维世后圣，聘公于遗。后曰公贤，庶几其来。南国之痛，我恭天纪。凤鸣在云，鱼泳于汜。亿亿臣同，尽瘁以仕。矧是艺哲，宁不我有！公拜稽首，匪臣有辞。降极瘝矣，民殚胥疲。谁喑臣者？而出位思。大德受命，昭假靡迟[21]。在昔帝者，监观万国。法与食、兵，燕民孔极。宋嘻蔑矣，孰其可遁？帝御六师，以匡不获。同我髦士，简我戎行。钩援戟铩，以临樊襄。勿进而待，勿恶于扬。镵其馁俘，涉自汉阳。纛行骑翼，咸予之域。后纳公言，试靡有忒。大命甫集，偃戈于革。束帛诣公，谓公来即。彼何人斯？公胡罔怿。皎皎白驹，在彼空谷。考盘朝讴，愿言韫椟。虽则韫椟，懋勋有俶。完归寿考，以绥后禄。公在乱离，人知书诗。公发伟画，乃合天时。有炳其云，有郁其闻。玑缄辟露，后公之文。公生靡崇，殁有多祉。兆相之郊，从以孙子。既六十年，树石墓趾。天子之赐，曾孙之美。曾孙之美，追荣孔多[22]。有列群献，公延尔那。哀如之何？矢诗不磨。（本文又见清嘉庆四年《安阳县金石录》卷一二、嘉庆二十四年《安阳县志》）

校记：

[1] 臣彝书其碑之字：《安阳县金石录》《安阳县志》本下有"臣师敬篆其电之额"。

[2] 而卒以基平宋之业："业"，底本原缺，据四家集本、四库本、《安阳

县金石录》补。

[3] 既皆如云："如云"，四家集本、四库本作"如所云"。

[4] 即使至相征公："使至"，四家集本、四库本《安阳县金石录》《安阳县志》本均作"使使至"。

[5] 辞不就：《安阳县金石录》《安阳县志》本此句下有："乃遗执政书，其略曰：□□之道不明，异端□说害之也，横流奔故，天理人心不绝如线。今天子神武睿断，俊乂辐辏，言无不内，计无不用，先王之典谟制度，礼乐教化，兴明修复，则维其时矣。嗟乎！薄书会期，文法末节，□□□所不□也。执事者因陋就简，急急焉是务，良用□□□，善始□□□能善终。今不能溯流求源，以拯数百年千年之祸，恐后之弊，将有不胜言者矣。"

[6] 《语孟旁通》八卷："八"，《安阳县金石录》《安阳县志》本作"十八"。

[7] 《律吕礼乐杂说》三十卷：说，《安阳县金石录》《安阳县志》本作"志"。"三十卷"下尚有"□集□卷"。

[8] 术者言公居屋下当有黄金：《安阳县金石录》《安阳县志》本作"公□居市街者言当有黄金"。

[9] 其大者渐以无传："渐以无传"，《安阳县金石录》《安阳县志》本作"既已传于世"。

[10] 寿七十："十"，《安阳县金石录》《安阳县志》本作"旬"。

[11] 父时升："升"，《安阳县金石录》《安阳县志》本下有"金隐士，姚张氏"。

[12] 配孙："孙"，四家集本、四库本作"孙氏"。《安阳县金石录》《安阳县志》于"孙"下有"先是，东平遣使者奉书币金马聘公，公未许"，夫人曰："士不幸生乱世，守土之臣各擅命招集天下之士，以□彰弊为腹心，一旦祸败，必有供卖同囚虏者矣。公卒不行，后果如言。"

[13] 甫冠卒：《安阳县金石录》《安阳县志》"甫"上有"警悟才学"。

[14] 女适李某："某"，《安阳县金石录》《安阳县志》作"氏"。

[15] 以子秉彝贵："以"上《安阳县金石录》《安阳县志》有"处愿子也"。

［16］皆为士：此句《安阳县金石录》《安阳县志》作"女孙二：长适完
颜从益，次适王桓"。

［17］秉德："秉德"下《安阳县金石录》《安阳县志》有"女孙鸾，适徐
绍祖"。

［18］曾孙又二人：洹、漳：此句《安阳县金石录》《安阳县志》作"元
孙三人。元，监修国史掾，如□□来孙燕京如麟麟"。

［19］秉彝由丞相掾为奎章阁典签，时与修《大典》：《安阳县金石录》
《安阳县志》作"秉彝为奎章阁学士、典签、博士兼经筵官，与修皇
朝大典"。

［20］而天子又赐公之碑以往焉：《安阳县金石录》《安阳县志》作"天子
又赐公之碑，且诏还家立石"。

［21］昭假靡迟："迟"，《安阳县金石录》《安阳县志》作"遗"。

［22］追荣孔多："荣"，《安阳县金石录》《安阳县志》作"崇"。

翰林学士元文敏公神道碑

　　有元古文之宗，曰翰林学士清河元公，以至治二年壬戌二月七日薨于
位。葬而墓碑未刻，其长子奉议大夫、同知峡州路事晦又死，次子昺七
岁，一女病而不嫁，一孙尚乳也。夫人清河郡夫人李氏，累然抱其孙傈船
归清河，织纴以居，宾客僚隶皆四散，无一人顾之者。独其友玄教大宗师
吴全节谓马祖常曰："清河公以文起家，可谓贵显光荣矣，而其葬之后，
无碑以载其官阀世次行事之实，尔宜为文，我求善楷书者砻石以刻焉。"
祖常曰：嗟乎！世之士一得志，则攘袂于所亲；一不得志，褫魄若不能生
者，比比也。今子托迹老氏，而以礼义之事振吾徒，何能哆言以饰愧哉！
谨按：公讳明善，字复初。资颖悟绝出，读书目所过即记。诸经皆有师
法，尤深于《春秋》。弱冠游吴中，奋宋、金季世之习，已名，能古文，
流传江淮间。浙东部使者荐之行省，辟正安丰路学，再正建康路学。居岁
余，行枢密院辟充令史，故辨章董公士选，实佥院事，敬之如宾，不以曹
属御之也。董公迁江西行省左丞，复罗致之省中。会赣贼刘贵反，从左丞
将兵讨之，擒贼三百人，议缓诖误，得全活者百三十人。又将斩一贼，命

公临斩，左丞曰："掾儒生，能临斩乎？当震怖矣。"终刑已色不变。将佐白："宜多戮人，及尸一切死者，用张军声。"公固争，以为王者之师，恭行天罚，若等小贼跳梁，杀其渠魁耳，余何辜焉？贼贵盗书民丁十万于籍，有司喜，欲发之，公夜置火籍稿中焚之以灭之，赣、吉遂安。南行台闻之，亦辟为掾。未几进登仕佐郎、枢密院照磨，转中书省左曹掾，曹无留事。坐诬免，不辨，侨寓淮南，文学益肆。顷之，坐诬事明，复掾省曹。至大戊申，我仁宗皇帝养德东朝，左右文化，选天下髦俊之士，列在宫臣。公首被简拔，授承直郎、太子文学。仁宗即皇帝位，迁翰林待制、承直郎兼国史院编修官，与修成庙实录，加奉议大夫。是年升翰林直学士、朝列大夫、知制诰同修国史。有诏命节书文译其关政要者以进，公请与宋忠臣子集贤直学士文升同译润。书成，每奏读一篇，上必善之曰："二帝三王之道，非卿莫闻也。"太皇太后既受尊号，朝堂集议宜赦，公曰："数赦非善人福，宥过可也。"乘传出赈山东、河南饥，彭城、下邳诸州连数十驿保马民饥，官无文书，公专以钞万二千定分给之，民免死徙。皇庆壬子，修武宗皇帝实录。明年，迁翰林侍讲学士、中奉大夫，预议科举服色。延祐乙卯，国家始策试士子，选充考官，廷对又充读卷官。迅笔详定试卷数语，辞义咸委曲精尽，他人抒思者不及也。改礼部尚书，正孔氏宗法，以五十四世孙思晦袭封衍圣公，事上，制可之。参议中书省事，毗赞良多。知戊午贡举，复入翰林为侍读学士、通奉大夫。岁中，拜湖广行省参知政事，便道过家上冢，乡之父老子弟迎谒劳问，礼意周洽。庚申，英宗践祚，征入为集贤侍读学士，名至上都[1]，议广庙制，授翰林学士、资善大夫，修仁庙实录。百官迎仁庙圣容，云有乡云见，承诏为文以纪之，赐酒加赏[2]。英宗亲裸太室，礼官进祝册奏，请署御名，上命代署者三，眷遇褒优，近世无有也。既薨之三月，归葬于清河王家原之先茔西三里。泰定间得请于朝，赠资善大夫、河南江北等处，行中书省左丞，追封清河郡公，谥文敏。曾祖讳兴，不仕，曾祖妣杨氏。二世以下皆以公贵。祖讳海，赠嘉议大夫、秘书卿、上轻车都尉，追封清河郡侯，谥贞惠。祖妣高氏，追封清河郡夫人。考讳贡，将仕佐郎、同管勾芦沥盐场，赠中奉大夫、吏部尚书、护军，追封清河郡公，谥孝靖。妣骍氏，追封清河郡夫人。元氏盖拓跋魏之苗裔，南北转徙，不知所系，家清河者至公四世矣。享年五十有四。其文有赋五，诗凡一百六十三，铭、赞、传记五十九，序三十，杂著十五，碑志一百三十。出入秦汉之间，本之于六经，以涵泳其膏泽，参之于诸子百家以骋其辨。刻而不见其迹，新而必自己出，蔚乎其华敷，鏜乎其古声。倡古学于当世，为一代之宗文者，柳城姚燧暨公而已，信乎其必传也。虽然，才用而未尽，积厚而施寡，征之于天，其善后也无疑。祖常曩从公游，又公考士，又辱茅下列[3]，义当铭。铭曰：

于维公文并古立，大沛厥辞世莫觌。震詟聱聩力不克，蚩声天衢名嶷嶷。位臻公卿发轫迹，蕴而不施用弗极。神柅其驰学乃硕，天藻掞缛琢圭璧，五十四年反玄宅。（本文又见同治十一年、光绪九年、民国二十三年《清河县志》，分别在卷五、卷四、卷一六，又涵芬楼《古今文钞》卷七〇）

校记：

[1] 名至上都："名"，四家集本、四库本及同治、光绪、民国本《清河县志》作"召"。

[2] 赐酒加赏："加"，《清河县志》作"嘉"。

[3] 又辱茅下列："茅"，四家集本、四库本及《清河县志》均作"第"。

集贤直学士贡文靖公神道碑铭

天历二年十月朔旦，集贤直学士贡公殁于家。越五年，为元统甲戌，其子师谦来官京师，以公之行治泣请于朝，天子赠公翰林直学士、太中大夫、轻车都尉，追封广陵郡侯，谥曰文靖。集贤臣颢，又奉诏令臣考公族世里居官次迹业之实，赐师谦以刻于石，以宠赉贡氏之家，以劝朝著。师谦知臣于其父宿有好也，乃录翰林修撰臣李黼编缉之状授臣曰："先臣之生，其有所自立，其流声美于人，其可以传世而善后者，孤不敢赞已。维墓有碑，实后嗣所以记先人之德，而饰其千百世子孙于无穷者，今幸得以承圣天子明诏以请焉，其足以称碑辞而无恶者，公幸张之。"臣叙曰：公姓贡氏，讳奎，字仲章。其先大名蒲城县人。七世祖祖文，以武德大夫扈宋渡江，繇钟陵徙居宣城之南湖，因家焉。曾王父大用。王父应霆，宋承节郎，以公贵，赠中顺大夫、礼部侍郎、上骑都尉，追封广陵郡伯。妣黄氏，广陵郡君。父士浚，累赠亚中大夫、秘书太监、轻车都尉，追封广陵郡侯。甫冠，以词赋试漕司中程。明年，黜于仪曹，即自讼曰："学之时，其道未足，以为己志已在于为人，亦可谓谬用其心矣。谬用其心，虽有志于为人，其能乎哉？"乃力自学行，咏歌息偃以忘其年，视世俗之好无足累心者。独爱公甚于他子，曰："三郎和易端厚，颖悟若过人者，吾世有蕴德，发必在是儿也。"公年十岁，辄能属文，已有闻于人。及壮，读书并日夜，忘寝食，于经、子、史传，无所不治。于其章义辞句，类数名制，委曲纤妙，无不究诘。于文章辩议闳放，俊傀不狃，卑近必以古归，故出而名振江之南。初被浙省檄为池州齐山书院山长，终更谒选吏部。时天下久平，大臣常欲引海内儒学之士，聚之馆阁，所以长养其才，而待上之用。公亦欲以功名自显，果于自立，故不为非常苟异之节，而清约才博之誉，大夫士翕称之。大德六年，中书奏授公太常奉礼郎兼检讨[1]，上书言："先王之制礼，虽节文有经，而本诚贵质。惟不蔽于礼之文而得礼之意，则可以对越而无慊。不然，烦为之节，无益也。"朝廷多采其议。九年，迁翰林国史院编修官。至大元年，转应奉翰林文字，阶将仕郎，预修成庙实录。丁秘书府君艰，比京师至家，毁瘠枵然，言不能声。太夫人见之曰："尔嗣业于祖，从事于朝，少而学，壮而仕，父母曰是将大吾家，邻曲曰是能华吾乡，宗人朋友之望，尔犹是也。尔父不幸死丧，不有中制耶？脱有讳，非孝也。"始勉之粥食以自强啬。延祐元年，服阕，起除承事郎、江西等处儒学提举。明年，就官，见列械署庭，胥旁午走，系数人立，吏持牍诣公署曰："是学校吏，报事愆期者。"公斥之曰："金谷勾稽，犴狴木索，贱有司事尔。吾以天子命提举儒学，教，吾职也，刑奚以为？"悉命释系，以械属县官。大书其坐之屏曰："读书之中，日有其益；饮水之外，他无所求。"与诸生讲说文义，为师弟子揖让周旋，日匡坐堂上，人见其色和，其容谨，其言绎绎有理。辄退而燕处，闻其哦咏之音，若程工督计者。故士之屦恒满户外，其及门者，亦进不怠以止。五年，迁翰林待制，预修仁庙实录。书成，特赐金币有差。至治元年，谒告归里第，与兄仲坚甫奉太夫人以居，敛气下声，昆弟相顾，白首怡然，乡人皆乐与从之游。至于羁旅游客，其归之者无不厌其意，公于接之虽勤，未尝见慊色；于资之衣食给物虽频，未尝有所吝惜。太夫人病，竟夕立床第前，闻太夫人咳息之出，辄倚气喘戚，若以身代然者。泰定元年，太夫人卒。三年，复起公为翰林待制，进承直郎。四年秋七月，拜集贤直学士、奉训大夫，秩从三品。天历元年，文宗即皇帝位。冬十月，上亲祝香币，命公往祠北岳、淮济、南镇。二年春，还自会稽，涉吴中，以疾归卧于家。至十月朔，谓其侄师文曰："吾梦夜赋诗有云'竹树萧萧夹泉石'，又云'九转丹成生羽翼'，不祥，耐何！语竟，溘然以殁。公有智识度量，人不见其崖涘。凡再与乡试文衡，一为廷对读卷官。所取士，多知名于时；其所第甲乙，人咸服其平允。其为天子代祠之使者再，其摄大礼使侍天子祼太室者一，皆肃恭灵神，虔致上意。为使而不疚于侦贿[2]，不烦于有司。摄官而峻事无违礼。是皆公行之微，而世亦不能及也。然公负有为之志，不得尽见于事；于势利之会，又不求机以投合取显，以其故终于馆阁文艺之职，而人之被其泽者盖鲜。呜呼！此人之所以为公惜，公之所以为公者如此，而臣以此悼公者也。公一时之与交者，若清河元明善，东平王士熙，四明袁桷，巴西邓文原，长沙文矩，悉当世豪杰声名之士。若臣者，亦公之所厚，故于公之碑得以尽臣之言焉，而非私也。公以殁之明年正月八日庚申，葬宣城县射亭乡生田里之原，享年六十有一。母夫人李氏，追封广陵郡夫人；配张氏，封宁国郡夫人，进赠广陵郡太夫人。子男二人：师谦，从仕郎、集贤院照磨；师泰，由胄子试中程，授从仕郎、太和州判官，辟署江浙省掾曹。女一人，适阮垕。孙男三人：高山奴，吴山奴，莱山奴。孙女六人。其所署曰《云林小稿》[3]，曰《听雪斋》，曰《青山谩吟》，曰《倦游集》，曰《豫章稿》，曰《上元新录》，曰《南州纪行》，凡百有廿卷。晚年粹撷诸礼书为一家言，未就而卒。今师谦、师泰皆孝弟纯笃，缉学以世其家，加之以磨砻灌养之功而不止，其所至方未艾也。论次终始，作为铭章，岂特以荣贡氏，以慰其孙子，以劝以侈，以贻其乡里哉！将以昭圣天子褒优儒臣之意，以垂盛世之鸿懿也。礼再拜谨首，为铭以献曰：

贡氏来北，肇自武德。进其忠威，光彼南国。有善自身，乃开承节。继属绵绵，其承有奕。秘书有子，以文起仕。奋迹太常，旋书帝制。有巋其容，志眂万里。大骋瑰辞，综经纬史。始来玉堂，腾声其驾，惟长在右，惟同在亚。在侧惟寮，相颂叹讶。公夷坦坦，弗矜愈下。铨核再试，士曰予归。读卷廷中，帝曰予依。淮济吴越，四周所覆。公马骓骓，持币奔走。神歆公虔，蕃祉以茂。式久在序，侍从之班。告疾归止，几佚于闲。竹水以居，南湖之山。公出公休，乡人嗷嗷。廪余者粟，与党及邻。屋藏有书，遗其后人。素领丹颐，陨焉以怡。言笑在耳，乃哭于帷。维公德善，殁不见其穷。维公所著，传不见其终。有嘉二孥且用，未极其崇。维俭于厥躬，永也其鸿。刻铭墓宫，竖江之东。有万子孙，绍美于公。

校记:

[1] 中书奏授公太常奉礼郎兼检讨:"郎"，底本原脱，据四家集本、四库本补。

[2] 为使而不疚于侦贿:"侦"，四家集本、四库本作"货"。

[3] 其所署曰《云林小稿》:"署"，四家集本、四库本作"著"。

大元赠中奉大夫行中书省参知政事张公神道碑

公讳昂霄，字云卿，姓张氏。其先世居定州，五代时，晋高祖割燕、蓟诸州赂契丹，又徙镇定民以实平营[1]，故今为平州人。金末扰乱，世谍无所稽。祖伯韬，有文学，不仕，读书授徒，为乡人俎豆师。生鉴。鉴为海山县丞，有惠政，娶闻士程虞卿女，有子三人:长即公;次冲霄，仕平州酒税醋使以卒;次平霄，副镇江、丹阳酒税醋务。殁，赠官从侍郎、保定路易州判官。公力孝悌，尚学术，敦慎以睦宗族，子姓称赖，无有间言。国文[2]，檄文臣诣都邑试士人学，中程者复其家，公首以词赋备选。至元七年，辟署平滦路转运司知事。十年，阶前资提举北京平准行用库，克勤厉守咸[3]，较然有声。终更序绩，迁管勾济氏盐场。顾子弟曰:"曲直有施而莫尽材，予岂能伛偻中哲，匠绳度者，而或予强也?惠幼礼长，葺力食生，知天德自贵于物，而行苟不怍人道，殆其尽于兹已，奚必仕而为荣为得禄哉!"于是居闲益讲诗书六艺之学，置诸生左右，撷掇前闻，分厘辨对，俾达所趣，内熙外易，愃愃盹盹。对客燕坐，语及古今人物贤否，事后成败利钝，若水断缕缉[4]，悉有左契。每临笔为文辞，必缘情稽类，不峭涩艰远，而夷然有古作者风意。岁时从容课僮仆，治生业，往来里闬，十有余载，无忿气，无慢容，殆依依乎厚德君子也[5]。以至元廿五年秋七月二十有四日，考终于家，享年七十。其年十月某日，葬平州西苑家庄之原。子男九人：长讳杲，卒海山县酒税醋使；次讳某，早世；次讳昱，同监昌黎县酒税卒；次名昇，今奎章阁大学士、资善大夫，为时名臣；次名昆，承务郎、陕西等处儒学提举；次讳昺，少知好礼，读书日记数千百言，弱冠为兵曹掾，闻其师滕司业卒中山，谋请临哭其丧，例不许，因弃掾得就哭。还金敩，务自多学记览，以博其用，而不幸亦卒；次名晟，承直郎、真定路藁城县尹；次讳晟，既冠而世；次曰旦，承事郎、辽阳行省照磨官。女一人，适士人刘源。男孙凡十有三人：曰璲，监安丰路霍丘县酒税；曰琳，学而未仕；曰山童，夭；曰玙，将仕郎、章佩监知事；曰琦，从仕郎、隆镇卫千户所知事；曰琪，甫冠卒；曰仁童；曰居安；曰鲸川，皆夭；曰瓒，国子生；曰琥，未冠卒；曰珪；曰琢，幼而学。曾孙男三人：曰绍安，憨儿，范阳。玄孙男三人：曰元孙，闻孙，定孙，皆幼。孙女五人：长适同监马城县务赵简，先卒；次又适简；次适迁安赵璧；次适大宁杨诚；次名赛，未笄卒。曾孙女二人：曰高，曰顺。玄孙女一人，幼未名。泰定二年，以公子昇时官阶二品，例推恩二代，鉴，皇赠嘉议大夫、礼部尚书、上轻车都尉，追封北平郡公，妻程氏追封北平郡夫人。公，皇赠中奉大夫、河南江北行中书省参知政事、护军，追封北平郡公。初娶白氏，卒。继室故元师龙德让女，宜家训子，成其内助。而先公十九年卒，追封北平郡大人。再娶夫人妹，后公廿年卒。国制，诸夫人当封者，格止一人。昇以妻封让后夫人龙氏，得请，亦追封北平郡夫人，咸祔葬公茔，礼也。至顺四年春，集贤侍讲学士昇以状属其门生马祖常，维不获拜公，而辱公子昇知最久。迹其尹汝南，焚禁书以全逮系；治越州，忤权臣以逭民赋。及扬历台省，则又有猷有为。而公之流声遗泽，可考而知矣。呜呼！燕营间山川磅礴，郁积之交，钟而为人者，发舒凝蓄，固有晦有明，而豪俊瑰玮之器，世恒见之，岂不以其禀之厚欤？公生当草昧之初，能知读书业儒，而躬不食其报，殆所谓禀之厚而未显者也？不然，胡宁公卒甫五十年，而张氏之门，跻膴仕纡章绂者，充然满廷耶？是岂特因公之绪以知公，又将验夫燕营间灵明之所钟也。乃为之铭曰：

在燕营陬，有郁平州。蔼其焞焞，孰涵以收？张氏德门，实会其休。王父伯韬，肇兹善庆。间关以生，乃起厥问[6]。积厚而微，勃焉其奋。实生县丞，掸于惠政。世济其美，伊自公始。既谷既官，而屹其止。曰熙曰勤，以淑有子。维德之征，爰受多祉。后五十年，烨其有炵。于公于侯，笾豆承祀。绂冕车服，焉亦委委。昇也履之，公实启之。有封马鬣，神安居之。本哉沄沄，迪尔后昆。矢诗贞石，式昭覃恩。

校记：

［1］又徙镇定民以实平营：“镇”，四家集本、四库本作“真”。

［2］国文：“文”，四家集本、四库本作“初”。

［3］克勤厉守咸：“咸”，四家集本有夹注曰“一作职”。

［4］若水断缕缉：“缉”，四家集本、四库本作“续”。

［5］殆依依乎厚德君子也：“德”，底本原脱，据四家集本、四库本补。

［6］乃起厥问：“问”，四家集本、四库本作“闻”。

致仕礼部尚书邢公神道碑铭

泰定二年四月十四日，致仕礼部尚书邢公卒。六月朔，葬于安阳度置之原。越二年致和元年戊辰二月，嗣子温毁瘠累然丧服，持工部侍郎胡彝行状，告其友浚仪马祖常曰：“先考衣衾棺椁，饰终之礼，庶几无悔。温不孝，惟是墓道之碑无文以昭之，敢以是托于子焉。”按状：公讳秉仁，字仁父，姬姓邢氏，世居安阳。契丹、女真扰中夏，士族谱牒存者盖寡，故安阳邢氏始显交口里。大父讳植，不仕，有阴德，赠亚中大夫、彰德路总管、轻车都尉，追封河间郡侯。大母李氏，追封河间郡夫人。父讳德裕，有政事材，志不得奋发，卒小官，赠嘉议大夫、上轻车都尉，追封河间郡侯。母王氏，追封河间郡夫人。继母郭氏，封河间郡太夫人。弟四人：曰秉义，秉礼，秉智，秉信。四人皆后夫人郭氏出。前夫人王氏，独生公一人。两世用是贵，得加封，光华甚荣。公起家辟署河南廉访司曹属，进御史府史，又进丞相东曹掾。满考，授承务郎、平江路推官。未上，改承直郎、济南、莱芜等处铁冶等提举[1]。俄迁承德郎、江西行中书省左右司都事，升朝列大夫，为太医院都事。选充广平彰德等处铁冶都提举，官中议大夫。外台各以名荐，寻为抚州路总管，加亚中大夫、广平路总管，凡十迁，以礼部尚书致仕，阶承务郎至嘉议大夫凡六转，出入中外，率称官守。初提举济南诸冶，赋民不急，逋逃复业。都事江西行省，婉画直辞，赞叶上下。议遣官出廪米五十万石，赈贷属州饥，众难之，公请"异日有擅发罪，秉仁愿独坐"，万齿龈龈待餔以活者，不可指数也。都提举广平、彰德等诸冶，差户程功，矿火悉给缩贾，殖货以利予农，治办为最。总管抚州，专使临门，赐驷之官。抚境地税，户部赋木绵织布，民病非所产，即令输直，吏不得舞手取贿，公私俱便之。小旱祷辄雨，岁连大穰。俗颇哗讦，未几，民耻健讼。移广平路，教学者以雅乐祠事先圣孔子，立乡校七百，各有弟子师。课树桑亿万计，丝纩用饶。民有妇妒姜妊，而以妾妻奴者，夫死而族人欲有其家，讼不决，乃以子生月逆计母妻奴之时，得实，其民遂有后，阖郡号神明。盗伪以小钞贯文作大钞贯文，如钱取镕然[2]，诖误七十人，止以首坐。劝医讲黄帝、越人书，躬视惠民药饵，比去官，民鲜夭札者[3]。赋有寸帛之羡，立归之主。为政具有方略，要以惠恤元元为本。既致仕，益砺志读书，强记不怠。字书多楷法，尤工古隶。有子二人：长子温，由中书检校官拜监察御史、吏部中书左司二郎中，总管大名河间都转运使，丁公艰家居；次子简，门荫补承事郎、监大名路商税。夫人萧氏、于氏，祔葬，并追封河间郡夫人。享年七十有六。呜呼！行闻于乡，政闻于时，为子而上贲其亲，为父而垂裕于后，可谓完也矣。为善人者，可不以邢氏为征耶！是宜铭也。铭曰：

尔车薄薄，尔马跷跷，勿驱我隧域，时君子宅。有绎尔苏，有僬尔刍，毋犯我松与蒌，时君子君。若广汉之明，弗钩距以倾；若霸之惠[4]，弗饰异以诡。时予有元之循吏，孙子奕奕，时昌时赫。时善维吉，时视予贞刻。（本文又见清嘉庆二十四年《安阳县志》卷一二、涵芬楼《古今文钞》卷七〇）

校记：

[1] 莱芜等处铁冶等提举："莱"，底本作"菜"，据四家集本、四库本、《安阳县志》本改。

[2] 如钱取镕然："镕",《安阳县志》、涵芬楼《古今文钞》作"镕"。

[3] 民鲜天札者："札",四家集本、四库本作"死"。

[4] 若霸之惠："霸",四家集本、四库本作"黄霸"。

金燕南河北道肃政廉访司事赵公神道碑

相州安阳县之赵氏,有起郡掾为燕南河北道肃政廉访司事以殁者[1],讳思恭。以吏治见于世,其葬在安阳之吴村原。葬之三十九年,有子天纲亦起宪府掾为监察御史,乃始请刑部郎中苏天爵状其行,拜而乞铭于浚仪马祖常。其序曰:赵氏安阳[2],金有徙磁之滏阳者,讳秉文,仕至礼部尚书,别为滏阳赵氏。其留安阳者,族世远,不能谱。公曾祖讳德,德生温生仁。仁起家同知钧州。公,钧州之子,尚书之从孙也。少读书,通其理乱得失之大旨,尤爱治刑名书律,欲以其所为思一有所奋,成名迹于世。当是时,天下甫定,权贵人多出功战,为士者寡。公独于问学辨说,法制数度,上下委折之微,有足征者。年十九,声闻于乡,郡侯高鸣辟掾郡中,称其廉平。久之,贡中书刑部曹,转大司农掾。其立意施事,详于利人而略于便己,以故一时名公卿咸礼誉焉。至元十六年,始官从仕郎,宣徽照磨,管勾架阁。未几,为主事,寻迁经历宣徽,掌凡内饔,天子储后侯王卿士食饮膳馐、酒醴醯脩、醢酱之共。事素丛剧,公在职十年,所为问义理何如。不毫发顾计,丝考粒絜,以参核出内,奸弊无所逞。台臣上公之材,擢拜燕南河北提刑按察司判官,阶承德郎。居官号为辨治,入拜监察御史。时山北岁凶,公请亟发粟赈贷,廷议檄公就行。至则施民所宜便,曲赒继之,赖以活者至万数人。其所论于上,多同列所不敢言者。其已尝言,则不缀以言,曰:"无挠法害治足矣。"然排幸贵党佞为独切,所言有以儆世者。岁二月八日,京师迎佛解祠于城西,流外诸司集与其役,织染局使储普华倚时相受赇,公纠以法。时相怒,召公政事堂,诘曰:"国家岁祠佛以徼善利,若独沮不虔邪?"公具事质,从容论其罪,时相为叹息,许之俾治如律。先是,宰相以户曹金谷,工曹兴役,簿书浸溢,吏滋多不法,请御史杂治之。公分治工曹,盖累月而后理。或曰:"君敢为而能敏,今若此,何滞缓也?"公笑曰:"是固人之所能易也,而我则不能。且是举也，朝廷岂以为它，亦曰慎材用，黜冗节浮而已。今不深察其原悉[3]，而苟简以为之，人虽以我能敏，后有不胜其弊者。"已而果用文吏覆核，无锱铢舛，众始服公识虑之周密也。除大司农经历，转奉政大夫。尝与其长议务农重本十事入陈上前，上独顾公，令即施行之。廿八年，诏改提刑按察司为肃政廉访司，擢公金河北河南道肃政廉访司事。须之，移燕南河北。至元、元贞之间，四海久平，绳吏法宽，纵吏相习为沉浮，幸终更去。或按一吏，则群诋以刻暴。职是，事积不治而敝日以及民矣。公金事两道，约其民以听古灵陈氏之训，按其吏，独严法无所假恕。听其讼，必诘折得其情，所为者使自服。讼以故少，人以故无所冤。其巡察都邑，必首率博士弟子员谒孔子庭，升堂诵说，导以礼治。以其故，所至不独吏有所畏，而民亦乐有劝焉。其事亲能得其欢，其遇人和易，质厚不为畦丼。其处宗戚，疏近有恩。于其先世田庐，独取其硗弊，而完饶者推以与诸弟侄。于亟人之穷，汲汲若不有获，自与衣服饮食，尤俭以约。既老，读书不去手，尤喜《陆宣公奏议》、真文忠公《大学衍义》，曰："是真临官治民，事君日益者。"故其发为论议，措之事为，多为世所称。其尝所慕好，若鲁斋许公、静修刘公，悉当世豪杰拔特之士。其尝所荐引，若保定郭贯、张仲实，滏阳安祐，洺水刘赓者，后尤有闻于时。其字仲敬，其寿五十有八，其殁以元贞二年十一月望日，在大名之官舍，其葬以是年十二月八日。其妣张氏，其配焦氏。焦，金世大家，代有闻人，后公廿五年殁，寿八十，合葬公墓。其子男三人：侃，早卒；天纲，由御史大夫掾为浙东廉访司经历，拜江南行台监察御史，入拜监察御史，清慎端悫，为世名人；天经，补公荫，主获嘉县簿，调冀宁录事卒。女二人：适主簿王蔚，浙西廉访金事傅汝砺。其孙男三人：曰植，夭；曰构，为江浙行省掾史；曰楷，读书未仕。孙女一人，适士子辔某。呜呼！三代瞽宗米廪教养之制既坏，人人不得成其材久矣。汉以来，时有赴功立事之会，则材臣辨士技谋智谲之人，必迹同世，若恒有余。时或至用无其会，则往往瑰玮雄奇之人，亦且无见于世，盖其穷厄委逸于草泽市里之中者，岂少哉！若公之材识器术，又其德善如此，且当赴功立事之会，尝有位于朝，而不得极其志以骏暴于世，抑岂非其会也夫？然公殁而有子为名御史响时用，岂其硕大光显，又将在兹欤？若公者，亦可谓特见自立之士矣。铭诸石，使知公之不大显以极其志也。铭曰：

时需厥人用或乖，应适其会否能谐。公躬知艺称世材，发闻秋官耀中
台。驱磔虺蜮勃虪豻，蟠信瘅苏培厥栽。谓极其志乃中摧，其生可嘉死足
哀。有懿孙子瑶与瑰，殖是福禄公所开。忠名孝绩宜无涯，噫乎公乎郁余
怀。山朝于陟下维限，刻碑高原贻后来。

校记：

[1] 为燕南河北道肃政廉访司事以殁者："为燕南"，四家集本、四库本作
"为金燕南"。

[2] 赵氏安阳："安阳"，四家集本、四库本作"世家安阳"。

[3] 今不深察其原悉："悉"，四家集本、四库本作"委"。

敕赐赠参知政事胡魏公神道碑

皇帝御咸宁殿，御史大夫臣某，侍御史臣普化奏言："侍御史臣彝服
劳官常，夙夜殚忠，力以称所使，蒙陛下器选为台臣，秩第二品，得赠其
父官中奉大夫，职江浙等处行中书省参知政事，勋护军，爵魏郡公，盖所
以慰宠胡氏，以昭其先人之善者。既鸿奕已，臣彝将叙缉其家之望郡系
世，及其父祖妣之休闻实泽，刻书于碑，图久不泯，以侈陛下之赐，以贲
其乡里，以劝其后孙子于亡极。彝惶惧未敢以闻，惟陛下哀怜之。"制曰：
"可"，乃敕臣祖常为制其辞。臣昧死叙列以进曰：胡氏远出于舜。周武王
时，有封于陈为舜后者曰胡公。至春秋之世，楚灭陈，子孙转徙，因氏胡
为肇姓。其后仕于汉，曰建、曰广者，以勋名著。历魏迄唐，大有闻
人[1]。金之末，鄢陵之胡氏徙相州之安阳县。公讳景先，字彦明，相州安
阳人也。少端默有远操，内自修饬，不求当世之誉，乐其所守。谓豪术求
荣，不多于竭力以供子职；枉己逐物，不贤于隐居以遂吾志。故事亲为
学，力田业生以终其世，于贵富宠炎，未尝动于意。兄殁，事寡嫂岳尤尽
礼，畜其孤某如己子。里人有贷钱为本业，子本相埒至万十数[2]，贫莫能
偿，主责之棘声自经[3]，公捐赀与偿之。里人谢为券质公所，公火其券。
岁大侵，出廪实以赒其乡，既匮，又卖田继之。至熟，人将酬之，不受。

邻有丧，子弱贫无所有，公为具饭含衣被棺木以敛藏之，恤其孥，既长，俾有家，愿佣以报，不许。盗有窃其牛羊者，又窃所乘马，公知贼处，一不问。人尝具馔奉公，公肉而甘，召庖人问之曰："燔能泽，濡能燋，味奚是适？"庖对以法：上下釜皆新铸，合肉其中，密其款顶，趾加火焉。公曰："毋得釜损乎？味于适而器于弊，吾弗忍。"其平居恂恂恭谨，遇人无戚疏，豁然无机疃，或期罔之，不以变。春秋高矣，出入闾里，尝却车马不御[4]。与故人父老游，或具几杖，亦不扶。以故，乡人皆德其善而响其庄，不忍以字称之，尊之谓翁。其长者语其子弟，必教以公为法曰："为人若胡翁足矣。"其殁也，茕寡饥馑，难呕患厄之人，相值必曰："胡翁之亡，俾吾无所控恃。"致和元年二月六日方与亲戚高会，言笑如平时，忽举手谢客，匡坐而殁，得寿八十。以其年五月十日葬安阳县孝明村之原。初封奉训大夫，载封朝请大夫同签太常礼仪院事、骑都尉、安定郡伯，进封翰林直学士、亚中大夫、轻车都尉、安定郡侯，累赠魏郡公。夫人王氏亦鄢陵望族，慈孝贞静，处亲族远近长幼间尽其宜，严馈祀亲，纫缝浣濯，至老而无懈容。事夫能成其志，教子能成其材。彝官于朝，闾里以为夫人荣而卒不见其喜；彝官归，以贫匮不足于养为忧，辄喜曰："此吾所以教子也。"彝居魏公艰，服除，起拜陕西行台治书侍御史。夫人辞就养止之曰[5]："西台，临四省四宪，朝廷倚为重地。且秦中岁饥，是辞岂义之急病让夷者，而忘而父之训耶？"后公三年六月六日卒，祔公墓，累赠魏郡夫人。臣尝铭其圹。子二人：曰彝，由丞相掾起家为工部主事，官十转为中奉大夫，职十有二迁为侍御史；曰规，兵部曹。女三人：适郑某，王某，李某，皆士族。孙二人：敬伯，侍仪舍人；柏寿，尚幼。孙女二人：适大司农侯公孙某，樊某。臣尝闻，彝为河南行省左右司员外郎时，河南大饥，使告发者如绎[6]，省臣以格未即许。彝时代判省牍，乃专发米三十二万石，所活五十余万人。其为河西陇右佥宪，陇右地极边，吏往往阔略干没无所顾。彝按擿绳奸赇墨，坐者十有一人，绎滥系者八人，没赃四百五十万缗。其为右司都事，有以西域僧卜兆言释重囚以解除者，中贵人传旨，引富人子当死者至内建[7]，将脱械，彝白宰相置之狱。其为御史，为员外郎左司，所言于上，悉同采所不能且不敢言者。临事裁决，引大体，略细故，矫矫无所屈。又闻其为尚书户部也，天与入正大统，故典亲王、宗臣庶官、卫士锡予之数为金币谷帛，以万万计。时浃月，间举故典者、再执事者请括金民间以充用。时廷臣多是其议，彝独以为不便，乃稽诸内府之隐，核郡县上供之实，与内帑岁积之羡；不给，则令盐商入银以准币，大朝会遂无阙事。臣摄官御史中丞知经筵事，实与彝同署，又见其阐翼宪纪，纠绳官邪，入侍讲幄，考质经义，究观前世之变，而至夫理乱与坏之际[8]，必委悉焉。此彝之事，臣得之于耳目者。士论咸以诵彝，而彝之语臣必曰："魏公之教不敢忘。"嘻，观彝之事，而质以其言，盖可以知公矣。考讳用璋，疏达明信，不肯为自欺，以德行化其乡曲。邻有枣树，岁秋实积坠舍旁地，命左右拾以归其主。与人交，不矫矫以异，亦不翕翕以同，以故人莫能亲疏之。居尝自号曰"陶然翁"。尝语公，谓"胡氏之先世大业，有缊德未发，当后有食其报者"。至彝，果显用为贤臣。亡妣祝氏，修身理家有懿则，其智识德量过人远甚。畜马有夜盲者，僮擅面谩市人，取直以媚，夫人遽叱还其直，且谢曰："僮不以质言而辄汝绐，吾不忍也。"以彝贵，皇赠嘉议大夫、吏部尚书、上轻车都尉、魏郡侯。祝氏魏郡夫人。嘻！观公考妣之事，而征以公之善，尤足以知公世德之远哉！初，吏部与其昆弟起鄢陵，提家北绝河来相，昆弟皆还鄢陵，而吏部独考室于相焉。其先尝继为宋、金显官，而天兴剿薙之余，虽鄢陵葬有茔，茔有碑，石剥勒文不可识，故其世莫得而详。然胡氏，陈胡公之后，于陈氏国分姓也。昔汉陈太丘之仁，郁抑于当世，而纪谌群泰贵显者数世，岂魏公之先既有荣名，而子孙逢时不祥，又有翳善晦德如太丘者乎？不者，何后世之硕大蕃与若是！臣又知彝之孙子贵显尚未艾也。臣奉诏，以国子博士臣沂原大敷懿之状，考公子之所履，以求公之世，而得公之言行如此。于是谨为之铭曰：

周有胡公，宾王缵圣。陈墟，姓别妨，氏安定，曰建，曰广，汉树显闻。亦有威奋，蜚声魏晋。弥宋涉唐，代奕其扬。子孙世食，占徙靡常。既又抑厄，载迁安阳。维安阳里，其承有炜。吏部之孙，魏公之子，谠议侃侃，称天子使。天子曰嗟，彝侍御史。工协于极，邦肃于纪。咨予尔嘉，懋正厥事。彝拜稽首，臣昔筮仕。左右致养，以官就侍。天子之仁，既多受祉。臣罪不谷，失我怙恃。帝闵臣孤，赉之庆驰。有爵有官，秩跻第二。生则孔荣，殁显亦炽。维昔魏公，殖善弗匮。备乐孝养，亦又多誉发祥在彝，实兴佐时。维皇好德，是缉公熙。肆厚厥有，乃永其贻。绳绳胤似，勿替承之。鄴城之野，既封既树。相城北西，亦有新墓。帝锡之碑，昌此文寿。百世其延，庸勖尔胄。（本文又见清嘉庆三年《彰德府志》卷一、嘉庆二十四年《安阳县志》卷一二）

校记：

[1] 大有闻人："大"，四家集本、四库本作"代"。

[2] 子本相埒至万十数："十"，四家集本、四库本作"千"。

[3] 主责之棘声自经："棘声"，四家集本、四库本作"棘户"。

[4] 尝却车马不御："尝"，《安阳县志》本作"常"。

[5] 夫人辞就养止之日："夫人辞就养"，四家集本、四库本作"辞就养夫人"。当是。

[6] 使告发者如绎："告"，《安阳县志》作"先"。"发者"，四家集本、四库本作"发廪者"。

[7] 引富人子当死者至内建："建"，四家集本、四库本、《安阳县志》均作"廷"。似是。

[8] 而至夫理乱与坏之际："坏"，《安阳县志》作"衰"。

故礼部尚书马公神道碑铭

公讳月忽乃，世本属雍古部族，居静州之天山。天山，古居延海也。曾祖讳怗穆尔越哥，祖讳把造马野礼属，皆以财雄边。父讳锡礼吉思，当金迁浚都，尚书省辟为译字掾曹，试开封判官，改凤翔兵马判官，死节，赠镇国上将军、恒州刺史。官名有马，因以立氏。父死节时，公年甫十七，壮其父之忠义，奋而投冠于地，誓曰："吾父死于国难，吾纾家难可也。"遂侍太夫人王氏，艰关锋镝，跋涉星夜，出汴绝河而北，见宪宗皇帝于和宁。年少辞容端敬，宪宗嘉赏之，命赞卜只儿断事官事。国朝天造之始，总裁庶政，悉由断事官。燕故城为断事官治所。中原久刬兵燹，民讴吟思见太平之日。公力筹画规度，政修事举，士悦民附，胥为大和。世祖皇帝以亲王南伐，公从行，留汴馈饟，六师悉发，靳音冗人赋一石。取济南盐，自堰头舟行陆挽数百万斤，散布军所过州郡。汴、蔡河南之地，农在野而商在涂，不恐不惊，而军政修焉。世祖皇帝即位，降诏褒奖，其词有曰："有此勤瘁，深可尚嘉"云者。阿蓝答儿据鱼儿泊叛，仓卒之际，公罄家赀市马五百匹进上，世祖皇帝尝给券赐其家曰："后当偿汝以版户。"遂试学子，通一经即不同编民。今令甲儒免丁者，公始之也。中统建元，既肇建省、部，明年，拜礼部尚书，佩金虎符。四年八月二十一日薨于上都之邸第，讣闻，内外文武之属，缙绅之士，咸嗟悼蠹伤，形诸文字之间，迄今传而不泯也。呜呼！公之薨年甫四十有八，即以某年某月日葬于大都宛平县清水河之阴之原太夫人王氏墓后。梁郡夫人白氏祔。后六十四年为至顺元年，曾孙祖常辱官礼部尚书，请于朝，追号推忠宣力翊运功臣、勋上轻车都尉、阶正议大夫、爵梁郡侯、官金枢密院事，谥忠懿。子十有一人：长讳世忠，常平仓都转运使；次讳世昌，行尚书省左右司郎中，孙祖常官忝第二品，推恩二代，赠嘉议大夫、吏部尚书、上轻车都尉、梁郡侯；次讳世显，知通州事；次世荣，早卒无子；次世靖，不仕；次世禄，中山府织染提举；次世吉，承公荫绛州判官；次审温，嘉议大夫、历台州、淮安、瑞州路总管；余三人早卒不仕。女四人：三早卒；一嫁广东道副都元帅阔里吉思。孙二十人：长讳润，朝列大夫、同知漳州路，以子祖常备侍御史，赠中奉大夫、河南江北等处行中书省参知政事、护军、梁郡公；次节，入王屋山为道士；次礼，下砂盐司丞；次渊，不仕。次开，监在京仓；次遗、道、遵，皆早卒；次通、迪；次保六，赐提举都城所；次未名，卒；次岳难，武略将军、兰溪州达鲁花赤；次雅古，处士，以孝闻；次必吉男，奉训大夫、同知兴国路事；次祝饶，监富池茶场；余四人未仕。曾孙三十一人：长祖常，由进士转官侍御史；次祖义，郊祀法物库使；次祖烈，汴梁等路管民总管府案牍官；次天合，监杭州盐仓；次祖孝，管勾河垛盐场；次易，朔南察院书吏；次祖谦，昭功万户都总使府知事；次祖元，信州路教授；次卤合，知行唐县；仕者九人，余者学而未官也[1]。玄孙若干人：长武子，中书省掾；次文子，国子生；次献子、惠子，并国子生；余皆幼。诸女孙以多载于家传，兹不重出。呜呼！我曾祖尚书，德足以利人，而位不称德；才足以经邦，而寿不享年；世非出于中国，而学问文献过于邹鲁之士。时方遇于草昧，而赞襄制度则几于承平，俾其子孙百年之间革其旧俗，而衣冠之传，实肇于我曾祖也。呜呼！祖常生三十三岁，父润南宫漳州，教祖常曰："吾祖有德未尽发，吾官州郡不得施，令汝颇树立，其大将在汝也。"后祖常佩父训不忘，忝官翰林直学士，太子右赞善大夫，礼部尚书，参议中书省事，入台进侍御史，叨冒宠荣，夙夜忧惧，惟恐违父之教而坠我曾祖之业，蒙不孝之罪，死不瞑目于地下。葬仪不具，茔域不广，欲改卜而迁之。宗老曰：封树八十年矣，神殆安兹，未易改卜。呜呼！祖常既抚我曾祖行实万一而略论次之矣，忍不泣而终铭之。铭曰：

有崛而起之，孰趋而掎之？将济世美，必承而履之。懿矣我祖，百年于兹，衣冠之传，实维启之。世多王公，亦多华靡，惟不革俗，而忽其纪。绳绳孙子，思马有氏。咸宜习礼，以续庙祀。（又见涵芬楼《古今文钞》卷七〇）

校记：

[1] 余者学而未官也："者"，涵芬楼《古今文钞》卷七〇作"皆"。

敕赐大司徒蓟国忠简公神道碑

公世出朔北，属卫兀部，小字忙兀的斤。初，公父朵罗术从高昌国王内附，当我定宗、宪宗之时，以未用中夏文字，朵罗术始用其国记画言语为扎书，习诸部人。世皇在潜邸，亦颇讲于其学。朵罗术既卒，乃敕使者召公朔北，公至，上手公入便殿，谓昭睿顺圣皇后曰："是儿幼貌伟，绝肖其父，宜出入属侍间，朕不忘朵罗术也。"久之，以能世父业，命以其书职教内诸御，出宫人忽都花妻之。至元十年，特命公提点资成库，阶奉训大夫，主尚方幄殿仗宿屋令。十五年，诏改资成库为尚用监，拜公太监，阶中顺大夫。十九年，迁太府太监。廿五年，又改尚用曰中尚，仍拜公太监，进太中大夫。未几，迁中尚卿，阶嘉议大夫，寻命兼知太府监事，阶通议大夫。成宗在位，思顾旧臣，以公久勤事，特授正奉大夫，进秩二品。时上省方陪都，尝清暑西华门，见公第庳隘，卫屏饰不称[1]，遣近侍谕公曰："朕固知尔能有贫[2]，然家苟不给，当朕言毋讳。"公谢曰：

"臣材亡可录者，被先朝恩，冒有俸，稍廪既以给衣食。乘坚策肥，若畴人子侄，非不有所欲，顾以无能，不敢浮窃厚毗尔。"上闻益贤之。武宗至大元年，诏升中尚监为中尚院，就拜公中尚院使。三月，拜大司徒，进阶荣禄大夫，从一品秩。公以位泰[3]，固辞，不许。仁宗奉诏宪元圣太后入平内难，召公计宜隆福宫，公从容传白，多援祖宗训实及制事御统之变，其语罕泄，不传。皇庆元年，仁宗即位，复拜公中尚卿。每给事直宫，对上必恳陈治要与国政，在显位无益于民者，指切言之，上亦以公宿贵有德者，多味公言，敕中书赐楮币万缗。公又谢曰："臣自以为置肝脑不足酬上德，日兢兢不敢有坠言污履以孤累圣之眷，故常有狗马之心。今病，力不能任服事，宁幸财于无功耶？"上固勉之，终不受。其年十一月二十六日，以疾薨于昭回坊之赐第，寿七十有六。初葬顺州第四乡发信村之原，元统元年四月，公第五子监察御史塔纳始买地于大兴县燕台乡艾村原，作为茔垣，树列翁仲石仪，举公及夫人之柩葬焉。于是台臣以闻，有诏赠公银青荣禄大夫、太保、上柱国，追封蓟国公，谥忠简。夫人忽都花，赠蓟国夫人。仍命具公行寿善劳、世族官治，树文于碑，刻之神道，以假宠。公之孙子塔纳以监察御史某之状以请，臣论次其言曰：我国家肇奋朔土，车舆庐帐，冠带裘服，以旦暮从事于四方。有攻伐之具，有守御之备，轭牛靮马，必物其足力。毳革箸木，束辕之器，必权其功呰。节比协材，必皆良而后用。故国初即设官以典焉。盖一代之制，不比于卫尉、太仆，乘黄守宫，令供亿于祭享、会朝，幸畋而已。公以朔北闻族，受知世祖，自少以至于老，曰资成，曰尚用，曰中尚，未尝一岁去他官，而尤悉力以勤其事，不以久而不足狙也。其知此者乎？夫在位者，数徙则不得久其官，官非久，则无以习而知其事，故下无所驯以安。其治其弊，贤者不能以及于功，不肖者罪不积于著而免，天下之不底于理，其不由是欤？臣观公之久于其任，任之之专，而得世祖任官之意焉。虽然，在位者非其人，而恃久以为治，亦未有能治者也。又观公之善于其职，与其廉取辞荣，而得公之为人焉。信公之言，以质公之行，则其贤远哉！是不可使无铭也已。公有子十一人[4]：曰明里，忠翊校尉、监重庆路泸州；曰八扎不花，亚中大夫、监安丰路致仕；曰秃忽赤，奉议大夫、监南阳府裕州；曰德奴，武德将军、监汝宁府光州；曰塔纳，奉直大夫、监察御史；曰脱烈不花，曰太平，曰曲林不花，未仕；曰脱不花，曰亦迪不花[5]，曰七山，皆夭。女一人，为监蓟州名上都之妻。孙男十四人：曰脱禾，中奉大夫、湖南道宣慰使；曰脱脱，忠翊校尉、同知宿州事；曰忽脱，曰忽都不花，曰朵里不花，曰不儿罕忽里，曰万僧奴，曰和上，曰给只哥，曰燕怙木儿，曰德僧，曰缚住马，曰伴伴，曰忙哥怙木儿，俱未仕。曾孙七人：班迪，承事郎、昭孝营缮司大使；曰禾上，曰兴哥，曰山僧，曰海僧，曰观音奴，曰福僧，俱幼。呜呼！公既显荣寿考以终其身，距今甫二十四年，而后嗣之蕃衍盛昌若此，塔纳又能修敏质勤，以名其官，方向用未极，非其力劳而报约之征耶？古所谓淑人君子者，公于是可以当之矣。臣摄官御史中丞，塔纳在察院，故于其请，奉诏不敢辞，乃再拜稽首，为系之铭曰：

位艰而勚，世不必久也。公不以久，而绩益懋也。宠弛而丰，人寔斯受也。公不以寔，而廉自厚也。夫惟其贤，宜有寿也。既硕既延，公多后也。燕台北乡，墓焉公藏。奚改于卜？龟食惟祥。曰贵与财，孰顾靡怀？贵骄财悖，式贻身哀。维公则不，维志之求。敢告胤绪，禔公之休。

校记：

[1] 卫屏饰不称："卫"，四家集本、四库本无。

[2] 朕固知尔能有贫："有"，四家集本、四库本作"守"。

[3] 公以位泰："泰"，四家集本、四库本作"大"。

[4] 公有子十一人："十一人"，四家集体、四库本作"十人"。

[5] 曰亦迪不花："亦"，四家集本、四库本作"赤"。

霸州长忽速刺沙君遗爱碑

霸州达鲁花赤、于阗忽速刺沙去官之明年，州人列其事状将勒诸石。太史氏按事状而为论次之曰：始州有恶子房黑厮，藉属县益津诸田五百顷，上于会福院者。会福以祷祠为官，不急民事，即遣属人按图制民田。前官悉不敢何问，而君乃告于大府，请于礼部，竟归其田于民。十七户武断里闬，冒占征戍军士名籍不应役，前有司亦莫之省也，君词得之[1]，咸各俯首不出一语，以服事编伍。州在甸服百里，稿秸之入官，岁以龃偿

之。比官艖至，集民于州而口给之，君均以法，人皆便之。州杂五方之
俗，庠序之教不兴，君帅子弟以学，而民知愧耻而远罪。凡若此者不一，
至于税稍廪而食饿者[2]，御田猎以劝耕者，梁津表道，封植遂宜，合社祀
神雨旸时，若是以知古之循吏之迹，传于载记者尤尽可信也。夫古之循
吏，视今为无难者，盖尝指以语诸人矣。国家官制，率以国人居班簿首，
州县则又仍国初，官各置建达鲁花赤员，并守令丞佐，连位坐署，哄然言
语气俗不相通，大或恣睢压僚吏，小或啮螫单弱。使者劾治[3]，则称谓氏
族贵重。人人皆假贷，不绳细微廉慎之节，彼亦往往甘心焉，而欲效古之
循吏，能专志于治者寡矣。君能不牵于时俗，而且有所振起，可谓贤也
矣。如此，则国之职纂录者，可不为之书以为训于当世焉？

校记：

[1] 君词得之："词"，四家集本、四库本作"调"。

[2] 至于税稍廪而食饿者："税"，四家集本、四库本作"捐"。

[3] 使者劾治："劾"，底本原缺，据四家集本、四库本补。

故贞节赠容国夫人萨法礼氏碑铭

夫人萨法礼，故大断事官雅老瓦实之女孙，故江淮等处行中书省平章
政事阿里别之女，故赠荣禄大夫、大司徒、上柱国、容国公帖木儿普化之
妻，今朝列大夫、治书御史阿鲁忽秃之母也。夫人生有淑德懿行，未大显
著，诏令臣祖常制其碑辞。始夫人归故枢密、追封升王土土哈家时，王方
穷荷干戈[1]，宣威万里，拓土开疆，为国虎臣，贵盛光宠，旄节焜耀。夫
人若常人女妇，上堂执妇道，亲进盥栉，无失容也。已而帖木儿普化出领
建康、庐州、饶州等处食封户达鲁花赤，夫人随之江南，知民间衣食生
业，愈自抑损贵习。大德丙午，帖木儿普化卒，夫人年甫廿有九也，哭
泣、丧服葬具有法。既有丧，亦不事涂泽，面发殆如槁者。以俭率下，其
家能完居廿有六年。夫人将六十矣，建康府上事行御史台，行中书省，公
牍交上中书，下尚书，准律可旌其门曰"贞节"。又十年，为至顺辛未，
夫人既卒矣，子阿鲁忽秃请于朝，追封容国夫人。子四人：曰秃鲁，曰和

上，曰亦怜真，并不仕而殁；一今治书侍御史也。痛其母之早寡，能以礼卫其身，又教我使知读书，有所树立于时，衔哀具仪告其寮友马祖常曰："吾母贞节，方诸古烈妇，无以尚也。今幸有诏，命汝为文以揭于碑。"祖常曰："诺。义宜为文，矧我明天子有诏乎？臣闻有道之世，比屋可封，盖民化矣，焉用所谓刑哉！国家列圣治平，重熙累洽，其男子多公卿将相之才，其女子往往天资之以专静贞顺之德，然不为世所知者众矣，夫人子贤，乃得暴白之也。"谨按：夫人于闻人，祖雅老瓦实充大断事官者。国初官制未遑立，凡军国机务悉决于断事官。断事官行治在燕，鸾舆尚驻和宁，中原数十百州之命脉系焉，非今日隶于省院者也。父阿里别，以不附权臣而坐法。故书夫人之行，而并著其祖考之实，所以表其积善之征，亦孝子慈孙之志也。传称《周南》《召南》刑家以及国，则妇人之相其夫子者多矣。天子属臣载于文者，讵非广教化之意欤？臣祖常乃奉诏百拜稽首而献铭曰：

有贞节淑女，早嫔大家。节其珩璜，不服于奢。上堂问姑，下堂事夫。进与（与，一作馔）主馈，婉婉愉愉。夫官江南，实临食封。夫人丧鬠，哀戚靡容。积年弥坚，弗随弗迁。有司腾书，表于里缠。岂惟女师，以义迪子。秉宪内外，震詟远近。始即泉丘，夫人开国。藿莆光华，令善惟饰。舅尊为王，夫荣为公。子为台臣，何憾于终！溧水之阳，大江北纡。柏松亭亭，有碑龟跌。命勒铭诗，天子所施。今曰宜之，世之女师。

校记：

[1] 王方穷荷干戈："穷"，四库本作"躬"。

济南安氏先茔碑

济南安氏，有讳圭字伯玉者，明法律起家。始试补行省刑部令史，寻迁乐安盐司判官，济南府经历官。未几，又补行尚书省令史，权行省刑部员外郎，仍正授员外郎，进至济南行省左司郎中。是时君年甫逾六十矣，即谢事家居不起[1]。以至元甲子五月初七日终于正寝，享年七十有一。其子某以是月十三日葬君于某乡某原先茔之东，夫人成氏祔焉。君先娶成氏，再娶张氏。成氏，宣武将军丘簿昌之女[2]，先于君二十年卒。有子四人：长曰伸，次曰僖，曰倪，曰侃。女一人，适济南张铎。伸为登宁场盐司管勾，配成氏，有子五人：长曰惟湛，次曰惟潜，曰惟澄，曰惟溥，曰惟泌。僖监泰安州酒醋税，配段氏，有子二人：长曰惟洪，中议大夫、江西湖东道廉访副使；次曰惟洋。倪为济南府孔目官，早卒无子。侃朝列大夫、知安东州，配李氏，有子三人：长曰惟演，从仕郎、冠州判官；次曰惟淑，监济州税；曰惟汉，早卒。曾孙一十二人[3]。长曰景范，惟湛子也，承务郎，彰德、广平、临水等处铁冶副提举；曰景元，惟演子也，进义副尉、监杭州富阳县税；曰景时，早卒；曰景良；曰景嘉，惟溥子也，后卫典史；曰景益，惟洋子也；曰景璘，惟洪子也；曰景肃、景周、景鲁、景开、景略，皆有学未官。按：安氏上世家隶郡，后迁济水南，郎中君独能以吏文崛起，致身高显，而其子孙迪蹈世美，或仕或学，悉有名称。原非郎中君生平有淑德懿行，图用世资[4]，不赫赫发于其躬，而弥致其来者踵踵也！是宜植石镌辞，以昭示无拯[5]。铭曰：

惟鼎钟以受也，惟谷帛以售也。德克肖之，永有绍也。（本文又见清乾隆三十八年《历城县志》卷二四）

校记：

[1] 即谢事家居不起："居"，底本作"君"，据四家集本、四库本、清乾隆《历城县志》改。

[2] 宣武将军丘簿昌之女："丘簿昌"，四家集本、四库本、清乾隆《历城县志》作"章丘簿昌"。

[3] 曾孙一十二人："二"，底本原缺，据四家集本、四库本补。

[4] 图用世资："图"，四家集本、四库本、清乾隆《历城县志》作"啬"。

[5] 以昭示无拯："拯"，四家集本、四库本、清乾隆《历城县志》作"极"。

朝请大夫大名路治中致仕冯君先茔碑铭

君名仲德，赵州柏乡人，系出汉冯君之裔。高祖讳彬，曾祖讳郁，祖讳忠，皆隐。高祖妣李氏，曾祖妣王氏，祖妣缑氏。考讳安，少有勇力，能驰射，不肯服稿事。会国朝定中原，兵南下，遂起家为材士，隶万户史侯戏下，从战两河间，屡有功。时史侯节制诸镇，以便宜辟君为合扎翼提控官，阶至宣武将军。辛卯，我师济大河，淮万户府行军镇抚都弹压官[1]，凯还，主临城县簿，寻迁高邑县丞。丁酉，加柏乡县尹，凡为柏乡县尹者二十有九年，而卒于官。姘路氏。追中统四年[2]，君始袭父职柏乡县尹。至元二年，改涉县尹。六年，真受敕黄进敦武校尉、井陉县尹。九年，依前官真定县尹。十七年，迁忠显校尉，同知晋州、二十一年，改信都县尹兼管诸军奥鲁劝农事。二十八年，进忠武校尉、池州路判官。大德元年，改安庆路判官。八年，进阶奉训大夫、知益都路胶州事。凡自柏乡县尹八迁而至知胶州，自敦武校尉四转而至奉训大夫。至大四年，始以朝请大夫、大名路治中致仕于朝。夫人江氏，再娶夫人苏氏，又再娶夫人田氏。子五人：杞、桂、桧、楷、梓。杞，江氏出，余皆苏氏出也。杞承门荫将仕佐郎、主临城县簿，桂监安庆府河泊鱼课，桧监池州税，楷监太湖县税，梓湖广行省宣使。从子三人：正，柏乡县奥鲁；次次[3]，官进武德将军管军千户；椿，屯田百户。再从子一人：良弼，佩白金符卫率府百户。呜呼！夫朝请君以门地少小即有官，长益力有为，岂不贤于人哉！方之以进取为贤，而不知用之亟而将自蹙者远矣。今观君之历官岁月，又且循序守道理不躁，是能蕃衍硕大，终致贵显而无微咎也。其从政迹从可知也已[4]，其世德又从可知也已，用宜铭诸乐石以劝。铭曰：

　　振振冯氏，唐显汉世。厥后或疑，不载传记。有烨胄出，皇元朝请。章甫以居，贲其闲井。亦有秀子，宗支蝉联。金节象笏，式华以宣。爰考德征，允迪之承。畴之畇畇，禾之芸芸。维天显仁，阴骘我人。原念美实，降相善纯。柏乡之原，丰砚植焉[5]。刻此铭诗，尚兹鉴旃。

校记：

[1] 淮万户府行军镇抚都弹压官："淮"，四家集本、四库本作"进"。

[2] 追中统四年："四"，底本作"曰"，据四家集本、四库本改。

[3] 次次："次次"，四家集本、四库本作"次某"。

[4] 其从政迹从可知也已："其从"，四家集本、四库本作"其于"。

[5] 丰砚植焉："砚"，四家集本、四库本作"碑"。

故朝请大夫礼部郎中王君神道碑

朝请大夫、礼部王君，以泰定元年七月十有八日卒于北都留守之官舍。有司给舆护枢扶还南都，朝之卿士咸叹惋曰："善人亡矣。"其吊赙之者异常礼焉。君讳兴祖，字景先甫，卫州胙城人。高祖讳魏，金贞祐间及进士第，官至宝丰令。曾大父讳克温，金从仕郎、辉州佐，以节死。大父讳文昱，以父死国难，誓不仕。父讳澍，后以君贵，赠朝列大夫、骑都尉，追封太原郡伯。母张氏，追封太原郡君。君甫冠，以文称，起家为汝宁府学正官，诸生翕悦率教，因新孔子庙，而使之知所尊敬焉。入补兵曹史[1]，从窦尚书往赈湖广之饥。窦尚书用法须报下然后发廪，君晓之曰："人三日不食即死矣，奈何欲传吏牍以杀人乎？独不见汲长孺耶！"窦尚书是之，乃大发廪，料口给食，全活甚众。再以例迁枢密院及丞相府东曹掾。故事，两府掾属得遇储贰入府就中书令、枢密使位者，加恩超一资。君尝持文书侍仁宗皇帝入西枢一署字，考成，特授奉训大夫、中书礼部主事。奉训官第五品，制应封一代，君请于朝："兴祖五岁失父，祖母丁夫人补纫纺织，保哺煦育，使兴祖负笈就师，而今粗有树立者，皆祖母之慈焉。盖母孙相依为命者也，愿以妻封让封祖母丁夫人。"于时丁夫人寿考在养，诏以为汲县太君，缙绅荣之。而当代之有让封，实自君始。延祐七年，迁奉议大夫、宗正府员外郎，准敕。宗正府主北方刑狱，凡罪无谳，专论决之。君言宗正司天子属籍，议狱非职也，不听，会中书省檄命，驰至湖广、江西两省讲画岁赋，便宜经总之法，不使人烦。至治元年，拜监察御史，上疏请开经筵，选胄子，救荒、节用等事。出按诸道至河南，首劾行省参知政事宜匜陌丁党恶贼善，毒流吏民，台臣以闻，褫其官，仍逮系责对，内外快之。以中书吏部员外郎召还，二年，复以朝列大夫，佥燕南河北道肃政廉访司事，论列十事，率以敦本崇化隆儒术为务，且纂萃汉唐谏臣伟迹，名曰《宪览》数百条，并上之。录大名、广平囚禁民有榜棰成盗者凡五人，狱辞具矣，州史抱爰书引囚伏庭下[2]，请曰："某囚有罪，律当某刑。"君徐曰："囚实非盗，使囚果盗，则口语与吏牍无异。兹视吏牍，皆牵合文深之辞，囚何知此？"即脱囚械而出之。浃日，它州牒得真盗，立致长吏于理。满二岁，召为中书礼部郎中，以职分曹从扈北上。国制，乘舆岁巡陪都，其环侍仪卫，文物声明[3]，国容愈盛，宗室诸贵必加宴豆，鬼神祭祀必加数等，故礼部分曹而北者，尤丛沓难治。君优游不急，区别刃解，名誉藉甚，诏赐白金五十两以褒赏之。未几，遂卒于位，得年五十有二。夫人呼延氏。子一人，毅，国子典籍。始君出曲周，辉州府君官卫地，因留为胙城人。旁古河，渠水去，故道及淤成沙，日漫没入庐舍冢墓。其嗣子毅承治，命改卜新阡于卫之西南三十里小店之原。君自仕多历显要，视声利为障蔽聪明之物，中弗好之也。然每悼士逐世化而亡其所学，奋然欲有以激励之，不果也，可谓有志者矣。方予对策南宫时，君在省曹，手阅著令以试法，已期其为令器。而辱与游从，同官京师，交道益笃。而比君死五日，予以祀事出使，悔不得执绋葬道。而其孤毅泣涕衰经拜而起曰[4]："先子之卒，太常博士柳贯已志其圹矣，惟是墓道之碑，愿有以揭之。"遂为铭曰：

维景先甫，早用儒显。绩学之勤，乃应时选。充充惠和，襮于裳冕。霸孤养亲，行以不忝。端矢射侯，饮让而升。实羹大铏，陈诸庙庭。才以修官，政服孔宜。问俗在涂，召节屡驰。吁吁诒诒，不亟不迟。议礼考功，有秩有仪。从扈陪都，卒为鬼徒。反葬卫墟，里人绋舁。有膴者原，百泉在北。刻诸乐石，终古不勒。

校记：

[1] 入补兵曹史："史"，四家集本、四库本作"吏"。

[2] 州史抱爱书引囚伏庭下："州史"，四家集本、四库本作"吏"。

[3] 文物声明："明"，四家集本、四库本作"名"。

[4] 而其孤毅泣涕衰经拜而起曰："经"，底本作"经"，据四家集本、四库本改。

安定郡夫人王氏墓志铭

夫人王氏，故赠翰林直学士安定郡侯胡公讳某之夫人，陕西诸道行御史台治书侍御史彝之母也。世为浚都鄢陵人，父讳贞伯，始宅安毅[1]。由地官属出主襄阳、谷城二县簿。夫人在父母家时，虽钟爱于其亲，而食与

衣常后于兄嫂。及归胡氏，事安定公，持妇道，终其身无懈容。亲纺绩组
紃之工，弗好世之侈靡华饰，以俭以勤，相安定公家政，卒能有成。慈睦
仁祥，族姻庇之。夫人有子二人：长即治书；次规，业儒，山东宪府辟属
书吏，补典宝监令史。治书甫卯，夫人谓安定公曰："是儿资颖悟，可令
早就学也。"遂求经师，讲先王礼乐诗书之义。善属文，未冠，令誉日著。
起家为大都路儒学录。大都，四方髦俊辐凑，于是治书学益硕大，名益光
显矣。省台交荐于上，历监察御史，右司都事，左司员外郎，工部侍郎，
丁安定公艰，吉服浃月，即拜今官。使者及门，致礼意敦请，治书以侍夫
人荣养为辞。夫人曰："儿来前，吾有训。汝承吾志，吾逮事舅姑，汝先
考及我教汝，胡氏之宗事其在汝乎？今国家命汝为台臣，西南四省四宪府
之评议属之，汝其速行，毋以我养为辞焉。"治书上事半月，夫人讣至。
徒御不戒，号泣东出。及安阳丧次，衔哀具书告其友马祖常曰："彝不孝，
先妣安定郡夫人以至顺元年六月六日卒，将以七月三日祔葬于先考安定郡
侯之墓，里人杜愚为之状矣，请吾友为埋铭以刻之。"呜呼！人之生有男
女焉，幸而为男子，或有所树立于世，则不与百物俱尽。幸而为男子矣，
无所树立，使人恶之，唯恐其久生，而何死之恤也！夫人，女子也，为女
而能贤，为妇而能孝，为母而能慈。从其夫子，有官有封，其所树立殆过
男子矣。宜乎富贵寿考，享厚生之福也欤！祖常与治书同学古文，使为
铭，义不让，乃铭而授诸来者。铭曰：

在相安阳，有贞慈母。启封汤沐，赋安阳亩。炜其辉光，夫人象服。
柔嘉有仪，百丽于福。少也稚弱，玉节闺房。归于夫家，组紃含章。教子
俎豆，不系于迁。弗雕其全，而人咸天。诗书礼乐，六艺之师。起其施
施，居其孜孜。乃成治书，懋官台臣。又成典宝，克昌克寅。克昌克寅，
亦既多淑。善后无疑，譬彼穜稑。我稼则获，且痔钱镈。洹泉出山，纤流
相西。郁郁柏松，荟蔚之际。允矣安定，幽宫是域。夫人祔之[2]，协其龟
食。孙子爰殖，我铭不勒。（本文又见涵芬楼《古今文钞》卷七四）

校记：

[1] 始宅安彀："安彀"，四家集本、四库本及涵芬楼《古今文钞》误作
"安阳，兄讳谷"。

[2]　夫人祔之："祔"，底本原脱，据四家集本、四库本补。

故荣禄大夫大司农卿郝公墓志铭

公讳某[1]，字景文，霸州信安人也。弱冠起家给事裕皇邸，以才知名。至元二十年，擢扬州路治中。二十二年，迁同知淮西道宣慰司事[2]，又迁江淮等处财赋总管江淮吏牍。有令察司不按劾，公受命陛辞，恳请："许察司按劾财赋吏牍，然后臣敢行。"诏奖谕而从之。未几，丁太夫人艰，扶枢归葬，斩衰哭泣，居墓庐，毁过常制。近臣以闻，成庙遣使赐食品悯劳焉，缙绅大夫咸荣美之[3]。服除，会两淮盐法坏，吏因缘大贾相为奸，田亩单弱，操钱售不得食，盐益翔贵。州县上状，诏公行户部尚书，乘传往治。既至，督淮南转运司漕挽廪盐之在盐官者输仓，氏主之阅其书之次，以为先后，贩者不得赇吏，破其囊橐，均利于众。大德八年，正授工部尚书，改户部尚书。至大元年，拜中书参知政事。二年，迁尚书参知政事，阶荣禄大夫。公固辞，不允，乃就职。岁余，以疾力辞，杜门家居。后尚书省臣果有罪伏辜。公愈不以能退自喜[4]，独雍容灌园种树，无资则持器物鬻之。八年履迹不过中门，游从之士已知其无志于一世矣。属延祐天子思用有经术之臣，命中书即家起公为大司农卿，间又病免。上以侍医视药存问。公虽病，犹以国忧，而其言语未尝及其私也。延祐七年三月十一日终于所居之正寝，享年六十有二。公祖某，赠资德大夫、尚书右丞，谥康靖。考某，赠荣禄大夫、司徒，谥孝懿，并追封蓟国公。祖妣贾氏，妣弭氏，并追封蓟国夫人。夫人李氏，先公十年卒。男子二人：长曰升；次曰谦，早世。女子二人，皆幼。按：郝氏出太原郝乡，所谓以乡为氏者也。其世之或仕或学，列于史官者尚矣。然以才谞选进而为股肱之臣者，几何人哉！进而为股肱，施其赞襄谋画者[5]，又几何人哉！则郝氏之世，自公尤显矣。公少俊伟慷慨，能国语。长博通古今经世之学，发用之应验如占筮，稽考生王宗庙[6]，朝廷钟鼎款识，旁及百家之书。而推爱亲党，抚摩其孤者，又纯笃无伪。呜呼！书传所传恺悌大雅之君子，舍公其谁与！今亡矣，悲夫！其子升将以是月二十一日葬公于都城西山之林麓之原。知公实深[7]，敢不哭而为铭曰：

云为雨，星为石，星石可勒名不斁。呜呼！善人保奄彡。（以上《石田文集》卷一二，本文又见天一阁选刊明刻本《霸州志·艺文志》页四〇、民国七年《霸县志》卷五、民国二十二年《霸州新志》卷七）

校记：

[1] 公讳某："某"，《霸县志》《霸州新志》《霸州志》均作"元良"。

[2] 迁同知淮西道宣慰司事："西"，《霸县志》《霸州新志》《霸州志》作"南"。

[3] 缙绅大夫咸荣美之："美"，《霸县志》《霸州新志》作"羡"。

[4] 公愈不以能退自喜："不以能退"，《霸县志》《霸州新志》作"以能退"。

[5] 施其赞襄谋画者："画"，底本作"尽"，据四家集本、四库本及《霸州志》等本改。

[6] 稽考生王宗庙："生"，四家集本、《霸县志》《霸州志》作"先"。

[7] 知公实深："知公"，四家集本、四库本上有"祖常"。《霸县志》《霸州志》有"余"。

故显妣梁郡夫人杨氏墓志铭[1]

故曾祖皇赠推忠宣力翊运功臣、礼部尚书讳乌呼讷[2]，以中统四年薨。薨之日有子十一人，自第五子以上皆冠而婚，余六子幼稚。曾祖妣梁郡夫人白氏又先卒，诸子以家素贵，长者履迹未尝一至田野，幼者弱而母庶，不能悉产业财畜之数，豪奴婢因舞弄欺诈，百物一空。里第为奸臣阿哈玛特横夺，家遂陵替。祖皇赠吏部尚书，讳世昌，实礼部府君第二子，生子三人。长讳润，皇赠中奉大夫、行中书省参知政事，甫十岁遭家难，寄食东西。少长自知学问，试吏大都路，喜得廪稍，逮养不耻也。时吏部府君属寝疾，祖妣梁郡张夫人曰："脱不讳，则家无冢妇，孰与治宾祭？"乃以礼迎夫人归我先公参政府君焉。夫人既归，吏部府君疾日益愈。先公且置补荆湖宣慰司令史，佐画蘷府之师，名声腾扬，转吉州路经历，满岁，丁吏部忧。先公发庐陵，遵陆北上，夫人携其婴孩舟行至广陵，僦居以俟先公之后命。先公留京师葬吏部而侍太夫人，亲党就食广陵者众，祖常兄弟方求哺未知事。夫人始则卖妆具簪环衣袂，不继则昼夜纺绩刺绣，给养不匮。服除，先公调两淮转运盐使司经历，再调监太平州当涂县。而夫人以至元二十四年六月三十日卒，享年三十二。故中书后司郎中杨琰之女。琰母马氏与我曾祖尚书为女兄，世实姻家。有子三人：长未名卒；次祖常，始九岁；次祖义，四岁。一女五岁。先公官未受代，权窆于当涂之文昌宫东南六十步。后四十七年为至顺四年，子祖常始克迁祔于光州平原乡先公桐乡阡之兆。呜呼！祖常不孝，罪戾无赎，天降鞠凶，凤集于身，致吾慈母年不登寿，而罹罪不淑。祖常方在龆龀，哭又不能尽哀，迄今言之，若利刃之刺心也。追痛罔极，殁身而后已，虽身殁而又何及耶！祖常延祐、泰定、至顺三请于朝，初封开封郡君，进封开封郡夫人，再进封梁郡夫人。孙十人：长武子，中书省掾。次文子、献子，并国子生，余未名。曾孙男一人：古尔古[3]。曾孙女四人。维显妣夫人德配先考，孝事舅姑，睦亲姻而抚庶孽，慈仁贞懿，妇道纯全。使世有职彤管修女史者，吾显妣当昭章居篇首焉。忆夫人病将棘时，祖常子然立床第前，忽涕唾，夫人已不能言，顾指祖常唾迹，泣下而逝。呜呼！祖常尚忍书之耶！尚忍而不书耶？忍而书，其又能文耶？乃泣血为铭。铭曰：

壁有时而毁，土有时而为坎为壒。呜呼我妣，天德纯美。宜受多祉，而不期颐。使我孤子，禄弗逮养，哀于身殁而后已耶[4]！（清乾隆文渊阁四库全书本《石田文集》卷一三）

校记：

[1] 底本无此文，据四家集本、四库本补。

[2] 礼部尚书讳乌呼讷："乌呼讷"，四家集本作"月合乃"。

[3] 古尔古："古尔古"，四家集本作"狗狗"。

[4] 哀于身殁而后已耶："耶"，四家集本"耶"下有"孤哀子资善大夫江南诸道行御史台御史中丞马祖常述"。

征行百户刘君墓碣铭

赵郡苏天爵，述其外大父刘君行实，乞铭于马祖常曰："先妣武功郡君，昔安乐时念其父不忘，惧其善不传而名遂泯泯也，尝以语天爵，迨先妣弃世，外大父终不得铭。天爵蒙慈母之教诲，粗有树立于时，图所以继亲之志者，天爵其可不勉！"祖常曰："孰无亲乎？孝于亲之身者尚矣，矧又能思广其亲之志乎？"乃为之序而铭之。序曰：刘君讳成，字立甫，貌魁岸奇伟，读书涉大义，不事章句。岁壬子，国家初藉民田襄、邓间，君与其兄俱在行中。弟勤稿事，每代兄作劳，田官称之。久之，从伐襄阳，先登，授百夫长。尝率数十骑略武当，宋逻兵四合，屡突围出，皆不胜，或欲降，君杀马为食，居数日不降，宋人疑其有诱，各引去，众服其勇。丞相伯颜将大军渡鄂州江，命别将阿里海涯率万户张兴祖军，分徇湖广地，君复与其兄从破罗飞、文才、喻周隆、黄必达、张虎诸军。薄静江，兄中瘴毒死，君扶其枢而北。葬既襄事，辄屏迹田野，课僮种树，畜牧耕桑，衣食以自给。于湖南遇兵俘一儒生黎姓，用金购之，曰："此儒生不善力役，归我，我将俾为弟子师。"果同归，教诸子于乡。余所全活者众，此儒生其一也。享年八十有四，以延祐三年正月十又二日卒，葬真定县平乐原先考万户府君之兆，考讳义，起行伍，元帅史天倪辟属权黑军万户。会副将武仙杀元帅叛，即从元帅弟丞相天泽击走仙，转战两河，平金有功。妣夫人孟氏。夫人董氏，前君二十六年卒。子二人：曰宇，曰海。孙二人：曰允中，曰弘中。女一人，故中宪大夫、岭北行中书省左右司郎中苏志道之夫人，追封武功郡君，今奎章阁授经郎天爵之母也。女孙四人：一适奉训大夫、万盈仓使李恕，一适张林，一适侯闾，其一幼也。世本历城人，金季山东、河朔兵兴，赋杂揉泏醨其民[1]，独真定城完，君之考因占籍焉，而今为真定人者，自其考始。郎中苏志道年少日，君识其为令器，以女归之。后其甥天爵又以文学进，有官于朝，孝而能成母之志，俾其外氏之官阀世次刻于金石者，竟赖无力焉[2]。铭也无愧。铭曰：

振振刘姓，考室真定。挺身兜鍪，而官弗崇。虽则弗崇，勇也匪躬。斩马啖卒，出金购士。其谋则懿，其惠则侈。其迪其咎，以多孙子。女实命妇，副笄封君。出甥维彦，日肆于文。克表外氏，缵兹劳功。刻诗墓门，维以亢宗。（本文又见涵芬楼《古今文钞》卷七八）

校记：

[1] 赋杂揉菹醢其民："赋"，四家集本、四库本、涵芬楼《古今文钞》作"贼"。连上句作"金季山东、河朔兵贼杂揉"，"兴"为衍字。

[2] 竟赖无力焉："无"，四家集本、四库本、涵芬楼《古今文钞》作"其"。当是。

监黄池税务王君墓碣铭

王君元父既殁之十一年，其子国史院编修官沂，茹哀请于马祖常曰："子与予同登进士第，又同官于朝，先人生世以迄于卒，其行谊无愧，而终龃龉以不合于时者，子能知之，其宜揭以传后者，子宜为文。沂之述诸状者，子宜加详焉。"按：王氏出姬姓，周毕公高裔孙万，事晋，更十世，得列为诸侯，灭于秦，子孙徙云中地，今之弘州。六世祖辽户部侍郎山甫，始著于家谍。子三人：曰元节，密州观察判官，生诩，金左司员外郎，以文学称，盖世阀远矣。曾祖讳锐，金尚书户部员外郎。祖讳国纲，金监察御史，使河中诘总帅完颜仲德，战败死节。考讳振，艰关转徙，占籍真定，力学底行[1]，起家至江南浙西道提刑按察司经历。配丁氏。有子三人：长讳宗礼，季讳宗义，皆早世；仲即君，讳某，幼自知问学，侍经历君居浚都，为士子经师，尤长于诗歌，试浚都文学掾，辟江东道宣慰司令史。会使专恣，他吏恐谀，弗敢仰视，君每以义持之。属岁潦饥，群无赖起绩溪，盗敓相蔓，民不辑宁。宣慰司遣君覆视，还，请蠲徭发廪，以赒旴隶，盗遂息。进将仕郎、宣城县簿。县比岁供玉面狸四十，毕罘不获，则转购他邑，糜赀毒民。君至，请悉罢贡。奸民有诡逃田赋者，岁取偿里胥，吏循格不究，君一正其籍。乃建孔子庙，筑坛崇社，春秋饬其牲器，以与邑人行事。川有梁，田有沟，道有寓望，吏徒有畏而弗肆，民知有政而趋功，监司郡守争为鼓誉。江浙行省属录宁国、太平二郡囚，又属核考江阴钱谷，他州县讼累岁不决者，多以属君，所试悉有能声。江阴盗有枉为胁讻者，吏党按之，既诬服已，君反复得其情，为具狱白行省。事上中书，移刑部，刑部允君议，遭胁讻者得免死。南陵县僧以赀雄持县短长，堰溪水溉私田，霖潦水溢，则漂没崩荡，邑人诉于县，吏惧莫能施行，君诣视毁之。老幼至抚手拜慰，且曰："君出一乡于鱼鳖矣。"未几，擢江浙行中书省掾，曹无留事。适浙西廉问官与君素同里，少持气不相下，颇嫉君，君又不自诎以希合，乃风旨豪梗罗织君，以是坐诬免。不辨。起除瑞州平准库使，不就。改仁和盐场司丞，又不就。家居数岁，又改平江行用库使，州县趣曰：君所与游，尽一时知名大夫士，咸烛君冤[2]，而君终不自讼，就使终不赴，孰与君直乎[3]？忍是一往，而毋变君素守以流于物，将推历君之迹，当不诬矣，宁无为君采于有司也。君不获已就官，久之，自免归，阶前资，迁承事郎、监黄池务税。以至治三年五月十三日终于家，享年六十有七，以某年月日葬于某州某里之原。娶把氏，颍州判官时之女。男三人：澄、沂、洙。女一人，适浙东廉访使侍其同朝之子通。孙男二：迁善，崇善。孙女二人，皆幼。君甫冠，即自立，勤苦为文章，履其身以庄俭，亦未尝遇为崖机。其官业行己之略，一皆自信，不妄计进取，少顾时人之所为，而亦以此称之，然亦以此嫉之。至大间，尝为书言任人别邪正，养民重守令，法不可轻出[4]，期少施于朝廷。而书不果上，执政闻君名。私使人致款，欲官之钱监，君知不足与共事，卒谢去，后果败，而君益畜其学以老，不克用。巨公闻人，累荐君才宜理剧，文学宜馆职，皆不报。屏居钱唐，诗书尊俎，咏歌息偃，泊然亡毫发世俗虑。抚育诸孤子侄，诚爱天至，而急人之穷，奖人之善，汲汲焉犹负宿诺而抱隐痛，皆他人所难，而君为之不知为有德，尤人之所难也。其所著，有《政要书》十二篇，《陶诗注》三卷，诗一卷。呜呼！天兴之变，国土瘣裂，焚剿剪薙，不百年而金之名家、善士之子孙遗子不数户矣。初，御史君以直节死，人惜其未能大用于时，夫固知经历君之起王氏也。经历君位不配其德以殁，于今凡几年，而承事君又斥不用，君子悼曰"不幸"，然孰知后世之将昌且久与？今沂以进士入官，有古学，方向于用，而克济其美于未艾，岂其硕大光显，又将在兹欤？是宜为铭，铭所以使后世为善者不怠也。铭曰：

冕弗鍱也，玉有珗也。一摈不用，有子哲也[5]。彪炳而文，立其嵲也。载善于铭，行安辙也。（本文又见涵芬楼《古今文钞》卷七八）

校记：

［1］力学底行："底"，四家集本、四库本、涵芬楼《古今文钞》卷七八作"砥"。

［2］咸烛君冤："冤"，底本作"究"，据四家集本、四库本、涵芬楼《古今文钞》卷七八改。

［3］孰与君直乎："直"，底本作"真"，据四家集本、四库本、涵芬楼《古今文钞》卷七八改。

［4］法不可轻出：涵芬楼《古今文钞》卷七八作"法不可轻更，今不可轻出"。

［5］有子皙也："皙"，四家集本、四库本、涵芬楼《古今文钞》卷七八作"晳"。

丁君诔

至顺元年六月二十三日，山北道廉访丁君文苑卒。呜呼！文苑学足以利人，而不得大施，而又寿不享年，兹缙绅大夫所为痛也。乃作诔曰：

有树其柏，孰培而斧？有良其器，孰陶而瓻？昔也联裳，荷天之光。靡行匪矩，靡言匪章。试官民庸，扑其顽凶，以煦其疲癃。持斧冠豸，而蛇虺弗喁。何辜于天，而不遐年！谁谓为之，终其罔全。服食之尤耶，药石之不耶？惟臧受祉，果何修也？飞羽天湄，君柩之旗。崇璞山碕，君墓之碑。酹莫余奠，志莫余辞。爰封兹诔，敢识余悲。

夏干祷雨文

惟神灵驭云气，呼吸雷雨，变化罔测，出入八极。今本乡神之祠宇在焉，是神之所依归也。而祖常等耕凿给食，事神弗谨，神其降咎，以病吾人欤？且田畴发坼，稻苗将枯，岁或不登，则何以供王赋而为神之粢盛乎？神其鉴此也。

寿宁宫设醮青词

伏以道妙无言，神功不宰。既仰成于乾造，实默相于皇家。祗即琳宫，肃延羽服。诵琼文之累笈，格绛景之丛霄。伏愿有感必通，俾昌而炽。五风十雨，爰祈玉烛之调；亿载万年，益衍瑶图之永。

祭星祝文

太岁　白虎　病符
丧门　迎神　送神

于穆元造，孕灵载物。神御所栖，曰岁斯福。顺成导祉，修我性玉。叶德坤仪，受天百禄。神舆载灵，司彼金方。宣义扬威，以戒时康。后仪象坤，静得是将。以吁以祈，神其降祥。运化流行，元气大和。轇轕上下，或爽以瘥。荐兹明诚，仪物孔多。期底善宁，如山如河。虽灵在幽，转兹岁君。或侈阴威，疵疠我人。启迪佳美，惠布善仁。鉴兹蠲洁，以求报祔。

明明在上，不显亦临。牲币孔硕，聿将厥心。神之格思，有肃其歆。

我俎即馨，我祝维修。辰舍顺轨，神旗妥游。相我坤宁，叶于皇猷。

9. 琐非复初

琐非复初，号拙斋，西域人。精通词曲音律，深为周德清所推崇。

生平事迹在周绍祖主编《西域文化名人志》、宁继福著《中原音韵表稿》、马建春《元代西域散曲家辑述》（《西北民族研究》1997 年第 2 期）中均有论述。

元代周德清在《中原音韵》后序中说："泰定甲子秋，予既作《中原音韵》并《起例》，以遗青原萧存存，未几，访西域友人琐非复初同志罗宗信见饷，携东山之妓，开北海之樽，于时英才若云，文笔如槊。复初举觞，命讴者歌乐府《四块玉》，至'彩扇歌，青楼饮'，宗信止其音而谓予曰：'彩'字对'青'字，而歌'青'字为'晴'。……复初前驱红袖而自用调歌曰：'买笑金，缠头绵，'以证其非复初知某则名矣。乃复叹曰：'予作乐府三十年，未有如今日之遇宗。信知某曲之非，某曲知是也'。"这段话说明琐非复初精通音律，具有很高的造诣，他和周德清一唱一和，也可谓知音相得。遗憾的是，他的作品未能流传下来，唯《中原音韵》一书中存其撰写的序文一篇，是用来研究他的珍贵资料。

此次文的点校，以中国戏剧出版社 1959 年版《中国古典戏曲论著集成》本第一册《中原音韵》为底本，《全元文》收录其文时版本与此同，文共计 1 篇。

中原音韵序

余勋业相门，貂蝉满座，列伶女之国色，歌名公之俊词，备尝见闻矣。如《大德天寿贺词·普天乐》云："凤凰朝，麒麟见。明君天下，大德元年。万乘尊，诸王宴，四海安然。朝金殿，五云楼瑞霭祥烟。群臣顿首，山呼万岁，洪福齐天。"音亮语熟，浑厚宫祥，黄钟、大吕之音也，迹之江南，无一二焉。吾友高安挺斋周德清，以出类拔萃通济之才，为移宫换羽制作之具，所编《中原音韵》，并诸起例，平分二义，入派三声，能使四方出语不偏，作词有法，皆发前人之所未尝发者；所作乐府、回文、集句、连环、简梅、雪花诸体，皆作今人之所不能作者。略举回文"画家名有数家，嗔人门闭却时来问"，皆往复二意；《夏日》词"蝉自洁其身，萤不照他人"，有古乐府之风；《红指甲》词"朱颜如退却，白首恐成空"，有言外意；俊语有"合掌玉莲花未开，笑靥破香腮"，切对有"残梅千片雪，爆竹一声雷。雪非雪，雷非雷"。佳作也。长篇短章，悉可为人作词之定格。赠人黄钟云："篇篇句句灵芝，字字与人为样子"，其亦自道也。以余观京师之目，闻雅乐之耳，而公议曰："德清之韵，不独中原，乃天下之正音也；德清之词，不惟江南，实当时之独步也。"然德清不欲矜名于世。青原友人罗宗信能以具眼识之，求锓诸梓，噫，后辈学词之福耳！西域拙斋琐非复初序。（中国戏剧出版社 1959 年版《中国古典戏曲论著集成》本第一册《中原音韵》卷首）

10. 辛文房

辛文房，字良史，元代西域人，大约生活在至元、大德年间，居家豫章（今江西南昌市），曾任翰林编修，善诗文，与王执谦以能诗并称。

生平事迹在清代顾嗣立、席世臣编《元诗选·癸集》乙集；周绍祖编《西域文化名人志》；郭卿友编《中国历代少数民族英才传》；李修生编《全元文》；董治安编《二十五史外人物总传要籍集成》；邱振声、赵建莉选析《元人诗词赏析》；张葆全主编《中国古代诗话词话辞典》；刘正民等选注《西域少数民族诗选·汉文古典诗词》；傅璇琮主编《中国古典诗歌基础文库·元明清诗卷》中均有记载。

清代顾嗣立、席世臣编《元诗选·癸集》乙集，收录辛文房《苏小小歌》《石宣慰国英》《清明日游太傅林亭》《雁荡能仁寺遗诗》《赵宣尉淇》《岳阳楼》6 首诗。另著《唐才子传》，此书成于元成宗大德甲辰（1304），共收唐五代诗人传记 278 篇，传中附及 120 人，合计 398 人。原书失传，乾隆时，四库馆臣自《永乐大典》中辑得 243 人传，又附传 44 人，共 287 人，厘为八卷。后元刊十卷足本在日本发现，光绪中，黎庶昌以珂罗版影印归国，始广流传。文《唐才子传·引》曰："游目简编，宅心史集，或求详累帙，因备先传，撰拟成篇，班班有据，以悉全时之盛，用成一家之言。"《四库全书总目提要》称《唐才子传》"所载之人，亦多详其逸事，及著作之传否，而于功业行谊，则只撮其梗概。盖以论文为主，不以记事为主也"。李修生主编《全元文》收录其文《唐才子传引》《隐逸诗人论》《女性诗人论》《方外诗人论》《仙道诗人论》，共计 5 篇。辑录于《元史》《大元圣政国朝典章》《元朝典故编年考》《永乐大典》。

此次文的点校，以中华书局 1987 年版《唐才子传校笺》为底本，《全元文》收录其文时版本与此同，文共计 5 篇。

唐才子传引

魏帝著《论》，称"文章经国之大业，不朽之盛事；年寿有时而尽，未若文章之无穷"。诗，文而音者也。唐兴尚文，衣冠兼化，无虑不可胜计。擅美于诗，当复千家，岁月荏苒，迁逝沦落，亦且多矣。况乃浮沉畏途，黾勉卑官，存没相半，不亦难乎！崇事奕叶，苦思积年，心神游穹厚之倪，耳目及晏旷之际，幸成著述，更或凋零，兵火相仍，名逮于此，谈何容易哉！夫诗所以动天地，感鬼神，厚人伦，移风俗也。发乎其情，止乎礼义，非苟尚辞而已。溯寻其来，《国风》《雅》《颂》开其端，《离骚》《招魂》放厥辞；苏、李之高妙足以定律，建安之遒壮粲尔成家；烂漫于江左，滥觞于齐梁。皆袭祖沿流，坦然明白；铿锵愧金石，炳焕却丹青；理穷必通，因时为变；勿讶于枳橘非土所宜，谁别于渭泾投胶自定；盖系乎得失之运也。唐几三百年，鼎钟挟雅道，中间大体三变，故章句有焦心之人，声律至穿杨之妙，于法而能备，于言无所假。及其逸度高标，余波遗韵，临高能赋，闲暇微吟，旧格近体、古风乐府之类，芳沃当代，响起陈人。淡寂无枯悴之嫌，繁藻无淫妖之忌，犹金碧助彩，宫商自协，端足以仰绪先尘，俯谢来世。清庙之瑟，熏风之琴，未或简其沉郁，两晋风流，不相下于秋毫也。余遐想高情，身服斯道，穷其梗概行藏，散见错出，使览于述作，尚昧音容，洽彼姓名，未辨机轴，尝切病之。顷以端居多暇，害事都捐，游目简编，宅心史集，或求详累帙，因备先传，撰拟成篇，班班有据，以悉全时之盛，用成一家之言，各冠以时，定为先后，远陪公议，谁得而诬也。如方外高格，逃名散人，上汉仙侣，幽闺绮思，虽多微考实，故别总论之。天下英奇，所见略似，人心相去，苦亦不多。至若触事兴怀，随附篇末。异方之士，弱冠斐然，狃于见闻，岂所能尽。敢倡斯盟，尚赖同志，相与广焉。庶乎作九京于长梦，咏一代之清风，后来奋飞，可畏相激，百世之下，犹期赏音也。传成凡二百七十八篇，因而附录不泯者又一百二十家，厘为十卷，名以《唐才子传》云。有元大德甲辰春引。（中华书局 1987 年版《唐才子传校笺》卷一）

隐逸诗人论[1]

　　唐兴，迨季叶，治日少而乱日多，虽草衣带索，罕得安居。当其时，远钓弋者，不走山而逃海，斯德而隐者矣。自王君以下，幽人间出，皆远腾长往之士，危行言逊，重拨祸机，糠核轩冕，挂冠引退，往往见之。跃身炎冷之途，标华黄绮之列，虽或累聘丘园，勉加冠佩，适足以速深藏于薮泽耳。然犹有不能逃白刃，死非命焉。夫迹晦名彰，风高尘绝，岂不以有翰墨之妙，骚雅之奇美哉！文章为不朽之盛事也。耻不为尧、舜民，学者之所同志；致君于三五，懦夫尚知勇。为今则舍声利而向山栖，鹿冠乌几，便于锦绣之服；柴车茅舍，安于丹腹之厦；藜羹不糁，甘于五鼎之味；素琴浊酒，和于醇饴之奉；樵青山，渔白水，足于佩金鱼而纡紫绶也。时有不同也，事有不侔也。向子平曰："吾故知富不如贫，贵不如贱，第未知死何如生！"此达人之言也。《易》曰："遁之时义大矣哉！"（中华书局 1987 年版《唐才子传校笺》卷一王绩传附）

校记：

［1］题目代拟。

女性诗人论[1]

《诗》云《关雎》乐得淑女，以配君子，忧在进贤，不淫其色，哀窈窕，思贤才，而无伤善之心焉。故古诗之道，各存六义，然终归于正，不离乎雅。是有昔贤妇人，散情文墨，斑斑简牍。概而论之，后来班姬伤秋扇以暂恩，谢娥咏絮雪而同素；大家《七诫》，执者修省；蔡女《胡笳》，闻而心折。率以明白之操，徽美之诚，欲见于悠远，寓文以宣情，含毫而见志，岂泛滥之故，使人击节沾洒，弹指追念，良有谓焉。噫！笔墨固非女子之事，亦在用之如何耳。苟天之可逃，礼不必备，则词为自献之具，诗有妒情之作，衣服酒食，无闲净之容，铅华膏泽，多鲜饰之态，故不相宜矣。是播恶于众，何《关雎》之义哉！历观唐以雅道奖士类，而闺阁英秀，亦能熏染，锦心绣口，蕙情兰性，足可尚矣。中间如李季兰、鱼玄机，皆跃出方外，修清净之教，陶写幽怀，留连光景，逍遥闲暇之功，无非云水之念，与名儒比隆，珠往琼复。然浮艳委托之心，终不能尽，白璧微瑕，惟在此耳。薛涛流落歌舞，以灵慧获名当时，此亦难矣。三者既不可略，如刘媛、刘云、鲍君徽、崔仲容、道士元淳、薛缊、崔公达、张窈窕、程长文、梁琼、廉氏、姚月华、裴羽仙、刘瑶、常浩、葛鸦儿、崔莺莺、谭意哥、户部侍郎吉中孚妻张夫人、鲍参军妻文姬、杜羔妻赵氏、张建封妾盼盼、南楚材妻薛媛等，皆能华藻，才色双美者也。或望幸离宫，伤宠后掖；或以从军万里，断绝音耗；或祗役连年，迢遥风水；或为宕子妻，或为商人妇。花雨春夜，月露秋天，玄鸟将谢，宾鸿来届；捣锦石之流黄，织回文于缃绮；魂梦飞远，关山到难。当此时也，濡毫命素，写怨书怀，一语一联，俱堪堕泪。至若间以丰丽，杂以纤秾，导淫奔之约，叙久旷之情，不假绿琴，但飞红纸，中间不能免焉。尺有短而寸有长，故未欲椎埋之云尔。（中华书局 1987 年版《唐才子传校笺》卷二李季兰传附）

校记：

[1] 题目代拟。

方外诗人论[1]

自齐梁以来，方外工文者，如支遁、道遒、惠休、宝月之俦，驰骤文苑，沉淫藻思，奇章伟什，绮错星陈，不为寡矣。厥后丧乱，兵革相寻，缃素亦已狼藉，罕有复入其流者。至唐累朝，雅道大振，古风再作。率皆崇衷像教，驻念津梁，龙象相望，金碧交映。虽寂寥之山阿，实威仪之渊薮，宠光优渥，无逾此时。故有颠顿文场之人，憔悴江海之客，往往裂冠裳，拨矰缴，杳然高迈，云集萧斋，一食自甘，方袍便足，灵台澄皎，无事相干，三余有简牍之期，六时分吟讽之隙。青峰瞰门，绿水周舍，长廊步屧，幽径寻真，景变序迁，荡入冥思。凡此数者，皆达人雅士，夙所钦怀，虽则心侔迹殊，所趣无间。会稽传孙、许之玄谈，庐阜接谢、陶于白社，宜其日锻月炼，志弥厉而道弥精。佳句纵横，不废禅定，岩穴相迹，更唱迭酬，苦于三峡猿，清同九皋鹤，不其伟欤！与夫迷津畏途，埋玉世虑，蓄愤于心，发在篇咏者，未可同年而论矣。然道或浅深，价有轻重，未能悉采。其乔松于灌莽、野鹤于鸡群者，有灵一、灵彻、皎然、清塞、无可、虚中、齐己、贯休八人，皆东南产秀，共出一时，已为录实。其或虽以多而寡称，或著少而增价者，如惟审、护国、文益、可止、清江、法照、广宣、无本、修睦、无闷、太易、景云、法振、栖白、隐峦、处默、卿云、栖一、淡交、良乂、若虚、云表、昙域、子兰、僧鸾、怀素、惠标、可朋、怀浦、慕幽、善生、亚齐、尚颜、栖蟾、理莹、归仁、玄宝、惠侃、法宣、文秀、僧泚、清尚、智暹、沧浩、不特等四十五人，名既隐僻，事且微冥，今不复喋喋云尔。（中华书局 1987 年版《唐才子传校笺》卷三道人灵一传附）

校记：

[1] 题目代拟。

仙道诗人论[1]

晋嵇康论神仙非积学所能致，斯言信哉。原其本自天灵，有异凡品，仙风道骨，迥凌云表。历观传记所载，雾隐乎岩岭，霞寓于尘外，崆峒、羡门以下，清流相望，由来尚矣。虽解化一事，似或玄微，正非假房中、黄白之小端，从而服食颐养，能尽其道者也。不损上药，愈益下田，熊经鸟伸，纳新吐故，无七情以夺魂魄，无百虑以煎肺肝，庶几指识玄户，引身长年，然后一跃，顿乔、松之逸驭也。今夫指青山首驾，卧白云振衣，纷长往于斯世，遗高风于无穷，及见其人，吾亦愿从之游耳。韩湘控鹤于前，吕岩骖鸾于后，凡其题咏篇什，铿锵振作，皆天成云汉，不假安排，自非咀嚼冰玉，呼吸烟霏，孰能至此？宁好事者为之，多见其不知量也。吴筠、张志和、施肩吾、刘商、陈陶、顾况等，高躅可数，皆颉颃于玄化中者欤。（中华书局 1987 年版《唐才子传校笺》卷一〇吕岩传附）

校记：

[1] 题目代拟。

11. 贯云石

贯云石（1286~1324），本名小云石海涯，字浮岑，号成斋，又号酸斋、疏斋，还用过芦花道人、疏仙、疏懒野人、石屏等别号。高昌畏兀儿人，祖籍高昌回鹘王国柳中城（今新疆鄯善鲁克沁）。入居中原之后，定居大都高梁河畔畏吾村（北京市魏公村），并以北庭为郡望。他出身高昌回鹘畏兀儿人贵胄，祖父阿里海涯为元朝开国大将，生前任湖广行省左丞相，死后封楚国公，追赠长沙王，至正七年又改赠江陵王。贯云石表字为浮岑，别号最初是成斋，曾号疏仙，后来改号酸斋，别号芦花道人，隐居钱塘之后，又用过石屏之号。贯云石自幼随母住在廉氏别墅"廉园"中修文习武。廉园内拥有两万多卷藏书，文化氛围浓郁。贯云石徜徉其中，博览群籍，受益匪浅，学识大增。据宋濂《元史》本传，贯云石年十三，膂力绝人，使健儿驱三恶马疾驰，持槊立而待，马至，腾上之，越二而跨三。运槊生风，观者辟易。或挽强射生，逐猛兽，上下峻阪如飞，诸将咸服其趫捷。稍长，折节读书。初，袭父官为两淮万户府达鲁花赤，镇永州，一日，解所绾黄金虎符，让弟忽都海涯佩之。北从姚燧学，燧见其古文峭厉有法，及歌行、古乐府慷慨激烈，大奇之。俄选为英宗潜邸说书秀才。仁宗践祚，拜翰林侍读学士、中奉大夫、知制诰，同修国史。乃称疾辞还江南，泰定元年五月八日卒，年三十九，赠集贤学士、中奉大夫、护军，追封京兆郡公，谥文靖。

生平事迹见明代宋濂《元史·小云石海涯传》、欧阳玄《贯公神道碑》（《圭斋集》卷九）和陈衍辑撰《元诗纪事》卷十一。

贯云石生前著作颇丰，有诗文集《酸斋诗集》和《孝经直解》行世，亡佚于明清之际。李修生主编的《全元文》，收其文《孝经直解序》《阳春白雪序》《今乐府序》《夏氏义塾记》《万寿讲寺记》，共计5篇。辑录于《元史》《大元圣政国朝典章》《元朝典故编年考》《永乐大典》。《元诗纪事》卷一一录诗三首，《芦花被》《凤凰山休暑》《辞世诗》。

此次文的点校，《孝经直解序》《阳春白雪序》《今乐府序》以新疆人民出版社1988年版《贯云石作品辑注》为底本，《夏氏义塾记》以明刊本《松江府志》为底本，《万寿讲寺记》以民国十三年刊《南翔镇志》为底本，《全元文》收录其文时版本与此同，文共计5篇。

孝经直解序

子曰："人之行莫大于孝。"□□"移风易俗，莫善于乐；安上治民，莫善于礼"。一□□□□五刑，莫大之罪。是故《孝经》一书，实圣门大训，学者往往行之于口，失之于心，而况愚民蒙昧，安可以文字晓之？古之孝者，父母爱之，喜而不忘。父母恶之，劳而不怨，犹常礼之孝也。立身行道，扬名于后世者，其犹远哉？尝观鲁斋先生取世俗之语直说《大学》，至于耘夫荛子皆可以明之，世人视之以宝，士夫无有非之者。于以见鲁斋化艰成俗之意，于风化岂云小补！愚末学，辄不自量，僭效直说《孝经》，使匹夫匹妇皆可晓达，明于孝悌之道。庶几愚民稍知理义，不陷于不孝之罪，初非敢为学子设也。或曰："汝得无欲比肩鲁斋公乎？"予曰："奚敢！"又曰："侮圣人之言乎？"予曰："岂敢！"时至大改元，孟春既望，宣武将军、两淮万户府达鲁花赤小云石海涯北庭成斋自叙。

阳春白雪序

　　盖士尝云："东坡之后，便到稼轩。"兹评甚矣！然而北来徐子芳滑雅，杨西庵平熟，已有知者。近代疏斋媚妩，如仙女寻春，自然笑傲。冯海粟豪辣灏烂，不断古今，心事天与，疏翁不可同舌共谈。关汉卿、庾吉甫造语妖娇，却如小女临杯，使人不忍对殡。仆幼学词，辄知深度如此。年来职史，稍稍遒顿，不能追前数士，愧已。澹斋杨朝英选百家词，谓《阳春白雪》，征仆为之一引。吁！"阳春白雪"久无音响，评中数士之词，岂非"阳春白雪"也耶？客有审仆曰："适先生所评，未尽选中，谓他士何？"仆曰："西山朝来有爽气！"客笑，澹斋亦笑。酸斋贯云石序。

今乐府序

　　丝竹叶以宫徵，视作诗尤为不易。予寓森林，小山以乐府示余。临风清玩，击节而不自知，何其神也！择矢弩于断枪朽戟之中，拣奇璧于破物乱石之场。抽青配白，奴苏隶黄；文丽而醇，音和而平，治世之音也。谓之《今乐府》，宜哉！小山以儒家读书万卷，四十犹未遇。昔饶州布衣姜夔，献《铙歌鼓吹曲》，赐免解出身。尝谓史邦卿为句如此，可以骄人矣。小山肯来京师，必遇赏音，不至老于海东，重为天下后世惜。延祐己未春，北庭贯云石序。（以上新疆人民出版社 1988 年版《贯云石作品辑注》）

夏氏义塾记[1]

　　古者天子亲学，不学则不圣，辟雍是也。既圣矣，又求圣辅，不辅则圣不大，庠序是也。惟伊周傅吕，能以圣学辅人，汤以七十里，文王以百里，一怒而天下安，后世竟无如者，盖以学力大乏。三代而下，各隔一天，生杀自期，春秋至战国，圣贤六七作，而莫之有用焉。孔子不得在位，自悲不遇其时。颜子早逝，百几年又生孟子，其学欲辟放荡之言，进不能佐兴唐虞雍熙之和，退不能信三代之余风，遂燋肝烂肺，终于没闻。自是纷乱，华夏尧舜之道，实有舛废。赢氏有地关内，嗜兵强暴，奄咽六土，大坏学道，《诗》《书》烬灭，大夫逃遁，学者辟祸，是功欲法万世，未几沛变。汉兴四百年，内丑几露，戗戚鸩赵，壁衣沉逆，虽叔孙通治礼之扬，实多损阙，谋臣尚智，不得谓有学儒之者。文景有行力学之心，一时言臣皆未有以道对者，终寝于末，遂致三分；礼义未成，而言好清谈，妄诞之世，外夷入夏，天下至乎不安。李氏有国，则宗祖尚好功名，不及礼义，因而武凶腥秽，韦继后病，终坏于杨祸。浸浸内官用事，一韩子不能顷刻在朝，以至门下天子，一时纲常俱零。遂五姓乱传，血汗相参，民物百困。及归赵氏，位几年而不得其死。后有用儒者之讴，无用儒者之实。澶渊辱后，寇准南行，富弼直言不采，范希文西行边事，司马光在位不长，终陷为党，其大儒虽有小官，而弗行其用。至金马南牵，二三子直入孤境，京师大震，尚由腐臭口频明明下议，一笑而宋陵荒没，父兄沙漠，孤马南驻，不去臣字，心杀力将，喂奸细之口，苟安卯冰之位，耽耽摅于委靡呫嗫之义，百几年来，了不一悟。已而权臣用挟，学者不复出，势乃大丧，惟一文天祥是节而已矣。何自三代以下，学者出而不时，时而不位，是以天不欲治欤？惟我圣祖，代天启运，一化中州，德归南土，日出月没，靡不臣妾，有天有国，有君有臣。首信许公衡，举相天下，《诗》《礼》大振。今行学者不患无，位由一人之圣，取于庶民，庶民之学，用于天子大，则邦小则邑，务亲学规，熏沐自成，人材并用。今四海可越而环，岂上世区区避燕秦之落肝胆邪？人无不学，莫盛吾元；学无不用，莫盛今日也。有饥寒不得其学者，唯义人在焉。皇帝几年，松江夏君椿建义学，请师育诸英秀，以举大义。学模既成，则录吾儒李君道坦所撰《义士家传》，暨前翰林待制江南诸道行御史台监察御史周君驰所撰《义士碑》，遗予请文刻石，以示子孙永行不废。唯两文能备行义之端目，予不复重举也。君尚儒术，晓诸嗣曰："里有塾，俾民悉知义。今予将兴，愿后愈予者，将多义之。"其学也，圣哲有位，师道有席，生员有给，经史有籍，粮畬有亩，广义如此，学者敢不经心勉志，孜孜焉，彬彬焉，勿傲冠带，勿止弦诵，勿配青白，勿勇血气，行时有用，才展王佐，上格尧心，下泽万物，皆学之助也。举一义而能助天下者，义莫大焉。予史氏也，谨作赞以扬其义。赞曰：义行所宜，尊师乃道。余力学文，本务忠孝。唯学有用，唯国有报。呜呼小儒，敬呜敬告。（明刊本《松江府志》卷一三）

校记：

[1] 题目代拟。

万寿讲寺记

皇元有国，惟兹广福，在念在民。是以经教宏扬，西意大觉，缘力千万，不自一门而入。或由声闻，或由庄严，六根蔓鼓，直抵心地。谓证如来身者，必造是妙，故自教其像而禅其性，可定可慧，靡不在焉。若一像有见，则刹那为千万亿像；若一像有心，则刹那为千万亿心；若一心成佛，则刹那无心亦无像。《圆觉经》云："于此证中，亦无证者，一切法性，平等不坏。"是知一灯二灯，恒河沙灯，盖由一灯之光，统继道者，虽百千释众，盖出一佛之心，一师之舌耳。若一天台立教之基，当作如是。

闻玄悟道应普润广教石田大师良琦以童祝发，示勤于南翔丈室。南翔者，梁之名刹也，碑具存焉。少述祖于慧日大师了融，亦胜国衣紫僧也。师有志寂静，每至餐寝，卷帙近膝，虽吹照几何，志无少困，怡然自如。所谓有志竟成者，果可诬乎？师愕然曰："近百光阴，本非我有，既以佛日处身，宜尚报本。妙庄广被群生，上有所酬，下有所济，昭昭如也，冥冥如也。"乃于嘉定州治东南廿余里，以一顷为基，环而池之。当南甃石为梁，其流西溯太湖，东走沧海。梁外矗石阿育王塔，又列屋以朝寺，备茗以润行旅。梁北两井皆亭，左右峙之。门初内也，库店相望凑。大山门东，钟其楼而阁其藏，廊绕两厢，楹数不可枚纪。对照二殿，左像观音，继以香积库楼；右像无量寿佛，属以云堂浴堂。转势而迎，大雄殿位。殿后法廊百余步，如人双膊，由肩之项也，直抵大阁。位尊卢舍那，居千佛中，金身铸刻，半之下列五方，凡五佛。夹道而行，西又其位，前池而后殿，总曰"观堂"，环匝重廊，列其僚舍。夹道而行，东又其位，阁弥勒尊佛及阿罗汉，数尊半千，以覆丈室。诸殿阁总枕于万寿之山前，照七级宝塔，铃风摇汉，叠嶂宾列，云气袭人，春晓含情，生意不绝，物物自能润泽。星斗舒芒，雨煦露濡，气象凌空，遥遥然有若南山万寿之祝，奚俟乎嵩岳三呼者哉！惟师已囊土地年粒入寺，永备营缮之产。寺规宏修，镂栋彩椽，金碧绚灿，画垣朱壁，玉石栏砌，九檐流翠，万影参差。巍巍乎雄绝海滨，西壁繁费，莫已知也。然而不求施于众，不经劳于人，诸匠百工不邀而至。比邱众一心非懈，讽经雍肃，亦师之有道也。呜呼！余尝观夫有官或于廨第营诸仓库，指其匠而有刑，取诸工而有罪，尚或避役而不趋。使其不刑不罪，调诸掌握，来如腥蚁，其有望望然不舍去者，果何道而能若是哉！成庙十一年，成额曰："大德万寿寺。"武庙至大初元、皇帝皇庆初元，二制悉优其刹。圣人好生有位，师以报本为心。盖一人以大德为心，四海以万寿为祝，实师之愿焉。寺之永焉，甲乙传焉，子孙保焉。师开山祖焉，其嗣嫡圆明妙智真觉即翁大师宗具，膺师之心，以宣相力。嗟夫！凡物出师之一心，成合万人之祝，由师之志诚，感人之共志也。其合志者，非师之力也，师之诚也。今夫行之有道，传之得人，岂偶然哉！余生北庭，历方儒业，以文游东南，偶憩海滨，以所见闻为师述翰文石，欲传不泯。予美其精诚报本之意，故记。（民国十三年刊《南翔镇志》卷一〇）

12. 边鲁

边鲁，字至愚，号鲁生，西域北庭（今新疆维吾尔自治区吉木萨尔县）人。元畏兀儿艺术家。清代顾嗣立、席世臣编《元诗选·癸集》和陈衍辑撰《元诗纪事》卷二四均载称"以南台宣使奉台命西谕，竟以不屈死"，后追封为南台管勾。边鲁自幼好学，对汉文化有较深的造诣。史称他"天才秀发，善古乐府诗"，又说他"善写水墨花鸟树石，而尤精于钩勒颤掣之势，则有得于李后主云"。夏文彦《图绘宝鉴》说他"善画墨戏花鸟"。

生平事迹在元代陶宗仪《书史会要》；元代杨维桢《西湖竹枝词》；清代顾嗣立、席世臣编《元诗选·癸集》；陈衍辑撰《元诗纪事》卷二四；徐建融著《元明清绘画研究十论》；周绍祖主编《西域文化名人志》；陈垣《元西域人华化考》；陈高华《元代画家史料》；赵相璧《历代蒙古族著作家述略》中均有记述。

李修生主编《全元文》收录其《高阳令边敏志铭略》共计1篇。辑录于《元史》《大元圣政国朝典章》《元朝典故编年考》《永乐大典》。

此次文的点校，以民国二十二年《高阳县志》为底本，《全元文》收录其文时版本与此同，文共计 1 篇。

高阳令边敏铭略

先伯父长官姓边氏，讳敏，字德成。其先系于宋，望在陈留人也。王父讳行存，顺州司马。考讳承遇，任邱县令。先妣太夫人，太原郡王氏。长官英姿倜傥，伟量恢宏。辞才则贾马无称，孝敬乃曾颜让美。当未登显仕，恒奏温清。见喜色以问安，露忧容而侍疾。身能礼乐，性存典坟。爰从赴聘于招弓，便可分荣于宰字。擢为高阳县令，莅政之后，嘉问允彰。单父临民，绰有七丝之咏；中牟作宰，不无三异之称。及罢任之初，实以神念聪明，人思遗爱。自此明廷以慎择楚材，选求硕德。以道能佐世，俾议金谐；以恩徙于民，陈诸任使。暂戢鸳鹏之翼，难淹骐骥之踪。泊解印高阳，未及逾载，而除官路县，复起颂声。屏宣卧虎之威，厅集巢鸠之美。立言必雅，莫尝显己所长；用意绝思，未可屈人之短。大小之务，罔不躬决。当是时也，世运阻艰，征赋多迫。其或立功立事，克劝克业，有利于图、无害于民者，惟独长官矣。至闻望俱高，位禄已重。赋潘岳闲居之咏，起陶潜归去之思。因罢厥官，却访田里。方期颐性养寿，恬淡自安；岂谓景福未终，昊天不佑。碧落之孤云易失，风窗之短焰难停。历任三十年，享寿五十八。我伯母平康郡孟氏，亦以不登遐寿，奄逝流光。贞魂谅合于延平，青骨同安于蒿里。有子四人：长曰日照，故幽都府永清县令；次曰隐照，前摄郑州长史；次曰延征，未仕而殁；幼子商裔，运州左都押衙。孙子六人：让能、去非、光义、霸孙、岚孙、天留。以庚申年十一月二十四日，安神于任邱县长邱乡孝慈里靖隧先坟之次，礼也。恭承日照，谨作铭云：

博哉贵胄，踵膺于门。山河其度，金玉其身。蕴十善道，为百里君。立功于国，流爱于民。岂期违祸，一旦归魂。委宅幽壤，虑谢音尘。爰刊琬琰，记录其勤。日往月来兮良铭此地，付子孙兮传扬葛万。（民国二十二年《高阳县志》卷九）

13. 偰玉立

偰玉立（约 1294～?），字世玉，号止庵（一作止堂），高昌回鹘人。

世居高昌郡（今新疆维吾尔自治区吐鲁番市东），出身摩尼教世家，偰玉立本人不信仰摩尼教。家族发祥地在蒙古草原的偰辇河，因而以偰为汉姓。入中原先定居南昌，后以溧阳（今属江苏）为籍贯。元延祐五年中进士，授秘书监著作佐郎。至正九年（1349）五月，以正议大夫福建行省泉州路总管升任泉州达鲁花赤。泉州府城东和桥南有偰玉立祠。

偰玉立至正年间在泉州任职，他筑城浚河，"兴学校、修桥梁、赈贫乏、举废坠，考求图志，搜访旧闻，聘三山吴鉴成《清源续志》二十卷"，使当地百姓"皆劝于文学"。当时泉州有一名叫蔡元的少年，素有神童之称。偰玉立听说后对他优礼有加。这段史料不仅清楚地记载了偰玉立任职泉州之时的惠政，还表明他对人才的重视。更值得注意的是，偰玉立曾延请吴鉴编修泉州地方志《清源续志》，这说明他与吴鉴有过交往。虽然《溧阳县志》有关偰玉立的文字记载并不多，但其生平事迹基本上一目了然。据此可知，除已提及的上述官职，偰玉立还担任过湖广行省佥事、海北海南道肃政廉访使等职。著有《世玉集》。清代顾嗣立、席世臣编《元诗选·三集》有著录。

生平事迹见清顾嗣立、席世臣编《元诗选·三集》；丁成泉辑注《中国山水田园诗集成·东晋南北朝隋唐》第一卷；黄威廉编注《九日山·摩崖石刻诠释》；王叔磐、孙玉溱等选注《元代少数民族诗选》；李修生主编《全元文》；泉州市历史研究会编《泉州市名胜诗词选》；刘浩然编著《温陵山川诗文略》；黄锭明、吴捷秋主编《泉州古今诗选》；南安市武荣诗社编《南安古今吟萃》；鲜于煌选注《中国历代少数民族汉文诗选》；唐圭璋编《全金元词》（上）；马兴荣主编《中国词学大辞典》；庄星华选注《历代少数民族诗词曲选》（上卷）；陈仁桌、杨继昌、邓又琳编注《菩萨蛮一百首》；张还吾主编《锦绣中华历代诗词选》。李修生主编的《全元文》，收其文《正旦贺表》《皇太子笺文》《绛守居园池诗序》《九日山题名》，共计4篇。辑录于《元史》《大元圣政国朝典章》《元朝典故编年考》《永乐大典》。

此次文的点校，《正旦贺表》《皇太子笺文》以清文渊阁四库全书本《秘书监志》为底本，《绛守居园池诗序》以清康熙五十九年刊《元诗选·三集》庚集为底本，《九日山题名》以1934年刊《闽中金石略》为底本,《全元文》收录其文时版本与此同,文共计 4 篇。

正旦贺表

璇玑齐政,载调七十二候之和;黼座当阳,诞受千八百国之贺。神人协赞,宗社交欢。中贺。道与日新,圣由天纵。丕承祖武,登庸辅相之贤;克厉德心,敷锡黎元之福。履泰亨于至治,体乾健于大明。臣某等忝列朝班,叨尘秘府。椒盘献颂,式符嵩岳之呼;枫陛称觞,愿效华封之祝。

皇太子笺文

宝历授时,布阳春于万宇;玉卮称寿,集嘉庆于重闱。民物阜康,乾坤开泰。中贺。性全英睿,器合温文。宣忠孝之鸿规,永维时义;佩《诗》《礼》之明训,慎厥身修。茂对良辰,诞膺繁祉。臣某等职叨中秘,行缀末班。邦本益隆,光赞升平之治;舆情胥悦,润沾普博之恩。(以上清文渊阁四库全书本《秘书监志》卷八)

绛守居园池诗序

乙酉之秋,七月既望,余自河中谳狱还司,过绛,登守居园池。昔日亭墅,悉已埋没,独洞涟亭、花萼堂复构以还旧观。流泉莲沼,犹仍故焉。堤柳阴翳,径花鲜妍,庭竹数竿,清风泠然,有尘外之思。即事赋诗曰。(清康熙五十九年刊《元诗选·三集》庚集)

九日山题名

至正己丑夏,余来守泉。明年春二月望,偕总管古襄孙文英才卿邵农于郊,时府判忻都仲实、推官沈公谅虚中、徐居正时中、知事郑士凯友元、照磨汪顺顺卿、晋江南安令白榆等咸在,因登九日山之高士峰。是日也,膏雨溉足,晴旸煦和,远观海玙之晏清,近览溪山之胜丽,遂搜三十六奇,访四贤遗迹,摩挲石刻,逍遥容与,赋咏而归,书以记岁月云。高昌偰玉立世玉父题。(1934 年刊《闽中金石略》卷十二)

14. 偰哲笃

偰哲笃，字世南，偰玉立弟，延祐二年进士，高邮知州，以中顺大夫
金广东道肃政廉访司事。被弹劾后寓居溧阳，延师教子有方。历官工部尚
书、参知政事。至正十二年被任命为淮南行省左丞，以文学政事知名
于时。

生平事迹见清代顾嗣立、席世臣编《元诗选·三集》；丁文庆、吴建
伟注评《回回古诗三百首》；庄星华选注《历代少数民族诗词曲选》；王叔
磐、孙玉溱等选注《元代少数民族诗选》；罗贤佑《论元代畏兀儿人桑哥
与偰哲笃的理财活动》（中国人民大学复印报刊资料《宋辽金元史》1992
年第 1 期）。

清代顾嗣立、席世臣编《元诗选·三集》之《世玉集》附录偰哲笃诗
《题赵千里〈夜潮图〉》《赠墨士》《题商德符李遵道合作竹树图》3 首。
国家图书馆善本室所藏碑帖中，有偰哲笃所撰《重修句容儒学记》（李恒
正书，至正八年五月立）。

李修生主编《全元文》收录其《重修县学记》共计 1 篇。辑录于清嘉
庆九年《江宁金石记》。

此次文的点校，以清嘉庆九年《江宁金石记》为底本，《全元文》收
录其文时版本与此同，文共计 1 篇。

重修县学记

句容为县最古。汉长沙王子党建侯于此，国朝旧臣创兀氏亦以此封王
爵。其庙学宏壮异他邑，第岁久不治，渐入荒域。至正丁亥八月，县尹邯
郸张承务士贵乃率义命工，不资学计，自堂徂门，暨翼序庑庾都宫环堵，
罔不毕葺，遂使雕甍丹楹、朱扉网户，悉逾旧观。当兴役之际，适有凶盗
籋淮甸历朱方，登茅阜，涉土桥，问津龙潭，欲走江以逸。镇南王令司马
会有台帅臣，督十余路戎士，围于东华山，抗万夫长江宁监邑死之。弥月
有半，始克殄灭。于时应酬征需，供亿军饷，承务寝食两忘，一如律令。
仍于巡徼关桥、辑绥里闾之隙，不惮劳勤，笃意庙学，可谓本末具举，得
为政之要矣。予膺橐寄海北，寻调西蜀。未几，遽拜工部之命，速抵金

渊。溧士谢瑛，时摄事于学，请文以识诸石。予惟正人心、厚风俗，无一
不本于学。人心正、风俗厚，凶盗安从生哉！承务能饬俎豆于甲兵中，以
急人之所缓，视不知所当务者辽绝矣。则其政绩宜亦可歌，故辍行不让，
系以辞云：

《易》列《蛊》卦，事坏必新。《诗》诵《泮宫》，专美鲁申。先甲后
甲，爻象可则。献馘献俘，卒以灭贼。破杀越人，暴御国门。缘教之失，
懿德遂昏。骈首就擒，或斫或磔。究原以思，恻然其恻。礼让兴行，畴不
向方。虽赏不窃，刑厝成康。猗与张尹，卓见不忒。尊崇圣道，淑此邑
国。美锦优制，声蔼弦歌。纂庸乐石，永矢不磨。（清嘉庆九年《江宁金
石记》卷七）

15. 偰文质

偰文质（生卒年不详），元江西龙兴人，迁居溧阳。回纥族，因祖辈
世居偰辇河上，故以偰为姓。父葬溧阳后举家迁溧阳。所生五子登进士
第。偰文质幼年时随父母居住于粤南，十岁时母亲患重疾，毅然割大腿肉
救母，被粤南人赞为"忠、贞、孝三节备一身"。经朝廷任命为承担经理
江浙粮行，惩治贪腐，后改授通议大夫、潭州路（今长沙）总管。到任潭
州后，兴利除害，执法不阿，改任赣州总管，寻佩金虎符，同知广西宣慰
府司事副都元帅。此间正遇广西柳州、庆远、宾州路部分瑶民起事，奉命
领兵剿之，采取攻心诱贼党众，计擒贼首，降者达万众。后迁任正议大
夫，官至广西都府元帅。逝后被元帝追封为宣惠安远功臣、礼部尚书，加
封云中君侯，谥忠襄。《元史》卷一九三有传。

《全元文》卷一一四四收偰文质《无一禅师塔铭》1 篇。

此次文的点校，以清光绪七年《广德州志》为底本，《全元文》收录
其文时版本与此同，文共计 1 篇。

无一禅师塔铭

释氏之教，由迦叶得佛之正法眼藏，递传之达摩，达摩传之东土。其
要使学者一念之顷，深入阃奥，故业空寂之士，得其师，往往摄衣而从其
游焉。石溪无一禅师，讳善会，长沙徐氏子。生宋景定壬戌正月初十日。

幼而颖悟，依郡之湘山僧景祥剃染，超然有出尘之志。闻仰山雪岩钦公大阐其道，遂偕铁山琼师策杖踵门，晨夕叩其宗旨。忽睹楼前树倒，豁然心悟，从是承受问难，靡有疑滞。无何，钦公示寂，师还湘山，即南台之麓，诛茅晦处，几二十年。至大间，琼归自高麓，以书致师，勉师开法为人，冀以同得于钦者弗之堕坠。及琼将终，复致书嘱师治后事。师为建塔请铭，敦同门之谊也。广德东山海智禅寺，琼之所创。其徒以师与琼同所自出，百里重跰，请师继其续。时余守广德，介书币，以石溪延师开山。师惠然不辞。居民沈政先施地，创立精蓝，请额于官，为"石溪禅寺"。师卓锡而衲云四集，施者辐至。郡人朱庭桂割田易山，以广其址。湖广平章昔利哈剌施财为营观音阁，下蔽寝堂。宜兴长者蒋□□乞受毗尼为弟子，凡正殿三门，僧堂众寮，库室廊庑，悉力成之。门堂穷如，金碧焕烂，犹天设鬼运，移西鹫而错居中国，使人愕然叹以为神也。戊午，师礼高峰法兄之塔于天目，时中峰固请为众普说，耆德夙学承风望光，恨相见之晚也。平章昔利哈剌、监郡哈那海皆执弟子礼，师未尝以贵贱异观。晚年创造茶园，退遂燕闲。湖之何山以主席延，师以年迈，固辞不受。暇日，与侍僧行寺后珠峰下，嘱曰："他时当以陶器藏我于此。"时天历己巳八月也。未几，荆溪蒋氏强师过之，道出吴，而好事者遮留之。一日，舟次当□一僧舍，呼寺僧语之曰："我舟速矣，汝舟何迟。"众莫测，良久，问之曰："今日何日？"寺僧对曰："十一月十一日。"师于是索浴更衣，笑谓众曰："何天而非吾夜旦，何地而非吾游戏之场耶？吾其逝矣！"恳留遗偈，弗应，遂泊然而化。时平山林公主福源，讣闻，哭之曰："昨来致问，殆以后事嘱我乎？"即为具治丧之仪，扶龛还山，留三七日，将入塔。郡之文武官属而下，僧俗千有余人，启龛，见其容貌如生，莫不悲恸，如失怙恃。即遵遗训，塔于宝珠峰下。时春秋六十有八，僧腊四十有五。其徒数十人，参学弟子不可胜计，偈颂语录未及诣，□传诵之。其门人惟守以住山顽石瑱师书并师行状来豫章乞铭于余。余与师相知惟深，义不敢辞，强为之铭。铭曰：无一无偏，天地之先。灵光独耀，遍满大千。六十八年，以无为有。心印雪岩，了无纤垢。死生既一，贵贱等齐。大阐厥教，于石之溪。有作□□，有殿斯阁。我师不知，徒勤朴斫。惟山之阿，有塔陂陀。我师入寂，靡识其他。群有不有，无法无界。非色非空，无内无外。言无□□，无纪无年。山移谷迁，吾师俨然。

通议大夫、同知广西两江道宣慰使司事、副都元帅偰文质撰。（清光绪七年《广德州志》卷一四）

16. 偰处约

偰处约，高昌人。曾为翰林，皇庆间在世。

李修生《全元文》收其文《勿轩熊先生传》1篇，辑录于明嘉靖《建阳县志》。

此次文的点校，以明嘉靖《建阳县志》为底本，《全元文》收录其文时版本与此同，文共计1篇。

勿轩熊先生传

先生姓熊氏，讳鉌，位辛，一字去非，勿轩，其号也，又曰退斋。雨钱公十六世孙，世居鳌峰之阳。先生生聪敏颖悟，垂髫即知向学。及总角则能属文，而悟道德仁义之说，志宗濂洛之学，乃访文公之门人辅氏而从游焉。遂深究君臣、父子、夫妇、朋友之道，而得圣贤传授之心法。既而博通五经，遍览诸子百家之语，下逮医卜阴阳之秘，故下笔成文，追踵韩柳。宋度宗咸淳十年甲戌登第，授宁武州司户参军，而值宋亡，故不及大用，而先生之才不阐，道不行于世，惜哉！入元乃隐居不谷，以道自任，以义自处。叠山谢氏，忠义人也，尝自誓曰："不见南朝不着鞋。"闻先生之名，义不辞远涉，自江右而至。及会，共诉宋亡之恨，因相与抱持而哭。既而曰："今天下皆贼也，所不为贼者惟足下与我耳。"道义相合，不能卒别，遂相与讲论夫子之道，而于旧所闻者益以明，旧所未达者通以彻。以文公《四书集注》尚有遗意，乃著《四书标题》，《集注》之遗意益以备，而道德之用益以详著矣。江西庭芳胡氏，明《易》君子也。闻先生博学，尝挟其道以访焉。及退，自以为不及。而先生不以为能，故频与讲论无倦怠之色，而庭芳之学益以明，皆先生启发之也。乃自采《易》之精奥，著《易讲义》。读《书》而著《书说》，学《礼》而定《仪礼》；辟异端而酷排缁黄之诞，鬼神之妄。以世俗葬祭为所蛊者，皆毫分缕析，而正以圣人之道焉。勒成一帙，以解后学之惑，斯其所著而行于世者也。其他所述犹繁，不及备举也。既而曰："吾之所学，圣贤之学也。当以圣贤之心为心。故伊尹曰：'吾，天民之先觉者也。吾当以斯道觉斯民也。'"乃不吝所居，扩而充之，易为家塾。中奉先圣，左为文公、师友之祠。以其门对云谷，而又以寓文公没而道之传在于是，遂匾其家塾为"云谷书院"。于是四方学者，知先生之道欲传于世，而生徒云集。远自漳泉而至者有之，各欲捐金置田，以为师生之俸，值先生没而已。其寓于崇邑，而建长林书院于翁坋之洪原。适武夷而叹文公之旧址颓圮，遂构而新之。爱其幽僻，遂馆焉。然从游者虽多，卒未有得其传者。呜呼！其天之将丧斯文也欤？先生学既得其真而道不杂，书既览之博而德宏雅，当时远近以书厨目之。尝重修考亭书院而为记，有"周东迁而夫子出，宋南渡而文公生"之语。翰林学士草庐吴公，天下名士也。有求《考亭书院记》者，援笔欲为之，因闻先生所作，则以手加额曰："江南有人已，奚庸喙？"以其求之固，乃曰："姑赘此以塞责耳。"先生娶虞氏，继曹氏。三子，曰龙，曰崇，曰嵩。父讳学显。先生生于宋理宗淳祐七年丁未，即元定宗之二年也。卒于元仁宗皇庆元年十月二十九日，葬于鳌峰之横历，寿六十。从祀于文公之祠而位尊先贤之列，非幸也，宜也。前翰林偰处约述。（明嘉靖《建阳县志》卷一一〇）

17. 巎巎

巎巎[①]（1295～1345），又译库库，字子山，号正斋，又号恕叟、蓬累叟，又称康里巎巎。不忽木次子，系王氏所生。回回之弟，系夫人王氏所生，诗文均有时名，并且是元代最著名的书法家之一。幼年入国子学，后以贵介公子宿卫宫廷，始授承直郎、集贤待制，迁兵部郎中转秘书监丞，

[①]　康里巎巎（kuí kuí），以往文献多作康里巎巎（náo náo），胡蓉、杨富学《元代畏兀儿双语作家考屑》（《民族文学研究》2016 年第 5 期）："巎巎（1295～1345），为彰八里（今新疆昌吉市附近）人，过去学界常称之为巎巎（读音náonáo），实则误也。在甘肃武威城北十五公里的石碑沟发现的《亦都护高昌王世勋碑》之回鹘文部分，其署名为 kiki（或作 khikhi）。显然，kiki 应为汉文部分所见'巎巎'之音译，绝非巎巎之音译。"并且四库全书改译为"库库"，也可作为佐证。

拜监察御史，转江南行台治书侍御史，拜礼部尚书，进奎章阁大学士，又拜翰林学士承旨、知制诰兼修国史。顺帝至正四年出为江浙行省平章政事，明年复以翰林学士承旨召还，至京去世，谥"文忠"。

生平事迹见明代宋濂撰《元史》卷一四三；清代顾嗣立、席世臣编《元诗选·癸集》；李修生主编《全元文》；隋树森《全元散曲》。

李修生主编的《全元文》，收其文《康里巎草书柳子厚谪龙说》《阎立德王会图跋》《题唐欧阳询化度寺邕禅师塔铭》《颜真卿述张旭笔法一卷》《周朗画〈杜秋图〉》《十二月十二日帖》《草书怀素自叙》《跋静心本兰亭》《奉记帖》《跋赵孟頫常清静经帖》《跋任仁发张果见明皇图》《题丞相义门诗后》，共计 12 篇。

此次文的点校，《康里巎草书柳子厚谪龙说》以文渊阁四库全书本明代郁逢庆编《书画题跋记》为底本，《阎立德王会图跋》以文渊阁四库全书本明代张丑撰《真迹日录》为底本，《题唐欧阳询化度寺邕禅师塔铭》以文渊阁四库全书本清代孙岳版编纂《御定佩文斋书画谱》为底本，《颜真卿述张旭笔法一卷》《周朗画〈杜秋图〉》以清乾隆、嘉庆年间修《石渠宝笈》为底本，《十二月十二日帖》《草书怀素自叙》以清代卞永誉撰《书画汇考》为底本，《跋静心本兰亭》以清代倪涛撰《六艺之一录》为底本，《奉记帖》《跋赵孟頫常清静经帖》《跋任仁发张果见明皇图》以刘正成主编《中国书法全集》为底本，《题丞相义门诗后》以明成化十一年刻本《麟溪集》为底本，《全元文》收录其文时版本与此同，文共计 12 篇。

康里巎草书柳子厚谪龙说[1]

彦中判府贤友，久不睹仆恶札，因草书《谪龙说》往，想展览之际如相见焉。康里巎再拜。

校记：

[1] 此文辑自明代郁逢庆编《书画题跋记》（《文渊阁四库全书》本）卷八。

阎立德王会图跋[1]

余观阎立德所画《王会图》，本诸唐贞观间太宗事。可见古之贤君以德归万国。盖昔三代盛时，化格昆虫鸟兽，民俗敦美，周之民从之如归市。夫帝王之治，顺之则归，逆之则去。后至战国、暴秦以下，无可观者。太宗平定之后，以诗书赐外邦，文化所至，率宾遐荒，其庶几乎！有国家者观此，孰无感焉！是图诚为后世珍鉴，又非庸常绘画所能以拟也耶！是宜宝也。子山记。

校记：

[1] 此文辑自明代张丑撰《真迹日录》（《文渊阁四库全书》本）卷三。

题唐欧阳询化度寺邕禅师塔铭[1]

欧阳率更，姜白石以为追踪钟、王。今观石刻，尚使人惊绝，矧真迹哉。因知白石之论为信然。此化度寺碑，盖旧本，收者宜宝藏之。至元六年岁庚辰三月十六日，康里巎书。

校记：

[1] 此文辑自清代孙岳颁编纂《御定佩文斋书画谱》（《文渊阁四库全书》本）卷七二。

颜真卿述张旭笔法一卷[1]

鲁公此文，议论精绝，形容书法要妙无余蕴矣。今之晓书意者，盖莫如公，所以及此。至顺四年三月五日，康里巎为麓庵大学士书。

校记：

[1] 此文辑自清乾隆、嘉庆年间修《石渠宝笈》卷三〇。

周朗画《杜秋图》[1]

至元二年岁丙子正月廿四日，冰壶为余画杜秋娘，遂书杜牧之之诗于其后。二月十七日子山识。

校记：
[1] 此文辑自清乾隆、嘉庆年间修《石渠宝笈》卷三六。

十二月十二日帖[1]

喀尔库库顿首再拜彦中管钩贤友足下[2]：十二月十二日，金子振宣使至，得教字，深荷远怀之至。中间见海，实是下心，然亦自有公论也。于此足见足下笃于吾昆弟至深，不肖惟多驰感耳[3]。不知来春可果至都不？付下棋枰帽等皆已领。此时请家兄使想已达，度贤友亦必喜也。此间公私皆望家兄早来，闲报吾兄知之。文书一节，克明甚是用心。缘不肖小女病（旁添：四五十日竟至逝去，不胜悲塞。奈何！奈何！），及身常有微恙，不曾与克明相见。近月半日来方出，当与彼论之，后便奉报。未由奉见，愿尽珍重理。今因人便，草草，不宣。喀尔库库顿首拜。十二月十四日书诸般杂色素笺及建连付来些小为祷，银朱亦望惠数两，欲为印色，此中者不可故也。彦中管勾贤友足下，喀尔库库谨封。

校记：
[1] 此文辑自清代卞永誉撰《书画汇考》卷十七书十七。
[2] 喀尔库库顿首再拜彦中管钩贤友足下："尔"，清代倪涛撰《六艺之一录》卷三九七历朝书谱八七元贤墨迹作"喇"。
[3] 不肖惟多驰感耳："肖"，清代倪涛撰《六艺之一录》卷三九七历朝书谱八七作"省"。作"省"误。

草书怀素自叙[1]

草书不可识，卿字少于即。草书不可知，叔字少于其。草书不可道，于字何曾草？所贵者笔圆，所上者笔老。献之答谢安云，世人那得知耳！

校记：

[1] 此文辑自清代卞永誉撰《书画汇考》卷十七书十七。

跋静心本兰亭[1]

右定武兰亭，乃神妙之本。其宝藏之不可轻易与人也。康里巎题。

校记：

[1] 此文辑自清代倪涛撰《六艺之一录》卷一六〇。

奉记帖[1]

巎再拜奉记彦中州判贤友执事者，范漠卿所寄来绒大二帖已领，前所托者望付便人来。甚幸。更望二香卓，其一小者高尺余，欲几榻间放；其一大者，高博尺四尺可也。得坚实素木为之妙。复望惠及诸样，海味有便寄天下，辄恃知爱故尔。叨喋仍恕干烦也。巎再拜。

校记：

[1] 此文辑自刘正成主编《中国书法全集》册四六。

跋赵孟頫常清静经帖[1]

赵文敏公好书道经。散在名山甚众，此其一焉。而王右军法书，流传于世，唯《黄庭》为称首。今观赵公所书清静经，飘飘然若蜕骨为仙，凌厉霞表，前辈所称右军洒素写为道经，笔精妙入神，同归此意，宜矣。至正四年五月十六日，题于杭州河南王第之西楼。康里巎识。

校记：

[1] 此文辑自刘正成主编《中国书法全集》册四六。

跋任仁发张果见明皇图[1]

月山宣慰所画《张果见明皇图》，笔法精妙，人物生动，求之同时盖不多见。且月山之为人多才，而智有益于世。至于水利钱法，皆深造极致，惜乎不遇于时。世之士大夫皆言其精于画马，是矣。然因其不遇，但知此而不知彼，宜其尔也。余之三侄大年，月山之婿也，故颇详其一二云。康里巎。

校记：

[1] 此文辑自刘正成主编《中国书法全集》册四六。

题丞相义门诗后[1]

记礼者云："温柔敦厚，诗教也。"夫诗，吟咏之辞尔，何以能教民如是哉？盖其为道，本诸性情，不能无感于物。因其有感而导之，故入民也为深。此古人成孝敬、厚风俗之道也。诗之教今虽若久废，世之秉国均者有能行之以为世劝，不亦古之遗意哉？燕只歹公为江浙行中书左丞相，时欲辟浦阳郑深为之属，故深日得给事左右。公闻深家同炀至九世，乃延深问状。深以从祖大和所著《家范》进，公读之至再，喟然叹曰："是不为风俗之冠冕耶？"因顾高句丽金贤明以觚翰，至亲赋诗一篇，以授深，且属之曰："吾自去离胄监，不事兹者凡一十余年。今特为而尔家发者，非他，将欲为世劝也。"深再拜，受而藏之。未几，有诏起公为翰林承旨。越三月，即大拜中书左丞相，予亦被旨趣还京。深以不见公者颇久，附予舟以北行。次大河之滨，深升舟谒予，具道公所以赐诗之意，复出以相示，请题其后。予然后知公深得教民之本矣。盖公以元勋硕德出司方面之寄，治署所统几□千里。山川之奇峭，城邑之阜蕃，楼观之岧峣，非不可以明心骇目，放辞于吟咏之间，而公皆欲去不顾。今乃以深家孝义之故，特发为声诗以宠褒之，非直宠褒之，复曰将为世劝焉。若公者，可不谓以"温柔敦厚"为教者哉？四方之士，有得公诗而读之，优柔讽绎，孰不感激□□成孝敬、厚风俗之道，又将于是乎在。九世同炀，岂特于深家见之，诗之为教，不既深矣乎。公名别儿怯不花，字大用，燕只吉歹，其氏也。以开府仪同三司自御史大夫、中书平章政事来镇南服，其功泽之在人心者甚博。他日当有太史执笔书之者，兹不复云。荣禄大夫、江浙等处行中书省平章政事康里巙谨跋字子山。

校记：

[1] 此文辑自明成化十一年刻本《麟溪集》巳卷。

18. 鲁至道

伯笃鲁丁，字至道，西域答失蛮。以鲁为汉姓，又名鲁至道。至治元年进十，后至元二年累迁浙东廉访副使，改广西廉访副使。至正元年由礼部侍郎除秘书大监，至正十六年历潭州路总管。元代著名诗人、政治家。

生平事迹在元代杨瑀《山居新话》；清代顾嗣立、席世臣编《元诗选·癸集》丁集；陈垣《元西域人华化考》；李修生主编《全元文》；谢启昆纂（民国）《广西通志》；吴建伟注评《回回古诗三百首》；白先经、翁乾麟编《中国南方回族历史人物资料选编》；白寿彝编《回族人物志》；周绍祖编《西域文化名人志》；杨镰《元西域诗人群体研究》中均有记载。

元代陶宗仪《南村辍耕录》载："以廉故，家甚贫，朋友间每分财以济之。"其诗《逍遥楼》云："身世云霄上，飘然思不穷。晴山排翠闼，暮霭閟琳宫。牧笛残云外，渔歌落照中。蓬莱凝望眼，隐隐海霞红。"其诗《浮云寺》云："麦云芟尽草青青，白叟黄童喜送迎。海宇有生皆乐怿，遐荒远地不升平。水明山秀闻莺语，云淡风轻信马行。山下高人留客醉，旋挑竹笋煮鱼羹。"

李修生主编《全元文》收录其文《鼎建庙学记》《阳桥记》，共计 2 篇。辑录于《元史》《大元圣政国朝典章》《元朝典故编年考》《永乐大典》。

此次文的点校，《鼎建庙学记》以《永乐大典》为底本，以《广西通志》（简称通志本）为校本，《阳桥记》以《广西通志》（简称通志本）为底本，以宣德《桂林郡志》、嘉靖《广西通志》（简称嘉靖本）为校本，

《全元文》收录其文时版本与此同，文共计 2 篇。

鼎建庙学记[1]

学有庙者何？王祀孔子也。祀孔子者何？尊圣道，重民教也。圣朝学校布天下，而裔氓荒域，连学设师[2]，美化善俗，尤所宜先务。岭南土荒遐地，联延海北，大理、交趾、云南、夷江犬牙相错，溪洞深窈巨测，凭险负固，往往鸥义奸宄[3]，悍然梗化[4]。蔚林介岭海，地旷而夷，弄兵潢池，恒弗戢，上下诪张，无所于措。州有孔子庙，在城南，右凭江津[5]，春夏淫雨，水潦交注，辄汇溢弥漫，殿堂门庑，悉沦沮洳。蠹啮摧朽，不可支拄矣。至元三年夏五月，真定张侯按摊不花知是州，仰瞻仞墙，陵夷草莽，荒坠雕弊，无弦诵声，则喟然太息曰："嘻！吾闻风俗兴化移易为治，有美化斯无弊民。圆颅方趾，戴天履地，彼岂独无人心哉？明仁义，惇礼教，则学校所系，予何敢不力？"相旧址卑垫，乃营治之酉，燥刚爽恺。夫子正南面[6]，以四贤十哲配，而绘祀为两庑。讲有堂，舍有斋，师生有膳，庖廪有次。春秋释奠，晨夕肄业。学旧有田，以顷计二十有八，氓诬上行私，匿蔽而杀其租入，岁征大乏。上下并缘为利，则相仍苟且弗为，意侯立法核实，悉复旧贾，由是新群氓之耳目，宣礼逊之风化，庶知为政先后矣。嗟夫！边徼抢攘，日夕固金汤、峙刍茭、砺弓矢、锻戈矛以为事。若侯斯举，不几论俎豆于问陈，持章甫以适越者。虽然，万古一理，万人一心，明伦设教，本于孝弟。昔有分椹归养，而强暴戚然通矣，故有苗小蠢，弗化徂征之师，来格两阶之舞。后世文翁、常衮，变移闽蜀，岂非蔼然诗书礼义之粹哉？学校教化，相为终始；教化风俗，相为污隆。传曰："有教无类。"使之政能以兴学校教民为务，其可尚也，夫达鲁花赤扎蛮丁、州判张子忠、吏目粟益皆翕然以使之心为心，学正吴膳孙实相厥事。余尝分宪至是矣，故因其征言，为述本末，俾刻诸石。后之守是邦者，庶有感于斯文。时至元五年岁次己卯，十二月日奉议大夫蔚林州知州兼劝农事张按摊不花等立石，太中大夫岭南广西道肃政廉访司副使伯笃鲁丁撰记。（《永乐大典》卷二三四三，又见《广西通志》卷一四〇）

校记：

[1]《广西通志》本题目作"直隶郁林州州学记"。

[2] 连学设师："连"，疑为"建"之误。

[3] 往往鸱义奸宄："宄"，底本作"究"，据通志本改。

[4] 悍然梗化："悍"，底本作"悝"，据通志本改。

[5] 右凭江津："江"，底本缺，据通志本补。

[6] 夫子正南面："夫子"，底本作"当宁"，据通志本改。

阳桥记[1]

静江为广西都会，其城之南门，凡往来东西二道、两江、交趾、海南北诸州者，莫不由是焉。是岂特为广西一都会而已？城下鉴湖水[2]，水通漓江。门南有桥，曰通济，所以利病涉。桥左右为商贾所藏，宝物番货，以有易无，日以千百计。是又岂特为病涉之利而已？讥征者亦视此为要。至元五年冬十二月，遭火延毁。时天冱寒，老者、弱者、伛偻而提携者，皆病于厉揭。盖国中义水，当涉者众，往往争先，有垫溺之忧。宪司大夫患之，责于连帅。帅择属官之廉且能者经营之。于是监郡教化、推官唐棣、录事长官也先不花[3]、临桂县尹吴正卿咸任是选。青庵道人胡道真[4]曰："官爱吾民如是，尚坐视而不思补报乎？"首倡居民各捐缯币有差[5]。经始于六年孟春，凡四阅月而成。一日，郡之士民造余，请曰："前至元癸未重修斯桥，乃毁于今至元己卯，是岂偶然？兹落成，愿丐一言以纪诸大夫士之功于不朽。"余曰："夫十日配十二子，数将周六十，兴废定矣。今憧憧往来，自辰及酉不绝，又岂能保其久而不废耶？"虽然，《传》曰："岁十一月，徒杠成；十二月，舆梁成。"盖其农功已毕，可用民力也。今东作方兴，民事不可缓，而乃官不知役民，民不知役力，桥成而无怨叹之声，此孟轲氏所谓"以佚道使民，虽劳不怨"者，是可书矣。是为记。（《广西通志》卷一四七，又见宣德《桂林郡志》卷二八，嘉靖《广西通志》卷三七）

校记：

[1] 《桂林郡志》本题目作《静江路重建通济桥记》。

[2] 城下鉴湖水："鉴"，嘉靖本作"缭"。

［3］ 推官唐棣、录事长官也先不花：“棣”，底本作“录”；“不花”，底本
作“下尼”，均据嘉靖本改。

［4］ 青庵道人胡道真：“真”，嘉靖本作“兴”。

［5］ 首倡居民各捐缯币有差：“缯”，嘉靖本作“楮”。

19. 唐兀达海

唐兀达海（？ ～1344），元代党项族人，祖籍武威（今甘肃武威），家族入中原后定居开州濮阳（今河南濮阳一带）。《述善集》称作“唐兀忠显”，是因为他曾担任忠显校尉，又据《述善集·龙祠乡社义约》，其职务曾为百夫长。忠显校尉为武散官，秩从六品。此篇文署名为“唐兀忠显 唐兀崇喜”。《龙祠乡社义约》序记载，乡约系“十八郎寨龙王社内老人百夫长唐兀忠显与千夫长高公”议定，唐兀崇喜或仅为记录者。此处暂认定该文为唐兀达海所作。

此次文的点校，以河南省濮阳县柳屯乡杨十八郎村杨存藻家中所藏手抄本《述善集》为底本，文共计 1 篇。

龙祠乡社义约 唐兀忠显　唐兀崇喜

至正元年岁在辛巳，七月丙子朔，越二日，丁丑，十八郎寨龙王社内老人百夫长唐兀忠显与千夫长高公等佥议曰：乡社之礼，本以义会，风俗之美，在于礼交。本寨近南有一大堤，上有一古庙，名曰“龙王之殿”，殿中所塑神像龙云皆古。时遇天旱，寨中耆老人等斋戒沐浴，洁其巾衣韈履，诣庙行香祷祝，祈降甘雨，其应累着灵验。因此敬神为会，故名曰“龙王社”。

此社之设，其来久矣。所设之意，本以重神明，祈雨泽，美风俗，厚人伦，救灾恤难，厚本抑末，周济贫乏，忧悯茕独。逮后因袭之弊，尚于奢侈，不究立社之义，乡约之礼。但以肴馔相侈，宴饮为尚，甚有悖于礼。

今议此社，置立籍簿，推举年高有德、才良行修者，俾充社举、社司，掌管社人。斟酌古礼，合乎时宜，可行之事，当禁之失，悉载社籍，

使各人遵守而行。其社内之家，死丧、患难、济救之礼，德业、过失、劝惩之道，遂项历举于后。

一，议定每年设社。除夏季忙月不会，余月皆会。七月为首，三月住罢。上轮下次，周而复始。每设肴馔酬酢之礼，肉面止各用二十斤，造膳不过二道，鸡酒茶汤，相为宴乐。盖会数礼勤，物薄情厚。

一，每月该设者不过朔望。既设必要如法，违者罚钞五两。若遇骤风雪雨一切不虞之事，过期不在此限。

一，该设者与（遇）有丧之家，即报社司知会，发书转送。误者罚钞一两。

一，其坐社者必要早至，非社人不与。在社之时，务辨尊卑之杀，别长幼之序，明宾主之礼，相为坐次，酬酢饮宴，言谈经史，讲究农务。不得喧哗作戏，议论人长短是非正法。违者罚钞一两。

一，其丧助之礼，各赠钞二两五钱，连二纸五十张，一名四口为率，止籍本家尊长，随社人亲诣丧所，挽曳棺柩，以送其葬。非天命而死者不与。其送纳赠钱，斋饭止从本家，勿较其限量、多少、美恶。违者罚钞十两。

一，婚姻相助之礼，时颇存行，故不复书。

一，学校之设，见有讲室。礼请师儒，教诲各家子弟。矧又购材命工，大建夫子庙堂，以为书院。自有交会，亦不复书。

一，其社内之家，使牛一镇，内有倒死，则社人自备饮食，各与助耕地一晌。其锄田人，社随忙月、灾害，自备饮食，各与耘田一日。其助耕耘者不行，依法在意罚钞一两五钱。

一，社内人等，不得托散诸物，及与人鸠告酒帖秦课，亦不得接散牌场，搬唱词话、傀儡、杂技等物戏，伤败彝伦，妨误农业，齐敛钱物，烦扰社内。违者罚钞十两。

一，各家头匹，务要牢固收拾牧养，毋得恣意撒放，作践田禾，暴殄天物。违者每一匹罚钞一两。若是透漏，不在所罚，香誓为准。

一，倘值天旱，社内众人俱要上庙行香祈祷。违众者罚钞五钱。

一，夫社举、社司所举之事，务在公当。若管社人当罚而不罚，与不当罚而妄罚者，罚钞二两。合举不举及举不当，亦罚钞二两。当罚者不受罚，除名。社内俱与绝交，违者罚绢一匹。

一，社内所罚钞两，社举、社司附历对众交付管社人收贮，营运修盖庙宇，补塑神像。余者周给社内，毋得非礼花破，入己使用。

一，除社簿内所载罚赏、劝戒事外，若有水火盗贼一切不虞之家，从管社人所举，各量己力而济助之。

一，如有无事饮酒，失误农业，好乐赌博，交非其人，不孝不悌，非礼过为，则聚众而惩戒，三犯而行罚，罚而不悛，削去其籍。若有善事，亦聚众而奖之。

如此为社，虽不尽合于古礼，亦颇有补于世教。今将各人姓名，籍录于左。

20. 唐兀崇喜

唐兀崇喜，汉姓杨，字象贤。达海之子。祖籍武威（今甘肃武威）武威，家族入中原后定居开州濮阳（今属河南）。崇喜于至正十六年（1356）撰写《报效军储》，自称时年五十七岁，知其生年大约在大德四年（1300）。卒年不详，但《述善集》收有崇喜在洪武五年（1372）撰写的《劝善直述》，知其卒年在此后。曾袭任百夫长，就读于国子监，因他长期不仕，故又被称为处士。至正年间尝捐米五百石、草万束，以帮助元廷镇压红巾军，而不求官位；捐良田五百亩以养士，创建书院，元廷赐名"崇义书院"。元末避乱于大都，尝为官，官职不详。从危素称他为处士、陶凯称他为杨公可知，他在京师是有很高的地位和声望的。

生平事迹见于正统《大名府志》卷六，嘉靖《开州志》卷六，光绪《开州志》卷六，焦进文、杨富学校注《元代西夏遗民文献〈述善集〉校注》。

此次文的点校，以河南省濮阳县柳屯乡杨十八郎村杨存藻家中所藏手抄本《述善集》为底本，文共计7篇。

自序

余杨其姓，世居宁夏之贺兰山。先曾祖讳唐兀台，国初从军有功，选为弹压。岁乙未，扈从皇嗣兄弟南征，收未顺之国，攻不降之城，累著劳绩，将议超擢，以疾卒于行营。

先祖讳间马继其役，攻城野战，围襄取樊，无不在行。而素乐恬退，不希进用。大事既定，来开州濮阳县东，官与草地，偕民错居，卜祖茔置居于草地之西北，俗呼十八郎寨者，迄今百年，逾六世矣。

至元八年，签充山东河北蒙古军。十六年，奉旨选充左翊蒙古侍卫亲军。三十年，定著为籍，后追赠敦武校尉军民万户府百夫长。

公为人资性纯厚，好学向义，服勤稼穑。尝言："宁得子孙贤，莫求家道富。"厚礼学师以教子孙。岁至治癸亥，于所居之西北官人寨之乾隅卜地一区，市屋为塾，南北为楹者九，东西广亦如之。肇始经营，而竟不果。

先考忠显公，慨然继志，立乡约，一风俗，兴学校，育人材，以成其事。暨岁泰定，续置东西瓦舍，为楹者亦如先祖敦武公所市之数，适与南北九楹齐。先甃井于其西，乃叹曰："欲求家道久昌，莫若教子义方。"割资一千五百缗，购瓦舍为楹者三，为檩有七，欲于前所置东西九间房之正北，构讲堂，延师儒，诲子孙，以为永图。复未就，以疾终于正寝，可胜痛哉！

愚窃自谓，资虽不敏，叨居胄馆，忝预公试，俟贡有期。值父忧，还家养母，以守业务本为事。既毕丧，敢不思先祖积累之勤，成均师友切磋之笃，圣天子涵养六世之恩，使祖宗以来安享百年之福，冀以报其万一。于是拜禀于母恭人孙氏，恪遵先志，计仰事俯育之余。罄家资，购材偏工，于先人忠显公续置东西九间房之正北，创购讲堂，为间者三，颜以"亦乐"，故集贤学士魏郡潘先生名且记之。复于其西规地为亩者三，建大成之殿。神门两庑，斋馆庖湢，及学田五百亩，不侥浮誉，专为育材。

寻以妖贼蜂起，两河调兵，遂至正十六年秋，愿献粟五百石、草一万束，助殄寇之资，不求官钱名爵。朝议嘉之，赐以"崇义书院"之号。

继念先考忠显公先立乡会义约，凡十余条，月为一会，各相稽订，置簿立籍，定其赏罚。中推年高德盛、材良行修者，俾充约举、约司，掌管约人。酌古礼意，合今时宜，凡可行之事，当戒之失，悉书于籍，使各遵而由之。其在约者，死丧、患难、济救之礼，德业、过失、劝惩之道，历举而行。数年有成，四方来观，皆慕且仿。故学士潘先生复为之序，翰林待制愚庵颜先生为之赞，今翰林侍讲学士晋安张先生诗。

乃至正十一年，盗起颍、亳。又七年，延蔓河北，兵燹之际，避地京师，又十年矣。

今乱略既定，将挈家复业，哀友朋耆宿，续为前约，务农兴学，重建崇义书院，以酬平生之志，诚所愿也。谨缮写三先生所著暨元约于卷端，伏惟省、台、馆、阁、成均之钜公，四方游居在京之大夫士，赐之题咏，以为教勉。不惟使愚陋庶有传于当时，后世亦以见我圣朝用武之日，而其未乏材也夫。

至正二十有七年春三月吉，杨氏崇喜敬书。

节妇后序

余暇日阅旧书于箧中，得故愚庵文节颜先生遗稿，序康里脱因母太君钦察氏志节。至正八年作也。

初，至正十有一祀，盗起颍、亳。又七载，蔓延河北，先生之门人达儒丁刘、公辅等团结丁壮，保卫乡井。军大名、广平之间，先生在焉。

十八年夏五月，贼将沙刘二、梅方颜等，率众来攻，破其营，生执先生至磁州，释其缚，待先生以礼貌，诱使附己。先生毅然不肯，返喻以大义，使之去逆效顺。贼不听。先生知其不悛，随骂不辍，求亟死。贼恚，尽杀其妻子。先生终不屈，死之。总兵行枢密院判官伯帖木儿具实以闻，廷议褒封太常礼仪院同佥，谥曰"文节"。

脱因，其姻家也。字辅臣，自号奇斋，濮州人，为山东河北蒙古军都万户府左手万户府镇抚，母封济阴县太君。方盗起，镇抚奉母避兵山后，诸郡县乱离中，家业尽矣。自食脱粟蔬菜而甘旨不绝，乱定家居。其母，甫二十四而夫亡，甘守夫妇分，积五十余年，志节愈坚，养姑不衰，抚孤益笃。今年近百岁而康宁，眼明若少壮时。镇抚亦年七十。有子保保，年四十，人以为孝义所感云。

先生既没，而文稿在予。先生及镇抚皆忝在姻娅，为之感恸，及装黄卷轴，缮写于其端，敬谒缙绅。先生及大夫士题咏以赞其美，使寄斋辅臣母子之善行，愚庵文节先生之遗文不没，以传于后世，用见我圣朝百年涵养之厚，一举而咸备焉。

时至正丁未仲春初瀚吉日古澶杨崇喜谨书。

劝善直述

汉昭烈将终，敕后主曰："勿以恶小而为之，勿以善小而不为。"

朱子曰："善必积而后成，恶虽小而可戒。"

古语云："从善如登，从恶如崩。"

《书》曰："天道福善祸淫。"

又曰："作善降之百祥，作不善降之百殃。"

或问其友曰："何谓善？何谓恶？"

其友答曰："善是秉彝好德之良心，操之有要，行之无违，穷则独善其身，达则兼善天下。恶是越礼犯分之私意，肆欲妄行，无所忌惮。小则殒身灭性，大则覆宗绝嗣。"

或又疑曰："善恶之说，既闻命矣。敢问积善之家或未福，作恶之家或未殃，何也？"

其友答曰："吾闻之，积善而善未成，作恶而恶未满，善成则福必至，恶满则祸自来矣。"

或曰："以子之言，善恶之报，理固然也。敢问善成福至，恶满祸来，其有征欤？"

友曰："善如尔问，不能尽述，姑举其梗概。如子路，自食藜藿，为亲负米百里之外，后为楚大夫，从车百乘，积粟万钟。孙叔敖为儿时，出游，见两头蛇，必死。恐死后人，杀而埋之。后为楚相。兹非善成福至之征欤？舜诛四凶，而天下咸服。四凶不见诛之于尧，而见诛之于舜，兹非恶满祸来之征欤？"

世之愚人、谬子，心既不藏沮疾为善，每以尧、舜父子贤否以为论，颜子、盗跖寿夭之所比，殊不知人性本善，但气禀有清浊不齐，是以有圣、愚、贤、不肖之分。

矧世道之变常，时运之盛衰，其有所关矣。乃人道尽，其当为富贵、贫贱、穷达、寿夭，间有不同，是天命之所为，非人力之可必也。先儒所谓"自古圣贤，不系于世类"，尚矣。乌可执一而论哉？

夫颜子高明之姿，生知之亚，传道于一时，为法于万世。不幸而夭，虽死犹生。盗跖极愚，肆不道能几何？遗恶名于无穷。幸而有寿，虽生何益？其于颜子，如薰莸、冰炭之相反，霄壤之不侔矣。岂可列名而比哉？

程子尝曰："自暴者，拒之以不信；自弃者，绝之以不为，虽圣人与居，不能化而入。"正谓此下愚之人耳。愚人、谬子无异于是也。大抵气数盛衰所值，固有不同，人为善恶，迟疾必报，不及其身，必及其子孙。天道循环，岂有往而不复之理？

或人语塞，疑释豁然，而叹曰："老子云：'天网恢恢，疏而不漏。'亦犹此也。"

其友曰："然。"

余闻是论，辩析分详，明天理昭著，善恶显应，因书座右自以为警。又恐不广其闻，故缋写为图，以传诸世，使人人闻之，警以自勉，皆感发而进于善矣。岂不盛哉？

道听途说之非，固有所责，与人为善之意，不无小补云。

洪武壬子二月朔旦，古澶杨崇喜述。

报效军储

前国子生唐兀崇喜呈。系唐兀氏，左翊蒙古侍卫兵籍，年五十七岁，见于开州濮阳县鄄城乡张郭保十八郎寨，置庄住坐。

伏惟崇德报功，固有国之先务，保后胥戚，诚往古之成规。岂为国家方调军储，需用至广，崇喜除创建庙学及糊口外，愿出粟五百石，草一万束，并不愿除授名爵，关请官钱，但期天戈早息，生民获安，此愚心之至愿也。合行具呈。

濮阳县照详施行须至呈者。

右谨具呈。

至正十六年七月□日[1]，唐兀崇喜呈。

校记：

[1] 原文日期缺。

祖遗契券志

至元后二年二月二十有三日，父忠显公命崇喜，将各年文契、问据、典倚诸等文字，编类次序，置籍抄写，仍易于寻照。

崇喜敬将远年近岁典倚、问据诸等文字，各以类编，买契以契封讫。后凡寻照者，必以年次编类，置籍抄录。先以籍策内检阅年号。年号相同，然后方许开封寻照，照验过仍旧类放，勿令折皱散乱。

夫契者，家业之基，祖先所遗，祭祀供需之源，宗族衣食之本，诚为重事，可不谨乎？

为善最乐

《戴溪笔义》曰："夫为善之人，从容中道，不为不义。明无人非，幽无鬼责。浩然天地之间，俯仰无愧，心平气和，神安而体舒。天下之乐，岂夫有大于此者？"

余悲夫世之人，以忧为乐，而卒莫之知也。忧乐聚门，乐未去而忧随之。千日之乐，不足以敌一日之忧。汉诸侯王，大抵皆骄佚放恣。夫其为骄佚放恣者，岂不以为乐哉？曾未几何，身死国除，其祸惨矣。岂非前日之乐，乃所以为后日之忧乎？

善哉！东平王之言也。岂独善保其国而已哉？虽怀道致义之士，隐约穷阎明于利害之故，察于人情之变，深沉默静，灼然有得于心者，其论亦无以过此也。故于东平王之言，有感焉。

余读史至汉东平王"为善最乐"之言，《戴溪笔义》之语，每置册于几而思绎之。诚有补于世教，欲缋写其图以广其闻，又恐世人误认于为善者，故赘以鄙意而释之曰：夫为善，非是信邪诞之说，祭淫辟之祠，盖为是我职分之当，为善是性分之固，有俾人人俯焉。以尽其力。此其所以谓"为善最乐"。

至正十有三年正月二十有一日古澶崇喜书。

观德会

余尝读文公先生《小学书》。《周礼·大司徒》："一乡三物，教万民而宾兴之。一曰六德：智、仁、圣、义、忠、和。二曰六行：孝、友、睦、姻、任、恤。三曰六艺：礼、乐、射、御、书、数。"

夫六德、六行，为人之切己，学者之当务。讲书修心，循序渐进，不患不能行。若夫六艺，礼、乐、书、数四者，亦切于学者之事，固不可以不习。然六德、六行，讲之有素，行之有常，得之于心，熟之于己，而其本立矣。本既立，其于礼、乐、书、数，稍加推测之力，自然有得而不差矣。但射、御二者，习颇为难，人多所忽而莫之治。然御虽古法，时制不同，姑舍是。盖射者，前代之制，时王所尚，养心修德，持身处物，有益于为己，试用于将来，何不讲而习之耶？故于鄙里与二三同志，考古人之成规，合当时之法制，而于岁余暇隙时日习射，以为会，名之曰："观德"。

夫射者，每人弓一矢三，量其力能，度其矢及，而为鸿鹄于两端，偶偶对射。验中否，定赏罚。将射时，先须志体正直，于内外揖逊，中合乎礼节，方可持弓矢。审固，持弓矢。审固，然后敢发而虑中。发若不中，节躬以自责，不敢有怨于胜己者。

孔子曰："君子无所争。必也射乎！其争也君子。"愚窃谓，固验德取士而荐用。然德之修，射之熟，不但取士荐用而已，又可藩篱王室，保障居第。何则宣力于国，忠君御敌，威镇天下，使外夷不敢有谋于边境；用之于家，防已避患，风闻远道，使寇盗畏避乎闾里。为射之义，岂浅浅哉？

刓胜负赏罚，遵依礼制，患难救恤，恪守信义。如此为会，虽与古法颇有争悬，其于世教不无少补云。

至正辛卯正月十有四日唐兀崇喜书。

21. 余阙

余阙，字廷心，一字天心，唐兀氏，世居武威（今甘肃武威）。少孤，授徒以养母。与吴草庐弟子张恒游。登元统癸酉进士第二名，除同知泗州，历任监察御史、翰林待制。至正十三年（1353），江淮用兵，改淮东宣慰司为都元帅府，治淮西。起阙为副使，金都元帅事，分兵守安庆。屡败诸寇，拜淮南行省左丞。陈友谅合兵来攻，十八年正月城陷，阙死之。著有《青阳集》。

生平事迹在《元统元年进士录》，元代李祁《云阳先生集》卷三《青阳先生文集序》，元代赖良编撰《大雅集》卷六《挽余忠愍公并序》《元史》卷一四三，明代宋濂《宋文宪集》卷四〇《余阙传》，明代程敏政辑撰《新安文献志》卷四九《哀辞·余左丞并序》，清代顾嗣立《元诗选·初集》，清代张景星等选编《元诗别裁集》，陈衍辑撰《元诗纪事》卷一九中均有记载。

刘绩《霏雪录》卷下："余忠宣公阙草《加封孟子制》云：'观乎七篇之书，拳拳乎致君泽民之心，凛凛乎拔本塞源之论，尤为亲切。'"《九灵山房集》卷二二《余阙公手帖后题》："至正丙午秋，（戴）良与临安刘庸道同客四明。一日，从庸道阅箧中旧书，得余阙公□所遗贡尚书（师泰）帖三，读之，盖不知涕泗之横流也"，"公与尚书公有同朝之好，时持节闽中，故以此帖寄之"。《宋文宪集》卷一四《刘干墓志铭》称："阙国忠宣公余阙，亦奇其（刘干）为人，当还自燕南，尝作序赠之。"

此次文的点校，以《全元文》第四十九册为底本，以《四部丛刊》续编本《青阳先生文集》，文渊阁《四库全书》本《待制集》，明成化二十二年刻本《河南总志》，明成化间修，弘治元年刻本《中都志》以《元统元年进士录》、文渊阁《四库全书》本《青阳集》、文渊阁《四库全书》本《书画汇考》、明嘉靖十四年刻本《玩斋集》、清康熙间抄本《海昌外志》、民国十五年刻本《平阳县志》、文渊阁《四库全书》本《金台集》、清嘉庆二十三年刻本《湘阴县志》、清光绪六年刻本《湘阴县图志》、清嘉庆二十五年刻本《湖南通志》、1934 年刻本《续陕西通志稿》、清道光十年刻本《安徽通志》卷二三、清光绪十一年刻本《绩修庐州府志》、清嘉庆三十三年刻本《安庆府志》、明万历六年刻本《金华府志》、1939 年刻本《禹县志》、清雍正八年刻本《合肥县志》等为校本，共计 76 篇。

元统癸酉廷对策 第一甲第二名

臣对[1]：臣闻之：周武王曰："惟天地，万物父母。惟人，万物之灵。亶聪明，作元后，元后作民父母。"此言君天下者凡以仁而已。臣尝思之：天地生物而厚于人矣，而于生人之中尤厚于圣人。其所以厚于圣人者，欲其推生物之心以加诸民，是仁者人君临下之大本也。臣谨稽天地之理，验

之往古，则仁之为道，夏以之为夏，商以之为商，周以之为周，祖宗以之
而创业，后圣以之而守成，其理可谓至要，而亦可谓至难矣。恭惟皇帝陛
下有聪明睿知之姿，有宽裕温柔之德，爱民而好士，神武而不杀。爰自初
潜，仁孝之声固已播闻于中外，今兹诞膺付托，龙飞当天，轻徭役，薄赋
敛，罢土木之役，恤鳏寡之民，而仁厚之泽果有以大被于天下。当天命眷
祐之初，人心归向之日，又能不自满，假拳拳以守成之大计，下询承学之
臣。顾臣庸愚，无所通晓，然臣观陛下策臣之言，反覆乎三代及汉守成之
艰难，而深诹乎今日当行之切务[2]，自非圣心独诣深有，以考之于古、质
之于今，灼知上天作君之心与夫祖宗创业艰难之计者，不能为是言也。臣
伏读圣策曰："古人有言：得天下者为难，保天下者为尤难。"臣以为，人
之于仁，忧患而思勉者易，安乐而勿失者难。天造草昧之际[3]，英雄角逐
之会[4]，而世主之心所以不敢暇逸者，鲜不如敌国之在旁、严父之在上，
其思所以康济小民、惠鲜天下者，盖馈屡辍而寝屡兴，此其势之易然者
也。天下既定，方内无事，兵革不动，四荒向风。天下之臣又日奏祥瑞丰
年，颂圣德者声相闻于朝，歌太平者足相蹑于道，虽以创业之君，尚不免
于不终之渐，况其后世乎？盖治平则志易肆，崇高则气易骄。志肆则败度
之心滋，气骄则爱民之意熄，如是，则岂复念夫先世艰难勤苦为何如哉？
甚者至以其祖宗为昔之人无闻知，见其先世勤俭之迹，则曰"田舍翁得此
亦足矣"，此亦势之有必然者也。陛下以保天下为难，此臣所以踊跃忻忭
而不自知。陛下此言，可以承宗庙，可以奉六亲，可以育群生，可以彰洪
业，臣拜手稽首，而为天下贺，愿陛下永永无忘此言也。臣又读圣策曰：
"自古持盈守成之君，莫盛于三代。夏称启能敬承继禹之道，殷称圣贤之
君六七作，周称成、康能致刑措。夫以禹之功而惟启，以文武之德而惟
成、康，贤圣之君之众莫若殷，亦不过六七而已。其后，惟汉之文、景，
而言文、景之治，犹不得比之三代，善继承者，何若斯之难也？"臣以为，
惟思祖宗得天下之难者，则于保天下也斯无难。启、太丁、太甲、太戊、
祖乙、盘庚、成、康、文、景之君则思祖宗创业之难而保之者也，桀、
纣、幽、厉、桓、灵则反是。故伊尹之于太甲[5]，则明言烈祖之成德；周
公、召公之于辅相成王也，亦谆谆于文王之典、武王之大烈。盖知其祖宗
得天下之难，则必能求其所以得之之道矣。知其所以得天下之道，则知所

以保天下之道矣。夫祖宗得天下之道，即其子孙保天下之道也。孟子曰：
"三代之得天下也，以仁。"此仁者，祖宗得天下之道也。《易》曰："何
以守位？曰仁。"此仁者，子孙保天下之道也。夫仁之难成亦已久矣，持
盈守成之君若是之难得者，宜哉。臣又读圣策曰："我祖宗积德累世，至
于太祖皇帝，肇启土宇，建帝号。又七十余年，世祖皇帝始一天下，以致
至元之治。厥惟艰哉！顾予冲人，赖天地祖宗之灵，绍膺嫡统，继承之
重，实在朕躬。夙夜兢兢，未获其道。"臣以为，陛下此言可谓深知祖宗
创业之艰难者也。当其巡天西下，又诏定西夏、怀高昌，北取辽、金，南
取赵宋，其经营开创之事，有不待贱臣之言而后知。若夫祖宗所以得天下
之本，则陛下之所当知也。臣尝妄论之：我国家之得天下，与三代同。自
太祖皇帝起朔漠而膺帝图，世祖皇帝挥天戈以一海内，不恃强大而其仁义
之师自足以服暴乱，不用智力而其宽大之德自足以结人心。至于渡江临鄂
与建元之诏[6]，观之，则我国家得天下之本一仁而已矣。故以曹彬之事命
帅臣，而革命之日，市肆有不闭。以《大易》之"元"建国号[7]，而中统
之绍，天下所归心。太祖既以七十余年而平一之，世祖皇帝又以四十余载
而生聚之，德在民心，功在史策，以圣继圣，传至陛下。吾祖宗所以得天
下之道，是即陛下保天下之道也。然曰未云获者[8]，是即文王望道未见之
心也，臣何以多言为？臣又读圣策曰："子大夫通今学古，其求启之所以
敬承，六七君之所以称贤圣，成康之所以致刑措，其道安在？文、景之所
以不及三代，其故何由？及今日之所以持盈守成，孰先孰后？孰本孰末？
何以致刑措、称贤圣、继祖宗之盛？悉心以对，毋有所隐。"臣以为，三
代及汉之君，其见称于当世者虽有不同，然不过守其先世之仁而已矣[9]，
而今日陛下之所以持盈守成之道，又何以他求也哉？洪水滔天，下民昏
垫，而成允成功者禹之仁，启之所以敬承者此也。启网祝、征仇饷者汤之
仁，太甲以之处仁迁义，太戊以之治民祗惧，武丁以之嘉靖殷邦，祖甲以
之保惠庶民，盘庚以之鞠人谋人之保居，此所以称圣贤也。以言文王之
仁，则无冻馁之老；以言武王之仁，则行大义而平暴乱。成王特制礼乐以
文之而已耳，康王特奉恤厥若而已耳，其所以教化行、刑罚措，仁之浃于
民故也。汉家制度，视三代虽有愧，然高帝之宽仁爱人，实灭秦、诛项之
本原。文帝之务在养民、景帝之遵用成业，实卓然为汉贤君。其不及于三

代者，无太甲仁义之功，无成王缉熙之学故耳。以今日之道而言，臣则以
为，守成之本仁也，所当先务者仁也，至曰功、曰利、曰甲兵钱谷、曰簿
书期会、曰禁令条教，皆末而当后者也[10]。然就仁之中，而其本末先后亦
不容以无序也。有先王之仁心，有先王之仁政。孔子之告颜子曰"克己复
礼为仁"，此以心言也；孟子告齐梁之君所谓五亩之宅、百亩之田，与夫
学校庠序之类[11]，此以政言也。有是心，无是政，则其心终不能有洽于天
下。有是政，无是心，则其政亦不能以自行。必有内外本末交相通贯，是
即尧舜之道也。陛下有颜渊明睿之姿，可以致修身之功。有尧舜君师之
位，可以推爱民之泽；不宜狃于近功，安于卑下，而不以圣贤自期也。臣
愿陛下万机之暇，取孔孟之言而深究之，体之于身，揆之于事，求其何者
为欲、何者为理，知其为欲而必克之，知其为理而必复之，明以察其几，
勇以致其决，日日而克之，事事而复之，则自心正身修而仁不可胜用矣！
或于听朝之时或于进讲之际，数召大臣，延问故老，深加咨访：某事为先
王之仁政而未尽行，某事为今日之弊端而未尽革，某害未去，某利未兴，
某贤未用，某物失所。敏以求之，信以达之[12]，时省而速行之，委任责成
而程督之，使天下疲癃残疾得其生，鳏寡孤独得其养，而无有一物之不遂
其生，则民物安阜，而人莫能御矣！异时陛下五刑不试如周成、康，圣贤
之作如商诸王，夫然后可以答上天玉成陛下之心、生民蕲望陛下之意、先
帝慈皇付托陛下之深计[13]，而我国家时万时亿之统，可以传之永世而无疆
矣！《诗》云："宜民宜人，受禄于天。"古人有言曰："爱民者必有天
报。"陛下诚如臣之所期，则申命之休将如日之升、如月之恒矣。伏愿陛
下少开天日之光，得赐鉴察，则臣不胜大幸！祇冒天威[14]，临书不胜战栗
之至。

校记：

[1] 臣对：此二字原无，据 1923 年南陵徐氏《宋元科举三录》景元元统
    元年刊本《元统元年进士录》补。

[2] 而深诹乎："诹"，文渊阁《四库全书》本《青阳集》作"彻"。

[3] 天造草昧之际："际"，《元统元年进士录》作"时"。

[4] 英雄角逐之会："英"，《元统元年进士录》作"群"。

[5] 故伊尹之于太甲：《元统元年进士录》作"是故伊尹之于太甲"。

[6] 至于渡江临鄂与建元之诏：《元统元年进士录》作"至于渡江临鄂与夫建元之诏"。

[7] 建国号："建"，《元统元年进士录》作"定"。

[8] 然曰未云获者：四库本作"然犹云未获者"。

[9] 守其先世之仁而已矣："守"，《元统元年进士录》作"称"。

[10] 皆末而当后者也："也"，《元统元年进士录》作"焉"。

[11] 与夫学校庠序之类：《元统元年进士录》作"与夫庠序学校之类"。

[12] 信以达之："达"，《元统元年进士录》作"出"。

[13] 先帝慈皇付托陛下之深计：慈，原作"兹"，据文渊阁《四库全书》本《青阳集》《元统元年进士录》改。

[14] 祇冒天威："天"，原作"大"据文渊阁《四库全书》本《青阳集》《元统元年进士录》改。

上贺丞相书

阙以微才叨蒙柬拔，伏惟阁下以不世出之才，居大有为之位，此诚千载一遇之会，切欲奔走左右，以效微劳，以报知遇之万一。特事亲日短[1]，乌鸟情切，急急谋归，而阁下眷顾之恩笔舌莫既。南至金华，不胜依恋。因念下之报上不限远迩，苟有尺寸之功，即事左右之道。抚问雕瘵，屏除奸贪，所按郡县粗见条理，特以上无知己，即罹谤议。老亲衰病旋弃，诸孤茕茕，庐次又遭俶扰，墨衰从役，辛苦万状。尝切痛恨，以为当贤者摈弃之时，乃有天步艰难之事，仰天号痛，譬犹中流遇风波，无所维楫。私心自分惟有与城俱毙而已，仰荷天休，偶全性命。且闻阁下为时一出，董师淮南，其喜何可云喻也！瞻望前茅，为日已久。比闻旌节已渡大河，限于守城，不能亲诣辕门以听约束，今遣县尹陈秉德迎迓马首，事上常礼，僭易尘渎，伏计不拒。部内地图就用呈上，盗贼之势可见大端。小邑城郭不完，方议修筑。去年饥馑，不能进兵，今冬欲调各县义兵扫除余孽。二者，非有钱粮不能成功，倘朝廷馈饷有余，乞拨粮数万石、钞五七万定，或者犬马之力少得展布，部内之地可以澄清。外有区区之请：世祖之取江南，或日中未食，或中夜以兴，艰难混一，非偶然而致也。国家经费太半仰之，非砂碛不毛郡县之所比也。今日不幸半沦于盗，切计以为，江南不定，中原殆难独守。中原不守，则朝廷不能独安。朝廷不安，则宰相不能独富贵。伏愿广忠集思，勉图大业，以作穆穆迓衡。而用兵之道，所以驱人赴汤蹈火，无赏无罚，决难集事。仰瞻光范，多所欲言，粗陈其大者如此。因布区区，伏望垂鉴。

校记：

[1] 特事亲日短："特"，文渊阁《四库全书》本《青阳集》作"时"。

再上贺丞相书

前闻六蘷已至广陵，遣县尹陈秉德迎迓，想彻崇严。比日朔气应祥，雪瑞屡至，伏计天声所振，远迩畏怀，神介动履多福，下情良慰。小邑借庇粗守，今岁贼人三次见攻，皆已克捷。但所部县分民寨多为残破，止存怀宁、潜山两县百姓。贼势焰焰，将及于此。城中军壮四千，精锐者不满千人，仅能城守，不敢抽撤。若此二县民寨不守，孤城亦危。孤城倘危，则淮西之地尽为盗有，长江之险谁与控制？古人谓解杂乱纷纠者不控拳，救斗者不搏击，批亢捣虚，形格势禁，即自为解。今南方之贼以蕲、黄为之首，往时朝廷太不花平章攻其北，卜颜不花攻其西，卜颜帖木儿平章、蛮子海牙中丞攻其东，贼势大窘，将就擒灭。忽调卜颜不花军入安丰，蛮子海牙军入格溪救庐州，而太不花平章亦还河南住夏，止存卜颜帖木儿孤军驻扎兰溪，已致盗势复振，武昌随陷，沿江诸戍闻风皆溃。岂天未欲平治天下，亦由人谋不臧以至此耳。今闻河南之兵已至黄州，以孤军而讨群盗，恐未易定。妄意以为，卜颜帖木儿、蛮子海牙二枝军马，先系蕲、黄收捕军数，正在大人节制之内。今二军收捕江东，江东为寻常，蕲、黄乃腹心之疾。一军之中，得抽勇锐者如王达中万户、胡伯颜同知，使之由望江登岸，剿捕而西，余军留取江东，如此则不惟可以救援安庆，蕲、黄势分似亦易破，南贼自平，所谓一举而两得者也。若二军或不用抽撤，麾下兵多，切望垂念淮西之地止有此城，急调精锐三五千人，量与钱粮赏犒，与本路兵一同剿捕望江、宿松之盗，亦策之善也。自非窘迫，不敢僭易干渎，伏冀垂察。

再上贺丞相书

前闻斧钺出镇淮南，两遣属吏诣谒前茅，皆至广陵，道阻而还。近承台札，伏审六蠹已至耿山，降附踵至，室家相庆，以为有穆穆迓衡之望，其为欣慰，何可云喻？兹遣怀宁县达鲁花赤亦速甫赍状前诣辕门呈报，兼有管见，上尘台听。切以为：淮南之敌今有两枝，一枝在濠，一枝在蕲，擒必先擒其首，余当自定。今庐州、安丰别无官军，似难下手，惟蕲、黄乃有可攻之机。近日潜山县报：蕲黄伪官吴右丞投降，大军攻破沿江诸寨。昨日郡人自贼中逃来，云白水包家窝义丁攻蕲水甚急。白水诸寨，万户陈汉所部也。西兵既进，如东首得一军乘机并进，寇必难支。所索王建中、胡伯颜等，正系节制之内军马。今宣城已降，姑孰犹疥癣，即目[1]又有阿鲁灰平章收捕之军，得一钧帖，调来共攻望江、宿松，蕲、黄之寇东西受敌，决然可定。蕲、黄既定，可以合兵东定庐州、安丰，更得一重臣监军，多与钱粮，建中、伯颜等许以优加名爵，则无不尽力，淮南有可平之望。万若或无人可委，江西省完者帖木郎中亦可统率。谬计如此，不知尊意以为何如？此外，又有私请：守城之急，钱粮、功赏二者而已。自兵起之初，大郡皆破，安庆以蕞尔孤城，如寸草以当疾风，赖国洪休，上下血战，至于今日。某诚不佞，斯亦人所难能也。今仓廪匮乏，钱粮不充，所上战功又以朝廷隔远不得准报。今幸阁下照临其地，若麾下钱粮有余，曲为接济，城治可安。所举有功皆出众论，不敢置织毫私意于其间，早与准除，庶易以使人也。兼以菲仪，就用尘渎，此部吏事大府之常，切望不拒。

校记：

[1] 即目："目"，文渊阁《四库全书》本《青阳集》作"日"。

再上贺丞相书

春末，闻九重加惠淮土，特起大臣出镇雄藩，罢民俱庆，如旱得雨。

尝遣怀宁县达鲁花赤奉微礼祗迓，遄闻复有台衡之命，此虽一方暂失怙恃，当此多艰而得元老大贤斡旋元化，天下之难其可济乎？某受知公门为日已久，军中之事不能悉陈，粗言其略以复上，执事皆知，格亦易定。特以委任失宜。赏罚不当，以致余孽复张，江襄大震[1]。所谓"委任失宜"者，夫将之用兵自有其才，譬秋之于奕，非学可至。如近宋科目有文有武，兼是二者，一代几人？而比日将兵惟用大臣，或用谪官，夫战陈之难如赴汤蹈火，市井贫贱未得富贵者或肯捐身为之，大臣富贵已极，夫复何望？又谪官者心志俱丧，岂能有为？覆军杀将，皆由于此。用人不效，甚至用贼。用贼之弊，尤为难言，一则使天下豪杰有以窥朝廷之无人，二则功多赏薄者皆起作贼之志，将恐一贼未灭，一贼复起，目前之事未见快意，将来噬脐有不可悔者矣！如安庆小邑，世袭官军善战者少，而善战之士多田野市井之子。故某于此事，不尽责世袭军官[2]，而多用田野市井之子，往往得其死力，克捷俱多。朝廷选将不限有官无官，惟择能者用之，而以廉公大臣临之，以行赏罚，则将得其人矣。所谓"赏罚不当"者，比见军将勇怯，在上有若不知，而上之赏罚与外议绝不相似，颇闻庆刑之典多出爱憎，或左右便嬖为之营干。以近军所赏闻见者而言，如兰溪之功，卜颜帖木儿平章为最，蛮子海牙中丞特因之成事者耳，而朝廷颁赏中丞居上，平章次之，中丞部内得官者数百人，而平章不过五六人。此犹不过有高下之争耳。如庐州开义兵三品衙门，而使者悉以富商大贾为之。有一巨商五兄弟受宣者[3]，此岂尝有寸箭之功？而有功者皆不受赏。故寇至之日，得赏者皆以城降，而未得赏者皆去为贼。夫用兵之道，纪律为先，故街亭之战，武侯不得不诛马谡，智高未破，狄青不得不诛陈曙。比观诸将，略无忌惮，拥兵不战，谁与相督？寇至弃城，无复问罪，不惟不罚，甚又赏之，迁官增秩之功无异。故贼之攻城如燎毛，兵之拓地如拔山。某之守此，智勇俱乏，特以有功必赏，有罪必罚，奉以至公，罔敢阿比，是以列郡多陷，小邑独存。朝廷苟于诸部悉以廉公大臣监之，信赏而必罚，天下亦不难定矣。夫江南不定，则中原不能独守。中原不守，则朝廷不能独安。朝廷不安，则宰相不能独富贵。此肤浅易见之说，岂足为明智而言？计亦大贤之所不厌闻也。夫某之不肖，岂定乱之才？特此邦之民天性忠义，故易与为守，而难与为乱。然亦战守五年，大小咸弊。迄日江南郡县皆破，此邦独完，如洪炉片雪，大可凛凛者也。谨遣奏差丁正前诣台阶白事，诸所请求具于别幅，伏望钧慈曲为准报，岂特门下之士赖之，孤城得安，江淮有可定之日，亦国家之利也。谨奉状上陈以闻，伏冀照察。

校记：

[1] 江襄大震："震"，文渊阁《四库全书》本《青阳集》作"振"。

[2] 不尽责世袭军官："责"，文渊阁《四库全书》本《青阳集》作"用"。

[3] 有一巨商五兄弟受宣者："宣"，文渊阁《四库全书》本《青阳集》作"赏"。

与中书参政成谊叔书

别后凡三奉书，而使者久皆不还，伏计道梗，不能上达。阁下位望日隆，负荷日难，特切为之悬心。比闻贺公复相，乃大可庆，然闻尚在军中，不知置左右者何人？相知曾见任否？江淮贼势本不难定，特以考察不明，刑罚失当，诸将玩愒，遂致难图。区区小邑，虽曰上下一心，幸尔完固，大类红炉片雪，实为可忧耳。今长江万里，止存此城，如大病之人命脉未绝，犹有复生之理，失今之救，则首尾衡决，江南大难定也。兹遣奏差丁正等前赴左右白事，诸所请求，惟阁下是赖。倘蒙朝廷俱赐准报，不惟此邦之幸，未破城邑孰不以安庆自勉？国家亦有利也。缕缕之言，具别幅上陈。不善为斫，使还赐教，以匡不及，不胜幸荷。不具。

与月可察尔平章书

自旌麾致讨高沙，两尝奉状候问起居，皆以道梗不能得达。比闻兵威振扬，贼势消衄，驿置颇通，谨遣山长秦宗德，千户也先帖木尔持微礼谒辕门，献岁发春。伏惟履兹新正，即清氛祲，天下苍生，均蒙福祉。

与国子助教程以文书

近叔良过舒，始闻动履之悉，所寄高咏，尤慰下怀。《乾坤卦说》问商主簿，言已付贡公，想惟所戏藏此，真玩斋矣。多事以来，不特仆辈受此茶苦，闻馆阁文臣亦有差使之劳，此际当得优游矣。子美近有书，言乡人多相思者，欲取公还山中，斯文无人，得且住为好。纪千户辈如京师，军中诸事，左辖公话次，得赞助一言，早赐准报为荷。仆至军时，贼势方炽，然心安去岁，又有读书之乐。今年贼浸平，恶况百出，每俗事不如意，归思浩然。近又有同知之除，似未即得归矣，奈何！奈何！自牧闻除礼部，向有一书见寄，手病不能裁答。彦中惜未尝一见，歆羡歆羡，并烦致意。何时聚晤，话此苦辛？未见，自爱。不既。

与曾舜功书

别后屡得书及纸墨之惠，良仞契谊[1]。江西德星所聚，年谷屡登，深为可喜。徐邹之寇，仆久与之比邻，无长，不足畏，况于已衰而逃者也？下视此间窘迫，则公等皆天上人也。徐朝升籴粮江右，百望维持，得满载早归为好。有便时时惠教，虽相远，即同见也。余惟自重，不具。叔良佳否？烦道致意。手病，不能多书。

校记：

[1] 良仞契谊："仞"，文渊阁《四库全书》本《青阳集》作"感"。

与危太朴内翰书 至正九年五月五日[1]

阙再拜启[2]：史馆两得从游，岂胜荣幸！区区南行，又辱盛饯，尤其感刻也[3]。乡暑，伏想文苑优游，雅候动履多福，良慰良慰。友人赵子章北上观光，谨此附谢。子章有学而能诗，佳士也，得公眄睐，当价增之十倍矣[4]。仲举、志道、以声、景先、中夫、希先、鸣谦诸先生处不及别状，望致下忱为感。余惟自重，不具。五月五日，阙再拜太朴内翰先生阁下[5]。

校记：

[1] 写作时间据文渊阁《四库全书》本《书画汇考》卷一八标示。

[2] 阙再拜启：此四字无，据文渊阁《四库全书》本《书画汇考》卷一八补。

［3］尤其感刻也："刻"，文渊阁《四库全书》本《书画汇考》作"烈"。

［4］当价增之十倍矣："十"，文渊阁《四库全书》本《书画汇考》作"三"。

［5］"五月"至"阁下"：此二句原无，据文渊阁《四库全书》本《书画汇考》补。

与刘彦昺书

阙记事奉复彦昺茂异文契足下，李宗泰来，辱四月中教墨，且审舟楫善达无虞，深慰所想。兼承葛布、铜香、模璧、鲁纸诸贶，感佩感佩。所闻京兆公还朝、蕲黄官军捷音，可喜。区区孤城无援，粮乏兵虚，愿望者皇天悔祸耳。先大夫墓铭率尔呈丑，军务鞅辔，殊无清况，幸删削之。春雨轩集中，乐府拟题甚古，中朝名贤多未如此用心，五七言亦佳，欲作数语，冠于集首，竢后便当寄达也。景濂宋先生文集，不审板在何处，得一本寄惠为幸望介意耳，附去汉椒二斤，大能明目开胃，亦服食所宜也，风尘满眼，关河阻修，何时良晤，获文字之益也耶，斯文寥寥令人短气便风，幸垂音问以慰怀想，老怀耿耿，临书驰神秋向热，惟多爱为，吾道自重。[1]

校记：

［1］"春雨轩集中"及以后，据《四部丛刊》本补充。

与子美先生书

阙稽颡再拜：去岁，闻贼陷徽州，漫不知尊兄何在，日夜县县。后得帖元帅报，始乃下怀。不知书院如何？去春，寇迫乡城，仆始走六合道，数遇贼，几陷者再。客居卧病，又为淮帅所捉，使从军合肥。合肥气数上下雷同，贼至，即为走计。一有言守御者，众辄相视如仇人，大恐沦胥以败。寻得调戍安庆，私窃自幸，以为颇得展步矣。到镇以来，丁贼之衰，一战却之。往时贼月一再至，今不至者八月余矣。诸军且会汉鄂，九江、蕲贼大窘，度不久当成擒。惟濠寿主将未甚得人，未见涯涘耳。仆平生以亲故奔走四方，近终养，将谓可遂羁鸟故林之愿，不意际此欃枪，殆命也。乱注《易》说，廿余年不得成。顷在行间，又大病，常恐身先朝露，徒费心力。今幸不死，且粗脱稿，何时盍簪以求正其遗缺，临风倾注？王仲温行，谨附承动静，不觉多言如此，相见当如何？余惟自重，不次。七月三日，阙谨启子美聘君先生阁下。病后，有心疾，作书多错，惶恐！

与子美先生书

阙拜启子美聘君先生执事：王仲温还自新安，领所答书，忧悬方置。闻师山书院又独存，尤以为喜。仆自前岁冬寇退之后，即大病，不饮食者廿余日，自以为战不死即病死矣。其后幸愈，而气体觉甚衰。因念平生虽忝登仕版，而甚奇不偶，未尝少得展布所学之一二。而《易》者，五经之原，自以为颇有所见，其说草具而未成书，遂取至军中修改。今友生辈录出，或者后有子云好之，亦不徒生也。比日贼势浸有澄清之象，贱体又颇强，尚冀可以少进，未敢示人也。寒舍书籍在庄上，乱后散失者十七八，闻馆中书籍亦然，甚可惜！徽有鹤山《易集义》，吾家有之。比归点视，止存三五册。其版在否？若亦毁，得劝有力之家刻之为好。以文屡有书，观其字画，恐亦有老态。叶景渊，闻知婺源有政声。此人甚有治才，若益加勉，当不在人后，望时有以教之。徽人之来舒者，时惠书为望。且晚洗甲，即告退。念欲南游一番，未知得所愿否？未见，自重，不具。二月五日阙再拜。

与子美先生书

阙启：程客还，附书，并令取王仲温处大字去，此时想至左右矣。秋清，邻壤计定，山林得安处，可以为慰。敝邑粗守，然未见大定之日。何时释此重负，消摇以奉清言如双溪时也？以文在翰林，尝苦差遣，所除助教，可无此苦。此左右所欲闻，漫以为报。乡人施子有家童往婺源，淮椒一裹奉寄。未见，千万保重，不具。九月四日阙拜启子美聘君先生执事。（又见明刻本《郑师山道文》附录）

复陈景忠修撰书

阙启子山修撰：递至所寄书，承谕令先世死事，辞义恳至，此正仁人孝子之用心。比来遣使购求四方野史诸书，宋故家子孙少有送上者。岂历年既久，文字散亡？或子孙衰亡不能记忆，而下材者不知暴扬先烈，亦庸或有之也。仆朴陋无似，惟平生于人一言一行之善即喜称道，况宋之亡降者甚多，而死义者甚少，岂不以降则生且富贵，而死者人之所甚难也？夫能舍其生且富贵，而行人之所甚难，此非若一言一行之善，犹可勉而为者，而史者所以发潜德、诛奸谀，所宜急急暴著，以讽厉天下，而为名教劝，非特为宋氏计。令先世事，仆所以迟迟不可决，非敢少有他志，特以德祐时国家分崩灭亡，皆无著作，而枢密院故牍载常事特略，野史所纪特姚王刘事，又皆纷纭失真，而陈通判无能知者。夫家传不敢尽信，先辈屡有是言。必参稽众论，有可征据而后定。圣人于夏殷之礼详矣，然犹征于杞宋之文献，况其下者乎？况其文献无足征者乎？虽君子善之，使足下处此，亦不易也。近书库中始得德祐日记数册，陈通判事始见。盖姚訔之常在三月廿五日，刘师勇复常在五月五日，陈通判之辟在十八日。时陈见摄西倅，复常之日，姚亦后至，见于刘师勇之奏。君家所纪，亦传闻之误也。谨以载入史中，不敢遗落。人祸天殃，岂不畏哉？昔欧阳公作《五代史》，不为韩通立传，人以为非第一等文字。要是宋人避忌太甚，如黄太史修《宋书》，用见闻，几陷大祸。今幸我朝至仁，世祖皇帝为金死节人立碑，圣上诏修三史，凡死节者命一切无所忌讳。夫古之良史，杀三人而犹执笔以往，况今遭逢圣明，何苦而为不肖之行如陈寿辈哉？香笔之类，今士大夫往来之常，固不必辞。然恐有乞米之嫌，兹用纳上。高文足见笔力，歆慕！歆慕！何时合并，以副所怀？秋高，千万自重。不具。（又见清光绪七年刻本《无锡金匮县志》卷三六，光绪十二年刻本《常州府志》卷三三）

勉励叶县尹手批 名伯颜

告青田县尹叶承事：圣天子忧悯黎元，而承宣者不能道扬德意，反以厉民。君莅邑之初，即有政平讼理之誉，若汉黄霸、鲁恭，皆可师法。《诗》云："靡不有初，鲜克有终。"君尚益修美政[1]，以追配于前人，固不伟欤？公堂酒二樽，专人奉劳。

校记：

[1] 君尚益修美政：文渊阁《四库全书》本《青阳集》作"君尚宜益修
美政"。

送归彦温赴河西廉使序

河西，本匈奴昆耶休屠王之地，三代之时，不通于中国，汉始取而有
之，置五郡其间。自李唐以来，拓跋氏乃王其地，号为西夏。至于辽、
宋，日事战伐，故其民多武勇而少文理。然以予观之：予家合肥，合肥之
戍，一军皆夏人。人面多黎墨，善骑射，有长身至八九尺者。其性大抵质
直而上义，平居相与，虽异姓如亲姻。凡有所得，虽箪食豆羹，不以自
私，必召其朋友。朋友之间，有无相共，有余即以与人，无即以取诸人，
亦不少以属意。百斛之粟、数千百缗之钱，可一语而致具也。岁时往来，
以相劳问。少长相坐，以齿不以爵。献寿拜舞，上下之情怡然相欢。醉即
相与道其乡邻亲戚，各相持涕泣以为常。予初以为此异乡相亲乃尔，及以
问夏人，凡国中之俗，莫不皆然。其异姓之人乃如此，则其亲姻可知矣。
宜其民皆亲上死长，而以弹丸黑子之地，抗二大国，传世五六百年而后
亡，非偶然也。自数十年来，吾夏人之居合肥者，老者皆已亡，少者皆已
长，其习日以异，其俗日不同。少贵长贱，则少傲其长。兄强弟弱，则兄
弃其弟。临小利害，不翅毫发，则亲戚相贼害如仇雠。予犹疑江淮之土薄
而人之生长于此者亦因以变，及以问夏人，凡国中之俗，今亦莫不皆然。
其于亲姻如此，则异姓之人可知也。夫夏，小国也，际时分裂而用武，必
不能笃于所教，而区区遐方，教之亦未必合于先王之法。及国家受天命，
一海内，收其兵甲而摩以仁柔，养之以学校而诱之以利禄，今百余年于
兹，弦诵之声，内自京师，达于海徼，其教亦云至矣，而俗乃日降如此，
吾不知其何说也！我祖宗之置肃政廉访司于天下，大要以风俗为先，而其
职以学校为重，故世谓之风宪，是得先王为治之意也。故尝选任尊官，非
道德爵位出乎庶僚者，不得与是选，所以为民表也。今皇帝用觊名公为御
史大夫，公乃历选朝著，尽拔诸名臣为廉访使，而吾归君彦温以枢密院判官

而为河西。君少擢科目，能古文辞，有大节，由国子博士五转而迁是官。今为廉使于夏，必能与学施教，以泽吾夏人。吾夏人闻朝廷以儒臣为尊官以莅己，必能劝于学，以服君之化，风俗必当丕变，以复于古，其异姓相与如亲姻，如国初时，如余所云者矣。故道吾夏之俗，以望吾归君焉。

送月彦明经历赴行都水监序

中国之水，赖禹治之而悉平。而河独为患至今未已者，何也？河失禹之道，而治河者不以禹之所治治之也。盖河出昆仑，合诸戎之水，东流以入中国，其性动劲悍，若人性之有强力。其来也甚远，而其注中国也为甚下，又若建瓴水于峻宇之上，则其所难治也固宜。且中原之地平旷夷衍，无洞庭、彭蠡以为之汇，故河尝横溃为患，其势非多为之委以杀其流，未可以力胜也。故禹之治河，自大伾而下，则析为三渠[1]，大陆而下，则播为九河，然后其委多，河之大有所泻，而其力之所分，而患可平也。此禹治河之道也。自周定时，河始南徙。迄于汉，而禹之故道失矣。故西京时，其受患特甚。虽以武帝之才，乘文景富庶之业，而一瓠子之微，终不能塞，而付之无可奈何而后已。自瓠子再决，而其流为屯氏诸河。其后，河入千乘，而德、棣之河又播为八，汉人指以为太史、马颊河者。是其委多，河之大有所泻而力有所分，大抵偶合于禹所治河者。由是而迄东都至唐，河不为患者千数百年。或者以谓王景堤防之力，乃大不然。使无屯氏及德、棣诸河，河之大无所泻，而力无所分，景以寻丈之防而捍，犹螳螂之驾[2]而可以捍大车之奔，吾不信也。惟河之委既多，大有所泻，而力又有所分，景之堤防特以捍渐水之衍溢者耳。比赵宋时，河又南决。至于南渡，乃由彭城合汴、泗，东南以入淮，而汉之故道又失。以河之大且力，惟一淮以为之委，无以泻而分之，故今之河患与武帝无异。余尝以为：中国之地西南高而东北下，故水至中国而入海者一皆趋于东北。古河自龙门即穿西山，踔趾而入大陆，地之最下者也。然河，天下之浊水也[3]。凡水一石，率泥数斗。尝道出梁、宋，观河所决，凡水之所被，比其去，即穹居、大木尽没地中，漫不见踪迹。河之行于地方也数十年[4]，而河徙千乘。自汉而后，千数百年，而河徙彭城。然南方之地本高于北，故河之南徙也难，而其北徙也易。自宋南渡，至今殆二百年，而河旋北，乃其势然，非有他说也。比者河北破金堤，输丰、沛、曹、郓，诸郡大受其害。天子哀民之垫溺，乃疏柳河，欲引之南，工不就。又遣平章政事崆名公、御史中丞李公及礼部尚书泰不花公沉两珪有邸及白马而祀之，河之患不已。乃会诸老臣集议治河者，诸老臣无能言其说，独尚书泰不华公以为当浚河弃道，复引河以入彭城，而待制杨梓又力以为弃道不可浚，设使浚之，而河未必能入。庙堂无所从，遣都水使者相其便害。或者以为当筑堤，起曹南，讫嘉祥，东西三百里，以障河之北流，则渐可图以导之使南。庙堂从之。乃置都水分监以任其事，选朝臣之知水者为都水。而吾同年月君彦明为元幕，将行，以问于余。余不知河事者，虽然，谚有之曰："不习为吏，视已成事。"以事已成者为君言，则古所以治河者可见也。今河惟不反故道，则其势可障，而排之使南，使反于故道，由汉之千乘以入海，则国家将无水患千余年，如东都与唐之时乎？今禹之九河既不可考，而河亦不复德、棣之间。汉人指以为太史、马颊河者尚未泯，可寻究如缕。河之道是，将大有所泻而力有所分，非若一淮之小，而扼其势，而使之横溃，为吾民害也。今夫庙堂之议，非以南为壑也，其虑以为河之北，则会通之漕废，其系于朝廷甚重。余则以为河北而会通之漕不废。何也？漕以汶，而不可以河也。河北，则汶自彭城以下必微，微则吾有制而相之，亦可以舟以漕。《书》所谓"浮于汶，达于河"者是也。余特欲防巨野，而使河不妄行。俟河复千乘，然后相水之宜而修治之。特一人之私言也。朝廷方事堤防，固无事此，乃以彦明言者似迂远而不切也。万一堤防不足以御河，则余之言或有时而验焉。故为之叙。

校记：

[1] 则析为三渠："三"，文渊阁《四库全书》本《青阳集》作"二"。

[2] 犹螳螂之驾："驾"，文渊阁《四库全书》本《青阳集》作"臂"。

[3] 天下之浊水也："浊"，原作"独"，据文渊阁《四库全书》本《青阳集》改。

[4] 河之行于地方也数十年：文渊阁《四库全书》本作"河之行于地也方数千年"。

送樊时中赴都水庸田使序

国家置都水庸田使于江南，本以为民，而赋税为之后。往年，使者昧于本末之义，民尝以旱告，率拒之不受，而尽征其租入。比又以水告，复逮系告者，而以为奸治之。其心以为，官为都水，而民有水旱之患，如我何？于是吴越之人咻然相哗，以为厉已。会天子问民所苦，乃以为民实水非奸，遂劾逐使者，破械纵民，而以闻上。朝议乃历选公卿有学术知大体者为之使，而吾樊君时中以江南湖北道肃政廉访使而选是职。自君之来，官僚叶和[1]，吏畏民服，政以大行。命下之曰，无不相视嗟咨，以惜其去。独其友余阙跃然曰：东南民力，自前已谓之竭矣。况今三百余年，昔之盛者衰，登者耗，今其贫者力作以苟生，富者悉力以供赋，有持其产为酒食予人，人皆望而去之，其穷而无告，甚于前世益远矣！其可重困之？今而得贤使者以莅之，修其沟浍，相其作息，不幸而有水旱之灾，则哀矜而为之所，民之穷者其少瘳矣乎？今夫木之实繁者其枝披，其本疏者其干拔，况于国与民乎哉！故善树木者简其实而厚其本，善为国者疏其赋而厚其民，理之较然者也。时中慷慨有大志，临大事果毅，不择利害而为之。今其行也，其能有以大慰吴越之民望、以副朝廷之倚注也必矣！二月初吉，式发鄂城，卉木繁盛，宾僚具在，各为诗以称美之，予故首序焉。

校记：

[1] 官僚叶和："叶"，文渊阁《四库全书》本《青阳集》作"协"。

送范立中赴襄阳诗序

宋高宗南迁，合肥遂为边地。守臣多以武人为之，九十余年间，未尝一岁无兵革。故民之豪杰者皆去而为将校，累功多至节制。郡中衣冠之族，惟范氏、商氏、葛氏三家而已。三家之在当时，贵不过通判，显者或至知县与府，族亦未甚大也。皇元受命，包裹兵革，休养元元。民既富庶矣，而又修礼乐，定治具，诸武臣之子弟无所用其能，多伏匿而不出。春秋月朔，郡太守有事于学，衣深衣，戴乌角巾，执笾豆罍爵，唱赞道引者，皆三家之子孙也。故其材皆有所成就，至学校官，累累有焉。当宋季时，诸武臣之富贵，视三家蔑如也。而百余年之后，惟儒家子入为弟子，出为人师，随其才之大小，皆有闻于时。虽天道忌满恶盈，而儒者之泽深且远，从古然也。范氏世多闻人，立中尤通敏，由郡直学为襄阳教谕。宋亡时，蜀流寓之士多在江汉，意必有老成典刑人也[1]。有老成典刑人与之游，立中此行将大有得，范氏之后有大显者，必立中也。于其行也，书以赠之。

校记：

[1] 意必有老成典刑人也："刑"，文渊阁《四库全书》本《青阳集》作"型"。后同。

李克复总管赴赣州诗序

仁皇帝即位，录怀来功，致高位者无虑数十百人，独韩国李公以甘盘之旧为最显。位平章，总百度，君臣一德，锐精治古。而韩公相业见称于天下后世者，设科取士其最也。元统初，余忝论荐，计偕如京师，舆诸同年求韩公子孙，得今伯征太常相往来，又识克复屯田于京师。比来佐泗州，而君复为泗州屯田提举，日舆君处。念天下士所以复见前代宾兴之盛者由韩公，士不及见韩公，见屯田，不其犹见韩公乎？且与太常同年，辱使纳礼，故以太常之事君者事君。朔月岁时，必从诸僚友造君第。君暇，亦轻裘缓带，以一小吏持马过我，我必为之倾盖而后去。君色严而气和，有学而知体，坐终日屹然，于先朝人物故实无不熟而知，听其言，亹亹如环之无端，坐客无能置一辞也。去年秋，既书满，宰相以君有门阀，且久更事，非散地所宜处，奏为赣州路总管。州之长贰及诸屯田，与九州之人往贺君。阙在次，举盏拜君；言曰："仁皇帝之文德入人也深，天下不忘仁皇帝，必及于韩公。朝廷录勋旧家，首言君。斯文之兴可俟矣！请以为天下贺。"又曰："韩公能以道术昌其家，君兄弟能保功名以有光于韩公，致中二千石，请以贺君。"又言："江之西，文教之盛者曰吉、曰赣，多士彬彬焉。人之所以厉于学，科目之兴也。于韩公之始而厉于学，独不于韩公之季以治哉？赣虽号难治，君处之，余知其为易也。请以贺。"于是程泗州赋诗四韵，坐客人士皆为诗以道其行，使书吾说以为引。

送葛元哲序

文者，物之成章者也。在天而为三辰，在地而为川岳，其在于人，若尧舜之治化、孔孟之道德、仲由之政、冉求之艺，一皆谓之文。今持以言辞之精为文者。夫言之精，莫精于周公、孔子。二圣人之于言，岂有求其精而然哉？而其文何其若是其蔚也？扬雄、司马相如、韩子、欧阳子始号为工于文者，彼其于周公、孔子之文，非不欲穷日夜之力、极一世之所好，孜孜焉追琢磨砺以求其精，而卒不能至焉。濂溪、二程大子之学，其视扬雄、司马相如、韩子、欧阳子，盖有所不暇，然味其言，渊然而深，雄然而厚，粹然而醇[1]，使得列于圣门，虽颜子、曾子将不能过。则夫言之精者，又若不待穷日夜之力、极一世之所好，孜孜焉追琢磨砺，以求至于圣人而后贤[2]。此无他，圣贤道德之光积中而发外，故其言不期其精而自精。譬犹天地之化，雨露之润，物之魂魄以生，葩华毛羽，极人之智巧所不能为，亦自然耳。故学于圣人之道，则得圣人之言。学于圣人之言，则非惟不得其道，并所谓言胥不能至矣。金溪葛元哲旧以文章名江南，既擢第，其文又传于京师。众谓元哲之文宜为天子粉饰太平、铺张鸿业，以传于后世，会有守宰之选，遂以为兴化录事。余知元哲终以文选，非久于外者也，于其别也，故与之论文。

校记：

[1] 粹然而醇："粹"，文渊阁《四库全书》本《青阳集》作"睟"。

[2] 以求至于圣人而后贤："贤"，文渊阁《四库全书》本《青阳集》作"已"。

送许具瞻序

余读《周易》之"谦"，未尝不掩卷而叹曰："圣人待小人之心，一何如是其至也？"夫阳，君子也；阴，小人也。小人盛，则干君子，故阴至三则履。君子盛，亦未尝不下小人，故阳至三则谦。谦，虚也。阳本实而云虚者，不自满假，故屈而下于阴也，是谦以下为德者也。初而谦谦，下而又下者也。二则浸以上矣，故以鸣谦。鸣者，以言谦也。三则益上而位高，故以劳谦。劳者，以功谦者也。以功而谦，厚之至也。厚之至，而民焉有不服者乎？故三之辞曰："劳谦，君子有终。"谦而民既服，君子之道终矣。谦既终，民既服，进而之四，何施而不可？圣人之心犹以为吾之待小人者未之厚也，又自反而㧑谦，故四之辞曰："无不利，㧑谦。"其德已厚，其谦已㧑，进而之五，而小人者之终不可以化入也，于是乎有侵伐之师，故五之辞曰："不富以其邻，利用侵伐。"不富以邻，德之盛也。利用侵伐，顺之至也。圣人之待小人，至是可谓尽心焉耳矣。昔者禹征有苗，苗民逆命。益之赞禹，惟在于谦，禹遂有舞干之举，此其所谓㧑谦也。谨犹㧑而未格，则其侵伐者禹终得而已乎哉？祖宗受命，汛扫六合[1]，以有尧舜所未有之天下。圣天子绍承熙洽，爱民犹子，尧舜之仁不是过也。顷者盗起海隅，剽民财，犯官漕，其罪可诛，而区区赤子又特一将校之力所能举，乃不以为罪，止于招谕。盗又止我省臣以求降，此尤可诛也，而亦从其请，且曰："德不下宣，此吏之罪。"遂尽变易滨海之为宣慰及其郡县之官，选能当其任者，得三十八人，亲御便殿，给符传而谕遣之。呜呼！此所谓"无不利，㧑谦"，而禹之所以待苗民者也。三十八人之中，天台许君具瞻当治鄞。具瞻，余同年进士也，其行端洁，其材勇以干。前知武义时，摄金华县事，武义之民群诉宪府，请还君。金华之民亦群诉于宪府，留君不欲其去。其得民如此，可谓称兹选矣。故余为道圣天子爱民之深与夫所用具瞻者如此，非惟勉具瞻，亦以告夫民也。

校记：

[1] 汛扫六合："汛"，文渊阁《四库全书》本《青阳集》作"迅"。

赠刑部掾史镏彦通使还京序

　　舒岸大江为城，北走英、颍，南亘番、歙，西通黄、蕲、湘、汉、鄂、岳，东距鸠巢，所谓四通八达之地也。自兵兴，所在从乱，舒介其间而独徇义秉节，不与之共戴天。故群盗环攻之，舒亦不少屈挠。日治矜戟弓矢[1]，以与之相格斗。盗大至，则男操兵，妇给饷，童子负瓦石，空巷乘城，与之决战。如是者今五年，其劳如此。故其富者日贫，而贫者日死，以耗。入其市，廛里萧然。适其野，榛莽没人，不见行迹。至其馆，篮箦不治，饩牵不具，委积不充。使者之道此，怒而去者往往有焉。其以公事来者，多视赂以为喜愠。喜为春温，愠为秋凛，或怒而去，则民相与踧踖，曰："祸其始此耳！"不甘食安处者累月而未宁，逮无事乃已。浚仪镏君彦通为秋官掾，亦以事来。居郡浮图，每食蔬一器、饭一盂，馈之珍羞则辞，赈之财则艴然以怒。持节至军中，勇者执手以勉之，创者涕泣以劳之。其居此特久，而民爱之如始至，惟恐其去己也。传曰："有功而见之，则说也。"君重其民情而闵其劳，民之说也亦其宜也。临川毛顺孙爱君尤至，与士大夫赋诗以美之。余故处合肥，知君为掾廉而有能，以为士之美君者非誉也，故序而冠诸其首。

校记：

[1] 日治矜载弓矢："矜"，文渊阁《四库全书》本《青阳集》作"矟"。

为高士方壶子归信州序[1]

尧舜之时，以幽并为朔易，元兴，举尧舜未有之天下而一之，而幽并始为土中，以为四方之极。然其地去荆扬数千里，而气苦寒而多风，非其土著，至则手皲而足裂。其居处服食，异用绤葛、果茗鱼鳝之物，不能以易致，皆性之所不便。故南方之人其至者恒少，非为名与利，无从而至焉。又况浮图、老子之徒以遗外世俗为道，其于名与利，盖有所不屑，故其至者尤少。或至焉者，则亦名利之人也。高士方壶子，至正中至自信州，余始遇之，以为名利之人也。徐与往来，见其气泊然，其貌充然，人与之谈当世之事，则俯而不答。独其性好画，人以礼求之，始为出其一二，皆萧散，非世人所能及。尝为余言："太行者，天下之脊。而居庸、古北者，天下之岩险也，其雄杰奇丽，非江南之所有。天府之藏，王公巨人之所有，皆古之名画，余所愿见者今皆见之，而有以慊吾志、充吾之所操，吾非若世俗者区区而至也。"余曰："贤哉方壶！其古所谓善操技者与？夫轮扁之为斫，知斫之为美，不知有王公之贵；知斫之为得，不知有晋楚之富。故其为技也，古今之善斫者莫加焉。今子几于是矣，其有不臻于古者耶？吾党之学者苟迁于物，其尚能望子耶？"于其行也，相率为诗以赠之。

校记：

[1] 题目据《四部丛刊》本改，原作"高士方壶子归信州序"。

送李宗泰序

淮东南西北道之地，其民忠而能守国者三郡，曰庐、寿、舒。自盗兴，寿守先治战备，与民为守，至辄败。然不能保其近地，民无耕收，而长淮之饷道又绝，以致父子相食而后溃。庐大郡，其南沮泽之地大而有名者三十六，俗名之曰围地，广而足耕。而守与将才下，余尝识之，凡其日之所营、夜之所思，非宴乐之事，则掊克之政也。民有持耒耜于门者，则曰召使，夺而辱之。民饥以死，城大而不能守，乃敛四境乡兵以守之，又无以食。以赋富者大都剽吏，杀人而莫之禁，至以其兵去之，城遂陷。余至舒时，国门之外数十里之地皆盗栅也。幸战而胜，乃为攘剔旁近之地，令民耕之，筑垒以护其作役。其不能耕者时节，与之缮城隍，修矛戟，而又明其政刑，平其赋敛，治其争讼，期月而颇张。今民之勇者无敢哗，弱者无所怅，如承平时然，惟教民之术有未治耳。方将与学士修其庠舍，共讲唐虞治道、天人性命之说，则祸乱有不足定者。若姑孰李宗泰，志学而行端，又吾所当延而礼之者也，而力不足。宗泰族人陷在姑孰者闻多自拔于宣，将往来之，又义之所不敢止者，姑序吾怀而与之别。

杨君显民诗集序

我国初有金、宋，天下之人惟才是用之，无所专主，然用儒者为居多也。自至元以下，始浸用吏，虽执政大臣，亦以吏为之。由是，中州小民粗识字、能治文书者，得入台阁共笔札，累日积月，皆可以致通显，而中州之士见用者遂浸寡。况南方之地远，士多不能自至于京师，其抱材蕴者又往往不屑为吏，故其见用者尤寡也。及其久也，则南北之士亦自町畦以相訾，甚若晋之与秦不可与同中国，故夫南方之士微矣。延祐中，仁皇初设科目，亦有所不屑，而甘自没溺于山林之间者不可胜道，是可惜也。夫士惟不得用于世，则多致力于文字之间，以为不朽。而文辞者，有幸有不幸者。不幸者至于老而无所用矣，而其文又遂泯不显，是又可哀也。比年，大江之南，山林之士有挟其文艺游上国而遇知于当世，士之弹冠而起者相踵，京师大官之家皆有其客，而遇知于当世者亦比比有之。若豫章杨显民者，抱其才蕴，不屑于科目，甘自没溺于山林之间。当士群起而有遇之时，而又终不肯一出以干时取誉，是其中必有所负而然也。予虽不识显民，然闻其人力学而操行，通古今之务，江南之士渐其泽而有名者甚众[1]。其弟子之登科目、仕州县者，亦能以政称。其家固贫，而年又将老，乃日萧然吟味以自乐，无少怨怒不平之气，其殆古有道之士耶？余读而爱之。其弟子涂颖持其所谓《水北山房集》者来京师，将刻之以传于世，余为题其首，使后知显民南州之士有所负者也，是盖有道之士也。

校记：

[1] 江南之士渐其泽而有名者甚众："者"，原作"作"，据文渊阁《四库全书》本《青阳集》改。

贡泰父文集序

余天性素迂，常力矫治之，然终不能入绳墨。矫治或甚，则遂病，不能胜。因思，以为迂者亦圣贤以为美德，遂任之，一切从其所乐。常行四方，必迂者然后心爱之而与之合。凡捷机变者，虽强与之，然心终不乐也，故暂合而辄去。京师，天下声利之区也[1]，迂非所宜有。尝阴以求之士大夫之间，得一人焉，曰贡泰父。泰父，故学士仲章君之子，能诗文。少游太学，有时名，因自贵重，不妄为进取。有所不可交者，亦不妄与交。故吾二人者欢然相得，若鱼之泳于江、兽之走于林也。时泰父为应奉翰林文字，固多暇者，即与聚。盖有蔬一品，鱼一盘，饮酒三行或五行，即相与赋诗论文，凡经史词章、古今上下治乱贤否、图书彝器，无不言者。意少适，即联镳过市，据鞍谈谑，信其所如而止。及暮，无所止，则相与问曰："将何之？"皆曰："无所之也。"乃各策马还。自古暨今，王公贵人能求贤常少。然自至元初，奸回执政，乃大恶儒者，因说当国者罢科举、摈儒士，其后公卿相师皆以为常。

然而，小夫贱隶亦皆以儒为嗤诋。当是时，士大夫有欲进取立功名者[2]，皆强颜色，昏旦往候于门，媚说以妾婢，始得尺寸。此正迂者之所不能为也。因翱翔自放，无所求于人，已而皆无所遇。予既归淮南，泰父亦以亲嫌辞官归，除绍兴推官，不相见者为最久。去年，大原贺君为丞相，搜罗天下人才之有政誉者，而泰父之治为浙东西第一，乃得复召为应奉。余适入朝为待制，相见益欢。计其别，十年矣。吾年少于泰父，须发皆白，而泰父锐然，面红白如常。出其别后所为诗文，甚富，且大进，益知为泰父真豪士也。夫以士之贤无所遇而淹于下僚，宜其悲愤无聊而不能尽也，顾乃自树卓卓，以其余力而致勤于文学，且其貌充然，非其中有所负，盖不能尔。然则吾泰父之迂，又过我远矣！夫古之贤士多不兼于文艺，文艺虽卑，而世且贵而传之者，爱其人故也。不贤者之于文艺，虽极其精，人犹将贱之，亦何以为也？泰父忠孝人也，其功名事业当不待文与诗而传，而况于兼有之耶？余昔与之别，今见其文如此，今又当别去，计相见时，其文又必有过此矣。于其行也，序而识之。

校记：

[1] 天下声利之区也：文渊阁《四库全书》本《青阳集》作"驱逐声誉之区也"。

[2] 士大夫有欲进取立功名者："夫"，文渊阁《四库全书》本《青阳集》、明嘉靖十四年刻本《玩斋集》卷首、清康熙间抄本《海昌外志》六一〇页作"大"。

聚魁堂诗序

安庆郡文学秦宗德，持其友人豫章严撰书来，请曰："去年丙申，江西行中书之乡试也，临江贡士有曾鲁者偕其友庐陵解蒙、高飞凤、刘倩玉俱就试，寓止同舍，往还复同舟而载。拆号，四人者俱在甲乙选列。捷报至，高与刘、解乃留鲁家，乡人因名曾氏之馆曰'聚魁堂'云。仆与鲁姻娅也，复率大夫士之能文辞者赋诗美之，谓宗德常获私于公，书来请序，愿勿辞，将以为荣焉。"余曰："科目取士，吾尝司文衡于中外矣。退而考其所得，父子同榜者有之，兄弟联名者有之，师生俱在选者有之，若同志同升，鲜有闻如曾鲁者也，其理似不偶然，岂有数存其间耶？然不足泥也。余惟爱鲁之交友得人，而人之与鲁交能登科目发身也。由此而升以行道，以致君，以泽民，将无不可。吾意四方者亦尝弹冠相庆矣[1]，则亲朋赋诗以志喜也固宜。"宗德曰："斯言甚善，请书以为序。"

校记：

[1]　亦尝弹冠相庆矣："尝"，文渊阁《四库全书》本《青阳集》作"当"。

藏乘法疏后序

天下之书，博者未尝无要法。五声十二管，可以尽天下之音声。十干十二支，可以尽天下之甲子。象形、指事、转注、谐声、会意、假借，可以尽天下之文字。其统之有宗，其会之有元，充之而不穷，合之而不遗。知者创物，其有功于世类如此。佛氏有法疏书，会萃名义，而藏十二部之理无不在，诚要法也。西庵遂公罢讲游方二十年，归，乃取而修订之，补其所未备，白其所未明，去其所未安，明性相，析机宜，刊定名体，目曰《藏乘法疏》。濡须有道之士文公无学以衣资若干贯刻之板，以惠四方。昔邵子《皇极经世》以"元、会、运、世"衍为十二万九千六百年，以尽事物无穷之变，其文博，其义富。蔡西山撮其机括为《指要》一编，其有功于邵子大矣。遂公之书，是亦大藏之指要与？余读《传灯》婆子请赵州转经，绕禅床一匝，云转经已。婆云："只转得半藏。"半藏、全藏姑置勿问，五千四十八卷一周行顷，何为而转之？此又西庵不传之妙，因书之卷末，在学者所自得。

待制集序[1]

天地之化，物类人事之理，久则敝，敝则革，革则章。非敝无革，非革无章。吾何以知其然也？在《易》之“革”。“革”之卦，贞离而兑悔。离，文也，时至于革，则其敝也久矣。夫兑，离所胜者也，物敝当革，虽所胜者，熄之，故兑革离。夫惟革其故而后新可取，故革其文者，乃所以成其文也。近取诸物，若虎豹之文，非不彪然炳也，及久而敝，则黣昧庞杂，曾不若狌狸之革而章者也。四离之终而革之时也。五与上，革之功也，故五为虎变，而上为豹变。以其世考之：成周之文，唐虞以降之所未有也，至孔子之时，乃大敝矣。周公，圣人也，曷不为是勿敝之道，以贻其子孙，以传之天下后世，使之守而无变哉？盖物久而敝，理也。理之必至，圣人亦未如之何也。孔子之作《春秋》，或者以为绌周之文、崇商之质，夫岂尽然？以其告颜子四代之制与夫后进礼乐者观之，则其所损益者可知也。由周而来，亦可概见。汉之盛也，则有董子、贾傅、太史公之文。东都而下，则敝而不足观也。唐之盛也，则有文中子、韩子之文，中叶而下，则敝而不足观也。宋之盛也，则有周子、二程子、张子、欧、曾之文，南迁而下，则敝而不足观也。夫何以异于虎豹之文，彪然炳也，及久而敝，则黣昧庞杂，曾不如狌狸之革而章者哉？文之敝，至宋亡而极矣，故我朝以质承之，涂彩以为素，琢雕以为朴。当是时，士大夫之习尚，论学则尊道德而卑文艺，论文则崇本实而去浮华。盖久而至于至大、延祐之间，文运方启，士大夫始稍稍切磨为辞章，此革之四而趋功之时也。浦江柳先生挟其所业北游京师，石田马公时为御史，一见称之，已而果以文显。由国子助教，四转而为翰林待制兼国史院编修官。盖先生早从仁山金先生学，其讲之有原，而淬砺之有素，故其为文缜而不繁、工而不镂，粹然粉米之章，而无少山林不则之态，惜其未显而已。老欲用之，而已没也。余在秋官时，始识先生，尝一再与之论文甚欢。比以公事过其家，问其子孙，得其遗文凡若干篇。因使先生弟子宋濂、戴良汇次之，将畀监县廉君刻之浦江学官。世有欲征我朝方新之文者，此其一家之言也，必有取焉，因题其卷首以俟。至正十年八月丁祀日，武威余阙序。

校记：

［1］此文辑自文渊阁《四库全书》本《待制集》卷首，题目代拟。

跋揭侍讲遗墨后

豫章揭先生好称奖后学，人有片善，即夸道之不去口，况于通家之好、故人之子有可夸道者耶？故世称先生为忠厚。先生而子泫亦克树立，世其文行，此忠厚之报。《书》曰："人之有善，若己有之。以能保我子孙黎民。"信哉！彼媢疾者闻先生之风，亦可愧矣。

题宋顾主簿论朋党书后

先王之时，上与下同患，故国家之政，夫人而得言之。召康公所谓士献诗[1]、史献典、瞽献书、百工谏、庶人传语、近臣尽规、亲戚补察，故凡事之得失、政之利害、国之治乱，上无不有以全知而慎修之，而至于无败。盖天下之势如操舟，舵师失利，岂特棹夫之患哉？而凡同舟之人患也。故有忧天下之心者无不有以尽其言，不尽其言者，是不忧天下者也。有忧天下之心者，由有以知其得失、利害、治乱之故。不忧天下者，是不知所以得失、利害、治乱之故者也。夫天下之大患在于人之不得言，而得言者不以言，与虽言之而不用。其情甚者，至以为俗。虽有忧天下之心之人，而知天下得失[2]，利害、治乱之故者亦不敢言，而国遂以乱亡，如秦季世，盖可监已。而世主终不以为戒，何哉？三代而下，若宋之一代，人心、世道犹有近古。内而宰执、侍从、台谏有奏疏，卿监以下不得日奉朝请，则有论对，朝臣上殿则有奏札，皆与天子酬酢于殿陛之间，如家人父子之相与。外而监司郡守，凡所职事，皆得以疏闻，天子亲御笔札以报之，日有书至万言者。若事大体重，言者不以言，则大学、京学诸生与凡韦布之士皆得诣阙上书言之。至其晚年，权臣执命，士益探鼎镬、冒刀锯而论事，不可壅遏。其下与上同患如此，故能外捍强国，内修民事，传绪三百余年而后亡。虽先王之世，人心之美，亦何以过此也？予昔与圭斋诸先辈修《宋史》，尝爱德祐时有萧规者。前论丁大全，黥面贬岭南。既赦还，又与京学生叶李论贾似道，又再贬。似道罢，陈宜中当国，得诏还学，犹伏阙论事，奇气栎栎如平时[3]。宋亡，我世祖皇帝追大臣物色当时言者，得叶李，用以为执政，而规独不见。盖当时率诸生论贾者规也，李特因以成事者耳。惟李应时掩以为名，而规遂不见知于世欤？于是时，规已老死或伏溺而不出耶？予屡欲传其人于史，以不能详而止，至今惜之。永嘉顾仲明谒选来京师，示余以今大宗伯达公所书其先世主簿君与萧侍郎《论朋党书》，言论慷慨而激烈，时秦桧柄国，方以威权钤制天下，士大夫罹其祸者甚众，而君言若此，此予之所素叹以为人心世道之美者，故为之书。逵公，昔予局之监也，其为之书，亦必重叹于斯焉。

校记：

[1] 召康公所谓士献诗："康"，文渊阁《四库全书》本《青阳集》作"穆"。

[2] 而知天下得失：文渊阁《四库全书》本《青阳集》作"而不知天下得失"。

[3] 奇气栎栎如平时："栎栎"，文渊阁《四库全书》本《青阳集》作"烈烈"，民国十五年刻本《平阳县志》卷八五作"烁烁"。

题孟天炜拟古文后

秦燔烧《诗》《书》、百家之言，汉兴，稍掇拾之。诸子后出，然颇杂以依仿之说，如《国策》诸篇多蒯彻之流所撰，甚至窃取他书以足之如先秦者，岂尽《短长》之旧哉？孟君天炜善模仿先秦文章[1]，多能似之，其读《国策》，当能辩之，知予言为不妄也。

校记：

[1] 孟君天炜善模仿先秦文章："善"，文渊阁《四库全书》本《青阳集》作"喜"。

题涂颖诗集后

涂君叔良来京师，与余同寝处凡两载。羹藜饭糗之余，相与论古今人诗，皆有造诣。尤长于五言，其精丽有谢宣城步骤，平淡闲适不减孟浩然。叔良年甚少，将来何可量耶？余尝论学诗如炼丹砂，非有仙风道骨者，不能有所成也。叔良殆有仙风道骨者耶？旦晚余将有越中之行，与叔良同处，不知又在何日？临别殊难为情，读此，尤不欲舍吾叔良也。叔良勉旃，他日闻大江之南有谢宣城者，必吾叔良也。此亦足以名世，岂待区区外物哉？

题永明智觉寿禅师唯心诀后

永明寿禅师平生著述甚多，《唯心诀》者，其犹般若之《心经》也。孙城祐上人顷作观心堂于广福寺，及见西庵遂公明教台，得是编，即以衣资刻之。甫毕工，属余归自范阳，请题其后。心者，万化之原也，迷则愚，悟则圣，存则治，亡则乱。《易》所谓"差之毫厘，缪以千里"者，正指是言也。是编于心之细无不烛，体用无不该，三藏十二部精要之言无不在是。先民言：圣贤千言万语，只是欲人将已放之心约之使返，复入身来，自能寻向上去。此又永明著书立言之心也。元统甲戌五月谨题。

题黄氏贞节集

皇元至正十二年，余阙奉旨出守安庆。时边警事严，日寻干戈，悃悃无须臾得摅怀思。越六年丁酉，抚金溪吴级以书抵辕门，请题其母黄氏《贞节集》，并录其所撰《祭夫文》及《训子诗》三十韵，读之辞义严正，风节凛凛，令人增气概。所恨行伍中，笔砚废置久，安得从容诸先辈翰墨之后，思发其幽潜乎？然阙也方以忠君为务，而级也拳拳以孝母为念，声相应而气相求，是可无一言以慰人子显亲之心耶？及观黄氏年十九嫔于吴，曾未几而夫死，涕泣誓不更嫁。破衣弊屣，身操井臼，卖簪珥以襄舅姑之丧。日训二子以学，夜分乃寐。男长以室，女长以家，闺门肃雍，动止无织毫愧怍，淑德著于乡间，令名达于朝省，足以表仪于当世矣。若古之卫共姜、曹大家，班班经史者不是过也。其同郡翰林吴公、奎章虞公皆有叙述，同里危素叙其诗曰："世之人不能天其天而有愧于黄氏者多矣！"呜呼！我国家以仁义肇基朔土，乾端坤倪，靡不臣服。列圣相承，风教宏远，宜可以登三迈五、超越乎汉唐矣，胡何自兵兴以来[1]，州县披靡，能卓然以正道自立者仅一二见？其余卖降恐后，不啻犬豕，昂昂丈夫真无女妇之识，良不悲哉！且天下有可为之机而无敢为之士，民情有向善之意而无激善之才，遂使淳良化为枭恶，骨肉转为仇雠，叛溃奔离，益相戕贼。闻黄氏操行如此，彼独何心？朝廷百年休养之恩，宁不辜矣？此予读黄氏诗文，益有感焉。宜夫德人巨卿咏赞不已，盛朝所以旌其门、复其家、昭名于史册者，岂偶然哉？予又闻：黄氏之子级以一介贫贱奋不顾身，集乡丁御强暴，里闬得全。非其母训之素，能若是耶？是皆可书。淮南行省参政西夏余阙识。

校记：

[1] 胡何自兵兴以来："胡"，文渊阁《四库全书》本《青阳集》作"夫"。

书合鲁易之作颍川老翁歌后续集

至正四年，河南北大饥。明年，又疫，民之死者半[1]。朝廷尝议鬻爵以赈之，江淮富民应命者甚众[2]，凡得钞十余万锭，粟称是[3]。会夏小稔，赈事遂已。然民罹此大困，田莱尽荒，蒿藜没人，狐兔之迹满道。时予为御史，行河南北，请以富民所入钱粟贷民[4]，具牛、种以耕，丰年则收其本，不报。览易之之诗，追忆往事，为之恻然。八年三月，翰林待制武威余阙志[5]。

校记：

[1] 民之死者半：文渊阁《四库全书》本《金台集》卷一作"民之死者过半"。

[2] 江淮富民应命者甚众："民"，文渊阁《四库全书》本《金台集》卷一作"人"。

[3] 粟称是："是"，文渊阁《四库全书》本《金台集》卷一作"足"。

[4] 时予为御史，行河南北，请以富民所入钱粟贷民：文渊阁《四库全书》本《金台集》卷一作"时余为御史，行河，河南请以富民所入钱粟贷民"。

[5] 八年三月，翰林待制武威余阙志：原无，据文渊阁《四库全书》本《金台集》卷一补。

济川字说

济川者，熙宁张子瑞之号也。子瑞世以活人为功，闻于时。其艰于卫生若川险者，咸以舟楫济之。乙未春，避地来归，袖卷求予字并说。予方欲济时艰，得其人，亦可尚已。而言曰：济川者，司命之谓也。惟命弗罹于险，弗婴于疾，畀终其天者，为正。婴于疾，罹于险，乃戕其生，为夭。夭也者，靡有司之者也。呜呼！惟天生民，有欲汲汲于名，孜孜于利，蛟龙鼋鼍之涧，风涛险浚之所，阻车马，限往来，罔知祸厉者唯病夫涉。情荡于中，气戾于外，膏肓蛊瘵之府，疲癃残疾之基，贼脉理，伐寿龄，罔重摄养者唯病夫身。此医药之利于人，犹舟楫之利于天下，二者固相若已。虽然，匡君正国，燮阴阳以利天下，其道其术，亦不外于是。《说命》曰：若济巨川，用汝作舟楫。此子瑞之志也，此其所以为号也，此"济川"字之说也。

含章亭记

坤者，天下之至文。而世谓坤为含章者，美而含之，六三之事，非尽坤之道也。尝观于地：山川之流峙，至文也；风霆之流形，至文也；鸟兽草木之汇生，至文也。故夫子赞之，以为光大，又以为化光，又以为美在其中、畅于四肢，天下之文孰加焉？而三独含章，何谓也？夫乾，尊道也；坤，卑道也。故乾主于五而坤主于二，若三、四者，爻之无位者也。乾之四近于尊，故曰"或跃"，或可以进也。坤之三近乎卑，故曰"含章可贞"，可悔而可用也。夫子释"含章可贞"，以为以时发者相时而动之意。故曰"可"者，仅词也。若四，近于尊而括囊矣，上儗于尊则龙战矣，是故龙君象也。若六五者，可谓至尊而非据矣，自非中德，何以能吉？故曰"黄裳"。黄，中之色；裳，下之服。夫惟有是中德，故不失其体也。无棣徐君子谦博古而通今，自监察御史郎官署为诸道肃政廉访使者，政理蔚然，俱可谓之文矣。惟坤之六二可以当之，非六三之事，而其名亭，谓之"含章"者，人不知其所云也。余与君处江夏凡期年，知君之为人，冲然贤者也。曾子称颜子，以为以能问于不能，以多问于寡，有若无，实若虚。君尝慕而师之。群居相与，不言，不知其有蕴也。然则君所谓"含章"者，其必以此，岂世所谓断章取义者欤？君曰："予之言然[1]。
虽然，子论'含章'，先儒所云，请求诸通经者而质之。"

校记：

[1] 予之言然："予"，文渊阁《四库全书》本《青阳集》原作"子"。

穰县学记

学校之教，圣人所以尽人性者也。夫人之性，天命也。天命者，诸生
遍予者也。其理，仁义礼智；其器，君臣、父子、夫妇、长幼、朋友；其
文，昏丧、冠祭、朝觐、会同、射饮、军搜。此性之体然也。若夫忠信
也，而流为残贼；礼让也，而流为争夺；文理也，而流为淫慝。此性之失
而非其本然者也。圣人，人之隆綦也，是故为之学校之教、师法之化、礼
义之道，所以正人性而定天命也[1]。而世儒之言有曰：残贼、争夺、淫慝
者，性也，必赖圣人为之教，然后忠信、礼让、文理兴而生人之道立。是
不知性者之言也。今夫鸟之鷇也飞而逐其雌，兽之生也走而轶其群，然止
于飞走而已也。惟人之性，具天命者也，是故充其知，可以通昼夜之道而
知死生之说；推其才，可以参天地而赞化育。何也？所性而有故也。今
曰：性无善也，必圣人为之教而后善。则殴鸟兽以由于学校之教、师法之
化、礼义之道，亦可以为忠信、礼让之理也，其可乎？是故杯棬栋宇，圣
人所以尽木之性也；引重致远，圣人所以尽马牛之性也；学校之教、师法
之化、礼义之道，圣人所以尽人之性也。其教已立、其化以行、其道以成
之后，于是忠信立而残贼息，礼让著而争夺寡，文理明而淫慝平。其动之
也神，其渐之也深。则夫民之心可与为善、可与为恶、可与为治、可与为
乱，夫岂夺之以恶而与之以善，易之以乱而诱之以治，使其民至于如是
哉？亦尽其性而已矣。有弗若于吾化、弗迪于吾道者，然后为之刑政以齐
之，则刑政者，先王所以辅治而未尝以为先也。是故教成而王，政成而
霸，咸无焉而亡。其道有大小而其教有浅深如此。自先王之迹息，而天下
之治皆苟且，由其知治而不知教，而其甚者遂至乱亡相寻，终莫能胜民之
梦梦者，皆不考乎此。大元之兴，百有余年，列圣丕承，日务兴学以为

教，党庠塾序遍于中国，虽成周之盛将不是过。夫穰，大县也，自入职方以距于今，吏犹未能为民立学。蒙古月鲁不花君来监县，乃曰："学校之教，先王为治本也。"遂出其田禄以为民倡，民欢乐之。乃买地于州治之西，攻其正位，肖孔子及颜子以下十四人之像于殿，余七十二子以及诸儒之从祀者悉绘之于两序。后为学舍廪庖，以安居其师弟子。前辟门道，属于大衢，立表而题其上，曰"穰县之学"。学甫成，会天子以学校考吏课，君方乐有学校教民也，而乃以忧去。其同年友成君遵实家于穰，入朝为礼部郎中，言君所以待穰之民甚厚而笃于教恩如此[2]，故既去而民至今思之，而恐后之未知所以教而民未知所以学也，为予诵其所闻以告之。君操行廉白，为政以爱民为本，日常偲偲然若己伤之，是可谓良有司也。况予于君亦同年也，故为记之。

校记：

[1] 所以正人性而定天命也："性"，文渊阁《四库全书》本《青阳集》作"心"。

[2] 言君所以待穰之民甚厚而笃于教恩如此："恩"，文渊阁《四库全书》本《青阳集》作"思"。

湘阴州镇湘桥记[1]至正初[2]

湘水出零陵，北至湘阴，入洞庭。而湘阴诸山谷之水则会于城南，为东湖，以入湘。方春夏时，水潦降而洞庭涨，则湘水不能入湖，因以淡漫为大浸。州为湖南北孔道，凡行者之陆出与夫乡民之有事于州者，每涉湖，则有风涛之虞，否则又为舟人邀阻之患[3]。宋之时，州有邓氏媪率其田人，作大堤绝湖，以属之州。为二木桥，以酾湖水[4]。行者德之，谓之"邓婆桥"。当德祐末，桥毁，官为复之。至大德中[5]，旋敝。州人黄仲规乃以私财命其子惟敬率众为石桥，南北椹石为崖，中累石为高柱，布木面石，其上为屋九楹覆之，以与民为缠，易其名曰"镇湘桥"。历四十余年，至元初[6]，覆木又敝，屋且坏。惟敬之弟惟贤、惟德，德发其帑，得钱万贯，以告州人，将卒其先之功。州人乐为相之，又得钱二万五千贯。乃撤覆木，施石梁，更作大屋，中为道，左右为市肆。桥广若干尺，袤若干尺，上可以任大车，下可以通千斛舟[7]。饰以彩绘，远而望之，烂若阴虹之饮[8]。湖中行者之往来，与州人之市于此者，若由康庄而履堂奥，不知其有湖之阻也。夫水，天下之至险，圣人为之舟楫以济民，而舟楫需人之力，人之力有限，而涉者之无穷也。不须人而能济，有无穷之利者，惟桥为然。夫桥之利大，故其费亦大，非若一舟楫之可易具。非有司与大家之力，所不能为[9]。黄氏非有大作业、大廪藏，而为有司、大家之事，力有不足，至父子相承，乃克成此，夫亦难能也。惟德之子天禧有才藻，通经术，屡领乡荐。余校艺鄂渚时[10]，得其文，以置前列，其擢第也，将亦易然[11]。黄氏有子如此，必多益于人如是桥类也。故为记之。

校记：

[1] 本篇选题，清嘉庆二十三年刻本《湘阴县志》卷三五、清光绪六年刻本《湘阴县图志》卷三〇均作"恩波桥记"，清嘉庆二十五年刻本《湖南通志》卷二九作"重修恩波桥记"。

[2] 所标写作时间，据清光绪六年刻本《湘阴县图志》卷三〇之考证。

[3] 又为舟人邀阻之患："邀"，文渊阁《四库全书》本《青阳集》作"还"，《湘阴县志》《湖南通志》《湘阴县图志》均作"要"。

[4] 以酾湖水："酾"，《湘阴县志》《湖南通志》《湘阴县图志》均作"跨"。

[5] 至大德中：《湘阴县志》《湖南通志》《湘阴县图志》均作"迨元初"。

[6] 至元初："初"，《湘阴县志》《湖南通志》《湘阴县图志》均作"间"。

[7] 下可以通千斛舟："千"，《湘阴县志》《湖南通志》《湘阴县图志》均作"万"。

[8] 烂若阴虹之饮："阴"，《湘阴县志》《湖南通志》《湘阴县图志》均作"长"。

[9] 所不能为："所"，文渊阁《四库全书》本《青阳集》作"则"。

[10] 余校艺鄂渚时："鄂渚"，《湘阴县志》《湖南通志》《湘阴县图志》均作"部省"。

[11] 将亦易然：《湘阴县志》《湖南通志》《湘阴县图志》均作"抑昜尔"。

汉阳府大成乐记

礼乐出于天而备于人。卑高以陈者，礼也；缊缊而化者，乐也。故礼者天地之大节，乐者天地之大和，其体极乎天，蟠乎地，其用行乎阴阳而通乎鬼神。夫人者，天地阴阳鬼神之会，而礼乐者，观会通以行其道也。其君臣、上下、宾主之有其文，升降、揖让、缀兆、清浊之有其度，礼以著节，乐以为和，节以别同，和以合异，是皆天之所界而非人之所为也。然心，天命也；欲，心生也。欲炽而无以治之，则心梏亡矣。礼乐者，先王用之以迪民心而定天命者也。是故朝觐会同，礼乐以接；郊社庙享，礼乐以成；军旅宾客，礼乐以治。用之于天，神格；用之于人，鬼享；用之于民，而民事治。故习俗美而侵侮伤淫之心无自而生，天下之大政岂有出于此者哉？洪荒之道邈矣！尧舜以还，历夏商周，礼乐始备，而天下称为极治。成康之后，浸以就弛。至春秋，而坏烂极矣。汉之时，礼虽粗具于经，而亡散者亦已甚。乐之道荡然，雅颂所存，特其文而已耳。是故其礼失者其俗污，其乐滥者其教衰，天下之治所以不及于三代者，礼乐不足之故也。皇元之兴，诸事未遑，即定著孔子庙祀之礼。既，又令天下庙祀用大成乐。令虽具，而吏亦鲜能应。诏制春秋奠荐，类以鼓吹行事。夫礼乐者，以之习民，使之饱闻而饫见之，然后入人深而成功大。孔子庙者，乡大夫属民敷教之地，而民幸有礼可以略见先王之道，而乐又不备，由吏之为政不知本末与所先后也如此！汉阳府孔子庙祀，旧亦循用俗乐。河东谭君知府事，乃率其同寅，相与出俸金，作雅乐器。教授余时献以其事来请，宰臣是之，为遣一封传作之平江。数月而乐至，为琴、瑟、笙、笛、埙、篪各二，特钟、特磬、柷敔、鼗鼓各一，箫八，编钟、磬各十六，择诸生肄习之。八月丁丑，有事于学宫，人声在上，乐奏在下，翕如纯如，疾舒以度。礼仪既举，观者咸作而叹曰："礼乐之用大矣！若夫子监于四代，乐取韶舞。其治所先，在放郑声。钦若彝教，以迪民性。夫礼乐之存，有如饩羊。荐于明灵，永永是享！"于是，州之士相与乐谭君之政而喜民复见先王之乐也，咸愿刻石树之庙廷。余为之书，而使归刻焉。

新修大宁宫记[1]

华西神川原大宁宫者，华人以为古后土之祠也。宫故并岳祠[2]，宋真宗幸华山，赐今额[3]，以华山道士武元亨主之。其后，元亨以祠隘请于朝，改作之于神川之上。宫初甚侈大，至靖康时，兵毁[4]。里中人尝修复之[5]，然库隘不能如旧观[6]。金正大中，乃加增拓。下距于今二百有余年[7]，故屋皆坏，无能修葺之者[8]。里人张某欲以私力加缮治之[9]，未及为而殁。其子某乃追成先志[10]，以钱二万五千贯[11]，具材木瓴甓，会工艺，自门至寝，为屋若干楹，凡期月而成[12]。《左氏》曰：共工氏之子曰勾龙，能平水土，为后土之官，故祀以为后土。卢植诸儒从之，遂以为后土勾龙也。蔡邕则曰："勾龙，社神也，尧祠之[13]。稷之神，柱与弃也[14]。汉后土祠在国壬地，社稷之位在未地。"为王肃之说者又曰："社与稷皆土神，但生育之功异，故有二名耳。"《史记》：武帝初郊雍，太史、祠官言当祀后土，于方泽丘为五坛[15]，坛一黄犊太牢具。天子从之[16]。乃东立后土祠于汾阴脽[17]，上亲望拜之，如郊。则汉以下地祇有社，又有后土。后土之说纷纷莫能统一，以余考之，皆失也。郑司农曰："后土，社神也。"盖社以地言，后土以神言[18]，社之有后土，犹郊之有上帝也。曰帝、曰后，皆能宰之称[19]。天子之社神曰后土[20]，诸侯而下之社神亦曰后土者[21]，犹郊之神曰上帝，而五方主气者亦谓之帝，不以嫌也。五土之神吐生万物，而稷者五谷之长也，人非土不生[22]，非谷不养，是以先王尊而祀之。勾龙有功于水土，柱与弃有功于稼穑，故以配食其神。曰祀勾龙以为后土者，犹所谓帝喾而郊稷是也[23]。又《周礼》以血祭祭社稷五岳，其以血祭，则非人鬼[24]且其祀先五岳，则不得为勾龙亦明也。古之制，天子祭天地，诸侯祭山川，庶人祭五祀[25]。位有贵贱，故祀有大小[26]。而后土之祀[27]，自天子达于庶人，所以生者一也。王者为群姓立社曰大社[28]，自立社曰王社，诸侯为百姓立社曰国社，自立社曰侯社，大夫以下成群而社曰置社[29]。大社、国社，为民祈报也；王社、侯社，自为祈报也。大夫以下无民，人莫为立社，又不得自立社，故与民族居，百姓之上乃立社以祈报之[30]。今国都至于郡县皆有社，独置社已耳[31]。民春秋虽有社祭，然无坛壝[32]。主位、牲齐、仪章皆不应于礼，其事而生者益甚[33]，莫为之禁。夫不祀其所得祀，非义也。祀其所不得祀，非礼也。后土者，民之所得祀者也，今虽不能应于礼，能修而祀之，其贤于失礼而犯义者也。余之同年光禄主事虎理翰君家于华，义张氏之斯举也，而属记于余焉。

校记：

[1] 1934年刻本《续陕西通志稿》卷一六〇题为"重修后土祠记"。该本照拓本录入，文字与本书底本颇有出入。

[2] 华西神川原大宁宫者，华人以为古后土之祠也。宫故并岳祠：《续陕西通志稿》作"华西神川原后土庙故并岳祠"。

[3] 赐今额：《续陕西通志稿》作"赐额泰宁"。

[4] 至靖康时，兵毁：《续陕西通志稿》作"至靖康时毁"。

[5] 里中人尝修复之：《续陕西通志稿》作"华人中尝修复之"。

[6] 然庳隘不能如旧观："隘"，《续陕西通志稿》作"陋"。

[7] 下距于今二百有余年：《续陕西通志稿》作"距于今三百有余年"。

[8] 无能修葺之者："修"，《续陕西通志稿》作"兴"。

[9] 里人张某欲以私力加缮治之："某"，《续陕西通志稿》作"顺"。

[10] 其子某乃追成先志：《续陕西通志稿》作"其子贡礼资斌乃追成其先志"。

[11] 以钱二万五千贯：《续陕西通志稿》作"以钱五万贯"。

[12] 凡期月而成：《续陕西通志稿》作"北道复兴王祺建远门，凡一岁告成"。

[13] 尧祠之："祠"，《续陕西通志稿》作"封"。

[14] 柱与弃也：《续陕西通志稿》作"柱与弃是也"。

[15] 于方泽丘为五坛：《续陕西通志稿》作"于方泽圆丘为五坛"。

[16] 天子从之：《续陕西通志稿》作"帝从之"。

[17] 乃东立后土祠于汾阴脽："乃"，《续陕西通志稿》作"又"。

[18] 后土以神言：《续陕西通志稿》作"后以神言"。

[19] 皆能宰之称：《续陕西通志稿》作"皆主宰之称"。

[20] 天子之社神曰后土："神曰后土"，《续陕西通志稿》作"祇曰后土"。

[21] 诸侯而下之社神亦曰后土者：《续陕西通志稿》作"而五土之神亦曰
后土者"。

[22] 人非土不生：《续陕西通志稿》作"非土不生"。

[23] 帝：文渊阁《四库全书》本《青阳集》、《续陕西通志稿》均作
"禘"。

[24] 则非人鬼：《续陕西通志稿》作"则非人鬼可知"。

[25] 庶人：文渊阁《四库全书》本《青阳集》作"大夫"。

[26] 故祀有大小："祀"，《续陕西通志稿》作"祭"。

[27] 而后土之祀："祀"，《续陕西通志稿》作"祭"。

[28] 王者为群姓立社曰大社：《续陕西通志稿》在此句前有"记曰"二字。

[29] 大夫以下成群而社曰置社："而"，文渊阁《四库全书》本《青阳
集》作"立"。

[30] 百姓之上乃立社以祈报之："之"，《续陕西通志稿》作"以"。

[31] 独置社已耳："已"，文渊阁《四库全书》本《青阳集》、《续陕西通
志稿》均作"亡"。

[32] 然无坛墙："墙"，《续陕西通志稿》作"垆"。

[33] 其事而生者益甚：文渊阁《四库全书》本《青阳集》作"其踵事而
生者益甚"，《续陕西通志稿》作"其事所以生者盖甚略也"。《续陕
西通志稿》中，此句以下与底本差异较大，一并出校为"而先王之
制所不得祀者则一切祀之，而上亦莫为之禁。夫不祀其所得祀，废
礼者也，祀其所不得祀，犯义者也。今虽不应于礼，有能修而祀之，
其贤于世之废礼而犯义者矣。御史台都事张冲、同年光禄主事虎理
翰家于华，义张氏之斯举也，而请纪于余焉。至正十一年秋七月
纪"。

梯云庄记

晋地土厚而气深，田凡一岁三艺而三熟，少施以粪，力恒可以不竭。
引汾水而溉，岁可以无旱。其地之上者，亩可以食一人。民又勤生力业，
当耕之时，墟里无闲人[1]。野树禾，墙下树桑，庭有隙地，即以树菜茹麻

枭，无尺寸废者。故其民皆足于衣食，无甚贫乏，家皆安于田里，无外慕之好。间有豪杰欲出而仕，由他岐，皆可以得官爵，故其为俗特不尚儒。周行郡邑之间，环数百里，数百家之聚，无有一人儒衣冠者。独杨黄许氏以儒称于乡，三时力田，一时为学，褒衣博带，出入里巷之间。其族数十家化之，皆敦于礼。每岁时上冢，族人各具酒馔，群至墓下，推长者一人主祀，以次奠荐。既竣，长者坐，少者以序罗拜之，然后皆坐，相与行献酬之礼。子弟有为小不善者，则长者进而诮让之[2]，众皆进曰"长者言然，请改是。"乃已。至于再、至于三而终不能改也，则众相与摈绌之，不与同祭祀。如是者已三世矣。尝询其族人，许氏之祖有义甫君者攻词赋，有声于时，其弟怛甫君治经义[3]，通《周易》，号"松溪先生"，然皆隐不仕。怛甫之仲子克敬，始以教官历太常奉礼、翰林国史院编修官。而孙寅，字可宾，与余同登元统元年进士第，擢翰林国史院检阅官、中书掾、中书照磨，名声益显。杨黄之许遂为其乡著姓，郡守为表其邑中之居曰"梯云坊"。其后，河东金宪杨君士杰行郡至是，曰"杨黄者，可宾之所生长，其田庐丘墓皆在"。于是，又命有司易其庄为今名，以风厉其乡人，使知儒之为可贵也。夫儒之所以为可贵，以先王之道之所在也。是以古者少使居学，老使居塾，不如是者，不列于王官，不可以长民，故时不贵儒而儒贵。后世之用人不必尽出于儒者也，则民何由知其可贵而贵之？比年朝廷设科以待天下之士，民始稍稍知所趋向。独晋俗坚强，不轻而变。今贤使者殊其宅里，明其贵贱，示其好恶，其意岂为许氏计哉？昔常衮为福建观察，礼貌其士，俗以丕变。而况上有用儒之君，下有风厉之使，吾见晋之人，父诒其子[4]，兄训其弟，其必相谓曰："弗若许氏，不可以同祀。弗若可宾，不得以为秀民。"耒耜以业，诗书以语，民之彬彬将若邹鲁矣。然余尝闻之：民可以身化，难以利诱。可宾为人侃侃，笃于孝谊，有位于朝，行显贵矣，乃以亲老弃其官而养，人皆贤之。以贤者而化民，如草尚之以风也，其有不从者乎？故余为记其表闾之始，且以观其成焉。

校记：

[1] 墟里无闲人："墟"，文渊阁《四库全书》本《青阳集》作"虚"。

［2］则长者进而诮让之："诮"，原作"诸"，据文渊阁《四库全书》本
《青阳集》改。

［3］其弟怛甫君治经义：怛，文渊阁《四库全书》本《青阳集》作
"恒"。下同。

［4］父诒其子："诒"，文渊阁《四库全书》本《青阳集》作"韶"。

合肥修城记[1]

至正十一年，寇起淮南，自浙西、江东西、湖南北以及闽、蜀之地，
凡城所不完者皆陷。合肥之城久圮且夷，仓卒为木栅以守。栅成，贼大
至，民赖栅以完。其后金宪马君至，顾而曰"以栅完民，幸也，非所以
固。"乃白皇孙宣让王及其宪使高昌公，议修其城。遂发公私钱十万贯，
召富人之为千夫长、百夫长者佣小民，相故所圮夷尽筑之。富人得官发
钱，无甚费，咸喜助所不足。小民方饥，得佣钱，奔来执事，鼖鼓不设，
鞭朴不施，捧柴荷畚，麇至竞作。自十三年二月朔戒事，九月毕，城四千
七百有六尺，六门环为睥睨，设周庐，庐具饰器，门皆起楼橹，相盗所必
攻者甓之。计用木若干，甓四百四十八万，用人之力七十七万八千。城
成，而盗不至者今期月矣。余生长合肥，知其俗之美与夫所不从乱而可与
守者有三焉：其民质直而无贰心，其俗勤生而无外慕之好，其材强悍而无
孱弱可乘之气。当王师之取江南，所至诸郡望风降附，独合肥终始为其主
守，至国亡，乃出降。天下既定，南人争出仕，而少不达，则怨议其上而
不可止。吾合肥之民，布衣育秀者治诗书[2]，朴者服农贾，昏丧社饮，合
坐数百人无一显者，无愠怒不平之色。驱牛秉耒，鸡鸣而耕朝而息，日昃
而耕莫而息，不合耦而终十亩，负二石之米，日中趋百里而无德容。惟其
质直而无贰心，故盗不能欺；勤生而无外慕之好，故利不能诱；强悍而无
孱弱可乘之气，故兵不能誄。昔者木栅犹足以力战御寇而无肯失身于不义
者，今而得贤使君修其垣墉，救其疾苦，携持抚摩，以与民守之。而民之
与君，又歌舞爱戴，与君守如子弟之于父兄、手足之与头目然。自今至于
后日，是虽无盗[3]，有亦不足忧也。君前为庸田佥事，城姑苏。今宪淮
南，又城合肥。一人之身，而二郡之民赖之以有无穷之固，儒者之利不其

博哉？君名世德，字元臣，也里可温国人，由进士第，历官应举翰林文字、枢密都事、中书检校，庸田佥事为今官。与余前后为史氏，城又余之所志而未成者也，义为纪之。其敦事与凡供役之人，则载之碑阴。

校记：

[1] 合肥修城记："城"，原作"地"，据文渊阁《四库全书》本《青阳集》、清道光十年刻本《安徽通志》卷二三、清光绪十一年刻本《续修庐州府志》卷九改。

[2] 布衣育秀者治诗书：文渊阁《四库全书》本《青阳集》、《安徽通志》、《续修庐州府志》均作"布衣蔬食，秀者治诗书"。

[3] 是虽无盗："虽"，文渊阁《四库全书》本《青阳集》作"惟"。

大节堂记

皇帝御天下之十五年，念君德之不宣，民生之未遂，乃诏丞相更守令之法，著考课之令，历柬朝臣以为郡县，亲御便殿，赐之酒而喻遣之。于是，天下之吏人人奋厉，以治所谓六事者，以成功名、称上意。宗正郎中韩君建之守安庆也，独鲜所有事，其政清净而已。在官三年，颍、六之盗起，所在奇衺之民群起从之[1]，杀守令，据城邑。时天下久平，民生长不识兵革，而郡县无城郭，无兵备，卒然有变，吏往往盗未至先去而城陷。有不去者，盗去而民不与之守，城亦陷。明年十一月，盗入宿松，破太湖、潜山，吏多徙家江中为去计，君独无所徙，而治城隍、计军实，以示民必守不去。越明年春，盗入桐城，以桐人来攻城。君纵民出击之，盗败去。自二月至于九月，盗之来攻者十有一，大小百余战，皆败之。盗大忿，乃悉众而东，舳舻数百里，钲鼓之声动天地，王师败绩小孤山。十月癸卯，盗逐北至城下。城南郭久隳为民居，而联群舰为城。盗纵火舟烧联舰，舰溃，火入南门，烧民居，诸守将亦溃。民恐甚，走来视君。君方部署寮吏为战守如恒日，民乃无恐，且战且扑火。甲辰，盗傅西郭，战却之。明日，傅东郭，又战却之。相火所经，撤民屋材，夜栅之，旦具。甲寅，盗力攻，无所得利。诸溃者闻城完，且相率来援。盗望见之，乃夜引去。余来成郡，道闻城陷矣，比至，乃完。问故父老，皆曰"韩君完我"。君时亦去，则民无与为守；民无与为守，则城之完不完盖未可知矣。方朝廷更化时，吏皆黼藻其政，以角一日之能，君若无能然者。及临大变，其所能者乃若人之所未易能，君诚不可以小知也。予观于今，南方之国不频于盗，非其所力攻，有能守者矣，而频于盗者为难。频于盗，侥幸于一胜，有能守者矣，而屡胜者为难。民屡胜矣，至于败且危，于是不去，而上效死以保其下，下效死以卫其上，卒能因败为功，以危为安，如君之为者，盖千百之十一，此人之所难能也！曾子所谓临大节而不可夺者，君其人欤？郡所治属县六，西至于怀宁，又西至于潜山，又西至于太湖，武夫、义民列柴相望[2]，百战抗盗，赖君以为根本而无叛意，东至于池，又东至于姑孰，数郡之民赖君以为藩屏，而无死伤之祸。君之所完不既大矣哉？余抵郡十日，盗复大至。与君率众歼之，盗不至者今再期矣。十四年春三月，朝廷录十月功，特加君中奉大夫，秩从二品，幕官以下各升秩有差。余因名其厅事曰"大节之堂"，所以扬君之懿于无穷也。虽然，治之有乱，犹旦之有夜也。后之人坐其堂而思其人，思其人而惧其时，有不协于其行、不完于其民者，独不歉然于君者乎？余之名堂，又所以劝于无穷也。时与君守者：达鲁花赤西夏阿尔长普、照磨杨恒、录事司达鲁花赤莫伦赤、录事黄图伦台、录判爕理桀锡、权怀宁县达鲁花赤禹苏福、安庆万户府经历郝瑞、千户李思礼、邵永坚、王国英、许元炎[3]、贾伯英、也先帖木儿、立喦、咬住、洪保、张彬、路忠、金嗣元、葛延龄、百户庐显宗、邵文质、韦与权、齐世英、宗达、周文、谢茂、陈士达、杨买儿、朱杰、李玉、祝茂、夏兴侯、兴祖、吕重禄、朱臣孙、朱惠龙，弹压严继祖、伍予云[4]、张宏、晁关保，扬州弩军翼千户贾禧，百户王孙儿、别列怯不华，沿海翼百户毛伟。牵连书之，使与有闻于不朽。君字公懋，辽西人。

校记：

[1] 所在奇衮之民群起从之："衮"，文渊阁《四库全书》本《青阳集》、清嘉庆三十三年刻本《安庆府志》卷一六均作"衰"。

[2] 义民列柴相望："柴"，文渊阁《四库全书》本《青阳集》、《安庆府志》均作"砦"。

[3]　许元炎：炎，文渊阁《四库全书》本《青阳集》、《安庆府志》均作"琰"。

[4]　伍予云："予"，文渊阁《四库全书》本《青阳集》、《安庆府志》均作"子"。

宪使董公均役之记[1]　浙江东海右道廉访使

古者井天下之田以授民，民百亩，易者倍之，再易者再倍之，其养均也。则九壤，程九贡，市廛二十而一，近郊十一，远郊二十而三，甸稍县都皆十二，其取之又均也。小任以力，则上地家三人，中地二家五人，下地家二人；大任以兵，则比为五，闾为两，族为卒，鄙为旅，州为师，乡为军，其役之又均也。之二者，王政之大端也。大端具，而又为之刑政以防民情，为之学校以道民性，为之公卿大夫士以登民材，其制详，故不乱，其本深，故不拔，是以商周之世皆七八百年而后衰也。自经界废，于是田不在公而养不均矣。养不均，则土会民数皆不可知，而赋与役不均矣。养与赋与役之不均，虽周公为政，不可以言治也。浙东，古于越之地也，其地之微无甚贫甚富之家[2]，山谷之间有一亩居、十亩之田者[3]，祖孙相保，至累世不失。又其土瘠，故其小人勤身而劳力[4]，其君子尚朴俭而敦诗书，非若吴人之兼并武断，大家收谷岁至数百万斛，而小民皆无盖藏。此固易治之地，有贤师帅为之制而道利之，其亦可以庶几矣乎？然余尝行郡以观民风，其庶人之役于官者，往往闾左之民也，而富人则有田而不役，甚者或不以征。岁终，保正称贷而输之，至破产者无算。此其田虽近于均，而役则不均也。至正十年秋，藁城董公来长越宪，省民所疾苦，乃曰："井田者，吾虽不得而行，而役不可不均"。于是，择其部吏之精强者，委之以事。以衢州路经历王仲谦、西安县主簿张拜住治金华，青田县尹叶伯颜治武义，永嘉县丞林彬祖治永康，而兰溪州达鲁花赤怯烈夫、义乌县达鲁花赤亦怜真、浦江县达鲁花赤廉阿李八哈、东阳县丞蒋受益自治其邑，义乌县则复以衢州路录事范公琇为之辅，而总管陈伯颜不华总领之。先期一月，令民及浮图道士各以田自占，其或蔽匿及占不以实者没其田。令既浃，乃保以一正，属民履亩而书之，具其田形、疆畎、主名，甲乙比次以上官。官按故牒而加详核之，曰"鱼鳞册"，以会田。别为右契予民，使藏之，曰"乌由"，以主业。其征之所会曰"鼠尾册"，以诏役。弓兵、隶卒、铺兵为至劳，坊里正、主首次之，馆夫、步夫又次之。凡民田多者役其劳，少者役其逸，又其少而不足役者则出钱以助奇田，不助者则以待夫不虞之役。其一人而有数保之田者各役之，即卖其田，则买者承其役。凡一州六县之田二万六千四百二十四顷四十九亩，役者一万二千六百六十八名，故役而今复者四千三百名，所未役而今役者三千四百六十名，役而不复者休。而始役之册成，一留县，一藏府，一上宪司，于是野无幸民，公无逸征，强弱有伦，赋役有经，上下和洽，岁以有年。盖公之遇人有礼，故吏尽其力，其使民有义，故贫者戴其德而乐其复，富者服其公而忘其劳，以故为是大制，政不肃而成，民不扰而治也。传曰："天地养万物，圣人养贤，以及万民。"公之是举，兼礼与义，则诚贤者矣。继今之人毋替公政，或推其所未及，则越之民乐乐利利，其福岂可既哉？故于终事也，其下咸愿刻石以示不朽。以阙尝陪其末议而知其梗概，遂来属笔焉。至正辛卯十二月记[5]。

校记：

[1] 文渊阁《四库全书》本《青阳集》题作"宪使董公均役记"。

[2] 其地之微："微"，文渊阁《四库全书》本《青阳集》作"民"，明万历六年刻本《金华府志》卷二六作"燉"。

[3] 山谷之间有一亩居、十亩之田者：文渊阁《四库全书》本《青阳集》、《金华府志》均作"山谷之间有一亩之居十亩之田者"。

[4] 故其小人勤身而劳力："劳"，文渊阁《四库全书》本《青阳集》、《金华府志》均作"饬"。

[5] 至正辛卯十二月记：《金华府志》作"至正十一年岁次辛卯十二月记"。

钧州重修学记[1]

洛于天下为中土，而嵩山奠乎其间[2]，以当天下中和之气。嵩山之来，其东为箕山，其流为颍水，为钧州于其间，以当中州清淑之气。其山川之丽，民物之美，昔许由尝薄万乘之尊而惟乐乎是，其地之特胜于他州，可知矣。予尝过浚仪，思欲一至其地，登箕山，酌颍水，以观其民人与由栖隐往来之处，卒牵于事而不果。□□马君诚叔今为儒学正[3]，谒予合肥，道其州大夫修学之故[4]，且愿属笔以记其事。予备位史氏，凡山川、风俗、守吏、治教之悉固所欲闻，而钧又其平生之所欲游而不得者。盖予闻之：五方之土厚薄有不同，人生其间，因以为美恶之异，而王者之教亦随其人生以为势之难易也[5]。维州土厚而水深[6]，文王用之以成二南之化，如此其远。及其衰也，而强毅果敢之气犹足以相沫[7]。邦之民一变商辛之化，而桑间濮上之俗，至其后世，如此其敝，由风气之偏。故其民之浮靡，虽更历数圣，莫之能胜也。钧受天地之中气，其民之生宜无甚过不及之性，而易与为善。帝尧之教，所以劳来匡直之者，宽而使之栗，直而使之温，刚而欲其无虐，简而欲其无傲，要以约其情、正其性，使归之中正而已。以今中州之地、易与为善之民，而邦君大夫兴学以导之，其化之易易，犹转丸而下千仞之冈，操轻舟之泛大河而东也。异时，予苟得如予志以游于钧，入其学，观于诸生之循循然；交于其士大夫，观其文行之尔雅；游于其乡，见其民之孝弟忠信以亲其上、事其长，相与追道其贤父兄，未必不在于斯也。其学之功，则作灵星门、治西之府及其游息之亭[8]。其董学[9]，则吏目夷山张荣；劝劳其事，则阳翟县尹大梁杨泰、儒学正马立信；提调学校，则知州事李侯端友也[10]。

校记：

[1] 此文辑自明成化二十二年刻本《河南总志》卷一四。

[2] 而嵩山奠乎其间："山"，1939 年刻本《禹县志》作"少"。

[3] □□马君诚叔今为儒学正：1939 年刻本《禹县志》作"马君诚淑今为均儒学正"。

[4] 道其州大夫修学之故：1939 年刻本《禹县志》作"道其州县大夫修学校之政"。

[5] 而王者之教亦随其人生："人生"，1939 年刻本《禹县志》作"地"。

[6] 维州土厚而水深："维"，1939 年刻本《禹县志》作"雍"。

[7] 犹足以相沫："相沫"，1939 年刻本《禹县志》作"相死沫"。

[8] 治西之府：1939 年刻本《禹县志》作"东西二庑"。

[9] 其董学："学"，1939年刻本《禹县志》作"率"。

[10] 则知州事李侯端友也："友"，1939年刻本《禹县志》作"文"。

定远县重修通济桥记[1]

溪出韭山，并定远县北，流入于淮。邑之西门，斩木联杠以济行人，每春夏水潦，则荡析漂没无存焉。故岁或再葺，居者劳而行者病。凡经几人几岁，无有以为意者。主簿蒲君实来，□己俸，唯资民之工力以成。为梁五巷，树石以为柱，中施铁□，覆以石版，琢为栏楯。穹隆轇轕，上可以载大车，下可以通百斛舟。所用灰石人工，不可胜数。自元统二年十二月十五日戒事，至三年二月二十一日成。乃揭华表其东西端，题曰"通济之桥"。君赋有方，程有度，督役有期，故工固而敏，役虽大而民若不与知者然。是故邑之人以暨四方之来者，皆交颂君，曰可谓能。今年春，余过寿阳，见有为单父侯指路石者，以得君之为政。既来佐泗水，邑人具告君尝修三皇孔子庙，饰俎豆，创接官亭，凡公府衾褥帷帐一切所以奉公上者，无不治具，而通济桥乃其绩之征也。我国家稽古建官，典农以尹，治道以丞以簿，官有常职，事宜无不至矣。然为吏者率乐于从仕，而惮于尽职。诘旦，拥旌张盖，扬扬入曹司，引笔摘纸署其上，上者曰上，下者曰下，至午而休。他凡所以利民者，拔一毫而不为也。其统理千数百里，如古方伯诸侯之贵者，皆若是，而况佐邑之仕哉？甚者又饰虚功、执空文以调上，曰某事某事备如令。求诚能尽其职如蒲君者几人？夫位不贵于高而贵于治，位高而不治，虽锡圭儋爵危危然，此余之所深耻，亦必蒲君之所耻也。邑人既上君之治，行部使者又愿刻石以垂不泯，予故乐书之云耳。元统三年八月日，赐进士及第、承事郎、淮安路同知泗州事余阙撰。

校记：

[1] 此文辑自明成化间修，弘治元年刻本《中都志》卷七。

郡城隍庙记[1]

合肥之城，江淮之岩邑也。其神祠在淝水南，浮图祖桂至元中由明教台寺来奉祠，传其子惠渊。孙宗榕始作僧舍祠旁。榕之子可龙益募人钱，为殿堂门庑，继又得祠后废军廨及夏氏所施地，建别殿于其上。龙尝以役请于皇孙宣让王助之，有司与郡人亦皆来助。龙又克效劳苦[2]，至畚锸之事，皆自亲之。或不足，则称贷以从事。如此者凡十有余年，而后克成，而城之废久矣。元受天命，万国悉臣，山徼海域，咸奉供职，举千余年分裂之天下而一之，故海内之城皆圮不治。而淮南者尤负固而后降者也，故城之废为甚。特其神祠为民祀祷而存[3]。古之报祀，虽坊庸之微皆索而祭之。城隍者，保民之大，具其功，视坊庸甚远矣，其祀岂可以不严？祀之严，则先王保民之政尚亦有能议者乎？龙之为，视其徒，可谓近民者矣。郡人白玉、张世杰事神素谨，乃伐碑，饬阙请为之铭。其辞曰：

阻江扼淮，大邦维庐。夹城于肥，万人以居。天作潜阜，以殿其旅。神精攸属，灵保攸御。赫赫厥烛，卓卓厥序。绮寮珠树，呀如鳌呿。雕房玉除，下有芙蕖。冠裳珩琚，神容穆如。邦之大夫，童旄妇女。岁时来胥，其容栩栩。燔箫击鼓[4]，烝衎于下。粤神莅予，以及斯所。一者之季[5]，庐受其币[6]。临冲大橘[7]，亦莫我既。谁其为之，伊神之贻。楚人有户[8]，如杼之缕。燠寒风雨，岁以民裕。云谁之佑，神之赉汝。我相而疆，昔为金汤。山川回翔，神其不忘。修捍而域，神有旧劳。时享其逸，式居以敖。天子息民，燕及百神。神作民主[9]，天子万寿[10]。

校记：

[1] 此文辑自清光绪十一年刻本《续修庐州府志》卷一八。

[2] 龙又克效劳苦：清雍正八年刻本《合肥县志》本作“龙又克尽劳”。

[3] 特其神祠为民祀祷而存：清雍正八年刻本《合肥县志》本作“特其神祠因祷而存”。

[4] 燔箫击鼓：“燔”，清雍正八年刻本《合肥县志》本作“蟠”。

[5] 一者之季：“一”，清雍正八年刻本《合肥县志》本作“昔”。

[6] 庐受其币：“币”，清雍正八年刻本《合肥县志》本作“弊”。

[7] 临冲大橘：“大”，清雍正八年刻本《合肥县志》本作“小”。

[8] 楚人有户：“有”，清雍正八年刻本《合肥县志》本作“其”。

[9] 神作民主：“作”，清雍正八年刻本《合肥县志》本作“化”。

[10] 天子万寿："寿"，清雍正八年刻本《合肥县志》本作"年"。

染习寓语为苏友作

人若近贤良，喻如纸一张。以纸包兰麝，因香而得香。人若近邪友，喻如一枝柳。以柳穿鱼鳖，因臭而得臭。

结交警语

君子相亲，如兰将春。无夭色之媚目，有清香之袭人。小人相亲，如桃将春。有夭色之媚目，无幽香之袭人。

御书赞

今上皇帝潜邸广西时，书方谷字赐臣毛遇顺，谨赞曰：皇德渊靓，泊如大虚。海上浴日，惟书为娱。穆穆元云，垂若脂素。神马登河，惊鸾游雾。臣顺沾赐，今益造云。云汉在上，胡不宝焉？

赞晦庵

父前子后，大带长裾。人仰其名，家诵其书。盛哉若人，是谓用誉。

慈利州天门书院碑

皇上稽古明道，饬躬建极，孜孜于治者十有四年，慨然念生民之未遂、徽化之未洽，遂诏大臣严守令之选，更考绩之法，使之务农桑、兴学校，以其殿最而进退之。维时贯侯阿思兰海牙来监慈利，乃均赋疏讼，剔除奸强，期月之间，民志丕应。州有庙学，既敝且坏，侯与同知州事杨君雄伟、判官李君伯颜、焦君克忠劝其邑人万文绥悉修完之。天门书院者，国初时州民田公著作之山中，傍邻獠峒，职教罕至。橡栋摧腐，神用弗宁，租入单寡，士无以养，名存实废，靡所为教。于是山长张德明以请于侯，侯益大惧不任，以隳教本。民有田怀德诣侯言曰："昔吾父荣孙尝为州作三皇庙，乡邦称之。今仁侯幸导宣德意，惠教遐壤，愿输财力，迁而大之。"乃度地于澧水之阳、天门之麓，揆日程事，百工并作，期月而学成。宫庙闲敞，阶序整峻，讲肆厝爨具治弗遗，称其所谓诸侯泮宫者。民士怀道，鼓箧而至，敬业乐群，惟侯之教。侯复为之据经引史，开析疑义，欣欣颙颙，有如邹鲁。邑人杨侯舟、张侯兑皆以髦俊登名天府，有政有文，侯又尊而礼之，以表民厉俗。其于教思亦云勤矣，然不自以为功，使使来鄂，愿有纪述，曰"俾吾民获闻道德仁义之言，君之赐也。昔我祖宗已笃于教，武宗、仁宗益大用劝。至于皇上，同符往哲，法宫之中，万几之暇，惟先王简册，卧起与俱。以古之治，德礼是首，乃著吏课，俾民兴学，荒遽所任，非贤不使，故尔民得贤侯以治以教，俾尔游乎诗书之渊，而息乎礼义之圃。其小人服礼以事其上，其君子力学以待用，则上之德与民之幸，其视于古，岂不侈且大哉！宜有铭诗，以昭化志功，章于无穷。"前侯野仙海牙，君之昆季，世系、勋阀具见州学之碑。铭曰：

帝笃保惠，惟守惟比。询于台衡，命以六事。贯侯振振，慈利是监。去其螟蟊，使民耕蚕。既纲既纪，于学有事。民谁子来，惟此田氏。惟此田氏，赀长厥里[1]。相侯有作，丕应厥志。厥初元圣，越处在阿。乐是侯兴，式迁于嘉。嵩梁有佳，井络所委。凌黔轹溆，为望于澧。山有松柏，是斫是削。是髹是艧，为栋为桷。陟其在筵，龙章朱延。临尔炳然，降观于宇。秋秋有序，作配在下。笙磬枧敔，牲齐维旅。侯入即事，其仪伊诩。坎坎击鼓，有士如雨。侯陈其书，以教以语。以酬以酢，以论以报。执爵与酱，以事老父。理融于中，和畅于肤。有顽弗即，亦来在隅。有简有秩，惟帝训敕。惠于天常，于帝之极。昔弗课吏，祇事以文。令著孔严，民章聿兴。楚公之孙，兄弟先后。克广帝心，道民于厚。天门之嗟[2]，新庙有仪。侈兹侯功，俾民遂歌。

校记：

[1] 赀长厥里："赀"，原作"訾"，据文渊阁《四库全书》本《青阳集》改。

[2] 天门之嗟："嗟"，文渊阁《四库全书》本《青阳集》作"嵯"。

安庆城隍显忠灵祐王碑 至正十六年四月[1]

城隍祠古不经见，自唐以来始稍稍见之。今自天子都邑，下逮郡县，至于山夷海峤、荒墟左里之内，无不有祠。然以余观之，民之事神与夫神之著灵于民，鲜有闻如舒者也。舒，故楚壤也，其俗巫鬼，今乃他无所祠祀，独于城隍，出必祈，反必报，水旱疾疫必祷，一岁之中，奉瞀萧、膏镫、幡幢于廷者无虚日。五月之望，里俗相传以神生之日也，民无贫富、男女、旄倪，空巷间，出乐神，吹箫伐鼓，张百戏游像舆于国中，如是者尽三日而后止，其祠视他郡为特盛。至正中，颖、六之盗起，江淮以南郡县陷没者十七八。及盗之平，所在为墟。舒特比盗竟，大小格斗前后百余，民率咨神而后行。卜朝以战则朝而捷，卜夕以战则夕而捷，群盗未尝一日得志而去者，故其城郭庐屋视他郡为特完。民不忘神德，相率出泉以新其庙。又请于朝，乞崇其号，以大报之。中书下其事，太常博士议升神于王，号"显忠灵祐"。十四年夏四月，报下。帅守及民以少牢祀神于前殿，而扬言于众曰："夫舒，大岳之裔也，非南方诸国之所能拟，其神之著灵固宜。且吾舒人亲上死长，既义而忠，神之降休亦其宜也"。乃为铭诗，刻之庙门，以荐道神休民德于无穷。其辞曰：

　　岩岩大岳，时维皖潜。临此大邦，为望于南。神宫于铄，追房绮阁。玉几在中，衮衣朱舄。其灵有皇，其声有那。使人斋明，奔走是宜。彼昏不臧，盗兵以狂。蜂屯于疆，其旆央央。我民秉义，弗随御之。殷轮鼓之，裹创斧之。其衷伊奭，赫若皎日。神之正直，宜福之锡。天人之缔，具曰旭卉。明者视之，端若观火。天因者人，人成者大。相彼草木，其固可言。此有荣木，蕃彼雨露。彼有颠由，自无承者。凡今乱邦，孰无神依？民失厥道，胡能有右？桓桓舒人，为君为国。先民有言，自求多福。其充厥行，孝父长兄。弗祈于神，丕乃降祥。而自不义，不率不迪。来瞻于宫，神吐不食。古师之克，执律以报。今我小康，敢忘厥祐？岩岩奉常，秩号有光。牲币版章，升真于王。礼行既具，乐奏既卒。工祝致告，徂赉无极。其自于今，无害有年。民乐断断，烝衍于神。

校记：

[1] 此文写作时间据明嘉靖三十三年刻本《安庆府志》卷一六、1916年石印本《安庆府志》卷二六标出。

化城寺碑

小河出霍，东流至六，北转南折，以入于浍。河曲有洲二，参互衍迤，带之以清流，被之以嘉木，齐头诸峰离列其前，森蔚峭丽，如屏如戟，可指而数。禅师洪聪泰定初自邢开元寺游淮，过而乐之。州民阚民[1]为买其地，乃筑室前洲居焉。学佛者闻其行，多往从之。室隘不能容，六人乃委货利，输材木，筑广其居。久而从之者益众，而人之为筑者益大。前有门，中有殿，左右有序。为穹屋殿后以庋佛，为堂序西以栖僧。钟鱼铃磬，凡浮图之器皆具。堤其傍联络二洲，汇水其中以溉田。为圃以蔬，为场以树，杂植梨、栗、枣、柿、榕、竹之属数千本。春土膏贲[2]，则率其从及优婆塞负耒出耕[3]，而躬为耨，众亦勤田力作，力齐而粪多，凡食百余人，而稻麦麻菽果茹不取于人而常裕。务闲即合其众，讲其师之说，因号其寺为"化城"。皇孙宣让王雅敬佛乘，与为外护，六人之事佛者亦无不礼焉。余闻聪尝历事江南名僧，其才干敏，其行敦朴而勤苦，其言辩博，善于诱人。平生未尝蓄一钱，有所得，悉以俾其弟子，使治其居，故人慕而爱之，而就此易也。然余闻之：古农工商士皆用世之人也，浮图后出，其道以出世为说，而须世以生，故言道者病焉。聪学出世之道而不须于世，故君子取之。禅师松江人，姓陆氏，初事法忍海翁师，后受具于开元明公。铭曰：

洋洋清川，蔼蔼兰渚。名标化城，斯实宝所。芝庌藤井，丹槛琼户。翠岭承窗，瑶溪寰宇。宝树朝荫，水华晚妍。未瞻灵鹫，已肃祇园。朱鸟殷宵，仓庚司序。夫须以耕，闲闲于野。阳乌敛曜，清钟戒夕。诜诜学徒，栖禅于室。练心净域，结轨元涂。渡河析兽，抽衣启珠[4]。内无佚己，外弗求物。以学以耕，其谁之疾？王侯归依，四姓效绩[5]。斫辞贞珉，永告无斁。

校记：

[1] 州民阚民为买其地：此句第二个"民"，文渊阁《四库全书》本《青阳集》作"氏"。

[2] 春土膏贲："贲"，文渊阁《四库全书》本《青阳集》作"动"。

［3］则率其从："从"，文渊阁《四库全书》本《青阳集》作"徒"。

［4］抽衣启珠："抽"，文渊阁《四库全书》本《青阳集》作"袖"。

［5］四姓效绩："姓"，文渊阁《四库全书》本《青阳集》作"性"。

济美堂铭

观夫封建之命，攸贵象贤；考室之诗，奥蕲朱芾。盖人以人而竞[1]，家以材而兴。情之所愿，孰大于此？济美堂者，丞相贺公所居之正寝也。自公之先，奕世载德，忠贞以茂功而基业，惠愍以厚泽而亢宗。名冠庶僚，勋配名族。故能保其富贵，世守兹堂。萧何之第，不为势家所夺；晏婴之庐，当守先人之旧。念兹多惧，思贻无穷。故取文子之言以为匾表，所以昭先烈、示后昆，庶几持盈之戒不忘于侑坐，良相之业可续于箕裘。某忝登公之堂，知公所以命名之意，谨为铭曰：

皇庆有极，析木之津。孰为林匹，作我世臣。烈烈贺氏，祖孙承德。肃肃崇构，奠兹王国。厥兹有室，爰考斯堂。俭不至固，质乃逾章。前檐翠观，后丽元武。荣并栖鸾，制惟旋马。疏承但岭[2]，阃镜瑶泉。斋斋文井，黼黼尘筵。惟公先王[3]，克济厥美。其美维何，黄中通理。忠贞底法，相我世皇。启兹陪辅，为时廪梁。惠愍肯构，树立有茂。惠农商工，泽深仁厚。两公之懿，后先相望。故居不斥，疏爵弥光。礼贤于馆，丽族于室。庙宁圈贞，庭具钟食。出有旌棨，入有图书。龙光载锡，戚里通车。□□□□，德及累世。至于今公，奋庸于位。开诚布公，登选俊良。挈彼宇寰，隮于平康。天子是君[4]，民命是赖。敦功盘石[5]，垂裔河带。小心寅畏，念兹厥初。欲其曾玄，眠此渠渠。百尺之木，其本必倍。混混源泉，其流无既。惟忠惟孝，为本为源。勉师元凯，相我皇轩。

校记：

［1］盖人以人而竞："人"，文渊阁《四库全书》本《青阳集》作"国"。

［2］疏承但岭："但"，文渊阁《四库全书》本《青阳集》作"仙"。

［3］惟公先王："王"，文渊阁《四库全书》本《青阳集》作"世"。

［4］天子是君："君"，文渊阁《四库全书》本《青阳集》作"若"。

[5] 敦功盤石："盤"，文渊阁《四库全书》本《青阳集》作"磐"。

青阳县尹袁君功铭并序

红军起颍、六，纵掠江淮之南。南方之地，雄都巨镇，诸侯王之所封，藩臣臬司之所治，高城浚隍，长戟强弩之所守，环辄碎之，鲜有固其国者。青阳，小邑也，非有山溪之险、兵甲之利、貔貅熊虎之众以为之固也。昔者行戍过之，其邑屋无所毁败，其民安生乐事，无桴鼓之惊。其馆人具酒肉刍粟迎劳使者，无丧乱穷苦之态，如治平时。问其所以全，则皆其尹袁君之功也。君初游太学，举茂才，五转而尹兹邑。为人端敏精强，重知人情、里俗与其所疾苦，而其心一以爱人为主本[1]。民有斗讼[2]，从容召逮，不数言，折之庭中，未尝有留狱也。邑有积患，吏之所不为理者，悉薅栉治，一切与之道利之。冗吏、悍卒不敢入县门以干其公，大家、武人不敢肆虐其乡与其过人。其治既已张矣，乃以其暇日作伏羲、神农、黄帝祠祀之，俾民知所本始。吉月望日，衣深衣、角巾，拜谒孔子庙。退，坐讲席，横经析义，进民观听其左，以习知立身行己之大端。于是上下相率，惟君言之为听。张弛禁止，无抑其教者。其治如此，故民德之而无畔心。及盗入番，君即委家野处，令民为保伍，自守其地，而身往来督视之。相民之良者，收其豪以为己用。其无良而起应者，诛磔无遗。有盗至，率民逆战，如武夫健将然。其勇如此，故民恃之而有竞心，卒能外捍凭陵、内固根本，至于今日休也。余出入乱中，以观南方之民，或盗至而乱，或未至而迎降，撞搪谲怪，有如鬼蜮，岂独异于人哉？由吏政不足以得民心，勇不足以振民气，民兴而善者亦莫之能守也。使夫天下之吏皆得如君者用之，则亦何至如今者之事哉？不幸有之，则亦易治，不至若是极也。今乱而甫定也，湖湘之间，千里为虚。驿驰十余日，荆棘没人，漫不见行迹[3]。青阳之民于是益以君为有德于我也，平居称谓，皆曰"我君"，而不忍名字君。邑之故老与其学士愿铭贞石，荐君功德，垂于无穷，而使儒生程孔昭请辞于余。余故史氏也，于志义无所让，乃为之铭。君名俊，字孟敏，富州人也。辞曰：

元受天命，并臣万邦。如山如泽，或生蛇龙。冯淮逾江，残吴啮楚。

信啸厚凶[4]，邑无完者。徂兹青阳，番人所毗。君治有政，民乱无阶。乱民来既，俾民为伍。君先以勇，众缵厥武。民以为城，治以为兵。大邦攸畏，小邦攸怃。相彼乱邦，衰骨如麻。尔父尔子，耕稼啸歌。乱之所定，棘生有辟。尔室尔家，究为安宅。君功在时，民乱弗知。既克底靖，功为君归。载其肥牷，及其旨酒。祝君无归，亦戒难老。念之谓之，易由界之。至于孙子，怀允无止。南山之华，其美如英。媲于君功，民说无疆。

校记：

[1] 而其心一以爱人为主本：文渊阁《四库全书》本《青阳集》作"而其心一以爱人为本"。

[2] 民有斗讼：文渊阁《四库全书》本《青阳集》作"至民有嗣讼"。

[3] 漫不见行迹："迹"，文渊阁《四库全书》本《青阳集》作"踪"。

[4] 信啸厚凶："信"，文渊阁《四库全书》本《青阳集》作"狺"。

勉学斋铭 为汪民作[1]

飞黄之疾，一日千里。驽马弗辍，十驾可至。圣源于学，不以其才。或利而勉，殊途同归。人十己千，人一己百。孰云余愚，而圣可作。行百里者，其半九十。十里弗勉，不入于室。尔祖好修，厥有令名。勉兹学者，聿观其成。

校记：

[1] 为汪民作：文渊阁《四库全书》本《青阳集》作"为汪泽民作"。

镏府君墓铭

元至元戊寅八月十六日，鄱镏君殁。既葬，而天下兵乱，不克立竭墓左。今海宇晏夷，冢子昺始刻铭以昭厥志。君讳斗凤，字友梧，母李梦凤翥北斗间而生，故名。君疏髯伟度，倜傥负奇气。尝攻举子业，屡试不利。监郡马公某举茂材，部使者王公都中贤之，复交荐，授集庆句容校官。既而慨然曰："大丈夫坐庙堂，佐天子，出号令，以保乂庶民。不然仗节出万里外，气慑夷狄耳[1]。奈何栖栖服章逢乡井耶?"遂绝江渡淮，溯河济，过齐鲁之邦，遨游燕赵间，周回秦汉故都。南还吴楚，登高酌酒，吊古豪杰遗迹，发为歌诗，皆磊落魁奇。当时，虞文靖公集、揭文安公傒斯、礼部郎中吴公师道咸交君，爱其材雄赡，争言于中书，擢应奉翰林文字，未上而卒，年三十二。以卒之年十月十五日，葬鄮义城东潘超之源[2]。遗诗文若干卷，毁于兵。父讳环岫，字杰夫，两浙盐运提举。大父安朝，宋国子生。君家世簪缨，光奕史牒。宋赠检讨、太尉、中书令、左仆射、封颍川王浩，八世祖也。君克继诗书，有志弗获显庸，惜哉！配朱，生曷、昱、燮三男子。昱、燮亦夭。曷复业儒，文声动缙绅间。铭曰：猗凤鸟，昧灵兆。寿曷少，气则浩。跰而老，颜而夭，匪天道兮！

校记：

[1] 气慑夷狄耳："夷狄"，文渊阁《四库全书》本《青阳集》作"强敌"。

[2] 葬鄮义城东潘超之源："源"，文渊阁《四库全书》本《青阳集》作"原"。

葛征君墓表

君讳闻孙，字景先，姓葛氏，累世皆隐合肥巢湖之上。有少田，力耕以为学。至君祖嗣武，始补太学生，迁桐城县主簿。宋亡，遂归隐。淮安忠武王录宋官，授龙泉县丞[1]，辞不受，而自放于诗酒以终。父天民[2]，亦隐德弗耀。君生十九年而孤，能自策厉为学。天性警敏，日诵数千言，辄终身不忘。居家孝友，待朋友有信义。每旦，冠衣诣母束夫人问起居，躬视食饮。惟夫人色所欲。即趋为之。凡物夫人未食，即弗御也。亲旧知其然，每食亲，以先以馈君，使奉夫人。当以贫出为顿文学，既而曰"此非养志之道也。"寻不复仕。其后宰相荐君文行可用，擢翰林国史院编修官，复辞，不赴召，而教授于其家。诸生不远齐楚之路，皆来从之。余尝谒君湖上，升堂拜束夫人，君侍侧，须鬓皓然，进几捧觞，进退旋辟惟谨，为好言温藉之。束夫人年八十余，耳目聪明，泄泄然乐也。食下，始出坐馆中，为诸生谈先王之道。诸生环列修整，皆若有得焉者。间以亲故入城中，城中人无少长争候迎谒，以不至其家为耻。君与人言，无贤不肖，率依于忠孝。其语切直[3]，初若不可亲，及徐就之，乃甚有味，久而不厌也。里中有斗讼，官府所不能折者，君以一言决之，其见重于乡如此。以故乡大夫有大政与大狱，多以询君，君亦通练诚恳，问无不言。诸大夫阴用之，乡人多蒙其利，此余之所知而乡人未尽知也。至正五年，母夫人以寿终于家。予往吊之，君衰绖羸然，众以为君若不胜丧如此。是年冬，余还京师，而君遂以死矣。呜呼！圣人之道犹天然，而一本于卑近，精粗本末无二致也。而世或骛于高虚，若德合一官、行庇一乡者，往往薄之，以为不足为。君平生不事大言高论，而行事皆圣贤之实用，其用以教人亦必以此。虽不肯出仕以尽其所学，而其学之可用，盖不待出而后见也。其文章平实，称其为人。有文集若干卷，藏于家。配倪氏，子男一人桢，黄冈县学教谕。女六人，皆适士族。君之殁，以至正五年九月癸巳，其葬在十二月癸酉，年六十一。明年，其友余阙表其墓曰："昔予登第，还里中，里中长老言：'朝廷召君时，合肥之学甘露降于松。'明年，又降于柏。占者曰：'国家养老之祥也。'君得于人者如此，而得于天者又如彼，非笃于孝友、积诚而不已，其能然乎？乡之人士，过君墓者式之！"

校记：

[1] 授龙泉县丞："授"，据文渊阁《四库全书》本《青阳集》补。

[2] 父天民："父"，原作"文"文渊阁《四库全书》本《青阳集》改。

[3] 其语切直："直"，文渊阁《四库全书》本《青阳集》作"至"。

张同知墓表

澧之慈利有隐者曰张君，积学厉操，居州之雍沙乡，雍沙之人称之，以为能孝。君丧父时，年始十四，即养母而能敬。生事大小，自尽身力，一不以属母，而务有以乐其心。母素多病，君自侍侧，具汤液食饮，行坐卧起，必自扶掖之，而未尝去左右，如此者殆三十年。间适市，心动，亟归视母。火发帷，家人无在者，母病卧，且惊不能起。君冒烟焰，褫帏灭之。微君，母几不能免。母病甚，尝割股肉以疗之。夜即焚香吁天，愿以己年益母寿。母殁，哀戚甚。躬负土为墓，不以委僮奴，人是以谓之孝也，良重信之。有争讼者，不诣公府，而诣君取直。其里之麀鹿泉者，乡人素赖以溉田。延祐丙辰夏大旱，泉竭。众相與祠其上，丧豚败鼓，卒不能出泉。乃率以走君，曰“泉闭，禾且槁[1]，民不知死所矣。泉其或者听孝子乎？”君为沐浴而往，再拜，为民请，泉出如线。众欢曰：“泉至矣！”君乃又再拜，泉沛然如初，所溉方数十里之地。是年独得岁，人益翕然谓君诚孝子也。君性介直不阿，乡里敬之。有挠曲为欺者，见君，面辄发赤。其事寡姊有恩义，经纪其家事，如其家。凡细行类此，多可书者，不书，大其孝也。君通《尚书》，以授其子兑。兑亦博学，有文章，元统元年贡于礼部，中高等，授同知茶陵州事。君以子贵封承事郎英德州同知，声光显融，享有禄养，凡七年，以寿终于家。自君之没，兑之治民日有政誉，转尹当涂。公廉劲毅，以治行称，征为翰林国史院编修官。君子曰：“天與善人。孝者，善之纪也。故孝者必有子。”今于君征之，尤信。君讳杏孙，字子春，以至元己卯十一月二十一日卒，年五十有四，以某年某月葬州之怀德乡永乐村青山谷。张氏世为蜀之安岳人。曾祖文震，宋吴潜榜进士，官至知江安县。祖圆，避乱，始迁澧。自圆而下，皆世治儒术，然无显者。显乃自君始，是可表也。

校记：

[1] 禾且槁：“槁”原作“稿”，据文渊阁《四库全书》本《青阳集》改。

两伍张氏阡表

张氏本鄱阳人，其先世有讳岂者徙家淮南之两伍村，子孙繁富，皆有美田在湖上，无贫者。君之祖子可，始为儒教子。君父谅裔，日诵书，不问其家生业。见异书，无钱，质衣买之。故君家在诸张中独贫，而教子益不怠。君讳拱辰，字景星，少以儒荐为兴化县教谕、崇明州学录、泰州学正，云南柏兴府、建康路两学教授。改将仕郎，主安丰霍丘县簿而卒。弟竑，字景山，亦由天长、泰兴教谕、扬州学正、真州教授，以将仕郎、滁州判官致仕。初，张氏虽盛，然皆农家，无闻人。自君父以耆学著称乡校，逮君兄弟登仕版，有闻誉，故两伍张氏遂称江淮间。君为人宽厚，不嗜利，居贫晏如，不以动心。竑性刚介[1]，好贤而疾恶。此两人者，所操虽异，而士大夫与之交者一爱敬之。君兄弟仕时，其父已死矣，君每与人言其先世，必呜咽流涕，曰："吾先人以儒者望吾兄弟，吾兄弟今皆读书为儒官，虽贫，亦何憾哉？"余往吏淮南，闻君伯仲之名甚习。会君之孙天永，遂得其先世之概如此，重为慨息。盖淮俗之数易矣！宋之季时，其地专用武，故民多尚勇力而事格斗，有号为进士登科第者，往往皆武学也。混一以来，其俗益降，民之贤者始安于农晦，其下则纷趋于末，以争夫鱼盐之利，其积而至大富者，舆马之华、宫庐之侈，封君莫之过也。故其俗益薄儒，以为不足以利己。朝廷设科以诱之，今三十年，民亦少出应诏。君父子自拔于众人之中，倾家以为学，可不谓之豪杰之士哉？天永自树崭然，弱冠属文敦义，异时非能振其宗乎？诗书之教，能淑人心，学之至，可以为圣贤，其次不失为善人，其绪余亦可以得禄以振耀其宗族。夫孰知不足以利己者，为其家之大利与？君之于乡，可表以厉俗矣。君兄弟殁，两伍之墓隘，不能葬，乃改卜倪村葬焉。君配陈氏，子二人：祯，桃源县教谕。孙男三人：天序、天庭、天庸。竑娶李氏，子一人：爕，将仕佐郎、扬州教授。孙男三人：长天永，次天奇、天亨。至正六年二月述。

校记：

[1] 竑性刚介："介"，文渊阁《四库全书》本《青阳集》作"直"。

潜岳祷雨文

具官余阙谨告于南岳潜山之神曰：凡列于天地之间者，吏食君禄以治其争讼，神享君祀以御其灾患，无非事者也。自盗之兴，同安之民农失其耕，工失其业，商失其资，吾吏日夜孜孜以图利之，安集之，以思报君食。然自去岁以来，田苗屡旱，雨泽不时，百姓饥死，此则非吏之所能为而神之责也。夫所谓神者，以其聪明正直而能福善祸淫者也。昔者凶盗燔尔宫庙，既尔粲盛，而吾民纾忠迪义以殄灭之，而神乃祸民而弗祸盗，所谓福善祸淫者安在？吏或不职，以干天和，神乃降灾于民而弗降灾于吏，所谓聪明正直者安在？夫群神虽举，各有攸职，能兴云致雨者，惟山川之神耳。尔神受命作岳，司命之寄在东、北、西三神之上，又吾同安封内之神也，水旱之责不于汝而奚归？今白露将近，虽雨无及，兹与神期三日大雨，田禾熟成，将率吾民修尔宫庙，奉尔祭祀，不然，将与民图变置，汝其无悔！

西海祝文

维兑为泽，奠位宅西。翕输阴汇，荡泊金天。我有骏命，肇域兹瀿。祀事惟常，于皇无替。

后土祝文

媪灵旁魄，合德于天。食于汾脽，为古方泽。有严母事，殷荐斋明。蕲我函生[1]，永沐光化。

校记：

[1] 蕲我函生："函"，文渊阁《四库全书》本《青阳集》作"涵"。

西岳祝文

节彼灵岳，荒于华阳。二仪钟秀，三条分方。兴雨祈祈，嘉祉耿耿。以报以霍，神休惟永。

河渎祝文

水伯之德，称自前古。肆予宁神，罔有弗至。粹庙伊嘉[1]，况载荐酱。闵兹凛人[2]，以翕暴横。

校记：

[1] 粹庙伊嘉："粹"，文渊阁《四库全书》本《青阳集》作"萃"。

[2] 闵兹凛人："凛"，文渊阁《四库全书》本《青阳集》作"瘰"。

江渎祝文

水德之灵，神实位长。鸿纪六州，泽施三壤。秔稑允殖，飞潜资养。我报以祀，神哉昭享。

中镇祝文

岩岩大岳，为望于冀。宣德稟神，作镇中土。唯中是建，四方之极。神佑我民，列岳所视。

西镇祝文

天作高山，典司云雨。作福于下，秩配君公。有严崇镇，奠我岐下。惠于西土，民人所荐。

湖广省正旦贺表

二仪启历，申逢首祚之期；四海登图，诞际朝元之会。普天均庆，庶物皆春。（中贺）运抚休嘉，功深对育。与民同始，须解网之宽条；属吏在延，布画衣之新宪。光辉缛典，益固皇基。臣等猥以凡庸，叨陪亮采。身江湖而心魏阙，遥陈晋锡之词；内君子而外小人，愿介泰来之祉。

正旦贺笺

伏以青阳焕景，丕陈元会之仪，彤史表年，申告履端之庆。和熏率土，喜洽岩宸。合德无疆，徽音有馥。六宫进御，人涵樛木之恩；九庙烝尝，时谨采蘩之事。茂临苍律，益介鸿禧。臣等远任旬宣，阻趋朝觐。椒盘献颂，仰瞻玄武之光；桂殿迎春，早应高禖之瑞。

圣节贺表

伏以华渚效祥，光临首夏；大廷行庆，忻对上仪。凡四表之尊亲，同一心而舞蹈。□功超振古，仁洽含生。竭智附贤，特重铨衡之选；轻徭薄赋，屡颁纶綍之恩。德与气游，寿宜川至。臣等旬宣江汉，之望蓬莱[1]。承露思囊，遥献无疆之颂；齐天宝命，愿符有道之长。

校记:

[1] 之望蓬莱:"之",文渊阁《四库全书》本《青阳集》作"瞻"。

22. 泰不华

泰不华(1304~1352),字兼善,伯牙吾台氏。初名达普化,文宗为赐今名,世居白野山,其父塔不台始家台州。至治改元,赐右榜进士第一,授集贤修撰,累转监察御史。顺帝初,兴修宋、辽、金三史,擢礼部尚书。至正八年,方国珍兵起江浙,行省参政朵儿只班被执,上招降状,诏泰不华察实以闻。具上招捕之策,不报。十一年,迁浙东道宣慰使都元帅,与左丞孛罗帖木儿夹攻国珍。孛罗先期至,为所执,寻遣大司农达识帖睦迩招之,国珍伪降。泰不华请攻之,不听。改台州路达鲁花赤,十二年三月,国珍袭之澄江,九战死之。年四十九,赠行省平章政事、魏国公,谥"忠介"。立庙台州,赐额"崇节"。兼善好读书,以文章名。善篆隶,温润遒劲,盛称于时。自往望风奔溃败衄,遁逃之不暇。而挺然抗节,秉志不回,乃出于一二科目之士,如达兼善、余廷心者,其死事为最烈,然后知爵禄豢养之恩,不如礼义渐摩之泽也。故论诗至元季诸臣,以兼善为首,廷心次之,亦足见二人之不负科名矣。

生平事迹在元代陶宗仪《南村辍耕录》,元代王士点、商企翁同撰《秘书监志》,明代宋濂《元史》卷一四三,明代冯从吾《元儒考略》卷四,明代黄宗羲《宋元学案》卷八十二,清代顾嗣立、席世臣编《元诗选·初集》,李修生主编《全元文》中有载。

散文见于明代赵琦美《赵氏铁网珊瑚》卷一三著录之《题睢阳五老图卷》;明代程敏政编撰《新安文献志》卷一○○上《书李孝光汉洛阳令方圣公储传后》;清代张照等编《石渠宝笈》卷二九之《题宋韩琦尺牍》;清代倪涛等撰《六艺之一录》卷四四之《题宋范文正公书伯夷颂》、卷四五之《题范文正公与师鲁二帖》。

尚有散见于杂著、金石、方志的表、记,元代王士点、商企翁同撰的《秘书监志》卷八录其《正旦贺表》;北京师范大学古籍所主持编纂的

《全元文》卷一五九一录《台州金石录》卷一二之《重建灵溥庙记》、康熙《上虞县志》卷五之《上虞县学明伦堂记》；康熙《绍兴府志》卷一三之《祷雨歌》。李修生主编的《全元文》，收其文《祷雨歌序》、《题范文正公书伯夷颂卷后》《题范文正公与尹师鲁二札卷后》《书李孝光汉洛阳令方圣公储传后》《重建灵溥庙记》《明伦堂记略》，共计6篇。辑录于《元史》《大元圣政国朝典章》《元朝典故编年考》《永乐大典》等。

此次文的点校，《祷雨歌序》以清康熙十二年《绍兴府志》为底本，《题范文正公书伯夷颂卷后》《题范文正公与尹师鲁二札卷后》以民国九年武进李氏铅印《大观录》为底本，《书李孝光汉洛阳令方圣公储传后》以《文渊阁四库全书》本《新安文献志》为底本，《赤颊潭灵溥庙记》以民国五年嘉业堂刊本《台州金石录》为底本，《明伦堂记略》以清康熙十年《上虞县志》为底本，文共计6篇。

祷雨歌序[1]

至正三年，余守越。夏六月，不雨。率僚遍祷群望，又不雨。河流且竭，岁将不登，心甚忧之。父老或进曰："郡有杨道士者，能以其术致云雨，盍请试之？"余信道不笃，又以百姓故，遂设坛长春宫，礼致道士如父老言。既而天果雨，获免于饥。因作歌以纪其实，复以报道士。

校记：

[1] 此文辑自清康熙十二年《绍兴府志》卷一三。

题范文正公书伯夷颂卷后[1]

魏国文正范公在宋朝为名臣，称首当时，论者或直以为圣人，或方之以夔、卨，是岂泛然而为之言哉？观魏公出处，始终大节，一合乎道，其丰功盛德，焕乎简册，若日星之不可掩、山岳之不可齐，与天地相为悠久，其穷理尽性以至于命者欤？今观魏国所书《伯夷颂》，笔法森严，真可与《黄庭》《乐毅》等书相颉颃。是则魏公非特于德行功业超然杰出，其于书法亦造乎其极者也。然公不他书，而书韩子《伯夷颂》者，尤见公切切于纲常世教，未尝一日而忘也。披玩再三，令人敛衽起敬。至元年三年后丁丑岁秋九月望，后学泰不华谨书。

校记：

[1] 此文辑自民国九年武进李氏铅印《大观录》卷三。

题范文正公与尹师鲁二札卷后[1]

范文正公以论事忤执政，遂落职知饶州。于时直范公者相属于朝，尹师鲁亦自请同黜，可以见一时贤才之盛矣。师鲁既贬监郢州税，观范公二书中语，略不及当时事，亦不以师鲁因己被黜而加存问。盖范公所论为国也，而师鲁之请以义也，是岂有一毫私意于其间哉？书末云"惟君子为能乐道"，前贤之用心于此可见矣。二帖笔力遒劲，有晋人遗意，尤非泛泛于书者，范氏其世宝之！至元三年丁丑岁秋九月望，后学泰不华书。

校记：

[1] 此文辑自民国九年武进李氏铅印《大观录》卷四。

书李孝光汉洛阳令方圣公储传后[1]

按，刘昭引储策传《五行志》，储则董子、夏侯胜、翼奉之徒，明于灾异、五行之说者也。史臣乃不为储作传，宜乎世祠之而称其为神仙焉。乡非张鷟撰《黟侯碑》少见储事，安知其为贤哉？予读李季和所著传，颇推鷟言，为之足备阙遗。先师所谓语人而不语神，庶几近之。时至正四年岁戊寅正月望日，白野泰不华书。

校记：

[1] 此文辑自文渊阁四库全书本《新安文献志》卷一〇〇上，题目系《全元文》卷一五九一代拟。

赤城潭灵溥庙记[1]

相古明王建祭法，秩百神而祀之，山川能出云，为风雨，见怪物，皆所秩也。赤城潭在临海县南绝壑，神龙居之，郁郁常有云气。宋元祐中，祷雨，有金龟之应，锡封其神曰："丰泽灵濩显应侯。"揆古祭法，为有合焉。有庙在法海寺右偏西，上赐额"灵溥"。故事：旱干祷于庙，始克登潭求灵应，若龟鱼蛇能蛙蜴之属，祠之则雨速降。岁久庙圮，神栖于寺。寺距潭复一舍远，崖倾谷黝，登者率惮之。元统改元癸酉夏六月，不雨。县典史澄江朱君圭齐袯宿寺下，将入山，众以险阻白。朱君曰："民以谷为命。谷就槁，民命悬旦暮，吾独能自爱乎？"即披荆棘、冒百险至潭所，再拜稽首，请命。少焉，岚雾书冥，水忽涌溢没踵，阴气肃肃砭肌骨。众僵立迷愕，求引退。朱君哀吁益虔，曰："吾不得灵应，不返也。"俄有青蛇跃入器中，蜿蜿蜒蜒，若顾若答。出山，雷驱电绕，甘泽周溥，岁以大有。越明年，夏复旱。往祷如初，厥应惟不爽。朱君曰："是不可以无报灵德也。"乃辍既稟，辟旧址，作新庙十二楹。内为神寝，视昔制加壮。刻木象神，以资凭附。是年秋九月，庙成，集里中闻姓行宁侑礼，大合乐荐祼，降登有数，神不吐于享。耆老聚观叹息，不图复见雩宗之旧。盖将永赖以弗暵潦，获丰年焉。庙之阳为紫岩山，余同舍周君润祖隐居山中。余尝过周君，为道神迹，余闻而韪之。既叙厥攸作，复绎之曰：龙于天壤间为用最大，雨土殖谷，化沴为穰，俾民用粒食。其变化离合，与元气相降升，茫洋旁魄，邈乎其无方也。然假之必有其道，在《易·涣》之贞，风其悔水，风行水上，其象为享帝立庙。盖涣者，散也。庙所以拯涣也，齐于斯，禜于斯，聚神气于斯。君子谓朱君之作是庙也，其知所以交于神明之道已夫，固宜人神允孚、显贶屡答也。用勒之贞石，以讯夫后之禜祷者。元统三年龙集乙亥夏五记。

校记：

[1] 此文辑自民国五年嘉业堂刊本《台州金石录》卷一二。

明伦堂记略^[1]

国家慎选守令，辍侍从论思之臣出理郡邑。翰林应奉林君希元任上虞尹，至官，一切期与民休息。朔望谒先师庙，与文学师生讲求治要。顾瞻明伦堂栋宇摧挠，慨然曰："学校未兴，德化弗流，若何称塞？"属岁少祲，无以给费。乃与达鲁花赤佛家儿议捐俸金以倡之，参佐僚吏莫不乐从，邑人占藉于学及家饶而好义者各出私钱来助，合所得缗钱五千有奇。诹日庀工，撤而新之。度材必良，陶埴必坚。基构朴斫，圬墁涂塈，靡不完好。凡为堂三间，高壮深广，度越旧制，用可经久。兴工于至正十一年十有二月丙子，明年五月丁亥落成。教谕朱矩疏其事，属余识之于石。按，上虞有学，始于宋之庆历，重建于淳熙。堂则嘉定甲申所创也。国朝大德十一年，令阮惟贞以瘠陋，得民故材，改作焉。逮兹五十年，渐致圮坏。玩岁愒月，补葺相承。县令以兴学为事，率之以义，人用趋劝，不数月，而堂构一新，俾师弟子得以安居讲肄，宜矣。今夫环千里而郡，百里而邑，莫不建学立师。学之所以明人伦者，岂惟（下缺）。

校记：

[1] 此文辑自清康熙十年《上虞县志》卷五。

23. 萨都剌

萨都剌（1300～1355），字天锡，号直斋，西域答失蛮氏人。祖父以勋留镇云代（今山西大同代县一带），遂为雁门人。弱冠登泰定丁卯进士第，应奉翰林文字。出为御史于南台。历南台掾、宪司照磨，后入方国珍幕府，卒。为官清正，曾有发廪赈灾、救助难民、禁止巫蛊、移风易俗等政绩。萨都剌博学能文，兼善楷书。宦游多年，足迹遍及长城内外，大江南北，不少作品富于生活实感，描写细腻，贴切入微。后人推萨都剌为"有元一代词人之冠"。

生平事迹在明代宋濂撰《元史》；清代钱谦益撰《列朝诗集》；清代顾嗣立、席世臣编《元诗选·初集》戊集；陈衍辑撰《元诗纪事》卷十五；

孔齐撰《至正直记》；柯劭忞《新元史·萨都剌传》；邵远平《元史类编》；张月中、王纲主编《全元曲》中有载。

著有《上京杂咏》、《上京即事》、《雁门集》八卷、《西湖十景词》一卷。《四库全书》本有《萨天锡诗集》。词集有《天锡集》。《元诗选·元诗选初集总目录·戊集》著录《雁门集》《天锡集》。《雁门集》八卷，刊于元至正年间，已佚。又有明成化年间刊本、弘治癸亥年刊本、嘉靖十五年刊本，清代毛晋汲古阁康熙刊本、嘉庆丁卯年刊本等。

李修生主编的《全元文》，收其文《龙门记》《武彝诗集序》《雪矶和尚住瑞岩诸山疏》《雪窦请野翁茶汤榜》《晦机和尚迁仰山杭诸山》《云外和尚住天童诸山》《禹溪和尚住雪窦》《冷石泉住平江北禅教寺诸山》《印月江住湖州河山江湖》，共计9篇。辑录于《元史》《大元圣政国朝典章》《元朝典故编年考》《永乐大典》等。《元诗选·初集》选录其诗三百零三首，分题《雁门集》与《萨天锡集》。《元诗纪事》卷十五录诗《送欣上人笑隐住龙翔寺》《纪事》《玉华宫》《宫词》《京城春日》《四时宫词》《彭城杂咏》《芙蓉曲》《南台看月歌》《元统乙亥余除闽宪知事未行立春十日参政许可用惠茶甫以此谢》《杨妃病齿图》《三衢马太守昂夫索题烂柯山石桥》《台山怀古》《赠刘云江宗师》《织女图》《过嘉兴》《燕姬曲》《虾助诗》《立秋日登乌石山》《登乌石山仁王寺横山阁》。

此次文的点校，《龙门记》以清乾隆四十四年《河南府志》为底本，《武彝诗集序》《雪矶和尚住瑞岩诸山疏》《雪窦请野翁茶汤榜》《晦机和尚迁仰山杭诸山》《云外和尚住天童诸山》《禹溪和尚住雪窦》《冷石泉住平江北禅教寺诸山》《印月江住湖州河山江湖》以《全元文》为底本，文共计9篇。

龙门记

洛阳南去二十五里许，有两山对峙，崖石壁立，曰龙门。伊水中出，北入洛河，又曰伊阙。禹排伊阙即此。两山下石罅迸出数泉，极清冷。惟东稍北三泉冬月温，曰温泉。西稍北岸，河下一潭极深，相传有灵物居之，曰黑龙潭。两岸间，昔人凿为大洞，为小龛，不啻千数。琢石像诸佛相、菩萨相、大士相、阿罗汉相、金刚相、天王护法神相，有全身者，有就崖石露半身者，极巨者丈六，极细者寸余。跌坐者、立者、侍卫者，又不啻万数。然诸石像，旧有裂衅，及为人所击，或碎首，或损躯。其鼻耳，其手足，或缺焉，或半缺全缺。金碧装饰悉剥落，鲜有完者。旧有八寺，无一存。但东崖巅有垒石址两区，余不可辨。有数石碑，多仆，其立者仅一二，所刻皆佛语，字剥落不可读，未暇详其所始。今观其创作，似非出于一时。其工力财费，不知其几千万计。盖其大者必作自国君，次者必王公贵戚，又其次必富人，而后能有成者。然予虽不知佛书，抑闻释迦乃西方圣人，生自王公，为国元子，弃尊荣而就卑辱，舍壮观而安僻陋，斥华丽而服朴素，厌浓鲜而甘淡薄，苦身修行，以证佛果。其言曰："无人我相"，曰："色即是空"，曰："寂灭为乐"。其心若浑然无欲，又奚欲费人之财，殚人之力，镌凿山骨，斫丧元气，而假像于顽然之石，饰金施采，以惊世骇俗为哉！是盖学佛者，习妄迷真，先已自惑，谓必极其庄严，始可耸人瞻敬，报佛功德。又参之以轮回果报之说，谓人之富贵、贫贱、寿夭、贤愚，一皆前世所自为，故今世受报如此。今世若何修行，若何布施，可以免祸于地狱，徼福于天堂，获报于来世。前不可见，后不可知，迷人于恍惚茫昧之途。而好佛者溺于其说，不觉信之深，而甘受其惑，至有舍身然臂施财，至为此穷极之功。设使佛果夸耀于世，其成之者必获善报，毁之者必获恶报，则八寺巍然，诸相整然，朝钟暮鼓，缁流庆赞，灯灯相续于无穷，又岂至于芜没其宫，残毁其容，而苍凉落莫如此哉！殊不知佛称仁王，以慈悲为心，利益众生，必不徇私于己，而加祸福于人，亦无意于炫色相以欺人也。予故记其略，复为之说，以祛好佛者之惑。又以戒学佛者，毋背其师说，以求佛于外，而不求佛于内，明心见性，则庶乎其佛之徒也。（清乾隆四十四年《河南府志》卷八四）

武彝诗集序

肇自大化气泄，融结为名山。闽粤为翼轸之分，武彝当之，使人应接不暇。幽深僻远，若与世隔。是故前贤大儒，藏修于此；真人炼士，蜕骨于此。今昔达公巨卿、文人骚客、名僧高道、逸人迁客之流，过兹山者，莫不发为题咏，摹写兹山之胜，以泄其胸中之所素蓄。山之诗，始见于唐，历代至我朝不绝响。达公巨卿，发其雄壮豪丽；文人骚客，发其清新俊逸；名僧高道，发其幽闲高远；逸士迁客，发其冲淡感慨。龙吟虎啸，神号鬼哭，鹤唳猿哀，虫悲蚓鸣。其所发不一，其怀抱不同，其趋向显晦亦异。若山之峰峦岩谷，奇花异草，珍禽驯鸟，阴晴朝暮，风烟雨雪，莫可得而名状也。后至元二年丁丑九月，仆迁官出闽，过武彝，遇京兆清碧杜先生。卧游山溪，周览竟日，夜宿万年宫。提举张一村者，携示古今名人游山题咏二帙，欲寿诸梓，俾余为序。余辞之曰："非胸中有武彝，莫能状武彝之万一；非胸中具古今名人之才器，莫能别其吟啸之意趣。"一村请不已，谩为塞白如此，请以质诸山中之弘衍博大真人者。天地坏，此山坏；此山坏，此集坏。天地不坏，此山、此集亦相与悠久而无穷也。诗乎，诗乎，其天地山川之清气乎！清碧杜先生笑曰："毋大言，可止矣。"于是乎书。

雪矶和尚住瑞岩诸山疏

符坚破汉南，获一人半；伯乐过冀北，空诸马群。信古今俊杰之才，实天地山川之秀。又逢此老，乃张吾军。是刘南岳之交游，想见风流儒雅；如谢东山之高卧，必观时节因缘。主人翁直是惺惺，贤伯仲皆非碌碌。贺监湖边，蔷薇洞口，春风几度吹香；徐家园里，苋菜根头，此日更看流毒。

雪窦请野翁茶汤榜

怒虎出林，万壑松风鼎沸；苍龙在窟，千寻瀑雪空悬。正宜一味之森严，痛洗多生之浮薄。窗南睡足，日上危峰；天外身容，春先大地。斗官焙固靡绝胜，寄家书仍恐暗投。瀹尽三万六千顷太湖之波，唤起二百五十年昭陵之梦。顽矿妖邪之无赖，求售争先；风流蕴藉之有余，策勋何晚。银河无边，肆佛祖翻澜之辩；宝露不竭，策唐虞治世之勋。搜天地之英材，起山林之沉痼。大川一饮，舌头落处皆知；少室单传，皮髓寻时已错。嫌太白士气犹在，笑岐黄风味犹奢。用之则行，悦而诚服。礼仪具有，足为丛社之光；道脉延洪，别试诸方之妙。

晦机和尚迁仰山杭诸山

妙喜复归径山，见五祖再传之盛；大觉肯来郧岭，愍九峰一疏之勤。洗光佛日于人间，唱彻祖机于天上。历论两翁之出处，岂惟百世之风规。谁其似之，公无愧矣。辩才宗镜，向止万人之敌；智勇留侯，宜称一国之师。众星欲曙，惟见长庚；诸子失涂，载瞻老马。眷集云之胜，幻成能作天园；奋掣电之机，少慰弥伽师地。得骊珠不为奇货，拈鼠粪要作真金。休问阿婆三五少年时，但看狮子百亿毛头现。南浦朝云，西山暮雨，几回寒梦都迷；洞庭归客，潇湘故人，共惜春光殊晚。弥伽师乃仰山寂禅师号也。

云外和尚住天童诸山

长庚配残月，未论曹洞之孤宗；朽索驭奔轮，当念东林之大法。公既无心而出矣，彼虽有力者何为。世上优昙，释中狮子。石门辽远，正如行鸟不逢人；沧海浅深，谁见莲花初出水。况已入缠垂手，不妨认影迷头。老柏卧波，起隰州之无恙；异苗翻茂，俟扬广之尤灵。壮我辅车，助君旗鼓。

禹溪和尚住雪窦

飞雪千寻，曾是卢公之高卧；剡川一曲，尚余贺老之风波。观丈夫出处之间，岂孺子笑谈之事。说法如云雨，有天泽之渊源；满腹是溪山，小蛾眉之烟翠。岁晚宜苍龙之蛰，天高见独鹤之归。道骨仙风，咫尺蓬莱方丈；莼丝菰玉，梦魂醉李姑苏。

冷石泉住平江北禅教寺诸山

天台南岳之大旨，灵山亲承；竹庵北峰之故家，乔木犹在。实有渊源之学，宁同口耳之传。开同体权，开异体权，俱非妙论；不即文字，不离文字，弥显今宗。岂无机辩自将之人，庸壮辅车相依之势。迦陵频伽之音响，僧场盘郢之光芒。分座白云，斯文九鼎；掩关翠越，弊帚千金。看痴儿饱喜饥嗔，笑阿婆东搽西抹。锦衣翻着，谁为闾里之光；如意横飞，式赴天人之望。

印月江住湖州河山江湖

老鹤风唳九皋，岂似鸣蜩之嘈嘈；乘黄日驰万里，可同凡马之区区。欲振斯文，须还我辈。襟怀片月，辩舌长江。坐杀普光王，户外之履常满；勘破华亭老，钩头之饵无多。莼羹菰米，自足留之；古井清苔，亦为胜处。驾轻车何须就熟，入幽谷不是下乔。紫罗帐里撒真珠，徒夸好手；白水田头问行路，会有同心。

24. 偰逊

偰逊（1319~1360），字公远，本名偰伯辽逊，偰哲笃长子，回回人。居集庆路溧阳（今江苏溧阳），偰列箎之侄。元顺帝至正五年（1345）进士，任翰林应奉、宣政院断事官、端本堂正字，授皇太子经。因丞相哈麻与其父偰哲笃有怨，伯辽逊遭忌，出守单州，丁父忧，寓大宁（热河平泉）。至正十八年（1358）红巾军克上都，逼大宁，伯辽逊为避乱，携子弟逃至高丽。高丽恭愍王（1352~1374年在位）曾在元廷侍太子于端本堂，与伯辽逊有旧谊，故对其礼遇有加，封高昌伯，改富原侯，更名偰逊。元至正二十年卒于松京典牧洞私第。其家遂定居高丽，子孙先后出仕高丽、朝鲜，其家族绵延至今。有《近思斋逸稿》传世。事见《高丽史·偰逊传》。

此次文的点校，以徐居正《东文选》为底本，文共计1篇。

金元吉名字说[1]

粤若稽古大禹之言曰："惠迪吉，从逆凶，惟影响。"至宋先儒释之曰："惠，顺也；迪，道也；盖顺夫道者必吉，而逆之者必凶，若影响之应形声也，旨哉言乎。"此典谟之所以垂训万世也欤！和州牧使金君，名迪而未有字。请于予，予字之以元吉。金君为人，勤慎乐易，所至有令名，而又有少尹金君宗，以为之妻父，则其顺道而行，由身而家，由家而国，故知其无往而非吉矣。加之以元者，元，善之长也。《易》曰："黄裳元吉。"伊尹曰："德惟一，动罔不吉。"予欲金君，深究夫黄裳之义而加惟一之功，则庶几乎元吉之旨矣。

校记：

[1] 该文辑自徐居正《东文选》，朝鲜古书刊行会，大正三年，第 165～166 页。

25. 孟昉

孟昉，字天炜（一作天伟）。河西唐兀人，占籍大都（今北京），一说占籍太原（今属山西）。清代顾嗣立、席世臣编《元诗选·癸集》（癸之辛上）记载："孟昉，字天炜。本西域人，寓北平。至正十二年，为翰林待制，官至江南行台监察御史。"

生平事迹在元代陶宗仪《书史会要》卷七；清代邵远平《元史类编》三六《文翰传》；清代释来复《澹游记》；清代顾嗣立、席世臣编《元诗选·癸集》（癸之辛上）；陈垣《元西域人华化考》卷四；朱昌平、吴健伟主编《中国回族文学史》；周绍祖主编《西域文化名人志》；张永钟著《河西历史人物诗话》；王文才编著《元曲纪事》；齐森华等主编《中国曲学大辞典》中均有著述。

孟昉著有《孟待制文集》，收录于《千顷堂书目》卷二九，由陈基、程文、傅若金等作序跋。陈序有"翰林待制孟君，砥砺成均，激昂俊造于斯时也……乃扬历省台，左章右程"之语。可惜现已不传。元代陈基《夷白斋集》卷二二有序，称为西夏人，《傅与砺文集》卷四《孟天炜文稿序》，称为河东人，盖唐兀氏也。

元代余阙《青阳集》卷五曰："孟君天炜，善模仿先秦文章，多似之。"元代苏天爵《滋溪文稿》卷三曰："太原孟天炜，学博而识敏，气清而文奇。观所拟先秦、西汉诸篇，步趋之卓，言语之工，盖欲杰出一世。"元代宋褧《燕石集》卷一五曰："河东孟君天炜，明敏英妙，质美而行懿。尝拟先秦、西汉诸作，摹仿工致，士大夫皆与之。"元代张光弼《寄孟炜郎中》诗云："孟子论文自老成，早于国语亦留情。"张光弼集多载与孟天炜西湖往还之作。

此次文的点校，以《元诗选·癸集》《两浙金石志》为底本，文共计
2篇。

杭州路重建庙学记

至正辛丑冬十一月，宣圣庙火，学宫斋舍，罄为焦土。江浙省丞相达
识帖睦迩、平章张士信大惧教弛，乃召郡侯夏思忠曰："二帝三王之盛，
命契为司徒敷五教，周建辟雍，继世迄今，君天下者相承不坠，所以明人
伦、厚风俗、培植后进，为它日治平之用，其来尚矣。又朝廷以六事课守
令殿最，学校居先，庸可缓乎？"侯曰："斯牧伯之职也。"丞相首出白金
为两五十，钱以锭计若干，平章给米以石计若干，太守割俸金，乡义发私
藏，皆乐为佐役费，虽一木一瓦，不征诸民。于是躬率群僚，虔卜穀旦，
鸠力偩功，荷畚锸，辇灰烬，泻材于河，伐石于山，趣梓人据式图其制，
匠师执寻度其用，广袤合度，修短适宜，斤者斫，刃者削，巧者施其巧，
力者输其力，拓垣堨以宏其基，积土石以隆其址，礼殿峣峛，衡为间五，
纵如之而差浅，夹室庑序合应，门为间五十有七，饰以金碧，错以丹垩，
阑槛旁午，陛戟森坚，庙貌端肃，俨若在上，采服施彰，悉遵仪制。从祀
诸贤，世次位列，百一十九人，卫以朱御。门之南，东西相向各构室四
楹，为三献监礼官幕次。又少南为门二，楹题曰："泮宫。"门之冲，凿泮
潴水若玦，跨石梁于上，以便往来。又少南为朱门三，表王仪也。庙之东
为神厨，其楹四。西为明伦堂，计间七，厦如堂数，轩少堂之四，设讲席
以严师道。左右斋仪门及别门为间三十有九，堂之北构重屋三楹，为贮书
所。教授有廨，正录有居，贡庄有粟，师生有饩，庖湢廪库，一无所缺。
尊罍、爵洗、簠簋、俎豆之属，二千百有九，镛球琴瑟、枳敔鼗鼓之属若
干，皆如礼以定其数。新礼生乐工服若干袭，提编氓籍户为乐二十有八。
括其所费米石、钱缗，日工皆以万余计。经始壬寅冬，越癸卯秋就绪于
戏。是迹也，始以两相孜孜兴学之善，终以贤侯亹亹究心之勤，副以僚属
循循毗赞之力，俾四代之制，剪焉一新，其雄伟壮丽甲东南为杰观者，可
谓知为政之先务，无愧德于他郡矣。抑尝惟之，时有理乱，事有难易，杭
为故宋行在所，当承平之殷，民庶物阜，有志于斯者尚虑不易，矧横罹兵
燹之余，师旅未戢，彼图功利于一时，懵治体而琐琐者方视为不切，苟非

才大夫之有能有为，知教道、结人心之不浅者，顾能先乐育菁莪之地，跻髦士于成德达才之域哉？君子是以知夏侯之优于为治也。予姑叙兴造颠末之实，刻诸珉，告后来者之无坏。至于赞夫子之道则凛乎先儒愚惑之诛。故不敢轻言以及。时董工持总者，杭州路治中李脱欢、奉直知事韩元璧，照磨姚鬻，郡史陆巽、朱珍；督役者，杭州路推官丁钺、经历刘良臣、嘉兴路知事张升、将仕郡史梅君理；受记材料者，东北隅典史钟德、王敬知；肖圣像者，诸暨州知州齐云汉奉训，郡史徐元璧，皆与有劳焉。同任劳者，教授别贴达理月沙，学政姜让。直吏孙复可、陈荣祖、张元英。至正二十四年□月□日，杭州路达鲁花赤怗烈失亚、按摊不花，承德薛尔吉思，杭州路总管高礼亚中、陈忠奉议，同知梅英，治中樊玉奉议立石。郡人徐孟贤镌。

十二月乐词 并序

凡文章之有韵者，皆可歌也。第时有升降，言有雅俗，调有古今，声有清浊。原其所自，无非发人心之和，非六德之外，别有一律吕也。汉魏晋宋之有乐府，人多不能晓。唐始有词，而宋因之，其知之者亦罕见其人焉。今之歌曲，比于古词，有名同而言简者，时复亦有与古相同者，此皆世变之所致，非固求异，乖诸古而强合于今也。使今之曲歌于古，犹古之曲也，古之词歌于今，犹今之词也。其所以和人之心养情性者，奚古今之异哉！先哲有言，今之乐犹古之乐，不其善欤。尝读李长吉十二月乐词，其意新而不蹈袭，句丽而不慆淫，长短不一，音节亦异，旁构冥思，朝涵夕泳，谐五声以摊其腔，和八音以符其调，寻绎日久，竟无所得，遂辍其学以待知音者出，而余承其教焉。因增损其语，而隐括为《天净沙》，如其首数，不惟于尊席之间，便于宛转之喉，且以发长吉之蕴藉，使不掩其声者，慎勿曰侮贤者之言云。

上楼迎得春归，暗黄着柳依依。弄野轻寒似水，锦床鸳被，梦回初日迟迟。（正月）

劳劳胡燕酬春[1]，逗烟薇帐生尘。蛾髻佳人瘦损，暖云如困，不堪起舞细裙。（二月）

夹城曲水飘香，扫蛾云髻新妆。落尽梨花欲赏，不胜惆怅，东风萦损

柔肠。（三月）

依微香雨青氛，金塘闲水生蘋。数点残芳堕粉，绿莎轻衬，月明空照黄昏。（四月）

沿华水汲清尊[2]，含风轻縠虚门[3]。舞困腮融汗粉，翠罗香润，鸳鸯扇织回文。（五月）

疏疏拂柳生裁，炎炎红镜初开。暑困天低寡色，火轮飞盖，晖晖日上蓬莱。（六月）

星依云渚溅溅，露零玉液涓涓。宝砌衰兰剪剪，碧天如练，光摇北斗阑干。（七月）

吴姬鬘拥双鸦，玉人梦里归家。风弄虚檐铁马，天高露下，月明丹桂生华。（八月）

鸡鸣晓色珑璁，鸦啼金井梧桐。月坠茎寒露涌，广寒霜重，方池冷悴芙蓉。（九月）

玉壶银箭难倾，缸花凝笑幽明。霜碎虚庭月冷[4]，绣帏人静，夜长鸳梦难成。（十月）

高城回冷严光，白天碎堕琼芳。高饮挝钟日赏，流苏金帐[5]，琐窗睡杀鸳鸯。（十一月）

日光洒洒生红，琼葩碎碎迷空。寒夜漫漫漏永，串销金凤，兽炉香霭春融。（十二月）

七十二候环催，葭灰玉管重飞。莫道光阴似水，羲和迁辔[6]，金鞭懒着龙媒。（闰月）

校记：

[1] 劳劳胡燕酣春："胡燕"，蟫隐卢影印本《历代诗余》作"紫燕"。

[2] 沿华水汲清尊："沿华"，蟫隐卢影印本《历代诗余》作"铅华"。

[3] 含风轻縠虚门："轻縠"，蟫隐卢影印本《历代诗余》作"细縠"。

[4] 霜碎虚庭月冷："霜碎"，蟫隐卢影印本《历代诗余》作"霜翠"。

[5] 流苏金帐："金帐"，蟫隐卢影印本《历代诗余》作"锦帐"。

[6] 羲和迁辔："迁辔"，蟫隐卢影印本《历代诗余》作"迁辔"。

　　按：《元诗选·癸集》将其辑录为 13 首诗，隋树森《全元散曲》辑录为 13 首小令。暂从《元诗选·癸集》。

26. 王翰

王翰（1333～1378），字用文，本名那木罕，号友石山人，河西唐
兀氏。据《蒙古秘史》称西夏为"唐兀"，王国维则认为"唐古（唐
兀）亦即党项之异译"。元代所说"唐兀氏"，就是对西夏党项羌遗民的
称呼，"唐兀氏"即"党项人"，也称"河西人""西夏人""夏人"。
《元诗纪事》载："翰，字用文，灵武人。先世本齐人，殁于西夏，元初
赐姓唐兀氏，居庐州，官至潮州路总管。有友石山人遗稿。"吴海《友
石山人墓志铭》记载："岁著雍敦二月乙丑友石山人王君用文卒……年
四十有六。"

生平事迹在清代顾嗣立、席世臣编《元诗选·初集》；陈衍辑撰《元
诗纪事》卷二六中均有记载。

清代顾嗣立评王翰："用文将家子，有古烈士风。晚年隐忍林壑，尤
以诗自娱。庐陵陈仲述谓皆心声之应，而非苟然炫葩组华者。"

此次文的点校，以《影印文渊阁四库全书》本《友石山人遗稿》为底
本，文共计 1 篇。

圭塘欸乃集跋[1]

右中执法安阳许公欸乃集一帙，观其所载，园池之胜，游赏之乐，无
非所以形容太平之风致，至于更唱迭和，金石相奏，而律吕相宣，乃与其
弟太常君泪子桢供奉，出于一门昆季之贤并群从之才俊，有非他人之所
与，明时国家人才之众多，教化之隆，洽因是而可以概观焉。金台王翰
谨跋。

校记：

[1] 本文辑自《影印文渊阁四库全书》1366 册，第 911 页。

27. 伯颜

伯颜（1292~1358），一名师圣，字宗道，号愚庵，哈剌鲁（葛逻禄）利禄氏，入中原居开州（今河南濮阳）。早年通诸经，至正四年（1344）以隐士征至京师，授翰林待制，与修《金史》。书成辞归。居家讲学，从学者甚众。至正十七年，刘福通部红巾军攻占大名等地，伯颜与族人乡邻等弃家渡漳河北上，于彰得筑垒坚守，被俘而死。谥文节。一生著述颇多，死后所作散失。

伯颜生平见潘迪撰《伯颜宗道传》（《正德大名府志》卷一○、《述善集》附录）、《元史》卷一九○。陈垣《元西域人华化考》卷二有论列。

此次文的点校，以《述善集校注》本、明万历二十八年《东昌府志》为底本，文共计 3 篇。

节妇序

淳浇朴散，俗靡风流，人道于是乎泯绝。节义于人，绝无而仅有，奚啻颓波而砥柱哉？是以圣人于《春秋》书纪叔姬，《国风》录卫共姜，俾辉映简编，书于无穷。闻风而兴起者，俱足以继高风而蹈遐躅，固王化欲危之基，培世教将拨之本，岂曰小补之哉？寄斋辅臣，世席山东河北蒙古军都万户府镇府之职[1]。其母济阴郡太君，系邑目钦察氏亦纳思国王之玄孙。神清朗澈，有林下之风。出于右族，来配名门，宣昭壸范，宜其家人。生子女而夫早世，甫二十四而孤在鬌毻。甘守夫亡，恪执妇道，遵奉姑命，抚孤益笃。家系扈从之役，番上行戍，虽甫成童亦所不免。于是，予不能释膝下弄雏之情，母不能割出入顾复之恩，偕其子以行。自媥居迄今，积五十余祀，志节弥坚，脂松不御。于是耆旧张成保呈所属，转达朝廷，降花诰，表宅里，建雄门之壮观，清圣代之芳风，罔俾叔姬、共姜专美于前所。汗简遗编永垂训于后云。

至正戊子夏四月朔旦，处士愚庵伯颜序。

校记：

[1] 席山东河北蒙古军都万户府镇府之职："席"，疑为"袭"之误。

龙祠乡社义约赞

吾友象贤，哀友朋，结乡社，惟讲信修睦为事。蹑蓝田之芳踪，遵许公之垂训，与醵饮无仪者，大有径庭。予窃闻而是之，敢续朝列潘公辈众作之貌，为之赞云：善俗有方，乡约为美。翘楚士林，蓝田吕氏；文正许公，十书中纪。锓梓寿传，仲谦张子；户庀家藏，化宏遐迩。狝狘象贤，祖居仁里；鸠集朋友，前修遵履。至祷神龙，克诚禋祀；有感必通，畴繁离祉。宴集有时，农隙是竢；朋酒斯享，序宾以齿。冗费裁省，奢华禁止；好乐无荒，礼勤而已。善恶惩劝，立监垂史；邻保相助，或耕或籽。吉凶所需，周生赙死；救患分灾，缕缕条理。礼让风淳，敬恭桑梓；迈迹于今，古风是似。化洽乡邦，济跄良士；一拨蓝田，端无彼此。爰赞兹垂，后昆昭示。

濮阳县尹刘公德政碑

夫王者，建邦设都，张官治吏，位无崇卑，不惟逸欲，惟以治民。而治民之至要者，莫守令若，而令为尤急，故民之休戚系令之贤否。虽赤畿望县之或异，大抵皆方古之子男之国，必硕德宏才为可称也。钦惟圣元开国，作述虽或少异，罔不以视民如伤为轸念。兹守令甚慎其选，故纶音之诞颁，每以哀悯元元注意焉。而濮阳为开之附郭剧县，幅员广袤数百里，户口奚啻千亿。自至正庚寅例革，乙未复焉。天威刘公时敏以经济干敏之才，特膺甄录，以实历资考。敕授奉政大夫，来尹是邑。公之恩威素著，未下车，人慕之；既下车，人爱之。登堂视事，开境之民，莫不以手加额，而拭目快睹德化之行也。适值国家多难，省院分司鼎峙而立，县当南北要冲，创馆传，给供亿，送使饷客，急于百需，书牒鞅鞯，而公应接如流，略无疑滞，盖目无全牛而恢恢乎游刃于骹骱之所也。其于莅政，早作而夜思，勚力而苦心，宿弊时革，惟新是图。先之以德教，济之以宽猛，扶良抑犷，剸剧治繁，昭彻幽隐。吏无乾没之幸，民无阆茸之私。凡蠹政渔民、奸利为市者，一皆屏息。甫及期年，政绩蔼然可纪。如农桑劝而民乐于畎亩，学校兴而士安于作养，勘丁力高下而赋役有均，分立保社而劝率得人，申辨邻县而均其供需。汰胥吏之冗，除疲民之患，止倡优媟戏以厚宣化之风。均偿倒死官马，俾民免于偏负。禁公使下乡，民无罹横扰。因旱暵以致祷，至诚感而嘉澍时应。政既成而恩洽，致户口日以繁息，兹实新政之美。它不及笔舌规缕者尚多。故使凋瘵之民，若出寒谷，登春台，易呻吟为讴诵，又公督供给之役，民若夫其时出衔恤，而靡至不阅月。群集诸分司，赴诉者数矣。迨役车旋辕，室家相庆，盖民罹扰攘，酷思治化，被公之仁，犹解倒悬，其瞻恋之心有不期然而然者。况公之德之才谙历老成，刚不吐而柔不茹，俾善恶俱入陶甄之所，故归美万口无异词，休声籍甚，洋溢遐迩，致御史交章荐辟。如公者，上足称庙堂精择之意，下不负黎庶渴仰之情。治内王时铎等，以口碑诵传恐不能不朽，且柘城、定襄累有德政、去思之碑，愿勒贞珉，垂嘉绩于永久，于是请铭于愚。愚沐淳风已久，其善政之迹皆得于亲炙，敢不勉颂其实而为之铭曰：

道得于心，是谓之德。施于有政，条贯万亿。时敏老成，世故谙历。公不言私，柔惠且直。躬膺精选，来宰兹邑。以德为政，复竭心力。学优德劭，生庸教益。户分高下，均平赋役。用刑明允，奸贪屏迹。济猛以宽，民无冤抑。纪纲倾踣，公封公植。民冻民馁，公衣公食。旋返流亡，公存公息。田畔湮晦，公疆公场。存心不苟，终始画一。德惟善政，以廉以公。政在养民，物阜年丰。民歌民舞，百里攸同。写之琬琰，茂绩无穷。百城之表，万古清风。（明万历二十八年《东昌府志》卷二〇）

28. 甘立

甘立，字允从，生卒年不详，元末西夏人，入中原后，定居陈留（今河南陈留），年少得时誉，公卿辟为奎章阁照磨，至丞相掾卒。

生平事迹在元代陶宗仪《书史会要》卷七；元代杨维桢《西湖竹枝集》；清代顾嗣立、席世臣编《元诗选·二集》；陈衍《元诗纪事》卷十七；陈垣《元西域人华化考》；李修生主编《全元文》；翟本宽、孙顺霖主编《中州书家志》；郭人民、史苏苑主编《中州历史人物辞典》；杨镰、薛天纬主编《诗歌通典》；钱仲联主编《中国文学大辞典》；吕友仁主编《中州文献总录》中均有记载。

李修生《全元文》收录其《题赵孟頫书过秦论》一文。辑录于《元史》《大元圣政国朝典章》《元朝典故编年考》《永乐大典》。

此次文的点校，以《书画汇考》（《文渊阁四库全书本》）为底本，《全元文》收录其文时版本与此同，文共计 1 篇。

题赵孟頫书过秦论

右黄素《过秦论》，赵吴兴楷书第一。神情萧散，结构严整，诚希世珍也。晚生甘立书。

29. 邾经

邾经，字仲谊，又字仲仪，号玩斋，别号观梦道士、西清居士，吴陵（今江苏泰州）籍，陇右（今甘肃陇西）人，自称"西夏邾经"。至正间为乡贡进士，任平江路儒学录。元明之际，寓居杭州。明洪武四年（1371）充江浙考试官。权衡允当，士林称之。洪武十一年（1378）至京师就养于其子。博闻强识，工诗文，擅八分书，善琴操，能隐语。有《观梦集》《玩斋集》行于世，名重一时，今均佚。杂剧有《死葬鸳鸯冢》《西湖三塔记》《胭脂女子鬼推门》，仅《死葬鸳鸯冢》存曲词二套。

邾经生平事迹在元代贾仲明《录鬼簿续编》，明代沐昂《沧海遗珠》，清代钱谦益《列朝诗集小传》，清代朱彝尊《静志居诗话》，清代钱熙彦编《元诗选·补遗》戊集，清代陈田《明诗纪事》，孙楷第编《元曲家考略》，隋树森编《全元散曲》等中均有记述。

《全元文》卷一六九八收邾经《青楼集序》文一篇，辑录于清《双楳景暗丛书》、清酉山堂重刻明《古今说海·说纂部》庚集。

此次文的点校，以中国戏剧出版社 1990 年版《青楼集笺注》为底本，文共计 1 篇。

青楼集序

君子之于斯世也，孰不欲才加诸人，行足诸己，其肯甘于自弃乎哉？盖时有否泰，分有穷达，故才或不羁，行或不掩焉。当其泰而达也，园林钟鼓，乐且未央，君子宜之；当其否而穷也，江湖诗酒，迷而不复，君子非获己者焉。我皇元初并海宇，而金之遗民若杜散人、白兰谷、关已斋辈，皆不屑仕进，乃嘲风弄月，留连光景，庸俗易之，用世者嗤之。三君之心，固难识也。百年未几，世运中否，士失其业，志则郁矣，酤酒载严，诗祸叵测，何以纾其愁乎？小轩居寂，维梦是观。商颜黄公之裔孙曰雪蓑者，携《青楼集》示余，且征序引。其志言读之，盖已详矣，余奚庸赘？窃维雪蓑在承平时，尝蒙富贵余泽，岂若杜樊川赢得薄幸之名乎？然樊川自负奇节，不为龊龊小谨，至论列大事，如罪言，原十六卫，战守二论，与时宰论兵，论江贼书，达古今，审成败，视昔之平安杜书记为何如耶？惜乎！天慭将相之权，弗使究其设施，回翔紫薇，文空言耳，扬州旧梦，尚奚忆哉？今雪蓑之为是集也，殆亦梦之觉也。不然，历历青楼歌舞之妓，而成一代之艳史传之也。雪蓑于行不下时俊，顾屑为此。余恐世以青楼而疑雪蓑，且不白其志也，故并樊川而论之。噫！优伶则贱，艺乐则靡焉，文墨之间，每传好事；其湮没无闻者，亦已多矣。黄四娘托老杜而名存，独何幸也！览是集者，尚感士之不遇。时至正甲辰六月既望，观梦道人陇右郏经谨序。

30. 忽思慧

忽思慧，一译和斯辉。蒙古族（一说元代回回人）。于元仁宗延祐年间（1314~1320）被选充饮膳太医一职，至元文宗天历三年（1330）编撰成《饮膳正要》一书。

从《饮膳正要》"虞集序"可知，忽思慧尝为赵国公常普兰奚下属，且两人关系密切。据《新元史·常咬住传》，常普兰奚于延祐二年（1315）加金紫光禄大夫、徽政院使，掌侍奉皇太后诸事，忽思慧很可能即于是年被选任饮膳太医，入侍元仁宗之母兴圣太后答己。《饮膳正要》成书之后，专门进呈中宫供览，受命担任该书刊刻、校正者又多为与中宫关系密切之人，如拜住为中政院使，张金界奴为内宰、隆祥总管等，且"虞集序"中专有褒颂"圣后"之语，故忽思慧当时应在中宫供职，以膳医身份侍奉元文宗皇后卜答失里。忽思慧在元廷中主要是以饮膳太医之职侍奉皇太后与皇后。

《饮膳正要》分为三卷。卷一讲的是诸般禁忌，聚珍品馔。卷二讲的是诸般汤煎，食疗诸病及食物相反中毒等。卷三讲的是米谷品、兽品、禽品、鱼品、果菜品和料物等。

此书著成于元朝天历三年（1330），元文宗看了后随之批示："命中院使臣拜住刻绎而广传之。兹举也，益欲推一人之安而使天下之人举安，推一人之寿而使天下之人皆寿，恩泽之厚岂有加于此者哉？"作者忽思慧亦有译作和斯辉者。忽思慧是当时朝廷四个饮膳太医之一，《饮膳正要》这部著作是以他为主的集体创作。

此次文的点校，以《续修四库全书》为底本，文共计1篇。

饮膳正要序[1]

伏睹国朝，奄有四海，遐迩罔不宾贡。珍味奇品，咸萃内府，或风土有所未宜，或燥湿不能相济，傥司庖厨者，不能察其性味而概于进献，则食之恐不免于致疾。钦惟世祖皇帝圣明，按《周礼·天官》有师医、食医、疾医、疡医，分职而治。行依典故，设掌饮膳太医四人。于本草内选无毒、无相反，可久食，补益药味，与饮食相宜，调和五味，及每日所造珍品，御膳必须精制。所职何人，所用何物，进酒之时，必用沉香木、沙金、水晶等盏。斟酌适中，执事务合称职。每日所用，标注于历，以验后效。至于汤煎、琼玉、黄精、天门冬、苍术等膏，牛髓、枸杞等，煎诸珍异馔，咸得其宜。以此世祖皇帝圣寿延永无疾。恭惟皇帝陛下自登宝位，国事繁重，万机之暇，遵依祖宗定制，如补养调护之术，饮食百味之宜，进加日新，则圣躬万安矣。臣思慧自延祐年间选充饮膳之职，于兹有年，久叨天禄，退思无以补报，敢不竭尽忠诚，以答洪恩之万一。是以日有余闲，与赵国公臣普兰奚，将累朝亲侍进用奇珍异馔，汤膏煎造，及诸家本草，名医方术，并日所必用谷肉果菜，取其性味补益者，集成一书，名曰《饮膳正要》，分为三卷。本草有未收者，今即采摭附写。伏望陛下恕其狂妄，察其愚忠，以燕闲之际，鉴先圣之保摄，顺当时之气候，弃虚取实，期以获安，则圣寿跻于无疆，而四海咸蒙其德泽矣。谨献所述《饮膳正要》一集以闻，伏乞圣览下情，不胜战栗激切屏营之至。

天历三年三月三日饮膳太医臣忽思慧进上。

校记：

[1] 本文辑自《续修四库全书》928册，第588～589页。

31. 僄斯

僄斯，原名僄吉斯，僄逊之弟，应天府溧阳县人，元末明初官员。僄斯于元朝担任嘉定州知州，后归降朱元璋。洪武元年（1368），授兵部员外郎，同年擢尚宝符宝郎。洪武三年（1370），改尚宝司丞。洪武四年，担任太安州知州。洪武六年（1373），升河间府知府。洪武九年（1376），担任户部郎中，后升任户部尚书、山西左参政。洪武十三年正月，召拜吏部尚书；二月，改礼部尚书。同年因年老致仕。

生平事迹见明嘉靖雷礼编《国朝列卿纪》、明万历焦竑编《国朝献征录》。

此次文的点校，以南京图书馆所藏孝思堂版《溧阳沙涨里普氏家乘》为底本，文共计 2 篇。

尧臣公传[1]

公讳皆，字尧臣，其先世与斯祖同出，洪武初改姓普氏，父平章公，至正季年守益都，以忠烈显。公幼岐嶷，平章公爱之甚，而祖母高昌郡夫人尤宝之，曰："此吾家拱璧也"，因名之曰珍哥。前元荫格：父一品，子得授五品官。公少有才名，而平章公又屡立战功，方为朝廷所倚任，再命公承荫，而公固辞不就。平章公亦不欲公仕，曰："天下多事，吾既为国家用，义不得不授命，若吾儿复出，则吾祖惧不血食矣。"故公虽成进士，未尝就职。

初，平章公将兵于外也，命公侍郡夫人于家，及移守益都，郡夫人念平章公甚，公遂奉之如任所。及闻大明兵将压境，平章公急遣公归。公泣曰："大人在此，儿将何往？时势若此，脱有变，计惟相从于地下耳。"郡夫人流涕抚之曰："尔无然，尔父之不令尔仕，固知有今日也。夫覆巢之下必无完卵，令尔从尔父，毕命于此，则先人之嗣无继矣，若之何？"公不得已，请郡夫人携归。平章公曰："尔羼弱，途中多盗贼，惧惊郡夫人，闻尔二叔将至，尔仲叔在军中久素骁勇，略俟其来，而奉母归，必无虞，尔携子先行可也。"公痛哭而别。

及益都不守，公闻之，日夜哀号，泪尽继之以血。越数日而郡夫人与二叔至，公迎，问平章公，则已就义矣，问母齐国夫人安在，弟妹若何，家人若何，则皆就义矣。公益大恸，不欲生。郡夫人亦涕不能止，良久慰之，见公衣襟尽赤，则又涕如雨下。自是公常若有所失，对郡夫人或佯欢笑，然家人检其衾枕，未尝无血泪痕也。呜呼，悲矣。洪武十七年公卧病，语其子曰："人以生为乐，吾以死为乐，吾别吾父母十年矣，而今始得见，何乐如之，吾受贺不受吊也。"越数日而卒。

校记：

[1] 该文辑自南京图书馆所藏孝思堂版《溧阳沙涨里普氏家乘》卷一一。

祭忠烈公文[1]

前元至正二十有七年，王师下益都时，公为山东行省平章政事，抗节不屈以死。我太祖皇帝嘉其志，命其家人扶枢以归，遂卜葬于润州之华盖山。斯与公居同里，氏同出，今因事过润，爰具清酌，瞻拜公墓而祭之以文曰：

呜呼我公，嵩岳降生。早登右榜，独步蓬瀛。元丧其师，蕲黄贼起。狼突豕奔，懦夫魄裭。借箸前筹，繄公是持。保障江州，立功伊始。朝廷行赏，昼日接三。中书再转，大政用参。诏与国凤，经略江南。扰扰渔子，突寇建宁。筑城拒战，仗公威灵。召还北阙，宣慰东隅。迁知枢府，移守益都。天眷有德，无政不克。于铄王师，自南而北。风走沙黄，云压城黑。顿首高堂，涕沾胸臆。母委于季，儿身许国。烈烈英豪，忠节天褒。招魂海曲，埋骨江皋。嗟予小子，凤仰风高。郁郁孤松，上履崇对。岁寒苍劲，如见音容。再拜焚香，奠酒一觞。九京不作，畴植纲常。呜呼尚飨。

校记：

[1] 该文辑自南京图书馆所藏孝思堂版《溧阳沙涨里普氏家乘》卷一二。

32. 偰列篪

偰列篪，字世德，偰文质之子，合剌普华之孙，至顺庚午科进士，由翰林待制擢潮州达鲁花赤，至正中授河南路经历，贼攻府城，偰列篪守北门，城且陷投井死。

　　生平事迹见《元史》《新元史》《元诗选·三集》。

　　此次文的点校，以邢澍、孙星衍《寰宇访碑录》，黄挺、马明达《潮汕金石文征》为底本，文共计 1 篇。

白牛岩牛伯琦诗刻序[1]

　　至正丙戌冬，本道宪金朝散大夫周公伯温持节东巡至潮阳，因读《昌黎外传》，知有公遗像在邑东白牛岩唐僧大颠之居。暇日往访之，见悬崖有镌姓名于其上者，乃元贞丙申宪金唐古台公留题也。遂摩挲苔藓，慨岁月月之易迁，迹之易陈，徘徊松荫，俯视聚落，□然若有不能偏知其疾苦者，良久，篆书□佛阁，曰：“□□留诗，以表韩公赐衣为别之□。昔濂溪先生为广南提刑，不惜出入□□□□之侵，虽荒崖绝岛，人迹所不到之境，□缓辔徐行，务以洗冤择物为己任。今公□□岂□□访古□□□□□□□□□□□可谓能继先猷矣。□□□□于岩石□□其略以传不朽。时□□□□□□□□□仲监邑□□□邑令□□□□□□□□潮州路潮阳县□□□□□□□谨□。”

校记：

[1] 该文辑自黄挺、马明达《潮汕金石文征》，黄挺、马明达据邢澍、孙星衍《寰宇访碑录》卷一二实地访查碑文，辨别模糊文字抄录而来。

33. 廉惠山海牙

　　廉惠山海牙，元畏兀儿人，字公亮，布鲁海牙的孙子，廉阿鲁浑海牙之子，廉希宪之侄。至治元年（1321）为承事郎、同知顺州事。编纂“英宗、显宗实录”。任都水监时，疏通会通河，修筑滦水、漆水河堤，建京东闸。至正四年（1344）参与编纂辽、金、宋三史。后为河南、湖广、江西行省右丞。农民起义爆发后，与司徒道童用招降与镇压两种手段对付起义军，为福建行省右丞时，领兵镇守延平（今福建南平）、邵武（今福建邵武），并督赋税由海道供应京师。

此次文的点校，《活幼心书决证诗赋序》以日本国会图书馆藏《活幼心书》为底本、《至正二十三年郡守忽欲理持建置白马庙记略》以清康熙二十五年《鄞县志》为底本，文共计2篇。

活幼心书决证诗赋序

育溪曾德显，儒家者流，明小方脉，幼幼之心，不啻父母仁人之用心也。余家有襁褓童子，感惊风疾，居父母者咸忧焉，德显乃不惮烦暑。随招随至，一视之曰：毋虑，遂用对证之药疗之，药未既而效已随之，诚可嘉尚。原其平昔用心之勤，集诸方书之经验者，著以成帙，目之曰《活幼心书》。夫心者，虚灵善应，神妙不测，主宰一身，应酬万事者也。推广此心以及人及物，使颠连无告者为同胞，痒疴疾痛者为同体，乃刻诸梓，以广其传。非惟传之今，亦且传诸后。俾后人亦能推此心以及人及物，则活幼之心为无穷也，岂曰小补哉。

天历己巳八月廿又一日，朝散大夫同知衡州路总管府事廉公亮引。

至正二十三年郡守忽欲理持建置白马庙记略[1]

庆元路旧有织染局，在城北之关武坊，岁久弗治，匠工散处樵山。忽公就郡城之西杂造局废址更建焉，名其正堂曰"彰彩"，取《虞书》"以五彩彰施于五色，作服"之义也。

校记：

[1] 该文辑自清康熙二十五年《鄞县志》卷九，题目代拟。

元代契丹与女真人散文辑录

1. 耶律楚材

耶律楚材（1190～1244），字晋卿，号湛然居士，燕京人（王国维《耶律文正公年谱余记》）。契丹贵族后裔，辽东丹王突欲八世孙，金尚书右丞履之子，太宗朝拜中书令，薨于位。金贞祐二年（1214），耶律楚材留守燕京，为左右司员外郎。蒙古军攻陷燕京后，拜万松老人为师，潜心学佛。后应成吉思汗征召，跟随幕下，在西域多年。成吉思汗去世，托雷监国期间和窝阔台即位后他受到重用。1231 年，任掌管汉文字的必阇赤（汉人称中书令或中书侍郎）。在窝阔台晚年及去世之后，皇后乃马真氏宠信奥都剌合蛮等，耶律楚材渐被疏远。乃马真后称制三年（1244）卒，进封广宁王，谥"文正"。

生平事迹在明代宋濂撰《元史》卷一四六；清代顾嗣立、席世臣编《元诗选·初集》；陈衍辑撰《元诗纪事》卷三；李修生主编《全元文》卷一一；张晶《耶律楚材诗歌别论》；安柯钦夫、刘保元、云峰主编《中国北方少数民族文化》；王叔磐、孙玉溱等选注《元代少数民族诗选》；清代张景星、姚培谦、王永祺编选《元诗别裁集》卷八；唐圭璋主编《全金元词》中有载。

著作有《湛然居士集》十四卷、《湛然居士文集》十四卷、《五星秘语》一卷、《先知大数》一卷、《庚元历》二卷、《历说》、《乙未元历》、《回鹘历》、《皇极经世义》、《西游录》二卷（黄虞稷《千顷堂书目》）。存《湛然居士文集》十四卷及《西游录》，《全元文》卷一一至卷一五收录其文 79 篇，以四部丛刊本（据无锡孙氏小绿天藏影元写本）为底本，校以渐西村舍本（清光绪乙未袁昶刻，简称"渐西本"）。集外共辑得佚文 5

篇。《全元文》卷一一著录此集。

此次文的点校，以四部丛刊本（据无锡孙氏小绿天藏影元写本）为底本、以渐西村舍本和《摛藻堂四库全书荟要》（记作摛藻堂本）所收《湛然居士文集》十四卷为校本，散文共计 79 篇。

进西征庚午元历表

臣楚材言：尧分仲叔，春秋谨候于四方；舜在玑衡，旦暮肃齐于七政。所以钦承天象，敬授民时。《典》、《谟》实六籍之大经，首书其事；尧舜为五帝之盛主，先务厥猷。皎如日星，纪之方册。由此言之，有国家者，律历之书，莫不先也。是以三代而下，若昔大猷，遵而奉之，星历之官，代有其人。汉唐以来，其书大备，经元创法，无虑百家。其气候之早晏，朔望之疾徐，二曜之盈衰，五星之伏见，疏密无定，先后不同。盖建立都国而各殊[1]，或涉历岁年之浸远，不得不差也。既差则必当迁就，使合天耳。唐历八徙、宋历九更者，良以此夫。金用《大明》，百年才经一改。此去中原万里，不啻千程，昔密今疏，东微西著，以地遥而岁久，故势异而时殊。庚辰，圣驾西征，驻跸寻斯千城。是岁五月之望，以《大明》太阴当亏二分，食甚子正，时在宵中。是夜候之，未尽初更，月已食矣。而又二月、五月朔，微月见于西南，校之于历，悉为先天。恭惟皇帝陛下，德符乾坤，明并日月，神武天锡，圣智凤资，迈唐虞之至仁，追羲轩之淳化，冀咸仁而底义[2]，敬奉天而谨时，重敕行台，旁求儒者。臣鱼虫细物，草芥微人，粗习周孔之遗书，窃慕羲和之陈迹，俎豆之事，靡遑诸已[3]；箕裘之业，敢忘于心。恨无命世之大才，误忝圣朝之明诏，钦承皇旨，待罪清台。五载有奇，徒旷蓍龟之任；万分之一，聊陈犬马之劳。既校历而觉差，窃效譽而改作。今演纪穷元，得积年二千二十七万五千二百七十岁命庚辰。臣愚以为中元岁在庚午，天启宸衷，决志南伐。辛未之春，天兵南渡，不五年而天下略定，此天授也，非人力所能及，也故上元庚午岁，天正十一月壬戌朔，夜半冬至，时加子正，日月合璧，五星联珠，同会虚宿五度，以应我皇帝陛下受命之符也。臣又损节气之分，减周天之杪，去文终之率，治月转之余，课两耀之后先，调五行之出没，《大明》一失于是一新[4]，验之于天，若合符契。又以西域、中原地里殊远，创立里差以增损之，虽东西数万里不复差矣。故题其名曰《西征庚午元历》以纪我圣朝受命之符，及西域、中原之异也。所有历书，随表上进以闻。伏乞颁降玄台，以备行宫之用。臣诚惶诚惧[5]，顿首顿首，谨言。

校记：

[1] 盖建立都国而各殊："都国"，渐西本作"国都"。

[2] 冀咸仁而底义："仁"，原作"神"，据渐西本改。

[3] 靡遑诸已："已"，渐西本作"也"。

[4] 《大明》一失于是一新："一"，原作"所"据摛藻堂本改。

[5] 臣诚惶诚惧："惶"，原作"煌"，据渐西本改。

答杨行省书

某再拜，复书于行省阁下：辱书谕及辞位事，请闻奏施行者。惟圣代之深仁，赏延于世，伟闺门之内助，贵系于夫。故行省李公虽稽北觐之期，颇著南伐之绩。时不适愿，天弗假年。伏惟阁下，族出名家，世传将种，无儿女子之态，有大丈夫所为。吏民服心，朝廷注意。遂授东台之任，冀舒南顾之忧。今也抑意陈书，引年求退，惧折鼎覆𫗧之患，避牝鸡司晨之讥。虽曰谦尊而光，曷若随时之义。分茅列土，无忘北阙之恩；秣马厉兵，可报西门之役。今因人回，谨复书以闻。山川辽阔，书简浮沉，比获瞻依，更希调护。不宣。

寄赵元帅书

楚材顿首白君瑞元帅足下：未审迩来起居何如？昔承京城士大夫数书，发扬清德，言足下有安天下之志，仍托仆为先容。仆备员翰墨，军国之事非所预议。然行道泽民，亦仆之素志也，敢不鞭策驽钝，以羽翼先生之万一乎！仆未达行在，而足下车从东旋，仆甚怏怏。夫端人取友必端矣，京城楚卿、子进、秀玉辈[1]，此数君子皆端人已。推扬足下，谈不容口，故知足下亦端人已。然此仆于足下少有疑焉。若夫吾夫子之道治天下，老氏之道养性，释氏之道修心，此古今之通义也。舍此以往，皆异端耳。君之尊儒重道，仆尚未见于行事，独观君所著《头陀赋序》，知君轻释教多矣。夫糠蘖乃释教之外道也。此曹毁像谤法，斥僧灭教，弃布施之方，杜忏悔之路，不救疾苦，败坏孝风，实伤教化之甚者也。昔刘纸衣扇伪说以惑众，迨今百年，未尝闻奇人异士羽翼其说者。夫君子之择术也，不可不慎。今君首倡序引，党护左道，使后出陷邪歧堕恶趣，皆君启之也。千古遗耻，仆为君羞之。糠蘖异端也，辄与佛教为比，万松辩赋[2]，甘泉劝书，反以孟浪巨蠹之言处之。以此行己化人，仆不知其可也。仆谓足下轻释教者，良以此也。夫于所厚者薄，无所不薄。君既轻释教，则儒道断可知矣[3]。君之于释教则重糠蘖，于儒道则必归杨、墨矣。行路之人皆云足下吝啬，故奉此曹，图其省费故也。昔诸士大夫书来，咸谓足下以济生灵为心，且吾夫子之道，以博施济众为治道之急。诚如路人所说，则吾夫子之道，亦不可行矣，又将安济生灵乎？又君序《头陀赋》云：冀请宗师祈冥福，以利斯民。足下民之仪表也。崇重糠蘖，毁斥宗师，将使一郡从风渐化，断知斯民罪恶日增矣，又将安以利斯民乎？仆谨撰《辩邪论》以寄[4]，幸披览之。更请习涉猎藏教，稽考儒书，反复参求，其邪正之歧，不足分矣。仆素知君为邪教所惑，亦未敢劝谕。君不以仆不才，转托诸士大夫万里相结为友[5]，故敢以区区忠告。《易》曰：方以类聚，物以群分。《经》云：士有争友，故身不离于令名。若知而不争，安用友为！若所尚不同，安可为友？或万一容纳鄙论，便请杜绝此辈，毁《头陀赋》板，以雪前非。如谓仆言未当，则请于兹绝交。夏暑比平安好，更宜以远业自重。区区不宣。

校记：

[1] 京城楚卿、子进、秀玉辈："玉"，原作"王"，据渐西本改。

[2] 万松辩赋："辩"，原作"辨"，据摛藻堂本改。

[3] 则儒道断可知矣："矣"，原作"巳"，据摛藻堂本改。

[4] 仆谨撰《辩邪论》以寄："辩"，原作"辨"，据摛藻堂本改。

[5] 转托诸士大夫万里相结为友："友"，原作"反"，据渐西本改。

约善长和诗战书

余奉善长诗百韵，仍乞光和。渠谦抑退让，以降启见戏，余亦戏作战书以督之，聊发一笑耳。

维旃蒙协洽之岁，三月甲午朔，湛然谨致书于诗将善长先生幕府：愚闻李、杜齐名，已有登坛之序；元、白并驾，当兴定霸之书[1]。在昔云然，于今亦可。既久陈于师旅，宜一决于雄雌。无约而和者，必谋有备，则所以亡患。在德不在险，虽粗闻于古语；受降如受敌，则为戒于兵家。伏惟善长先生冀北无双，斗南第一，能投壶而讲礼，善横槊而赋诗。词锋折万里之冲，笔阵扫千人之敌。将略多多而益办，雄材一一而难陈。遇险韵而愈奇，见大敌而倍勇。君倡之而来挑战[2]，我和之以为应兵。方及交绥，辍陈降启[3]。前锋少却，尚未损于一毫；勇气未衰，遂引退于三舍。张赢师而诱我，遗厚利以饵余。旷日持久，以老我师；重币甘言，以骄我志。深藏九地，必发九天。故示之以不能，将攻我之所短。倘弗遵于仁术，胜亦非功；苟不推于至诚，盟之何益？此奚疑耳，理亦灼然。兵不战而屈人，可为上策；心未服而纳款，岂无诈谋！若非先见之明，徒贻后悔之诮。是以载严文壁，爰整诗兵。比尔干，立尔矛；一乃心，齐乃力。文章灿烂，依稀整整之旗；声律精严，仿佛堂堂之阵。乃一鼓而成列，决再战而立功。顾天下之英雄，惟使君与操；叹文章之微婉，非夫子而谁？伫待兵尘[4]，愿闻金诺。谨奉战书以闻，指不多及。

校记：

[1] 当兴定霸之书："当"，原作"尝"，据撝藻堂本改。

[2] 君倡之而来挑战："倡"，原作"唱"，据撝藻堂本改。

[3] 辍陈降启："辍"，原作"辄"，据渐西本改。

[4] 伫待兵尘："尘"，原作"麈"，据撝藻堂本改。

寄万松老人书

嗣法弟子从源，顿首再拜师父丈室：承手教谕及弟子，有以儒治国，以佛治心之语，近乎破二作三，屈佛道以徇儒情者，此亦弟子之行权也。教不云乎，无为小乘人而说大乘法，弟子亦谓举世皆黄能，任公之饵，不足投也。故以是语饵东教之庸儒，为信道之渐焉。虽然，非屈佛道也，是道不足以治心，仅能治天下，则固为道之余泽矣。《戴经》云："欲治其国，先正其心。"未有心正而天下不治者也。是知治天下之道，为治心之所兼耳。普门示现三十二应，《法华》治世资生，皆顺正法，岂非佛事门中不舍一法者欤！孔子称夷齐之贤，求仁而得仁，死而不怨，后世行者难之。又安知视生死如逆旅，坐脱立亡，乃衲僧之余事耳。且五善十戒，人天之浅教，父益慈，子益孝，不杀之仁，不妄之信，不化自行于八荒之外[1]，岂止"有耻且格"哉！是知五常之道，已为佛教之浅者，兼而有之，弟子且让之。以儒治国，以佛治心，庸儒已切齿，谓弟子叛道忘本矣，又安足以语大道哉！又知稚川子尚以参禅卜之，立见其效。师尝有颂，试招本分钳锤一下，便知真假，正谓此耳。呵呵，春深，万冀为道珍重，区区不备。

校记：

[1] 不化自行于八荒之外："八"，原作"人"，据渐西本改。

司天判官张居中六壬祛惑钤序

予故人张正之世掌羲和之职，通经史百家之学，尤长于三式，与予参商且二十年矣。癸巳之春，既克汴梁，渠入觐于朝，形容变尽，唯语音存耳。乘闲因出书一编，曰《六壬祛惑钤》。予再四绎之，引式明例，皆有所据。或有隐奥，人所未通者，释以新说，盖采诸经之所长，无所矛盾者，取其折衷，为一家之书，近代未之有也。求传写者既众，其同列请刊行以广其传[1]。余欣然为引[2]，以题其端。癸巳中秋日，湛然居士漆水耶律楚材晋卿序[3]。

校记：

[1] 其同列请刊行以广其传："行"，摛藻堂本无。留底本字。

［2］余欣然为引：渐西本作"予"。

［3］漆水耶律楚材晋卿序："耶律楚材"，底本作"移剌楚才"，后文同。

苗彦实琴谱序

　　古唐栖岩老人苗公，秀实其名，彦实其字。博通古今，尤长于《易》。应进士举，两入御闱而不捷，乃拂袖去之。公善于琴事，为当世第一。尝游于京师士大夫间，皆服其高妙。泰和中，诏天下工于琴者，侍郎乔君举之于朝，公待诏于秘书监。予幼年刻意于琴[1]，初受指于待诏。弸大用每得新谱，必与栖岩商榷妙意[2]，然后弹之。朝廷王公大人邀请栖岩者无虚日，予不得与渠对指传声，每以为恨。壬辰之冬，王师济长河，破潼关，涉京索，围汴梁。予奏之朝廷，索栖岩于南京，得之，达范阳而弃世。其子兰挈遗谱而来，凡四十余曲。予按之，果为绝声，大率署令卫宗儒之所传也。余令录之[3]，以授后世。有知音博雅君子，必不以余为徒说云。壬辰仲秋后二日，湛然居士漆水耶律楚材晋卿序。

校记：

［1］予幼年刻意于琴："幼"，原作"初"，据渐西本改。

［2］必与栖岩商榷妙意："榷"，原作"确"，据渐西本改。

［3］余令录之："余"，原作"予"，据摛藻堂本改。下同。

西游录序

　　古君子南逾大岭，西出阳关，壮夫志士，不无销黯。予奉诏西行数万里，确乎不动心者，无他术焉，盖汪洋法海涵养之效也，故述《辨邪论》以斥糠麧，少答佛恩。戊子，驰传来京，里人问异域事，虑烦应对，遂著《西游录》以见余志[1]。其间颇涉三圣人教正邪之辨。有讥予之好辨者，予应之曰：《鲁语》有云："必也正名乎！"又云："思无邪。"是正邪之辨不可废也。夫杨朱、墨翟、田骈、许行之术，孔氏之邪也。西域九十六种，此方毗卢、糠、瓢、白经、香会之徒，释氏之邪也。全真、大道、混元、太一、三张左道之术，老氏之邪也。至于黄白、金丹、导引、服饵之属，是皆方技之异端，亦非伯阳之正道。畴昔禁断，明著典常。第以国家创业，崇尚宽仁，是致伪妄滋彰，未及辨正耳。古者嬴秦燔经坑儒，唐之韩氏排斥释、老，辩之邪也^[2]。孟子辟杨、墨，予之黜糠、丘，辩之正也。予将刊行之，虽三圣人复生，必不易此说矣。己丑元日，湛然居士漆水耶律楚材晋卿序。

校记：

[1] 以见余志："余"原作"予"，据摛藻堂本改。

[2] 唐之韩氏排斥释、老，辩之邪也："辩"，原作"辨"，据摛藻堂本改。后同。

辨邪论序

夫圣人设教立化，虽权实不同，会归其极，莫不得中。凡流下士，唯务求奇好异，以眩耳目。噫，中庸之为德也，民鲜久矣者，良以此夫。吾夫子云："中人以下，不可以语上也。"老氏亦谓："下士闻道大笑之。"释典云："无为小乘人而说大乘法。"三圣之说不谋而同者何哉？盖道者易知易行，非掀天拆地、翻海移山之诡诞也，所以难信难行耳。举世好乎异，罔执厥中。举世求乎难，弗行厥易。致使异端邪说，乱雅夺朱，而人莫能辨。悲夫，吾儒独知杨墨为儒者患，辨之不已，而不知糠孽为佛教之患甚矣。不辨犹可，而况从而和之哉^[1]，或为碑以纪其事^[2]，或为赋以护其恶。噫，天下之恶一也，何为患于我而独能辨之，为患于彼而不辨，反且羽翼之，使得遂其奸恶，岂吾夫子忠恕之道哉！党恶佑奸，坏风伤教，千载之下，罪有所归。彼数君子，曾不扪心而静思及此也邪！予旅食西域且十年矣，中原动静^[3]，寂然无闻。迩有永安二三友以北京讲主所著《糠孽教民十无益论》见寄，且嘱予为序。予再四译之^[4]，辨而不怒，论而不缦，皆以圣教为据，善则善矣，然予辞而不序焉。予以谓昔访万松老师以问糠孽邪正之道，万松以予酷好属文，因作《糠禅赋》见示。予请广其传，万松不可。予强为序引以行之，至今庸民俗士谤归于万松，予甚悔之。今更为此序，则又将贻谤于讲主者也。谨以万松讲主之余意，借儒术以为比，述《辨邪论》以行世。有谤者予自当之，安可使流言余谤污玷山林之士哉[5]！后世博雅君子有知我者[6]，必不以予为嗫嚅云。乙酉日南至，湛然居士漆水耶律楚材晋卿叙于西域瀚海军之高昌城。

校记：

[1] 而况从而和之哉："哉"，原脱，据摛藻堂本补。

[2] 或为碑以纪其事：此句"或"字，摛藻堂本无，按后句存。

[3] 中原动静："动"，原作"勤"，据渐西本改。

[4] 予再四译之："译"，原作"绎"，据摛藻堂本改。

[5] 安可使流言余谤污玷山林之士哉："余"原作"饰"，据摛藻堂本改。

[6] 后世博雅君子有知我者："雅"，原作"稚"，据渐西本改。

万松老人评唱天童觉和尚颂古从容庵录序

昔予在京师时，禅伯甚多，唯圣安澄公和尚神气严明，言辞磊落，予独重之。故尝访以祖道，屡以《古昔尊宿语录》中所得者叩之，澄公间有许可者，予亦自以为得。及遭忧患以来，功名之心束之高阁，求祖道愈亟，遂再以前事访诸圣安。圣安翻案，不然所见，予甚惑焉。圣安从容谓予曰："昔公位居要地，又儒者多不谛信佛书，惟搜摘语录，以资谈柄，故予不敢苦加钳锤耳。今揣君之心，果为本分事以问予，予岂得犹袭前愆，不为苦口乎！予老矣，素不通儒，不能教子。有万松老人者，儒、释兼备，宗说精通，辨才无碍，君可见之。"予既谒万松，杜绝人迹，屏斥家务，虽祁寒大暑，无日不参。焚膏继晷，废寝忘餐者几三年。误被法恩，谬膺子印，以湛然居士从源目之。其参学之际，机锋罔测，变化无穷。巍巍然若万仞峰，莫可攀仰；滔滔然若万顷波，莫能涯际。瞻之在前，忽焉在后，回视平昔所学皆块砾耳。噫！登东山而小鲁，登泰山而小天下者，岂虚语哉！其未入阃域者闻是语，必谓予志本好异也，唯屏山、闲闲其相照乎！尔后奉命赴行在，扈从西征，与师相隔不知其几千里也。师平昔法语偈颂，皆法隆公所收，今不复得其稿。吾宗有天童者，《颂古》百篇，号为绝唱。予坚请万松评唱是颂，开发后学。前后九书，间关七年，方蒙见寄。予西域伶仃数载，忽受是书，如醉而醒，如死而生[1]，踊跃欢呼，东望稽颡再四披绎，抚卷而叹曰："万松来西域矣。"其片言只字，咸有指归，结款出眼，高冠今古，是为万世之楷模，非师范人天、权衡造化者，孰能与于此哉！予与行宫数友，旦夕游泳于是书，如登大宝山，入华藏海，巨珍奇物，广大悉备，左逢而右遇，目富而心饫，岂可以世间语言形容其万一邪！予不敢独擅其美，思与天下共之。京城唯法弟从祥者，与仆为忘年交，谨致书请刊行于世，以贻来者。乃序之曰：佛祖诸师，埋根千丈，机缘百则，见世生苗。天童不合抽枝，万松那堪引蔓，湛然向枝蔓上更添芒索。穿过寻香逐气者鼻孔，绊倒行玄体妙底脚根，向去若要脚跟点地，鼻孔撩天，却须向这葛藤里穿过始得。甲申中元日，漆水耶律楚材晋卿叙于西域阿里马城。

校记：

[1] 如死而生："生"，原作"苏"，据撷藻堂本改。

评唱天童拈古请益后录序

雪窦《拈颂》，佛果评唱之，《击节碧岩录》在焉。佛果《颂古》，圆通善国师评唱之，《觉海轩录》在焉，是临济、云门，互相发扬矣。独洞下宗风未闻举唱，岂曲高和寡耶！抑亦待其人耶！必有通方明眼判断，尚未晚也。昔佛鉴《拈八方珠玉集》止及其半，每至曹洞、夹岭、石霜三宗机缘，留付佛果。今佛鉴、佛果《拈八方珠玉集》具在，愈可疑焉。三大老后，果有天童觉和尚拈颂洞下宗风，为古今绝唱，迨今百年，尚无评唱者。予参承余暇，固请万松老师评唱之，欲成三宗鼎峙之势，忍拈覆涑贞吝之讥。今评唱《颂古从容庵录》已大播诸方。评唱《拈古请益后录》时，老师年已六十有五矣。循常首带佛事，人情暮隙之间，侍僧请益，旋举旋录，皆不思而对，应笔成文，凡二十七日，百则详备，神锋颖利，于斯见矣。若夫据令于临济棒喝以前，发机于云门三句之外，岂更与佛果、圆通残馊争长哉！俊快衲子，举一明三，瞥见全鼎，则沩仰、法眼，双铉亦宛然矣。但恐信不及，徒劳话岁寒也。吁！壬辰重阳日，湛然居士漆水耶律楚材晋卿序于天山。

楞严外解序

　　昔洪觉范有言：天台智者禅师闻天竺有《首楞严经》，且暮西向拜，祝愿此经早来东土，续佛慧命，竟不得一见。今板鬻遍天下，有终身不闻其名者，因起法轻信劣之叹。若夫征心辨见，证悟穷魔，明三界之根，探七趣之本，原始要终，广大悉备，与禅理相为表里，虽具眼衲僧，不可不熟绎之也。余故人屏山居士牵引《易》《论语》《孟子》《老氏》《庄》《列》之书，与此经相合者，辑成一编，谓之《外解》，实渐诱吾儒不信佛书者之饵也[1]。吾儒中喜佛乘者固亦多矣，具全信者鲜焉。或信其理而弃其事者，或信其理事而破其因果者[2]，或信经论而诬其神通者，或鄙其持经，或讥其建寺。尘沙之世界，以为迂阔之言；成坏之劫波，反疑驾驭之说。亦何异信吾夫子之仁义，诋其礼乐，取吾夫子之政事，舍其文学者耶！或有攘窃相似之语，以谓皆出于吾书中，何必读经然后为佛，此辈尤可笑也。且窃人之财犹为盗，矧窃人之道乎！我屏山则不然，深究其理，不废其事。其于因果也，则举作善降祥之文，引羊祜、鲍靓之事。其于尘界也，则隘邹子之说，婉御寇之谈。其神通也，则云左慈术士耳，变形于魏都，皆同物也，疑吾佛不能变千百亿化身乎？其于劫波也，则云郭璞日者，卜年于晋室，若合符券，疑吾佛不能记百万之多劫耶？其于持经也，则云佛日禅师因闻诵《心经咒》，言下大悟，田夫俚妇持念诸课者，讵可轻笑之哉！其于建寺也，则云阿兰若法当供养。彼区区者，尚以土木之功为费，何庸望之甚耶！其评品三圣人理趣之浅深也[3]，初云稍寻旧学，且窥道家之言，又翻内典，至其邃处，吾中国之书似不及也。晚节复云，余以此求三圣人垂化之理，而后知吾佛之所以为人天师、无上大法王者，非诸圣之所以能侔也。学至于佛则无可学者，乃知佛即圣人，圣人非佛。西方有中国书，中国无西方书也。或问："屏山何好佛之深乎？"答云："感恩之深则深报之，屏山所谓心不负人者矣。"渠又云："吾佛之所诲人者，其实如如，不诳不妄，岂有毛发许可疑者邪？"噫！古昔以来笃信佛书之君子，未有如我屏山之大全者也，近代一人而已。泰和中，屏山作《释迦文佛赞》，不远千里，以序见托于万松老师[4]。永长巨豪刘润甫者笑谓老师曰："屏山儿时闻佛，以手加额，既冠排佛，今复赞佛。吾师之序，可慎与之，庸讵知他日得不复似韩、欧排佛乎？"老师曰："不然，今屏山信解入微，如理而说，岂直悔悟于前非[5]，亦将资信于来者。且儿时喜佛者，生知宿禀也；既冠排佛者，华报蛊惑也；退而赞佛者，不远而复也。而今而后，世尊所谓吾保此木，决定入海矣。"后果如吾师言，余与屏山通家相与，尔汝曾不检羁。其子阿同辈待余以叔礼[6]。天兵既克汴梁，阿同挈遗稿来燕，寓居万松老师之席。老师助锓木之资，欲广其传。阿同致书，请余为引。余亦不让，援笔疾书，以题其端。不惟彰我万松老师冥有知人之鉴，抑亦纪我屏山居士克终全信之心，且为方来浅信窃道者之戒云。甲午清明后五日，湛然居士漆水耶律楚材晋卿序于和林城。

校记：

[1] 实渐诱吾儒不信佛书者之饵也：诱，渐西本作"消"。

[2] 或信其理事而破其因果者：或信，原脱，据渐西本补。

[3] 其评品三圣人理趣之浅深也：评品，渐西本作"品评"。

[4] 以序见托于万松老师："于"，原作"予"，据摛藻堂本改。

[5] 岂直悔悟于前非："直"，原作"但"，据摛藻堂本改。

[6] 其子阿同辈待余以叔礼：同，原作"余"，据渐西本改，后同。

心经宗说后序

白华山主，掿折脚铛，煮熟没米粥[1]；万松野老，用穿心碗，盛与无口人。虽然指空话空，争奈依实具实。嗟见浑沦吞枣[2]，只管诵持；故教混沌开眉，妄生穿凿。如明以字，莫认经头，未解本文，且看注脚。湛然居士漆水耶律楚材晋卿详勘印行。

校记：

[1] 煮熟没米粥："熟"，渐西本无此字。

[2] 嗟见浑沦吞枣："沦"，原作"抢"，据摛藻堂本改。

糠蘖教民十无益论序[1]

昔予友以此论见寄，属余求序以行世[2]。予恐谤归于讲主者，辞而不序，遂采万松老师赋意及讲主余论，述《辨邪论》之意，以谓世人皆云释子党教护宗，由是飞谤流言，得以借口。余本书生[3]，非释非糠，从旁杖义，辨而证之，何为不可乎？余又谓昔屏山居士序《辅教编》有云："儒者尝为佛者害，佛者未尝为儒者害。"诚哉是言也。盖儒者率掌铨衡，故得高下其手。其山林之士，不与物竞，加以力孤势劣，曷能为哉？余观作《头陀赋》数君子，皆儒也，余不辩，则成市虎矣。不独成市虎，抑恐崔浩、李德裕之徒，一唱一和，撼摇佛教，为患不浅，故率引儒术，比而论之，以励吾儒为糠蘖所惑者。论既述，所谓予友者，复以书见示，其大略曰："讲主上人者，以糠蘖叛教颓风，乃检阅藏教，寻绎儒经，积有年矣。穷诸佛之深意，达三乘之至真，列十篇之目，成一家之言。语辨而词温，文野而理亲，闻之者是非莫逃，诵之者邪正斯分，雷震狮吼，邪摧魔奔，良谓偃德草之仕风，释疑冰之阳春。噫！或佛道之未丧也，谅必由子斯文乎！是以信奉佛教者，辗转录传，不可胜纪。京城禅伯尊宿，欲流之无穷，不惮万里，往复数书，托子为序。今之士大夫才笔胜子者，固亦多矣，岂不能序此一书乎？以子素淘汰禅道，涉猎佛书，颇知旨归故也，子何让焉？此老不避嫌疑，自其谤诮而为此书，彼且不避子何代彼而避谤乎！吾观子所著《辨邪论》止为儒者述，儒之信糠者，止二三子而已矣。市井工商之徒信糠者，十居四五。自非此书，彼曹何从而化之乎？子所得者少，所失者不为不多矣。"书既至，余不能答，谨以书意序诸论首。丙戌重午日，题于肃州鄯善城。

校记：

[1] 糠蘖教民十无益论序："蘖"，原作"蘗"，据撷藻堂本改。后同。

[2] 属余求序以行世："余"，原作"予"，据撷藻堂本改。

[3] 余本书生："余"，原作"予"，据撷藻堂本改。后同。

释氏新闻序

昔仰峤丛林为燕然之最，主事僧辈历久不更，执权附势，动摇住持人[1]。泰和中[2]，本寺奏请万松老人住持，上许之。万松忻然奉诏。人或劝之曰："师新出世，彼易师之年少，彼不得施其欲，必起风波，无遗后悔乎？"师笑而不答。既住院，师一遵旧法，无所变更，惟拱默而已[3]。夏罢，主事辈依例辞职，师因其辞也，悉罢之。师预于众中询访耆德，为众推仰者数人，至是咸代其职。积藏颓风，一朝顿革，远近翕然，称吾师素有将相之材矣。迄后章庙秋猎于山，主事辈白师曰[4]："故事，车驾巡幸本寺，必进珍玩，不然，则有司必有诘问。"师责之曰："十方檀信布施，为出家儿，余与若不具正眼，空食施物，理应偿报，汝不闻木耳之缘乎？富有四海，贵为一人，岂需我曹之珍货也哉！且君子爱人也以德，岂可以此瑕类贻君主乎！"因手录偈一章[5]，诣行宫进之，大蒙称赏。有"成汤狩野恢天网，吕尚渔矶浸月钩"之句，诚仁人之言也。翌日，章庙入山行香，屡垂顾问，仍御书诗一章遗之，师亦淡如也[6]。车驾还宫，遣使赐钱二百万，使者传敕，命师跪听。师曰："出家儿安有此例？"使者怒曰："若然，则予当回车。"师曰："传旨则安敢不听，不传则亦由使者意。"竟焚香立听诏旨。章庙知之，责其使曰："朕施财祈福耳，安用野人闲礼耶！"上下悚然，服吾师不屈王公之前矣。此二事天下所共知者也。其余师之隐德默行未播于人间者[7]，可胜道哉[8]！师之切于扶圣教，急于化人心也，万分之一见之于此书乎！师应物传道之暇，手不释卷，凡三阅藏教，无书不读。每有多闻，能利害于佛乘，关涉于教化者，悉录之，目之曰《释氏新闻》[9]。将使见书而知归，闻言而向道，真谓治邪之药石，济迷涂之津梁也，岂小补哉！石门洪觉范著《林间录》，辨而且文，间有偏党之语。后之成人之美者，未尝不叹息于斯焉。我万松老师之意，扶教利人也深，是以推举他宗，谈不容口，此与觉范之用心相去万万者也。读是书者，当知是心矣。於戏[10]，伟哉！予请刊是书行于世，因为之序。甲午上元后一日，湛然居士漆水耶律楚材题。

校记：

[1] 动摇住持人："动摇"，渐西本作"摇动"。

［2］泰和中："泰"，原作"来"，据渐西本改。

［3］惟拱默而已："默"，原作"然"，据渐西本改。

［4］主事辈白师曰：辈，原作"辇"，据渐西本改。

［5］因手录偈一章：因，原作"困"，据渐西本改。

［6］师亦淡如也："淡"，原作"泊"，据摛藻堂本改。

［7］其余师之隐德默行未播于人间者："其"，原作"自"，据摛藻堂本改。

［8］可胜道哉："可"，原作"何"，据摛藻堂本改。

［9］目之曰《释氏新闻》：目，原作"曰"，据渐西本改。

［10］於戏：原作"呜呼"，据摛藻堂本改。

屏山居士金刚经别解序

佛法之西来也，二千余祀，宝藏琅函，几盈万轴，可谓广大悉备矣。独《金刚》一经，或明眼禅客若脱白沙弥，上至学士大夫，下及野夫田妇、里巷儿女子曹，无不诵者。以频见如闲，姑置而不问者有之；以至理叵测，望涯而退者有之。噫，信其小而不信其大，信其近而不信其远，信其所闻而不信其所未闻，信其所见而不信其所未见，自是而非他、执一而废百者，比比然，又何讶焉！伟哉！屏山居士取儒、道两家之书，会运、奘二师之论，牵引杂说，错综诸经，著为《别解》一编。莫不融理事之门，合性相之义，析六如之生灭，剖四相之键关，谓真空不空，透无得之得。序圆顿而有据，识宗说之相须。辨因缘自然，喻以明珠；论诸佛众生，譬之圆镜。若出圣人之口，冥契吾佛之心，可谓天下之奇才矣。嘻[1]，此书之行于世也，何止化书生之学佛者偏见，衲僧无因外道，皆可发药矣。昔予与屏山同为省掾时，同僚讥此书，以为饵馂馅之具[2]，予尚未染指于佛书，亦少惑焉。今熟绎之，自非精于三圣人之学者，敢措一辞于此书乎！吁，小人之言，诚可畏哉！乙未元日，湛然居士漆水耶律楚材晋卿序于大碛黄石山。

校记：

［1］嘻：渐西本作"噫"。

[2] 以为饵馇餂之具：具，原作"其"，据渐西本改。

万松老人万寿语录序

余忝侍万松老师，谬承子印，因遍阅诸派宗旨，各有所长，利出害随，法当尔耳。云门之宗悟者得之于紧俏，迷者失之于识情。临济之宗，明者得之于峻拔，昧者失之于莽卤。曹洞之宗，智者得之于绵密，愚者失之于廉纤。独万松老人得大自在三昧。抉择玄微，全曹洞之血脉[1]；判断语录，具云门之善巧；拈提公案，备临济之机锋。沩仰、法眼之炉鞴[2]，兼而有之，使学人不堕于识情、莽卤、廉纤之病，真间世之宗师也。略举中秋日为建州和长老圆寂上堂云：有人问[3]："既是建州迁化，为甚万寿设斋？"师云："此夜一轮满，清光何处无。"又问："不是尽七、百日，又非周年、大祥，斗勘今日设斋[4]？"师云："月色四时好，人心此夜偏。"众中道："长老座上诵《中秋月诗》，佛法安在？"师云："万里此时同皎洁，一年今夜最分明。将此胜因，用严和公觉灵中秋玩月，彻晓登楼，直饶上生兜率，西往净方，未必有燕京蒸梨、馏枣、爆栗、烧桃。"众中道："长老只解说食，不见有纤毫佛法。"师云："谢子证明，即且致为甚，中秋闭目坐[5]，却道月无光。有余胜利，回向诸家檀信。然软蒸豆角，新煮鸡头，葡萄驻颜，西瓜止渴，无边功德，难尽赞扬。假饶今夜天阴，暗里一般滋味，忽若天晴月朗，管定不索点灯。"老师语录，似此之类尤多，不可遍举。且道五派中是那一宗门风？具眼者试辨看。噫！千载之下，自有知音。乙未夏四日湛然居士漆水耶律楚材晋卿序于和林城。

校记：

[1] 全曹洞之血脉："脉"，摛藻堂本作"派"。

[2] 沩仰、法眼之炉鞴："沩"，原作"为"，据渐西本改。

[3] 有人问："问"，原作"间"，据渐西本改。

[4] 斗勘今日设斋："斗"，原作"闬"，据渐西本改。

[5] 中秋闭目坐："目"，原作"日"，据渐西本改。

屏山居士鸣道集序

屏山居士年二十有九，阅《复性书》，知李习之亦二十有九，参药山而退著书，大发感叹，日抵万松老师，深攻亟击。宿禀生知[1]，一闻千悟。注《首楞严》《金刚般若》《赞释迦文》《达摩祖师梦语》《赘谈》《翰墨佛事》等数十万言，会三圣人理性之学，要终指归佛祖而已。江左道学倡于伊川昆季，和之者十有余家，涉猎释、老，肤浅一二，著《鸣道集》，食我园葚，不见好音，诬谤圣人，聋瞽学者。噫！凭虚气，任私情，一赞一毁，独去独取，其如天下后世何！屏山哀矜，著《鸣道集说》，廓万世之见闻，正天下性命，发挥孔圣幽隐不扬之道，将攀附游龙，骎骎乎吾佛所列五乘教中人天乘之俗谛疆隅矣。《鸣道》诸儒力排释老，拚陷韩欧之隘党，孰如屏山尊孔圣与释、老鼎峙耶！诸方宗匠皆引屏山为入幕之宾，《鸣道》诸儒，钻仰藩垣，莫窥户牖，辄肆浮议，不亦僭乎！余忝历宗门堂室之奥，愚为保证，固非师心昧诚之党。如谓不然，报惟影响耳。屏山临终，出此书付敬鼎臣曰："此吾末后把交之作也，子其秘之，当有赏音者。"鼎臣闻余购屏山书甚切[2]，不远三数百，徒步之燕，献的稿于万松老师，转致于余。余览而感泣者累日。昔余尝见《鸣道集》，甚不平之，欲为书纠其芜谬而未暇，岂意屏山先我著鞭，遂为序引，以针江左书生膏肓之病焉。中原学士大夫有斯疾者，亦可发药矣。甲午冬十有五日，湛然居士漆水耶律楚材晋卿序。

校记：

[1] 宿禀生知："禀"，原作"票"，据渐西本改。

[2] 鼎臣闻余购屏山书甚切："余"，原作"予"，据摛藻堂本改。

书金刚经别解后

孔子有云："吾十有五而志于学，三十而立，四十而不惑。"是知学道未至于纯粹精微之域，虽圣人亦少惑焉。昔乐天答制策，稍涉佛教之识，中年鄙海山而修兜率，垂老为《赞佛发愿文》乃云起因张本[1]，其事见于本集。子瞻上万言，颇称释氏之弊，晚节专翰墨为佛事，临终作神咒浪出之偈，且曰"著力即差"，其事见于年谱。退之屈论于大颠[2]，而稍信佛书，韩文公别传在焉。永叔服膺于圆通而自称居士，欧阳公别传在焉。是知君子始惑而终悟，初过而后悔，又何害也？屏山先生幼年作《排佛说》，殆不忍闻。未几翻然而改，火其书作二解，以涤前非，所谓改过不吝者。余于屏山有所取焉。后之人立志未定，惑于初年者，当以此数君子为法。乙未清明日，湛然居士题于《别解》之后。

校记：

[1] 乃云起因张本："云"，渐西本作"因"。

[2] 退之屈论于大颠："颠"，原作"巅"，据摛藻堂本改。

贫乐庵记

三休道人税居于燕城之市，榜其庵曰贫乐。有湛然居士访而问之曰："先生之乐可得闻欤？"曰："布衣粝食，任天之真。或鼓琴以自娱，或观书以自适。咏圣人之道，归夫子之门。于是息交游，绝宾客，万虑泯绝，无毫发点翳于胸中。其得失之倚伏，兴亡之反复，初不知也。吾之乐良以此耳。"曰："先生亦有忧乎？"曰："乐天知命，吾复何忧？"居士进曰："予闻之，君子之处贫贱富贵也，忧乐相半，未尝独忧乐也。夫君子之学道也，非己为也。吾君尧舜之君，吾民尧舜之民，此其志也。使一夫一妇不被尧舜之泽者，君子耻诸。是故君子之得志也，位足以行道，财足以博施，不亦乐乎！持盈守谦，慎终如始，若朽索之驭六马，不亦忧乎！其贫贱也，卷而怀之，独洁一己，无多财之祸，绝高位之危，此其乐也。嗟流俗之未化，悲圣道之将颓，举世寥寥无知我者，此其忧也。先生之乐，知所谓矣。先生之忧，不其然乎？"道人瞠目而不答。居士笑曰："我知之矣。夫子以谓处富贵也，当隐诸乐而形诸忧；处贫贱也，必隐于忧而形诸乐。何哉？第恐不知我者，以为洋洋于富贵，戚戚于贫贱也。"道人曰："他人有心，予忖度之，吾子之谓矣。请以吾子之言以为记。"丙子日南至，湛然居士漆水耶律楚材晋卿题。

燕京大觉禅寺创建经藏记

辽重熙、清宁间，筑义井精舍于开阳门之郭，傍有古井，清凉滑甘[1]，因以名焉。今朝天德三年，展筑京城，仍开阳之名为其里。大定中，寺僧善祖有因缘力，道俗归向者众，朝廷嘉之，赐额大觉。贞祐初，天兵南伐，京城既降，兵火之余，僧童绝迹，官吏不为之恤，寺舍悉为居民有之[2]。戊子之春，宣差刘公从立与其僚佐高从遇辈，疏请奥公和尚为国焚修，因革律为禅。奥公罄常住之所有，赎换寮舍，悉隶本寺。稍成丛席，可容千指。瑞像殿之前，无垢净光佛舍利塔在焉，残缺几仆。提控李德者，素党于糠孽，不信佛教，至是改辙施财，完葺其塔。维有提控晋元者，施蔬圃一区于寺之南，以给众用，糊口粗给。庚寅之冬，刘公以状闻朝廷，招提院所贮余经一藏，乞迁于本寺安置，许之。于是奥公转化檀越，创建壁藏斗帐龙龛一周，凡二十架，饰之以金，绘之以彩[3]，穷工极巧，焕然一新，计所费之直，白金百笏。能事告成，累书请湛然居士为记。余慨然曰：昔者圣人之藏书也，贮之以金柜，写之于琬琰，重道尊书，以示于将来也。浮屠氏之建宝藏者，亦犹是乎！吾夫子删《诗》定《书》，明《礼》赞《易》，六经之下，流为诸子，《春秋》以降，散为史书，较其卷轴，不为不多矣。兵革以来，率散落于尘埃中。吾儒得志于时者，曾无一人为之哀集，置之净室，安之宝架，岂止今日也哉！承平之世[4]，间有儒冠率集士民，修葺宣圣之庙貌者，曾未卒功[5]，已为有司纠劾矣，且以擅兴之罪罪之。噫，吾道衰而不振者，良以此夫。昔雪岩示寂于王山时，万松老人方应诏住持仰峤，讣问既至，不俟驾而行，遇完颜子玉诸涂。子玉叹曰："士人闻受业之师物故也。虽相去信宿之地，未闻躬与其祭者，岂有千里奔丧者耶！佛祖之教，源远流长者，有自来矣。"子玉屡以此事语及士大夫[6]，今奥公禅师非为子孙计，无取功名心，汲汲皇皇，丐乞于道路，唯以佛宫秘藏为务，可谓不忘本矣。余已致书于诸道士大夫之居官守者，各使营葺宣父之故宫，亦由奥公激之也云。癸巳中秋日记。

校记：

[1] 清凉滑甘："滑甘"，渐西本作"甘滑"。

[2] 寺舍悉为居民有之："居民"，渐西本作"民居"。

[3] 绘之以彩："以"据渐西本补。

[4] 承平之世：承，原作"成"，据渐西本改。

[5] 曾未卒功：功，渐西本作"工"。

[6] 子玉屡以此事语及士大夫：屡，渐西本作"每"。

和公大禅师塔记

师本平水人，俗姓段氏。幼习儒业，甫冠，应经义举。因阅《春秋左氏传》，悟兴衰之不常，慨然投笔。退居山林。年二十，弃俗出家，礼平阳大慈云寺僧宗言为师。受戒披剃。颇习经论。后闻教外别传之旨，乃倾心焉，遍谒诸方，因缘不契。师知万松老人之声价照映南北，直抵燕然而见之。居数载，师资道契，始获密许，人颇知之。丙戌夏六月，故劝农使王公为功德主，作大斋，又蒙行省相公泊以下僚佐专使赍疏，劝请开堂出世，因住持大万寿禅寺。师素刚毅寡合，未期，退居渔阳之盘山报国寺。建州元帅葛公，权府朱公、弹压樊公闻师之名，飞疏敦请。辞不获已，杖锡北行，诣建州梨花道院，以塞其命。未几，示微疾，移居间山之崇福寺养病。一日，忽召门人普净辈谓之曰："生死去来犹空花水月，何足为讶。"遂净发更衣，端坐而嘱后事。乃作颂曰："临行一句，当面不讳。皓月清风，不居正位。"颂毕，右胁而寂，师将顺世，有本寺传戒大师临，谓之曰："善为道路。"师笑而不答，令众且去，勿喧。众皆出，闻师咄一声，众惊视之，师已寂矣，三日神光不变。荼毗之日，颇有祥异。数州士民焚香拜礼者，络绎于路。师俗寿四十六，僧腊一十六，其徒迎其灵骨藏于万寿祖茔之侧。噫，师之处万寿也，每闻诵经之声，形不怿之色，由是人皆讥之。临行之际，命其徒讽《尊胜咒》者，何哉？殊不知大善知识，临机应物，一抑一扬，一夺一纵，若珠之走盘，千变万化，讵可以一途而测耶！至于巨川海和尚平日亦行此令，执相者讽之而谓毁梵行，掠虚者赞之而无碍禅，皆失之矣。后之学者，当以此为诫。己丑之清明[1]，其徒属予为记，遂以所闻之语，信笔记之。湛然居士云。

校记:

[1] 己丑之清明:"之"字原无,据摛藻堂本补。

赵州柏树颂

古佛犹存旧道场,庭前依旧柏苍苍。莫谤诸州无此语,禅林奔走错商量。

黄龙三关颂

我手何似佛手

称头斤两须端的,短少毫厘不可欺。函关辨认合同券,未肯轻轻放过伊。

我脚何似驴脚

行令如同车脚圆,你三文后我三钱。直饶道底分明是,也是当年鹦鹉禅。

如何是上座生缘

只打野盘无寺宿,不供糊口趁村斋。上户莫椿虚物力,僧司无得错推排。

自赞

别来十年五岁,依旧一模一样。髭髯垂到腰间,眉毛俨然眼上。龟毛锥子画虚空,写破湛然闲伎俩。

自赞 (其二)

有发禅僧,案涪翁自赞云,似僧有发,似俗无尘[1],无名居士。人道甚似,我道便是。尘尘劫劫露全身[2],纸上毫端何处避。

校记:

[1] 案涪翁自赞云,似僧有发,似俗无尘:原无,据渐西本补。

[2] 尘尘劫劫露全身：劫劫，原作"刹刹"，据渐西本改。

燕京崇寿禅院故圆通大师朗公碑铭

师讳祖朗，姓李氏，蓟州渔阳人也[1]。九岁出家，礼燕京大圣安寺圆通国师为师。大定十三年，京西弘业寺受具。至二十一年，改弘业为大万安禅寺，有司承制，师充知事。厥后拂衣驻锡圣安，复为举充监寺。崇寿禅院者，实圆通国师退老之旧居也。以师为宿旧之最，承安间坚请师为宗主住持，一历十稔。又奉敕选香林禅寺开山提点，凡三载，敕赐总持大德，答其勤也。既而崇寿复请住持，载阅五春。贞祐间，奉敕改赐今号。度门徒凡十有一人，咸有肖父之风焉。师前后辅翼丛林，不惮艰苦，让功责己，潜德密行，不可概举。师以壬午之仲冬十有四日示寂于崇寿，僧腊五十三，俗寿七十四。师将顺世，预召其属徒，笑谓曰："生缘我将尽矣。"属徒退而相谓曰："师神色自若，若无他疾[2]，安得遽有是事邪？"后七日，师命侍僧执笔代书颂云："咄遮皮袋，常为患害。继祖无能，念佛有赖。来亦无来，去亦无碍。四大各离，一时败坏。且道还有不败还者么！"良久，云："浮云散尽月升空，极乐光中常自在。"语竟，乃闭目跏趺而寂。于是迩遐缟素，吊祭如云，嘉声远震，愈光于生前矣。其弟子辈瘞灵骨于师翁灵塔之左，去京城之南可三里之许[3]。丁亥之冬，予奉诏搜索经籍，驰传来京。有庵主志奥者，师之受戒弟子也，晚得法于圣安澄公圆照大禅师。以仆素与朗师善，嘱予求碑铭。仆素爱师之纯古洒落，与之游者久矣。师尝云："予晚节愈坚于持重[4]，日念弥陀圣号数万声方止，譬如抱河梁而浴，又何害焉！"今闻师之寂也，七日预知时至，雅符龙猛祖师之证，无乃持诵之验欤！噫，圣人岂欺我哉！岂欺我哉！万松老人为宗门之大匠，四海之所式范，素慎许可，尝赞师之真曰："德誉燔沉，灵骨铿金。讷于言而敏于行，璞其貌而玉其心。敕选提封于国寺，天资饱练于禅林。子徒知寒蝉将蜕，尚袭余吟，吾以谓升圆通之堂者，稽古依然接武于方今。"云万松见许如是，人可知矣[5]。仆闻师侍从圆通国师最久，而又临终之际超然自在，疑必得法于国师，或因缘未合，或受国师密训，不令出世，亦石霜素侍者之俦侣欤！崇寿禅院方丈、法堂、丛林制度，一如圣安，师久据而不请禅伯住持者，亦犹素侍者"平欺老黄龙，下视兜率悦"之意欤！予恐后世明眼人责备于贤者，累师之重德，故雪之于此。后之子孙，当干父之蛊，无蹈前辙，以玷师之高名焉。湛然居士再拜而作铭曰：

　　伟哉朗公，诞迹渔阳。师侍圆通，达奥穿堂。肃依宸命，屡提国寺。退己让人，举废修坠。儿孙众多，酷奉弥陀。心期极乐，迹厌娑婆。撒手便行，预知时至。腊五十三，寿七十四。奔丧赴祭，缁素骈阗。嘉声遐播，愈盛生前。京南之原，荼毗灵骨。素答陵空，朗师不殁。佯痴放憨，素公同参。蔑视兜率，平欺圖南。不邀宗匠，冷闲方丈。垂手无人，老残龙象。予闻君子，责备乃贤。毋以微瑕，累乎大全。云子云孙，干父之蛊。载震师名，永扬万古。庚寅年六月望日。

校记：

[1] 蓟州渔阳人也："也"，原脱，据摛藻堂本补。

[2] 若无他疾："若"，原作"苦"，据渐西本改。

[3] 去京城之南可三里之许："三里之许"，底本作"二里许"，据摛藻堂本改。

[4] 予晚节愈坚于持重："重"，原作"诵"，据摛藻堂本改。

[5] 人可知矣："矣"，原作"已"，据摛藻堂本改。

题万寿寺碑阴

　　昔达摩西来，禅宗大播，门庭峻峭，机变骤驰，非世智辩聪所能晓也。其与夺之间，固有宾主，抑扬之际，不无权实。其未具透关眼者，岂免随语注解之病哉！香山俊公和尚受法于大明，渠谓洞山之后，偏正五位，失其本意，亦行权之语与[1]？同参荣公闻之，果吞钩饵。俊公门人辈从而勒诸石[2]，远发后世之一笑。噫，受师之道而反谤之，是自谤也；何止自谤也，曹山技子青州诸师之道，皆不足法矣。顾香山亦近世之豪迈者也，忍为此事邪！昔云门《拈世尊初生因缘》云："我当时若见一，棒打杀与狗子吃。"《琅琊觉》云："云门可谓将此身心奉尘刹，是则名为报佛恩。"临济临终谓三圣云："谁知吾正法眼藏，向这瞎驴边灭却。"至今法道大行。是知宗门之语，一抬一搦，岂可以世间语言定其准的也哉？若香山果无毁大明意，后之子孙宜改覆车之辙，不然，则自有胜默老人之韵语，予手书于故碑之阴，以为来者诫。其辞曰：燕俊与朔荣，齐足出大明。俊趋住巨刹，党奋枭獍狞。探抱洞山足，逆坋大明睛。闻见吊浇季，搦腕皆含情。荣甘溺廗瓮，掉尾求膻腥。曲助碑其言，欺贼晚来诚。我览取诸譬，譬彼秦筑城。秦非不谋固，无德秦亦倾。上德无可德，下德方纪铭。端然居上德，非碑道亦行。况圣不自会，古德云：其足圣人法，圣人不会。其肯自矜盈。修母致子有，反是而未聆[3]。目花只自见，耳声约谁听[4]。虽欲信天下，未必同为声。不见三叶祖，削迹舍身名。儿孙愈岳立，史传愈金铿[5]。不见北宗下，功勋石上争。期昌竟何昌，千古招论评。俄柔庆基败，大明老师尝记曰：彼有党僭，必不得好嗣。果败于庆、柔、基三人也。玷累斯文贞。赘然置虚堂，徒表党宗明。

校记：

[1] 亦行权之语与："与"，原作"欤"，据撝藻堂本改。

[2] 俊公门人辈从而勒诸石："勒"，原作"勤"，据渐西本改。

[3] 反是而未聆："未"，原作"来"，据渐西本改。

[4] 耳声约谁听："声"，原作"磬"，据渐西本改。

[5] 史传愈金铿："金"，原作"余"，据渐西本改。

祭侄女淑卿文

维乙未之春三月二十六日，叔湛然居士谨以蔬食清茗致祭于犹子舜婉淑卿之灵：维灵胄出辽室，支分太宗。我考贤王，凤植于令德；吾兄按察，载振于清风。汝幼奉母训，长知父从。禅理颇究，儒学悉通。禀郑娘之标格，有灵昭之心胸[1]。不食荤于笄年，欲为尼于高嵩，德播人口，名达帝聪。遣使求于故乡，有诏入于深宫。守志持节，慎心饰躬。垂及知命，尚为婴童。古所未有，来者孰同。章奏久掌，名位日隆。上谓之女学士，人呼之官相公。屡有谏诤，多所弥缝。德殊辞辇之班，功胜当熊之

冯。忽家亡而国破，叹势尽而途穷。果全身而不辱，示微疾而善终。正悟
之名，得之于空老；徒悟之号，乞之于髯翁。信幻有之非有，知真空之不
空。来兮无迹，去兮无踪。来无迹兮，出燕山之白云；去无踪兮，耸和林
之青松。明日灰飞烟灭后，天涯无处不相逢。呜呼，哀哉！伏惟尚飨。

校记：

[1] 有灵昭之心胸："昭"，原作"照"，据摛藻堂本改。

为庆寿寺作万僧疏

窃以栖心物外，已知四大之空；寓迹尘中，且赖十方之供。矧五常尤
尊于博施，而六度首重于檀那。不求郡国之英豪，谁养林泉之跛挈。芒鞋
藜杖，弗辞千里之勤；粝食蔬羹，好助万僧之化。谨疏。

太原开化寺革律为禅仍命予为功德主因作疏

窃惟昔年开化，今日为禅。已蒙智老拈香，又请湛然作主。寻行数
墨，一蠲教院家门；运水搬柴，便有丛林气息。谨疏。

为石璧寺请信公庵主开堂疏

窃以达摩昔年莽卤，截鹤续凫；天宁今日颟顸，证龟作鳖。可怜弄
巧成拙，不免出丑放乖。我信公庵主受洞下之宗风，佩却波天宁老人道
号也之心印。参穷行说不到处，踏开偏正未分前。既已降尊就卑，何愧
厌良为贱。逢场作戏，请来闹里刺头，借水献花，便好稳处下脚。谨疏。

王山圆明禅院请予为功德主因作疏

王山乃雪岩之故刹，湛然实万松之门人。既是当家，本非生客。春风
秋月，长联万叶之芳；晨香夕灯，永祝一人之寿。

万卦山天宁万寿禅寺命余为功德主因作疏[1]

唯万卦之古刹，实万松之旧游。有虚己彦公道号飞书，请湛然作主。

勉为提领，良慰殷勤。山色水声，永作道人活计；渔歌樵唱，备传衲子家风[2]。谨疏。

校记：

[1] 万卦山天宁万寿禅寺命余为功德主因作疏："余"，原作"予"，据搞藻堂本改。

[2] 备传衲子家风："备"，原作"偷"，据渐西本改。

请某公庵主住竹林疏

狐死首丘，是难忘于熟处；心空及第，何犹迷于故园。我某公庵主，三顿打不回头，一喝全无入耳。吃竹林饭，屙竹林矢，嗣竹林法，传竹林禅。打甎哄盆，莫忘竹林之重德[1]；披毛带角，好种竹林之道场。

校记：

[1] 莫忘竹林之重德："重"，渐西本作"盛"。

请湛公禅师住红螺山寺疏

祖祢不了，惭惶碧眼之老胡；儿孙受殃，架构红螺之大刹。既是将错就错；不免拈空挂空。我湛公禅师，韶阳远孙，摩诃嫡子。参透三句语[1]，击碎十法门，便好住持，更休推让。滔天岭上，只图同看有毛龟；绝顶山头，且要共栽无影树。谨疏。

校记：

[1] 参透三句语："参"，原作"穿"，据渐西本改。

请容公和尚住竹林疏

庆寿慈悲，拽摆犁而耕种；竹林潇洒[1]，叹槽厂之空闲。已让位而逃，宜见机而作。我容公禅师，一条生铁脊，两片点钢唇。参透济下没巴鼻禅，说得格外无滋味话。呵佛骂祖，且存半面人情；揭海掀山，别有一般关捩。试问孤峰顶上，何如十字街头。若是本色瞎驴，好趁大队；既号通方水牯，何必芒绳。谨疏。

校记：

[1] 竹林潇洒："潇"，原作"萧"，据摛藻堂本改。

请智公尼禅开堂疏

用管仲则安，用竖刁则危，贤愚政事；参万松则谤，参延洪则赞，冷暖人情。行穷万里山川，只是一天风月。惟智公禅师，本有丈夫志，不学老婆禅。拈却花冠，弗装珍御。可骇特牛生犊，便好出头；勿谓牝鸡司晨，不敢下嘴。谨疏。

代刘帅请智公尼禅住报先寺_{刘公邻居报先}

洗垢无缘，乏远井之救渴；卜邻有德，故近寺而敬僧。我智公禅师，先礼报恩[1]，后参奉福。远如旧总，近似新深。涩锁打开，便请升堂启户；明灯剔起，愿希凿壁偷光。谨疏。

校记：

[1] 先礼报恩："恩"，原作"思"，据渐西本改。

请某庵主开堂疏

和尚拽砘子，不离寺内；老鼠拖胡芦，只在仓中。某公庵主，先谒报恩，再参奉福。升回斗转，囷倒厫倾[1]。十方利不图半文，一石禅独揽八斗。莫学淘沙去来，打破罗盆；且来量土唱筹，热谩敌将。谨疏。

校记：

[1] 囷倒厫倾："厫"，原作"敖"，据摛藻堂本改。

为庆寿寺化万僧疏

隐迹林泉，置死生于度外；随身瓶钵，寄口腹于人间。欲隆三宝之风，强遣万僧之化。何须异味，唯求野菜。淡黄齑不用多般，只要山田脱粟饭。谨疏。

请亨公庵主开堂疏

亨公庵主久参万松老人，因缘不契，再谒王山大愚和尚，不期月罢参。予过太原王山寺，僧请予作疏。

万松三顿不回头，王山一钓便吞钩。大愚不似大愚老，胁下三拳即便休。

三学寺改名圆明仍请予为功德主因作疏

本无男女等相，著甚名模；强分禅教者流，且图施设。粤三学之巨刹，冠四海之名蓝。今改僧而舍尼[1]，遂从禅而革律。邀印公为粥饭头，请湛然作功德主。根深蒂固，常联万叶之芳；地久天长，永祝一人之寿[2]。谨疏。

校记：

[1] 今改僧而舍尼："而"，原作"面"，据渐西本改。

[2] 永祝一人之寿："寿"，渐西本作"庆"。

平阳净名院革律为禅请润公禅师住持疏

窃以不居这那院，好个主人；本无南北心，悉为佛子。谨请怀仁润老，来住平阳净名。翡翠帘前，请看木人之舞；琉璃殿上，愿闻布鼓之音。谨疏。

太原五台寺请予为功德主因作疏

镇三晋之雄藩[1]，有五台之古刹。献花酌水，改律为禅。具疏殷勤，请予领略。谨命休林常祝寿，结个好因缘；为报文殊莫放光，不打遮鼓笛。谨疏。

校记：

[1] 镇三晋之雄藩："三"，原作"王"，据渐西本改。

请定公庵主出世疏

少林九年打坐，只得半提[1]；曹溪五派分开，全没一滴。虽是将无作有，也要弄假像真。我定公庵主，洞下玄孙，五台嫡子。解造无米粥，能抚没弦琴。既已炙地熏天，须要掀天翻海。正逢开化，枉闲有力丛林；便好出头，莫恋无明鬼窟。谨疏。

校记：

[1] 只得半提："只"，原作"祇"，据摛藻堂本改。

大龙山永宁石壁禅寺请忘忧居士为功德主代为之疏

唯明月清风，取之无禁者；况龙岩石壁，命予为主人。烦我一心护持，谢他两手分付。千岩好景，半文不费买山钱；数纸闲言，一状便充商税契。谨疏。

代忘忧居士请琳公禅师住持寿宁禅寺疏

临汾水之故邑[1]，有寿宁之巨蓝。历代归依，百年焕显。乞忘忧为功德主，请琳公为粥饭人。独掌不浪鸣，单手岂成拍。千年罕遇，最难时节因缘；一疏速来，便是衲僧巴鼻。谨疏。

校记：

[1] 临汾水之故邑："汾"，原作"汶"，据渐西本改。

为大觉开堂疏三道

其一

窃以门里安身，已早荆棘漫地；岩中宴坐，更知过犯弥天。请来借座升堂，便好倩人问话。引得辘轳转也，问甚千遭万遭；快迭炉鞲热时，盛搭一个两个。

其二

窃以云门胡饼，切忌咬嚼；卢陵米价，怎敢商量。不甘公案淆讹[1]，正要作家批判。伏惟奥公和尚，佩圣安之正印，透韶阳之上关。莫守命鬼窟中，三弹不动；快横身虎口里，一勘便招。

其三

窃以逢人不出，出则便为人，傍观者哂；逢人便出，出则不为人，当局者迷。直须一箭透重关，不得三心或二意。自甘入室，浑如豹胆熊心[2]；不肯升堂，却是虫头鼠尾。

校记：

[1] 不甘公案淆讹："淆"，原作"肴"，据摛藻堂本改。

[2] 浑如豹胆熊心："浑"，原作"潭"，据渐西本改。

贾非熊修夫子庙疏

天产宣尼降季周，血食千祀德难酬。重新庠序独无力，试向沧溟下钓钩。

孝义永安寺请予为功德主因作疏

尘缘不尽，淹凤池而有年；习气难忘，慕禅林而未暇。适遇昭公老子[1]，请作永安主人。乞闻一声，何须再让。葛藤旧案，宛如马耳之风；松菊新堂，便是终焉之计[2]。谨疏。

校记：

[1] 适遇昭公老子："昭公"，渐西本作"昭然"。

[2] 便是终焉之计："焉"，原作"马"，据渐西本改。

请旭公禅师住应州宝宫寺疏

孙枝出自万松中，便好移来植宝宫。覆荫人天正今日，不妨鼓动劫前风。

请文公庵主住王山开堂出世疏

儿大做翁，当仁不让。便请承当，何须再勘。

请严庵主住东堂出世疏

西堂弃东堂，山东过山西。禅师开狗口，居士展驴蹄。

请希庵主住晋祠奉圣寺开堂疏

晋祠山水冠人间，好请希公向此闲。饭了蒙头三觉睡，逢人休说赵州关。

请学庵主住翠微山宝林寺开堂出世疏

金城元有翠微山，宝刹禅林积岁闲。笑请学公来领略，一缶游戏白云间[1]。

校记：

[1] 一缶游戏白云间："缶"，渐西本作"瓶"。

请石州海秀首座住文水寿宁寺疏[1] 霖公，实沾秀法属也

闻道霖师退寿宁，秀公难弟亦难兄。新诗远寄石州去，睁起眉毛便好行[2]。

校记：

[1] 请石州海秀首座住文水寿宁寺疏："宁"，原作"永"，据摛藻堂
本改。

[2] 睁起眉毛便好行：“睁”，原作“贬”，据摛藻堂本改。

太原山开化寺灰烬之余再新故宇请余为功德主因作疏[1]

窃以尘缘有数，否则泰，泰则亨；圣道无穷，变则通，通则久。惟开化之故刹，实太原之名蓝[2]。兵火以来，劫灰而已。住持人固有定老，功德主乃请湛然。良慰殷勤，强为领略。禅心佛语，谁知教外别传；梵刹莲宫，更看无中唱出。谨疏。

校记：

[1] 太原山开化寺灰烬之余再新故宇请余为功德主因作疏：“余”，原脱，据渐西本补。
[2] 实太原之名蓝：“实”，原作“宝”，据渐西本改。

重修宣圣庙疏

精蓝道观已重新，独有庠宫尚堁垣。试问中州士君子，谁人不识仲尼门。

燕京大万寿寺化水陆疏

窃以生死蒙恩，便见法门不二。怨亲普济，始知檀度无私。仰惟佛陀兴悲，爰自阿难张本[1]。欲启无遮之大会[2]，必资有众之良缘。但肯同心，便希垂手。谨疏。

校记：

[1] 爰自阿难张本：“爰自”，渐西本作“乃是”。
[2] 欲启无遮之大会：“大会”，底本作“太会”，据渐西本改。

请奥公禅师开堂疏五首

其一

窃以深达大本，何妨摘叶寻枝；截断众流，便是随波逐浪。欲整云门窠窟，必求佛觉儿孙。伏惟奥公和尚，道合圆通，法传圆照。逢人便出，方为禅子家风；恋土难移，未是衲僧气息。谨疏。

其二

窃以转身就父，从来禅子宗风；借路还家，好个衲僧消息。伏惟奥公和尚，受戒崇寿，得法圣安。未阐徽猷，权栖大觉。因席就请，何须特地人情；准帖奉行，折合这番公案[1]谨疏。

其三

窃以释迦悭，迦叶富，无物与人；奥公俏，圣安憨，慢藏海盗。既收鈯斧子，不藉破皮鞋。须要妆龙似龙，何碍将错就错。拖将十字街里[2]，便好投衙；推来百尺竿头，更教进步。谨疏。

其四

窃以法海弥深，曹水五流分派；化风犹扇，云门一叶重华。奥公庵主，透圆照之重关，提圆通之正令。善作降龙相，能谈文字禅。闹里刺头，最好逢人便出；稳处下脚，何碍遇缘即宗。谨疏。

其五

窃以当年嚼饭喂婴儿，圣安左错；今日把棒唤狗子，居士风颠。你打开漆桶，彻底承当；我擘破面皮，须要相见。横栲栗木，独行正令，莫压弱倚强；与旃檀佛，共演梵音，好搀行夺市。谨疏。

校记：

[1] 折合这番公案："这"，渐西本作"遮"，"番"，原作"翻"，据摛藻堂本改。

[2] 拖将十字街里："拖"，渐西本作"抱"。

请湘公上人住持新院仍名兴教寺者因作疏

宝刹成空，随劫灰而已灭；精庐如圣，逐化日而重新。为国报恩，可名兴教。赤轴黄卷，且图摘叶寻枝；宝藏琅函，何碍寻行数墨。谨疏。

德兴府岠峪云岩寺请东林老人住持疏

昔日山中养圣胎，峪中松桧手亲栽。院荒松老无龙象，便请东林更一来。公幼年尝在此寺，有手植松在焉。

请柏岩俨公疏

良弼施宅创天宁，却请天宁旧衲僧。为报柏岩休逊让，闲中续出祖师灯。

邳州重修宣圣庙疏

宣尼万世帝王师，可叹荆榛没古祠。重整庠宫阐文教，颙观日月再明时。

安庆织万佛疏

余自忝预政事以来，懒为疏文，恐物议挟势故也。安庆者工巧妙天下，自创新意，织万佛为施，嘉其意，因破戒作此疏云。

十方三世万如来，不犯梭头宝座开。单手元知不成拍，三台须要大家催。

请聪公和尚住山阴县复宿山疏世传文殊显化再宿于此山故得名

昔日文殊曾复宿，当年聪老可重来。公旧尝住此山。此山便是真佛窟，何必区区礼五台。

为武川摩诃院创建佛牙塔疏

佛日增辉国政和，灵牙有诏赐摩诃。因风吹火何劳力，垂手同修窣堵波。

请定公住大觉疏

龙龛宝藏照人寒，奥老功成住圣安。却请定公来领略，收拾香火礼旃檀。

补大藏经板疏

十年天下满兵埃，可惜金文半劫灰[1]。欲析微尘出经卷，随缘须动世间财。

校记：

[1] 可惜金文半劫灰："金"，渐西本作"经"。

武川摩诃创建瑞像殿疏

邦人创刻栴檀像，寺众新修窣堵波。两段因缘非细事，成功须仗大檀那。

太原修夫子庙疏

并门连岁不年丰，证父攘羊礼义空。既倒狂澜扶不起，直须急手建庠宫。

和林建佛寺疏

龙沙玄教未全行，故筑精蓝近帝城。须仗檀那垂手力，一轮佛日焕然明。

题恒岳飞来石

无尽居士题恒岳之飞来石，有偈云："石落黄河北，山衔白日西。聪明厌血食，悔不值元珪。"天下称颂之。为人磨毁，字文漫驳，不复识矣。有仁上人自恒山来，请予复书是偈[1]，欲刊诸旧文之侧。予应之曰："无尽之妙言，昭如日月，与天地而齐终，岂风霆之能掩哉！"然不能拒上人之请，勉为之书。己丑清明日[2]，湛然居士漆水耶律楚材晋卿题[3]。

校记：

[1] 请予复书是偈："偈"，原作"颂"，据摛藻堂本改。

［2］己丑清明日："己丑"，原作"己田"，据渐西本改。

［3］湛然居士漆水耶律楚材晋卿题："材"，原作"才"，据摛藻堂本改。

法语示犹子淑卿

汝自谓幼年尝礼空禅师求名，因书颂云："父母未生前，凝然一相圆。释迦犹不会，迦叶岂能传。"此语极妙，且道汝作么生会。古昔以来，有志师僧，辞亲出家，寻师访道，千辛万苦，三二十年。祗为此一段空劫，以前大事，尚有未透脱者。汝幼居闺阁，久在掖庭，未尝用功叩参大善知识。但博寻宗师语录，徒增狂慧，深背真道，卖弄滑头，于道何益？所以古人道："参须实参，悟须实悟。"又云："满肚学来无用处，阎王不要葛藤者。"真良言也。只如空老所书颂，亦论父母未生前面目，又道"释迦犹不会，迦叶岂能传"，此是何意趣？若云释迦不会，能仁四十九年，横说竖说，贝藏琅函，遍满人间，末后拈花以传教外之旨，且道此法从何而得？若云迦叶无传，西天二十八祖，东土历代诸师，相传之道自何而来？若谓释迦不会，迦叶无传，这空禅师亦是佛祖儿孙，写此颂图个甚么？个中关捩，尽在此两句，不可不细参详。余今为汝透漏些子消息。"父母未生前"，老夫云"水泄不通"。"凝然一相圆"，老夫云"针扎不入"。"释迦犹不会"，老夫云"非思量处"。"迦叶岂能传"，老夫云"识情难测"。"父母未生前"，老夫云"三更神世界"。"凝然一相圆"，老夫云"半夜鬼乾坤"。"释迦犹不会"，老夫云"只许老胡知"。"迦叶岂能传"，老夫云"直饶将来，他亦不要"。"父母未生前"，老夫云"头圆象天"。"凝然一相圆"，老夫云"足方象地"。"释迦犹不会"，老夫云"寒山抚掌"。"迦叶岂能传"，老夫云"拾得呵呵"。老夫为汝横批竖判，正用颠拈[1]，十字打开，两手分付了也。一句子荐得，可与佛祖为师；一句子荐得，可与人天为师；一句子荐得，自救不了。闲中试定省看，其或未明，若到燕然，问取万松老子。

校记：

［1］正用颠拈："正"，渐西本作"一"。

万寿寺创建厨室上梁文

万寿寺创建厨室，浪著上梁文六首，幸付工人辈歌之，用光法席。

其一

抛梁东，香积移来不犯功。却笑维摩无手段，但将盂饭到尘中。

其二

抛梁南，个底因缘最好参[1]。试问助缘多少众，前三三与后三三。

其三

抛梁西，巧匠骑驴倒上梯。四面无门何用锁，十方没壁不须泥。

其四

抛梁北，柱石宛有擎天力。欲摸此样向诸方，憋杀僧繇描不得。

其五

抛梁上，手不伤材真大匠。虚堂穷劫镇丛林，借与儿孙为榜样。

其六

抛梁下，聊倩般输成大厦。朝朝香饭供诸佛，承事悉无空过者。

校记：

[1] 个底因缘最好参："个底"，原作"底个"，据摛藻堂本补。

和林城建行宫上梁文

抛梁东，万里山川一望中。灵沼灵台未为比，宸宫不日已成功。

抛梁南，一带南山揖翠岚。创筑和林建宫室，酂侯功业冠曹参。

抛梁西，碧海寒涛雪拍堤。臣庶称觞来上寿，嵩呼拜舞一声齐。

抛梁北，圣主守成能润色。明堂壮丽镇龙沙，万世巍巍威万国。

抛梁上，栋宇施功遵大壮。鸣鞘声散翠华来，五云深处瞻天仗。

抛梁下，柱石相资成大厦。君臣钟鼓乐清时，喜见山阳归战马。

茶榜

今辰斋退，特为新堂头奥公长老设茶一钟[1]，聊表住持开堂陈谢之

仪，仍请知事大众同垂光降者。窃以个中滋味，谁是知音？向上封题，
罕逢藻鉴。伏惟新堂头长老，名超绝品，价重诸方。黄金碾畔析微尘，
输他三昧手；碧玉瓯中轰白浪，别是一家春。睡鬼潜奔，便使至人无梦；
汤声微发，解教醉眼先醒。谂老三杯，莫作道理会；卢公七碗，且是仁
义中。虽然梳桶新陈，不得颠顸甘苦；便请大家下口，且图一众开怀。
幸甚。

校记：

[1] 特为新堂头奥公长老设茶一钟："钟"，原作"中"，据渐西本改。

玄风庆会录

钦奉皇帝圣议，宣请高道长春真人。岁在己卯正元后一日，敕朝官刘
仲禄斋诏寻访，直至东莱，适符圣意，礼迎仙驭，不辞远远而来。逮乎壬
午之冬十月既望，皇帝畋于西域雪山之阳。是夕御行在，设庭燎，虚前
席，延长春真人以问长生之道。真人曰：夫道生天育地，日月星辰，鬼神
人物，皆从道生。人止知天大，不知道之大也。余生平弃亲出家，唯学此
耳。道生，天地开辟而生人焉。人之始生也，神光自照，行步如飞。地生
菌自有滋味，不假炊爨，人皆食之，此时尚未火食。其菌皆香，且鼻嗅其
香，口嗜其味，渐致身重，神光寻灭，以爱欲之深故也。学道之人以此之
故，世人爱处不爱，世人住处不住，去声色以清静为娱，屏滋味以恬淡为
美。但有执着，不明道德也。眼见乎色，耳听乎声，口嗜乎味，性逐乎
情，则散其气，譬如气鞠，气实则健，气散则否。人以气为主，逐物动念
则元气散，若气鞠之气散耳。天生二物，曰动、植。草木之类为植，植而
无识，雨露沾濡，因得生荣。人物之属为动，动而有情，无衣无食，何以
卒岁，必当经营耳。且夕云为，身口为累故也。夫男，阳也，属火；女，
阴也，属水。唯阴能消阳，水能克火，故学道之人，首戒乎色。夫经营衣
食则劳乎思虑，虽散其气而散少，贪婪色欲则耗乎精神，亦散其气而散之
多。道产二仪，轻清者为天，天阳也，属火。重烛者为地，地阴也，属
水。人居其中，负阴而抱阳，故学道之人知修炼之术，去奢屏欲，固精守

神，唯炼乎阳，是致阴消而阳全，则升乎天而为仙，如火之炎上也。其愚迷之徒以酒为浆，以妄为常，恣其情，逐其欲，耗其精，损其神，是致阳衰而阴盛，则沉于地为鬼，如水之流下也。夫学修真者，如转石上乎高山，愈高愈难，跬步颠沛，前功俱废，以其难为也，举世莫之为也。背道逐欲者，如掷石下乎峻坡，愈卑而愈易，斯须陨坠，一去无回，以其易为也，故举世从之，莫或悟也。余前所谓修炼之道，皆常人之事耳，天子之说又异于是。陛下本天人耳，皇天眷命，假手我家，除残去暴，为元元父母，恭行天罚，如代大匠斫，克艰克难，功成限毕，即升天复位。在世之间，切宜臧声色，省嗜欲，得圣体康宁，睿算遐远耳。庶人一妻尚且损身，况乎天子多畜嫔御，宁不深损？陛下宫姬满座，前闻刘仲禄中都等拣选处女，以备后宫。窃闻《道经》云：不见可欲，使心不乱。既见之，戒之则难，愿留意焉。人认身为己，此乃假物，从父母而得之者。神为真己，从道中而得之者，能思虑瘟寐者是也。行善进道则升天为之仙，作恶背道则入地为之鬼。夫道产众生，如金为众器，销其像则返成乎金，人行乎善，则返乎道。人间声色衣食，人见以为娱乐，此非真乐，本为苦耳。世人以妄为真，以苦为乐，不亦悲哉！殊不知上天至乐，乃真乐耳。余侪以学道之故，弃父母而栖岩穴。同时学道四人，曰丘、曰刘、曰谭、曰马。彼三人功满道成，今已升化。余辛苦之限未终，日一食一味一盂，恬然自适，以待乎时。其富者贵者济民拯世，积行累功，更为异耳，但能积善行道，胡患不能为仙乎！中国承平日久，上天屡降经教，劝人为善，大河之北、西川江左悉有之。东汉时，于吉受《太平经》一百五十卷，皆修真治国之方，中国道人诵之行之，可获福成道。又桓帝永寿元年正月七日，太上降蜀临邛，授天师张道陵《南斗》、《北斗》经及《二十四阶法箓》诸经籍千余卷。晋王纂遇太上道君法驾乘空，赐经数十卷。元魏时，天师寇谦之居嵩山，于太上等处受《道经》六十余卷，皆治心修道，祈福禳灾，扫除魑魅，拯疾疫之术。其余经教，不可尽言。降经之意，欲使古今帝王臣民皆令行善。经旨太多，请举其要。天地之生，人为贵，是故人身难得如麟之角，万物纷然如牛之毛。既获难得之身，宜趣修真之路，作善修福，渐臻妙道。上至帝王，降及民庶。尊卑虽异，性命各同耳。帝王悉天人谪降人间，若行善修福，则升天之时，位逾前职。不行善修福，则反是。天人有功微行薄者，再令下世，修福济民，方得高位。昔轩辕氏，天命降世，一世为民，再世为臣，三世为君。济世安民，累功积德，数尽升天，而位尊于昔。陛下修行之法无他，当外修阴德，内固精神耳。恤民保众，使天下怀安，则为外行。省欲保神，为乎内行。人以饮食为本，其清者为之精气，浊者为之便溺。贪欲好色，则丧精耗气，乃成衰惫，陛下宜加珍啬。一宵一为，已为深损，而况恣欲者乎！虽不能全戒，但能节欲，则几于道矣。夫神为子，气为母，气经目为泪，经鼻为脓，经舌为津，经外为汗，经内为血，经骨为髓，经肾为精。气全则生，气亡财死，气盛则壮，气衰则老。常使气不散，则如子之有母，气散，则如子丧父母，何恃何怙？夫神气同体，精髓一源，陛下试一月静寝，必觉精神清爽，筋骨强健。古人云：服药千朝，不如独卧一宵。药为草，精为髓，去髓添草，有何益哉！譬如囊中贮之金，旋去金而添铁，久之金尽，囊虽满，空遗铁耳！服药之理，夫何异乎！古人以继嗣之故，娶妇而立家。先圣周公、孔子、孟子各有子。孔子四十而不惑，孟子四十不动心。人生四十已上，气血已衰，故戒之在色也。陛下圣子神孙枝蔓多广，宜保养戒欲，为自计耳。昔宋上皇本天人也，有神仙林灵素者，挈之神游上天，入所居宫，题其额曰神霄，不饥不渴，不寒不暑，逍遥无事，快乐自在，欲久居之，无复往人间之意。林灵素劝之曰：陛下天命人世，有天子功限未毕，岂得居此？遂下人间。自后女真国兴，太祖皇帝之将娄失，虏上皇北归，久而老终于上京。由是知上天之乐，何啻万倍人间！又知因缘未终，岂能遽然而归也。余昔年出家，同道四人，彼三子先已升化，如蝉蜕然，委此凡骨而去，能化身千百，无不可者。余辛苦万端，未能去世，亦因缘之故也。夫人之未生，在乎道中，不寒不暑，不饥不渴，心无所思，真为快乐。既生而受形，眼观乎色，耳听乎声，舌了乎味，意虑乎事，万事生矣。古人以心意莫能御也，故喻心为猿，意为马，其难制可知也。古人有言曰：易伏猛兽，难降寸心。乃成道升天之捷径耳。道人修真炼心，一物不思量，如太虚止水。水之风息也静而清，万物照之灿然悉见。水之风来也动而浊，曷能鉴万物哉？本来真性静如止水，眼见乎色，耳悦乎声，舌嗜乎味，意著乎事，此数者续续而叠举，若飘风之鼓浪也。道人治心之初甚难，岁久功深，损之又损，至于无为。道人一身耳，治心犹难，矧夫天子富有四海，日揽万机，治心岂易哉！但能节色欲，减思虑，亦获天佑，况全戒者邪！昔轩辕皇帝造弧矢，创兵革，以威天下，功成之际，请教于仙人广成子，以问治身之道，广成子曰：汝无使思虑营营，一言足矣。余谓修身之道，贵乎中和，太怒则伤乎身，太喜则伤乎神，太思虑则伤乎气。此三者于道甚损，宜戒之也。陛下既知神为真己，身是幻躯，凡见色起心，当自思身假神真，自能止念也。人生寿命难得，且如鸟兽，岁岁产子，旋踵夭亡，壮老者鲜，婴童亦如之。是故二十、三十为之下寿，四十、五十为之中寿，六十、七十为之上寿。陛下春秋已入上寿之期，宜修德保身，以介眉寿。出家学道人恶衣恶食，不积财，恐害身损福故也。在家修道之人，饮食居处，珍玩货财，亦当依分，不宜过差也。四海之外，普天之下，所有国土，不啻亿兆，奇珍异宝，比比出之，皆不如中原，天垂经教，治国治身之术为之大备，屡有奇人成道升天耳。山东、河北天下美地，多出良禾、美蔬、鱼盐、丝蚕以给四方之用。自古得之者为大国。所以历代有国家者，唯争此地耳。今已为民有兵火相继，流散未集，宜差知彼中子细事务者、能干官，规措勾当，与免三年税赋，使军国足丝帛之用，黔黎获苏息之安，一举而两得之，兹亦安民祈福之一端耳。自天佑之吉无不利也。余万里之外，一召不远而来，修身养命之方，既已先言；治国保民之术，何为惜口。余前所谓安集山东、河北之事，如差清干官前去，依上措画，必当天心。苟授以非才，不徒无益，反为害也。初金国之得天下，以创起东土，中原人情尚未谙悉，封刘豫于东平，经略八年，然后取之，此亦开创良策也，愿加意焉。修身养命要妙之道，传之尽矣；其治国保民之术，微陈梗盘。其用之、舍之，在宸衷之断耳。昔金国世宗皇帝即位之十年，色欲过节，不胜衰惫，每朝会，二人掖行之。自是博访高道，求保养之方，亦尝请余问修真之道。余如前说，自后身体康强，行步如故，凡在位三十年升遐。余生平学道，心以无思无虑，梦中天意。若曰功行未满，当待时升化耳。幻身假物，若逆旅蜕居耳，何足恋也？真身飞升，可化千百，无施不可上天，千岁或万万。遇有事奉天命降世投胎，就舍而已。传道毕，上谕之曰：谆谆道海，敬闻命矣。斯皆难行之事，然则敢不遵依仙命，勤而行之？传道之语，已命近臣录之简册，朕将亲览。其有玄旨未明者，续当请益焉。（《正统道藏》）

2. 李庭

李庭（1199～1282），字显卿，小字劳山，号寓庵，女真人。本金人蒲察氏，金末来中原，改称李氏。华州奉先（今陕西蒲城）人，后徙寿光。祖时伐宋有功，积官漠军都元帅。平河西擒乃颜亲，获塔不合金刚奴。世祖卒定策，立成宗庭襄赞之功居多，拜平章政事。性颖悟，笃志儒学，十余岁已有能诗声。比弱冠，两预乡荐，一赴帘试，会金末世乱，避难于商邓山中。北渡，居平阳，教授生徒，日与麻革等人游。元乃马真后三年（1244），辟为陕右行省议事官，执方守正，不能诡道随时，未几弃归。杨奂参议宣司，招入长安，与杨君美、裴子法、邳大用等名士游，学日益进。中统元年（1260），署为陕西讲议，至元六年（1269），授京兆教授。至元十年为安西王府咨议。卒于至元十九年（1282），享年八十有四，谥"武毅"。

生平事迹见元代王博文撰《故咨议李公墓碣铭》（《寓庵集》附录）；明代宋濂撰《元史》卷一六二；李修生主编《全元文》卷五三；陈衍辑撰《元诗纪事》卷四；王叔磐、孙玉溱等选注《元代少数民族诗选》；唐圭璋主编《全金元词》；等等。李庭著《寓庵大全集》若干卷，原集今已佚。明代杨士奇等编《文渊阁书目》著录《寓庵集》十卷，其卷九载"李显卿《寓庵文集》一部五册"，卷十载"《寓庵诗稿》一部一册，《寓庵先生集》一部一册"。

李庭沉潜性理之学，言无瑕玷，行不崖异。所交多魁才俊德，任学官首尾三十年，英胄贵彦、达官显仕多出其门。亦以文章名世，然不苟作，有人为诇谀省官，欲其撰德政碑并许以丰厚润资，遭其拒绝。所咏以寄赠送别之作为多，皆能自出胸臆，不掩真情。

此次文的点校，以国家图书馆藏清钞本《寓庵集》七卷为底本，以缪荃孙校藕香零拾本《寓庵集》八卷（简称"藕香本"）为校本，集外辑佚散文3篇，散文共计73篇。

兰泉先生文集序

文词，君子之余事。古之人癯形苦心，读书以学圣人之道，其志盖本于辅时泽物，见诸事业而已。惟不达而穷，奇才逸气，噤无所施，往往自肆于山巅水涯，友云松而狎鱼鸟，至触境感物，发于啸歌讴吟，以写其湮郁不平之心。好事者或得一章一咏，讽诵不置，直谓其胸中之所素蓄不外乎此。噫！是特土苴糟粕耳。然自屈原放而《离骚》兴，子昂穷而《感寓》作[1]。下逮李、杜诸人，不可胜纪。其间英辞丽藻，千状万态，皆能耸动人之观听，是以声誉流传至今。故虽号为一艺，而陆沉不遇之士舍此亦无以自见于世。使后之人诚能味其言，考其出处，因有以得其为人，则君子之志庶几乎不泯矣。先生资警颖不凡，童丱已能诗，比长，学于六经仁义之道，慨然有志当世。身兼两科，四至庭试，无何，与有司不合，乃结庐北山兰泉之上，日以诗酒自娱，隐约林丘者殆二十年。其纯德雅望，晦而益彰，王公大人闻其名，争慕与之交。会明昌下诏举才行之士，时右丞董公按狱关西，首以先生应诏，始得官教授绛州。未几，召为翰林应奉，入直禁中，与天章宸翰旦暮相酬酢，其眷礼之优，一时词臣无能出其右者。方欲登用，而先生老矣，力请而归。某愚不肖，幸生长先生乡曲，幼尝获侍长者之右，窃听其论，皆曰先生出太平多士之日，行义修于家，称于州里，信于士大夫，卒闻于朝廷。自非践履笃实，能如是乎？有如早达得位，与当世英隽颉颃于风云之会，其视古人之事，盖优为之。惜乎遭遇之晚，弗克展尽底蕴，使功业不白于天下，而独以文辞传，此为可恨。中古以降，乡举里选之法不行，有国家者一以科举取士。虽贤公名卿间由此途出，至若潜道育德，与夫抱经纶之业而见遗于有司，空老蒿莱、沉落光耀者，顾岂少哉！愚因究先生始终[2]，屈伸之际，抑有感焉，遂并书之以警后世之为政者。

校记：

[1] 子昂穷而《感寓》作："寓"，当作"遇"。

[2] 愚因究先生始终："愚"，原脱，据藕香本补。

恒斋先生文集序

　　士君子读书学圣道，得之于心，发于事业，以辅时泽物为本，所谓词章者，特余事耳。先生自幼力学，挟策为举子，籍籍有声场屋间。其于吏事，盖不习而能。一旦为故相辛公所知，自白衣擢西台掾，褒衣博带，进退雍容，如素宦于朝，缙绅诸公称之不容口。议者以为登金门、上玉堂，行有日矣。遽罹大变，羁旅河朔者十余年。流离坎坷之际，感物兴怀，有诗并杂文近百篇，读之使人凄恻不平于心。噫！如先生之德之才，向使在升平之世，其雄文丽藻，足以颉颃前辈，且事业必有大过人者。惜乎赋命数奇，遭时多故，年与位俱不充其德。其表见于后世者止于此，有识之士所为仰天太息也。乃子敏之哀其遗稿藏于家，将传之子孙，恳求序引。不肖于先生为后进，昔尝侍坐，获闻绪言矣，故不敢以固陋辞。先生讳某，字彦才。恒斋，其自号云。

云岩先生文集后序[1]

干霄之木，其本必深；朝宗之水，其源必远。古今士大夫以文显者，鲜不自其家世学业本源中来。云岩先生才高学赡，尤精于科举，南渡以来，屡中高选，时人莫不推服。予自弱冠侍长者侧，已熟其名矣。及至汴梁，又闻其子驾之在场屋间赋声籍甚，尔后果以雄文擢上第。观其语意，虽颖悟天出，亦由过庭之际，谆谆提耳，有以启发之也。岁在庚戌，予方客长安，驾之亦继来，与之游，益狎。一日出巨帙，且谓予曰：先人往年著述颇多，经变后零落殆尽，仅存者止此而已。大惧并失之，使先人平昔力学之功不白于当世，以重不肖之罪。今将镂木以行，已嘱诸老为序。子其为我尾书数字，是亦成人之美之一端也。予既辱与驾之友，且嘉其在羁旅困厄中孜孜不忘扬其亲之善，弗可辞也已，故为之书。庚戌五月日。

校记：

[1] 云岩先生文集后序："后"，原脱，据藕香本补。

嵩阳归隐图序

孝不遗亲，仁不忘本。昔太公封于营丘，比及五世，皆反葬于周。孔子辙环天下，而卒归老于鲁。古人之于父母之邦眷眷若此者，岂徒然哉？圆冠方履，读圣人书，而行或戾焉，惟利欲有以汩之，而不能自返也。自经丧乱，衣冠之士逃难解散，糊其口于四方者多矣。或欲归而不能，或得归而不欲。往往宴安声利之场，沉溺繁华之境，玩岁愒日，不知老之将至。噫！坟茔荆棘，谁与剪除？祖先神灵，谁与祭享？死者无知则已，如其有知，能恝然无望于子孙乎？霜露既降，烝尝既至，使馁而之鬼风号雨泣于荒田野草之中，宁不痛于心也哉？吾友赵君朋举业儒而隐于医，其先本泽人，避乱渡河，卜居于洛阳之登封，父祖没，因而葬焉。比遭大变，留滞关中，以河南地邻敌境，寇攘未息，坐是久不得归，然首邱之念未尝一日置也。乃求名公绘嵩高于横幅之上，命之曰：嵩阳归隐图，庶几朝夕瞻对，以致桑梓之敬而自慰其心。呜呼！可谓不遗其亲，不忘其本矣。庄舄病而越吟，钟仪絷而楚奏。君子犹有取焉，况拳拳于仁孝之道如吾友者乎？且吾闻嵩阳山水，秀绝甲天下，方今名卿俊老多买田筑室于此，以为菟裘之计。异时吾友东归之日，不惟得除扫先垄以酬积年之愿，抑又从诸公于水光林影之中，一觞一咏，其乐岂可量哉！一旦酒酣耳热，出不腆之文于樽俎间，将有默然而思，恻然而感，泫然而泣，膏车秣马径还乡里者矣。

林泉归隐图序

汴梁盖良臣以疡医鸣于秦者三十年矣。自乃祖暨父，三世以太医奉上，盖素业也。逮良臣而术益精。其以砭脐疗疾，如轮扁之斫轮，得于手而应于心；如养由基之射，百发而百中也。往年从车驾南征，吾军乘胜麾鄂渚，病者颇众，良臣随大小救药，无有不愈。上多其功，所奖赉者甚渥，仍有旨复其家。今年逾耳顺，居阛阓间如有所不乐，慨然有拂衣高蹈之志。乃命良工绘以为图，目之曰：林泉归隐，请予题其端。予应之曰：子知隐之道乎？古之人怀奇负气，不幸出非其时，郁郁不得志，乃有愤世疾邪、全身远害，逍遥江海之上，偃息云林之表，长往而不返者矣。良臣有一于此乎？予知其无有也。夫隐，非圣人之中道。如耦耕荷蓧之徒，皆孔子之不取，何哉？以其洁身乱伦而果于忘世也。且医虽名为一艺，至于扶危济困，功被生灵，有君子兼善之道焉。自岐黄而降至扁鹊、仓公、华

佗、孙思邈之流，皆有成书传之不朽，凡以此也。今良臣挟先世已试之
方，时出万金良药。往往脱人于死，盖长安城中不可一日无也。乃欲韬光
晦迹，肥遁山林，顾自为谋则善矣，其如病者何？异时万一复有如荀偃之
疡生于头，范增之疽发于背，曹参之身被七十创，关羽之矢毒入骨，杜元
凯之瘿，冉伯牛之癞，与夫折胁折齿之徒、焦头烂额之子，负其疾痛，日
夜叫号，宛转于枕席之上者，则孰与拯之哉？况隐非一途也。昔之贤者，
有隐于耕，隐于钓，于卜筮，于版筑，以至监门卒、酒家保，无适而非隐
也。而隐于医者奚独无人？药不二价如韩伯休，不求近利如宋清氏，庸非
隐乎？故曰朝亦可隐，市亦可隐，隐初在我，不在于物。子但专心致志，
益治子之术，浮湛闾里，潜心积德，不求声名，固不害其为隐也。又何必
高谢人间，窜伏岩壑，亲鱼禽而友麋鹿，然后为隐哉！至元三年三月
日序。

王尊师泛霞图序

道家者流，其源出于老子，大率以炼气养神为本。其言有曰：气者神
之母，神者气之子。神用气而养，气因神而住。积以岁月，行之不懈，神
完气固，与道合真。至于死生之变，如屈伸肘，坐脱立亡，特游戏耳。此
古之至人所以能湛然常存者也。自钟、吕启之于前，重阳子及丘、刘、
谭、马之徒继之于后，由是全真之教弥满四海。其间悟真机、达妙旨，翛
然自得于往来之际者，代不乏人。今观冲虚真人王尊师，又其犹异者也。
师讳养素，字寿之，道号纯素子，世为姑射人。自幼出家，遨游嵩、华
间，遇无碍田君，尽传其道。值天兴之变，盘桓平水。已而还洛阳，构栖
霞观居之，日与名士大夫游。如紫阳杨公焕然、玉华王公元礼、西庵杨公
正卿，相与为方外友，则师之为人可知矣。朝廷高其名，因赐以师号。未
几，复隐华山。洛中诸公具书敦请，固辞不就。一日，忽谓其徒曰：吾年
已耄矣，是宜早归。翌日昧爽而起，方理巾帻，冥然立化，享年八十有
二。呜呼！异哉！非体性抱道、随物变化而不失其真者，能如此乎？近世
以来未之有也。弟子某等伏膺门下积有年矣，常恐先师盛德之事暗而不
彰，乃命工绘其像于缣素，将求当世名公诗颂以光扬之。其用心亦可尚
已。中统二年岁次辛酉中秋日古奉先李庭序[1]。

校记：

[1] 古奉先李庭序：庭，原脱，据藕香本补。

二老谈玄图序

　　古之人固有业异心同而相与为友者，在晋则陶渊明、陆修静，在唐则李太白、吴贞节是已。夫友也者，友其德也。故德有所长，而形有所忘。至于一话一言，皆相契合，了不觉其状貌、衣冠之殊也。寥寥千载，代不乏人。如吾乡兰泉先生、澄轩王尊师其庶几乎。初，兰泉以学应两科，才行兼备，为儒林之冠。澄轩王尊师以博极群书，德性纯厚，为道教之宗。一时卓然各以其所长显于世。兰泉未尝以习周、孔而黜乎道，澄轩未尝以奉老、庄而病乎儒。声气应求，天同神比。去声不埙篪而和，不胶漆而固矣。松窗竹坞，杖屦往来，或谈穷理尽性之书，或讲专气致柔之旨，以致《中庸》《大学》之精微，《齐物》《逍遥》之奥妙。难疑答问，互相发明。听之纚纚，令人不倦。剖藩篱于大方之家，沥渊谷于圣学之海。及其内外一贯，物我两忘，亦不知孰为儒，孰为道也。今二老仙去久矣，高风邈躅，凛然如在。吾友党公叔昔尝从澄轩游，其怀贤尚德之心，未始一日忘也。近乃绘象缣素，将遍求名公歌咏其事，以为乡党之荣，姑命仆序其梗概云。

长安五陵会序

　　按班固《地理志》云：汉兴，立都长安，徙齐诸田，楚昭、屈、景及诸功臣家于长陵。后世徙吏二千石、高訾富人及豪杰兼并之家于诸陵。其间知名之士郭解、陈遵、原涉之流不可胜数。率皆尚气节，重然诺，振贫周急，脱人于死而不伐其能。其所行虽不尽合于正道，而英风义概有足称者，然犹多以任侠行权获罪。至其子孙，凭借世业，不知稼穑之难，往往耽于佚游，惟以走马、斗鸡、球鞠、博弈为事。此一时所谓五陵年少是也。今长安诸名家子弟生于千载之后，闻其风而悦之，若有意效其所为者，将鸠集朋类，刲羊酾酒，时时宴饮以快意于当年，且欲以五陵名其会，因韩弟邦杰丐予为序引。予窃谓诸公子皆怀奇负气，幸生长富贵中，托父祖余荫，得乘肥衣轻，饱食无事，其为福至矣。纵不能折节读书，从良师友讲求圣贤事业，以为将来致身之具，则犹当视前世豪杰行事，惩其所短，就其所长而效之，亦不失为奇男子。至于末流放荡之乐，年少嬉戏，无益之事，不学可也。邦杰方从予游，既来有请，故不得不以正道告之，冀归语其侪辈，使自择焉。虽然，予老矣，或虑之过。后生可畏，亦安敢谓秦无人。己酉秋九月日序。

重阳诏旨碑序

恭惟国家受天命，一海内，虽以武功平暴乱，而尊德向道之心率皆出于至诚。殆天诱其衷，将使以清净无为之教，仁黔首而阶太平，延社稷无疆之福。呜呼休哉！自圣祖龙飞，驻六军于西域，遣使万里，首聘公，虚温颜，访以至道。一时对扬之际，元言妙理，仰合神机，所以眷顾绸缪，始终不替。逮乎重明继照，追配前休，化及宫闱，亦克敬奉，由是湛恩渥泽，涵浸元门矣。维重阳万寿宫实祖师修证之地，故朝廷注意为犹重，累年以来，所受诏旨烂然盈箧。真人某皆以耆年宿德为一代宗师，佩服德音，惧有失坠，今将刊诸贞石，以传永久，庶几后世有以知大朝崇教之意云。

冯道人语录序

道不可以言传，而圣贤必假言以明道，盖学者之求道，亦未始不因言而入也。老子、列御寇、庄周之流，深于道者也，皆有成书以传于世。复虑后之学者既因言以会道，或不能体道以忘言，故曰：知者不言。又曰：知道易，勿言难。然则言者殆圣贤之不得已乎。好事者集冯道人所言以为《语录》，将锓诸梓，托吾友郭周卿寓书平水来征序。且某既与道人昧平生，又不知其《语录》中果何言，但以周卿素诚信君子，业已许之矣。必非无见于道而苟言者也。单阏之岁七月晦日浮阳李庭序。

大霞薛真人疏抄序

老子《道德》五千言，行于世者千五百年矣。灿然如日月之丽天，固不待赞，古今注释不啻百余家，顾浅深详略虽有不同，至于发挥妙理，启迪人心，要之皆有功于圣人之门者也。窃尝观碧虚陈君所解，中间贯穿百世[1]，剖析玄微[2]，引证详明，本末毕备，尤为近世所贵。然而初机之士，开卷茫然，往往犹有望洋之叹。大霞真人韩奕薛公，性纯德粹，问学赅通，号为羽流宗匠，执经讲演垂四十年，可谓升堂睹奥者矣。乃于传教之暇，撰成《科文义疏》一十卷，《纂微开题》及《总章夹烦》各二卷。丁宁觐缕，盖数十万言，意欲使学者溯流而知源，因博以求约，以蹑梯蹬，以陟九层之台，举足愈高而所见益广。及乎造重元之极致，悟大道之强名，体用两忘，有无双遣，超然自得于筌蹄之外，然后敬为此老拈一瓣香，庶几不负其平昔用力之勤也已。书成既久，秘而不出，前耀州威仪美田白显道再三恳请，以平昔衣盂之资，募工刻梓，以广其传。且嘱仆为序引，其心可尚，故乐为之书。岁在己酉仲冬晦日，浮阳李某序。

校记：

[1] 中间贯穿百世："世"，藕香本作"氏"。

[2] 剖析玄微："玄"，原作"元"，据藕香本改。

庸斋直解后序

圣人之道大而博，固不可以一方求，不可以一说解。古今解《老子》者，不啻百余家。其间互有长短，人自以为是，终不能合而一之，各得其性之所近，而未免有所偏也。王辅嗣之注《易》，非不高深，然后世议者以为幽沉仁义，罪过桀纣。岂非以其言体而不及用，举本而遗其末，即未免为不该不偏一曲之士与《老子》与《易》一而二[1]，二而一者也。诸家之所解，往往入于元虚幽渺之域，而不切事情。此西晋诸人以清谈废事，至亡国败家而不悔。是岂圣人之过欤？今观《庸斋直解》，发挥元理之外，又引儒书以为证，辞简而意明，使人易解，所谓体用兼赅，本末具举。比之诸家所得为多，可以传世无疑。其友伍君定夫既锓本矣，寓书于仆，以求序引，因以芜辞赘其后。庸斋薛姓，微之，其字。华州下邽人。幼年从事于科举，变故之后[2]，出仕河南南漕司。已而退居洛西，专以著述为事，盖尝从文元先生讲学，深有得理性之说云。

校记：

[1] 即未免为不该不偏一曲之士与《老子》与《易》一而二："为"，原作"有"，据藕香本改。

[2] 变故之后："后"，原脱，据藕香本补。

愚庵集解序

孔子作《系辞》曰：易有太极，是生两仪。又曰：形而上者谓之道，形而下者谓之器。老子之书曰：无名天地之始，有名万物之母。又曰：有物混成，先天地生。然则圣人之谈道如出一口，宁有异乎？故先达以《老》、《易》为一又[1]，以孔、老为不二，岂虚言哉！窃观《道德》五千言，大率以清净无为为宗，以慈俭不争为用。至于修身治国之道，靡不毕备。自中古以来，与六经并行于世而不相戾。后世学者妄生分别，道家者流以儒术为土苴，吾党之士以道德为虚无，各习其习，各是其是。譬犹燕北、越南之人，嗜好不同，言语不通，至死不相往来。吁，亦惑矣。安得圆机之士而与语道哉！蜀士文子堂，自幼业儒，遭难北来，寓迹琳宇，盖于方内、方外之书[2]，无所不览。暇日取诸家注解《道德经》，参订得失，集其所长，断以己意，赅贯融通，不少偏执，所谓体用兼明，本末具举，真圆机之士也。书成，嘱予为序，辞以不敏，其意益坚，姑述所闻以塞命云。

校记：

[1]《易》为一又："又"，原作"人"，据藕香本改。

[2] 盖于方内、方外之书："于"，原作"有"，据藕香本改。

送荆干臣诗序

才质本乎天，闻见存乎人。苟闻见之不广，虽负奇才美质，莫能有所成也。昔太史公以命世之才博极群书，而又南游江、淮，北涉汶、泗，周览名山大川，与燕、赵豪杰游，故发而为文章，雄深雅健，卓然为一代之冠，岂无自而然哉？干臣家世东营，虽生长豪族，能折节读书，自幼年游学于燕。夫燕，诚方今人物之渊薮也。变故之后，宿儒名士往往而在，干臣日夕与之交，得以观其容止，听其议论切磋，渐染术业愈精。一旦崭然见头角，遂为明天子所知，依乘风云，出入禁闼，积有年矣。制司既立，首蒙选拔，跃马从徒，出使万里之外。圣朝威德之所及，舟车之所至，高山广野，通邑大都，莫不周游而遍览焉。亦既尽天下之大观，故其气益充而心益壮撼幽发粹，以昌其诗，语意天出，清新赡丽，无雕镌艰苦之态，骎骎乎作者之域矣。非才质之美、闻见之广，能至是乎？今年乘传来长安，公务之暇，日与当途诸公把酒论文。不以不肖之老且谬，惠然见过，出示所为诗一巨轴。披玩再三，惟知叹服。今事毕，治装将归，诸公皆有诗以饯其行，不揆亦赋芜鄙一章奉酬眷眷之意，并为之序。

虚静子文集序

甲辰冬，予与虚静子邂逅于洛水之滨，一谈而契，相从者累日。其为人纯素谦和，未尝忤物，邃于老庄之书，而深自韬晦，故人鲜知者。至于养气练神之术，予又莫得而穷之。别后凡再见于长安，其名益高，从之游者日益众，然察其言貌，卑恭愈甚，无一毫殊自矜意。与夫形谍成光，虚骄恃气者固有间矣。予以此益贤之，窃以为非深于道者不能若是。一日，其徒何渊甫袖文一编过余，曰：吾师平日所至，聚落如风行草偃，不知其所以然而化。虽正容悟物，无待于言，而随机阐教，启迪人心，其于一联一咏，亦有所不能废。日积月累，已成卷帙。今诸门人欲募工刻梓，以广其传，将使吾师之名垂于不朽。子盍为我题其端？予应之曰：夫为道者，以形骸为赘疣，又恶用名？且虚静子体玄育德，积有年矣，一旦形神俱妙，骨肉都融，将乘风驭气，与造物游于无穷，其不朽者固在乎彼而不在乎此。虽然，师有善弟子欲光扬之，用心至矣。成人之美，予不可以终辞。虚静子，延安临真人，名某，安道，其字。十九岁出家，传马丹阳之道于铁罐王先生云。辛亥重九日。

跋文子堂家传

始予来长安，获识子堂于羁旅中，时年七十八矣。出杂文数篇，老成卓绝，殊类少年语。既而知其潞公之胄，父兄俱以词赋显名南方，其师友渊源有自来矣。惜乎早罹兵故，流落不偶，每一见之，未尝不为动心。虽然兵兴以来，蜀中士大夫夷灭殆尽，间有漏网者，往往落入彀中，至凌辱有不可胜言者。独吾子堂，纶巾褐衣，萧散物外，翩翩然如冥鸿野鹤，不可羁而有也，岂所谓不幸中之幸者耶？其记问词章，为今羽流第一，加之潜心力学，未见其止，异时为元门领袖者，非子而谁？子其勉之。

跋陶渊明年谱序

诗家之有年谱，尚矣。所以著出处之实，记述作之由，千载之后，使人诵其诗而知其志，不烦注释，意义朗然。盖自唐宋以来，诸名公皆有，独靖节先生阙焉。今紫阳先生始追而补之，起晋宁康，讫宋元嘉，六十三年之间，灾变废兴，班班可考。学者先读此而后观陶诗，则思过半矣。己西重阳日谨跋。

景陶轩记

河南解君仲杰，自前朝以童子擢甲科，既而遭变故，晦迹不仕。中统甲子岁，陕西大行台诸公屈以为掌书记，非其志也。乃卜筑于长安城南门外，夹两壕间架屋三数楹，莳花植木，若将终身焉。即西北隅别为小轩，以为宴闲偃息之所。上据爽垲，下临清流，足以延清风而却隆暑。阛阓既远，俗尘不飞，萧然有人外之趣。因丐名于予，予名之曰景陶，仲杰忻然从之，盖适与其素心会也。且请发其义。予以谓昔之君子尚友古人者多矣，如太史公之慕晏婴，司马相如之慕蔺相如，惟志愿所同，则遐想其人于百世之上，恨不与之并时而生也。《诗》云：高山仰止，景行行止。虽不能至，心向往之，自晋逮今，几千岁矣。富贵湮灭，不可胜纪。渊明，一处士也。虽尝出仕，官止一彭泽令耳。仍不乐其职，少日径归。无深恩厚德以及民，无俊功伟烈以耸动天下，而后世之人想闻其风采，如瑞人神士，朗出天外，邈乎其不及已。东坡先生亦一代豪杰之士，平生爱仰不足，至欲尽和其诗。呜呼！果何术以致然耶？岂非以其体真任运，舒卷无心，庐蓬茅而不忧，屣轩冕其如脱，雍容荡坦，诚有合于道也欤？今仲杰春秋鼎盛，资美而才敏。神完而气正，以之乘机抵巇，蹲取显位，如探囊中物。乃能安时处顺，不卑小官，环堵筚门，啸歌自得。不以古人自期者，能之乎？向予所以名轩之意，为得之矣。虽然，孔子之道无固无必，进止久速，惟其可而已。夫玉隐于山，珠潜于渊，未尝求售于人，而人自求之。方今明天子厉精求治，网罗人材，四方茂异之士朝闻而夕召，往往待以不次之位。如仲杰者，安能保志全高遂终老于此哉？鹤书之征行有日矣。异时功成名遂，解印而归，然后纵杖履于斜川，命壶觞于栗里，把东篱之菊，卧北窗之风，固未晚也。至元二年五月中休日浮阳李庭记。

重修终南山太一宫记

凡天下名山大川，积水之渊，蛟龙、鱼鳖窟宅之所托，莫不有神以为之主。是皆助天布气，节宣云雨，育万物而利百姓者也。按《礼记·祭法》：山林、川谷、丘陵，能出云雨见怪物者，皆曰神。故自古有国家者，率命有司严饰庙貌以昭荐飨，所以昭诚敬之道也，且为民祈岁事也。虽长安古都邑，形势雄九州，崔嵬南山，联亘千里，深潭巨谷，往往而在。终南太乙元君上宫湫池，其神之尤著者欤！太乙谷北距府城两舍而近，入谷溯流行十余里，路益高峻崎岖，盘屈而上，又数百步，至其宫。宫前临池水，湛滟弥望，莫测其深。两傍丛崖悬抱，高柯古干，幽蔚阴森，仰不见天日。迫而视之，令人股栗神竦，肃然加畏。水鸟以千数，飞鸣栖集其上，偶一叶堕水面，鸟即衔去。嘻，亦异矣。不有灵物护持，安能若是？其为龙宫水府无疑。宫祠之立，及征士种君碑之所载元君事迹甚详，兹不复云。后世因之增葺斋馆，祀事不辍。遇有旱暵，官吏奔走投诚致祷，即获甘澍。常以每岁六月十三日，长安外士庶杂沓盈路，毕集祠下，各持币帛醪果以答神贶。神若喜，则必有尊酒突然出于水中，以赐其人。其感之速，盖如此。值壬辰、癸巳之变，羽流逃散，栋宇倾颓。逮大朝开创，有本宫元受业某师黄某至侯某，前后数人，相继住持，皆不能有所兴造。岁在某甲，侯某者乃具状敦请某白云真人綦公领上下宫事。时真人方被旨宠锡金符，掌管关西教门事，弗暇躬亲经度。因选其时性质淳厚有干能者，得奉先人王某，专一提点宫门事，遂暨冉某并同志营办[1]。鸠工聚财，夙夜不懈，阅十寒暑，上下宫殿，赫然一新。神像载完，仪卫森列，以至斋堂庙庑、园圃水磨，靡不就绪。知宫将刻诸石以传永久，于是介郡人前宣抚司经历刘某等来请记[2]。某既嘉真人用心之勤、举人之当，又与王君同里闬，义不得辞，乃直书其事[3]，而系之以诗曰：奕奕南山，在天之中。渊渊灵湫，下维龙宫。斡旋阴阳，为雨为风。太乙元君，实司厥功。愆阳为灾，嘉苗槁死。吏民匍匐，是祷是祀。片云忽生，惊霆奋起。曾不崇朝，沾霈千里。曰雨而雨，曰旸而旸。易沴为和，化荒为穰。维神之德，惠我无疆。宜千万年，报之勿忘。时运迍邅，庙貌颓圮。狐狸所游，瓦砾荆杞。神之格思，曷依曷止。祀废不修，邦人之耻。有来白云，阐教秦城。顾瞻遗基，惕然若惊。爰命其徒，协力经营。剪除荒芜，补罅扶倾。积兹艰勤，厥有成绩。巨桷高甍，轮奂辉赫。像设崇严，祠庭载辟。迤遭来观，以手加额。九谷既登，百室斯盈。馨尔黍稷，酾酒维清。神心乐只，万福来成。佑我遗黎，永观太平。

校记：

[1] 遂暨冉某并同志营办：暨，原作"塈"，据藕香本改。

[2] 于是介郡人前宣抚司经历刘某等来请记："宣"，原无，据藕香本补。

[3] 乃直书其事："乃"，原作"而"，据藕香本改。

兴平县重修仙林宫记

贤者之为道，修身养性而已，初无心于感物，而物自归之，固不可侥幸致也。方其一念不生，万缘俱泯，身如槁木，心若死灰，尚不知孰为物，孰为我。凡世间所谓荣利声名，盖未尝有一毫入于胸中也。及乎妙道内充，英华外著，不言而人自信，无为而物自化，以致匍匐奔走，不惮勤劳，相与起作高堂邃宇，以效其尊仰爱戴之心，是岂偶然哉！良以精诚之至，旁薄感通，盖有不期然而然者矣。虽欲辞之，不可得已。今无欲观妙真人李公，其庶几乎？公讳某，世为耀州美原县人。少倜傥不羁，虽里中无赖皆畏服之。既而顿厌俗尘[1]，遂慨然捐产业，舍妻子，身披一褐，丐食饮以卒日。学全真之道于浮山碧虚子杨先生，尽传其妙。杨之道盖得之马丹阳，马即重阳真人王祖师之高弟也。始祖师遇异人于甘河道中，授以秘诀，遂达性命之理。其后门人次相传授，至公则四世矣。公初入玄门，誓求至道，乃于兴平县域西登真坊为环堵之室，穴恒以过饭。尸居三年，即今之仙；林宫也。值岁凶荒，人多流亡，至累日不食，自励弥笃。积功既久，宇定神凝，天光焕发，豁然大有所得。虽深自韬晦，而人实知之，于是户外之履满矣。凡寓此二十余年，避陕西乱，南越商於，遨游襄、邓间。时汴梁太乙宫提点李大师素闻公名[2]，即遣人奉书邀之。既至，欲以宫职让公，公知金运将终，乃不屑就。及汴京乱，遂逾河北抵燕京，见清河大宗师密谈玄旨，深相契合，因授以陕西数路提点教门事。岁在乙未，来归，驻车重阳万寿宫。远迩向慕，真教大振，从学执役者至数千人。虽武夫悍卒，幽闺妇女，山野鄙朴之民，莫不稽颡礼谒，以一睹公颜为幸。后五年，加掌教真人，寻授陕西诸局藏经提点。六年，奉也可匣敦大皇后懿旨，加无欲真人。乙巳春二月，被阔端太子命加无欲观妙真人。公自出家迄今四十年，名动宫禁，屡沐宠渥，时人莫不歆艳，而独澹然自若。呜呼！非离形去智，与世委蛇，而不以物累其心者，孰能之哉！仙林宫，即公之郑圃也。旧有屋宇，往年所亲构，皆经变故，焚毁略尽。月山，日华子党。道悟大初，尝与同游于碧虚子之门。以丁酉岁来自宁海，裴回故墟，喟然感叹，伤遗基之芜没，惧真迹之无传，是故悉力经营，日夜不懈。县之人亦素稔公化[3]，相率赞成。故材木瓦甓，所须之物，不谒而获。若殿，若堂，若门芜，若厨库，环庵列位，凡为屋若干椽。既落成，欲砻石以纪岁月，且状公平昔修证始末及出处大概，并刻之以传不朽，来乞文。仆亲见公于长安，时年已八旬矣，而体力轻健，行不以杖，目晔然有光，诚有道者也。故为之书，俟异日功成行满，驭风骑气，游昆仑而憩玄圃，自有高文大手，续列仙，广步虚，揄扬盛名以诏来世，仆何足以知之。丁未九月一日记。

校记：

［1］既而顿厌俗尘："顿"，原作"烦"，据藕香本改。

［2］时汴梁太乙宫提点李大师素闻公名："乙"，原作"一"，据藕香本改。

［3］县之人亦素稔公化："稔"，原作"谂"，据藕香本改。

遗安堂记为郭周卿撰

要名爵，殖货财，开产业，以为子孙无穷之计，此人之常情，古今之同也。然而浮华荡心，多藏贾怨，自中材而下，鲜不以此败其世者。若州吁以宠禄灭身，季伦以家财速祸，岂非将以利之，适足以害之欤？夫古之君子，深识远虑，逆推倚伏之理，坐照存亡之机，于是外富贵而甘贫贱，使当年无负乘之讥，奕世享寿康之福。此庞德公所以摆落纷埃，超然高蹈，不嗅王公之饵者，厥有旨哉！其对刘表之言曰：人皆遗之危[1]，今独遗之安，所遗不同，未为无所遗也。呜呼！是言也，可以为万世保家之法。吾友郭君周卿，揭遗安二字以榜其堂，可谓知所取矣。仆辱与君游既久，稔知其为人乐易至诚，廉介有守，平昔安于澹泊，苟非其义，一介无取。栖迟乡社，保志全高，虽聘召屡至，皆不屑就，贻厥之美，视古人无少愧。其初名是堂也，春秋垂及五旬，犹未有嗣续，人皆笑其命名之迂也。既而连生二子，卒如其志，有识者以为积善之报。仆闻源浚者流长，本深者叶茂，士有纯德至行而禄位不称者，必在其子孙，盖造物乘除，自然之理。今君行虽高，而不沾一命，名已显，而布被终身，其余泽羡祉不畀之后人，则将安归乎？且所遗之具既光明硕大矣，抑将又有希世显美之应，政恐不止于一安而已。第姑少俟，异日当自见之，知斯言也信。丁丑五月既望，南平野叟李庭记。

校记：

［1］人皆遗之危："危"，原作"安"，据文意改。

古卵瓶记

同州之沮水，两涘多土崖，既高且峻，遇积雨则崩裂，往往有古瓦瓶出焉。其形模大小不一，有腹圆而矮如壶者，有腹椭而横如卵者，尤奇古可爱，人因以卵瓶目之。然樵夫野人得之无所用，或以贮田种。独长安富贵好事之家得之，则深藏谨护，转相赂遗，虽金珠弗逮也。嘻，瓶之为瓶久矣，湮郁沉埋于积块之下不知其几世几年。一旦遇崩裂奋跃而去，幸而不见辱于樵夫野人之手，又大幸而为好事者取去，磨洗扙拭，使出光彩，借以縠几，贮以名花，置之高堂大厦之下，为宾客之聚观而骇异，亦千载一时。是虽泥土无情之物，非有补于世，特为耳目玩好之具尔[1]，且有时遇知赏如此，岂物之显晦亦有数存乎其间耶？抑偶然也？今夫一介之士，抱奇蓄古，或湮郁沉埋于草莱泥涂之下，至没齿穷年而不为世所知者，顾岂少哉？悲夫！

校记：

[1] 特为耳目玩好之具尔："特"，原作"时"，据藕香本改。

创建灞石桥记

长安以形势雄天下，其来尚矣。左达晋魏，右控陇蜀，冠盖鳞萃，商贾辐辏，实西秦之都会也。距城东三十里，灞水南来，横绝官路，西北十五里入于渭，其源出于商颜山中。每岁夏秋之交，霖潦涨溢，川谷合流，砯崖而下，巨浪澎湃，浩无津涯。行旅病于徒涉，漂溺而死者不可胜数。至元元年秋，山东梓匠刘斌适至此，见之恻然，内誓于心，为构石桥以拯兹苦。既而还家，告其父母亲旧，皆悦而从之，曰：此奇事，当勉力。各出囊资为赆，斌与誓曰：桥无成，不归东矣。于是束装戒行，前抵相卫，市锤錾七百余事，辇运而西，结庐灞上，教人以轮为业，敛所得充募工之直。分采华原五攒之石，伐南山之木，以为地钉。其操执斤凿张口待哺者恒二三百辈，米盐菜茹所费不赀。日既久，有豪杰好事者六州规措大使牛公、镇抚曹公、引盐提领范公等嘉其诚笃，倡起而助之，凡集楮币二千五百缗以佐其用。六年己巳春陕西大行台平章赛公用左右司郎中徐琰诸君之议，捐白金二十锭，仍俾役夫二百，令京兆同知巨公督之。签省严东平继发驱男四百指[1]，遍谕所属，乘彼农隙，辇山石八百余载，令京兆府判官寇公董其役。九年壬申夏，会苏太师老仙、吕公伯充在京师，白此事于内侍贺公宽甫，乘间奏闻，驿召斌入观，应对称旨，天颜喜甚，敕赐京兆官籍没田园，发新收南口长充役作。十年癸酉，皇子安西王开国陕西，王相左山商公以此事启闻，特赐楮币三千五百缗，禀给役者之食。十三年丙子冬，昭勇赵侯鸠赀僦车转石。戊寅岁冬，功始毕。其长六百尺，广二十四尺。两堤隆崎，下为洞门十五，以泄水怒。制以铁键，塈以白灰。其趾山固，其面砥平。磨礲之密，甃叠之工，修栏华柱，望之岿然如天造神设，信千载之奇功，一方之伟观也。由是车不濡轨，人无褰裳，憧憧往来，坦然无阻。自经始至于落成，历一十五年。用石五千余载，铁银锭九千，计铁四千秤，地钉木二万条。前后总縻楮币八千五百缗，舆论之直尚不与焉。按《周礼》：城郭、道路、桥梁、陂泽，以时修之。此三代之法也。自天地分，此河出，羲农以来，邈不可考。周、秦而下，及汉、隋、唐俱都于此。前志虽载尝有石桥，规制狭小，屡经变故，湮没无迹。有司课民岁驾土梁以渡，迨春冰泮而已复败矣，人甚苦之。於戏！上下数千载，当承平之际，在朝在野，才臣智士代不乏人，忍视斯民沉溺葬鱼腹而莫之救。今也非常奇特之功乃成于一梓匠之手，可叹也已。斌之为人，不特智巧多艺，而宽厚诚悫，重尚信义，此卜子夏所谓：虽曰未学，吾必谓之学矣，惟斌可以当之。又斌之为是役也，舍父母，弃妻子，久客于斯，未尝一省其家。无官守之责，无监督之严，风经雨营，朝规暮画，曾不少懈。虽诽谤百至，而所守不移；沮挫屡经，而自信益笃。衣不私身，食不异爨，与役夫同甘苦。所荷金赀以百万计，悉付之掌记，尺帛斗粟弗入于己。间关龃龉，卒践是言，可谓有为之士矣。其至诚感格，神明护持。圣主贤王，不惜帑藏；贵家豪族，乐输金帛。及编户之民，愿同勠力，竟能相与始终，非志坚而力行之，乌能及此？一日，京兆府学教授骆天骧偕斌踵门来告曰：斌之桥成，亦先生之志也。今将勒诸石以纪岁月，文不先生之属而谁欤？余应之曰：诺。遂序其颠末，以谂后之人，俾守而勿环也。

校记：

[1] 继发驱男四百指："男"，原作"勇"，据藕香本改。

廉泉记

　　廉泉者，陕西大行台平章政事廉公樊川别墅所有之泉也。曷为名之？惟公有卓然异绩于民，去已久而民犹思之，遂取公之姓以名其泉，示不忘也。初，中统改元之岁，今天子新即大位，命公镇抚关中。视事未几，遂有西北之警，中外恟惧，扰扰不安。公于是博参谋佐，选将练兵，授以方略，曾不逾月，而千里怗然，遂以无事。当是时，列城父老与夫田野之民权呼忭跃，以手加额，佥曰：今日更生之日，非卓然异绩欤？又期年而政成。俄有旨召公复位，自轺辕北迈，倏忽十稔，秦民戴公如一日也。夫君子之为政，悦民之心易，感民之心艰，感之深使之久而不忘又难。必有深仁厚泽浃于骨髓，然后去滋久而思益深也，至于过其所居，见其所乐，起敬起爱，郁陶咏叹而不能已者。召伯教明于南国，诗人发《甘棠》之咏；廉范化行于蜀郡，百姓兴《五袴》之歌，江左之人慕谢安而名其子，皆所以示不忘之意。非有至诚恻怛为民之心，何以致此？而况脱百城之民于干戈必死之地，则民之于公宜何如哉？以此名泉，其谁曰不然？每岁花时，城中士民相与壶游于泉上，酒酣，引领北望而歌曰：瞻彼流泉，廉公所营。公去积年，依然玉声。酌泉而饮，怀公之清。俯泉而鉴，想公之明。公有厚德，实全我身。何以识之？视此泉名。公在朝廷，秉国钧衡。何时复来，慰我舆情。其去思之心，从可知已。至元辛未，公门下士中山冠君长卿来判京兆总府事[1]，暇日将遍求文士作为歌诗，以发扬公之遗爱，而属仆为之记。仆固非其人也，既闻命矣，安敢不诺？然窃有感焉。自乾坤奠位，既有此山，便有此泉，滔滔汨汨，不知其几世几年矣。昔焉湮没于黄茅赤棘之下，寂尔无闻，今一经公之顾盼，而声光赫然，震耀当世，将见千载之后与公之名俱不朽矣。嘻，是泉也，何其幸欤！至元八年春正月日。

校记：

[1] 公门下士中山冠君长卿来判京兆总府事："冠"，藕香本作"寇"。

撰济渎灵应记

陕西行中书省都事上党鲍君毅夫寓家燕城而宦游关右，已阅数寒暑矣，庭闱定省之念日夕往来于心。岁丙寅春，奉檄之燕，因得板舆，奉二亲归覃怀之别墅，庶几稍便瀄瀎之奉。评事春秋既高，素有末疾，以覃怀地瀄河，得暑尤甚，坐是疾转剧，治疗之，百方皆不效。毅夫忧惧，无以为计，乃具牲币致祷济渎祠下。诚意既孚，灵应来格，俄有潮赐出焉。所谓潮赐者，盖神享其祀，即有物出潭水中，以昭其贶也。初得樽酒三，继以纤绤八丈，两端微腐烂，不知何年物。见者莫不骇异，以为非常之赐，皆毅夫纯孝所感，评事君之疾其有瘳乎？或者以为诞而疑之，因晓之曰：夫幽明殊途，而感召之机不二。一念所通，大可以动天地，细可以格禽鱼。昔之人固有浩叹而陨霜，悲泣而颓城者矣。至于王祥之致雀，姜诗之跃鲤鱼，岂诬也哉？故曰：至诚而不动者未之有也，不诚未有能动者也。孝悌之至，通于神明。圣贤立言，垂法万世，自春秋以来，史传所书异事不可概举，子何疑焉？予故书之以劝天下为人子者。观者幸毋以语怪少之[1]。丁卯岁十月中休日记。

校记：

[1] 观者幸毋以语怪少之："毋"，原作"勿"，据藕香本改。

蓝田县东创修玄真观记

蓝田，秦旧县也。按《周礼》："玉之美者曰球，其次曰蓝。"《三秦记》曰："以县出美玉，故名蓝田。"夫玉为物也，温润以泽，缜密以栗，故君子比德焉。且天下莫不贵，而王公以为宝。凡所韫之地，则精神见于山川，盖偏得天地英粹之气，积于中而发于外，有不可掩焉者。昔人水润山晖之说不诬矣。呜呼！自古蓝田水石竹树之胜为秦中冠，虽鄠、杜犹出其下者，得非以此耶？惟其地灵境秀，物产不凡，为圣贤所宅，为仙真所庐，与夫敞珠庭而栖逸士，固其宜也。考诸图记，则尊庐氏有石[1]，女娲氏有谷，安道有里，奉道有乡。至于刘雄鸣、王子年、王摩诘、李筌、王顺之徒隐居遗迹，往往而在。县之东数百步而近，有爽垲焉。北倚骊山，南对辋川。玉峰蓝水，环绕映带。朝烟暮霏，万景呈露。参天古木，郁然幽阴。真卧云啸月之地也。癸卯岁，益川道士雍德坚、徐德渊因避蜀乱，同三洞讲师黄庄父游至此，周览形势，悠然忘归。会前宰张公名选与邑人委差杨兴徒辈共施其地[2]，延请住持，二师既许诺，遂罄其衣盂，同心经始。居久之，道价日隆，人益信向。今副都元帅刘公元礼输资助役为功德主，仍舍家僮二人以为其徒。由是远迩翕集，檀施辐辏，崇墉峻宇，相继兴葺。中建大殿以宅三清，左右二殿以奉十一曜并南北二斗。以至云堂香厨、三门两庑，靡不毕具。翚飞轮奂，灿然一新。像设崇严，仪卫森列。俾来者竦然有以起其敬，居者肃然有以洗其心。自非符箓灵威警悟斯人，乌能及此。凡为屋大小若干楹。丙寅之岁，始获落成。一日，县宰蒋公、县丞寇公暨总府知事刘公，并县父老合辞而言曰：自兵以来，兹地芜废久矣。赖二师勤力不倦，遂使荆榛瓦砾之场化为金碧。岂惟为邦之伟观，抑亦岁时香火，仰祝明天子万岁无疆之寿，不其韪欤？况我大朝尊道贵德，洪畅玄风，凡羽流所在，易庵为观者多矣。宜以玄真题额。请于有司而揭之，仍求当世之士记其兴造本末，以传永久。乃共舍碑，介党公叔、郭处厚二讲师来征予文，并请发其义。予应之曰：老子著书五千言，其于玄真二字，言之屡矣。前后解者，互有得失。予试与子妄言之，子亦妄听之。夫道不可见，见而非也。谓之玄，则溺于见。道不可言，言而非也。谓之真，则滞于言。非玄之玄，杳邈无垠；非真之真[3]，泯迹无寄。至于是非双遣，语默两忘，超然自得于筌蹄之外，则所谓玄真云者，亦道之强名耳。子归而求之有余师，何待予言？

校记：

[1] 则尊庐氏有石：庐，藕香本作"卢"。

[2] 杨兴徒辈："辈"，原作"单"，据藕香本改。

［3］非真之真："之"，原作"非"，据藕香本改。

琴鹤堂记

物以人贵，地因人胜。此前哲之名言也。自古及今，爱马者多矣，而惟称王武子；好笛者众矣，而但言马季长。岂非物以人贵乎？普天下凡几楼，而庾亮之名最著；率土之滨凡几亭，而醉翁之号独传。岂非地因人胜乎？昔赵清献公当宋至和、熙宁间，连牧数郡，再守成都，所至有惠及民。逮入为谏台，遂参大政。高风凛然，为一代名臣。其初入蜀也，以一琴一鹤自随，其政简易可知矣。故二百年间以为美谈。今参政行院曹南商侯平昔慕其为人，慨然有思齐之志。自中统改元，奉诏来关中，佐平章廉公行中书省事，因治第长安城中，规为燕申之所，将以琴鹤名其堂。未几而堂成，果有四川之命。盖古有先兆，事亦冥合。噫，亦异矣哉！其或者将以清献公之名全畀于侯乎？庭诚不佞，窃有请焉。且昔之君子尚友古人者，非但袭其迹而已，固将究其用心，考其行事，早夜以思，就其如者，去其不如者，必使英声茂实相与，并驱于百世之后，无愧于其人可也。今侯以卓然杰出之才，出遇明天子有为之日，言听计从，诚千载一时不可逢之嘉会也。顷以坤隅未靖，须大臣以镇临之，简在圣心，付以重任，既得行其道矣，视古人事业优为之，惟在加之意耳。行见五十四州之民，家蒙其惠，人沐其化，仰之如神明，爱之如父母，金曰：清献公复生矣，不亦懿乎？异时政成课最，荣被玺书之褒，功业烂然，辉映竹帛，则斯琴、斯鹤与夫堂之名俱不朽矣。《诗》云：高山仰止，景行行止。侯其勉之！中统四年岁在癸亥十一月初吉，浮阳李庭记。

兴真观记

都城东北之隅曰："康乐坊"，殿堂巍然，两庑翼然，兴真观也。道教都提点何志邈为其师至德静默保真真人何君所创。保真讳志坚，高唐人，幼事长春丘公学道。己卯岁，长春应太祖圣武皇帝之命，从行者十八人，保真其一也。还燕之日，尝有兴修之志，不果而逝。志邈为修之，

以成师之先志，观成求额于清和真人，号曰："兴真"。（钞本《顺天府
志·观》）

为张经历世杰恒斋铭

震刚在下，巽柔在上，雷动风从，乃恒之象。君子体之，其道有常。
止于其所，立不易方。富贵贫贱，毁誉欣戚。一不动心，介焉如石。硁硁
鄙夫，惟世是趋。翻云覆雨，弃瘠涵腴。猗欤张君，以恒进德。我铭斯
斋，勉而无斁。

杨经历省斋铭

天生万物，莫灵于人。人之为人，所贵者身。惟兹一身，以心为主。
心本虚明，湛然灵府。感物而动，遂溺于私。丧厥真淳，乃诞乃欺。圣门
之学，惟先自治。其治如何，省之一字。朝诇夕察，再思三思。忠或未
尽，信或有亏。善贵必迁，过无吝改。人欲既销，天理斯在。颜渊克己，
孟轲守身。三子一道，遗训生民。卓哉杨君，固尝从事。铭以勖之，勿替
初志。

王彦修存斋铭

厥初生民，本真浑然。情窦一开，以人汩天。爰有先觉，教之寡欲。
收其放心，不远而复。性惟内守，情靡外奔。其人者去，而天者存。君子
庶民，间不容指。操之有要，曰敬而已。猗欤王生，粹然天资。以存名
斋，亦允蹈之。孟轲养性，颜渊克己。彼何人哉，有为若是。

药郎中母写真赞

家肥而子孝，义方之教。身老而康强，作善之祥。斑衣楚楚[1]，兰玉
成行。捧觞一笑，春满萱堂。

校记：

[1] 斑衣楚楚："斑"，原作"班"，据藕香本改。

晋陶处士画像赞

惟皇有晋，奠此南方。桓桓我祖，奋彼戎行。以蕃以屏，以期永昌。时迈于衰，厉阶日起。国无忠人，岂无孝子？王家既移，我室如毁。薄感我私，爰适予止。烨彼菊矣，其黄维金。郁彼柳矣，有苪其阴。湢湢缶觥，以酌以斟。孰云我乐，我忧孔深。悠悠南山，实知我心。往者则逝，来者可悲。嗟今之人，遭此弗治，自北徂南，靡人克依。他歧孔多，周道斯微。心之忧矣，曷其能知？

陕蜀行中书省左右司员外郎郭公行状

公讳镐，字周卿，世为华州蒲城县人。高祖彦，曾祖伟，祖彬，皆有隐德，不仕。彬娶兰泉先生张氏女，生一男讳炳，即公之父也。公自幼风仪秀整，性警颖，举止如成人。少长，业词赋，从乡先生郭公冕君玉游，在辈中崭然见头角，以德行称于州里。遭贞祐之乱，挈家迁徙无常处。虽遭困厄，能力学应举，凡三预京兆府荐，一赴御帘。值大朝革命，旅寓河中，为征行万户奥屯公所知，因召置幕下，署为参谋。每事咨访，多所裨益，甚见敬礼，然非其好也。寻归乡里，以教授为业。稍置田园，以为菟裘之计。后进子弟皆师事之。里中有争讼者，往往诣公质其平，因为随事剖析曲直，无不帖然心服。平居与人言，恂恂乐易，虽庸人小夫，无不得其欢心。然志行峻洁，壁立千仞，苟非其义，一介不取。由是声誉大振，四方士夫想其风采，争慕与之交。当世达官如故中书襄山杨公、宣抚使紫川周公，今尚书云中李公莫不致书敦请，将委以治事，皆辞不就。中统改元，上新即大位，命平章廉公、参政商公行台陕西兼西蜀四川事，辟公左右司员外郎，其所以招延之意甚厚。公不得已，遂就职焉。是时国家经理南方，秦蜀官府更张法度，弥缝阙政，日夕孜孜，以救时行道为己任。尝曰：知无不言，言无不尽。是吾志也。其所言条目甚众，不可殚纪。既而以病辞职还家，以至元五年八月初五日终于正寝，得年七十有五。公天资高雅，作诗与文，下笔亹亹不能休。以理趣为先，不务奇险，平和恬淡，如其为人。平日著述甚多，经乱遗失，故所传者无几。晚年留意周、程之学，有躬行心得之实。呜呼！使遭平世，置之公辅之位，危言谠论，展尽底蕴，功业必有大过人者。无可赋命迍邅，任不大显，所成就止于此，为可惜也。然一时名德昭著，耸动缙绅，以为关中自变故以来一人而已，盖无愧于兰泉先生云。始娶真宁杜氏，生二女，长适窦，次适王，俱习进士业，皆先公卒。又娶李氏，生二子，长曰某，次曰某。将以某年月日举公之枢，葬于县西贤相乡之坡子头兰泉先生故茔之侧，从治命也。欲求当世立言之士撰述平昔行事，纳之圹中，仍表诸墓道，以图不朽云。以某与友四十年莫逆友，详知其人，固请为行状，因述其大概，惟作者择而取之可也。至元九年同舍友李某谨状。

元朝故洵州三河县令兼镇抚军民李公墓志铭

宣授秦蜀五路四川行中书省左右司郎中李秉彝，命幕府掌书记员翟从善状其父之行实以诿庭曰：窃惟先人平昔践历仕途，力行善道，志节无愧古人。奈何天不假年，奄弃奉养。秉彝不肖，凭借余庇，策名天朝，虽薄有廪禄，而逮亲之日浅，复使前光翳然，随世磨灭，则为罪益大。以是衔哀饮泣，不遑宁处。今襄事有日，思得当世立言之士叙德撰铭，将以志诸冥窦，用图不朽，庶几少慰罔极之恩。敢再拜以请。庭哀其孝心切至，不暇以固陋为辞。谨按状：公讳某，字国宝，中都通州人。先世尝仕辽朝，位至通显。曾祖某，祖某，父某，皆隐德不耀，世葬潞阳城台头岗，经乱谱逸。公幼习吏业，天资耿介，苟非其义，一毫不取。及冠，有廉能名，州府交辟，累迁御史台掾。大朝革命，有司以公前朝旧人，用荐者擢为洵州三河县令。时新被兵，公抚摩疲瘵，区处有方，故赋敛不繁而用度足，吏民咸畏爱之。未几，兼镇抚军民事。甫及中年，乐于恬退，诣所隶，上书乞归田里，不许，遂弃官归隐于滦水之上。公始读佛书有所得[1]，因不饮酒、不茹荤。晚岁留心儒典，乐与士大夫游。每正襟危坐，谈论终日，不越乎纲常之正。释氏之学，置不复道。每与诸子言：事亲奉上，惟忠惟孝。慎勿读非圣书，惑溺心志。至于财贿，好之无益，祇为身累。秉彝在中书平章粘合公门下，公戒之曰：既已委质于人，当竭劳瘁，死生以之，无但尸素而已。中书公亦尝曰：而父之言不可忘也，其为人信重如此。既而秉彝频岁从军南伐，以定省不时为忧。于是迎公南来，卜居相下，以便侍奉。己未，秉彝随车架渡江，盘桓鄂渚数月，始克还家。公以其年十二月二十日殁于私第之正寝，享年六十有八。夫人同郡张氏，性纯俭，治家有法，生男子二人，长曰秉彝；次曰秉钧，早夭。女子一人，适省掾王氏之子秉元。孙男四人，长曰燕山，亦早夭；次锦山、柏山、道山，皆业进士。女一人，适中都孔署丞之子庆。重孙一人，七十，燕山之子也。今将以某年某月某日葬公于临漳之彭隆村别业之侧[2]，从治命也。公为人倜傥好义，勇于敢为，其周人之急，往往不自顾计。初居燕，为一达官所累，代偿白金万两，虽家资罄竭，未尝形于颜色，与直不疑受诬偿同舍郎金何以异哉？至如建白执政，使天下通行楮币之法，则足见有便民之志。盛暑置浆廉路侧，以困暍者，则足知切济物之心。知止而退，类疏传之高；教子以忠，契狐突之义。且始崇因果，卒蹈纲常，又似乎遽伯玉之知非。凡此数者，皆古人之所难，而公优为之，谓之无愧宜矣。昔于公多阴德而自知其子孙必有兴者，史臣亦谓袁安之仁心足以覃乎后昆。今秉彝从中书公出镇名藩，周旋半天下，始终左右，逾二十年，功名赫然，震耀当世，加之嗣续藩衍，家道日昌，非公平日积善余庆，能至是耶？谓天道难知，吾弗信也。是可以铭。铭曰：

维古幽都，人物之渊。伟欤李公，道周性全。公始妙龄，寓迹于吏。业虽刑名，心则仁义。白华不缁，贞玉无瑕。辟书交至，羔雁盈家。擢佐宪台，峨冠鹗立。霜简方腾，金人已泣。龙战既息，城邑萧然。弦歌百里，众瘼齐蠲。保身遗名，有子而才。教以义方，羽翼行台。声震业光，是宜百年，享此禄养。风树不停，奄归泉壤。本深末茂，源远流长。子孙诜诜，兰玉成行。高坟屹起，临漳之涘。刻诗元宫，以诏千祀。

校记：

[1] 公始读佛书有所得："始"字本无，据藕香本补。

[2] 临漳之彭隆村别业之侧："漳"，原作"潼"，据藕香本改。

故京兆路都总管府提领经历司官太傅府都事李公墓志铭

公讳仪，字君瑞，其先华州人。曾、高咸葬州之东西溪，经乱谱逸，失其名。父招暨伯楫始来奉先，且迁其祖枢，因而家焉，世以吏为业。公性方直，廉介有守。自县典史试中，补华州掾，佐军谋有功，累迁忠武校尉。以才干选充陕西行六部掾，寻摄主事，佩银符，驰传往来关陕漕运粮储。正大末，行部大司农保奏尚书都省掾，未及赴，值关中扰攘，有诏起迁京兆，因寓陕州。关陕总帅阿不罕留为帅府掾。既而完颜仲德行尚书省事，遂升为省掾。未几，复以阿不罕代行关陕商号尚书省，充掾如故。以小心畏慎，常掌边关机密文字。大朝革命，癸巳秋，挈家还乡里。时关中新抚定，京兆创立，朝廷以北京田侯有威名，仍得人心，命开府陕西，行总省事。以公前朝旧人，谙练典故，素有人望，士大夫共推荐，请为幕宾，礼遇甚厚。自乾、凤以西抵山外秦。巩等处尚袭金年号，城守皆未下。公被檄招抚秦州，既至，释兵仗，握空拳径入，晓以天时，俾知祸福所在。众皆悦服，由是听命。自知事累迁提领经历司官，尝摄府事。以年高引退闲居。丁巳正月，太傅国公辟为省府左右司都事，尝一应命，寻以疾辞，杜门却扫，不复出矣。中统四年六月三日卒于私第之正寝，享年六十有九。娶同里前金吏目王琚之女，前进士华州郑县令王邦彦之孙也。素有贤行，闺门雍睦，为乡里所称。子男一人，曰惟善，业进士，尝为省掾，以事亲引退，今为京兆府路都学正。谨愿端悫，有父风。娶前进士行中书省左右司郎中武功张徽君美之女，孙男一人，曰高间；女二人，曰庭兰，曰尹吉。将以其年九月十三日葬于咸宁县龙首乡神鹿里修行南社，从卜食也。惟善持行中书省左右司都事京兆王君世杰所撰行状，以志墓为请。某不佞，素与公同里闬，故知其人为详。公姿体魁秀，庄重寡言，与人交，豁如也。夙丧父，事母与兄极孝谨。兄殁，独遗一女，遭值兵饥，携持抚养，恩义曲尽，其笃于亲如此。自立京兆以来，纲领庶务凡二十余年，未尝有过失，一时同列咸推重之。临政务在宽厚，决狱之际，阴德尤多，不能缕数，今略举一二众所共知者：在华州掌刑时，渭南县申解强盗一行二十余人，县司鞫问已成。公再四推讯，其中数人言貌恬怯，似非恶人，疑为群盗所攀引，意欲平反，而招伏已定，且州将严酷，不容商订，于是阴缓其狱。不数日，遇赦获免。贼酋率众来谢曰：我辈为盗不仁，又挟私仇妄引良善。公每引问，哀矜不忍之心形于面目。今虽蒙国恩，实由公详缓所致。其无辜者三人伏地号泣拜谢而去。为关陕省掾日，陕州受围日久，军民绝粮，不保朝夕。主帅恐内变，乃下令戒约，有敢私出城门者斩。无何，水军五十余人由水门窃出野外挑菜，为有司捕获，以解省府，众皆以为必死。公知无他，但为饥饿所逼，具以情实言于上[1]，主帅感悟，皆获释免。呜呼！世德下衰，人心怵于利欲[2]，首一戴惠文，则视民如寇仇，苟有以肥其家，虽深文巧诋陷人于死而不之恤。究公平日存心主于仁恕，果不可以今之君子概之也。是宜为铭。铭曰：

维昔田侯，来殿西秦。孰主画诺，君为幕宾。处繁不乱，履险不慑。二十余年，始终一节。抚摩疲瘵，驯伏顽嚚。千里晏然，繄公之仁。志切哀矜，罪宽诖误。狱无冤民，繄公之怒。于公阴德，自大其门。敦躬平刑，庆延子孙。天高听卑，罔差报施。不于其身，嗣人之利。咸宁之原，埋石幽宫。刻此铭诗，以示无穷。

校记：

[1] 具以情实言于上："情"，原作"悟"，据藕香本改。

[2] 人心怵于利欲："怵"，藕香本作"詸"

金故光禄大夫刑部尚书尼庞窟公墓志铭

公讳海山，别讳安仁，字受之。其先盖州路人。祖天世奴，金初佐太祖开国有功，累迁宣武公，用贵，赠骠骑卫上将军。父讳小汉，世宗朝护卫，以门功授盖州路世袭谋克，赠金吾卫上将军。母蒙氏，赠陇西郡侯太夫人。生男长讳盆德，袭父爵，官至镇国。次讳按出虎，任北京神山县令，至辅国。公其季也，承公荫试中正，补吏部令史，积官至光禄大夫，勋至上柱国，爵至陇西郡开国侯，食邑至百户，赐紫金鱼袋。元朝革命，自大梁徙家长安，以庚子年春三月二十一日薨于咸宁县白鹿乡廉王村亭子头本庄之正寝，春秋七十有三。自明昌改元，讫正大末，凡四十余年，出入中外，践扬要剧，其行事可记者多矣。而公之子所能记者，真定推官曰行唐县，械送一僧，诬与妇人通私，共害其夫。狱已具，公疑其冤，力白府主，再遣人踪迹之，果获正贼。僧由是得免。充唐、邓等处提控捕盗及赡赈，时岁饥，且迫冬月，闻三鸦路一带流民罹冻馁者甚众[1]，公即驰驿诣，亲负糗粮，乃劝率旁近富民出米面散给。有冻死者，以毡束而圆转之。其所全活不可胜数。枢密院都事日，德州防御丑奴反，被檄乘传前去收捕，既至，设方略招诱，散其党三十余万，获渠魁，转赴阙下[2]。以功升等滦州马城及寿州，尤有惠爱，百姓咸追思之。其见于政事者能如此。公资和雅谦逊，未尝忤物，所至人皆爱重。至于同寮，莫不交口称誉。哀宗一日顾近侍，问公之为人何如，左右皆以好人为对，曰：诚如卿等言，则其平昔操履概可知已。大梁既破，凡簪绅之族获免于难者百无一二，而公家独完，老而康强，卒以寿终。呜呼！岂非为善之报耶？懋德将以至元三年三月二十八日举公之柩葬于本庄之凤栖原，从卜食也。乃状公之行事来求铭。铭曰：

维金源氏开国始，天挺虎臣佐经理。躬劬积善有余祉[3]，世生英才济厥美。尚书堂堂古君子，出逢盛时登膴仕。克勤于邦俭于己，晔如白华不痕滓。扬历中外余四纪，勋业煌煌照青史。招摇耀芒天地圮，昆岗火炎玉不毁。五福兼全畴克比，天报善人有如此。佳城郁郁南山底，黄壤埋铭书业履，腾实飞声千万祀。

校记：

[1] 闻三鸦路一带流民罹冻馁者甚众："三"，藕香本无。

[2] 转赴阙下：转，疑为"缚"之误。

[3] 躬劬积善有余祉："劬"，原作"敂"，据藕香本改。

大元宣差陕西京兆府总管大夫人尼庞窟氏墓志铭

夫人尼庞窟氏，故金吾卫上将军、定国军节度使仆散公讳某之妻也。家世盖州路人。其先本女真贵种，曾祖讳天世奴，赠金吾。祖讳抄，东北路招讨使，俱世袭谋克。父讳丑的，世宗朝护卫出身，累迁宿直将军。娶本路世袭牙剌哥千户完颜公女，生男一人，讳合申。女三人，夫人其长也。妹福引适东京留守唐括公次男福受。次妹福聚适咸平路宣抚使蒲鲜公长男帖哥。夫人年若干，归节使公，逮事祖舅开府总管、祖姑郡公太夫人移剌氏暨舅尚书右丞延安郡王。姑王夫人石扶氏，服勤妇道者余五十年，累封得某国夫人。生男子六人，长曰沂，信武将军。黄河漕运提举。次曰渊，明威将军，选充护卫。次曰湛，宣武将军，汝州宝丰县令，皆先节度使公卒。次即总管公也。次曰源，见充宣差秃鲁花。女一人，适平章枢密院颜公之子奉御元平奴[1]。孙男七人，长老山，宣差同知京兆路总管，袭父职也。次某。以中统三年春三月十七日丁酉终于私第之正寝，享年七十有八。卜以其月二十九日己酉，祔葬于京兆府咸宁县洪同乡凤栖原节使公之墓，礼也。窃维夫人生长华胄，天资淳直，实有贤行。事舅姑以孝，相君子以顺。阖家五千余指，经纪内外，无不得宜。子孙振振，俱有名位。闺门之中，肃如也。故近世以来言家法者咸归焉。既享荣养，复终寿考。呜呼！若夫人可谓有全福者矣。是宜为铭。铭曰：

维节使公，奕世名家。弼亮四朝，德音不瑕。孰为内助？有妇柔嘉。六子堂堂，咸跻显仕。逮总管公，益济其美。孰其教之？实繄母氏。已贤其子，又才厥孙。蝉联彪懿，为时庆门。华屋高轩，既贵且富。年终八帙，不为不寿。凤栖之原，闭此元堂。刻诗贞石，示复无疆。

校记：

[1] 适平章枢密院颜公之子奉御元平奴："院"，疑为"完"之误。

故宣授陕西等路达鲁花赤夹谷公墓志铭

公讳唐兀歹，小字奠住。其先本辽东临潢路女真人。金国初，从太祖武元佐命有功，世袭谋克。其后子孙枝分派别，有居西京下水镇深井村，因以为家，数世坟茔在焉。曾祖父某，祖父某，经乱逸其行事。父灰邰，伯通住，皆倜傥好施予，为乡里所畏服。会天兵起朔方，遂相与归命。太祖承吉嗣皇帝，因署通住为千夫长，灰邰副焉。令将兵攻西京，连战破之，太祖大悦，锡通住金符，加招讨使，益分兵数万人，因并力南下，徇城邑之未附者，所至无不披靡。既累立大功，太祖愈加奖重，擢通住为山西路行省兼兵马都元帅，召灰合充护尉，俾世食真定之咸宁。晋巨二县租赋，以旌其劳。通住寻以疾薨。合罕皇帝诏灰郃嗣其职，令公袭护卫兼奉御，佩以金符，时年十三。召见喜甚，遂赐今名。未几，灰合亦薨。蒙歌皇帝即位，有旨授公陕西等路打捕户达鲁花赤兼权京兆延安凤翔达鲁花赤。以中统三年三月二十七日病卒于家，得年才四十有七。夫人宋氏，生男一人，曰千奴。女三人，长适某，次适杨某，次尚幼。将以某年十月十九日举公枢葬于咸宁县少陵乡东姜村之东原，从卜食也。公为人内明敏而外沉静，举止审详，出入两宫禁数十年，无纤介过失。居官有惠爱，人思念之至今。惟天不假年，设施未尽其才而死，为可惜也。始遘疾不愈，宋夫人左右侍汤药，朝夕无少懈。既殁，与其孤衔哀丧事，一切遵命，可谓贤也已。于是遣其婿偕千奴奉功绪之录来谒铭。某方从予问学，再三以为请，义不得辞，遂为之铭。诗曰：

龙翔虎跃，风云助之势兮。帝兴王成，豪杰赞其计兮。赫赫大家，人材踵相继兮。翊扶景运，大业光以济兮。剖符锡壤，恩赏延于世兮。胚胎前光，公实生而慧兮。大福再成，家声庶不替兮。奔骥骋力，中途踬以毙兮。秀而不实，造物何其戾兮。天其或者，将使昌后裔兮。刻诗墓门，维以诏千岁兮。

金故朝请大夫同知裕州防御使事王君墓志铭

自隋唐以来，相沿用科举取士，历数十百年。其间名卿大夫磊落相望，可谓盛矣。降及近代，教养之法废，人材不逮古远甚。至于艺业，往往偏驳不纯，工文词者或缺于行，富学问者或昧于政。求其所谓全德君子，盖绝无而仅有焉。今玉华先生华阴王君其庶几乎？君讳元礼，字元礼，世为华阴人。曾祖横，隐于绘事。祖浩。父珏，字子玉，始业儒。有子四人，长曰安仁，次曰安上、安雅、安贞，以安仁有干蛊材，悉委以家事，仍诲之积粟。遇荒岁则下其值，以济饥民，赖以全活者甚众，乡人以此德之。安仁，即君之初讳也。资颖悟，少力学读书，虽祈寒盛暑不废。不数年，一时同舍生皆师事之。初住郡庠，日梦唱名云：华阴玉元礼登第。骑从前导，行至一观，有羽衣人出迎，仪观修整，类古之得道者。既而相从上殿，所语皆尘外事。又二道者侍其旁，顾谓君曰：子前身中条山玉华洞主也。诘旦以语同舍，皆曰佳兆。遂请更名元礼，仍以玉华自号。未几，登兴定五年进士第。初调防州中部主簿，改辟乾州奉天令县。自军兴以来，调度繁伙，民不聊生，遗窜者十七八。吏因缘为奸，户口日耗，赋役无所仰给。君初到官，询知其弊，即白有司，乞为蠲免。公文凡三上，而后获从。仍实验编户贫富，再为铨次之，惩其慢法蠹民尤无良者。由是奸吏衰止，一境遂安。在任三年，下无冤民，狱无滞囚，至今人犹以佛呼之。会天兵南骛，兼义军都统，再授隆德县丞，未赴，遥辟兴平县兼平凉府录事，佩银符，绥戢军民，咸得欢心。未满，补省掾，再迁朝请大夫。同知裕州防御使事。壬辰，京城受围，有客登门款话[1]，意欲相拉北迁。君曰：余虽官职卑微，叨食廪秩余二十年，愿得死京城足矣。幸无复言。客谢而去。无何，京城陷，遨游河朔者凡七年。己亥秋，徙居洛阳，一时贤士大夫如紫阳杨先生、翠岭张先生、李九山子微、杨西庵正卿皆晨夕与之游。紫阳又其姻家，平生尤相得，迁徙流落，未尝一日相离。乙卯春，始归故里。以遭时多故，五世不葬者凡七十丧，皆举而窆之于县西南五方村旧茔之西二里许。丁巳，病革，临终戒家人勿遽哭，俟圹息定，移时举哀。言讫而逝，实五月三日也，享年七十有三。夫人李氏，性贤明，理家有法度，乡党姻戚一无间言。继室文氏，京东漕司度判讳某之女也。子男一人，曰亨。女二人，长适任氏，次适象氏。孙男三人：曰黑厮，曰庆寿，皆早夭；曰顽童，尚幼。孙女一人，适华阴刘尉之子清。亨将以某年月日奉君之丧葬于先茔之趾，以夫人李氏、文氏祔焉，从治命也。于是持三华杨定季静所撰行状来谒请铭。庭与君同乡郡，所君相去不百里而近，知其出处行事，故不敢以固陋为辞。君为人沉静寡言，温雅有蕴藉，及临事，刚决能断。始以壮年唾手取甲科，慨然有经纶当世之志。既而遭时扰攘，淹留州县，仕不大显，顾胸中底蕴百不一施，惜哉！方在职时，亨尚幼，其所施设不能详记，故论次止于此。然当时政声流闻，故人父老举能道之，不可掩也。且自陵谷迁变以来，一时士大夫亏名损节以取通于世者多矣，而君独穷守道，恬然不以势利干其怀，则所养可知也。平居好读《易》，有通其义者，不远数百里必往质问之。暮年尤喜理性学，故能于死生、祸福之际安时处顺，无少疑惧，岂非有得于心者欤？是宜为铭。铭曰：

岩岩太华，作镇西秦。储灵蕴秀，乃生哲人。哲人为谁，玉华先生。学以勤积，德由天成。游戏场屋，俪玉骈珠。手攀丹桂，高步天衢。出宰百里，煦民以慈。至今遗爱，老稚歌思。有蕴无施，逢时之屯。澹乎自守，不缁不磷。二杨张李，一时名豪。相从洛滨，诗酒游遨。潜心《易》学，洞究精微。晦而不耀，知我或希。渊兮似道，允也其仁。年开八秩，翛然反真。先茔之趾，闭此幽宫。埋铭纪德，以示无穷。

校记：

[1] 有客登门款话："登"，原脱，据藕香本补。

故西蜀四川都转运使王公墓志铭

维至元九祀，岁次壬申[1]，春正月二十三日，西蜀四川都转运使王公卒，将以夏四月某日奉其柩窆于龙首乡之宣平坊，从卜食也。夫人张氏暨嗣子征衔哀襄事，乃持前京兆府详议官汾阳王君雄飞所作行状来谒鄙文，将纳诸圹中，以图不朽。王君诚实士，素与余相好也，且征亦尝从予游，故不容以不敏辞。谨按其状，序而铭之。公讳楫，字济川[2]。

云雷方屯天地革，风尘溃洞九域塞。真人勃兴北斗侧，截断鳌足立四极。三秦萧条盗充斥，乃建行台俾宣力。孰居幕中主筹书？堂堂王公万夫特。驱除豺狼剪荆棘，百司庶府各职职。休风畅洽氛祲息，千里遗黎乐耕织。仇方来臣皇怒赫，云栈天梯饱行役。捷音屡报境土辟，我马元黄非所戚。帝颁玺书嘉乃绩，省郎漕司荐升陟。丹诚炯然期报国，日薄虞渊忽沉溺。佳城郁郁南山侧，埋辞幽宫纪功德。千秋万岁陵为谷，欲知其人视此刻。

校记：

[1] 岁次壬申："次"，原作"金"，据藕香本改。

[2] 字济川：川字以下原有缺文。

大朝宣差京兆路总管仆散故夫人温迪罕氏墓志铭

《易》著"家人"，《礼》标"内则"。五典载之宝训，二南首乎国风。

是知齐家之道不独在于男子，抑亦系妇人焉。去古既远，王教陵夷。鸣晨之衅屡彰，反唇之风弥甚。至于闺闱之间柔仪淑行，寂寥无闻者久矣。其能体具四德，外睦六姻，有辅佐君子之劳，尽服事舅姑之孝，吾于今宣差京兆路军民总管仆散公夫人见之。仆散公讳浩，字某，龙虎上将军、定国节度使兼同州管内观察使讳某之子，开府仪同三司、尚书左右丞相、都元帅、延安郡王讳端之孙，仪同三司、真定路兵马都总管讳某之曾孙。夫人姓温迪罕氏，父讳某，字某，登某年策论进士第，官至正奉大夫、工部侍郎。母郡侯夫人移曳氏。生三男一女。长男兄曰仲温，金朝护卫，随驾至蔡州，殁于王事。次弟曰仲良，权京兆府事。次某，未仕。一女，即夫人也。和柔淑哲，出于天性。结发执妇道，内外无闲言。遭大变之后，节使君暨大夫人泥庞古氏俱无恙。夫人与公朝夕佐馈，问衣燠寒，奉养不懈二十余年，可谓孝矣。举家私属五百余口，善则赏之，过则隐之，无所远近，视之如一，可谓德合鸤鸠矣。子男二人：长曰蒲鲜，早卒；次曰老山，宣差同治京兆路都总管。女四人：长曰福诠，自幼出家为尼；次适平章兼枢密使芮国公孙兀可；次适宣差明安靖福定；次适宣差延安路都总管表。以中统元年八月十三日终于私第之正寝，享年五十有一。粤以某年十月十五日，迁窆于咸宁县洪固乡凤栖原之廉王村，从先茔，礼也。乃遣前行省郎中雕阴谢某状其行来请铭，某不获辞，遂序而铭之曰：

于惟夫人，世胄高华。天作之合，嫔于名家。舅姑在堂，朝夕甘旨。小心兢兢，以佐君子。女宜于家，男达于邦。妇德母仪，于今无双。是宜康强，以享多福。云何中年，奄终寿禄。灞川之西，埋玉重泉。刻诗墓门，以永其传。

故宣差京兆府路都总管田公墓志铭

公讳雄，北京人。父资荣，母张氏。公早孤，能自立，身长七尺，善射与槊，膂力绝人[1]。大安末，天兵大入，所向城邑崩溃。公附北京师木达以身归大朝，署提控，佩银符，时年二十有二。实隶先太师从军南下，收中州，转战万里，凡获四十余城。所至常先登陷阵，功在诸将右。时太师以王爵统诸道，得承制拜封，授公隰、吉州刺史，兼镇戎军节度使，易金符。庚寅，先帝新登基，将亲举兵南伐，乃大集诸将，问以方略。时余人各有所对，公独无言。上问故，对曰：异日遇勃敌，出死力，当自见之。今奚言？上大悦，更赐符印，升千户，充御前先锋使。明年，从驾至陕西，既破凤翔，驾还，诏公率兵从主将按只觪道汉川以取河南，逾渔门，拔兴元，径捣襄、邓。壬辰春，车架会于钧州，遇金军，公以劲卒鏖三峰下，大破之，河南遂平。被旨招城邑之未下者，不逾月下十三城，获生口一十三万七千户有奇。及北徙渡河，悉纵遣之。癸巳，诏书命公镇抚陕西。秋九月至京兆属，关中新被兵，城郭萧条，不见人迹。残民往往窜伏山谷间，相与捋草实、啖野果以延旦夕之命。强梁啸聚，伺隙相攻掠。乃遣人四出移书诏诱，贼盗望风皆束手归附。于是水陆运漕河东之粟，以济饥赢，益市耕牛、子种以给之。因此农事日修，人用饶足。北自鄜延，西凤翔，东南及商、华，州县皆置长吏。五六年间流逋悉归，市井依旧。全秦千里，遂为乐郊。甲午，宣赐金虎符，以太原、平阳两路军皆隶麾下。戊戌，赴阙，见其三子，上喜甚，赐名马、细甲、弓矢、佩刀，俾专意征蜀。拔成都，定五十余城，皆有功。今上即位，有旨思见公。丁未春三月，发自京兆。七月丙寅，入觐，慰藉良厚。八月得疾，上遣太医诊视，弗瘳。甲申薨，享年五十有八。上闻震悼，诏长子大明袭京兆府等路兵马都总管，次大器入直宿卫，次大成袭陕西京兆府等路都总管，佩虎符，俾护其丧归长安。以己酉正月辛丑葬于咸宁县洪固乡凤栖原，从卜食也。襄事有日，以前进士太常寺丞高陵阳公状来请志其墓，固辞不获已。尝试论之，公以魁伟豪迈之资，适遭兴运，依乘风云，遂立功业。当大敌在前，提戈犯阵，所向披靡。大小百余战，身被五十创[2]，虽古名将无以加。及受命西来，弭节关右，独能专崇惠爱，摩抚凋残，恩涵泽濡，阖境苏息，斯不亦勇者之仁乎？宜其下车以来，关河响动，怀赴如归。十五年间，人心感戴。闻讣之日，识与不识，莫不悲悼。呜呼！可谓有遗爱矣。昔人有言：活千人者子孙必封。公平昔之所全活者不可胜数，视履考祥，田氏之福盖未艾也。子男十人，曰某。女八人，俱适名族。孙六人。铭曰：

　　天朝造邦，豪杰宣力。矫矫田公，万夫之特。四方未平，公为御侮。履锋陷阵，阚如虓虎。所当者破，维公之武。奋迹乘时，嘘云啸风。纵横百战，卒定区中。大业巍巍，惟公之功。帝曰钦哉，汝功予嘉。尹兹西土，大纛高牙。往保遗黎，其靖予家。始公之来，千里萧条。遑遑残民，憔悴无聊。风刀外割，饥火中烧。磨牙相噬，夕不谋朝。乃启城郭，乃立官府。强暴我招，赢瘠我抚。尔安尔室，尔辟尔土。曾是蓬蒿，化为禾黍。昔馁而啼，今饱而嬉。四郊烟火，老稚熙熙。秦民戴公，如父如母。祝公百年，富贵寿耇。万里朝天，铭旌北来。胆裂心摧，莫知我哀。茂德元勋，成而不有。天或靳之，俾昌厥后。凤栖之原，有树有封。纳铭幽窀，以示无穷。

校记：

[1] 膂力绝人："膂"，原作"旅"，据藕香本改。

[2] 身被五十创："被"，原作"创"，据藕香本改。

故尚书行中书省讲议官来献臣墓志铭

　　岁癸亥冬十月二日，甲乙，行中书省讲议来公，以疾终于私第之正寝，春秋八十有一。临终神识不乱，命家人具纸笔，乃自序其世族谱系暨入仕止官本末，仍手书之以付门生骆天骧、李惟善，俾求当世立言之士以志其墓，遂妄以属诸不肖。谨按公所自序，其先京兆人也。高祖士衡，曾祖祐，祖华国，并葬于咸宁县庞留村。华国当金国正隆间，掌关中儒教，人号为关西夫子。父辅，业词赋，以四举终场，当赐第，未及受恩而故，改葬于长安县范家庄。娶张氏，生三子，长曰同利，次曰献臣，次曰时英。献臣即公也，登兴定五年词赋进士第，释褐，调河津簿兼管句河防事[1]，待次间陕西行省差权京兆推官提控四面防城等事，凡四载，其后之任。正大六年，以河防事升充河渠司管句，寻补都省掾，累迁奉直大夫加飞骑尉，赐绯银鱼袋。考未满，值天兵南下，遂流转他境。癸巳，徙居平阳。乙未，行中书省札充太傅国公府议事官。中统元年，陕西行中书省辟为讲议官。三年，以年老辞职，闲居乡里，日与诸耆旧谈笑为乐。初娶祁氏，生三子，皆不育。再娶刘氏，河中名族，聪明有贤行，能持其家。年今八十四，尚无恙。次室薛氏，生一女，适陕西都元帅府王郎中男，先公卒。将以某年月日举公之枢葬于范家庄祖茔之侧，祁氏祔焉，礼也。公字明之，颐轩，其自号也。为人沉重雅正，与人言惟恐伤之。至临事，刚决有勇，不畏强御。虽平时桀骜有权势者，不敢犯以非礼。自其祖华国以来，三世皆以文学著名，为陕右儒门之冠，可谓盛矣。然春官之选，屡败于垂成。至于公，衔愤畜力，荆棘围中，卒取捷而归。非有志者能之乎？当莅官之日，其治迹必多有可称。经变既久，遗民故老零落殆尽，无所征考，顾公肯区区自利之耶？逮其晚岁，其安时处顺，优游乡社，不妄造请，是以年高德邵，闻望日隆。一时达官贵重莫不宾礼，人无贤不肖皆曰先生纯德君子。惜乎数有子而辄失之，卒以无后。呜呼，天之报施善人，果不可以正理推测也。系之以铭曰：

壮哉长安古都邑，俊德英才恒丛集。来门三世攻儒术，父子词章相甲乙[2]。大名屡成还屡黜，否极而亨公乃出。横扫千军操巨笔，唾手巍科如芥拾。衣锦乡关耀白日，身列王宫丰廪秩。翱翔兰省声辉赫，一夕铜驼堕荆棘。归来故里乐闲逸，高会耆老推第一。官几五品年八十，五福兼全人罕匹。丈夫盖棺志已毕，后事悠悠非所恤。佳城郁郁南山侧，吁嗟先生居此室。千秋之后陵为谷，欲知其人视此石。

校记：

[1] 调河津簿兼管句河防事："句"，原作"勾"，据藕香本改。后同。

[2] 父子词章相甲乙："词"，原作"嗣"，据藕香本改。

元故三白渠副使郭公墓碣铭

公以己卯年十月初四日卒于京兆府景风街之寓居，权厝于城东南坊之精舍后。己卯岁，夫人雷氏踵门来告曰：将以今年十月十一日迁公之柩，葬于蒲城县高城村乾柏原，从先茔也。敢以碣铭为请。窃惟庭与公同乡同舍，相得欢甚，且变故以来，交游零落殆尽，独不肖为后死。今夫人有命，敢不敬承？谨摭其实，序而铭之。公讳时中，字器之。其先太原人，后徙居蒲城，遂占籍焉。高祖讳机，曾祖讳完，祖讳逵，考讳瑞，世以财雄乡里，皆隐德不耀。妣同里杜氏，生一男子，公其长也。羁卯，嗜读书，颖悟强记。少长，业词赋，才思敏捷，迥出伦辈。府试第三人，一赴殿帘。戊戌岁，天朝开选举，公试西京，复中第三，抢魁多士。监试官术虎乃辟公为山西东路考试官。明年，携所业谒中书耶律公于和林城，一见即加赏异，屡有诗相酬和。时方议泾水故道溉民田，公为条利害委曲，皆合中书公意，遂牍奏之。上以为材，升其阶为三品，命公为贰，仍赐银符，昼锦乡社，士林荣之。到官规画有方，收倍常岁，民赖其利。既而护前者娼其功，乘便相噪嗾，公恬不与较。平章廉公行台陕西，署公经籍所官，因徙家来京兆。未几得疾，遂不起矣。春秋六十有一。先夫人王氏前公卒。生一男崇期，后公之殁二十四年，客死长沙。有孙曰汝钦，女曰寿哥。再娶翰林学士监察御史浑源雷公之女，生一女，适京兆袁忱，业进士。雷氏有贤行，公殁后誓守志终身，人谓有共姜之操焉。监察御史王恽以闻，其辞有"在雷门善继先声，适郭氏诚为真妇"[1]之句，盖实录云。公之弟时举卒于平水，积有年矣，弗克返其葬。夫人慨然以为己任，匍匐千里不惮劳苦[2]，躬取其榇，还葬先茔，时人以此多之。公天性孝友，时举百负之，了无怨言。中年以后，愈笃志于学，百家之书，无所不览。下笔辄数百语，文辞炜然，未尝蹈袭前人。工书法，善谈论，喜为后进讲说经史，听之纚纚然令人忘倦。有文若干卷行于世。尝试论之，使君遭时，奋身得位，其事业必有大过人者。惜乎生遇乱离[3]，流传无宁岁。虽晚得一官，又不果行其志，抑郁以死，岂非命也？铭曰：

猗欤器之生膏粱，早岁学问能自强。白衣奏赋入明光，声华晔耀惊四方。真人龙飞北斗旁[4]，明诏郡国征贤良。公乘其时亦腾骧，摛华发藻中书堂。昼曰三接恩非常，高车驷马还故乡。圆凿方枘难相当，劳之不图祇谤伤。冥冥造物孰主张？善不必福仍罹殃。奉先古原柏苍苍，封高马鬣公所藏。立石隧首刻铭章，千秋万祀示不忘。

校记：

[1] 适郭氏诚为真妇："真"，原作"节"，据藕香本改。

[2] 匍匐千里不惮劳苦："劳"，底本无，据藕香本补。

[3] 惜乎生遇乱离："惜"，原作"借"，据藕香本改。

[4] 真人龙飞北斗旁："旁"，原作"傍"，据藕香本改。

故嵩州安抚使成公墓表

孝莫大于显亲，此前哲之格言也。盖人子有不幸不能终养其亲，而于既殁之后，摭亲之功实行义，恳求当世立言之士发扬论撰，著之金石，传于后世，使不与草木俱腐，以自慰其畴昔养亲不足之心，亦可尚也已。长安成氏子幼从予游，年甫及冠而丧其父，自痛生之晚而亲殁之亟，不获伸于终养之志，故累然衰绖之中，拳拳求予文以表其墓，拒之再三而请益坚。为之铭曰：

火辰昵辉金祚终，中原鹿走兵丛丛。公乘其时起蒿蓬，手提长剑随元戎。指麾万骑疾于风，剪除强梗苏疲癃。捷书飞报达九重，玉鳞剖符酬隽功。杞人一夕忧天崩，簣土莫障洪流东。运开朔野飞真龙，四方豪杰如云从。老鹏垂翅倦抟空，一枝甘与鹪鹩同。人以富贵灾厥躬，知止不殆孰如公。年登八秩资用充，奉祀有子续其宗。天之报施亦已丰，乐游原西卜幽宫。高坟前直终南峰，镌诗翠琰传无穷。

大元故宣差万户奥屯公神道碑铭

龙兴云从，虎啸风冽，君臣际会，千载一时。淮阴屈于楚而伸于汉，李绩晦于隋而显于唐，盖声应气求，天同神比，不期而自合，不介而自亲，故能树伟绩于当年，垂荣名于后代。今吾乡宣差万户奥屯公其庶几乎。公讳世英，字伯豪，小字大哥。其先居上京胡里改路，金人破辽东，最后得关中，相地列营，分军镇守，公之祖得蒲城，子孙因而家焉。公之祖曰黑风，佐太祖武元征伐，有功封王。曾祖兀出益都府兵马都总管，祖蒲乃袭爵为千夫长，父闾僧昭勇大将军、新平县令。公自幼能自树立，与群儿聚，必以官长自居，众环侍如吏卒，指呼使令，惟命是听，其英雄气概已见于髫龀年中矣。甫冠，以荫补官，荐历差遣。丁亥岁，任邠水酒税监，就充征行都统领。军至庆阳，与天朝大军相值，公度其众寡不敌，徒死无益，遂率众归降。以材武为皇伯抚军所知，荐之于列祖成吉思皇帝。上亦喜，眷爱甚厚，屡除恩旨[1]，仍赐虎符，俾隶朵火鲁虎彻立必麾下效用。庚寅岁，王师复下陕右，公与扎古带偕至富平，主帅命诸将分主其地，公以桑梓之故愿得蒲城，帅从之。至县下令谕众曰：尔辈穴地以为固，不足恃也。王师此来为久驻之计，尔辈讵能延岁月？即吾畚锸已具，非不能掘地及泉，隧而相见，愿以乡里之旧，弗忍为也。尔能从吾令，当还尔父母妻子，复尔居业，不然则齑粉矣[2]。众相谓曰：公信义素著，今为一方司命，其言必不食，盍往从之？于是相率出降。公温言慰遣之，众意遂安。时诸将之在它邑者，惟事屠戮，编民连颈就死，间有漏网者皆里疮扶病，无复生意，视蒲民按堵如故，莫不指以为乐土。至今人物繁庶，屋宇具存，垂白伛偻扶杖，往来者踵相接于道，非公曩日保完之力，能至是乎？蒲城既下，公与大军复合，同攻鄜城。既平凤翔，击五峰山，自陇州入一二里[3]，破凤州，取武休关，至兴元攻西和，又攻巩州，再入宋境。从皇考四大王大军由兴元历金洋州，所至城寨无不降附。复徇唐、邓，拔钧、许，麾三峰山下，遂破金军。及奉上命镇守河中，招收天和、人和二堡，尔后偕塔海都元帅累岁征南，十余岁间，其勤劳亦已至矣。皇伯合罕皇帝在凤翔也，许公以河中府尹之职，命未及下，会以它事不果。其后公入觐，上喜曰：曩之所许，今当相付。命有司草制。公奏曰：臣名在四大王府有年，今改属别部，何面目见唐妃子母乎？上始怒，徐复喜曰：尔言是也。唐妃闻其言喜甚。四大王尝谓妻子曰：大哥吾所爱，尔辈勿以降虏视之。及是，待遇益厚，与家人辈无异，以至唐妃亲视公肥瘠，裁衣制帽以彰殊宠。辛丑岁夏，河中船桥官谢以事诬公，讼于有司，夺公虎符，唐妃闻之大怒，言于上，复以虎符畀公，仍命皇兄蒙哥大王亲草懿旨，谓大哥以有功之故，朵火鲁虎奉成吉思皇帝圣旨锡此虎符，不可夺也。仍授以万户之职。今上皇帝在潜邸，子贞入见，蒙降恩旨，亦历叙乃父之功。岁某月某日，以疾卒于河中公廨之正寝，春秋六十有二。以辛亥年十月，葬公于蒲城贤相乡万胜原先茔之侧。夫人竹鲁顽氏，先公卒。张氏出家为女冠，后公卒。完颜氏亦先公卒。再娶完颜氏，今无恙。二完皆金名族，俱有贤行。二子，长曰贞，次曰亮。壬子三月，完颜氏絜贞入见蒙哥皇帝，帝知其为大哥子，甚悯惜之，复锡虎符，仍降恩旨，时贞年甫十三。今上皇帝即位，贞复入见，其所宠锡与先朝无异也。公状貌魁梧，宇量宏廓，外若矜严，中实乐易，轻财重义，折节下士，人无贤否，交必以诚，家无一钱之积，秋毫不以取于民，其为人概可知也。性至孝，王师之围庆阳也，金国遣卢骨锤领军赴援，公统众在前列，家属居后，遂为金军所得，公自度忠孝不两立，狼狈北归。其在北方也，思亲之心愈久愈切，每夜焚香祝天，愿得生遇父母以报罔极之恩，死不恨矣。言讫，仰天号呼，哀动邻里，众共止，公则欷歔就寝，泪湿茵席。凡数载间，率以为常。上悯之，天语慰谕，期以必得。及王师下河南，公以父母之故，愿备行伍，于是上下令军中曰：得大哥家属者，生致之，无使惊怖。壬辰二月，攻许州城，既陷，有唱者曰：奥屯公家属在此。公驰往视之，阖门百指围栾如故，公抱持涕泣，悲喜交集，人以为孝感所致。于是昇归河中，益恭子职。至于温清之礼，甘旨之奉，必极其至，时人荣之。始公之来河中也，挈河南俘民老幼九千口，以乏食之故，与总管扎古带同请于朝，有旨令平阳拨米九千石给付之，时粒米如珠，饿殍盈野，借此官粮济者众，公之力也。每来蒲城，阖县老幼出郭远迎，公下马拜跪，握手欢笑，同行至衙，命酒遍酌三行乃已，不以势位骄人，故能大得众心。未老便欲退闲，作知止、归来二堂，此志竟不遂，惜哉！《传》曰：阴德必有阳报。公所全活，不可胜数，其阴德可谓厚矣。然才大而不见于用，禄薄而不称其德，嗣续虽立而不及见其成人，天年虽终弗克登于上寿，所不足于公者此也。使世之人不免有为善之疑，天其或者将大昌后之人乎[4]？

　　癸亥春，仆方侨居长安，嗣子贞奉前行中书省左右司员外郎郭君周卿所撰行状来谒文，以表其墓。顾惟才学浅陋，何足以当此？然以往年亦尝受知于公，义不得辞，且吾友周卿，名德素为乡里所推服，在公幕下凡十余年，知公行事为最详，其片言只字，足以取信于天下后世，仆何容喙焉？故一依来状次序而赘以铭曰：

　　金行既微，天道在北。真主勃兴，群雄效力。公乘其时，利见西陲。授以虎节，洞然不疑。天兵四驰，如火烈烈。千里僵尸，百城漂血。蕞尔吾邦，假息须臾。天诱其衷，难俾吾纾。公既戻止，不惊不慑。响动关河，有来胥悦。萎枯以膏，桀骜以驯，凛凛冱寒，化为阳春。完成室庐，活我老稚。人被其恩，家受其赐。衅生敌国，尘隔南陔。望云泪湔，陟岵心摧。至诚感神，有愿必遂。离而复合，恍如梦寐。版舆载御，言还故乡。朝夕荐羞，潴瀡馨香。薄伐南方，转战万里。十有余年，勤亦至矣。惟帝念功，俾尹于蒲。辞荣就义，始终靡渝。谦以得众，廉于奉己。孝尽庭闱，仁庇桑梓。宜公宜侯，寿考百年。一偾不起，埋恨重泉。余庆所钟，承家有子。大福再成，公为不死。有佳者城，闭彼高原。丰珉纪德，百代常存。

校记：

[1] 屡除恩旨："除"，原作"降"，据藕香本改。

[2] 不然则斋粉矣："斋"，原作"虀"，据藕香本改。

[3] 自陇州入一二里："二"，原作"十"，据藕香本改。

[4] 天其或者将大昌后之人乎："昌"，原作"昇"，据藕香本改。

解州盐池重修二王神庙碑

按《尚书·洪范》："五行一曰水，水曰润下，润下作咸。"此盐之根本也。五行之气，无所不在[1]，水周流于天地之间，润下之性亦随所寓而有焉。其味作咸，凝而为盐。盐之所出，品类颇多，就其最著言之，其出于海与井者，须资人力烹炼而成；出于解之两池者，则治畦其傍，盛夏引水灌之，得西南风起，一夕成盐，盖资于天，非人力之所能与也。天之造化，神实司之，此有司所以致谨于祀事焉，而不敢忽欤。夫盐，食肴之将，生民之用，而不可阙者也。殷高宗命傅说曰："若作和羹，尔惟盐梅。"《周礼·盐人》："掌盐之政，供百司之盐。"《图经》引《穆天子传》有"安邑观盐池"之语。《春秋左氏传·成公六年》："晋人谋去故绛，诸大夫曰：'必居郇瑕氏之地，沃饶而近盐。'"即此地也。历代以来，皆置官司。汉武帝以东郭咸阳、孔仅为大农丞，领盐铁事，盐利之兴，始见于此。后魏及隋尝舍其禁，与民共之，然为富室专取，而贫民重困，乃复归之于官。唐初隶度支，岁得盐万斛以供京师。广德十二年，秋霖，池盐多败，度支侍郎韩滉奏："雨虽多，不害盐，仍有瑞盐。"上疑其不然，遣谏议大夫蒋镇往视之，还奏："实如滉所言。"乃贺帝，请置神祠，锡以佳名。上从之，号曰"宝应灵庆池"，封神曰"灵庆公"。宋两池置官八，而州有榷盐院，守二领之，使民入粟塞下，与钞以给，盐一岁之出无虑四十万习，其利既博，而法益密矣。元符元年，霖潦弥月，沟浍皆盈，攘官亭盐室不可胜计，讲臣议士，使驲旁午，睥睨惶骇，莫知所以拯之之术。崇宁四年春，遣耀州观察使王仲千发丁夫回山谷之泛滥，完堤防之缺，周池之墙，作护宝堤百余里，又于堤之内起外堰以杀水势。外患既弭，客水浸涸，是岁盐宝初成，凡境内祠庙皆锡之封号。两池之神，东曰"资宝公"，西曰"惠康公"。初年课才十二，次年倍之，越三年遂底成绩。大观三年，加以王爵。金朝因之，解州安邑皆有神祠，经金季兵火，荡无孑遗，其环池地，咸卤皆不可井饮。惟两池中间有淡泉，水特甘凉。旧有龙祠，崇宁间封为"普济公"，岁当炎暑，常役万人取盐，苟勺饮不继，则渴死者过半，酌泉饮之，则免于病。圣朝开创，就泉北二里许治盐司事。至癸丑岁，今上皇帝方经略川蜀，规措军储用度，置从宜府，陇西李侯某实当其任。值频年霖雨，遽失其利，咸以国计为忧，乃祷于神，宝气凝结，遂收五岁之积。奏奉圣旨，建立二王神庙，俾春秋祭祀焉。于是鸠工聚材，舍旧图新，建正殿于中央，翼以列庑，缭以崇墉，像设仪卫，焕然一新。经始于某年月日，落成于某年月日，乃不远数百里，遣介来长安谒予为记。予告之曰：尝闻天下名山大川，有能产财用者，考之祭法，宜在祀典。况兹宝池，岁出亿万计，所以佐国用，备边储，迎商贾之货[2]，省飞挽之劳，诚公家之外府也。财用之产，孰逾于此？是宜庙食其神，以报休德，因为叙其兴造岁月，俾刻之石，而继之以诗曰：

　　解梁之野，天启灵池，咸醝是产，军国攸资。历代明王，咸勤祀事。旨酒馨肴，以答神赐。炎炎劫火，庙貌丘墟。瓦砾荆榛，狐狸燕居。圣哲临朝，德参天地。地不爱宝，日增课利。爰择爽垲[3]，载葺新宫。栋宇华焕，像设尊雄。宜千万年，飨此血食。刻诗贞珉，垂名罔极。

校记：

[1] 无所不在："在"，原作"至"，据藕香本改。

[2] 迎商贾之货："迎"，原作"通"，据藕香本改。

[3] 爰择爽垲："垲"，原作"恺"，据藕香本改。

大蒙古国累朝崇道之碑并序

　　恭维国家受大命，一海内，虽以武功平暴乱，而尊德向道皆出于至诚。殆天启其心，将使以清净无为之教，仁黔首而阶太平，延社稷无疆之福。呜呼休哉！自圣祖龙飞，驻六军于西域，遣使万里，远聘丘公。虚己温颜以访至道，一时对扬之际，玄言妙理，仰合神机。所以眷顾绸缪，终始不替。逮乎重明继照，追配前休，化及宫闱，亦克敬奉。由是湛恩渥泽，涵浸玄门矣。维重阳万寿宫，实祖师修证之地，故朝庭注意为尤重。累年以来，所受诏旨，烂然盈箧。真人于志道、綦志远、李志远、曹志阳，皆以耆年宿望，为一代宗师。佩服德音，惧有失坠，今乃命工刻石以传永久，亦庶几使后世有以知大朝崇道之意云。己酉三月初七日，草茅贱臣李庭拜手稽首谨序。（1988 年文物出版社《道家金石略》）

玄门弘教白云真人綦公本行碑[1]

《书》曰："吉人为善，惟日不足。"谓心无所为而为之也。《易》曰："积善之家，必有余庆。"谓天无不报也。夫人有奇伟卓绝之行，而不得享乐于其身者，必在其子孙。窃观白云真人綦公之交，修仁行义，孜孜不懈，其于赈贫赒急，若饮食然，勤亦至矣。是以上天降监，挺生善人，仍命仙真周旋诱掖，卒使蝉蜕污浊之中，坐享清净之福者垂五十年，所谓有积于冥冥，获报于昭昭者，宁不信欤？公讳志远，字子玄，莱州掖县人。高祖元亨，尝历官至安化军节度使，曾祖贞、祖得中皆雅志丘园，潜德不耀。父遵，性明毅慷慨，胸次洞然无畦畛。初綦氏世为著姓，宗族尝至万指，中有孤茕，其征徭不能力给者，皆身任之。事既济，未尝纤毫有德色。里中人有以飞语被系有司者，义其无辜，即为代之，在囹圄中复能以恩信感动狱吏，因纵其出入，凡狱之冤者，多从容设策理出之，未几，己亦以恩获免。大定丁亥，重阳祖师挈诸师真西游，乃馆谷于其家，因语之曰："汝将来必有一子为羽衣。"遂即其里建龙翔观，朝夕香火，敬奉天真。泰和乙丑，岁饥，民有菜色，自发私廪为粥以给之，赖以全活者甚众。癸酉兵凶之后，遗骸遍野，亲犯寒苦，悉以收瘗。数获遗物甚腆，必伺其主而归之，无则皆散之以赒不给。母张氏，亦有淑德，事舅姑以敬愿称。既而生公，气质沉厚，寡言笑，举止不凡。至十五岁，尝使之学，辞曰："性非所好，乃所愿则为神仙轻举之事。"父母欲力夺之，即屏居一室，自洁其形。祖师先见之明，于斯验矣。乃辞家礼长春大宗师丘公为师。戊寅，奉宗师教，住持莱州昊天观。大元龙兴，太祖圣武皇帝，天资仁圣，志慕玄风，己卯冬，遣近臣刘仲禄赍手诏，驾安车，东抵海滨，就征宗师。明年启行，仍率高第弟子一十八人与之偕，公即其一也。当是时，栉风沐雨，胼手胝足，跋涉数万里，见上于西域雪山之阳。宗师承虚己之问，乃答以民为邦本，本固邦宁，既来之，则安之，此济世之要术也。是言既奏，深契上心，玉音奖谕，惟恨相见之晚。因被旨佩虎符，宗主天下道流。比回，驻军金山之巅，顾谓清和尹公曰："綦公从我以来，山行水宿，日益恭敬，可谓勤矣。观其气象，将来弘吾教者，必斯人矣。"尹公曰然。至燕，宗师主持太极宫，寻改大长春宫，委公总知宫门事，授清真大师号。洎以助国救民经箓付之，度道士吴志决等以备洒扫。宗师既仙去，遗命清和嗣教门事，公左右维持，终始未尝怠。甲午春，清和委以山东诸路，行缘所至，老师宿德皆望风迎迓，辇粟帛委堂下者，动以千计。非诚心妙行以动人悟物，能若是乎？戊戌春，太宗英文皇帝诏选高道，从掌教真常李公被召赴阙。是岁冬，奉旨辅洞真于公，偕无欲李公复立终南祖庭，提点陕西教事。庚子春遂入长安，从府僚之请也。建立大玄都万寿宫，若骊山之白鹿、终南之太一、樊川之白云、凤栖原之长生、蓝田之金山，皆斥其旧而新之，其余宫观，修废补弊，不可殚纪。秋，太傅移剌公、总管田侯皆差官从公持疏诣燕，邀请清和大葬祖师。既毕，甲辰春，先锋使夹谷公就祖庭设罗天大醮，礼请于洞真、宋披云、薛太霞洎公与李无欲，共成五位真人，摄行醮事。会皇子永昌王遣使赵崇简设金箓大醮为国祈祥，遂复同诸公莅事。观其进奏精严，灵异昭著，使回具其事，因引见，待之敬礼甚厚，进与醮五位真人徽号，公例受玄门弘教白云真人。丁未冬，太傅移剌公就佑德观设黄箓大醮，临坛摄召仆体者百余人。戊申春，皇太后遣使杨仲明赍旨宠锡金符冠服，仍命领职如故。辛亥夏，宪宗皇帝即位，遣使唐古出持玺书宣谕，倚付掌管关中道教。癸丑，皇太弟遣使脱欢驰驿谕旨，待以师礼。乙卯六月，无疾晨兴，忽集众谓门人申志信曰："吾将行矣，汝当嗣吾职，主张后事。"仍命经营丧具。至七月二十四日顺化而终，享年六十有六。明年，改葬于祖庭西北隅仙茔之次。己未冬，门人将树碑，志信偕本宫提举郭德山、提领李志希等，状其行实，来谒文于庭。辞再三不获已，谨次序其事。按公之为人，恂恂谦退，似不能言，至论及救时济物之事，屹然山立，辞色俱厉，言必有据，众皆心服，以是宗师独为倚重。及来关中，道价日益隆，寻常以恬淡自持，未尝出怪诞之语以诱愚俗，而一时达官闻人翕然归仰，四方学徒，不可胜数，故能名动阙庭，叠蒙奖赉。非践履纯实，何以及此。今夫世之人所以陷溺其心者，惟欲与利耳，而公能断然绝之，其视财贷不啻若涕唾然，盖其天资过人远甚，故碑之无疑，仍系之铭曰：

綦为著姓，居海滨兮。世载潜德，生哲人兮。天与之性，含元淳兮。不雕不饰，全其真兮。有来提警，縶长春兮。玄言秘诀，授受亲兮。刳心去智，专精神兮。始终一节，无缁磷兮。圣皇向道，起隐沦兮。万里承师，谒紫宸兮。一言止杀，如其仁兮。功塞两仪，孰与伦兮。推其绪余，淑吾秦兮。餐和饮惠，鸷猛驯兮。列圣相承，教益振兮。金冠鹤氅，宠渥新兮。高堂大厦，奂且轮兮。逍遥宴处，终其身兮。功成厌世，乃上宾兮。往来翛然，肘曲伸兮。有不亡者，寿无垠兮。门人纪德，刊翠珉兮。千秋万岁，仰光尘兮。（1988 年文物出版社《道家金石略》，又见 1934 年《续陕西通志》卷一六一）

校记：

[1] 玄门弘教白云真人綦公本行碑：本行碑，原校按，《甘水录》卷五作"道行碑"。

祭亡友郭周卿文

维至元五年八月日，京兆教授李庭遣男谨以清酌之奠，致祭于亡友前行中书省员外郎郭君之灵[1]。呜呼哀哉[2]！惟君之德，玉粹金精；惟君之量，岳峙渊淳。其议论可以耸动台阁，其才气可以弹压公卿。奈何禀命奇拙，遭时战争，上无北海鹗书之荐，下无汝南月旦之评。郁素怀其莫展，卒坎坷而无成。此有志之士所以拊心掉痛，愤造物者之不平也。况与君同乡同舍，辱为友生，周旋于场屋及流转于兵尘者五十余载，何尝不同止而同行。嗟晚岁之参差，怅会合之难并，忽一偾而不起，竟埋玉于佳城，呜呼哀哉！然而君之行义信于一乡，名誉达乎朝廷，二子成家，玉立峥嵘，有财可贾，有田可耕，年开七秩而死，亦可无憾于冥冥矣。平生故人零落殆尽，惟我与君落落相望，如晓月之伴长庚。君今先我而逝，虽独在何以为情。因老稚之告归，书片纸以寓诚。魂若有知，饮此一觥。呜呼哀哉！尚飨。

校记：

[1] 致祭于亡友前行中书省员外郎郭君之灵："祭"，原作"奠"，据藕香本改。

[2] 呜呼哀哉："呼"，藕香本作"乎"，后同。

故宣差丝线总管兼三教提举任公诔辞

维大朝丁未岁某月日，宣差平阳、太原、陕西三路丝线民户总管兼三教提举任公卒于太原，春秋五十有六。秋八月，公夫人与其弟奉灵衬归长安，将以某月日葬于某。前京兆行部郎中邳公既撰墓表，仍命晚进李庭为诔辞。公名家子，自幼力学，业进士，在场屋间声华藉甚，雅有大志，常抚几慨然思效用当世，以立功名。适遭变故，流离久不得逞。大朝开创，初设科举，以词赋擢上游，授府学教授。今参政卢公，其甥也。方蒙上眷倚，因荐公于朝，两赐召见，恩礼甚渥，乃命总督三路茧丝之税，兼领三教事。公既久游民间，知时利病，悯遗黎之凋瘵，愤圣道之晦蚀，誓欲剔除宿蠹，振起儒风，使大东无告病之诗，子衿免废学之刺。关中士民亦引领北望，颙颙然如饥儿之待哺也。轺轩既南，卒于中路，讣音一传，远迩嗟悼，衣冠为之褫气，朋友为之痛心。呜呼哀哉[1]！当波澜汹怒之时，风雨交至之际，而巨航沉覆，大厦倾颓。洒三江之水为泪，不足以泄其哀；震九天之雷以为声，不足以摅其恨。困穷之民，谁与抚摩？孤寒之士，谁与慰藉？徒使贪婪快心，忌媢得志也。呜呼噫嘻！殆上天之意未欲平治欤？抑素王之道，将遂湮灭欤？不然，何夺我公之遽也。仆与公有十五年之旧，经乱，暌违久矣。前年冬，始会于洛水之北，置酒谈笑，竟夕欢甚。既而有书相招，故今年春挈家来长安，拟依公以为生，灶突未黔，公其死矣。抚棺长号，肝胆摧裂，奈何奈何！虽公之寿命修短有数，固亦吾志平昔数奇，所向多荐福也。夫诔者，所以累其功德而哀之尔。公有康济天下之心，未及施为而逝，百姓不得被其泽，四海莫能知其心，尚何言哉！今但形容一时人情所以思慕公者盖如此，亦足以质其诚心所存，有不可掩者，使天少假以年，得尽底蕴，则其所成就为如何也。若公之世系与夫出处，历官之详，有邠公之墓表在兹，故得以略之。诔曰：

维古长安，衣冠渊薮。煌煌任氏，世德斯茂。淳深畜赢，以惠厥后。是生我公，为时俊秀。舒英吐华，焜耀文圃。孤雄一鸣，群雌束咮。风尘冥冥，逢此格斗。羁旅十年，怀宝不售。六合屯蒙，初睹清昼。嗷嗷遗黎，尚多疾疢。内构实耻，缨冠斯救。迢遥君门，万里一叩。蜿蜿老蛟，久伏蛙鼃。晚遭风云，始引其胵。方骞方腾，俄坠而踣。平生志愿，千不一就。埋玉重泉，百身莫购。呜呼哀哉！初参政公，垂髫而孤。鞠恤鞠收，舅氏勤劬。六翮既舒，奋飞天衢。卒成宅相，光我门闾。明明天子，作其即位。仍尔百僚，孰济予治。维参政公，知公之志。为国举贤，宁以亲避。曰臣有舅，可任以事。乃引乃赞，乃见以贽。帝曰俞哉，汝往其试。茧税不均，汝其理之。圣教将颓，汝其起之。公拜稽首，曰臣敢辞。有华其车，四牡翼翼。载瞻河山，伊迩乡国。书画方荣，夜台已逼。铭旌北来，行路沾臆。呜呼哀哉！萧条紫荆，破屋荒城。努力蚕缲，以应王征。惟彼贪人，己私是营。我杼其空，尔箧之盈。剥我脂膏，丰尔牢牲。孑孑鳏嫠，叫号求生。庶几公来，少缓煎烹。今其死矣，孰察斯情。干戈以来，儒术陵替。通经者复，国有明制。维彼掊克，梗我天愚。荜门圭窦，虐以毒税。遑遑贫士，欲诉无计。庶几公来，叫阍诉帝[2]。今其死矣，执拯斯弊[3]。呜呼哀哉！水有蛟龙，网罟不施。鳖鱼虾蟹，涵泳游嬉。龙既亡矣，渔人昌矣。扰扰鳞虫，维其伤矣。山有猛虎，斧斤不入。桧柏松杉，参天蔽日。虎既踬矣，樵苏至矣。郁郁穹林，维其悴矣。呜呼哀哉！谓天盖高，漠漠无知。胡为日月，赢缩不私。胡为寒暑，往来应期。谓天有神，报施不忒。胡耕之赢，而虎之力。胡夭乎回，而寿乎跖。心存蠹物，天必优之。志在利人，天必仇之。悠悠造化，有柄执尸。纷纶茫昧，莫测其为。直谅刚明，深沉磊落。嚼酒喷诗，剧谈纵博。不见几时，忽焉寂寞。万斛英风，拘窘一椁。呜呼哀哉！浩然之气，有聚散乎？湛然之性，无亏成乎？出入化机，本无心乎？宜数已定，莫能逃乎？

苍天无语，吾谁是诘。圣人不作，吾难是质。公方偃然，寝于巨室。我徒怛化，噭噭�益。天穹地大，岁月无涯。伥伥行旅，曷日还家？体同太虚，蝉蜕浮华。公乎何憾，士民之嗟。呜呼哀哉！

校记：

［1］呜呼哀哉："呼"，藕香本作"乎"，后同。

［2］叫阍诉帝："诉"，原作"新"，据藕香本改。

［3］执拯斯弊："执"，原作"孰"，据藕香本改。

谢张平章启

伏以陋巷栖迟，方守固穷之节；大臣论荐，遽膺锡命之荣。再省妄庸，一何侥幸。窃闻学校为风化之本，师儒任长育之权[1]。苟非博极于群书，无以作成于多士。如某者，闾阎寒族，章句腐儒。未尝窥前圣之藩篱，何足为后生之模范。岂期白首，误被皇恩。兹盖幸遇某官，秀出幽并，名喧禹甸[2]。值千载风云之会，依九霄日月之光。方劢相于国家，思旁招于俊乂。遂令疏贱，亦玷甄收。某敢不砥砺初心，温寻旧业。当青衿废学之后，粗使有成；答黄阁好贤之心，庶乎无愧。过此以往，未知所裁。谨奉启以闻。某不胜激切感佩之至。

校记：

［1］师儒任长育之权："儒任"，藕香本作"范资"。

［2］名喧禹甸："喧"，原作"宣"，据藕香本改。

寿表

伏以气肃金行，当万宝收成之候；祥开虹渚，正一人震夙之辰。凡在照临，举增抃蹈。恭惟皇帝陛下，勇智天锡，辉光日新。继四圣之经营，荷三灵之赞助。用兵有道，应变如神。万马渡江，几破吴王之胆；偏师授钺，竟摧齐寇之锋。造邦本藉于武功，饰治兼崇于文事。制作礼乐，潜安七庙之神；删定章程，永作一朝之法。虽大功之昭著，犹小心而不遑。盖九重宵旰之劳，念百姓艰难之事。宣德音而导迎和气，遣信使而释放囚徒。罄万宇以交欢，同一诚而仰戴。宜荷降年之永，式彰申命之休。臣久误圣知，猥叨外任。云天在望，阻称北阙之觞；葵藿倾心，愿祝南山之寿。

寿表

伏以气肃金行，时届素秋之节；虹流华渚，天开上圣之祥。凡托盖容，谁非舞蹈。臣钦惟皇帝陛下，性资睿哲，运御休明。继四圣之经营，荷三灵之眷祐。以仁守位，仗义行师。金戈南指，则百越寒心；羽檄东驰，则三韩屈膝。尺地一民，莫非臣妾；异方万里，尽入提封。既外耀于武威，乃内修于文教。屈己而招来贤士，虚怀而容受直言。载振朝纲，一新官制。轻徭薄赋，至矣为民之心；平狱缓刑，大哉好生之德。历观盛世，应享遐龄。臣久沐洪恩，叨临远郡。阻趋玉陛，徒深恋主之心；敬捧霞觞，愿祝如山之寿。

寿表

伏以皇天佑德，式开长发之祥；华渚虹流，爰纪诞弥之节。时惟普率，靡不讴歌。恭惟皇帝陛下，运应千龄，庆承五叶。大度有同于汉祖，小心更法于周文。听言达幽枉之情，为政尚宽仁之德。威加方外，泽被区中。龙堆葱岭[1]，尽入于提封；桂海冰天，悉为之臣妾。蔼四郊之和气，沸万里之欢声。值此清商，实为庆旦。臣肃将使旨，叨领外台。篾百执事之趋，阻陪北阙；罄万斯年之祝，但指南山[2]。

校记：

[1] 龙堆葱岭："岭"，原作"领"，据文意改。

[2] 但指南山："指"，原作"祝"，据文意改。

圣寿祝文

伏以宝历授时，适遇迎寒之候；瑶光贯月，正当诞圣之辰。罄四海以欢欣，同一心而祝赞。具官某等肃将明命，出殿遐方。阻陪就日之班，徒切望云之意。伏愿皇帝陛下，百神叶赞，诸福骈臻。被声教于八荒，混车书于万里。优游恭己，长居北极之尊；安乐延年，永享南山之寿。

老人星致语

西风入律，当一人降诞之时；南极腾辉，应万岁寿昌之兆。幸良辰之遘止，馨率土以欢然。敢为耗荒，辄停赞祝。恭惟皇帝陛下，尧仁舜孝，禹俭汤宽。丕承祖业之隆，仰荷灵心之眷。始仗武功而定乱，终资文德以守成。规模高越于百王，恩泽旁周于四海。远者来而近者悦，大邦畏而小邦怀。候及清商，祥开载育。臣某行随天运，见应秋分。自度微光，无补九霄之月日；愿言遐算，长辉万里之山河。遥望阙庭，聊陈口号：

九曲黄河彻底清，当年知有圣人生。威行海外三千国，恩浃寰中数百城。村落有田皆美稼，闾阎无地不欢声。同心愿祝吾君寿，亿万斯年飨太平。

圣寿青词

伏以金风肃物，适当建酉之期；琳馆延祥，爰纪生商之瑞。庶几精意，仰格高冥。伏愿皇帝陛下，德合无疆，庆流有衍。灵源浩浩，既积石以争流；睿算绵绵，与大椿而比寿。旁及群生，同蒙嘉祉。

僧录司斋意

躬率阖府官僚，同发虔心，诣开元寺山亭院，敦请高僧某等修建法筵，祝延圣寿。仰冀仁慈之鉴，曲垂保佑之禧。伏愿皇极安而四海清，泰阶平而六符正。神威赫赫，馨大地以瞻依；睿算绵绵，等灵椿而悠久。

祈雨青词

伏以人为弗净，故灾异之荐臻；天道无私，惟精诚而可格。俯殚悃愊，仰黩高明。中谢伏念某政失中和，民多怨讟。遇旱灾而已甚，复蝗害之相仍。野草将枯，农心奚望？辄敬遵于道范，用恳祷于真庭。伏望上帝溥临，诸神孚祐。俾甘霖之大沛，庶嘉种之潜苏。千里疲氓，共获秋成之利；九重圣主，永宽旰食之忧。普锡余休，均沾庶类。

大祥荐母青词

伏以乾坤有尽，难忘鞠育之恩；日月如流，俄届祥除之日。辄申哀恳，仰黩灵心。伏念臣某恶业延灾，慈闱弃养。怅音容之永隔，缠悲恨以无穷。不凭资荐之功，恐滞幽冥之路。敬邀法侣，爰即家庭。启黄箓之妙科，祷苍穹之列圣。伏望灵光下烛，贞驭来临。鉴蝼蚁之微诚，歆横污之薄荐。涤除罗垢，脱九地之沉沦；升济神明，享诸天之快乐。更祈余福，普利全家。

冯子文集钱疏

窃以无妻曰鳏，是亦穷民之数；周人之急，其惟君子之心。况以散财乃可发身，而见义不为无勇。子文省差，箕裘继业，诗礼传家。腾达官曹，实吾门之俊秀；笑谈樽俎，有乃父之风流。适偕有室之惧，俄值鼓盆之戚。内无家妇，孰主蘋蘩？上有媚亲，莫供菽水。极至于此，命也如何[1]。顷因青鸟之媒，载结朱绳之契。其奈家徒四壁，囊乏一钱。须遍告于达官，庶共成于美事。万钱相助，当不愧于古人后汉李固；一饮必酬，誓无忘于厚德。倘蒙季诺，毋吝邮书。谨疏。

校记：

[1] 命也如何："也"，原作"之"，据藕香本改。

南冠赎身鸠钱疏

窃以遭乱丧家，非男儿之得已；倾心周急，实君子之当为。脱季将军之难，则汉有朱家；释越石父之囚，则齐称晏子。古多好士，今岂无人？兹者儒士某，派出高门，生逢厄运。幸脱迹于戎马战争之地，复寄命于市门商贩之家。零丁一身，孤苦万状。美玉方求于善价[1]，明珠深虑于暗投。宜逢高义之人，力拯穷途之客。伏望激昂豪气，倡率同侪。解疲骥于辕间，出焦桐于爨下。五皮勿吝，共怜百里之才；一饭必偿，敢负王稽之德。如蒙金诺，请挂玉衔。

校记：

[1] 美玉方求于善价："求"，原作"永"，据藕香本改。

京兆府灞河创建石桥疏

窃以台欲起于九层[1]，必资累土；功或亏于一篑，岂足为山？惟人心有好善之诚，则天下无难成之事。眷此长安古郡，实惟关右要津。奈灞水之湍流，为秦川之巨患。幸逢大匠，誓建长桥。愿坚匪石之心，端有移山之志。今则功缘垂就，财力俱穷。缅怀四载之勤，岂可半途而废？且见义不为则无勇，勿替前言；盖作善得吉者常多，伫观后效。如蒙金诺，请署玉衔。

校记：

[1] 窃以台欲起于九层："层"，原作"重"，据藕香本改。

又

窃以川惟设险，不无泛溢之虞；桥用济人，当作久长之计。眷长安之名郡，带灞水之湍流。每逢秋夏之交，辄有波涛之害。揭厉而涉者，绵历乎千载；沉溺而死者，不知其几人。自非遇间世之良工，孰克建非常之大事。今有山东刘君者，世传妙斫，誓救生灵。叠巨石于平滩，架修梁于当路。将使车不濡轨，人无褰裳。岂惟为壮观于一方，实足覃仁心于百世。然而厥功甚大，所费不赀。固知独掌难鸣，正要大家著力。敬修短疏，遍诣高门。伏望厚禄达官，多藏巨室，或黄冠上士，或白足高僧，共推拯溺之心，永绝凭河之患。渡群蚁而甲科尚验，阴德之报不诬；救千人者子孙必封，昔贤之言尤信[1]。如蒙金诺，请署玉衔。

校记：

[1] 昔贤之言尤信："尤"，原作"犹"，据藕香本改。

京兆府重修太一元君上庙修缘疏

窃以品物生成，虽资天地之力；阴德宣布，实赖山川之神。维太乙灵湫[1]，在终南奥境，隐万丈鱼龙之窟，司九天雷雨之权。盖有感而必通，谅无求而不应。星霜荏苒，栋宇摧颓。庶几轮奂之一新，须借英豪之叶赞。共成美事，少答鸿休。十雨五风，祈顺成于年谷；千秋万岁，庆永辑于皇家。季诺傥蒙，郇书勿吝。

校记：

[1] 维太乙灵湫："太乙"，原作"天一"，据藕香本改。

祭风伯文

伏以骄阳为沴，甘泽愆期。顾四野以如焚，悯三农之失望。云虽暂合，风以渐驱。敢罄微忱，仰千灵鉴。既少停于披拂，俾咸被于沾濡。既荷殊休，敢忘昭报。尚飨。

祭飞蝗文

伏以骄阳愈炽，方深亢旱之忧；沴气旁流，又致飞蟓之害。顾天灾之荐降，皆吏政之不臧。敢罄哀衷，仰祈灵岳。仗神威而迅扫，庶田稚之无伤。仍沛甘霖，用成丰岁。

祭勾芒神祝文

时惟孟春，律中太簇，爰出土牛，以谨农候。神佐苍精，木官之臣，著德立功，济世生民。某来殿大邦，惟农是职。俾弗庇休[1]，虽劝何益？敢稽大典，敬荐馨香。神之听之，锡以丰穰。

校记：

[1] 俾弗庇休："俾"，原作"禅"，据藕香本改。

灞桥破土祭文

昔郑子产以其乘舆济人于溱洧，孟子以为惠而不知为政。然则桥梁之不修，我有司实任其责。某承天子之命，来守此土，凡可与民兴利除害者，皆当尽心力而为之，而不敢辞也。惟兹灞河，横截大路，当秋夏之交，山水暴涨，甚为民患。今将选石，以架修梁，使往来之人，不死漂溺，以广天地好生之德，庶几副主上爱民之心。惟尔神其相之。破土之初，敢以诚告。尚飨。

谒城隍文

某承朝命，来长斯邦。凡四境之内，一夫不得其所，皆某之责。实与有神，分职幽明。下车之初，祇谒祠下，惟神其临之。尚飨。

宣圣庙上梁文

儿郎伟。我国家诞膺明命，肇造丕基，宣五叶之重光，协千龄之景运。威加方外，泽被区中。冰天、桂海，莫不来臣；日本、月氏，率皆听命。虽借武功而定乱，须资文德以守成。若稽古道，敦尚儒风，申敕宪台，勉励学校。眷长安之名郡，实关右之要津。四方衣冠之所往来，八州士民之所观望。其异端之教，竞金碧以相辉，而圣师之宫，反风雨之不蔽。幸遇某官，允谐众论，共效诚心。发公廪之余粮，割己身之清俸。选求良匠，贸易瑰材。构大厦以垂成，举修梁而高架。聊伸善颂，以相欢谣。

儿郎伟。抛梁东，阙里衣冠在眼中。要使秦民知礼义，挽回邹鲁旧家风。

儿郎伟。抛梁西，鄠镐相望路不迷。文武没来千百载，至圣风化在遗黎。

儿郎伟。抛梁南，不须金鼓下湘潭。指日吴侬修贡职[1]，吾君盛德与天参。

儿郎伟。抛梁北，天威不违颜咫尺。年年万国会衣冠，愿比众星长拱极。

儿郎伟。抛梁上，且喜斯文天未丧。五云缺处望奎星，今夕光辉长万丈。

儿郎伟。抛梁下，行看千区广学舍。养就堂堂将相材，端与皇家卫宗社。

愿上梁之后，教化风行，英髦辈出。——抱渊骞之德，人人怀游夏之才。采百氏之精华，抉六经之蕴奥。为圣贤传正道，为邦家建太平。社稷延休，生灵蒙福。

校记：

[1] 指日吴侬修贡职：“贡职”，原作“职贡”，据藕香本改。

3. 耶律铸

耶律铸（1221～1285），字成仲，号双溪（王万庆《双溪小稿跋》），晚年自号四痴子（耶律铸《四痴子赋》）。契丹人、燕京人，辽东丹王突欲九世孙。父耶律楚材，金中都破，应成吉思汗征召，随征西域。蒙古乃马真氏称制三年，终尚书右丞。母苏氏，北宋苏轼五世孙（宋子贞《耶律文正公神道碑》）。耶律铸生自西域，幼聪敏，善属文，尤工骑射。二十三岁嗣领中书省事。蒙哥登基，溺杀海迷失，与三王之狱，铸几遭屠戮，忽必烈拯救之。宪宗七年（1257），扈驾征蜀，领侍卫骁果，屡出奇计，攻城克邑。翌年，宪宗崩，忽必烈即位，阿里不哥叛，铸别妻弃子，只身归世祖。至元元年（1264）加光禄大夫。奏定法令三十七章。二年，行山东省。四年制《大成》乐，改荣禄大夫，平章政事。五年复拜中书左丞相。七年罢相。世祖立尚书省，使阿合马平章尚书省事（《元史·世祖本纪》），铸赋闲，咏花颂史，宣泄不平。十年，授平章军国重事。十三年诏修国史。朝廷有大事，必咨访焉。十九年，复拜中书左丞相。二十年冬，获罪罢免，囚阿里莎，籍没家资之半，徙居山后。二十二年冬卒，年六十五。至顺元年（1330），赠推忠保德宣力佐治功臣、太师、开府仪同三司、上柱国、懿宁王，谥“文忠”。

生平事迹在明代宋濂撰《元史》卷一四六，列传三十三；清代钱熙彦编《元诗选·补遗》；陈衍辑撰《元诗纪事》卷三；李修生主编《全元文》卷一一七；唐圭璋主编《全金元词》；丁丙《善本书室藏书志》卷三三；柯劭忞《新元史》卷一二七；李军《论耶律铸和他的〈双溪醉隐集〉》（《民族文学研究》2004 年第 2 期）中有载。耶律铸从少年时代就享有诗名，常与金末元初的大诗人元好问、吕鲲、李冶等酬唱应和。耶律铸在戎马倥偬、案头劳顿之时，创作了大量的诗文。

耶律铸著作有《大成乐》《双溪小稿》《双溪醉隐集》。清初《千顷堂书目》卷二著录有《双溪醉隐乐府》十一册，卷二著录《双溪醉隐集》，则应未见是集传本，今仅存《双溪醉隐集》六卷，是四库馆臣从《永乐大典》中辑得。《双溪醉隐集》收诗 832 首，词 4 首，文 28 篇；今人栾贵明据现存残本作《永乐大典索引》补馆臣漏辑耶律铸诗 22 首，词 5 首，文 2 篇，数量还是相当可观的。

耶律铸现存辞赋作品 16 篇，是元代赋家中存赋较多的。16 篇赋作中，《天香台赋》《天香亭赋》《独醉园三台赋》《独醉道者赋》《独醉园赋》《独醉亭赋》《方湖别业赋》《四痴子赋》以隐逸为题材的 8 篇作品可确定为至元七年至至元十年赋闲时所作，赋作中所流露出来的抑郁与不平与耶律铸此阶段的心境相仿。

此次文的点校，以文渊阁四库全书本《双溪醉隐集》为底本，以清翰林院钞本为校本，《全元文》收录其文时选文版本与此同，集外辑得佚文 1 篇，共计 29 篇。

天香台赋

余作此赋，会侄子辈递传诵咏[1]，往往质问其所疑。予时有瘝音籤蠚音蓛之疾未间，及为酒所困，倦于应对。因命书史为音注，应其所请以示之[2]。

双溪醉隐，嘉遁西园，而杜私门之请。偃蹇栖迟，纵适放言。惬高蹈养恬之胜地，葆光颐真之灵境。绿野斯营，素意是逞。一花一草，亲移自植，计日成趣。唯天香台，牡丹为盛。婉若群仙，乱摛云锦。珠树相鲜，琼枝相映。英华外发，风标天挺。精彩相授，逸态横出。俨保灵和，恩华荣命。含情延引，流风回穴。流风，一作游风。宋玉《风赋》："回穴错迕。"善曰："回穴，即风不定貌也。"竞笑应讥，幽人径庭。《庄子》："大有径庭。"径音敕定切。盖吴人呼敕为剔，与他定切同。李云："径庭，激过也。"国色天香，独占韶光。澄心定气，延视迫察，知其不妄。进号贵客，名为花王。《十客图》以牡丹为贵客。维此姚黄，《洛阳花木记》曰："姚黄，千叶黄花也。色极鲜洁，精彩射人，有深紫檀心，近瓶有青旋一匝，与瓶同也。开，头可八九寸许，甚有高洁之性。"《道山居士录》曰："近心，叶细无蕊，亦有浅檀，肥盛时，中心有绿叶三四而逾寸[3]，谓之绿蝴蝶。"穆穆皇皇。台隶众芳，真其王也。钱思公尝曰："人谓牡丹花王，今以姚黄真王也。魏紫乃后也。故有姚王魏后之号。"见《花谱》。又曰："洛人以姚花为王，魏花为后，诚善评也。"应道无私，应化无方。知隐知显，知变知常。《异人录》曰："牡丹变易千种。"迟留烟景，荫樾昭阳。吸风饮露，云卧霓裳。魏后延伫，魏后，见上注。醉妃小立。醉妃红，见《海山记》。欲与相扶，倚风无力。凝笑为容，争妍取媚。醒酒香艳，懒晴天气。翠袂扬袿，弋示切。柔玉镂刻。玉镂碧，见《花木记》。仙衣戌削，缕金丝织。金丝绯，见《丽珍牡丹品》。昭著风流，分外旖旎。臭味幽远，容止闲丽。素女掩嫭，音护。不足程式。绿华无色，兰香失气[4]。脱落尘凡，伴奂娆迈[5]。表景异致，揄扬胜概。灵贶弥彰，运钟盛代。诞膺王者之称，良有后妃之配。英奇特秀，望塞华域。姿色俱绝，势倾人国。靡曼则如此，光大则如彼。不以纯懿，尽在于己。承天赐之优华，天赐紫，见《总叙牡丹谱》。腾芳声于胜日。擅天外之奇名，天外黄，见《海山记》。岂花中为第一。尤姿英艳，道润金璧。姿有余妍，艳有余美。气不可夺，操不可易。名有余香，风有余味。炎而不附，寒而不弃。远之不怨，亲之不比。动无所趋，静无所避。色无所沮，心无所觊。由无虑而无营，故无愠而无喜。守所抱之天真，任自然之荣悴。伸灵根之有托[6]，冠四时而为最。灵根红，见《丽珍牡丹品》。燕南牡丹，期在谷雨前后。北地高寒，常开在夏日。又有秋日牡丹，冬日牡丹。宜其奕叶扶疏，宜其名华盛大。积于中者，必形诸外；承休之征，于是乎在。于穆令闻，曾是不已，得无令人，渴见风彩。有绝其伦，有拔其萃。唯道是从，惟神是契。不因物而显，不附物而起。何玉立而不群，何中立而不倚。伟英灵之间气，呈瑞世之上瑞[7]。牡丹有瑞云、瑞露之名。感钟美于所天，多化工之为地。千葩万卉，云屯雾积。子智切。烟披雨沐，拥阶抱砌。如屏气动色，骈肩叠迹于朝会者，尤知花王之荣贵。倚扇成阴，倚扇，孙氏

《瑞应图》曰："瑞草也，一名篷蒲[8]。王者孝德至则生。枝多叶少，根如丝纶而生风，主驱杀虫蠹。"地锦交展。地锦，花名。见《花木记》。天幕旁垂，云帷高卷。御袍浮动，御袍，黄牡丹，见《洛阳花木记》："千叶黄，花也。色与开头大率类女真黄。"异香冶艳，异香牡丹，见《王十朋集》，婆律膏熏，蔷薇露染。惜春情态，惜春红，见《丽珍牡丹谱》。恋春风致。恋春，见《总叙牡丹谱》。花雨漫天，金莲布地。北中金莲，每至夏日特盛。姿艳殊绝，未见其匹。金章庙常宴泰和宫夏日牡丹，顾谓元妃李氏曰："牡丹诚独冠花品，以金莲罗列其下，尤风流可爱，可谓潘妃步步生金莲。"玉妃绰约，玉妃，见《丽珍牡丹品》。玉肌丰腻。玉肌红，见《总叙牡丹品》。仙标闲整，风骨秀异。翠围粉阵，栉比鳞集。五色相宣，黄花、白花、红花及墨紫、深碧是谓五色。墨紫，见六一居士《花释》。其色如墨紫。《类要衍义》曰："有深碧牡丹。"又《广记》云："韩湘聚土，举盆有碧牡丹二朵，后为金棱碧色。"芬蔼相袭[9]。玉泽堪掬，秀色可吸。扯充冶切。冶芳烟，颓然如醉。呈露优柔，温润绮靡。春睡犹浓，东风扶起。锦被绚烂，锦被花，又有五色锦被[10]，《见花木记》。绣带葳蕤，绣带，花名。见《花木记》。萦结同心，同心，梅名，又有同心李。延缔连理。孙氏《瑞应图》曰："王者德化洽八方，合为一家，则木连理。"又曰："王者不失民心，则木连理。"辟芍药为近侍，直海棠为庆会。《西征记》："蜀中近牡丹多栽海棠，谓之君臣庆会。"仙人醉露以颓玉，今人以杏核中复有杏者为仙人杏。《述异记》曰："天台有杏花六出，五色，号仙人杏。"《洛阳伽蓝记》有仙人枣。玉女吟风而摇佩。《尔雅》疏云："玉女，海棠也，公尝易玉团春名为玉女花。"玉溪生《牡丹诗》："垂手乱翻雕玉佩。"翠展莎茵，锦围花障。槐盖倾偃，天香台前有槐，俗谓槐栅者。公尝谓其不雅，故目谓槐盖[11]。林幄闲敞。长乐维宫，长乐，花名。唐苏颋有《长乐花赋》。合欢帷帐。《花谱》有合欢桃，一朵二色。又有合欢柑。唐明皇有《与群臣分合欢柑图》。《杨妃外传》："蓬莱宫有合欢橘。"径植忘忧。天香台、天香亭三径皆植忘忧花卉。《古今注》曰："欲蠲人之忧，则赠以丹棘。丹棘，一名忘忧，即萱草也。"

　　荣延交让，荣，屋荣也。《大魏诸州记》曰："交让，树名也。两两相对，岁更互枯互生，不俱盛俱枯。"合昏儆夜，周处《风土记》曰："合昏，槿也，叶晨舒昏合。"《本草》："合昏，叶似皂荚槐。"陈藏器云："即夜合也。"日华子云："合昏，又曰合欢。"蓂荚典历。《通历》云："帝尧观蓂荚以知旬朔。一名历荚，随月盈虚，依历开落。"平露临政，孙氏《瑞应图》曰："平露者如盖。王者政平则生。东方政不平则西低，西方政不平则东低，他方亦然。"《白虎通》曰："平露者，树名也。"屈轶司直。田俅子曰："黄帝时有草，生于帝阶。若佞人入朝，则草屈而指之，故曰屈轶。"帝休光烨[12]，《山海经》曰："帝休，木名。"《本草》云："主不愁。带之，愁自销也。"帝屋焕烂。《山海经》曰："帝屋，木名，可以御凶。"赫奕君子，《广志》曰："君子，树名也。"清名无患。《篆文》曰："无患，树名也。"崔豹《古今注》曰："此木为众鬼所畏，取此木为器，可厌却邪魅，故曰无患。"炳若丹青，晬然玉洁。足佐花王，润色盛烈。期所望于重华，重华，见《花木记》。可流芳于万叶。万叶，见《花木记》。延群英之风概，耀荣名于图牒。有《百花朝王图》中缋姚魏，次绘诸品牡丹，外绘以百花朝之。青松森挺，大臣介然而廷立；翠竹旁罗，毅士肃然而就列。池莲澹澹，翛然乎无尘，君子居也。篱菊亭亭，兀然乎寄傲，隐逸位也。无尘、寄傲，天香台下二轩名。珍丛琦薄，祥花瑞草。一本作果。深围远绕，端竦低默者，百执事之谓也。若仰若俯，如揖如伏者，尊其王之义也。策其芳名，委其藻质。内向光尘，犹葵倾日。灵雨均沾，惠风同被。含秀敷荣，荣怀天德。天德红，见《总叙牡丹谱》。宝阁辉煌，宝阁红，见《洛阳花木记》。千叶红，花也。锦屏斐亹。锦屏红，见《道山居士录》，出寿安锦屏山，色粉红，二层叶，中心者极细而长，有檀。瑞玉楼台，瑞玉红，见《丽珍牡丹品》，有玉楼子牡丹、重台牡丹、亦曰樾山红楼子[13]。复间金碧。间金，见《洛阳花木记》："千叶红，花也。色微带紫而类金系腰，开头八九寸许，叶间有蕊。碧牡丹有数品。"绮纷品汇，区别列第。霞驳云蔚，绣错万计。《异人录》："宋单父[14]，字仲儒，有种艺术。上皇召至骊山，令植牡丹万本，色样各不同，内人呼为花师，又呼曰花神[15]。"炫玉京之春色，玉京春，见《青州牡丹品》："粉红，花有托盘，亦曰两京红。"夸两京之神丽。两京红，见《花木记》："多叶红花也。"联玉叶以延春，《总叙牡丹谱》有玉叶万寿春牡丹。直直吏切会圣之盛际。会圣红，见《洛阳花木记》。其余诸花无比其大者。章明花界，照映尘劫。《选》王简《栖头陀寺碑》："功济尘劫。"注云："劫，犹世也。"《续仙传》丁约曰："儒谓之世，释谓之劫也。"深根宁极，无为之业。光宠妍时，《选》司马子长《报任少卿书》云："以为宗族，交游光宠。"注："光，美；宠，盛也。"春心固结。良怯年芳，轻易哀歇。我振我策，我步一作曳，我屦。朝祛暮逐，无情蜂蝶。终然殊患，本弱者其枝必披上声，末大者其干必折。审其本之弱者，薙音替，又音雉。除草也。其草莱，尽其虫蠹。《牡丹谱》："蠹虫捐之，必寻其穴，以硫黄针之。其傍又有小穴，如针孔，乃蠹所藏处。花工谓之窗，以大针点硫黄末针之，蠹即无矣。花复繁盛。"择其瓦砾，易其壤土。《图经》曰："圃人欲其花之诡异，培以壤土，至春盛开，其状百变。"医之治平声之，调之护之，扶之持之，正之直之。培而养之，使自滋之。《洛阳花木记》："甘草黄，千叶黄花也。其花初出时，为单叶，因培养之。盛，变而为千叶。"荫而遂之，使自荣之。《花谱》："牡丹性极喜阴凉。"顾其末之大者，去其邪枝，刳音洛其错节，除其狂花，剪其乱叶。《牡丹续谱》："大率痛打，剥即花好。"推之移之，规之绳之。背者向之，屈者信之。擘而分之，《花谱》曰："白露前，分擘牡丹。"使自存之；列而封之，使自保之。《牡丹记》曰："初植牡丹，浇毕，则以细土封壅其根，谓之保泽固本。"为强其干，而弱其枝，俾隆其本而杀其末之为者也。扶质立干，本道根真；花明叶秀，眼界一新。客有访醉隐于天香亭者，不觉愕然而叹曰："向之芜秽，曷其治也？睹乎殊制，甲天下可也。"醉隐曰："向之乖戾，使然也；重其花者[16]，欧阳文忠公《花品序》："牡丹而出洛阳者，今为天下第一。洛人唯直名曰花。其意谓天下之真花，不假曰牡丹而自可知也，其爱重之如此。"非其业也。耘植非时，灌插《要术》云：沛也。无度。卖知自是，忌能怀妒。苟一矫众，枉不涉丛脞。阿谤横议，杂然应和。明其几务，执以不可。谓出于彼，非出于我[17]。或仅有所采，微有所挫。争引其功，相推其过。思求其治，焉可致也。余承其弊，特任其责。推心于物，旁搜远索。索彼得失，洞研究核。从其可从，革其可革。绌诸荒惑，探诸幽赜。举诸明算，运诸成策。辨乎根蘖，根蘖，见《白氏长庆集》童蒙训。邵康节因言洛中牡丹之盛曰："洛人以根蘖而知花之高下者，知花之上也。"定乎名色。甄其瑰奇，甄，古然切。郑玄《尚书纬注》曰："甄，表也。"廉其瑕谪。黜以殿最，《丽珍花品序》："花以优劣为殿最。"黜，以豉切。物次第也。品以资格。煦以阳和，沃以膏泽。穷精极智，黜神运思。孜孜夙夜，不落吾事。粗有是治，无足齿也。然天下之事，曷尝有异于是耶？九土一台也，六合一园也，百花一王，万国一君。为国之道，在布此花之政也。"平露临政，屈轶司直"之谓也。"经国之要，实理此花之任也。"强其干而弱其枝，隆其本而杀其末"之谓也。"绪言未既，客茫然进曰："旨哉言乎！旨哉言乎！愿以所闻书诸信史，刻诸金石，以寿其传，终古不忒。"天香亭颂，第纪风声。未勒磨崖，蒙何以宁。用是遂决，敢献其铭。铭曰："薄构其亭，于彼露座。桃李无言，燕雀相贺。"

校记：

[1] 会侄子辈递传诵咏："诵"，原作"讽"，据《永乐大典》二六〇四卷改。

[2] 应其所请以示之：《永乐大典》无"应"字。

[3] 中心有绿叶三四而逾寸："四"，原作"面"，据《永乐大典》改。

[4] 绿华无色，兰香失气：原作"兰香失气，绿华无色"。据《永乐大典》改。

[5] 伴奂娇迈："伴"，原作"泮"，据《永乐大典》改。

[6] 伸灵根之有托："伸"，原作"信"，据《永乐大典》改。

[7] 呈瑞世之上瑞："瑞世"，原作"盛世"，据《永乐大典》改。

[8] 一名蒒蒲："蒲"，原作"脯"，据《永乐大典》改。

[9] 芬蔼相袭："芬"，原作"芳"，据《永乐大典》改。

[10] 锦被花，又有五色锦被：疑"又"作"名"。锦被，花名，有五色锦被。

[11] 故目谓槐盖："目"，翰林院本作"名"。

[12] 帝休光烨："烨"，原作"耀"，据《永乐大典》改。馆臣避康熙帝讳改作"耀"。

[13] 亦曰槛山红楼子："槛"，原作"玉"，据《永乐大典》改。

[14] 宋单父："父"，原作"文"，据《永乐大典》改。

[15] 又呼曰花神："神"，原作"人"，据《永乐大典》改。

[16] 重其花者："重"，《永乐大典》作"周"。

[17] 谓出于彼，非出于我：原作"谓彼非出于我"，据《永乐大典》、翰林院本改。

天香亭赋

伊牡丹之王百花也，声华辉赫，令姿煌煌。大块流其形，柔祇播其芳。以福胜之征，致霭云之祥。福胜红，见《陈州牡丹品》。千叶，深粉红色。霭云，见《丽珍牡丹品》，如霭云之状，外赤内黄。临仁寿之域，介温柔之乡。仁寿黄、温柔紫，并见《丽珍牡丹品》。天标粹美，玉色洋洋。玉色牡丹，见《花木后记》。瑞气熏蒸，承露华房。承露白，见《总叙牡丹品》。犹澡身浴德，以荐馨香。芬烈天香，荣耀灵光。观时之光，利用宾于花王。出奇丰度，孰究其详。第而崇号，婉而成章。绝品姚黄，绝品姚黄，见《陈州牡丹品》。千叶，尺面，大青瓶，紫檀心而韵胜，土人推为绝品，非今姚黄也。又有古姚黄，见后注语。殊胜姚黄。胜姚黄，见《洛阳花木记》。千叶，深紫檀心。开，头可八九寸许，深于姚黄。英逸之资，固未可量。正色处中，不易其方。漠然而神，全然而真。示心忘情，物莫之婴。辟鸡雍与豕零，而幸疾之侥名。虽时为其帝者，岂能为之抗衡哉。金玉其相，秀出群芳。特倾心其奚待，为殿春之余光。独醉道者，游心圣域，隐迹惧场。有惜花痼疾，姚魏膏肓。爱其妖媚，展尽底蕴于明时；尚其气节，荣闻日流于帝乡。推其道之有在[1]，曾不矜其所长。彰真宰之妙用，染世界使都香。唐人牡丹诗："晓槛竞开香世界。"一拂万字，一拂黄，见《海山记》；万字红，见《陈牡丹品》，千叶，淡粉红心，青色瓶，宛如万字。殿前禁中，殿前紫，有托盘。禁中红，粉红花，有托盘。并见《青州牡丹品》。以道为本，造化为功。其状百变，《图经》曰："近世多种牡丹，圃人欲其花之诡异，秋冬移接，培以壤土，至春盛开，其状百变。"其态无穷，其化如神，其道尤隆。乱擎熏炷，繁错瑰丛。泛以珠露，扫以香风。何其贵也。玉真淑美，玉真见《花木记》。胜玉无瑕。胜玉，见《总叙牡丹谱》。卓冠时英，标特国华。进登天府，就地仙家。布濩元根，颐养黄芽。金源氏冰井宫，牡丹以其地势高寒，每秋秋分后，例以瓮覆护，谓之辟寒气。至次年夏，黄芽寸许，乃揭去之，调护冰蘂，熏染珍花。延喜日以难老，喜日红，见《奉圣州牡丹品》。难老红，千叶，肉红。初生潞公后园，色类魏花与富贵红。有深红檀心，开有短蕊一道，其枝比魏而稍肥，亦魏花之变。潞公邀留守韩公请以难老名之。见《道山居士录》。剂彤云以香霞。彤云，见《洛阳花木记》："千叶，红花，微带绯色。开，头大者几盈尺，花唇微白，近萼渐深，檀心皆莹白。"香霞红，见《总叙牡丹品》。何其圣也。女真仙队，女真黄见《陈州牡丹品》，千叶，淡黄花之第三。小真仙侣。小真红，见《青州牡丹品》，深红也。玉冠微耸，玉冠子，见《总叙牡丹谱》。绛衣轻举。绛衣红，见《陈州牡丹品》，千叶，色近绯，深红花之第一。离时装束，出尘逸趣。弄珠精神，散花态度。疏鲛绡兮障日，鲛绡红，见《总叙牡丹谱》。叠罗囊兮盛露。叠罗囊，见《总叙牡丹谱》。凝脉脉之柔情，历云朝与雨暮。何其丽也。寿真玉润，寿真黄，见《总叙牡丹谱》。胜真玉腻。胜真黄，见《陈州牡丹品》：千叶，色类千心黄，实不逮女真黄，黄花之第五。明兮玉秀，清兮玉粹。玉蕊无香，《汉武内传》曰：西王母云："昌城玉蕊。"玉英自失。玉女少色，玉委匿迹。《白玉图经》："玉之精，名曰委，状如美女。"何玉腰之轻盈，玉腰红，见《河南志》。将玉颜之温丽。玉颜红，见《河南志》。鄙绿珠之玉格，绿珠，见《奉圣州牡丹品》。陋西施之玉醉。醉西施，见《青州牡丹品》。何其秀也。洗妆标韵，洗妆，见《奉圣州牡丹品》，非洗妆红也。拭妆标致。拭妆红，见《洛阳花木记》，多叶，红花也。露华膏沐，九回沉水。媚春道艳，殢春气味。笑领春风，无语徙倚。兰麝囊兮旁午，郁金裙兮襞音璧襀音积。斥孙寿之妖蛊，蛊音古。孙家黄，见《总叙牡丹谱》。逼苏香之艳逸。苏家红，见《洛阳花木记》，多叶，红花也。何其伟也。蓬莱窈窕，蓬莱红，新花也。黄师命此名。见《青州牡丹品》。彩云容裔。彩云红，粉红花，有托盘。见《青州牡丹品》。炫转光风，晃荡锦地。瑞彩交辉，红霞向日[2]。花拥仙房，香通元极。英爽莫盛于大观，大观紫，见《总叙牡丹谱》。崇高莫大乎富贵。富贵红，见《洛阳花木记》：千叶，粉红花也。媚玉庭之灵景，媚玉红，见《丽珍牡丹品》。置红光于紫气。红光紫，见《丽珍牡丹品》。何其异也。蕊珠显敞，蕊珠红，见《丽珍牡丹品》。玉华幽邃。玉华香，见《丽珍牡丹品》。彩霞飞不去，彩霞红，见《丽珍牡丹品》。锦云收不起。锦云，见《丽珍牡丹品》。明霞红弸，缝节胜云。红惹云衣，明霞红，见《丽珍牡丹品》。胜云红，千叶，深粉红，极鲜明色。见《陈州牡丹品》。浅霞红积。缝雪胜罗，红翳云帏。浅霞红，见《陈州牡丹品》。千叶，粉红花。胜罗江，千叶，淡粉红，花尺面大。见《陈州牡丹品》。锦被堆压银床，一作雕栏。缀珠枝覆玉础。宋景文帅蜀以彭门牡丹，惟锦被堆为第一。见《蜀志》。缀珠，见《青州牡丹品》。着遇仙之盛事，抒刘郎之雅意。遇仙红，见《洛阳花木记》，千叶，红花也。刘郎阁，见《洛阳花木记》，千叶，浅红花也。本出长安刘氏之阁下，因以得名。花如美人肌肉然，匀莹温润。何其盛也。懿彼神工，巧输元力。弥表尤功，更为光饰。添色红兮神奇，添色黄兮尤异。添色红，多叶，红花。始开而白，经日渐红，至其落乃类深红。此造化之尤巧也。见六一居士《花释》。添色黄，多叶，黄花也，无檀心。既开，黄色日增，有类添色红，故得名。见《道山居士录》。蹙金球兮锦皱，紫绣球兮结绮。蹙金球，千叶，浅红花也，色似间金而叶枝皱蹙，间有棱断续于其间，因此得名。紫绣球，千叶，紫花也，甚莹泽，叶密而圆整，因得绣球之名。

并见《洛阳花木记》。潜溪绯，濡霞浆；胜潜溪，沃琼液。潜溪绯，有皂檀心，色之殷美，众花少与比者。出龙门山潜溪。见六一居士《花释》。胜潜溪，见《道山居士录》。出上阳门外进士张，色如潜溪，易得。有檀，瘦乃多叶。九蕚红兮妖妍，九蕚紫兮冶奕。九蕚红，茎叶极高大，色粉红，有跗九重。苞未坼时，特异于众，比开，必先青坼数日，然后变红色。花叶多皱蹙，有类探叶红，然多不成就。偶有成者，开，头可盈尺。九蕚紫，色微紫，未开时九瓣，瘦则七八，无蕊无檀。并见《道山居士录》。顺圣红兮韵胜，顺圣紫兮娇丽。顺圣红，千叶，淡粉红。见《陈州牡丹品》。顺圣紫，千叶，紫花也。每叶上有白缕数道，自唇至蕚，紫白相间，浅深不同。开，头可八九寸许。见《洛阳花木记》。冠子黄，列仙班；冠子紫，弹云髻。冠子黄，见《海山记》。冠子紫，见《洛阳花木记》，多叶，紫花也。胜阳红兮艳赫，安胜紫兮瑰伟。胜阳红，见《总叙牡丹谱》，安胜紫，千叶，紫花也。开，头经尺余。见《陈州牡丹谱》。线棱紫兮繁缛，青线棱兮绮靡。线棱紫，见《道山居士录》，色紫，叶片有如线棱，其上单叶，有蕊，有淡檀心，非银含棱也。青线棱，多叶，红花也。见《洛阳花木记》。镇山东兮标荣，大宋川兮擅美。镇山东，见《陈州牡丹品》，千叶，淡粉红花也。大宋紫，见《洛阳花木记》，云："出永宁县大宋川，千叶，紫花也。开，头径尺余，家花无比其大者。"间金红紫相高，都胜红紫竞媚。间金红、间金紫，并见《总叙牡丹谱》。红都胜，千叶，淡粉红，紫都胜，千叶，深粉红。并见《陈州牡丹品》。玉千叶兮腾秀，碧千叶兮叠翠。玉千叶，见《洛阳花木记》，千叶，白花，无檀心，莹洁温润可爱。碧千叶，见《丽珍牡丹品》。拂子黄，扑鸦黄；拂子红，拂珠穗。拂子黄，见《总叙牡丹谱》。拂子红，见《洛阳花木记》，千叶，红花也。合组列锦，珠堆翠积。擒章缛彩，相错如绮。何振景拔迹，而高谢氛埃。照耀芝兰，玉树庭阶。适足悠然，畅叙幽怀。周流容与，香界亭台。醉冠欹侧，若有德色。放情肆意，骄稚园隶。且曰："风尘表物，表植神异。耸振声价，卓荦伦类。锦绣其文，冰玉其质。掩夺春华，张皇化国。耿介英姿，秀发其迹。劳光万状，芳气四塞。花政之盛，光美之胜，未有甚于此者。混元蕴奥，后土富媪。不爱其道，不爱其宝，岂虚也哉！"子其有以语，我来园隶曰：唉，人亦有言，坚树在始。始不固本，终易枯朽。其性得则英挺，其气钟则神秀。其地平则难倾，其根深则能久。仆得之于心，应之于手。为全其天，使引其寿。故叶兮如云，花兮如斗。是以声名，盈溢乎九。有道者厌益涉切叹，已而谇曰："要妙之言，有所激也。"商榷万类，其义一也。有本有末，有名有实。有荣有悴，有开有塞。晔然盛誉，蔼然休声。必待名实，相须而成。名其末也，去末犹荣。实其本也，舍本不生。苟宾其实，庸主其名。宾主易位，乱是用兴。是谓开塞之门，荣悴之所由也。臆说目论，曾不足系。研几析理之辞，子其向之。目论，耳目之目字，或作自字，非。歌曰[3]：迟日熏芳径，游风扇绮寮。韶华容艳冶，飞燕语声娇。玉友延蓝尾，花奴促绿腰。天香结成阵，不记水沉消。蓝尾，本曰婪尾。绿腰，本名绿要。

校记：

[1] 推其道之有在："有"，翰林院本作"所"。

[2] 红霞向日："向"，原作"白"，据翰林院本改。

[3] 歌曰：本无二字，据翰林院本补。

琼林园赋 并序

　　琼林园者，金海陵庶人之所营也。尝燕其群臣于此。恧其规模迫狭，遂广燕城，展辽大内，增建宫室，仍起广乐园于宝昌之西。余游历燕都，因与夫钩盾按行遗址，异其绝古今之制度；披览图籍，知其尽人神之壮丽。意不翅加万于章华，什百于阿房。及绎史氏，详其庶人本末；核诸事迹，可谓悉备。然前朝耆旧，靡不毛举其所遗。神动所阅，心隐所闻，不得以无言。故引笔为赋。

　　词曰：探元符，撼乾枢，剽灵图，展帝容。骄气凭陵而威灵折冲。援汤引武，絜大比崇。命相乎宸居，光宅乎天衷。度邑四方之极，定鼎舆地之中。海陵改燕京为中都。诏曰："顾此析津之分野，时惟舆地之正中。"拓层城之万雉，体积阳之九重。控八纮之要会，拥百万之提封。海陵广燕城，营建宫室。诏曰："眷惟全燕，实为要会。"亘全燕之形胜，壮帝居之恢雄[1]。名山会乾而环北，灵海朝巽而潋东。苍龙卧护以怀抱，横陈叠翠于遥空。钟神秀于天府，《史记》苏秦说燕文侯曰[2]：燕，所谓天府也。扼天险于居庸。乃翳翔鸾，跨神龙，翔鸾位、神龙位，皆辽之大内瑶池也。陵倒景，蔽鸿蒙。森罗移乎地轴，幻化出乎人工。玉泉是导，金水是通。渤涌太液，汇浸芙蓉。十

洲绣簇，方丈瀛蓬。后改瑶池位曰太液池。又有芙蓉池，有十洲、三岛，非北宫之
太液池、三岛也。琼林璀璨，玉蕊巃嵸。建木森烈，瑞叶青葱。海陵营建宫室、
园苑，多取仙都、城阙、宫殿、池岛之号。凡花木之可珍者，易以琪树、珠树、建木、
瑞叶、琼蕤、瑶草、朱英、紫脱之名。珠枝玉果，瑶花碧草，珍禽奇兽，奇薄
珍丛。良难殚纪，謇不可得而穷也。绵联翠苑，韬映金塘。楼阙嵯峨，殿
阁穹隆。玉梯突兀，矗似长云。辇路蔓延，颓若垂虹。端明阁飞梁辇路直抵第
三层。虹桥络汉，磴道盘空。下临无地，势出苍穹。蔼天香之帘幕，荫桂
影之房栊。抗促调则秋凄，播雅奏则春融。涤暑无夏，辟寒无冬。凛祝融
于水台，喝玄英于华峰。储阴蓄阳，神其帝力，冀主造化，使天无功。登
明月，御清风。明月、清风二殿，在翔鸾位南。神龙在北，常为祈醮所。延羽客而
列金童。宝炬灿其星繁，香雾烂其霞烘。访乘云于姑射，咨问道于崆峒。
期固九鼎于灵根，魏伯阳云："九鼎谓丹砂之精。"主众妙之真宗。抱驻景之神
方，继御气之元踪。庶委质于金母，而从事于壶翁。保后天之遐算，延历
运之所钟。偷安宸极，窃号天公。憎自是之荒惑，矜超绝乎凡庸。奄万象
为己有，置六合于牢笼。垂拱骄唐虞，高枕傲羲农。纷豪华之驰荡，示湛
恩之庞鸿。倾海以为酒，并山以为簠。凤吹扰鸾歌，叠鼓揭华钟。白雨催
花，金莲布月，龙膏继晷，乐事未终。玉銮玲珑，翠盖葳蕤。仙音杂沓，
紫霞淋漓。临素娥之庭院，历玉女之窗扉。红云洞琐长春，花雨暗夫香
霏。香霏亭在仙音长春院内。张以钧天之广乐，烛以日月之光辉。虎豹守护其
天门，龙蛇飞动乎旌旗。回睨广道，东顾总期。庳临芳而陋景，徽俾宏模
廓[3]。度紫宸之庭闱。黄道洞达于天街，银河旁绕乎金堤。结合欢于钩
陈，营长生于太微。通明起乎中央，蕊珠延其西陲。扩丛霄为凌云，表闾
阖为端仪。按：海陵初起都宫图，后世宗庙多易其殿阁、池馆名额，存其旧名者十无
一二。亮仰法帝居，元圃清都，犹谓迫胁不足以壮万世之宏规。诏班尔，
敕工倕曰："匪恢皇仪，罔震天威。可尽人神之壮丽，当藏能事之瑰奇。"
遂俪广乐之园，就卜宝昌之西。属乎碧城之基，缭以紫微之垣。冠丹丘之
巅，枕绛河之湄。宝台塞嵽，昆阆崔巍[4]。右环翠水，左带瑶池。九龙蜿
霓，据中天而崛起；五凤偃蹇，搏积风而忘飞。十二玉楼兮骈罗，三千花
界兮低迷。蒋蒋焉，煌煌焉，信彼都会之胜概也。景落天外，晃银海也；
声华旷代，何光大也。穷奇极泰，吁可骇也；使鬼为之，则劳神矣。使人

为之，亦苦人矣。缔嗟构怨，跆音台籍秦矣。绝天流毒，足失民矣。虽智足拒谏，辩足饰非，万姓仇汝，汝将畴依？惟狂罔念，人心惟危。章华就而荆人解散，阿房起而秦众乖离。是以圣哲克勤克俭，无偏无颇。唯居其实，不居其华。以百姓为心，以四海为家。岂纵无厌之欲，匮有生之用，佐燕安鸩毒之雄夸者哉。《海陵实录》：宫殿之饰多偏用金傅，然后间以五采，金屑飞空如落雪。凡一殿之费，以巨万计。往往成而复毁，务极华丽，国力困弊，曾不少恤。沉而筹略，溺而机智。劣功优过，绝仁弃义。敢推贯日月之诚，而阴蕴滔天之势。饰卓莽之狙诈，与操懿之狐媚。辟而忠鲠，昵而私阿。法严而峻，令烦而苛。厌饱人以道德，恶醉时以醇和。煽虐焰于毒燎，市禁网以诬罗。敛怨为德，实维伊何。沧海横流，黔黎垫波。游童牧竖，彼且奚知，而递赓迭和五噫之歌，曰：神彼帝京之宏丽兮，噫！壮九重而造天兮，噫！极鬼工之淫业兮，噫！殚九有之膏腴兮，噫！猛苛政如怒虎兮，噫！敢暴殄天物，窃玩神器。计同大帝之锡金，策犹缪公之时醉。廉致纯庞，甄时隆替。审九域之安危，实一人之所系。移风易化[5]，舜纯驳粹。恬于剥乱，逸于乖戾。振颠沛之策，御怨咨之气。犹指天之有日，宁恤志士之流议也耶。拟投策而断江，海陵《临维扬诗》有"鞭梢点尽长江水，不到吴山誓不归"之句。将凭怒而倾地。炫雄断以英略，愈亦为之儿戏。饕无上之大名，规尊势之厚利。务隆振乎皇纲，忍纷扰乎人纪。好还者，必然之天道；代谢者，自然之物理。大定之更，维扬之变，讵不出乎不意。嗟乎！夸者殉权，贪者殉利。同归殊途，万古一致。奈何创巨不恤，神羞天恚。陆梁不顾，鬼责物累。务奋迅龙飞，振矜虎视。纵其骄蹇，逞其惑志。忘检身之格言，失子爱之奥旨。致狼狈于刚愎，速枭獍以横恣。积非成虐，积是为治。世殊事变，人道不思。忽明君之御民，若乘奔而无辔。忘天下之归仁，由一日之克己。为释余之所有，庸经彼之所以。独夫之号，庶人之贬，不为过矣。

校记：

[1] 壮帝居之恢雄："居"，原作"宅"，据《永乐大典》改。

[2] 苏秦说燕文侯曰："燕"，原脱，据翰林院本补。

[3] 徽俾宏模廓：疑有脱字。

[4] 昆阆崔巍："昆"，原作"鬼"，据翰林院抄本改。

[5] 移风易化："化"，翰林院抄本作"俗"。

龙和宫赋并序

龙和宫，道陵李妃之正位也，或曰龙和位。道陵之崩也，妃矫遗诏为立东海，窃市恩私，冀保身于万全，卒不获免其祸。东海由窬步捷径，寻亦失驭而殉身。国蠹竟嫁祸神州于陆沈，固金源氏之罪人也。然其庸隘不足以塞责，前辈未尝不以其罪罪妃之险诐。究其颠覆之所自，道陵亦不得无让。余从北阙言归中州，税驾燕都，因游览前朝妃宫废苑，讯诸遗老，得睹龙和故址。桂窟琼林，光沉熏歇，但瓦砾榛芜，驰迈狐兔而已。徙倚周章，慨然有怀，不觉形于歌词。噫！诗人之兴，感物而作。黍离之义，于是乎在。辞曰：

抽思古之幽情，索隐奥之宜蒇音眇。登凌云兮凝绝，觉天荒兮地老。临闾阖以徙倚，俯玉绳之磴道。玉绳，瑶光楼之阁道名。望层城之一本作而。不见，唯战尘与烟草。昔在天公，唐明皇自呼为天公，道陵事迹甚肖明皇。宸游物表。驾兮苍鸾，使兮青鸟。相羊乎丛霄，婆娑乎琼岛。纵仙韶之游韵，激水云之萦绕。解语花之婉娩，黄金屋之窈窕。倾四海之殊欢，买嫣然之一笑。态浓意远，容华可掬。咳唾随风，径生珠玉。珠幌烟雾中，海棠睡未足。挺绝代之瑰姿，抱梦兰之心曲。谅赤乌之失气，将飞燕之无惊。鱼何入乎深渊，鸟何飞乎高空。冰肌绰约，蕙气冲融。含鞶冶艳，捧心为容。就处月姊之桂窟，冀主星娥之璇宫。桂窟，宫中殿名。李妃奏乞坤仪殿避暑，章庙使彻其殿额。特酿巫峡之云雨，嬛倚兰台之雄风。兰台，宫中台名。飘若神仙，侨处温柔。悬居绵历，玉鸾啾啾。布金莲于宝地，散琼华于蓬丘。金莲川即山北避暑宫。琼岛即山南避暑宫，又名蓬莱岛。典长春之花界，颛不夜之珠楼。南威、西子，洛妃、巫娥，红潮妒粉黛、蹙羞蛾。淡隐隐之春山，湛盈盈之秋波。呈霓裳之秘舞，献玉树之凝歌。佳人倾国，天子无愁。南齐后主[1]，自号无愁天子。李义山亦借使陈后主诗云："从臣皆半醉，天子正无愁。"微行要屈，千万缠头。道陵常制，每岁清明，西园特设九市，以要屈为务。灈池锦于云霞，贮璧月于帏帱。纷中夏之豪华，擅南朝之风流。朝羹陆续于方壶，夕张烂熳于瀛洲。笯灵凤以为辇，御翔龙以为舟。方壶、瀛洲，皆行幸所。翔龙舟即泛太液池之舟。容与乎琼田，道遥乎县圃。琼田、县圃，亦皆行幸所。殊期与松乔，永结为真侣。饵以蕊宸之丹粒，道陵置玉华宫为烧丹院。挹以金掌之琼露。保嵩呼之呈祥，岂南山之足慕。灵锁忽忽其莫留，神景微方之可驻。奋鼎湖之龙驾，振飞辔乎云路。颓玉体以横陈，愁玉音而号诉。无灵药之可窃，托妾身于何处。推天道于张弓，甄四时之代序。惟青春之告谢，信落花之谁主。羌神醉其凝愁，隐取贼于妖妒。注娟娟之心眼，觊夫君之一顾。吐幽兰以徐言，恨自惑其顽素。忍取毁于求全，为孤德之所误。忖窃市之恩私，诚不足以负汝。由一丝之纶命，绍八纮之洪绪。寄光阴于过客，齐天地于逆旅。苟神明之有在，岂相逢而无所。李妃死时，诸东海及申王之语。泫忆君之清泪，犹梨花之经雨。逐黄裙于流水，袭玉环于何许。神帝力而震天威，矜龙盘而负虎踞。计无祸之可嫁，幸乱媒之是除。期王道之一平，叙彝伦之隳斁。希韬夏而轶殷周，延三五而保亨祚。颂河清以纳祥，亟飞诏以延誉。大安元年，河清上下数百里，特试宏词《黄河清颂》。实自欺其圣作，质万物其斯睹。抑与乱之同事，且何瑞之足怙。傥不有其秽德，又何妖之足恶。谅皇天之无亲，曰惟德之是辅。圣朝太祖皇帝大安元年已兴问罪之师。二年庚午，寻取中原。河清之征，定我皇祖受命之符也。曷猖披之罔念，甘肆心于寡助。忍乘时而布政，舍渐靡而雄踞[2]，俾强御与掊克，遂蜂屯而蚁聚。敢窜步乎捷径，任侧言而革度。东海多变前朝制度，如鬻尚厩马粪、后园花果者，不可悉记。

　　民腾怨之弗知，东海为虎贼幽于四王府中，使沽市酒，叹其味薄曰："酒犹如此，宜乎百姓怨我，我实不知。"天垂谴之罔悟。大安三年，大风折通元门腰关。太史奏宜修德，东海怒形于色。大业以之偷去，帝乃以之震怒。龟鼎将与时迁，形胜奚设险阻。关山空锁，九重天府。《史记》：燕，所谓天府者也。昊天成命，眷我圣祖。风云惨澹，龙蛇腾骛。鞭笞万国，混一寰宇。筹函夏于拉朽，奋天纵之神武。殄乌月一作乌沙之乌合，覆扼狐之貔虎。保中华之利器，失缄扃之固护。竭东海之狂澜，竟寝声以委御。为天下之腾笑，辄殉身于国蠹。使宝势之神州，寻陆沈于颠仆。长城万里，伯图终古。曾何足保，一抔荒土。维圣哲名器之宗匠，道化理国之良具。致兴替者维人，系安危者非数。尽游子之寒心，疚王室之多故。宛赫赫之宗周，蔽离离之禾黍。通天台榭，朝元洞户。基无完甓，塘无遗堵。弋林钓渚，柳塘花坞。

流萤司夜，野莺典曙。豺狼呀以云屯，枭獍纷以星布。郁丛薄与灌莽，翳琼林与瑶圃。喟三生之尤物，忍此焉而游处。去尘外之仙箓，据迷津于神浒。贞祐中，人屡见李妃于天津桥畔，有诘东海之语。迁延凝睇，含辞未吐。顾影低回，玉颜增婧。拥返魂之香阵，进凌波之微步。若回雪之飘飘[3]，泛流风而轻举。吊故国之丘墟，诘若人之迟暮。何蓬莱之宫阙，绝汉家之箫鼓。龙和在蓬莱宫左。言未足而沉吟，据彷徨于去住。复惚恍之仙游，引回风之神驭。怅堍堞与颓垣，锁野烟与寒雾。黯裂帛之声消，惨浣纱之人去。信朽木之为物，断不可以为柱。慨人间之何世，将贞心以自抚。恍临风兮如失，中结轸兮延伫。私自怜兮自讼，知为谁兮愁苦。昔昭阳之遗事，卒悉备于伶玄。为有知之所配，自不得而无传。摭龙和之陈迹，庸粗述乎兹编。乖风化之所系，故不得而无言。险诐私谒，固宠负恃。穷奢极泰，陷危吉士。如赵公闲闲等一时名臣，凡言李妃者，皆得重责。弃《关雎》之大义，废《螽斯》之微旨。道陵无嗣。触危机而奚叹，悔不知其所止。弗公其内，务正其外。苟营其利，莫胜其害。盍以公而灭私，忽区夏之博大。既托寄其非人，不危亡而奚待。憾骊山之烽火，沦灰劫于横溃。悼姑苏之麋鹿，走扬尘之沧海。天下神器，万世攸赖。御非其道，足征挠败。勤武元之经营，佚大定之耿介。《骚》云："彼尧舜之耿介。"骄道陵之雄奢，僵大安之庸隘。周章游目，积苏累块。凝情倾想，益增感慨。征逸乐于忧勤，速颠覆于荒怠。孰竦善之不昌，孰愎谏之不殆。孟参政铸尝言："虎贼有无君之心。"道陵笑而不答，徐曰："岂有此心，但跋扈耳。"孟进曰："圣朝焉用跋扈臣为？"后东海嗣位，孟数尽言极谏，谓："虎贼无君之迹已著。"用是忤旨免相，宠任虎贼。后贼之变也，东海仰天而叹曰："若用孟铸言，那有今日事。"已矣乎！非圣不无过，过则勿惮改。改过不吝，是谓自爱。浊流黯黜龙光彩，敢批逆鳞诚可骇。凤鸣朝阳反为怪。率德贵迁善，思庸匪痴骇。而乐天下之心戴。奈敛怨以为德，戾圣人之谆诫。岂唯念之情热，足使闻之心瘝。阒荒凉之辇路，突狐兔之驰迈。结愁阴于莽苍，积悲风于蒲稗。欸欸音埃天命之靡常，忧大福之不再。委穷尘之遗恨，讵止历乎万代。彰直笔于信史，以昭示于来载。索微言以成章，证殷鉴之斯在。

校记：

[1] 南齐后主："南"，原作"高"，据翰林院本改。

［2］舍渐靡而雄踞："靡"，原作"摩"，据翰林院本改。

［3］若回雪之飘飘："之"，底本脱，据翰林院本补。

独醉园三台赋

粤双溪之书院，实独醉之园亭。邻九重之花界，属万雉之金城。翳葱葱之佳气，扇澹澹之游风。隐天津于罨画兮，宛绕匹练于花丛。挺卢龙之神秀兮，迥列叠翠之云屏。得风烟之浓淡，陋意匠之丹青。仙居亭名。秀出洞天之灵境，胜概足播寿域亭名。之芳尘。延郢中之白雪，斋名。纳天外之阳春。斋名。竹窗兮松户，林幄兮莎茵。骈罗兮三台，花柳兮横陈。临琴台兮蹇产，陵千一作万。顷之烟波。对射台兮蟠霓，拥万叠之云山。出弦歌楼于轻霭兮，临正己楼于高寒。读书台之屹立兮，抗醉经之高堂。状穹穹以隆隆兮，据一作崛。两台之中央。挹清风于元览兮，澹元心以含章。一本作"挹清风以述诵兮，纵游心于文场"。振尘缨以射猎兮，奋神气以鹰扬。适高情于冲澹兮，闲弦歌以宫商。采归昌之奇律兮，奏和鸣之锵锵。有客为之鼓掌兮，嗤诮人之猖狂。问方今之何物兮，是周孔与羲黄。得开口之一笑兮，胜百代之流芳。如先生者何为兮，邈尘外而彷徨。既惨澹以经营兮，盍秉烛以盘游。贮倾城与倾国兮，遍舞榭与歌楼。遏行云于回雪兮，扫万斛之凝愁。看青霜以何计兮，点华鬓以成秋。甚矣，子之难悟兮，舍吾道夫何求。有琴书之真味兮，足颐志以消忧。况儵然而无梦兮，笑蝴蝶与庄周。乘夫天地之正兮，御元气以周流。谁怜子之羁世兮，自绝迹于幽寻。未悉陈予能事兮，况凝坐已沉吟。琴也者禁，止邪以正人心。荡郑卫之淫哇，发太古之纯音。元鹤为之翔舞，六马为之嘘天。谅迢迢之流水，犹一作如。道法乎自然。或香穗萦纡，几净一作室静。窗明。或烟霞闲远，月白风清。但琅然一挥手，亦足以陶写幽情。曾不以弦歌而炫买名声。射也者，必先正其己者也。或驰骋营域，或容与园圃。从者如云，观者如堵。决拾既备，繁弱一作乌号。是张。惊弦裂石，流镝穿杨。兽不得发，鸟不暇翔[1]。亦丈夫一乐事，乐在路绝豺狼。弓矢之道，意趣尤长。无机呈露，天道时光。诗书乃经国之大业，教化之成式。宜乎贤哲，心醉经籍。得教育天下之英逸，藻鉴世间一作古今。之得失。了万事于一顾，照千载一作古。如一日。于以定礼乐，于以正人伦。上以忠于人主，下以化于齐民。令投迹礼义之乡，径跻仁寿之域。醉之以道，饱之以德。此读书者之所治，非投笔者之所责。嗟尔俗状尘容，曾何足与研几探赜。凝神至道，味其无味。孰营营焉，以歌舞为事。客茫然神醉，遽不自持。忘其所以为是，失其所以为非。竟卷舌而固声，但捧手而吁欷。先生怡然，沐浴圣泽，含情隐笑，徐复顾谓客曰：伊运自然之妙理，与养浩然之气。惟颐神于造化，征化成于天地。宇宙无穷，物名有量[2]。咸从其类，固非一状。天之分与，各适其宜。鹤长凫短，断续俱悲。人生天地间，万物之一名。营营扰扰，自以为灵。有察于未萌，以己为愚者；有暗于所见，以己为明者。有然其然而非其非者，有然其非而非其然者。有潜德自适者，有卖知窃宠者。有输忠自许者，有纷虑邪计者。有任真自得者，有矫情饰行者。有辞极贵之位者，有争毫忽之利者。由是冥心，相与推移。人之相去，何啻九牛毛与云泥。始知天之为天，物依然而不齐。趣中之至趣，言外之微言，尤非吾子之所知也。

校记：

[1] 鸟不暇翔："暇"，翰林院本作"得"。

[2] 物名有量："名"，疑作"各"。

独醉道者赋

有物自然，惠泽如春。独醉道者，德其颐真。怀纯抱粹，斋心服形。历来乐之坦途，欲除忧之福庭。引齐物之论，注洗心之经。唐子西号为"齐物论"，予名家酿为"洗心经"。洞涤嗜欲之邪秽，净荡声尘之嚣腥。醹玉瀣为金液，玉瀣，近日名酒。非隋炀帝所酿玉瀣也。营糟丘为蓬瀛。养其神于天和，全其真于圣明。邹阳《酒赋》："清者圣明，浊者顽骏。"言无所阿，行无所倾。豪无所夺，雄无所争。静不知其所待，动不知其所乘。隐不知其所辱，显不知其所荣。纯气有所守，神物有所接。神物，见坡仙《浊醪》有《妙理赋》。蔌食而采乎元根，鸟行而抛乎浩劫。漱玉露之华滋，芳与泽其纷烈。挹万古之清风，吞几团之明月。《南史》谢谵长爱独醉，曰："入吾室者，但有清风；对吾饮者，唯当明月。"耸惧不入乎胸次，繇选物之弗慑。适志气于旷放，以堪舆为迫胁。意毋固必，行毋声迹。曾不知出荣辱之境，曾不知入是非之域。与物以之推移，与道以之消息。容与乎大庭之馆，优偃乎建德之国。乐其圣治，感其醇化。协气旁流，道济天下。何其风之淳和，何其俗之温雅。佚忘机而弃智，恶蜇声而腾价。总春风以为御，奋元风以为驾。朝徜徉乎华胥，暮逍遥乎姑射。骄其醉者，矜其醒者，一以己为瓮天之醯鸡，一以己为欢场之害马。必期道之所在，乌乎往而不可。通天下乎一气，无间然于物我。二豪轶掌，审乎庸琐。隘而芥蒂，窘而丛脞。恍若有得，莫知所贺。行歌而去，倚歌而和。歌曰："微道者之发仆覆也，仆不知真人之大成也。"

独醉园赋

莲社上游，独醉痴仙。驰声荣路，栖心化元。务雍雍以延圣，尤孜孜于进贤。谌既醉于大道，殊洞酌以微言。粤飨道者本乎忘情，而沉世者利乎适意。适其意而冲其气者，无捷于春酒。忘其情而凝其神者，莫优于浓醉。八珍纷以骈罗，八音纵其迭递。合欢伯之淳德，俱淡乎其无味。味养老之灵液，沃玄心之精一。一万事于微尘，澹存亡于自得。纯纯焉而优入圣阈，熙熙然而径登春台。输江山于醉眼，摅啸歌之吟怀。南睨天津，北眺蓬莱。芳烟澹伫，惠风徘徊。征杯命杓，罗罇列罍。汲引琬液，掀拨玉醅。浇我胸中之魁磊，涤我渴心之尘埃。既主百福之所会，宁俟一日之不斋。颜色憔悴足可惜，形容枯槁奚自哀。溺醉沉欲，鬻醒市名。各奇所趣，得无相轻。泥古人之糟粕，外物彻之疏明。感偏枯之去就[1]，憎养恬之精诚。唯有道者，襟期殊在。悠然独酌，半醉半醒。地偏心远，孤唱无和。茫然不觉，壮怀暗惊。赖其尤物，容寄幽情。得游其道，乃遂其生。疏瀹乎其虑，澡雪乎其神。神守其全，天守其真。邪气不之能袭，忧患不之能入。隘灵均之凝滞，懿无功之淳寂。王无功《醉乡记》云："醉乡氏之俗，岂古华胥氏之国乎？何其淳寂也如是。"蹈咏渔父之名歌，吟颂大人之至德。蹴破虚空，苏晋竟逃至于禅窟；神游八表，李白岂谪除乎仙籍。曷妨醉墨，颠倒淋浪。任圣友之真率，愚号酒为圣友。恣野人之清狂。酒名有野人春。标仙居之胜概，主长春之烟光。游赫胥氏之国，典无何有之乡。王道荡荡，圣德洋洋。纵心乎浩然，寄傲乎羲皇。淳风导化，和气呈祥。天香蔼蔼，凤鸣锵锵。天香、凤鸣，皆近代名酒。伊曲生之风味，殆不可以相忘。融一壶之春色，剩五云之仙浆。琼苏积其清润，金波注其澄光。涨蒲桃之鸭绿，渍蔷薇之鹅黄。捧合欢之金掌，即悬玉之华堂。抱玄圣之所务[2]，嗜至乐其何长。召风姨以度曲，邀月姊以佐觞。播承云之雅奏，掬湛露于凝香。不知手之舞之，足之蹈之，踊之跃之，又从而歌之也。歌曰："至人披露天地心兮，形骸放浪空古今兮，威凤倾冠聆玉音兮，拥鼻长吟《梁甫吟》兮。"歌声未竟，泉涌风结。白浪摧卷，紫霞浆竭。续称歌曰："碧云日暮，佳人信迈，殊未来兮。绵绵增慕，咀冰嚼雪，共此杯兮。"歌阕引觞，块然径醉。毁之不怒，誉之不喜。俟欲醒而复酌，期必醉而方睡。祈天长与地久，使循环而无已。

校记：

[1] 感偏枯之去就："感"，翰林院本作"惑"。

[2] 抱玄圣之所务："玄"，原作"清"，据翰林院本改。

独醉亭赋

维无怀氏之俗[1]，且有鸥夷异体而同名[2]。一味至道之腴，一含至道之精。酌焉而不竭，注焉而不盈。是谓一死一生而乃知交情。五柳易色，八仙效灵。延致高阳之徒，与夫大人先生。濯罍涤器，献觞捧罂。乞朝夕黾勉而从事，计不可得酒扫其郊坰。澹超然而特处，主养生之园亭。唐子西号酒为养生。挹春江之绿涨，就枕流而濯缨。涤除玄览，庸镜至清。寻跻寿域，竟拔愁城。擅自得之场，偃无何之兵。与导淳化之源，为勒清时之铭。铭曰："临之以武略，济之以文经。圣人醇其政而天下和平。"既勒而铭，鸥夷颓然，道者盱衡。日伊除忧来乐，而愈病析酲。神圣功用，民无能名。敢载绪言以醲郁，聊颂至德之余馨。颂曰：粤康粤狄，道融化成。神物尤物，难弟难兄。溥桂华之香露，混丹山之凤鸣。琼液零珠，而玉音琅琅；金泉漱玉，而和鸣颂声。命从事于青州，而问津于渑。假道乎黄垆，税驾乎乌程。将以沉酣纵适，而情传以清白。《魏略》以白酒为圣人，清酒为贤人。怡养而形，遂右引螺杯而左引兕觥。感圣泽之渥沐，表天乐之光

荣。泽畔之行吟，自非同调；方外之酒徒，素非同盟[3]。翕二道之至趣，
特引圣为证明。苟贤愚是混，而神心莫澄。岂知可崇君子之德，而当浇小
人之情哉。《醉乡日月》云：凡酒，以色清味重者为圣，色如金而醇苦者为贤，黑色
酸醨者为愚，以家醪糯酿醉人者为君子，以巷醪黍酿醉人者为小人。犹颂而德，圣
道以明。任圣之和，激圣之清。耽道物之极，研天地之精。当不滞于万
物，何醉醒之足婴。恃醒负醉，适足骄矜。以醒为德，以醉为荣。漫与醒
而非醉，妄比醉而非醒。薄幽人之独醉，短高人之独醒。延誉自是之醉，
推忠自许之醒。此之谓炫名之醉，彼之谓徇名之醒。醉其醉之所不醉，醒
其醒之所不醒。醉其醉之醉者不知醉之为醉，醒其醒之醒者不以醒之为
醒。醒曷足以讥醉，醉曷足以嗤醒。醒不足以知醉，醉亦不足以知醒。孰
知蜾裸之与螟蛉，心醉其利，骨醉其名。利尽而心折，殉名而骨惊。岂二
豪之足慕，笑独醒其何成。独醉道者，兀兀腾腾，幸得全于天然，养其拙
以颐情。恭命玉友，延接兰生。相与道游至德之世，无机恬惔自然之庭。
文经武略之语，《醉乡日月》："酒徒以饮器小者曰文，大者曰武。金泉、桂华露，皆近
代名酒。"

校记：

[1] 维无怀氏之俗："氏"，《永乐大典》无。

[2] 且有鸥夷异体而同名：《永乐大典》作"且有号鸥夷而异体而同名"。

[3] 素非同盟："盟"，底本作"心"，据《永乐大典》改。

方湖别业赋

双溪别墅，实曰方湖。东控沧溟，西拥皇都。兰州曼衍，云锦模糊。
有田一廛，有宅一区。我引我泉，我疏我渠。我灌我园，我溉我蔬。蔬食
为肉，安步为舆。行吟坐啸，足以自娱。或临寿域，亭名。或即仙居。亭
名。或隐而橘，或入而壶。左弧与矢，右琴且书。枕曲藉糟，怀瑾握瑜。
命速伯伦，为招三闾。将补不足，与损有余。我智如斯，人无我愚。则自
谓何如而清狂者乎。

四痴子赋

览江山之神秀，卜啸台与双溪。养烟霞于朝暮，躔日月乎东西。吟浮莲叶舟，啸蹑青云梯。计悬黎与结绿，等土苴与涂泥。凌云之气，吐成虹霓。摩空之声，唾为珠玑。核盈虚之消息，搜臭腐之神奇。穷大化于索隐，味至道以研几。齐其荣悴，一其是非。鼓腹而游，含哺而熙。鸥鹭为之相狎，麋鹿为之相随。我忘物邪物忘我，机忘我邪我忘机。无为之化，日以自远。一作"去圣日远，信德下衰"。灭质尚文，或以身徇名，或以身徇利。茫茫终古，递有其人。犹龙跨于迷津，实虎据于荣路。苟驰声而一作"以"。骋价，竞蹙威而跖怒。吾何以知，人心惟危。休机一作"狂直"。涉世，特是一痴。北山逋客，漫解兰佩，缚卷尘缨。沿危袭险，质躯沽名。山人奚适，道帙凝尘。朝趋暮谒，失素乖真。法筵沉寂，岫幌虚明。云封蕙帐，烟锁山扃。兰路窈兮土花碧，草堂阒兮风叶声。夜漫漫兮鹤怨，昼沉沉兮猿惊。慨英灵之情苦，让游子以诮之。诮音贻。竞献嘲而腾笑，目逋客以移之。客谓避地，逋谓冥飞。御白云以栖息，茹紫芝以疗饥。婴以时网，络以尘羁。就称逋客，亦是一痴。吁嗟劳生，心瘁营求。阴倾暗夺，貌闲言柔。讵味嚼蜡于横陈，希食画饼为端忧。讼蕉鹿之真梦，乐化人之神游。白莲居士庸缘觉路，去绝妄源。六尘斯濯，五浊斯镯。悠然忘情，一作"心"。澹然忘言。吾不知其所以然而然。香云布地，花雨漫一作"连"天。依净土之香火，结极乐之因缘。尘尘刹刹，极乐世界。际天匝地，靡所不在。天地之间，道遥自得。违真背趣，妄自生惑，亦是一痴。独醉道者，叩彼玄关，了心遗境。游无功之乡，纳无何之景。结六气之御，遗八风之乘。弃顽骏之秽德，从圣明之醇政。邹阳《酒赋》："清者圣明，浊者顽骏。"濯七情之内煎，释中肠之凝结。延羲皇之至化，与机猜而谢一作"杜"绝。门无杂宾，不妄相接。入室者有清风，对饮者是明月[1]。或御鹤觞，或进螺卮。言不及道，虑不及私。处不知其所持，行不知其所之。何尤物之淳德，曾无补于明时。吾从众之有道，务独醉以奚为。狎杯玩杓，酌诮斟讥，孰谓先生，偃蹇栖迟。凝神滞物，有失推移。亦是一痴。何其媋鱼略切研齿略切何其墨音眉尿痴何其飗口交切怀口家切何其怯疑。青山背约，黄发垂期。酒徒已矣，吾谁与归。醒邪醉邪，慧邪痴邪。似是而非[2]，不可得而知也。醉瀼音艺。未讫，痴僮音伺。相及。矜其所得，炫其所适。智有聋盲，事无终极。痴醉之间，不可致诘。独醉之醉，四痴之痴。相与之守，不知之知。孰知心声，可以据怀。孰知蛮触，角逐嚣埃。胡谓乎宝地，胡谓乎蓬莱。唯恬体道于痴醉，如复婴儿之未孩。

校记：

[1] 对饮者是明月："饮"，翰林院本作"酒"。

[2] 似是而非："是"，原作"之"，据翰林院本改。

雪赋并序

圣上御极之元年春，国蠹间衅，鸠合枭獍，职为乱阶。余遂自朔方挺身东迈，为惊尘夭阏而周流穷野，仅达天阙。圣上北征还，幸琼华岛之广寒宫。时余备员侍从，会侍清宴，雪作，不觉斐然技痒。每欲撷蓄念，为发幽情，曾不足自宣。窃慕诗人比兴，引叙永怀，敢述是赋。

有姑射之仙人，为玉华之真君。总堪舆之所统，运混元于中宸。宣五谷之精华，驱造化之威神。望剡剡以薄天，气飘飘而凌云。横庇诸夏，光被四表。则天之大，罔不覆焘。灵境夺书，阳乌隐辉，幽荒失夜，烛龙寝照。布清明和一之德，遵纯白无二之道。厉色静昏霾，惠渥润枯槁。以缟素为质，以丰登为宝。虚室宜其生白，玉烛调于元造。《符瑞图》云："玉烛者，瑞光也。见，则四时之色洞如烛也。"《尔雅》云："四时和，谓之玉烛。"云将为卫以备御，风伯清尘而先导。纷花雨以泛洒，振玉尘而进扫。历群玉之灵峰，拥琼华之仙岛。倚天外之清风，异江山之易老。僻回中之荒寒，陋齐宫之褊小。骈昆阆于清昼，列蓬瀛于白晓。昆山、阆苑、蓬莱、瀛洲，皆行幸所也。寒庭挺琪树，《太洞玉经》曰："广寒官中有寒庭。"瑶草承珠丛。晃荡水精都，刘公干《清虑赋》曰："入水精之都。"烜赫明光宫。玉京未足拟其丽，羽人无以希其踪。来飘然而凭虚，去翛然而乘风。挥斥八极，神用无方。定灵居乎琼田，为长生之福乡。受天花之仙供，《仙经》有玉女散天花之说。治玉屑为云浆。皓然塞乎天地，与日月兮争光。白帝仪其羽卫，玄冥懔其威灵。勾芒沐其膏泽，祝融储其淳精。其临物也肃，其御物也清，其利物也溥[1]，其为物也明。皭然而不滓，皎然而不涅。蔽柔祇之质渝，卑此君之腰折。伟天上之飞琼，"天上飞琼"，稼轩咏雪词中语也。保岁寒之名节。抗盈耳之奇声，琴曲《白雪》有奇雪声。扬效瑞之光烈。播阳春于严凝，蔼幽兰于芳歇。主白玉之楼台，颉烂银之宫阙。散净界之空花，下清都之瑞叶。彷徨乎尘垢之外，逍遥乎清白之业。青女屏迹于环丘之庭，素娥失色于金枢之穴。冰姿艳逸，玉质呈露。凛然自洁，旌其积素。谢白雪之帝乡，澹飙车之容与。辟惊尘之夭阏，竟裴回乎天路。姑射仙人，飘飘神举。经其瑶域，造其粉野音墅。风云感会，应化制变。将袭三封之休祥，睿宗皇帝壬辰春正月，乘雪大败女真于三封。重冠百王之瑞典。抵大攠音奇。之谷，税飞游之辇。驾丹山之白凤，麾玉鸾为羽扇。稼轩《和人观雪》："造物故豪纵，千里玉鸾飞。"解鼍城之长围，却玉龙之酣战。密清沧海之飞尘，弹压禺强之健羡。由广寒清虚之府，即不夜通明之殿。差琼蕤于薄具，驻倒景于清宴。光宅真居，道映天下。夜光明月，销声铄价。调兮何高，和兮何寡。原大块而收乎神功，命太素而秉乎元化。包荒宏旷，天然异禀。临照无私，以为己任。御昭回之天宇，逗阳春之花荫[2]。致灵景于明庭，延神光于清禁。殊冀荡涤邪秽，仍为扫除氛祲。计冰壶与凉簟，始不妨其高枕。是日释道会集，故有神光灵景之语。释二祖慧可初名神光，道书有灵景道君。

校记：

[1] 其利物也溥："溥"，原作"博"，据翰林院本改。

[2] 逗阳春之花荫："阳"，原作"长"，据翰林院本改。

听琵琶赋

有美一人兮秀发英华，超然独处兮高谢纷哗。邀我乎仙居，期我乎无何。遗我以同心，延我以鼙婆。挹之以绿蚁，进之以红螺。引流风于回雪，弄却月于凌波。轻拢慢捻，感怨相和。曰："如何明淑，忘我实多。"激流波以漱雾，结回风于阳阿。纵遏云之游韵，倚飞龙而长歌。歌曰："抚凌云而自惜兮，殊郁伊甚维何。慨良会之迟暮兮，怀佳人之蹉跎。"

大尾羊赋并序

端卿持节使博啰，或曰旧康居也。其国多羊，羊多大尾，其大不能自举。土俗例以小车使引负其尾[1]，车推乃行。且乞余为道其所以，乃为之赋。

世有痴龙，发迹康居音渠。播精惟玉，效灵惟珠。一角触邪，名动神都。六蜚奋御，声振天衢。肥遁金华，与道为徒。体纯不杂，质真不渝。惟仁是守，惟善是图。不食生物，幸远庖厨。含仁怀善，其德不孤。义合麒麟，与夫驺虞。驼背上昇，马尾后殊。末大之名，是专是沽。小心惴惴，中抱区区。务以身保，支体毛肤。青蝇莫逐，白鸟莫祛。尾大不掉，可怪也夫。前伛而偻，后蜷而疴。牵草萦茅，土曳泥娄。苏其土苴，载以后车。听其自引，纵其所如。退不能却，进不能趋。莫顺而情，实累而躯。冬委冰霜，夏混虫蛆。末大之咎，其至矣乎。吁，枝大于干，腓大于股，不折必披。是其证欤？是其鉴欤？

校记：

[1] 土俗例以小车使引负其尾："俗"，翰林院本作"人"。

毁假山赋并序

国东门外，酒家泥为假山，穷奇极怪，以尽其变。都人士女，蜂喧蚁扰，不得其门而入者数月。有好事者，恶其幻惑而圮之。因述其事以赋。

粤若稽古，明明我后，诞敷淳化。务见素抱朴，切禁伪除诈。伊兹山之为物，何得列此堂厦。外藻饰以金碧，中杂糅以土苴。态度殊常，容貌闲暇。示岩岩之屹立，索眩时之高价。枝峰蔓岫，莫能相下。将竞秀乎海上之三山，角壮乎云间之二华。抱无状之诡质，诚可愧而可讶。敢惑海内之耳目，窃阿誉于华夏。匪痴儿騃女，而相尚浮夸。竟以纷纶[1]，倾动京华。致彼郊园，涉春历夏。歌吹喧啾，京台飞榭。酒垆为之屡空，人相为之枕藉。粲华灯以继昼，拟洞天之不夜。曷澳涩俗之僻异，独抚心而悲咤。以矫诬为凡智，以谲怪为秀雅。其染轻浮，其作尘琐。忌有所触，恶迁其座。既不推物出其右，曾不接物虚其左。其为体也，常自高于恬妥；其为用也，羌不胜乎顿挫。岂拒雷霆，其脆易破。弗任雨露，其迹亦浼。非席上之珍，非可居之货。无云雨之姿，当辇毂之下。划伪以真，适足以贺。逼真以伪，为鬼所唾。化人奇幻，期复嫁祸。翕然同辞，腾声附和。疾甚则乱，固知不可。恐贪缘驯致，蒲脯鹿马。人为物灵，在境真假。披露精诚，敢告来者。舆论横议，成功弗毁。我曰不然，致远恐泥。推其诚者之谓信，行而宜之之谓义。义为人之正路，信为瑞之符契。舍信何守，舍义何归。我智如斯，人无我讥。著诚去伪，是可谓有成也；离实学伪，非所以示民也。有成为难，牖民孔易。天地无穷，古今同致。多前圣之格言，智慧出有大伪。作伪心劳日拙，抑先王之所弃。夫其或者兹山之堕，将新垣平之玉杯，与乎哀章之铜匮。使寂寞于陆沈，更无闻于人世。吾用是知所谓圣人者，诅一时之利，鹜万世之患，而短义人之气也。

校记：

[1] 竟以纷纶："竟"，原作"无"，据翰林院本改。

永歌赋并序

协洽之岁，龙去鼎湖，余还自蜀，适值奸孽蚁动蜂起。越明年东归，居双溪书院，以歌诗为事，因采诗篇目凡五十题，断章取义，遂作此赋，命之曰《永歌》。谓言之不足，故嗟叹之；嗟叹之不足，故永歌之也。其词曰：

彼何人斯而比列星兮，表武丁以进贤之为心。况蜉蝣出以阴兮，蟋蟀而俟秋吟[1]。懿文王之明德令闻兮，维天之命靡常。抚小戎而遵大路兮，猎非熊于渭阳。有客岌其冠而长其佩兮，起高卧之东山。冀烈文物于仁寿之域兮，释民劳乎义安。齐国寿于南山兮，延生民于羲皇。播凯风为颂声兮，挹湛露为椒浆。闵予小子宁知行路之难兮，猗嗟国步之多艰。曷昏氓之多僻兮，由巧言而兴端。甘采薇而伏清白兮，孰与还乎故乡。步徙倚于噫嘻兮，拟溯谷风而高翔。历吉日之良辰兮，忽乎我将其行[2]。心既醉而莫持兮，愧北山之英灵。希依东方之日之休光兮，欸东方之未明欸，音俟。袭鸡鸣之出关兮，恒愸愸以潜征[3]。野有蔓草而阒其无人兮，心瘁四牡之倭迟。佚衡门之投迹兮，乃载驱而载驰。风雨凄其潇潇兮，蒹葭飒其苍苍。抑鸿雁违寒而迅征兮，何草不黄落而休芳。日月汩其不淹兮，溢白驹之过隙。惟北风之奋振兮，厄青蝇于榛棘。系曰："终期皇化而绵六合，殊思文德以经国。信南山而大有佳处，维清时不可以骤得。"

校记：

[1] 蟋蟀而俟秋吟："俟"，原作"候"，据翰林院本改。

[2] 忽乎我将其行：原脱"其"字，据翰林院本补。

[3] 恒愸愸以潜征："恒"，翰林院本作"思"。

寄生树赋 并序

寄生树，即寓木宛童也。一曰茑，又曰寄屑。虽于载籍常阅其名，未睹其状。丙辰岁秋，余寓隗台，曾有事于西乡，道出大房、林樾之间，有物连蜷相缭，居休切。枝叶荟蔚，根乎松柏。访诸士人，知其所谓寄生树者也。松柏苍苍，若有自高自得之色。寄生郁郁，如抱不遇不足之气。且大钧播物，化育万类，未始遍彼而私此。顾彼之所托，此之所寄，何尝有以异焉。窃有所激，因为是赋。

有苍官大夫诘寓木宛童曰："嗟尔寄生，偷合取容。采予之荣，赘予之形。蠹予之精，而有其生。乏挺拔之姿，蔑庇物之功。尔何为者？但郁乎其青葱。"宛童曰："嘻，两仪虽异，其事同也。万类虽殊，其治一也。若盗洪覆之精华，窃后土之膏腴。森干霄而直上，恃长荣而不枯。若之为蠹，可谓盛矣。小大之辩，亦有间矣。吾袭气母，孕化成体。原道之真，循天之理。守自得之名，保不营之利。任无为之化，运自然之气。若枯其秀，蕴奇为质。谁佾而美，自秽其迹。杂糅樗栎，旁罗荆棘。纷扰烟霞，壅蔽风日。临不测之横渍，偭倚天之绝壁。弗受令于霜威，以傲寒而为德。示一生之性，炫不易之势。当风雨之所交，混云雷之所会。危石奋以欲飞，峻谷颠其垂坠。实谓倾天之险，非谓不倾之地。地其倾乎？若将安有？若其颓乎，吾将安守？吾之情状，若之名迹。命之则二，根之则一。一其所得，齐其所失。是其不为，大道之贼。"苍官大夫吞声附影，寒心绝气，无以为应。慨然有间曰："吾子之所谈，不可以致诘。仆据迷津，甘于自溺，窒于推移，昧于消息。道之云微，孰知其极。顷沐清音，冥心凝寂。有如明月，奄投玄室。淹延偏枯，良增歔音乌。邑。凝顽底滞，涣然冰释。仆由是知天壤之间，未有一物不荷帝力。"遽挠其节，颓风复起。苍黄翻覆，莫知所以。拉其奇挺，兀然柴立。收声敛色，恐为口实。宛童辣其腾诮，讼不知其所持。风节何其隳落，风声何其衰微。弗虚而心，曷朴而塞。未矫其枉，无负其直。直其卷音圈。曲，是其倒植。音植。见贾谊《赋》。高其偃蹇，安其蒙蔽。屏清穆之风，抱顽素之质。长引哀飙，悲音相激。蛆精败彩，辟必郢切。荣就悴。乖乎本真，困乎凋敝。荒其重惶，边迷切。劣其弛忕。倚风而号，冒雨而泣。盍规绳其道，斧藻其德。为永蕲相忘于乐土，而共婆娑乎寿域。《尔雅》：寓木，宛童。郭璞云："寄生树也，一名茑。"《本草》：寄生，一名寄屑，一名寓木，一名宛童，一名茑。（《全元文》）

醉吟斋铭

形笼天地，耳隔雷霆。援笔辄书，吟醉斋铭。诗坛将酒阵，相与出奇兵。无何擅欢场，偶战拔愁城。

镜铭

应物无私，不言善应。黑白自证，妍媸自定。肝胆可呈，衣冠可正。亮圣人之存诚，其用心也如镜。

酒铭[1]

维主养生，擒奸奉公。洋洋圣德，荡荡神功。宛然金液，穆若春风。是以被其泽者，必自化于醇醲唐子西号酒为"齐物论"，备号以"餐生主"。神圣功用，无捷于酒。

校记：

[1] 小注及文末二句，底本均无，据翰林院本补。

圣寿颂

鹤发孤臣，拜手稽首。长跪称觞，金液玉酒。窃比华封，祝圣人寿。天齐其长，地等其久。

有以灵寿杖为皇子寿者辄献颂曰

时好古度，无患君迁。灵寿君子，长生万年。注：孙绰子曰："北阜有木焉，名曰时好。"《吴录·地理志》曰："广州有木，名古度，不华而实。"篆文：无患，木名也。崔豹《古今注》曰："此木为众鬼所畏。取此木为器，以厌却邪魅，故号无患。"刘欣期《交州记》曰："君迁，树名也。"魏王《花木志》曰："君迁，细如甘蕉，子如马乳。"前汉服虔注曰："灵寿，木名也。"《山海经》曰："广都之野，灵寿实华。"《晋宫阁名》曰："君子，树名也。"《广志》曰："君子树，似柽松。"《洛阳记》云："光明殿前有长生树。"《邺中记》曰："世谓西王母之长生树。"《晋宫阁名》曰："万年，树名也。"华林园有万年树。

酒赞并序

客曰："仆闻贤哲以道德兼人，未闻以醑适为务。"醉隐于是怀樽抱爵，延圣引贤，以为酒赞[1]。

羲皇上世，康狄未作。醇德为酒，飧道为酌。醉时以淳和，味人以淡泊。使耳目不营，形神恬漠。逮德下衰，浇淳散朴，俶推妙理，庸延来乐。从事千钟，仁酬义酢。委质糟丘，流毒肆虐。值彼殊为尤物，遇此反为狂药。计吉凶之起造，实就人之善恶。无功华胥，伯伦天幕。纯潜粹隐，天民先觉。近君子之醲懿，远小人之屠薄。荣优容于神圣，审去就乎清浊。朝耽暮嗜，古人糟粕。冀变浇俗，返真抱悫。庶宣圣贤之至化，罔坠文武之斯道。永期美禄于天公，颐养天下之衰老。

校记：

[1] 以为酒赞："以"，翰林院本作"乃"。

独醉道者自赞

酒德有颂，醉乡有记。酣觞自赞，四痴独醉。或设武备，或修文德。

足启贤路，足跻圣阃。

醉圣赞

爰有大人，高蹈中区。侨处无何，嘉遁仙居。依圣附贤，味道之腴。保其真筌，守其天符。窃号醉圣，妄称潜夫。笔耕舌织，镕经铸书。箴斥戚施，规逐篷篠。论削阘茸、议除闪揄。麤麤优优，睢睢盱盱。迭居递宿，仁义蓬庐。以天为盖，以地为舆。挥斥八极，纵意所如。不为物炫，不为世拘。雍容乐国，寄傲华胥。荣如辱如，有机有枢。乐天知命，独与道俱。

红叱拨赞

余有良马曰红叱拨，取韦庄"紫陌乱嘶红叱拨"之语名之。诸突厥部遗俗，呼今之诸色桃花马为叱拨。唐天宝中，得大宛汗血马，曰红叱拨、丁香叱拨。后易其名曰红玉辇、飞香辇。

粤有龙子，桃花秀彻。凤臆麟形，沫赭汗血。竖整兰筋，双悬璧月。应策腾虚，希意超折。九逸失其权奇，八骏惊其没灭。蹑飞云兮越绝电，朝金微兮暮玉阙。庶质子渊之颂，人马相得之说也。玉阙，见《水经注》。

花史序释

双溪主人因移接牡丹，尝作天香台、天香亭、天香园三赋。后分种芍药，有芍药花选辞三十三首，由是继编花史。客有讥者曰："先生平昔以意气自许，而肆情花草。其负初乎？"主人曰："子不见夫前代明君、名臣、高人、隐士吟咏性情，体状花卉，而游戏翰墨场者，不可胜纪。唐内相陆敬舆后不著书，只为《今古集验方》五十篇示乡人。吾修花史，亦将传诸同好，有何过乎？"客曰："然则君以牡丹为花王，唯芍药为近侍，理宜尽乎？"主人曰："不然，吾以若使灵均阅吾众芳，宁无起予之叹？试为吾子缕析之。牡丹姿艳，万状皆绝，故以牡丹为花王。梅有和羹之任，故曰梅为上公。槐为三公之位，故曰槐为三公。松有大夫之封，故曰松为大夫[1]。"竹有刚毅之资，故曰竹为毅士。芍药有近侍之称，故曰芍药为近侍。紫薇本署以中书，故曰紫薇为中书。开元中，改中书省曰紫薇省。文冠策名于翰苑，故曰文冠备翰林。《唐会要》云："文冠花，学士院有之。"木笔有可书之状，故曰木笔备太史。木笔似木兰，见《洛阳花木记》。拒霜有捍拒之义，故曰拒霜备致师。拒霜，即芙蓉也。屈轶指佞，故曰屈轶维御史。平露旌政之得失，故曰平露维省政。甘枣令人不惑，故曰甘枣驱惑。束皙《发蒙记》曰："甘枣令人不惑。"迷谷佩之不迷，故曰迷谷指南。蓮莆驱杀虫蝇，故曰蓮莆驱虫蠹。蓂荚依历开落，故曰蓂荚知晦朔。屈轶、平露、蓮莆、蓂荚，已上并见《天香台赋》注。蓮莆，即倚扇也。照天有相日之光，故曰照天直昼。合昏有知时之性，故曰合昏戒夜。合昏，见《天香台赋》注。李冠诸果之首，故曰仙李司春。《述异记》云："仙李缥色。"李肇《国史补》云："李方尝第果实名，以绿李为首。"榴有夏景之宜，故曰榴花司夏。木犀专九秋之香，故曰木犀司秋。山茶有冬日之爱，故曰山茶司冬。苍官有四时不粹之色，故曰苍官总四时。玫瑰、蔷薇，寒芒健刺，卒不可犯，故曰玫瑰维藩，蔷薇维垣。台有凌霄，故曰凌霄维台。《古今宫阁记》云：有凌霄台。宫有望仙，故曰望仙维宫。望仙花，见《青州花品》：汉有望仙宫。殿有长生，故曰长生维殿。华清宫有长生殿，在金沙洞口。洞有金沙，故曰金沙维洞。金沙，见《王文公集》及《梅圣俞集》。金沙、大金沙、黄金沙、川金沙，见《花木后记》。祠有王母，故曰王母维祠。王母祠在玉蕊峰上。《酉阳杂俎》云："洛阳城华林园有王母桃。"峰有玉蕊，故曰玉蕊维峰。玉蕊峰，见《刘宾客集》，云："唐昌观有之。"龙香芬馥，故曰龙香郁烈。龙香，出海南。春凤婆娑，故曰春凤毶毵。玉女散花，备见仙经，故曰玉女散花。玉女花，即玉璁花也。仙人承露，肇自汉武，故曰仙人承露。仙人，杏名也。葵心倾日，故曰葵尸朝日之位。桂自月降，故曰桂即夕月之次。盖有凤盖，故曰碧凤维盖。辇有凤辇，故曰金凤维辇。金莲维宝炬，取金莲花之制也。金莲花炬，见《令狐绹传》。瑞莲维熏炷，取瑞莲熏炉之比也。瑞莲香炉，前朝内府有之。幌有珠幌，故曰珍珠帷幌。绣带若綏，故曰绣带维綏。障有锦障，故曰锦被维障。裀有锦裀，故曰地锦维裀。地锦花，见《洛阳花木记》。仙树可以疗饥也，故曰仙树帷庖。帝屋之若帷也，故曰帝屋维幄。梨花，巫娥之名也，故曰梨花荐枕席。梨花，巫山神女之名也。王昌龄诗云："落落冥冥路不分，梦中唤起梨花云。"盖咏此也。樱桃郑后之讳也，故曰樱桃主中闱。樱桃，石赵郑后之名也，见崔鸿《十六国春秋》。萱草宜男，犹萱草花之宜男也。女贞抱节，犹女贞陵冬而不凋也。花事之盛在春，故曰长春司花。酴醾以酒得名，故曰酴醾司酒。酴醾，本酒名，而新开花颜色似之，故以为名。见《山谷集》。礼尚师古，故曰古度典礼。《吴录·地理志》曰："广州有木，名古度，不华而实。"乐者乐也，故曰长乐典乐。唐苏颋有《长乐花赋》。八仙有文昌八座之相，故曰八仙侍坐。八仙花，见《洛阳花木记》。万年有天子万年之称，故曰万年称觞而长寿。仙有寿仙嘉名，故曰长寿仙为嘉宾。莲有君子之风，故曰莲为高士。菊有隐逸之说，故曰菊为逸民。蕙有佳人蕙心、蕙质之喻，故曰蕙为佳人。兰有穆若金兰友之语，故曰兰为胜友。薝卜花著释典，故曰薝卜为禅客。海棠为花中神仙，故曰海棠为仙侣。贾耽《花谱》以海棠为花中神仙。椰子有灵浆，饮之得醉，见《交州记》。故曰椰子为醉圣。见《李谪仙集》[2]。青田核如瓠，渍水成酒，故曰青田为醉乡。青田，见崔豹《古今注》，曰"核大，如五六升瓠。"酒树花汁，自成仙醴[3]，故曰酒树为黄垆。无患子有传，故曰无患子述其传。李屏山有《无患子传》。榆有榆钱，有榆荚钱，鲁元道有《钱神论》，故曰榆兄有钱神之论。橘中二老，后称橘隐，左太冲有招隐诗，故曰橘弟有招隐之诗。《乐府解题》云："小山之徒作招隐之赋，以章其志。后左太冲有《招隐诗》。余尝蓄坡仙墨迹'橘隐'二字，榆兄、橘弟，见《淮南子》。"水仙迹著琴曲，故曰水仙弦歌。水仙操，见琴书。水仙花，见《山谷集》，又见《张文潜集》，云："叶如金灯而加柔泽，花浅黄，其干如萱草，秋深开至来春方已，虽霜雪不衰。"海仙袅弱，故曰海仙低回。海仙，即锦带也，见《王元之集》。蹢躅，行不进也，故曰蹢躅徙倚。蹢躅花，见元微之《长庆集》，又有红蹢躅。虞美人可使呈舞，故曰虞美人呈冶舞之态。虞美人草闻吴音则舞，见沈内翰《笔谈》。长命女可得侑樽，故曰长命女为侑樽之容。长命女，又三春花，见《洛阳花木记》。金钱有金钱之号，故曰金钱买笑。含笑有含笑之名，故曰含笑承欢。自碧莲而下，至乎君子，皆草木花也，故曰碧莲花拥。紫阳宫女，玉簪锦髻，四季承鲜，万叶迎春，迎春花，见《洛阳花木记》。延嘉宾连都，念时好交让，如何君子，在焉枭桃，厌伏邪气，主杀百鬼，故曰枭桃辟邪。《本草》云："枭桃，一曰桃枭。"荔枝益气理内，故曰荔枝理内。张曲江《荔枝赋》云："有终食于累百，愈益气而理内。"邪不能神，内即平理，可谓无虞矣，故曰能事毕矣。"

校记：

[1] 故曰松为大夫："曰松"，据翰林院本补。

［2］《李谪仙集》："集"，据翰林院本补。

［3］自成仙醴："醴"，原作"酝"，据翰林院本改。

四痴子释

双溪狂直之状，北山逋客之迹，白莲居士之行，独醉道者之德，相与雍容，澹乎自持。恃其所长，多其所宜。或拒或违，或行或随。相忘尔汝，与夫妍媸。气其合也，道其同也。磅礴为一，探其赜也。索其隐也，析为四痴。

独醉道者自警

有双溪诗一作栖。隐谓独醉痴仙曰："愿一作敢。以兰臭之言，书铭于君之前。"书之言曰：夫以自然之间气，为不羁之髦杰。彷徨乎尘垢之外，逍遥乎无为之业。三日月而腾光，一冰霜而抱洁。推斯志也，信斯心也。齐万劫于一瞬，甄万物于一写。蔑挹清风于箕颍，傲表天下于姑射者也。等章甫于泥涂，埒灵图于土苴者哉。

有以拟卞彬禽兽决录目为请者戏为赋此

驼性蹇而骄，骡性乖而劣。牛性痴而顽，驴性钝而拙。奔逸绝尘，骋出轨辙。非所望于斯列，虽皆可以代步之劳，实匪予心之所悦也。

4. 石抹咸得不

石抹咸得不，又作闲得卜、咸得卜、憨塔卜，契丹人。石抹明安长子，袭父职为燕蓟留后长官，称"燕京等处行尚书省事"，人称"大哥行省"。

生平事迹见明代宋濂撰《元史》卷一五〇，列传第三十七；李修生主编《全元文》卷二。李修生主编《全元文》卷二收其文2篇——《请真人长春公住持天长观疏》《请丘神仙久住天长观疏》。

此次文的点校，以《正统道藏·长春真人西游记》为底本，《全元文》收录其文时选文版本与此同，文共计2篇。

请真人长春公住持天长观疏

　　谨请真人长春公住持天长观者。窃以必有至人，而后可以启个中机；必有仙阙，而后可以待方外士。天长观者，人间紫府，主上福田。若非真神仙人，谁称此道场地。仰惟长春上人，识超群品，道悟长生。舌根有花木香，胸襟无尘土气。实人天之眼目，乃世俗之津梁。向也乘青牛而西迈，不惮朝天；今焉奉紫诏而南回，正当传道。幸无多让，早赐光临。谨疏。癸未年八月□日。

请丘神仙久住天长观疏

　　谨请丘神仙久住天长观者。窃以时止时行，虽圣人不凝滞于物；爱居爱处，而君子有恒久之心。于此两端，存乎大致。长春真人，重阳高弟，四海重名，为帝者之尊师，亦天下之教父。昔年应聘，还自万里寻思干；今日接人，久住十方天长观。上以祝皇王之圣寿，下以荐生灵之福田。顷因讥察于细人，非敢动摇于仙仗。不图大老，遂有退心。况京师者，诸夏之本根，而远近取此乎法则。如或舍此而就彼，是谓下乔而入幽。辄敢坚留，幸不易动。休休莫莫，无为深山穷谷之行；永永长长，而作太极琼华之主。谨疏。丙戌年八月□日。（以上《正统道藏·长春真人西游记卷下》）

5. 夹谷之奇

　　夹谷之奇（？～1289），字士常，号书隐，女真人。其先出女真加古部，后讹为夹谷。后徙家于滕州。少孤，舅杜氏携之至东平，因受业于康晔。初授济宁教授，辟中书省掾。大兵南伐，授行省左右司都事。时阿合马当权，与行省官有隙，遣使核其财用。之奇职文书，亦被按问。张宏范率其属，诣使者言："夹谷都事素公清，若少有侵渔，宏范当与连坐。事闻，适御史台立，乃擢之奇佥江南浙西道提刑按察司事。既而，移佥江北淮东。至元十九年，召为吏部郎中，立黜陟之法，着为令。岁大旱，之奇请省经费，辍土木之役，以召和气，弭灾变。时论韪之。"夹谷之奇病逝后，王恽有诗《夹谷尚书哀挽》："品汇流行万不同，铨量平允尽清通。恩非出己知谁怨，天不遗贤见道穷。三复苦辞归汝上，一官催老掩曹东。茫茫大块升沉里，重为清朝惜至公。"

生平事迹在明代宋濂撰《元史》卷一七四，列传第六十一；李修生主编《全元文》卷三七六；王叔磐、孙玉溱等选注《元代少数民族诗选》中有载。

王叔磐、孙玉溱等选注《元代少数民族诗选》载其《题周孝侯庙》一首，诗云："长桥涨晴波，南山滴空翠。清风孝侯祠，六月薄炎炽。苍然拥乔木，廊宇深以邃。升堂拜遗像，凛凛增壮气。缅怀绝尘姿，跅弛几自弃。一念狂圣分，千秋仰高义。义兴阻湖山，从古劳抚治。况当离乱后，生理多不遂。连州虎为害，接浦蛟作祟。故国神所游，阴相得无意。我来按兹郡，强御宁汝畏。恐被蛟虎徒，匿隐知暂避。不埋张纲轮，徒揽范滂辔。澄清怅何时，留诗志余愧。"李修生主编《全元文》卷三七六、苏天爵《国朝文类》卷一七收其文《贺正旦笺》1篇。清代邵远平著《元史类编》评曰："为文简严有法，多传于世。"

此次文的点校，以清四部丛刊本《国朝文类》为底本，《全元文》收录其文时选文版本与此同，文共计1篇。

贺正旦笺

位拱少阳，仗簇黄麾之晓，气暄太簇，祥开青禁之春。邦本益隆，舆情胥庆。（中贺）仰遵圣训，参决政机，执中传精一之心，作贰毓元良之望。重明继照，阴邪常遏于未形；九四在渊，阳德克潜于已著。兹履端之云始，宜介福之孔多。某等素乏长材，叨居端尹。星辉海润，莫酬沾被之恩；月恒日升，第祝绵延之算。（清四部丛刊本《国朝文类》卷一七）

6. 张孔孙

张孔孙（1233～1307），字梦符，号寓轩，契丹人。祖先出辽之乌若部，为金人所并，乃迁居隆安。父之纯，为东平万户府参议。夜梦谒孔子庙，赐以嘉果，已而孔孙生，遂以孔孙名之。及长，以文学知名，为元世祖忽必烈所重，至元初授户部员外郎，历湖北、浙西两道按察副使，升燕南按察使，召拜集贤大学士，致仕归。大德十一年（1307）卒，年七十五。

生平事迹在明代宋濂撰《元史》卷一七四；李修生主编《全元文》卷二八四；王叔磐、孙玉溱等选注《元代少数民族诗选》中有记载。孔孙善琴，工画山水、竹石，尤精于骑射。其书画作品流传极少。墨迹有《跋苏轼洞庭春色中山松醪二赋卷》。

《全元文》卷二八四录其文 4 篇：《重修乐安儒学记略》《清丰县重修庙学记》《修庙学记》《重修束皙祠碑记》。王叔磐、孙玉溱等选注《元代少数民族诗选》收录其 2 首诗：《风雨回舟图》《岳阳楼》。《风雨回舟图》："风雨来时拨棹回，济川心事有谁知。停舟且做江湖梦，浪静风恬未是迟。"《岳阳楼》："城上元龙百尺楼，楼前范蠡五湖舟。江吞巨野偏宜夏，月度晴霄便是秋。天下江山无此观，古来西北是神州。自怜身属官仓米，负我同盟万里鸥。"

此次文的点校，《重修乐安儒学记略》以天一阁选刊本《青州府志》为底本、《清丰县重修庙学记》以明正统《大名府志》为底本、《修庙学记》以清康熙《汶上县志》为底本、《重修束皙祠碑记》以 1923 年《大名县志》为底本，《全元文》收录其文时选文版本与此同，文共计 4 篇。

重修乐安儒学记略

孔子之盛，自生民以来未有如孔子者，其贤于尧舜远矣。今上嗣登宝位，告诏天下：孔子之道垂宪万世，有国有家者所当承奉，庙学损坏随即修完。作养后进，严加训诲，讲习道艺，务在成材。若德行文学高出时辈者，有司保举以备选用，钦奉如此。迩者上都、大都，以至随路府州县邑，大小职官莫不营新文庙，承上意也。益都乐安县，在西汉为千乘，金改曰乐安。宋崇宁间，尹黄铎创建学庙，未几乃诏州县皆置学，属千乘已成，无复可为，当时嘉黄铎之有智，值兵变焚毁殆尽。金大定二十九年，益都府判黄受雄捐己俸为士倡，大族张汝砺、簿王乘协力兴修，既成，天兵南下，又为灰烬。至元十三年，尹綦泰遂相县之东南爽垲之地，创起大殿。继有监县凡鲁歹同修两庑、讲堂、学舍、庖湢、楼门，凡三十楹。功既就绪，但圣像并十哲妆塑未完，泰得代事亦中辍。尹王汾谋于达鲁花赤海迷、簿张吉、典史赵泰，曰：前官功亏一篑，不卒其役，咎将谁归？金曰：宜然。庀徒蒇事，规画有素，公务日毕，亲诣役所，莫敢懈惰，不日告成。正殿、两庑涂以丹碧，夫子南向，颜孟十哲侍坐，又塑七十二子像于两庑，创作祭器百二十余件。春秋释菜，朔望行礼，奠拜升降，谨严有加，居人过客，共赞其美。非綦尹创之于前，王尹述之于后，何以致此。大德九年八月，汾遣儒生李光祖致书东平，谒文请记，故喜为之书。（天一阁选刊本《青州府志》卷九）

清丰县重修庙学记

国家承平日久，海内学者彬彬出焉，于是各路问咸许贡偃士一名补宪司书吏，考满升六部令史，又转台院及省掾，入流品而登仕，启然有司。众士匪此一透，士之进身若所望不过如此，是失国家崇儒重道之意也。伏睹中统建元以来，立学校殆遍天下，谁教官养生徒，凡所以敦教化属风俗者，属不具在。俾人人知君臣、父子、兄弟、夫妇、朋友之道，入则孝，出则弟，不犯上，不悖事，施于其身则一身安，施于其家则一家治，以至乡里知勘，官府加重。传曰：君子学以致其道。又曰：明其遗□□其□□若是□欲，不求显达，其可得乎。较之向者所望，得失为何如哉！惟清丰县在西汉为顿立，东汉为阴安邑，及□□□□□□□□□□□□□□□□分南□之□□□□□□□□□□□□□□□□知军赵儒林□□□□□己丑之秋，主簿宋□□□□□改元之岁，迨载朝至元初达鲁花赤钤部□□□□□□□虽加营葺，功感苟定至二十八年，主簿张明裕□□□□□有以□起之，于是稍□□义率达鲁花帖□□□□□□□不花泊里间好事家鸠工助费，□□□□□问夫子□面，若大邦君之居，以颜孟干哲□东西庑十间，绘七十子之像，前又立凌霄门及讲堂，沓廊庖厦，焕然一新，成于□□之夏。孔孙适经是邑，首谒庙廷，因嘉张簿身居末僚，当□□□拿之际，乃能以立学务本为急，若然可谓知为政之先者矣。为纪其兴作之讳，又不可不以忠告之。尔后清丰子弟之俊秀皆入学□，□□其孝弟忠信之道，乐于为善，风俗□□则人材不可胜用也，抑何待乎岁贡而已。（明正统《大名府志》卷九）

修庙学记

孔子之圣，极于化初，置于道先，自生人以来未有如者，后之人不可得而赞也。汶上，古鲁中都，先圣曾宰是邑，迄今天下之人闻中都之名莫不思见风化遗俗之美。矧来尹者宜如何哉！盖王政非教化不立，教化非学校不兴，是以今上继承大统以兴学养士为先，所以致本推敬□其教于天下，使天下之人回心向道歌咏太平，□作成人材，使之从政。为治之要，莫过于此，岂专簿书、狱讼、期会、敛散而已哉！且吏不明道，人不知学，虽簿书、狱讼、期会、敛散之事皆不得其当，其弊尤甚焉！经不云乎，君子学道则爱人，小人学道则易使也。牧民之吏，可不务学使人知道乎？惟汶也截然居鲁中，自夫子来治垂二千年，后思圣之意固在，民俗敦厚，号称易治，又同寮协恭力于兴葺，故庙学一切就绪。始自至元四年，县丞贾恒创议，既而达鲁花赤纳合国瑞踵恒之志，伐材运甓，庸工劝役，功已过半，恒得代继得尹。时权簿孙智、尉崔纛早夜专其事，改正殿为六楹三门，廊庑讲堂焕然一新。今则县尹孙继庆等到任，增修殿庭阶砌庙垣及展买庙地，创起讲堂，并两耳东西斋房、前棂星门、后祭物库。达鲁花赤忽都帖木又将各官退下刘许村职田一十顷拨充赡学地，供给祭祀及师生廪饩，学之成就殆非畴曩。大德五年夏五月，承事孙尹保义夏簿诣门谒文请记。孔孙里人也，敢以不腆辞。呜呼，天下之事固非一日可成，况汶阳居南北之冲，官事鞅掌，而诸君始终经营不坠教基，是可嘉尚，异日明经传道之士彬彬出焉，俾是邑移为洙泗，其善政可胜言哉！是年秋八月初吉，正议大夫前礼部尚书张孔孙记。（清康熙《汶上县志》卷八）

重修束皙祠碑记

贤才之在斯世，任于朝而忠言直节，有益于人之国，居于家而德行文学为乡党之所敬慕。其殁也，人犹思之，是以立祠设像，岁时致祭，示不忘也。束皙，字广微，元城人，汉疏广之后。广曾孙孟达，当新室末，避难自东海徙居沙鹿，因去疏之半而改其姓。城之东五十余里有镇，曰束馆，公之祠在焉，兹地以公得名，盖与康成之郑公乡比。史载公博学多闻，时人莫及，举孝廉茂才皆不就。太康中，郡境大旱，为邑人祷雨而应，众谓公诚感，乃歌之曰："束先生，通神明，请天三日降甘霖。我黍以育，我稷以生，何以酬之，报束长生。"日与门人讲学，作元居释以拟客难，引物比类，穷理尽性。其辞华则班固宾戏、崔骃达古之类，其志趋则郑谷、严滩耕钓之流，其所学则伊尹有莘之道，噫，诚可尚已。自以文章见奇于张华，召而入仕。朝廷大兴农田，公建天时地利人力之策云：水旱必为之预防，地利必究其肥硗，人事必察其游惰。凡中州之田，某州膏腴，某州瘠薄，某州污泥，灿然如在目中，谓非能格物致知可乎？辨汲冢之书，答曲水之问，此特余事耳。其所著述，发明经史，有补于世教者为甚大。由著作转博士，寻迁尚书郎。赵王伦为相国，请公为记室，逆知其必败，遂辞疾归，教授乡里，可谓明哲保身者矣。传称公年四十而卒，井邑为之罢市，故人门生悲号墓侧。予在魏日闻其乡民凡遇水旱疾疫祷之必应，祠之创始必有年矣。皇元平定中夏壬辰癸巳间，因毁而再造，又修于至元末年，春秋祭祀甚严。自疏广三百余年之后而有公，自公殁迨今将千年，而庙食为是邦之神，况公之父祖俱至太守而有声，而公之道德文学又如此，宜乎邦人爱之深，敬之至。束馆耆老王义、路远等将立石祠下以示不泯，来请记，遂标信史而书之，并论二公之识见有所同也。（1923 年《大名县志》卷二八）

7. 石抹思诚

石抹思诚，契丹人，延祐中官奉政大夫，保宁等处万户府万户（清光绪二十七年《山右石刻丛编》卷三一）。

生平事迹见李修生主编《全元文》卷一二四五。李修生主编《全元文》卷一二四五收其文 1 篇《晋祠诗刻跋》。

此次文的点校，以清光绪二十七年刻本《山右石刻丛编》为底本，《全元文》收录其文时选文版本与此同，文共计 1 篇。

晋祠诗刻跋

御史孛术鲁公子翚，由翰林国史院编修调河东山西道肃政廉访司经历。既拜西台监察御史，未赴前，龙集丁巳四月初九日，陪本道廉访使普化、嘉议崔资善、宪金张承德、宪宾孙承务、照磨直儿瓦辉将仕偕游于晋溪。乐其山水秀丽，酒酣赋诗，援笔而成。其辞严义密，音节宏亮，风骨清雄，虽唐之鼓吹，无以加焉。归，将所作近体，前后凡三首，并附隐士鹏举李君。然公与鹏举道符义契，慨然作《抱拙斋记》，今见树碣于家塾。李君亦素愿为沿门下士，爱其诗律，披玩三复，腴味百出。弟恐微言之将泯，故寿诸石，以俟来喆。其镌师安仲祥洎子滕，亦感公之雅意，惠以文，畀以名，亦不计互谋利，乐与之刊也。宜哉！时延祐苍龙戊午夏己未月尚旬吉日，奉政大夫、保宁等处万户府万户石抹思诚，盥手谨识拜书。（清光绪二十七年刻本《山右石刻丛编》卷三一）

8. 孛术鲁翀

孛术鲁翀（1279—1338），字子翚，始名思温，字伯和，号菊潭，女真人。其祖先隆安（今吉林农安）人，生于江西赣江舟中，自幼勤学，从学于名人萧克翁，其学问益宏以肆，后来被姚燧荐作翰林国史院编修官。（后）至元四年卒，年六十。赠通奉大夫、陕西行省参知政事、护军，追封南阳郡公，谥"文靖"。为官清廉，敢于直谏。

生平事迹见元代苏天爵撰《滋溪文稿》之《公谥文靖孛术鲁公神道碑铭》；明代宋濂撰《元史》；清代顾嗣立、席世臣编《元诗选·二集》；李修生主编《全元文》卷一〇二九；清代钱大昕撰《廿二史考异》；柯劭忞《新元史》；赵志辉《满族文学史》第一卷；朱绍侯主编《中原文化大典》；张彬编著《中国古今书画家年表》；宋德宣著《满族哲学思想研究》。

著有《菊潭集》六十卷，惜已散佚。元代苏天爵撰《滋溪文稿》有《公谥文靖孛术鲁公神道碑铭》一文，《学古录》收元虞集撰《子翚金院画像赞》，《宋元学案》《宋元学案补遗》《元儒考略》《元史类编》《辍耕录》等书均辑有诗人的逸闻史料。

孛术鲁翀的散文之作，存于世者见缪荃孙辑《菊潭集》。《菊潭集》卷二收孛术鲁翀序3篇，即《大元通制序》、《韵会举要书考序》和《张文忠公归田类稿序》。三篇序文均写得简约严明，论理清晰，文字流畅。《菊潭集》卷二、卷三所收的孛术鲁翀所撰碑铭15篇，即《平章政事致仕尚公神道碑》、《大元故镇国上将军河南淮北蒙古军都万户府副都万户赠辅国上将军枢密副使护军追封云中郡公谥襄懋忽神公神道碑铭》、《大都路都总管姚公神道碑》、《参知政事王公神道碑》、《皇元故武略将军济南冠州万户府千夫长监末赤公神道碑铭》、《河南行中书省护军封南阳郡公韩公神道碑铭》、《赠同知陕州飞骑尉追封洛阳县男杨君世庆碑铭》、《真定路宣圣庙碑》、《湖州路安定书院夫子燕居堂铭》、《安氏尊经堂铭》、《知许州刘侯民爱碑》、《镇平县尹刘侯遗爱之铭》、《河南淮北蒙古军都万户府增修公廨碑铭》、《大元奉元明道宫修建碑铭》和《重建麻衣子神宇铭》。苏天爵《国朝文类》卷一七收《安氏尊经堂铭》、《知许州刘侯民爱铭》,卷一八收《驻跸颂》,卷一九收《真定路宣圣庙碑》,卷三六收《大元通志序》,卷四八收《大都乡试策问》,卷六八收《平章政事致仕尚公神道碑》《大都路都总管姚公神道碑》《参知政事王公神道碑》共9篇文章。孛术鲁翀的碑铭之作记叙翔实,充分记述了逝者的生平经历和功德政绩;有记有议,在纪实的基础上介绍了时人对逝者功德的评论,反映了逝者在当时的影响。文章“简奥典雅深合古法”。孛术鲁翀的碑铭文遵循了“铭诔尚实”的要求,如其《大都路总管姚公神道碑》就是一篇记叙翔实、有记有论的好文章。《宋元学案补遗》评孛术鲁翀曰:“公之为学务博而约,自六经、诸史、传注,下至天文、地理、声音、历律、水利、算术,皆考其说。”《全元文》收其文29篇,辑录于元刻本《归田类稿》,明刻本《古今韵会举要》,明抄本《永乐大典》,明成化十一年刻本《山西通志》、天一阁藏明嘉靖三十年刻本《襄城县志》,清康熙刻本《襄城县志》,明正统二年刻本《南阳府志》,清嘉庆十二年刻《南阳府志》,清乾隆文渊阁四库全书本《中州名贤文表》,清宣统涵芬楼排印本《古今文钞》,清陈梦雷、蒋廷锡编《古今图书集成》。

此次文的点校,其中《襄城县学记》以清康熙刻本《襄城县志》卷八为底本;《重修嘉显侯庙记》以明正统年间刻《南阳府志》卷一一为底本,以清嘉庆十二年刻《南阳府志》卷六为校本;《高平县庙学记》以明成化十年刻本《山西通志》卷一三为底本;《重修奉元明道宫记》以清光绪二十二年刻本《鹿邑县志》卷五为底本;《浚知州刘公友谅遗爱碑》以清乾隆五十三年《卫辉府志》卷四三为底本;《大元创建三皇庙碑铭》以明嘉靖重修本《三原志》卷一〇为底本;《元赠陇西郡侯李公祖考妣神道碑铭》以明嘉靖刻本《曲沃县志》卷四为底本,以清乾隆二十三年刻本《新修曲沃县志》卷三八为校本；《左丞陈公墓表》以清乾隆五十四年刻本《怀庆府志》卷三一为底本；《渤海郡吴绎世庆碑》以清同治十年刻本《畿辅通志》卷一七四为底本；《参知政事南阳郡公韩昌墓志铭》以清乾隆二十三年刻本《满城县志》卷九为底本，以《全元文》卷一〇三一为校本。其余文章皆以缪荃孙辑《菊潭集》为底本，文共计29篇。

张文忠公归田类稿序

圣朝牧庵姚文公以古文雄天下，天下英才振奋而宗之，卓然有成，如云庄张公，其魁杰也。公自弱龄，以才行名缙绅间。仕于朝，尽谠言，行直道。自礼部尚书参议中书，请谒亲济南，俄以吏部尚书召。亲疾，终丧，省台奏召至再、至三、至五六，不起。文皇即位，关陕以西兵侵旱厉，民殍政荒，拜行台中丞，乃起。西驰及秦，民四流亡，耄稚孑遗若鼎鱼筏蚁。天毒方炽，汤沸泉溢，吏士猖蹶，目瞠神骇，莫克拯拔。公恳悃率倡，务用仁术。官帑不继，倾己囊橐，日不胜给，每每大恸。民仅苏复。公疾，薨。天子闻之，恻然闵悼。赠摅诚宣惠功臣、陕西等处行中书省平章政事、柱国，追封滨国公，谥文忠。中外嗟惜。无何，翀使宪陕西，士民谈道琅琅耿耿，未始不凄怆以听之。秦人悲思树石，刊铭不忘。公质厚刚毅，正大明白。仁于家，忠于上，确信不渝。己善，不伐人之善，推奖若不及。其文渊奥昭朗，豪宕妥帖。其动荡也，云雾晦暝，霆砰电激；其静止也，风熙日舒，川岳融峙。绰有姿容，辟翕顿挫，辞必已出，读之令人想象其平生。千载而下，凛有生气，不可摩灭，斯足尚已。公素知翀。其子引偕其妇翁吴肃彦清，持公所辑《归田类稿》三十八卷征序，因书其概如此。公讳养浩，字希孟，云庄，其自号也。行业履历，家乘、国史有载，兹不容赘。元统三年龙集乙亥二月甲寅朔，中奉大夫、江浙等处行中书省参知政事孛术鲁翀序。

大元通制序

至治二年冬十有一月，皇帝以故丞相、东平忠宪王之孙、中书左丞相位右丞相，总百官，新庶务，征用老成，开明治道。皇元圣圣相继，百有余年，宸断之所予夺，庙谟之所可否，禁顽戢暴，仁恤黎元，绰有成宪。

然简书所载，岁益月增，散在有司，既积既繁，莫知所统。挟情之吏，用谲行私，民恫政蠹。台、宪屡言之，鼎轴大臣恒患之。仁庙皇帝御极之初，中书奏允，择耆旧之贤、明练之士，时则若中书右丞相杭、平章政事商议中书刘正等，由开创以来，政制法程可著为令者，类集折衷，以示所司。其宏纲有三：曰"制诏"，曰"条格"，曰"断例"。经纬乎格、例之间。非外远职守所急，亦汇辑之，名曰"别类"。延祐三年夏五月，书成。敕枢密、御史、翰林、国史、集贤之臣相与正是。凡经八年，事未克果。今年春正月辛酉，上御棕殿。丞相援据本末，奏宜如仁庙制，制可。于是枢密副使完颜纳丹、侍御史曹伯启、判宗正府普颜、集贤学士钦察、翰林直学士曹元用，以二月朔奉旨，会集中书平章政事张珪暨议政元老，率其属众共审定。时上幸柳林之。辛巳，丞相以其事奏，仍以延祐二年及今所未类者，请如故事。制若曰：此善令也，其行之。由是，堂议题其书曰《大元通制》，命翀序之。翀惟圣人之治天下，其为道也，动与天准，其为法也，粲如列星，使民畏罪迁善，而吏不敢舞智御人。鞭笞斧钺，礼乐教化，相为表里。及其至也，民协于中，刑措不用。二帝三王之盛，尽于此矣。虽刑罚世轻世重，而士制百姓于刑之中，以教祗德，古之制也。圣朝因事制宜，因时立制，时有推迁，事有变易；谋国之臣，斟酌损益，以就中典，生民之福也。仁庙开本于先，皇上继志于今，万世虑也。虽然，明罚敕法，朝廷之道揆在焉，惟良折狱，哀敬折狱，有司之法守源焉。源则浚矣，流斯承之。可不慎欤！

范坟诗序[1]

宋蜀郡开国公范镇景仁，谥忠文。其一世盛德伟烈，光著史籍，人固知之。其葬在襄城汝安乡推贤里，载东坡集中甚详。襄城故隶汝州，翀来访问故老，其坟俨然故《元诗选》作尚在，已为野夫豪农耕为禾黍之区矣。范氏当金季犹有居坟左者，自经兵烬，不知所存。拊事叹闵，故为作诗以记其概。幸在官君子，知其为先贤遗垄，庶有以处之。（清乾隆文渊阁四库全书本《中州名贤文表》卷三〇）

校记：

[1] 题目自拟，文章为《范坟诗》前小序。

大都乡试策问

朝廷者，纲纪所综，而风化所由宣。京师者，郡县所望，而民物所由阜。以上达下者，礼乐政刑也，事孰大焉？以下奉上者，士农工商也，业孰广焉？事振于上，万方治象以之昭明。业修于下，万世邦本于是巩固。生民以来，天下国家，莫之能易也。夫礼，天地之节也。三代损益，虽可概见，叔孙之仪，后世因之。开元之礼，《通典》识之，宋、金虽未定其书，礼之记录者，国有大议，庙堂诹询、宸宇断制，必采而用之。其于事天、享帝之为敬，君臣、父子、夫妇之为纲，孝友、睦姻、任恤之为教。果尽古昔之道，适时措之宜乎？乐，天地之和也。瞽宗制氏失传，雅益趋俗。近古有为之君、知方之士思复古制而竟未能一。其或有作，不能无憾，沿袭至今，署两大乐。律吕果吻合乎？治忽果关系乎？政以德，德本于天。法制禁令，政之条目也。施无所本，足以帅其下乎？刑弼教，教宗于礼。铁钺鞭扑，刑之不得已也。用无所宗，足以戢其乱乎？民于下者，士也，农也，工也，商也。士，俊造之薮也，将相百执事之阶也。今养士法加详，取士路加辟，而士习益陋，士气益卑。岂学非所用，用非所学乎？其何道以砺之？农，衣食之原也。上有司农之政，下有劝农之臣。垦令虽严，而污莱闲于圻甸；古籍可考，而游惰萃于都城，况其远者乎？其何法以治之？工，利器之府也。奇功炽而夺稼穑之务，苦窳售而耗库廪之储。其何方以正之？商，懋迁之资也。钞法久隳，农末交病；市扰不测，有无俱艰。侥幸者公私相欺，折阅者上下莫诉。其何术以平之？圣天子践祚，科举旧章，再布明诏。京府开试，光被德音。诸君子需贡辇下，经济首有望焉。之人者本末精粗，讨论有素，请著于说。

韵会举要书考序

文宗皇帝御奎章阁，得昭武黄氏《韵会举要》写本。至顺二年春，敕应奉翰林文字臣余谦校正。明年夏上进，赐旌其功。余氏今提学江浙，以书见质，始知其刊正补削，根据不苟。序曰：惟古大司徒以六艺教万民，次德行，宾贤能。礼容、乐声、射中、御节、书文、数纪、六德、六行会焉。书者，文也。象形用礼之仪，谐声用乐之律，指事用射之彀，会意用御之范，转注、假借用数之则，六书统焉。容必由仪，声必由律，中必由毂，节必由范，纪必由则，文斯立而教斯兴焉。天子考之以正其伪，天下同之以安其情，文斯明而政斯行焉。世衰教湮，文庞艺舛，形体变易，音义阻艰。许氏立说而文有类，沈约谱声而韵有书，元魏用翻母而字有摄，书家资焉。黄氏溯流而源，廉取并载，得者便之。虽然，形体变易，若可鉴矣；音义阻艰，犹或累焉。余氏以文臣奉诏正误，令绩也；来提举谋锓其书，义举也；学者得此明其心目，仁泽也。噫！此其编号"举要"耳，其传可尽传乎？因是一均，可通其余均乎？刻本快睹，盖有待焉。元统乙亥冬翰林侍讲学士、前中奉大夫、江浙等处行中书省参知政事字术鲁翀序。

襄城县学记

县之庙学政相仍，或创或葺。既有功绪，士民父兄即相卒砻石镵文，示不忘德。其权舆则缑山陈公之笔也。监县哈喇章至，以讲堂庳陋将压，暨尹武瑞、簿王元弼、教谕周寿祖谋撤新之，崇大于旧。初，黉序构而西阙，遂筑于西，以堂遗材足之。于是堂、序鼎出，有严有翼，上下各称。起役于延祐四年秋八月甲午，讫工于六年春二月戊子。既落之矣，其乡先生林从善父以诸生温迪罕绍基走书经京师，属记曰："是役也，监侯倡之，僚采和之。民悦而事举。乡侯之贤，惟恐不传。"翀来汴，汴高士项仲明父属林君意弥笃。翀，邑学之旧从事也，敢以昧陋辞？按《春秋》，郑氾邑也，因周襄王出居，改名曰襄城。或曰，黄帝时盖已有之，故隶汝州，今许州属县也。许昌祭酒大儒赵公以道义化服其乡。襄城则杖履所及，亲炙之士尤彬彬焉。林君，其高弟也，尝师县学，学大夫之于庠序欲有所为，辄佐佑之。顷岁以来，栋宇完于学，租石丰于田，师生之资可谓具矣。且汝颍之处古文明之区冠带之奥贤才之薮也。圣朝以经行取士，山川之所生育，政教之所培栽，风化之所陶冶，宾兴之盛，将不让州。予窃有望焉。古所谓教四民皆范于其中。世益下衰，不尽臻此。虽然，师，士之则也；士，民之望也。之堂也，之序也，师教而弟子学，道德之醇疵，事业之作止，行义之荣辱，文艺之顺悖，习俗之厚薄，贤能之有无系焉。授受乎是堂，藏修乎是序，圣贤有成书，朝廷有明法。日迈月征，效或未至，岂贤有司筑室以奉师弟子之意哉？有志者宜思所以奋起也。至治元年春正月甲申记。（本文以清康熙刻本《襄城县志》卷八为底本）

重修嘉显侯庙记[1]

南阳北境之山，东嵩、西华，绵亘数千里。至镇之西北，五峰突起，曰"五朵山"。其一挺出众峰之间者曰"骑立山"，源泉涌其上[2]，三注而成湫[3]，一山顶，再山胁，三则山之址，故民俗有"三潭"之目[4]。其顶人迹难至。有司即其址筑祠，大旱则诣潭请水，至阛阓乡社集众而雩，未有不应。其境先属邓之穰[5]，宋乾德间，武胜军节度观察使张永德莅邓凡数十年，祷而辄澍[6]，始创湫祠。熙宁十年，邓守刘忱奏，封嘉显侯。崇宁三年，赐庙额曰"普润"。金即故阳馆镇立县[7]，曰镇平。我朝因之[8]。泰定二年夏，久不雨。主簿李昱率众步谒湫水，至县集祷，密云聚散者数日。于是，昱谓众曰："始，吾见其庙宇神像摧腐零落[9]，意欲修饰。方有所请，言未敢白[10]。神之郁郁未濡甘泽者，岂坐是耶？"遂与众输情致祷。俄而风作云合，雨大沾足，秋遂丰熟。造中潭报谢，召募工役，率众出财[11]，以佐其事。庙貌、神容之在中、下潭者焕然完备。监县暗普、监税路士荣、耆士张文炳等诣穰城，求纪其绩。予惟有功于民，则祀之。山川能兴云致雨，其大者，天子所以望秩；其小者，得祀于方土之臣，固其宜也。守是土者牧是民也，不慎其职以忧其忧，五尺童子未易诬也[12]，而况神乎？李君名昱[13]，字明甫，始乎山尉[14]，有能绩，今以将仕郎主镇平簿。其令久缺，政由己出，能忧其民而动其神，盖良有司也。泰定三年正月日河南省右司郎中鲁翀记。（本文以明正统年间刻《南阳府志》卷一一为底本，校以清嘉庆十二年刻《南阳府志》卷六，简称嘉庆本）

校记：

[1] 嘉庆本文题作"重修三潭庙记"。

[2] 源泉涌其上：嘉庆本无"泉"字。

[3] 三注而成湫："注"，嘉庆本作"注"。

[4] 故民俗有"三潭"之目："目"，底本误作"月"，据嘉庆本改。

［5］其境先属邓之穰：嘉庆本无"其境"二字。

［6］祷而辄澍："而"，嘉庆本无。

［7］金即故阳馆镇立县："故"，嘉庆本作"古"。

［8］我朝因之：嘉庆本"我"上有"至"字。

［9］零落：嘉庆本作"剥落"。

［10］言未敢白："白"，底本误作"曰"，今据嘉庆本改。

［11］率众出财："财"，底本误作"材"，今据嘉庆本改。

［12］五尺童子未易诬也："诬"，嘉庆本作"言"。

［13］李君名昱："君"，底本误作"若"，今据嘉庆本改。

［14］始乎山尉："乎"，疑为"平"之误。

高平县庙学记

天以夫子正纲常，仁罔极。天下国家遵之治昌，悖之紊亡，理所确至也。□□国转而为秦，燔弃圣法，菅刈黔首，曾未奠枕，六合土崩。夫子之所以祖述□章于天下者，固已沦人之肌肤，浃人之骨髓，不可得而煤灭也。虽汉武雄□□私，一闻董生之言，表章六经，罢黜百家。夫子之道自日月也。史称□□□舜华两人者，晋之贤大夫也，赵简子得志，害之。夫子自卫将适晋，至河，闻之，叹曰："美哉，水洋洋乎！予不济此，命也。刳胎杀夭，则麒麟不至郊；竭泽而渔，则蛟龙不合阴阳；覆巢毁□，则凤凰不翔。何则？讳伤其类也。夫鸟兽之于不义尚知辞之，况予乎哉？"乃还，息于陬乡，作陬操以哀之。泽州隶县曰高平，三晋属韩，韩不能守，入赵，秦破赵长平者，此也。西北谷泫水出焉。汉名县曰"泫氏"，唐则今名也。沿汉及唐，学校隆替姑勿究，至宋，明道程先生令晋城，分乡立校，民大化之。远近则效焉，虽止数家，率庙祀夫子。先生去，乡学不弛。高平，晋城之邻邑也，今聚落庙址犹在。郊甽筑大屋其上，岁时里社举土木，禹位置，礼耳。享已辄去，不敢恒主其中，犹目曰馆，即学馆也。呜呼！程先生，令耳，其效章章若是，况夫子用晋，以行文王之政乎？儒者并人李君大信主高平簿，以事至并，偕并校官来，言吾县介潞、泽间，虽金源氏之叔世，以文行显者继踵。圣元文教著，邑中庙学既立，地震倾圮，虽累政迭修，未底完辑。去年春三月，邑长周侯至顾瞻栋宇楹桷将压，入拜，神像、贤立庑序[1]，窗户厄狭，礼容愆宜，慨焉欲改葺之。夏六月，丹流涨甚，庙大坏于溺。侯与监暨诸同事割俸敦役。大殿环庑，弘敞增旧，肄业之堂、庋书之室、待礼之次、亭碑之所、捍宫之垣、趣庙之门、导水之畎、御不□之□、校长之居、廪谷之壤，井井经画，寝入叙矣。愿以记请。翀，宪人也；励学，宪务也，不敢终让。曰夫子道不伸，当年辙迹未尝入晋；今其教弥亘四表，矧唐虞之近甸乎？皇上世丕基则隆古，远驾长驭，以五经四子书引拔贤□，先德行而后文艺，古所谓乡举里选不既见于今□郡县固养士之原也。高平大夫莅政，首事庠序，其于□□明诏宾贤，能厚风化，将有待矣。李君簿谈其监侯暨令之□不置，知其协于公而忘其私也。□□监县，真定人暗都喇阿昔思。周侯，枣强人，名惟德，字□卿。大信名实，世并□籍，以至元十三年中科进士，补学职，由磁州教授凡在主县簿，善荐厚士。（明成化十年刻本《山西通志》卷一三）

校记：

[1] 贤立庑序："立"，原文漫漶磨灭，疑当为"位"。

重修奉元明道宫记

老子生殷亳社苦县厉乡曲仁里。距县东不半舍，九龙井在焉。崇事宫庙，历代相因。宪宗皇帝四年，龙集甲寅，故太师汝南忠武张王阃亳，得太清、明道两宫遗址，兵烬，悉为荒墟。以文之燕，请事修复。长春祠教真常大真人李宗师遣隐真大师提点石志玉、通微大师知宫李志秘综其务。岁丙辰，诚明真人张宗师奏请明道真人张尊师[1]、栖云真人王尊师主其宫制。无几何，栖云蜕化，其门人辈亦皆协力崇道，始终不懈[2]。未逾一纪，缔构宏丽。允惟明道故宫以河、涡混汇圮溺。迨乎石、李二公相继为真人，结庐垦田，充益岁廪，事修治，疏河流出北门[3]。由是，洼下淀而窿，漫漶涸而燥。至元壬辰，栖神真人陈志微以陈道润、张道渊、杨道和等率众除荒实堑，陶甓峙材，准基定位；以陈志和、李道坚等协襄事。功

达之，长春玄逸真人张宗师用道润提举宫事。大德己亥，栋宇克完，百度
鲜整。栖真真人李志本荐道润、志和、道坚等升提点。今凝元真人马道逸
饬旧图新，日益充大，谓宜立石镌铭，示众永久[4]。元统元年，特进神仙
掌教凝和大真人苗宗师召太清提点赵道真来京，道润、志和等因马介赵，
属笔于翀。昔也，马真人乘传北回，尝识于卫。赵君用是惓惓，遂不终
让。序曰：隋名苦县曰仙源，唐曰真源，宫曰紫极，追上老子玄元皇帝，
以本帝系。筑宫县隅东北，备伺皇帝驾次之。斋居榜曰"奉元"。天宝二
载，易紫极为太清。宋加太上老君混元上德皇帝，名县卫真。真宗两谒太
清，坛奉元之阴[5]，东乡祝拜，易宫额曰"明道"。金仍其制，锡良田，
丰祝事。鸿惟太祖圣武皇帝奉天威[6]，君六合。天瘝宸聪，使车骋召长春
丘仙翁昆嵛之山[7]。历数年，逾万里，觐遐朔，推道德[8]，沃渊衷，拯生
灵，仁万有，其功大矣。老子亳宫之曰葺也[9]，世祖皇帝潜藩，下教令，
即位，锡宝书[10]，申护禁[11]，勖匠役，遣使致祭太清。毕功，敕翰林承
旨学士臣鹗制其铭，中书左丞臣枢书其文[12]，中书右丞相臣安童树其
碑[13]。宠嘉之数，滋隆往昔[14]。令道家殊流，皆宗老子。太清、明道，
源本所在。长春道叶主嗣亳教，知所宗矣！翀惟大元庆运开兆；李唐奉元
得名，玄天阴骘。今宜兼用[15]。唐、宋旧额榜曰奉元明道，以尊皇极，孰
谓不可[16]？赵闻之曰：唯唯。乃铭曰：

老聃之生，于殷之亳。微妙有无[17]，天地橐籥。非隐非见，仕周藏
史。龙乘风云，帝先谁子？绳绳道裔，上德是宏。俨像殿室，堂陛峻嶒。
金榜旋题[18]，玉台琼□[19]。禹迹茫茫[20]，无间遐远。惟兹亳上，九井神
湫[21]。孰源其泉？孰川其流[22]？振古及今，绵数千载。际今皇明[23]，烨
有余彩[24]。昔我太祖，雷厉八纮。昆嵛赴召[25]，轩辕广成。坐进玄
元[26]，天容春霁[27]。宇宙在手，天慈救卫。有赫世皇，先绳祖武[28]。龙
德统天[29]，□物斯睹。溥浃寰海，如天之仁。知风之自，道曰长春[30]。
中统至元，运开凤纪。因亳仙源，厉乡仁里。岳耸云叠[31]，宫复太清。睿
鉴昭锡，词臣著铭。趾邑艮方，宫曰"明道"。倾圮沮泽，久未缔造。嗟
哉岸谷，变易高深。逢我圣际[32]，抗起湮沉[33]。张肩王随，石孟李伸，
班班伟人，继拯玄统。至道坦坦，至众林林。财用其力[34]，德厌其心。栖
神栖真，踵武徐起。习驭轻辕，通辙顺轨。载定其趾，载峨其宫。烟霞洞

府，风雨骈檬。山川会灵，紫气充盎。羽众式瞻[35]，渊宗有象。邀食于地，邀乐于天。果蔬在圃，秋穑在田[36]。圣祖神孙，开此道域。其宁不思，荷帝之力。赡彼苍昊，有开必先。奉元明道，名岂徒然。太清在东，长春在北，祈我皇祚，永配无极。（本文以清光绪二十二年刻本《鹿邑县志》卷五为底本，以清乾隆文渊阁四库全书本《中州名贤文表》卷二九为校本，简称四库本）

校记：

[1] 明道真人：四库本作"崇道真人"。

[2] 始终不懈：四库本"始"上有"则"字。

[3] 疏河流出北门："疏"，底本误作"蔬"，据四库本改。出：四库本作"入"。

[4] 示众永久：四库本无"众"字。

[5] 坛奉元之阴："阴"，底本误作"隐"，据四库本改。

[6] 鸿惟太祖圣武皇帝奉天威：底本缺"威"字，据四库本补。

[7] 使车骋召长春丘仙翁昆嵛之山："骋"，四库本作"驰"。昆嵛：底本误作"昆嵛（仑）"，据四库本改。

[8] 推道德："德"，四库本作"余"。

[9] 老子亳宫之日茸也："日"，四库本作"方"。

[10] 锡宝书：四库本"锡"下有"以"字。又底本缺"书"字，今据四库本补。

[11] 申护禁：底本缺"申"字，据四库本补。

[12] 中书左丞臣枢书其文：底本缺"文"字，据四库本补。

[13] 中书右丞相臣安童树其碑："安童"，四库本作"安图"。

[14] 滋隆往昔：底本缺"隆"字，据四库本补。

[15] 今宜兼用：底本缺"宜"字，据四库本补。

[16] 孰谓不可：底本缺"孰"字，据四库本补。

[17] 微妙有无："微"，底本误作"彻"，据四库本改。

[18] 金榜旋题：四库本作"隋唐以来"。

[19] 玉台琼□：四库本作"紫极崇峙"。

［20］禹迹茫茫：四库本作"玄教昭宣"。

［21］九井神湫："井"，四库本作"曲"。

［22］埶川其流："川"，四库本作"泄"。

［23］际今皇明："今"，四库本作"我"。

［24］烨有余彩："烨"，四库本作"华"。

［25］昆嵛赴召："昆嵛"，底本作"昆嵛（仑）"，据四库本改。

［26］坐进玄元："元"，四库本作"言"。

［27］天容春霁：四库本作"天心沃启"。

［28］先绳祖武："先"，四库本作"光"。

［29］龙德统天：四库本作"乾德龙飞"。

［30］道曰长春：四库本作"道系有真"。

［31］岳竦云叠："叠"，四库本作"腾"。

［32］逢我圣际："圣际"，四库本作"盛明"。

［33］抗起湮沉："湮"，底本误作"烟"，据四库本改。

［34］财用其力："用"，四库本作"角"。

［35］羽众式瞻："瞻"，底本误作"赡"，据四库本改。

［36］秋穑在田："秋"，四库本作"稼"。

普济宫重建麻衣子神宇铭[1]

　　距穰西百里而远，有山曰"灵堂"，古麻衣子栖真之迹在焉。学道者状其事云：子出没晋、宋间，今余千年。其间或有因其迹而缮宫室，弘道法者，皆轶不纪。今大易道人毛守朴龀荆棘，侈土木，一新之，慨然曰："仙圣之迹失今不录，将遂颠绝。千载之下，不有能笔，孰开厥灵？"奉状挚翀委笔焉。征状，麻衣子姓李氏，名和，字顺甫，后际神人，更志康，字惠和，自号麻衣子。贞观间，封惠慈广德普济真人。真人世居秦，父思温，西宁令，以穆帝升平元年春二月十有五日生真人[2]，而绀发美姿，膂力绝等。然性明慧，好经史，契悟玄要，而绰有才誉。孝武太元九年，时年二十有八，喟然太息曰："吾年如此，犹湛秽腥腐，愚亦至矣！"以学道之志告亲，请去。西宁君责留之，不为止。君曰："吾为汝筑别室，听汝所欲为，何如？"不答，阴入祈口，坐一岩间，弥月，人不知。君偕亲党求之，遂深入结庐居之。西宁君迹见，曰："吾老矣！职则汝袭，无苦尔为也。"不答。令亲党逼之，不起。尝独行终南，逢一道者，藜杖芒屩，状貌庞古，倚皋危坐，谓真人曰："吾久汝候矣！"挹与语，皆道秘也，由是，神悟划然。道者授以秘诀，戒曰："终南非汝宅也。南阳之间，淯水之阳，直乾之方，有山灵堂，石峒其旁，神开汝乡。汝则往之，当有异人率众拜汝。汝慎拊之，可以翕神功于苍茫。"问姓名，道者曰："吾左玄太极也。"言讫不见。真人神其言，往求灵堂于淯阳者，久之，莫晓所在。道遇樵者，相与问答所自来及所欲往。樵者欣然导至峒门。问何居，曰："此山。"俄顷化去，乃益喜，自是坐峒十有九年。时安帝义熙十年，夏大旱。居民张奭约众计曰："麻衣子，有道者也。盍往叩之？"众诺，相率诣峒，焚香置水于前，祷之。真人初坐瞑目，顷之，顾曰："何为者？"众以旱请，让却之。众日旦暮请不辍，真人苦拒者亦累日。将夕，有少年十许辈前请曰："人日纷纷，何也？"真人语以其故，少年请但许之，真人托以昧妄，不敢。诸少年复坚请，真人怪，诺之。翌日如诺，雨果大至。霁，还行山间，见十有二人睡山阴，熟睇之，皆负龙状，心异之，还峒。而十二人至，皆稽颡曰："吾属，龙也。所居之溪曰'巫峡'，曰'五云'，曰'岷山'，曰'清远'，曰'桐柏'，曰'墦冢'，曰'昆仑'，曰'武陵'，曰'苎罗'，曰'涤溪'[3]，曰'浣沙'，曰'渑池'。上帝以师道业有成，敕令辅师行化耳。"真人稽首帝居而推峒居龙，别占一穴。龙自峒入，云雾晦冥，雷电交作，抉裂山背，各溃一穴而去。真人后游郾乡。历宋孝武大明元年，真人行年一百有一矣，秋八月八日，白鹤翔集，祥飙霭云，蔚烨扶濩，真人俨坐而逝。郾人即其地筑观，名以"白鹤"，仙坟存焉。唐贞观十三年，天子制表山曰"石门"，灵堂峰曰"显圣"，峒曰"胜泉"，龙皆封公，曰"广润""洪润""咸润""慈润""灵润""施润""崇润""丰润""应润""憨润""显润""保润"，封真人曰惠慈广德普济真人，旌宫曰"普济"。果尔，则太宗以迈往之君，首创大业，赐神号于宇内，而于麻衣子之所宫，襃奉殊特，则灵堂道区，古胜地也。自后，泯不可稽。岂山川之运自有盛衰，道自有污隆，人之为事者或成或否，学道者或断或续，操著述之任者或工或拙，或足以传，或不足传而至然邪？皆无由知之。今守朴挺然自奋于千载湮圮之余，追麻衣子之道于苍莽寥落之际而振褫之，平居则有水泉之利，亢极则有膏泽之请。一方之民将神明其所为，十二溪之神物将集灵异于玄漠。惟吾所令，苟幽明顺指，人神效绩，则推而达之清朝，贞观之褒有不必取荣异代者。翀尝闻希夷子受道于麻衣道者。岂度世不死，百世以下遨游人间邪？不然，将两麻衣邪？或度世不死，灭没六合，徊翔故丘，拊守朴之迹而叹其精心苦力，能绍其业也？如此，则守朴之籍丹台、上玉室也，将有日矣，于是叙其事而铭之石。铭曰：

誓乎真人，挺迹有家。咀道之腴，土苴世华。神人指迷，太华培塿。灵堂崔嵬，上列牛斗。惟龙骙骙，灭没有无。乃奉帝旨，为吾卒徒。窟宅八荒，呼吸自我。滂泽四施，孰往不可。悠悠山云，鹤逝千载。民之神之，功犹不宰。曰惟守朴，迹远心同。华观峰出，转替以隆。泉流泓泓，以溉以灌。郁亢以请，曾不我捍。有黔其首，众奔走之。神眇莫觌，守朴其师。苍琰穹隆，而刻斯语。山英桓桓，斥护终古。

大德十年丙午宇术鲁翀撰[4]。

（本文以清·陈梦雷、蒋廷锡编《古今图书集成·方舆汇编·职方典》卷四六一为校本，简称集成本）

校记：

[1] 普济宫重建麻衣子神宇铭：集成本题作"石堂山普济宫重建麻衣子祠碑铭"。又，集成本系节略文，简陋补缀颇多，故年代、地名及底本个别缺文须补外，异文概不出校。

[2] 以穆帝升平元年春二月十有五日生真人："以"，集成本作"晋"；"二"，集成本作"三"。

[3] 涤溪：集成本作"茗溪"。

[4] 大德十年丙午宇术鲁翀撰：此句底本缺，今据集成本补。

知许州刘侯民爱碑 并序

至大元年秋，奉直大夫、许守刘侯既终更矣。郡缙绅先生田浦城、刘兴国，及旧家望族，郡人之父兄、长者谋勒侯字民之政于石，属笔小子。翀恳让不获，敢迹侯行事撰次之。大德龙集乙巳夏六月，侯下车，家政斩然，阒无杂谒。其在献为，苟有利民，无或不举。许北趾于汴，南揖淮、楚，素号多事。侯材识精敏，百务丛剧，声容舒徐，刃婴而节解。吏无稽牍，狱无桎讼，不尚苛猛而凛不可犯。自公而优，入则杜门端晏，游泳典籍；出则宾礼先觉，隆奖学校。三时既隙，则帅郡属，叩校官，请益经史，亲为之倡。由是，郡政翕然。侯泽物仁而有方，耕凿树畜，求底实效。及终三年，诸军薮牧外，丘陵、原隰，垦辟殆尽。初，郊农贸谷，市侩连郡豪侥籴外关，擅轻重以售，嬛弱胥困。乃立斗斛，市距州治，重胁籴翔价之法，趋者如归。籴虽升合以上，无敢摧衄，民农两利之。侯以事出，法渐弛，复袭旧。至杖大驵数人，法复立。民颂歌之。岁丙午，河南诸郡饥，流瘠日至，春谷价勃涌。首发私庚，大缩价，听民籴。募富民粟数万，鳞出臬市。虑籴有不均也，于诸社责其长，日阅数，赋与之。夏雨戕麦。得请，出郡廪积年鼠耗凿米，薄价舒民。春夏徂秋，无凋瘵者。明年荐饥，赢、殍狼戾。请省，出公缗振之，民为苏。中统抵大德，凡所立有司法程，讨阅簿书，汇帙庋置，而据守不跆，故勇于拯民而善御其害。省大核屯田。临颍邓艾口民稻田三百顷[1]。人有说省曰："此古屯也，可复筑之。"下侯按实之。侯按至元中，司农研水利，拓民业，隆平生息之道也。业此率三四十年。暴取之，民措何地？省不题。以兵、民恫疾之状，迭陈不可，卒止。宣徽岁遣使征羊马，法三十取一，至则肆虐取，人莫谁何。度其至，令县民大书其法于垩壁，患遂止。程约五县，徭赋齐均。凡出钱于县官，市物民间，曰"和买"。民产所有，犹未易供，无之，则估百倍赋官。郡县苦督责，无敢拒；贪肆者亦阴幸渔猎，虽疮痏其民不恤。侯深患之。土有，均赋之，苟无之，抗简覆陈，不允不止。鄢陵、扶沟产红蓝，猝不时买万巨[2]。时其地年歉而蓝雾，民大惊蹙。省以侯敏干，略趣买之。相其故，力请罢之。是不独仁于许，又有以仁其邻也[3]。省檄论囚荆南[4]，时荆楚大水，民饥。归，请撤禁山泽，以活危垫。省移中书，如请，民济于厄。是其泽不独囿于近，又有以及其远也。其听讼，明察而果，哀矜恻怛，未始不行其间。襄城南距湛河，与叶交壤。叶民之盐取解池，齐盐止襄，旧树石河之南坝，镌以书盐之法。叶令妄徙而北，侵襄民近百家，嗾漕属以其法酷阱之。两县飞状斗辩。叶引陕漕合攻襄，中以危法[5]。时侯偕省使者会决之，卒以理摧叶，复石旧疆，民底宁。河南先民疏土旷田，价至弱，虽有质鬻，而契券阔略卤莽。逮今民日生集，丛榛灌莽尽化膏沃，价倍十百，斗阋滋炽。黍吏蠹法，孔穴梦出，至有绵旷岁时而莫之决者。侯既清白，复详听览。而洞情伪，佑是惩非[6]，至未半岁，决以百数，讼为衰。民葛英女嫁而奔人。英迹之，获他妇，惮严其舅姑而私窜外者，置家令妻教婿族事，如其女返魂他尸者归。婿不纳。一男子果争之，讼不决。侯行县诘之，情立出。民有以计诬挂其同行者，讼县，醉亡楮缗千。狱逮人数十，讯不白。屡诉州，至据地以恸。觇色诈，立屈之。决囚南阳，主妇告奴酖其夫，三日死。榜楚极惨毒，下狱久不立。侯谳曰：“实有毒，立死，无少缓者。”简孚狱，供有冤，立贳之。其听决多此类也。旧水旱祷祠，桑门羽流杂巫觋，嚣喧无益。一不取，齐袚精壹，以走群望，灵贶昭答。尝春旱，祷八龙井，明日，雨大作，民有拥香拜舞治所者。人既德侯[7]，侯善使人而知所务。长社尉廨僻远，为创筑，近郡治，使与库传、牲牢相连峙，徼循捍卫，弭患无形。三皇肇立民极，令天下通祠。而旧郡祠陋，丕构新之。崇葺庙学，植桧柏六十四本，筑室藏书，购诉工，体先贤貌影，自濂溪及紫阳朱子像，而祠于学。故实，凡相交承，则帅采属厚赆礼去者，于侯又最丰。终让却之，始终铢发无取，及是，人益信。在政哗哗，岳牧风纪，屡倚用之。轧强锄暴，在人所不敢为，侯不惮也。将退政之日，其下耆伏如甫至。谈者伟异之。名声藉藉[8]，上游诸公多誉藉之，交剡腾荐不一二数。士论称奉法恤民，有古良二千石之风，知言者是之。侯名天孚，字裕民[9]，家大名。以国书生从事中书。出判东平，移漕司，擢知冠州，遂迁许。风岸崭立，气度凝远。春秋方强，摅用未既，加忠孝岂弟出天禀，能以学济之，渊乎莫测也。浦城名九畴，兴国名庭瑞，皆仕焉而已者，声实素著，郡人望所推先。郡既不忍弭忘侯德，两公倡帅之，人弥咨叹其公云。翀既叙其详，乃最而诗之，庸翼郡人寥邈之思。辞曰：“郡侯绳绳，三岁逆旅。孰莫我矜？侯吾父母。我饥我寒，我燠我哺。鸣柚于家，田垦在野。縶我窘踬，均恫其身。膏以雨泽，煦吾阳春。惟古立学，定民之命。治有本末，礼乐刑政。谁蔑弃之，谓能其官？我侯至止，德馨如兰。士蒙颙颙，侯教载之。缙绅煌煌，侯劳来之。孰匪人哉，而玩侯法？将薙芟之，我用是愬。善达而施，天下之兼。宁独吾私？一郡是淹。车声辚辚，民莫侯揽。有坚其珉，镌配琬琰。鼎鼎其来，畴允侯迹[10]。跂予望之，其永无极！”

（本文以影印明抄本《永乐大典》卷八二六九为校本，简称大典本）

校记：

[1] 临颍邓艾口民稻田三百顷："邓艾口"，大典本作"邓文口"。

[2] 猝不时买万巨："万巨"，大典本作"巨万"。

[3] 又有以仁其邻也：大典本无"有"字。

[4] 省檄论囚荆南："南"，底本作"而"，属下句。

[5] 中以危法：大典本无"中"字。

[6] 佑是惩非："佑"，大典本作"由"。

[7] 人既德侯：大典本"德"下仅有一"侯"字。

[8] 名声藉藉：大典本此句及下句作"名声籍上，于公多誉籍之"。

[9] 字裕民："裕民"，大典本作"俗民"，疑误。

[10] 畴允侯迹："允"，大典本作"九"。

镇平县尹刘侯遗爱之铭

今至元三年岁次丁丑冬，镇平县尹刘侯代去。校官朱秉诚、耆旧杨仲贤、梁国英、士李昌祖等来曰："侯以元统二年冬莅县，审荒芜，课耕垦，税丁户，均差徭，察事情，靖嚣哄，奖士类，隆风化，集流散，遂生养，严法令，弭偷剽。始至，决讼百余皆当，诉日稀。补甲不紊，里社耕学日修。补逻日谨，穴剽日戢。三皇、宣圣庙庑敝圮，俎豆、诸生废弛者日修举，遂暇无事。他所赴诉宪部府廷者，用侯推决，剖析无滞。农书刻布，民社晓耕植。茧谷果蓏岁日增，常平义仓之储岁日裕，垦田岁日广，贳户岁日众。宪暨府皆剡荐廉约清畏。自始及代，无私谒。众曰信，将刻石永思，以示不忘。敢请。"予曰："吾故人也，知其才。惠政如此，其可辞？"侯名益谦，字恭甫，颍州太和人。以蕲黄府史入宪，自淮荆三道掌书除万亿宝源提控案牍，擢河南行省理问所知事，秩将仕郎。选充本省掾史，尹

县枣阳，秩承事郎。尹是县，刚毅明果，奉公忘私，其天性然也。因摭所
闻，系以诗。其辞曰：

绵亘宛境，跨带穰邑。大山盘互，源泉悍急。镇曰阳馆，民牧且耕。
金季置县，始号镇平。圣朝开济，分布诸侯。之此遥署，襄府樊州。中统
至元，迁易守令。稽考事宜，始复县政。令长相因，六七十年。岂无惠
爱，留此郊鏖？谁如刘侯，慎终如始？清己仁民，怀古君子。今其去矣，
日月有恒。既挽莫及，而借莫能。斯琢贞珉，刻颂嘉绩。庶几见闻，追慕
无极。

安氏尊经堂铭

明明尊经，安氏堂之。用有儆惕，予其铭之。于在古昔，挺起神圣。
越绍上帝，昭我明命。暨苍姬氏，四术乃崇。《诗》《书》《礼》《乐》，顺
古范镕。文武道衰，四教崩弛。孰其救之？天纵夫子。龙马献图，用著蓍
策。吉凶悔吝，开我人则。二禅三继，曰帝曰王。典谟、训诰，明我天
常。志欲有言，形于咏歌。雅颂得所，神人以和。王纲失维，列侯递霸。
其敢僭逾，笔讨无赦。是谓四府，其用不穷。大礼大乐，升降污隆。宇宙
有经，终古莫忒。民无能名，功载人极。鼎鼎儒者，相与守之。孰吾尧
桀，相与掊之。曾子、思、孟，荀、董、王、韩。周、程、张、朱，以达
圣元。不息不泯，皇衷民彝。其有能奋，立百世师。安氏东垣，世以儒
名。味道之醇，服义之精。百氏谀闻，宁不有当？处宜下陈，经无二上。
至小无内，至大无外。晦不加蹙，显不加泰。风雨震凌，蚿蠓是屋。六籍
凤峙，畴匪雌伏。安父之嗣，伯仲叔季。稚子龆孙，绳绳继继。岂徒藏
之？斯务明之。岂徒尊之？斯务勤之。其徒之贤，苏伯修甫。将以所闻，
往相告语。多歧亡羊，克敬克念。无或怠堕，请以铭鉴。

驻跸颂

继天体道敬文仁武大昭孝皇帝即位，修明世祖皇帝隆平故事，以故东
平忠宪王之孙，司徒、忠简王之子拜住丞相中书。至治元年，诏若曰：
"忠宪弼我世皇，功在社稷，德在生民。其敕词臣，即王所有范阳采地朔
南康庄，碑之，昭示悠久。"冬，刻铭既完。十有二月，丞相承诏葳事。

凡犒工劳众，郡邑无所扰，馈贺无所受。天子遣使牲牢之飨、秬鬯之禋，数异礼隆，不一而止。父老聚观，或至感泣。明年春正月，帝幸涿州。至碑所，重瞳凝仁，顾瞻有怀。秋九月，幸易州还。丙午，帐殿碑垣之南，驻跸御殿。上顾丞相若曰："汝祖考之绩之盛世载帝室，维朕不忘。亦惟汝之贤，有以相朕，益懋世德故也。"丞相顿首谢。翌日既旦，大官馔已，上步自帐殿，御金椅，座碑右。丞相称觞，献万寿。从臣以次进觞。天颜和怡，甚久乃去。丞相谕翀曰："皇上眷我祖考至此，不刻以志，则未有以称。汝其铭之。"翀祗栗奉命，用敢叙曰：太祖皇帝开创大业，忠宣王孔温窟哇，太师、鲁国忠武王木华黎佐佑神谟，拓定疆宇，继世国王皆著大功。忠宪王繇国王世胄，年十有八，巍然以巨德大人相世庙，统六合，举百度，底雍熙。仁覆天下，以垂大猷，以迪来哲。皇上念垂统之艰难，守成之不易，怀往烈，慰股肱，圣度渊深，非一介臣能窥万一。敢即所闻见而献颂曰：

赫赫圣明，嗣大宝位。祖武斯绳，昭我皇制。慨想先正，孰佐我家？奄奠八纮，帝业以华。昔我太祖，疆理万国。忠宣、忠武，功高辅翼。云雨方屯，忠武汜埽。华夏之民，国王荫葆。巍巍世皇，幅员既同。弼成治隆，忠宪之功。奕奕忠宪，虎变莫潮。年未及冠，烜著明烈。端冕正笏，不动色声。俊杰在职，儒硕在廷。何昧不昭？何坠不举？何绝不绍？何远不绪？三十年间，再秉钧轴。天极地蟠，孰匪亭毒？至元始终，中外人心。大耋鲐童，缔慕至今。天日清明，终古莫晦。柱石庙廊，宗社永赖。相国今谁？忠宪胤嗣。民之望之，忠宪是继。克继克庸，滋益光大。一以至公，熙我天载。帝谓侍臣，丞相之贤。家世所因，其敕词垣。于忠宪勋，太侈以文。配永河山，以竦见闻。涿鹿范阳，王有采食。山川苍苍，北拱帝极。蛟螭盘拿，大鳌负之。德音不遐，神呵护之。六龙翱翔，驭日霄汉。再狩郊坰，目此铭篆。渊鉴昭回，驻跸永怀。廓清烟霾，以霁九垓。从臣焜煌，千乘万骑。能不激昂，以励忠义？世世燮契，生此德门。君臣道合，岂徒示恩。忠宪来云，源源裔裔。臣颂此刊，丕告无既。

真定路宣圣庙碑

初，镇州置真定路，以中山、冀、晋、赵、深、蠡，府一州五土地人民，奉我睿宗仁圣景襄皇帝、显懿庄圣皇后汤沐，首务立学养士。当是时也，世祖圣德神功文武皇帝渊潜朔庭，闻镇之学，缓未即叙，龙集丁未，敕有司勿怠其事。于是以金粟冈庙址，崇殿庑，辟黉舍。太原元好问有记。越十有四年庚申，世皇即祚都燕，统一八表，置宪肃郡府镇。宪为诸道之冠，庠序阙略，必宪人府人胥议兴治。至元暨今，虽屡加葺，犹有未备。至顺辛未，宪暨府议倡集楮币三万，市物佣工募役。自殿之庑，自庑之门，新其屋，楹三十有二，栋宇轩楯，拱挟环合，左右翔峙。作杏坛于殿之北，神厨于庙之东。自庙徂学，门垣楔栀，循序森立，瓦墁缔筑，坚丽于旧。先是，府尹马思忽已基，未构而去政。人迁易者十余年。尹张猛台、倅和则平、治中和允升继至。宪使妥欢提其纲，宾佐韩复理其目，始克有济。其年夏告成。壬申春，府遣吏李明善，介征士赡思状，来请志其绩。翀尝贰宪燕南，义不容让。稽宋蔡京迁学，陆佃《记》略曰：真定虽塞北，有江南之胜。江南豪杰特起，如临川王公，与孟轲相上下。真定初未有闻。噫，是何言之怪也？真定者，冀州东垣，尧旧封也。昔帝尧以帝喾子侯恒山之唐。自唐侯即天子位，徙山之西，号陶唐氏。太行东西境数千里，皆帝之圻。真定固神明之宅也。孔子经法，于《易》则溯伏羲以本无言；《书》则始唐虞以道政事；《诗》则采殷周以正性情；《春秋》则黜五霸以严名分；《礼》《乐》升降以鉴洼窿。天人之道至矣，乃曰："惟天为大，惟尧则之。"唐韩愈谓尧以道传舜、禹、汤、文、武、周公、孔子、孟轲。盖孔氏立教如帝典，微言如三谟。帝尧、孔子，位不同而同圣。王安石背道迷经，蒙君误国，京佃倾党滋炽，世益大坏。河南程氏兄弟承先圣之绪，救之，终赖其言，道不坠地。建安朱氏师则两程，衰辑遗言，贯通折衷，以悟百世。先正许文正公见其书神感明会，相我世皇，同符尧舜。世道人心，翕然大正。洙泗渊源，日月昭朗。今神圣继兴，世日趋治。镇，股肱郡也，帝尧之思在焉，朝廷之化先焉。崇事先圣，所以教也。镇士知所乡往，下学上达，尊经慎艺，何德不进？何业不修？何邪不鉴？何古不及？宪牧之辅治教、缙绅之报，君父于是乎在。乃赋诗以慰镇人士曰：

太行之山，滹沱之水。孰古与美？陶唐之里。滹沱之浒，太行之所。孰今与伍？皇祖之土。恒山嶙嶙，滹水沄沄。昊天生民，思尧之仁。滹水

汤汤，恒山苍苍。帝尧相望，于赫世皇。始镇之府，时未忘武。维士与
女，泽沐时雨。龙德出潜，万方既瞻。春熙秋严，自北而南。皇风斯扇，
时雍于变。视彼侯甸，恒镇之先。大殿周庑，先圣之宇。久未今睹，谁敢
予侮。有庙有庭，有户有扃。肃肃其凝，昭昭其灵。新是镇学，式对恒
岳。惟士也确，顺我先觉。求门于墙，求室于堂。伊洛、考亭，使我不
盲。惟圣之玄，惟王之素。圜冠方屦，天地之度。侃侃訚訚，天禾申申。
如目之询，如躬之亲。既俨既翼，临汝明德。以宾皇国，方州是则。镇人
聚喜，归功宪纪。宪人曰止，其谁敢尔！颙望神京，稽首奉扬。配天无
疆，天子之光。

浚知州刘公友谅遗爱碑

泰定二年冬十有二月，知浚州刘侯既代，浚人士介河南行中书都事邵
信卿谒曰：“浚，小州也。北庭、西域、南诏、河南、江表朝觐贡赋，舟
车皆出其境。先是，水馆、陆传饩需既秣月给浩繁，而公缗不继。漕递驴
鼍毙蹄相踵，督买不止。宜沟之驿，淇赋也。淇人挟贵要迁虐于浚，驼马
之饲牧、和市之配扰、征役之驱逼，吏缘为欺，民益加困。至治元年冬十
有二月，侯下车，访察利病。得颛为州自行之，所不得颛，必抗简上达，
不允不遂不已，由是谋决事从，弊蠲害息。帅官属以修政令，刊图桑以蕃
茧丝，课生殖以警惰游，绳保伍以弭椎剽，稽夫丁以等强弱，考户甲以差
富贫，恪朝夕以严公规，清操履以绝私谒，慎文法以正胥史，持条约以戢
徒隶。祠三皇，所以报古昔也。殿庑垂坏，撤而新之。庙夫子，所以隆学
校也。祝事益虔，率励无怠。时缺三字，风熙日舒。吏惮其威，民服其教。
既去益思，刻金石以永明绩。子必无让。”侯名友谅，字贞一，故太保赠
推诚协谋同德翊运功臣、太师、上柱国、赵国公，谥文贞，追封常山王之
犹子也。翀向自陕西除监察御史，与侯相及中台，不克让，因采其事而诗
之。辞曰：

覆载茫茫，域民四方。民孰父母？守令循良。侯未来止，浚政荒弛。
侯既来止，视民如子。禾丰有苗，桑柔有条。侯惠两集，于浚之郊。忿悍
斯弭，孝弟斯起。侯令风行，于浚之里。始也赏咨，终也愉怡。匪木匪
土，其能勿思？其思益永，有溺孰拯？五马朱辎，来者鼎鼎。

（本文以清乾隆五十三年刻《卫辉府志》卷四三为底本）

赠同知陕州飞骑尉追封洛阳县男杨君世庆碑铭并序

杨氏家宏农者，皆东汉太尉震之胤胄。今金江南浙西道肃政廉访司事彬，字文质，世居陕虢崤渑之乡，盖旧族也。远祖：曰能，生六男子，宋正和间，世葬祖茔之南；曰谦，子男二人：曰和，曰纪。和生元吉，有文学，不仕。大观三年，世葬祖茔之西，坟志犹可询考。金源之季，兵烬散徙。其行有四郎者，以童幼，葺渑池故业居之，积粟能施，寿八十终。娶张氏。即文质之曾祖考也。生子曰松、曰善。兄弟自其父时，皆富农殖。至元、定户版，松籍兵，善籍驿。松生林、槭、麓，善生兴、润、温、溥。其家益大，三世七房。林生杉、椿、彬，槭生楫、材、朴、橄，麓生丛、楚、郁，兴生显、进、旺，润生淑，温生淳，溥生洁。四世十有六房。杉生士勋、士熊，椿生士熙、士然，彬子其兄杉之子士点，楫生士煦，材生士煜，丛生士炳、士炜，楚生士炯，郁生士燧、士爆，善之曾孙六名未序。松性纯朴，喜怒不形，治家有法，田谷充廪。年饥，半价振粜，虽邻邑饥殍沾溉苏活。寿七十有三。娶阎氏，严而有节，寿七十。长子林，谨厚孝睦，力本善艺，寿六十有一。用子贵，累赠承直郎、河南府判官、奉直大夫、知陕州、飞骑尉。追封洛阳县男。娶师氏，端静节俭，能相其夫，寿七十有五。累赠恭人、洛阳县君。文质明敏劲果，能自奋起。历史参府刑曹掾枢密，掌兵选，审礼制，别姓族，息妄讼，袭职者无憾。官长才之，遂掾中书。会司天管句讼日官葬卜，犯重忌，逮讯久不决。集贤、翰林、太史臣等，赴省集议，定拟摈黜十有二人，掾持说坚正中理，皆得出系禁，还旧职，声闻益彰。由是主事工曹、都事枢府，以工部员外郎拜监察御史经历、枢院郎中礼曹判官、宣徽、同知、两淮都转运事，改司丞内宰，遂宪浙西郎秩，自承直至承德大夫秩，自奉直、奉政、朝列至朝散。征其猷；为戚畹，妄役之匠不得售其私，工署之言行教坊，欺肆之臣不得逞其暴。礼闱之职举南省，镇戍不苟变动，遵至元之庙算；东藩胁从，不尽废斥，靖天历之人心。惜爵品，劝立功，明法守，惩妄觊，枢幕之画著。建郊祀之配飨，攻执法之贪邪，绳职官之贿通。豸府之名立。宗亲之赘太官之资、玉食之需不可幸，庖臣之赐、宣徽之体正。持宪江浙，审狱察冤，方见施措，以族葬卜期，请告还洛，征铭世茔。余既美其能忠职分于朝廷，又见宁其祖考于窀穸也，遂为之铭曰：

宏农杨氏，本自有周。伯侨宗裔，斯出杨侯。关西夫子，太尉瓜瓞。连世上公，载厚芳烈。今兹渑池，虢略山川。族葬不徙，千有余年。或士或农，有显有晦。及我皇元，涵育士类。东都旧域，挺此遗苗。裕后既永，稽前孔昭。诸孙济美，振起肃政。崇念悠远，冠雀鳣庆。才行英卓，能子能臣。以功报国，以名报亲。河洛崤函，宏农郡县。乡党斯荣，宗族用劝。嵩室之北，砥柱之南。铭示来叶，贞珉用镵。

湖州路安定书院夫子燕居堂铭

今上皇帝鉴旧制诰，万方优儒，蠲役仁其家。元统三年，湖州安定书院山长张蔚以夫子燕居故室陋狭，率儒众鸠工徒，徙基而北。堂隆序拱，增壮曩昔。恒廪不预推羡，置禾亩六十有三。蔚言："宋淳祐五年，湖守蔡节始辟书院，创屋楹四百七十，置米亩二千。先圣之室，侍以颜、曾。安定之祠，传习之馆，皆循矩矱。九峰蔡氏纪其绩，双峰饶氏主其教，道化大行。至元二十三年，祠院邻寺势夺，权徙游氏鱼乐亭。三十年，守许师可即北城观德坊市屋五十余楹，院始定。今燕室加崇，子适至，敢请记，以白悠远。"翀闻宋天章阁待制安定先生胡文昭公瑗以苏、湖教授师太学，其志务在洗涤贾艺干利之习，复先王之旧。其教卓然，有造士风。天下宗之，英才育焉。与泰山孙明复、徂徕石守道皆有师道，学者称曰"三先生"。程明道兄弟之所传，虽自濂溪，来伊川，游太学，闻三先生之教，遂厌科举。知其传之正也。先生家泰州，望安定，教湖学久，卒葬乌程。今郡县书院，犹古党术之庠序也。学者报本，必祀先圣、先师。圣尊而师亲，师必乡贤。于泰于湖，皆筑书院。泰，先生父母之乡；湖，其桐乡欤？翀尝忝位辟雍。蔚，国子生也。既为序之，敢附雅颂，明圣朝之治，正越国之风。辞曰：

维山有松，可斫可度。维水有藻，可采可芼。由宫而门，由堂而室。柱础桓桓，笾豆秩秩。瞻仰玄圣，申申夭夭。颜说曾唯，天朗日昭。继是孰先？孙思、邹孟。以俟后觉，其传者正。安定生世，千古寥寥。浚导洙泗，于雪于苕。贞我皇元，覆帱持载。教泽四充，滋益光大。太湖之府，安吉之乡。流风余韵，古今洋洋。弓正氏蔚，鼓舞士众。义顺事宜，崇此梁栋。才以资世，学以育才。绳绳继继，用鉴灵台。

河南淮北蒙古军都万户府增修公廨碑铭

昔光禄大夫、江西行省平章政事、赠金紫光禄大夫、司徒、上柱国、郑国忠宣公、推忠开武协运佐治功臣奥鲁赤统蒙古军四万户，佐帝平宋，开阃洛阳县龙门山之南、伊水之东，以治军政。至其子嗣都万户脱完不花始构治宇，以肃官僚。今其孙嗣都万户察罕铁穆尔偕其副都万户昔置伯吉谋曰："旧治狭隘弊腐，宜撤新之。"始其地广袤十亩，因增倍于先。治事之厅、退息之室、宾佐之帡幪、傔使之庥庇、簿书之庋阁、财物之库庾、庖厨之门闼、谯楼隶舍至四十楹，壮丽崇深。名其堂，前曰"仁武"，后曰"忠益"，楼曰"严更"，遣千户咬住暨忽都帖木儿驰状征记。扎腊尔氏自行铁木台麦烈，忠宣公奥鲁赤，银青荣禄大夫、上柱国、湖广等处行中书省左丞相脱完不花，赠守忠翊正济美寅德功臣、资德大夫、河南江北等处行中书省右丞相、同知行枢密院事普答剌吉，赠保忠经武致德宣忠功臣、上护军、夷山郡公，五世六袭，及今都万户自怀远大将军加昭勇，年三十有。旭申氏自博鲁温诺延，行省兵马都元帅塔察而，蒙古军四万户别里即台，横州屯田万户府达鲁花赤、轻车都尉、平阳郡侯密察而，都元帅兼江东西大都督宋都台，镇国上将军、江西道都元帅阿鲁辉，辅国上将军、江西道都元帅、副都万户、平阳郡襄懋公伯里阇不花，六世八袭，及今副都万户自怀远大将军历定远，加昭毅，年三十有九。昭勇、昭毅皆蒙古贵族世胄，其祖与宗自太祖圣武皇帝来，继忠勇，靖朔漠，开西域，伐金、伐宋，一海寓，著劳绩。今两都万户协心力，辑军众，居则恪官守，动则整戎行。善于纪律，斯可见矣。乃序其事，铭其堂所之碑曰：

皇元受命，震起天北。风云龙虎，感会奋激。羽翼爪牙，交济其功。分守方岳，帅总元戎。河淮都侯，峙阃崇洛。两帅钜宗，光世其爵。统四大府，兵政霜严。节制苫止，宜竦其瞻。斧斤山林，梁栋柱础。以挺以植，隆辟帅宇。仁里斯美，择必处仁。志在仁武，熊罴化驯。优游清暇，退集燕室。延访宾友，志广忠益。煌煌圣朝，武纬文经。崇堂邃奥，式永攸宁。

翰林侍读学士、中奉大夫、知制诰、同修国史孛术鲁翀撰。

大元创建三皇庙碑铭并序

帝太皞伏羲氏、炎帝神农氏、黄帝轩辕氏继天而王，开物成务，冒天下以道，于生民之初，圣德大功，赫暄宇宙，号曰三皇。鸿惟皇元世祖皇帝道与皇符，诏天下建皇祀。至元二十有四年，耀州三原县徙邑龙镇。大德龙集甲辰，镇人李子敬偕其弟子懋择爽垲镇西泾水之阳筑皇庙，凡二阅年告成，财必己出，用楮缗二十万。殿庑门墉，高朗弘深，拟则府制，植柏于中；环树长杨于其外，以肃神所。祠孔子，立学舍，买田聚书，礼师儒，淑其乡之子弟。故集贤学士、国子祭酒萧公题曰"学古书院"。乡人状其义以闻。中书匙之，移行省，旌其门曰"义士书院"，署山长。始，其父定自云阳迁是镇，力稼穑，储乐品，采精良，谨市售，家遂饶裕，益训子孙勿骄惰，年八十有六终。其二子继业益谨，敦信义，恤匮乏，急婚葬，已责纾逋，开困救饥，施无德色。制授子敬进义校尉、管民匠官；其子秀汴梁民匠总管；孙统以承事郎使京畿及秭仓；子懋秩承事郎；其子善继以奉议大夫知郦州。此善庆征也。盖尝论之，古三圣皇立法垂教，域民仁寿。孔子于《易》，大述皇功。圣朝制祀，如祀孔子。皇以道隆，孔子以教圣，所以范烝民，福函夏，其揆一也。李氏兄弟用其财佐佑风化，其于民俗功亦不浅。秦士张忠偕子敬来谒庙铭，翀义其所为，叙其事而系以辞。子敬字恭甫，子懋字益甫。辞曰：天载无言，民物有则。皇法继作，与天同极。赫赫天朝，肇造皇祀。象事昭融，无远不暨。日用饮食，斯感皇明。云阳之李，世叶敷荣。龙津之堧，泾流之浒。乃庙乃容，开峻皇宇。笾豆篚簋，事侍有司春秋崇报，即是成规。穆穆皇居，不远伊迩。尊尊亲亲，纲纲纪纪。无忘古始，益严匪怠。盥荐孚颙，皇俨如在。推之四方，煦妪犹春。敦不有化？其风载淳。

大元至顺三年岁次壬申三月甲辰初五日，朝散大夫、陕西道肃正廉访司使孛术鲁翀撰。（明嘉靖重修本《三原志》卷一〇）

参知政事王公神道碑

至大元年，汴梁路总管兼府尹王公年逾七十，拜参知政事，行尚书省云南，秩中奉大夫。仁宗皇帝以公至元、大德名臣，拜昭文馆大学士，皆不果行。延祐元年冬十二月七日，薨汴私第，春秋七十有九。明年春三月十二日，归葬赵州宁晋之金符乡换马里。中书以台疏列公行绩以闻，赠通奉大夫、河南江北等处行中书省参知政事、护军，追封太原郡公，谥宪穆。元统元年冬，其仲子承务郎、万亿赋源库提举钧以翰林待制苏君天爵状征铭公碑。䎉，汴诸生也，其敢辞？公讳忱，字允中，世居宁晋。曾大考进，晦彩不耀。大考守忠，金承信校尉。考玉，太祖皇帝威行中夏，率郡民款附。从太师、国王木华黎用武有功，累官定远大将军、庆源军节度副使。夫人王氏，生公。刚毅正直，读经史不事空言，能见之行事。裕皇位储宫，取勋旧子孙入侍。公被选，忠恪小心，十有余年，日慎一日。或因事进说，明谅不阿。世祖皇帝察其能，至元十七年，拜山北辽东道提刑按察副使，秩朝列大夫。东藩诸王鹰人纵暴，民大厌苦。公绳以法，遂避敛不敢犯。宰相阿黑马掊克固宠，希合之徒言利侥幸。小吏耿熙告北京宣慰臣逋官缗若干万，既闻，敕征之。熙惧失实，增益制敕，逮系百余人。公疏其妄，熙获罪。裕皇宾天，储极虚位。帝春秋高，中外危之。言者虽众，未见允可。公建言："陛下临御，多历年所。至元初，豫建太子，天下归心。鹤驭上宾，臣民忧惧。惟早定大计，以幸宗社。"章三上，帝俞其言，俄敕皇孙佩信宝，抚军朔幕，大业乃定。二十四年，宪河南。时南北既一，无俚凶慝略民子女，转卖四方。公谓此徒于圣天子仁覆天下之政梗害非小，建请严立法禁。从之，遂着令甲。息民汪清占息民籍已再世矣，兵豪状诉帅府曰："吾亡奴也。"即驰骑数十杀清灭口，取其妻孥资产。清子成逸出，赴民有司诉之。兵民文移往来，数年不决。颍兵朱喜始以避乱奴于人，其主知其难于奴也，集乡胥、里长，同署券免之，隶颍兵籍已久。喜家火，其故主子谓券已焚，而复奴之。喜持券出诉，讼不决，皆诣公诉之。稽清占籍以岁壬寅，其奴亡以里辰，喜券足凭，白之镇南王府，诬者皆屈。明年，两讼之仇结近侍诬奏公徇，制下中书，遣使收公案讯。公疏台请闻，有旨驰召。入见，敷陈尽底蕴。帝大悦曰："若人非素餐者。"敕省台燕慰还职，近侍及使者皆以赇败。清、喜数百口脱虎咡，绘公像事之。二十七年，置肃政廉访司，以新宪度。明年，公副使燕南。河间盐漕官守盗用赋缗十余万，核正其辜。诸王分地恩州，其下以钱贷民，加倍征息。公令子母相当则止，余有罪。先是，以民入兵，限私田四顷，优其家。公曰："国家取天下以来，兵无宁岁。今海内虽定，征戍远方，一兵岁费不啻千缗，区区限亩，岂易充给？在民编者，守令犹岁差富贫，以均其力，一人戎行，永不可变。请增田额，使无饥寒内顾之忧。"不报。其后以兵力乏竭，敕枢密召公等会议，以真定、顺德、广平等路俾之询简，得富民数百家充兵，兵之贫者遣还民伍，人服其平。公以旧臣屡宪方州，至是威名益振。三十年，拜广西肃政廉访使，秩嘉议。台橄以其廉能晓诸道。疾，不赴。成宗皇帝即位，元贞二年春，使宪河东。召见柳林，抚慰优渥。会并、汾旱饥，请发粟赈哺，全活者众。五台大建佛庐，敕中书择锐事吏董役。工部司程陆信驱民夫数千冒险伐木，死虎豹蛇虺者百有余人。其时，皇太后幸其所，公入言："以寺福民，福未及而害已甚，非初意也。"徽听开悟，减其役，仍赐恤死者家。宗王分土，并门廪饩岁取民间。或不能供，辄立契约，母息倍称。或不能偿，隶其子女，民患苦之。公请出钱县官，赎还其亲者百二十四人。于是，诸王膳资岁颁于官，民瘼始苏。王嬖臣哈塔不花怙威肆虐，公按正款伏。王为之请，弗听。王驰使谮公，上未信。会驾北幸，罪人亡走，诉公不法，敕中丞崔彧问之。俄彧卒，驾还复诉，诏省、宪噪声之，无验，诉者抵罪。由是，王禁戢藩僚，民境晏宁。大德三年，迁江陵路总管，不行。七年，迁汴梁。汴，故宋、金都邑，号难治。公至，省人、宪人以公旧望，不敢以府属视之，政讼之难，悉听鉴裁，下无隐情。久之，政清讼简，吏民歌咏，方宋包拯。公莅汴之四年，岁次丁未，河决原武，注汴、宋，汴尤急。吏士具舟楫以逭漂溺，民大惧。公白省，请疏导顺下。势家以田畴不利，难之。公曰："吾，守臣也，当任其责。"即行河决壅，以完城邑。水息，大筑堤防。羌族炮手居鄢陵者万余室，民役不预。公督使趣工，得万人，不日堤成，民至今思之。公精明有断，不畏强御。所至兴学奖士，修政新民；不专法令，威爱兼行，为世名德，故姚文公燧、刘文静公因与公游，雅相敬尚。苏君，公乡人也，时贤言行，优于志载。其言曰："世皇天纵有为，公及陈公天祥、程公思廉、姚公天福皆骨鲠敢言，视社稷民物利害若疾痛嗜欲在己，才猷风采凛震一世，庸夫庸妇知其姓字，岂声音笑貌为哉？天故生之，以弼治效。"善论也。公夫人张氏，封太原郡夫人。子男二人：曰锐，曰钧。孙男三人：洙、浩，以胄子肄业成均；渊，幼。锐、钧皆有学行，翀固知之；其诸孙为胄子，皆驯谨向学，佳子弟也，助教陈旅云。铭曰：

世庙帝运，鸿惟永年。仁浃义洽，德崇配天。咨谓裕皇，左右前后。侍卫仆从，询贤世胄。时也宪穆，宿卫青宫。行必循矩，言必见忠。涵育有年，一静一动。帝曰良哉，才可试用。卿贰东臬，位四品秩。碣石医闾，光昭化日。来归定省，遂莅河南。上触廷怒，下詟狼贪。帝曰忠哉，斯岂尸位！丞相御史，燕劳还辔。皇鉴昭明，饬新宪纲。卿才而旧，益砺干将。太行西东，鸿河南北。草木知名，山川正色。栖迟晚暮，伊汴四封。宋、陈、许、郑，春阳诞充。逼侧将迎，于此大府。齿健而狞，犹惮叵处。上获下顺，居五阅年。华发萧萧，益壮益坚。其卷其舒，大义终始。钢百其炼，肯柔绕指！五握宪节，郡符再分。洪波砥柱，矻立不群。政预钧辅，逖矣其道。文崇秘馆，允也其耄。之显高朗，之幽神明。之地列岳，之天列星。滹沱之郊，邯郸之鄙。刻铭丰碑，征信惇史。

大元故镇国上将军河南淮北蒙古军都万户府副都万户赠辅国上将军枢密副使护军追封云中郡公谥襄懋忽神公神道碑铭并序

公姓忽神氏，讳伯里合不花。其先蒙古部人。高祖博鲁温诺延，佐太祖圣武皇帝创业有大功，子孙遂以弓矢韔箙侍御乘舆，长宿卫。其职曰“火而赤”。曾祖□塔察而，一名倴盏，以弓矢侍御太祖。天兵克燕赵，命为燕南断事长官。岁壬辰，太祖皇帝伐金，拜行省兵马都元帅。将所分卫士及诸王驸马、蒙古诸□□□自河中府渡河，破潼关，取陕州。癸巳春正月朔旦，降陕帅赵。行省东行，降洛帅马。行省并河，玳瑁寨□任元帅。民豪苏汴、王居、贾珍、阎海、支显等以次纳款，皆使按堵，以集民众。以所得兵士益部曲，攻金。金主弃汴，涉河走归德，遂之蔡。秋，偕大兵袭蔡，筑垒示持久。遣使于宋征兵□，金人危蹙。冬，破蔡西城。元帅犯矢石先登，按兵缓进，欲生致金主。俄鼓噪四合，金主自缢幽兰轩。甲午春正月，金亡。元帅奏：“金人既灭，宋或迫我，何以堤御？请亘大河南北，东自曹濮，西抵秦陇，分兵驻守，镇中原，遏宋寇。”制允。由是，京兆、凤翔、秦巩等二十四州迤逦抚定。乙未秋，宋人寇淮，元帅将众南征。丙申春二月，息州主帅崔太尉□□降，光、息□地皆定。诏以息民及玳瑁寨户口赐元帅，农田养老。戊戌，攻寿州，薨于军。祖考别里虎台继佩弓矢，事宪宗皇帝，袭长部伍。壬子秋七月，授行省兵马都元帅印，将领四万户蒙古军马并诸翼汉军，征收淮汉未附郡县，薨。考密里察而事世祖皇帝，继佩弓矢。中统元年，授大河以南统军。五年，授保甲丁壮射生军达鲁花赤。至元四年，袭蒙古军万户。攻襄樊，薨。泰定元年，赠明威将军、洪泽屯田万户府达鲁花赤、上骑都尉，追封平阳郡侯。妻博罗海，平阳郡夫人。公叔父宋都台袭攻襄樊。十年，吕文焕降。十一年，从大兵收鄂、岳，授昭毅□将军。收归、峡，下江陵，以兵镇潭州。十二年，兵攻江州。授都元帅，佩虎符，兼江东西大都督。破建昌州，获斩万将军，抚辑民庶七十余户。次塔水，擒骁将熊飞并偏校五十余人。抵龙兴，主帅刘运使率众降。绥辑士民，秋毫无犯。南康、吉、瀛、袁、瑞、临、抚、建、广南东西道次第皆降。十三年冬十月，薨。公之兄阿鲁灰袭将元军，战克有功，十八年，授江西道都元帅，薨。十九年，公始袭父兄旧职。峒獠董辉等叛，讨平之。授昭勇大将军、蒙古军万户，佩以三珠虎符。三十年，以蒙古军戍湖广，从平意政事刘二霸都讨叛寇，所至宁戢。元贞元年，将蒙古兵二千人扈从上都。秋八月，加镇国上将军，职仍旧。赐□□带、弓刀、鞍辔，岁扈北幸。大德三年，从武宗皇帝北征，著劳绩，诏以所部兵屯田称海。六年，授河南淮北蒙古军都万户府副都万户，仍屯田。九年，以北方宁晏，诏有司资力。还河南，岁扈乘舆上京。延祐元年秋八月一日薨，葬平阳解州闻喜晋原乡甘泉镇西原之茔。泰定元年，赠辅国上将军、枢密副使、护军，追封云中郡公，谥襄懋。夫人讳完者，姓札剌尔氏，封平阳郡太夫人。子男三人：长昔里伯吉，次昔里吉，次嵩寿。昔里伯吉，延祐二年夏四月袭明威将军，佩三珠虎符，河南淮北蒙古军都万户府副都万户。四年秋九月，特加怀远大将军。泰定二年秋八月，进定远大将军。今至元再元之二年夏五月，进昭毅大将军。性简重明亮，善抚□卒。四府两翼将吏畏其威而服其德，可谓能子而贤于□其家者也。夫人宝□，封平阳郡夫人。盖尝论之：帝天下之兴也，必有绝世之才、同德之佐翼世运，隆丕基。尚矣！皇天眷佑太祖皇帝受命，而出襄懋公之高曾，英迈材武，感会风云，开辟疆宇，为佐命元功□。及公之祖考父兄，继兵师，效忠力，光振世业，六世八传，皆有令闻。河山带砺，诒庆无疆。溯其所自来，干戈炽焰、玉石不分之际，智勇仁义，德及民物，信可见矣！是宜铭。铭曰：

龙烛玄漠，笃生圣人。柱天维地，弘济生民。天威所临，万里影响。雷厉飙驰，乾坤运掌。孰顺羽翼？孰雄爪牙？辅之□之，开国承家。襄懋之先，拥护圣武。以开皇图，以定方宇。英贤世出，佐我祖宗。金、宋继墟，六合混同。世握兵麾，高牙大纛。六叶七袭，而至襄懋。至元之盛，大奠南服。犹有顽獠，虐炽炎毒。桓桓襄懋，袭烈父兄。风扫□汛，以畅皇灵。虎节鲸珠，照耀行伍。遂从吉巡，泝阙清暑。大德之始，遐朔未宁。武庙龙潜，天俾其行。询用襄懋，练简部曲。从我抚军，以壮师律。屯戍和林，馈饷以丰。副帅河南，□表世功。武皇御天，中外宁壹。整肃□旅，春秋扈跸。从容治世，享寿天年。之子之承，克象其贤。封谥褒崇，请自天锡。使亚枢府，□数赫奕。桐宫之乡，实维晋原。松柏苍苍，为公之阡。河东之居，□云世守。刻□穹碑，照于悠久。

平章政事致仕尚公神道碑

大德八年春三月己巳，中书左丞尚公请老，上不允，若曰："其服朕命毋怠。"冬十月，称疾力请，予告。九年春，还保定，时年六十有九。明年夏六月，拜昭文馆大学士、资德大夫、中书右丞，商议中书省事。召，不起。武宗即位，加荣禄大夫，预司农司事，司中书职，仍旧召。秋九月，觐龙虎台，大臣莫不誉公。上悦，若曰："众以卿宣力我家，争誉其贤故耳。"公再拜称觞，上万岁寿。御盏赐之酒。故事酒答臣下，盏人授之，不亲赐也，时特授公。左右相目嗟异。冬十有一月，东宫赐宴翰林，俄以疾还。至大二年春正月，使召，辞。三年冬十月，赠爵三代。仁皇出震，召问大计，称旨，赐宴清胜园；皇太后赐宴南园。夏五月，丐去，陛辞。上御武帐，闻之，以气暄室隘，敕近臣出谕，若曰："卿来尽心献纳，朕未始不从。称老怀归，岂遽忘国家耶？凡益国便民，其以疏闻。当行朕即行之。"敕宰相李道复等进秩慰钱。遂加银青，职仍旧。赐白金百两、金绮二匹，宴中书，驿送还归，时年七十有五。延祐五年，制赠曾祖考仲资善大夫、翰林学士、上护军，追封上党郡公。妣魏氏郡夫人。祖考安荣禄大夫、大司农、柱国、祁国公。妣王氏国夫人。考汝楫银青荣禄大夫、大司徒、上柱国、祁国公。妣李、妻魏，皆国夫人。六年春正月，拜太子詹事，使三往，乃起。三月辛酉，见上嘉禧殿之后阁。上顾太保曲出，目公曰："是自世祖皇帝效力洁净人也。"徐曰："周卿，汝前。汝知古今，识道理，练大务。太子托汝善辅之，有言勿吝，善教之。此朕意也。"公见皇太子，首以念祖宗、孝两宫、养德性、辨邪正陈之。太子异其言。夏五月，北幸，觐花园北行殿。上若曰："朕不文，直谕汝，勿惜尽言教太子。"赐尚醢马酒各一罍。詹事俸人不受，俄谢归，时年八十有二。泰定三年，以中书平章政事致仕。制授于其家，赐楮泉万缗、绮帛四端、尚酒二尊。公表谢，复赐酒，时年九十有一。朝廷尊贤养老，思辅长治，其见于公如此。四年十月八日薨，享年九十二。讣闻，制赠推诚佐治寅亮功臣、金紫光禄大夫、大司徒、上柱国，追封齐国公，谥正献。公讳文，字周卿，祁州深泽人。幼嗜学，甫逾冠，卓迈有闻。世皇御极，急务求贤，一时大臣体上意，锐采择。中统元年，张忠宣公文谦宣抚河东还，故参知政事王椅荐公。忠宣奇之，辟掌书记。至元元年，辟西夏行中书书表。二年，始立朝仪，诏魁贤巨德者讨论详定。太保刘文贞公秉忠荐公参预。凡常朝朔望起居，元日、冬至，会觐、册拜，内外文武仗卫布置，服色差等，图象规制，皆公掌之，节次入奏。清问所及，必公条对明白。久之，圣鉴通朗，敕结彩画位皇城之东，百官肄习。上御法座临之，见大书"宸极御座之居"。上召公问之，对曰："天极居中，案星环共。帝德无为，天下归之。其象类此。"上悦。习已，大悦，遂为定制，播告天下。七年，敕知事大农。八年，转大农都事。礼成，置侍仪司。太保以公见上仁智殿，擢右直侍仪使。十有二年，复都事大农。其佐农政也，置七道巡行劝农事；联保五，课耕桑，修水利，立社学，筑义仓，革浮薄，禁游惰，多自公画。十有七年，出守辉州。不事刑挞，因其土俗，以礼导之，令行禁止。河朔大旱，祷辄雨，岁大熟。逾境，旱自若也。闻者异之。怀孟马氏、宋氏被诬杀人，讼蔓不决，提刑部使檄公谳之。推迹究情，得尉、史、狱卒炼嗾状，两狱皆雪。牧辉二年，民安事治。十九年冬，召拜户部司金郎中。初，竹税置提举，隶省部。怀、卫居民犯一笋一竹，率以私论，至破家。至是，抗言罢之，课入郡邑，害遂弭。明年秋，使山东，定征税。度风土、市廛，立中制。江西省、宪交讼，裕皇令中书公奉教讯诘。罢省臣、宣慰臣各一，追白金千二百两。二十一年，冬，改户部郎中。明年春，都事御史台。会聚敛臣答即归、阿散等，省、院、台内外监守，里魁、什长率有欺蠹，请大搜抉。上允，敕众勿沮。利党啸结凶壬，拟使旁午。省臣、御史、掾吏、民庶，罹阱陷日众，人情危骇。先此，南台御史封章言帝春秋高，宜禅位于皇太子，皇后不宜外预。太子闻之惧。公因秘之，以杜谗隙。此曹觇之，钳台史督索。公白中书右丞相安童、御史大夫月律鲁，拒之。越翌日，其党以闻，敕大宗正薛尺玕取其章。太子益惧。二相忧变不测。公思用拯之方，阅旧案，得凶党罪玷数十，白大夫曰："事急矣，请就省图之。"至遂说曰："丞相、大夫以勋贵、忠贤荷天宠，柱石廊庙。皇太子，天下本。固本安天下，两公任也。此辈倾险乘衅，奋不逞。秘章出，祸可言邪！今先计夺谋，使喋不容喙，策之上也。"二相曰："善。"入言状。上怒，若曰："汝等无罪耶！"震厉未止。丞相前曰："臣等有罪不辞。但此党名载刑书，类非慎洁，动必鸷害生灵。宜选重臣，使为之长，庶靖纷扰。"上徐霁威，可其奏。

二相出宣制，缓其行，凶焰为沮。俄而告赃赂者喧集。事闻，天威大震，或诛，或窜，或奴。时汉人台臣皆阙。公位幕佐，以智勇忠义动大臣，悟明主，歼大慝，销大衅，旬日之间，中外清泰，闻者壮之。俄丞大农，治京北屯田畎浍泛溢不灾。二十四年，置尚书省。柄臣颛政急赋，谗戮大臣，众股栗。使者四出峻绳督，务赢官缗，缴赏悦。公使燕南，得钞缗约四十万，与民者三之二。赏虽不及，功亦见。时至元钞始行，置宝钞提举司，隶都省，金与银禁私易。小人挟威张罟攫，饱饕餮，摧破民产，动再年，使江西，治其敝。吏行诈舞文，各以罪论。或诬熊氏子买藏金尺，吏讯则无之，讯益酷。乞输直，不听。聚贷簪珥，作新尺符其妄，乃已。刘氏子诬其弟货利潜易金银，狱久不绝。事皆类此。公至，率清脱，民始宁息。其年，理盐茗杂税江右。明年，升少卿，理狱、理赋。山之东署置滥溢，汰之；政令苛虐，蠲之；事理欺惑，正之。尚书省罢，政归中书。二十有八年夏四月，迁吏部侍郎。考核尚书省臣鈘综所不当最，簿上之，流品清别，井井不紊。始以肃政廉访司宪诸道。明年，公使宪湖北。初，提刑按察之宪鄂也，行省奏罢其司，听摄山南者再，事滞民疚。公曰："此憎忌者间之耳。"凡政刑大务，即省议之，庆祝大礼赴省行之，纠按贪墨不少贷。谗格政行，民始受赐。三十一年秋，召为刑部尚书。公以远近禀决刑制不一，吏诞民瘵，请依古律令，采宽厚新宪章，以一吏治。不报。成宗元贞元年春，拜侍御史。会江浙省平章用虐行悖，行台御史、浙西宪人条状弹劾。制遣公泊大都护往诘之，左验明着。平章者挟贵，骜岸不臣，公等以闻。平章者以国制军数禁密，无敢或预，御史尝取数镇兵，于是借其故，擅驿走都，以相噬咋。都省奏不用台臣，特以都护按问，制可。御史逼威即承，两造具备。敕省、台、太师、宣政等众大臣杂议。卒阿势贵，犯轻宜宥，御史法当死。公曰："不然。御史职号监察。今所系者上欺下暴，制使驰讯，拒捍无礼，罪重不轻。必以军数有禁言之，小吏佐书，掌给盐米，甲簿伍籍，数谁不知？况御史因兵卒交诉，责令长帅均役，情无害法；即有罪，亦轻不重。皇上御大宝，赦天下，德洽民心，岂宜滥刑以累圣治？"议都堂三，辨岩廊再。众列奏，公廷争剀切。上开悟，平章、御史各杖遣，众呼万岁。他日集肃政堂，众忧省、台不协。公曰："天下无难事，第恐处之失其要耳。都省长百司，丞相握大柄，相抗不敌，动渎天听，取厌伤体。自今而后，狼贪虎暴者抨弹之，事不涉私者正救之。果大锄铻，论斥未晚，何用纷纷？"众韪公言。未久猜释，风纪肃然。二年，请无数赦，罢役不急，上嘉纳。大德元年夏，河决蒲口。冬，公使宪河南。明年春，偕敕使相决河，筹久利。公建言："长河万里，湍猛东注，下盟津。地平土疏，荡徙不常，失禹故迹，流患中土，不知几何千年，孰保无患。治得其当，则民省而患迟，失之，则力费而患速。此定论也。今陈留抵睢，东西百有余里，南岸故河口十一，已塞者二，自涸者六，通水者三。岸高水六七尺，或四五尺。岸北故堤水高北田三四尺，或高下等。大较南高于北约八九尺，堤安得不破，水安得不北也？蒲口今决千有余步，迅快东行，得河旧渎，行二百里至归德横堤之下，复会正流。或疆湮遏，上决下溃，终竟无成。揆今之计，河北郡县，顺水之性，远筑长堤以御泛滥；归德、徐邳，听民避冲溃，择所安。婴患户齿，河南淤田，量给永业。他决视此，即救患之良策也。蒲口不塞便。"策上，廷论，从之。河朔郡县、山东宪部争言："果然，则河北桑田尽化鱼鳖之区矣。塞之便。"复之。明年，蒲口复决。障塞之役，无岁无之。是后，水北入巴河，复故道，竟如公言。三年秋，宪山东。宣慰使挟婿宗室，以浮论惩叛，谓治淄、青，政宜猛，故藉是久居方闻，外掠誉而内贪虐。宪纠小有违言，吠咥即至。公度难力争，使者往来，公以温言顺附而严砺之，彼乃感服。其下稔恶，会有告者，选官按诘，得二十余人，决杖追赃，以慰茕弱，遂大惭谢。逐所亲昵用事十余辈，归民田二百余顷。四年秋，授中奉大夫、参知政事行省江西。既莅政，以吏选淆浊，凡庠序之师、军民之佐、财谷之主典，随事立法。员数百，浃日皆注，无复容私。众始睚眦，终莫夺，俄趣公分镇岭南，快私愤。公曰："此军政也，非制敕不敢行。"驿使颛禀，得报：蒙古平章偕公在省，余以次出镇。众计沮，事听公决。摧强生枯，濯烦疏壅，省务清简。六年秋九月，移疾北还。冬十月，拜江南行御史台中丞，辞。明年，召至京师，拜资善大夫、中书左丞。时朱张氏得罪，省臣率遣逐，惟左丞相、两新平章洎公凡四人调燮政务。浙西水沴，民饥。山东岁凶，盗充狱。公议发官廪，周罄乏；缩涌价，舒市易；泄富足，通闭遏；责兼并，仁客佃。民能施米上三百石，爵有差。得米石五十万救吴越，饿殍为苏。出官缗八百五十余万恤齐鲁，敚攘亦息。选清望臣使十道，宣抚天下，采利病得失。黜贪暴，安善良。江南官、民田赋均减三之一。南方学浮图氏号白云宗者，发而妻子田宅，訹愚民，托祝釐，逭徭赋。幸习甘贿，奏为总摄，锡印章。郡县酋豪名署七千余所，众数十万。于是罢之，斥散党羽，同民赋役。时顺德忠献王答剌罕，与君同心辅政，选庶官，齐百度，罢斜封，汰冗员，绝宝货，约滥支，节淫费，量入制出。择民牧，屏世守，定赃律，除虐禁，明婚制，阜民生，纲正目举，有中统、至元之风。公粹美高亮，行修洁。年十六七志学，溯伊洛，究洙泗，完经大史、诸子百家，该洽无不综，一以仁义为根极。孝友行业，着见州闾。大臣交荐，声名日振。世庙方大有为，衣冠元老森然以所能辅经纬。公翱翔上下，佐画开先，实与有力。历事五朝，才识弘经济，功名映寰海。德望尊庙堂，忠信缔渊穆。悬车私第，嗣圣继明。眷注益渥，使车累召。进必勇退，从容事外二十余年，寿考康疆。几杖清寂，手不释卷。缙绅造之，非圣贤中道、经纶大经置不谈。闻者随其器量大小，皆润溉，天下望之若瑞星神岳。素缜严，釃饮食、动静皆有节制。居位应务，察事理，守名法，简易正大，物无不容。推行所宜，不胶不固。大政大节，利不回，威不屈。仁勇沛然，绰有余裕。古遗爱、遗直，公尽兼之。於戏！世皇长驾阔驭，网罗英才。培植之久，大德卿相称贤，无右公者。养贤资世，岂易言哉！公娶某氏。子男某某。孙男某某。年月日，葬完州某乡某原。公弟之子曹州判官克和以国子助教张执中所状公行，遂以铭托。呜呼，公往矣！文行、事功，百世师也。其敢以昧陋让？铭曰：

　　皇元统天，大定于一。圣圣明明，崇建皇极。三光五岳，气象浑同。天产人瑞，以弼帝功。瞻彼恒山，峨峨大茂。挺生尚公，神峰综秀。始遇世皇，迈绩华勋。礼乐稽古，稼穑养民。鸿胪大农，事系贤哲。左右后先，夷、夔、稷、契。朱幡五马，卫源之浒。里咏涂歌，神明父母。孰惊皇灵，匕鬯震摇？用辅执法，正色立朝。孰斫民力，烈火凝霜？用使四方，雨泽春旸。敦纵陆梁，摧我獬豸？用立宪纪，铎棱益大。孰徇贪蠹，柂我鸿钧？用握政柄，化育载新。年邻七帙，勇于告老。天制臣义，岂曰太早？昔也庙朝，渊渊昞昞。轩后之鉴，神禹之鼎。今也乡社，于于雍雍。天下之表，人中之龙。有谒其庭，鄙吝清涤。齿颊余论，皆世药石。道德之容，礼乐之度。大醉而醒，孰瘳斯瘝。善数数之，侯卿侯公。百岁完洁，其谁傆隆？有德有文，有位有寿。功在史牒，名垂宇宙。太行嶙鳞，溥、易沄沄。刻此铭诗，相配无垠。

皇元故武略将军济南冠州万户府千夫长监末赤公神道碑铭

　　圣朝统有天下，制官以国人冠其上，如古置监者然，重国体也。兵名所部曰翼，其监以北庭有武功者为之。济南冠州新军万户府千夫长刘浍翼监将武略将军末赤，以至大三年秋八月十有九日终南阳郏邑私第之正寝，享年七十有八。于是，公告老去军盖十有五年矣。既葬之明年，其子孟格台一暨其孙萧玛台状公平生走汴，阶其姻家子刘生汝止乞铭，且言公之子孙再世能让，盖以公武足致位，德足化家故也，于是叙而铭之。公世出朔漠，其族世曰萧玛氏。考曰希卜禅，当天兵南墟金社，卒行间。公寄迹在军，都帅府即署公扎拉图镇抚属副弹压。大兵伐宋，从大将展札战百丈山；从石夫长伊苏彻尔破黄先洞；至元十有一年，从都帅郑国忠宣公破沙洋，攻新城；明年冬，从大军捣江浙，破关隘。帅府以先后功状彰闻，分兵二百，署职总把。自是，宋平。十四年春正月，戡定闽中有功。行中书省版以旧职，仍移书枢密，奏授忠显校尉，职为真。其年，从忠宣公定岭海，荐升职。枢密奏加昭信校尉，职仍旧。帅府署公镇抚，仍将其兵。十八年、十九年，帅府及行中书荐以檄，遣公领大将别部，干略战效，益有闻。二十有一年，诏诸战将定功以闻。用是，枢密奏迁武略将军，佩金符，监长千夫。时二十四年夏六月也。其年，从行省讨交趾，署副都镇抚。号召指踪，勇赴锐战。抵蛮都，袭逋王，严栅护，集矢石，兵无违律，省臣材之。二十有五年，归驻鄂省，以其功闻，由是，迁监济南冠州翼，镇戍湖南之桂阳。元贞二年，公以老疾告，其子华善以承信校尉佩符继职。公姿雄拔，性劲直，事萃于下，情捍于上，以理申白，无少阿徇，佚老乡邑，优游以终。呜呼，北庭将校之良也！夫人呼都克岱、莽赍彻尔、大悲努，皆前卒。今夫人苏氏。子男五：曰齐拉；曰密桑，夫人呼都克岱出也；曰华善，母夫人莽赍彻尔；义男曰孟格台；曰绰罗。女三：曰博啰欢，适百夫长图喇；曰旺扎勒，适额森布哈；曰巴延章，适百夫长实喇。男孙十：曰鼐玛台，曰明安达，曰托音，曰都尔伯特，曰衮诺尔，曰旺扎勒图，曰博罗，曰阿推齐，曰宝童，曰硕通。女孙十有一。先是，公请老，子齐拉当继，与其弟密桑让其季华善。华善卒，子幼，齐拉子鼐玛台当袭，又让其弟明安达。时公生存子孙交让于当年，乡人义之。铭曰：

元气磅礴，八荒同枢。孰裂据之？朔南一拘。神人膺图，龙见漠北。圣圣迭作，何判不一。当至元初，有事南方。众智群力，雷砰电翔。嘘风噏云，雾廓烟辟。运臂伸指，无功不集。相时行间，紧武略公。虽职裨校，克壮其戎。归老于家，诲子教孙。以礼以让，雍雍其敦。稽公之生，自始奋迹。既昌其家，又永其福。悠悠汝波，紫云东峨。碑墓其阿，百世不磨。

大都路总管姚公神道碑

公姓姚氏，讳天福，字君祥。拜监察御史，弹击权臣，无所顾畏。世祖皇帝赐名巴而思，国言虎也。其系出唐贤相文献公元崇。文献诸孙伯禄卒绛州观察判官，葬绛之稷山县南阳里，繇是世为平阳绛人。公考处士君讳君实，字仲华，甫冠，避兵雁门。金进士赵泰以子妻之，生公及和众主簿天禄。公姿白皙，美风矩，童卯不凡。闻处士训忠孝，奉受惟谨。从事郡府，挺洁不群，侪辈畏之。仕怀仁为县史。世皇以太弟驻白登，公从县进葡萄酒，见奇之，留侍宿卫。至元初，丞县怀仁。太师杨阇阇出荐其能于丞相塔察儿，丞相奉使朔漠，修睦宗藩，引与之偕。五年，立御史台，丞相为大夫，奏授架阁管勾，秩将仕郎。十一年，以承事郎拜御史。十三年，江南平。冬十二月，宰相衔怒，左迁同知衡州路。明年春三月，以朝列大夫改河东山西道提刑按察副使，佩金符。夏六月，拜治书侍御史，秩中顺。十六年春，使宪淮西江北道，秩嘉议。十八年，宪江南湖北。二十年夏，宪辽东。明年春，以母老请归养，不允。二十二年春，召为刑部尚书，秩通议。逾年，总管扬州，不赴。二十六年夏，复宪淮西，秩正议。三十年，拜中奉大夫、甘肃等处行中书省参知政事。以亲辞，改肃政廉访司。成宗即位，使肃政廉访于陕西。元贞元年春二月，迁真定总管。冬，丁太夫人忧，自雁门徙处士君柩，合葬绛之稷山。中书起公还真定。大德三年春二月，拜江西行中书参知政事，辞。奉使山东还。四年秋七月，以通奉大夫、参知政事，行大都路都总管兼大兴府尹、本路诸军奥鲁总管、管内劝农事。六年春正月二十有八日，薨于位，年七十有三。公至元名臣，勋德焯著，其薨也，朝廷悼惜。吏士护丧归平阳，以夏四月某日，葬稷山西北嘉禾里。泰定三年，以子侃请制，赠正奉大夫、河南江北行中书参知政事、护军，追封平阳郡公，谥忠肃。天历己巳，侃以公行实征铭神道之碑。不获终辞，因采其本末而次第之。公始为御史，条奏宰相阿合马罪二十有四。召廷辩，公枚数其罪，彼辄引服，数至于三，气沮情骇。上动色若曰："此三者罪已不宥。"目公曰："巴而思，臣下有违太祖之制、干朕之纪者，汝抨击勿隐！"廷臣震悚。其事今秘，世未有闻。时方倚相理财，姑释不问，众亦为公危之。太夫人赵君有贤识，勖公曰："国尔忘家，汝第尽力。果不测，吾追踪陵母，死日犹生年。"公泣谢，白其长曰："万一得谴，乞不以老母坐连也。"语闻，上叹曰："是母子有古义烈。"敕侍臣董文忠宣付史臣书之。监大名小敢普得罪，御史按之，至见殴辱，继用公往。间道微服入境，察悉其情，还取驿，抵其所，摘抉如神，簿责死罪十有七，械送辇下。俄以宥赏，经台门，大诟。公在察院，捉捕之，目检行橐，得赂侍御史安兀失纳救免状，即桎敢普而秘其事，夜用巡符，托词逻，奄至一道士室，尽获其赂，明日陛奏。上曰："彼七死犹赦，汝欲何为?"公对:"罪十有七条。赦七留十,余谁任咎!"上悟,戮敢普,斥安。时御史大夫二安,善甚,一既斥,与所善犹双陆禁中。公曰:"安,庶人耳,岂得与大臣狎!"叱令起座,皆失色。公即入奏:"一蛇九尾,首动尾随;两其首,行不能寸。今宪不纲,蛇首二也。"上曰:"一人二冠,可乎?"召两大夫,谕以公言。大夫孛罗惧,以年少自劾罢。有谗提刑按察之不便者,有旨罢之。是时,广平贞宪王月吕鲁为御史大夫,公告之曰:"往者悖叛猬起,障塞见闻。今列宪宇内,广视听,虞非常,虑至深远,不但绳督有司而已也。"缕缕陈之。大夫悟,矍然曰:"几失是!"夜造禁密详奏。上曰:"此天下安危计也,其勿罢。"会驾北幸,所击相驰骑士缚公。阅其家,脱粟数斛外,得言事故稿,罗织苛毒。公亢声曰:"乘舆行狩,戕害言臣,宰相宁欲反邪!"捃拾无所得,斥迁衡州,俄宪河东。太原民饥,开廪赈恤。议者以擅罪公,上知不私,置勿问。朔方兵兴,役民转粟,人畜颠踣。公曰:"执政非策,自蹙其本也。"投阙论奏,改和籴,疲瘵为苏。留迁治书,出宪淮西。先是,蕲黄有叛者,将吏赃获良民以万数,公皆理归民伍。众感泣,相率立生祠。徙节湖北,劾辅臣楚国公罪以闻。上闵其有劳,为痛治其党。会阿合马败,大遣使,治官慝。辽东宣慰使阿老瓦丁,权党也,侵暴尤横。召公使辽,至则封府库,究簿书,审事察冤,正魁恶,著公道。使还,即命长宪辽东。公疾驰夜入,诘旦莅事,民欢吏愕,郡县竦动。初,辽朔旱蝗,公至,雨澍蝗灭。其境域,乌桓白霤故地也。民喜畜牧,习射猎,不事耕、学。公教以稼穑、《诗》、《书》。居数年,农勤士奋。民之孝者旌之,不义而讼,积不决者训睦之,稔恶者惩艾之。武平县民刘义讼其嫂与其所私同杀其兄成。县尹丁钦以成尸无伤,忧懑不食。其妻韩问之,钦告其故。韩曰:"恐顶囟有丁,涂其一迹耳。"视之,果然。狱定,上谳。公召钦,谛询之,钦因矜其妻之能。公曰:"若妻处子耶?"曰:"再醮。"令有司开其夫棺,毒与成类,并正其辜,钦悸卒。台章以公诣平滦,按总管刘捏古伯。公至,刘欲遁去。公密令宪僚张仲威作渔人,匿西城桥伺之。刘果与吏徒会桥下,谋掩其愆。仲威得真。公一问,皆伏。吏胥之黠而虐,扼民之吭而快其所欲,而民莫敢校者,率以罪黜。平滦都吏张氏子尤狡而伎,杖去之,远近震詟。道行遵化,风旋马前,公默谓之曰:"汝冤,从我,吾为汝理。"至县舍,风即见。令县以橐鞬士从宪傔觇之，信宿，及翕荟而风息。得五尸，皆短衣，其一衣中得小印。公下令居贾行商以端匹赴县，听和市辨之，贼果执。辽粟岁输滦阳，使督运急。时民方饥，公曰："吾忍视耶！"留粟赈粜，使不敢沮，民赖以生。辽人以公政通神明，追思惠化，立祠颂德。入长刑曹，谳狱，与众不合，归卧于家，竟如公言。众得罪，公望益隆。淮西不治，复握使节，申饬旧规，风采立变。初，宣、饶、徽数州有乱者，官军并俘齐民，加以劫掠，络绎不绝。公责守令，严津防，峻诃谴，民复其乡者数千余家。帅臣昂吉而阉淮殆二十年，位中书右丞，以宣慰使操制兵民，党结中奥。其子亦握兵煽虐，奴官属，轹风纪，莫敢谁何。宿盗数十，出没淮海陆梁，自宋未有制者。宋亡，帅葆苊其徒，通纳贿赂，纵其所为。公遣健士袭捕，得所匿兵仗、赀财，定案，市殉者七人，自是帅渔鸷状百出。公疏其迹，取驿上闻，帅钳驿勿给。公潜前走，得驿驰去。帅遣兵校丁文虎追刺公，至六河馆，不及。公至扬州，文虎亦至，诬公于行台。俄而六河馆人以刺公状闻，文虎被执。公赴觐，制遣近侍阿术、治书侍御史万僧驰讯，帅以罪废。已而赴阙，以擅杀淮贼潜公，不中，愤而毙。淮境大宁。丞相桑葛之党虐平阳者尤剧，其败也，用公尹其府，以清宿蠹。询父老，得郡邑田里真伪利病，缓急先后审行之，民辑事理。辽西吴氏子膺为女巫行眩，众事之若神人公洞其诈，摄至府。吏欲案究，公曰："乱常之迹，可侈言耶？"立命扑死。众股栗，政化无阻。崇馆宇，引水置砲，植柳代樵，会敛为纾。真定都会，南北驿传杂沓，事弊民瘵，大臣蜡真奏牧守非公不可，遂尹真定。导壅治梦，生枯壮弱。日听诉讼，鉴隐破坚。动无泥阁，人人竦惕。众走府治瞻判决，优肆为空。初，馈饩不充，征需日困，公以楮锭贷民，因母取息，蕃畜孳丰，廪稍辟，大宾馆。水砲创立如平阳，用有余裕。宗亲之位、傔从之区，秩秩井井甲诸路，岁省官缙，而下不加扰。宪人摭细故劾公。中书敷奏：事不涉私，法可施用。宜著令式，以示他州。制可。郡人集众象龙祝雨，公曰无益，令彻去，乃虑狱囚，底平允，雨大霈。驿置新乐，北阻沍水，使介车骑自南而北者，雨溢夜瞑，野次无所。建议徙置沍南，众大便顺。筑寺五台，督民运木，夺农瘵众。令方急，公不从。府惧，佐贰交诤之。公曰："吾，民牧也，惟民是恤。请待农隙。"朝省为允。栾城盗杀人取财，夜畀尸，置民隆氏邸。

县笞拟隆氏父及子二当死，械囚送府，哭于庭。尸母辨赃，无其子印识。公疑之。会使者决大辟，公给他贼承盗杀状，隆氏狱缓，真盗遂获。黠吏退胥之在民间者不啻百数，劫持官府而肥其家，拂其心则祸之。管库税廪之徒往往破产，质妻鬻子以偿所欲，而不敢与辩。公劭农诸县，得其姓名，杖死数人，质鬻者还之，余多遁去，或改行为善士。其尹京也，立诚信，绳桀骜，挫强御，恤茕弱。事至而断，豪右敛迹。三河民藏古铜印，怨家讼曰："将谋作乱。"县□掠其囚，使符所讼。至府，辨其文曰三河县印，公曰："何乱之为？"以不输官罪之。制令：尚厩刍秆，以盐易诸畿民。霖溢害稼，公请市旁郡户。部据令督责，上下汹惧。公帅京属从部白省，竟以公谋宁息京甸。京人弟假姊财，不券。姊鬻益贫，弟贾益富。姊鬻征财，弟曰："有券即与。"姊愤诉，听者难之。诉于公。谕之曰："汝但归，俟徐訹。"劫盗扳弟对诘，大惧吐实，暨姊中分其赀。公果毅直谅，立朝敢言，操行清介，忠孚信格，有赐辄辞，上至引唐太宗赏魏征故事晓之。对曰："臣言，分也；受赏，非分也。"竟不受。持宪总郡，皆有威惠。舟淮赴鄂，民众卫送不绝。盗闻之，戒其徒曰："姚公，正人也，勿犯。"性孝，太君年逾大耋，公拜参知政事，甘肃难于辇养，辞不往，世高其行。缙绅推论圣朝人物骨鲠有为，终始不贰其操者，公当第一，固确论也。盖尝稽之，鸿惟世祖神鉴睿算，长驾远驭，文武效能，光辅丕业。甸万国，冠百王，盛矣。然廊庙、岳牧，邪慝闲出，兜鯀、三苗，唐虞犹病。于是大植风纪，明目达聪，以弘至治。公当至元之际，奋下列，搏权奸，莅方州，涤巨蠹，使辩捷不能措其喙，仇愤无所凭其凶。风概气节，炳耀一世。渊衷之所孚，公论之所与，岂徒然哉？其忠义刚大，蕴积有素故也。公扬历四十余年，功名事业，磊硌赫奕。侃访辑遗佚，既久始备。因叹世有家者之子与孙或不侃若，先烈湮灭，可胜惜哉？叙而铭之，或有待也。公始娶赵氏，继杨氏，皆平阳郡夫人。子男三人：寿童，早卒；祖舜，秘书著作郎，卒；侃，内藏库副使，杨夫人子也。铭曰：

帝运开天，中统至元。人杰斯宝，非宝玙璠。惟天聪明，宪象执法。元化宣朗，昭融六合。堂堂忠肃，始峨豸冠。谠言正色，英风夏寒。虎炳其文，山立殿陛。梼杌饕餮，魄褫魂悸。宸扆凝邃，上动天容。庭有直臣，庶儆其同。有鉴其明，有玉其洁。桓桓其勇，央央其决。孰挠斯曲？

孰链斯柔？善善其亲，恶恶其仇。虽千万人，莫沮吾往。如脂如韦，有泚其颡。侯符三剖，宪节六持。义概秋凛，仁术春熙。上亮其忠，史载其信。何劝不怀？何惩不震？碣石之北，淮海之南。社稷尸祝，无怠其严。滹沱溶溶，霍岳峨峨。其融其结，百世不劘。台鼎之崇，芥视不屑。京尹之雄，莫仲与伯。有烈终始，无闲险夷。谁近而忽，益远益思。汾川西流，河水东会。稷山之铭，惟以永配。

元赠陇西郡侯李公祖考妣神道碑铭[1]

泰定元年夏五月[2]，正议大夫、浙东海右道肃政廉访使李谦亨祖父国用制赠大中大夫、怀庆路总管、轻车都尉，追封陇西郡侯，祖母张氏追封陇西郡夫人。父伟赠正议大夫、礼部尚书、上轻车都尉[3]，追封陇西郡侯；母文氏追封陇西郡夫人。妻刘氏封陇西郡夫人。初，延祐庚申，英宗出震，用右丞相外卯氏，中外岌岌。左丞相东平王以仁义匡救，臣民乡望。监察御史多论左丞相之贤[4]，宜位冢宰。右怒[5]。会帝敕创寺西山，时正议为御史，与御史锁陆海述实[6]、观音保、成珪，以太岁在辛酉[7]，地直畏忌，民力困乏，上书谏止。右诸子有为治书侍御史[8]，漏言于其父，竟以谤讪谗之，帝怒不测[9]。左相拣侍御史柘柘谏[10]，而谗益力。两侍御史死，正议暨珪谪窜东极。皇上嗣位，死者赠御史中丞；正议、珪召还，拜肃政廉访使。昔予为御史，正议宪山北[11]，有雅，一日乃诣予曰："吾李氏世居曲沃。曾大父生子，长曰栋；次曰材[12]，字国用，吾祖父也，以字行[13]，得年三十有五。妣张氏誓节[14]。孝子曰伟，字之美，吾先子礼部公也；次曰道荣，多疾，寄迹老子法[15]，为道士。礼部性廉恕，尝佐帅幕[16]。妣文夫人事姑孝谨[17]。姑早孀，晚婴末疾，必夫人负掖而后动，凡六寒暑。姑卒[18]，夫人遂痀偻[19]，乡族称曰孝妇。礼部年五十九终[20]。吾弟兄三人[21]：兄和亨[22]，仕至主渭南簿；弟良亨，力业乡井，不仕。始，吾叔道荣博学而文，性严爽，每至家，众儆肃，鸡犬亦戢。吾昆弟所以诲益劘磨，有植立者[23]，皆叔氏转吾先子之教也。"予稽正议始，以宪史贡列曹[24]，掾御史府，尹县阳曲[25]，倅霍州，推官冀州[26]，都事甘肃行省左右司，亚使郑漕，拜陕西诸道御史[27]，以中宪大夫召自山北，拜监察御史，以直得谴。今使持节，往宪浙海。于是正议诸君以敢谏名天下，而天下知朝廷谏诤之臣即数公之烈也[28]。正议白首之年颠沛，终吉，其先世阴有以相之与[29]？是宜铭。铭曰：

自微而显，物莫不然。剥复否泰，世运递迁。李氏在唐[30]，斯谓昌炽[31]。

曲沃之族，盖久湮晦。正议腼仕，峨峨豸冠。为天下计，勇犯龙颜[32]。虽极颠连，名节大著。万里生还，嗟嗟行路[33]。鬓发须眉，既雪既霜[34]。炳炳丹心[35]，对越上苍。水木条达，有源有本。泽及下泉，其积也远。李氏有子，能忠于朝。刻此铭诗，余庆其昭。（本文以明嘉靖刻本《曲沃县志》卷四为底本，校以清乾隆二十三年刻本《新修曲沃县志》卷三八，简称乾隆本）

校记：

[1] 元赠陇西郡侯李公祖考妣神道碑铭：乾隆本作"赠陇西侯李公祖考墓道碑铭"。

[2] 泰定元年夏五月："泰定"，底本作"大定"、校本作"太定"，均误，应为"泰定"。又，乾隆本缺自文首至"妻刘氏封陇西郡夫人"共一百字。

[3] 上轻车都尉：底本缺"尉"字，今据文意补。

[4] 监察御史多论左丞相之贤：左丞相，乾隆本作"左相"。

[5] 右怒："怒"，底本误作"恕"，今据乾隆本改。

[6] 锁陆海述实：乾隆本作"咬儿哈的迷失"。

[7] 以太岁在辛酉：乾隆本缺自此句至"地直畏忌"共十字。

[8] 右诸子有为治书侍御史：乾隆本缺自此句至"竟以谤讪谗之"共二十一字。

[9] 帝怒不测："帝"，乾隆本作"右"。

[10] 左相拣侍御史柘柘谏：乾隆本缺此句共九字。

[11] 正议宪山北：底本"宪"字漫漶不清，今据乾隆本补。

[12] 次曰材："材"，底本作"才"，今据乾隆本改。

[13] 以字行：底本误作"以行字"，今据乾隆本改。

[14] 妣张氏誓节：此句至"孝子曰伟"共九字，乾隆本作"妣张氏，誓

节教子。长子曰伟"共十一字。

[15] 寄迹老子法：乾隆本缺自此句至"为道士"共八字。

[16] 尝佐帅幕：底本缺此句，今据乾隆本补。

[17] 姒文夫人事姑孝谨：底本"人"下衍一"之"字，今据乾隆本删。

[18] 姑卒："姑"，乾隆本作"始"，属上句。

[19] 夫人遂痼偻：乾隆本"遂"下有"亦"字。

[20] 礼部年五十九终：乾隆本"十"下有一"有"字。

[21] 吾弟兄三人："弟兄"，乾隆本作"兄弟"。

[22] 兄和亨：底本缺"兄"字，今据乾隆本补。

[23] 有植立者："植立"，乾隆本作"成立"。

[24] 予稽正议始，以宪史贡列曹：底本缺"宪史"二字，今据乾隆本补。

[25] 尹县阳曲："阳曲"，底本误作"杨曲"，今据乾隆本改。

[26] 推官冀州："冀州"，乾隆本作"冀宁"。

[27] 拜陕西诸道御史：乾隆本作"道"下有"行台监察"四字。

[28] 而天下知朝廷谏诤之臣即数公之烈也：乾隆本无"而"字。

[29] 其先世阴有以相之与：乾隆本"世"下有一"固"字。

[30] 李氏在唐："唐"，乾隆本作"今"字。

[31] 斯谓昌炽：底本"昌"字漫漶不清，今据乾隆本补。

[32] 勇犯龙颜："勇"，乾隆本作"触"。

[33] 嗟嗟行路："嗟嗟"，乾隆本作"嗟叹"。

[34] 既雪既霜：底本误作"既霜既雪"，今据乾隆本改。

[35] 炳炳丹心：底本缺"丹"字，今据乾隆本补。

左丞陈公墓表

资政大夫、四川等处行中书左丞陈公大考中宪大夫、礼部侍郎、上骑都尉、颍川郡伯，加赠嘉议大夫、礼部尚书、上轻车都尉，进封颍川郡侯。姒聂氏以颍川郡君加郡夫人。考大中大夫、河南总管、轻车都尉、颍川郡侯，赠中奉大夫、河南江北等处行中书省参知政事、护军，追封颍川郡公，姒李氏颍川郡夫人。公曰："予祖若考，蒙德九泉。不刻贞石，俾绳绳来兹，无所于忘，则事君亲也不尽。子其为我铭之。"翀雅为公知厚有年，岂敢终辞。叙曰：公，汴之原武人。世居德不耀。公筮仕，由河南河北道宪吏贡京师。元贞初，辟掾督省。大德三年秋七月，授承务郎、工部员外郎，俄进左司都事。初，公掾东曹，以详敏预敷奏都事职，益亲。成宗皇帝雅知其可用，敕中书省曰："若等进奏政务，恒与斯人俱而趋进之。"公姿容白皙，上目之曰："察罕细立笃必阇赤"，国言白皙掾也。恩奖如此。由是，岁扈跸上都，俄迁奉训大夫、户部郎中。出为河间府大名治中，以善政闻。仁宗皇帝出震，擢奉政大夫、湖广行省郎中。著嘉绩，进朝列大夫，长幕江浙。延祐二年春，以朝散大夫同金徽政院事，召起京阙。居三年，上闻善于其职也，特加大中大夫，职仍旧。秋，拜吏部尚书。明年春，以嘉议大夫参知中书。英宗皇帝即位，中书以旧臣奏拜湖广行中书参知政事，进中奉大夫。至治改元，奉旨理盐事海道南北。还，迁政江浙。二年冬十有一月，被旨理市舶泉州。还，召为集贤侍读学士。泰定元年，同知宣政院事，进资善大夫。二年，恳以疾辞，制允归汴。秋七月，拜四川行省左丞，坚卧不起，士论贤之。天历二年，召食其俸之半。尚矣，积善之庆，祖宗之视子孙，百世而一也。溯而上之，有虞氏之苗裔，周之世国，陈以为氏，君上世爵，代不乏贤。公之祖之考之积善，其家虽不响名当年，庆钟于公综练明果，达于政务。赞帷幄，谋庙堂，莅方岳。世之所称名卿大夫，公必在焉。华秩异数，隆赉冥漠，赫然昭明，若操符而逗契，立表而召影，数必随而理必至，岂偶然哉？尚书、参政皆葬于原武城南三里之原。左丞名端，字正卿，参政公之长子也。次曰直，曰瑞。直，谷熟巡检。瑞，将仕佐郎、汴梁管民总管府经历。其诸孙士杞、士桧、士检、士桢、士权、士楷。士杞，奉训大夫、唐州知州。左丞勋业之详，太史笔在，故特举其大都云。铭曰：

大木百围，初于秋毫。涓涓其源，浩浩其涛。陈氏之先，本于沩汭。有仍渺绵，或庶或位。原武之族，世晦其光。乃暨今公，家望昭彰。其初伊何？奕奕政府。入陪夔龙，出亚方虎。乃公乃侯，隆爵其亲。膏雨瑞露，自叶流根。洪河之阴，太行南俯。松柏郁苍，荫此原土。有拿其螭，有穹其龟。相与终古，诃护铭诗。（清乾隆五十四年刻本《怀庆府志》卷三一）

渤海郡吴绎世庆碑

　　冀州之信都吴氏讳绎，字思可，既位三品，延祐六年春三月，制特赠其祖伟亚中大夫、广平路总管、轻车都尉，追封渤海郡侯。妣郭氏，渤海郡夫人。考谦，嘉议大夫、正定路总管、上轻车都尉，追封渤海郡侯。母赵氏，封渤海郡太夫人。遂以世叙德美来庆之源，谋刻之碑，以示来叶，属笔于翀。按吴氏自泰伯国吴，其后以国为氏。季札让遁，子孙居齐鲁间。中州吴氏盖延陵季子之裔也。绎曾祖安，娶王氏，子男二人。广平公伟，字杰之，娶郭氏，子男二人：真定公谦，字谦甫；次曰谨，字端甫。始广平有弟曰守信，生诚之，娶郑氏，生子曰让，字吉甫。甫三岁，诚之与郑皆卒。广平拊育孤稚，如其父母。真定公妣郭夫人终事继母贾，尤极孝敬。读书达政务，以伍籍隶行间，善骑射。大军至采石，说大将，以符券民俘获三百余口。众得更生，争持牛酒谢。至元十七年[1]，敕授将仕郎、清远县丞。莅事再月，投绂事亲。召诸子诲之曰："吾以吏从军，门户计耳。汝曹宜业儒，以自达也。"因以其子曰绅，曰绎；吉甫之子曰纯等，择名士师之，故皆有立。夫人赵氏，妇道克备，教诸子有法，享年八十有六。绅学行修饬，仁庙以处士征，不起。绎最显。孙男铎，中书直省舍人。绎积官正议大夫，擢海北道肃政廉访使。以两淮都转运盐使丁太夫人忧，乃勒石著铭以赫天宠，以昭世德，以贲坟域，以范乡井，曰："是善庆之所自，由吾先世然也。人之闻之，能无劝乎？况吴氏继继隆隆而见之者乎？"是宜铭。曰："相彼良稑，畲畬耕获。一颖千粒，其利数百[2]。相此德人，克庆其门。子子孙孙，其远益蕃。吴自古昔，极显而晦。种德信都，崇大仁义。有令子孙，郎卫紫宸。命傅藩邸[3]，明倬有闻。帝敕中书，绎母寿耋。惟朕知绎，选称邦伯。四缩郡绶，再握使符。宪收赋漕，器大不拘。封爵自天，秩三世再。自侯而公，其达未艾。元鳌负山，昂毕之野。有赫厥灵，以告来者。"

　　泰定四年五月立石。（本文以清同治十年刻本《畿辅通志》卷一七四为底本，校以民国十八年排印本《冀县志》卷八，简称志本。）

校记：

[1] 至元十七年：底本缺"至"字，今据县志本补。

［2］其利数百："数"，底本误作"孰"，今据县志本改。

［3］命傅藩邸："傅"，底本误作"传"，今据县志本改。

参知政事南阳郡公韩昌墓志铭

皇元韩氏居保定之满城者，由行中书左丞、今资政大夫、淮西江北道肃政廉访使之曾祖父中，生赠礼部尚书、南阳郡侯瑞，瑞生赠参知政事、南阳郡公昌，昌生资政公若愚。四世百年，至资政始大隆显。资政公令其子鉴、铸用延平李羣所载家乘，征铭其考郡公之碑。资政左中书，其子俶仕翰林，鉴、铸仕太常，仕胄监，䄄皆有官联之素，不敢以固陋让。叙曰：郡公字吉父，燕故传家。祖父治《春秋左氏》学，隐德不曜，即资政之曾祖也。年益高，目犹点漆。诗书自怡，外无所问。资政生，抱见之，隐君曰："儿神骨异。吾世积德，是儿当兴吾家，惟宝之。"寿九十有三，尚书承训义方。有才行，佐帅幕南征，引疾退处。时守令置乡邑，曲直辄赴诉。晓悟化导，斗讼为息。长务敬服，若真守长。卒，远近吊哭皆恸。用孙贵，追封南阳郡伯，累赠至嘉议大夫、礼部尚书、上轻公都尉，爵郡侯。妻李君，郡夫人。郡公，尚书长子也，材器宏迈。宋亡，天兵驻河南，亳、邓置大镇。公方冠，以军士往来其间，文武将士推其能，佐万户乔氏府，挺正不阿，一军倚重。以尚书丧，去。终禫，齿发方壮，遂不仕。四弟稚幼，教育均至，循序以成。无室家，及房嗣滋衍，画宅五区，受生产，无间嫡庶，不私毫发，闻者称艰。资政仕于朝，能浚明有家，遂清心事外，令勿关白。年逾八十，康强。季父君玉，儒者，有操行，年既九十，亦精明。公孝奉严恭，虽寒暑，左右惟谨。风日清淑，幅巾藜杖，云山泉石，父子昆弟，游集燕笈。两公皤然，庞眉皓发，春风颜颊，归路相将，人望之若仙然。子益贵，孙皆禄秩，岁时觞庆拜舞。乡间歆艳，缙绅颂嘉，谓罕伦比。至大三年，封南阳郡伯。延祐三年八月九日薨，寿八十有六。五年，爵郡侯。泰定二年，赠中奉大夫、河南行中书参知政事、护军，追爵郡公。公和易，不峻崖岸，少长与语，喜津津见眉睫，贵贱皆得输其情。赴人急恐，然天性清慎，动有程法，人莫测也。士或论之："金将武仙之变，战斗燕赵间，往往邑无留居，野无遗噍，满城兵冲也。

公之家族绳绳秩秩，继守诗礼。不有阴骘，其能然耶？室李君，南阳郡夫
人。男子一，即资政公也。室同李、张氏，累封至南阳郡夫人。女子四，
适石、翟、韩、冯四族。翟氏以浔州判官早卒。韩终妇节，寿七十。今族
其里居。男生五：俶，国史典籍，卒；鉴，通事舍人；铸，太常大祝；
锡、铎，胄学生。女孙二：婿张思敏，长百夫，卒；何德谦，知安肃州。
曾孙男三：孟源、孟潜、孟浩。曾孙女十。资政公字希贤。颖悟力学，既
冠，佐书宥密，卿士才之。始立武卫史，转留守吏，督开闸运，以功赏锦
衣一袭，授从事郎，擢都事，入掾中书。留守段公以其职务方殷，必公可
济请，因复佐留钥。俄升经历，秩承务。迁奉训大夫，知苏州。都事中书
左司，迁刑部郎中，秩奉议。转诸路宝钞都提举，秩朝散。仁庙即祚，转
吏部郎中、御史台都事，迁刑部侍郎，秩中顺。郎中中书左司，秩中宪。
屡与丞相诤辩可否，相衔借事罗织，取危中。上闻而恶之，退罢丞相，用
公参议中书。首相复，擅威虐，众谄附。公中立，不私曲，见骜害。上知
其罔，不悦相，以罪斥宣旨，以公为尚书。公在忧中，终丧，起为户部尚
书。知亚中，复参议都督，职太中，公以四入省阃引犹谋退。未几，上陟
遐，所斥相得位，修理旧憾。公危不测，赖帝不从得免，犹奏收制敕，除
名。至治三年冬，诏雪冤诬。列公数人大告天下，驿使送制敕即其家。还
之，征拜刑部尚书，秩正议。至，拜湖广行中书参知政事，赐燕省堂，留
为詹事丞，奉使宣抚江浙。留，迁侍御史，用饬风纪。逾年，使宪浙西，
俄拜河南江北行中书左丞，秩资善。今宪淮西，秩资政。公性英果劲正，
耻软熟，临事坦白，志尽公道。佐理中书，以直见挫，忠党上达，帝眷简
注，光耀益增。仁庙谓公廉且宽平，事得中制。迎觐龙虎台，赐坐，雍容
直易。时诏公行酒，上御所进觞，已举酬爵，前公问曰："向者，老贼虐
汝以何事？"对曰："吏部缺，堂议择人。左相谓恭议玉善夫可，臣曰然。
首相怒以此。"上曰："使刑部定谳之何罪？"语已，酒方授，至以字而不
呼名，故海内知其贤而壮其节。尝诚推之，韩氏之庆，隐士君其源，郡公
父子继其流，资政公忠孝君亲著其盛而永其传。国有良臣，家有能子，可
尚也已。铭曰：

空壑雨集，巨浸稽天。晴日告旭，沃焦目前。维泉在山，赴川达海。
源深流长，天莫知改。韩氏继美，始末大闻。原原其来，自隐士君。尚书

其承，父父子子。化其乡邻，恭让斯起。衍衍郡公，终亲之丧。铢芥轩冕，孝慈不忘。有弟四人，羁卟韶儒。教之育之，义煦恩妪。至有室家，思顺其成。吾居式序，均厚其生。于于雍雍，长长幼幼。来祐于天，域此人寿。子仕中朝，崇厉臣节。门阀赫然，日光玉洁。穿碑在东，郎山在西。昭此铭诗，百世不迷。（以清乾隆二十三年刻本《满城县志》卷九为底本，校以《全元文》卷一〇三一。）

9. 述律杰

述律杰（？~1356），一名铎尔直（朵儿只），字存道（从道），号鹤野，契丹人。先祖本是辽东贵族，辽太宗赐姓萧。金朝灭辽，改述律为石抹（意为奴婢）以贱辱之。杰曾祖石抹氏居太原曲阳，从元太祖征战有功，受四川保宁万户，子孙世袭。杰袭职，数请于朝，得复述律之姓。至正十五年（1355）以陕西行省参知政事守御潼关。次年九月，汝颍红巾军攻陷潼关，述律杰战死。好文学，为政文雅雍容。

生平事迹见李修生主编《全元文》卷一四三八。李修生主编《全元文》卷一四三八收其文5篇：《启建华亭山大元禅寺碑文》《重修大胜寺碑铭》《宝珠山能仁寺之碑》《滇南华亭山圆觉寺元通禅师行实塔铭》《玉案祖师雪庵塔铭》。

此次文的点校，以《全元文》为底本，文共计5篇。

启建华亭山大圆觉禅寺碑文

六合茫茫，渺无涯际。山岳之气，钟于两间。九州之外，复有九州。云南去帝畿万里，东距牂牁，南抗交趾，西连身毒，北接沉黎。而滇海之域，古号鄯阐。其间岳峙渊渟，金马东朝，盘龙前带，左联碧鸡，右倚玉按。华亭突出数山之间，峰拔绝顶，泉石洗心。昔汉遣使代祠，鄯阐匡国侯高智升以其岗峦峻峭，故竖楼台。每值风晨月夕，寒时暑候，乃驾舫涉海，舣于汀渚。或摄轻裙，履巉岩，登高望远，携朋载酒，陟华顶峰，玩赏龙泉，临风放歌，徜徉徙倚，以快舒眺之乐。幽花发艳，佳木森翳，元猿长啸，皓鹤高骞。云霏霏而朝暝，烟冉冉而夕晦。四时殊状，不可殚纪。历世既久，洎乎青侯高光，宴游憩于此，殆无虚日。贵介公子，驻迹酣宴，屏脱尘坌。至威楚世子高贤、高政昆季，登斯山也，适遇青阳，众芳竞妍，繁花簇锦，红紫交映，光艳夺目。仰睇碧空，天朗日明，霄云霭霭，状如华盖，飘飖萦结，移晷不散。已而孤鹤蹁跹，戛然而鸣，声闻于天，重振缟衣，徘徊四顾，翔翱欲下。世子处乎殷盛之世，亦好博雅，因指斯亭，怡然而谓其弟曰："汝能识此妙观乎？夫花芬芳而聚奇，云绚烂而张盖。放炜煌之瑞光，类华严之境界。况喜松声鹤唳，千载来归，抑华表之事乎？拟此而弗华，其何以为华也？"由是而名之曰"华亭"，以志于山，而形胜甲诸他境。延祐庚申秋，高僧元峰禅师驻锡于此，因结茅庵。住至癸亥春，募古滇檀越，首建大光明殿，肖毗卢佛像位其中，列圆觉十二大士于左右以配之，故以"圆觉"题其额。是年中秋，即滇城埏塑佛像，时有五云蟠空，垂覆如帱。泰定乙丑四月，迎引佛驾，又有祥云屡现，至晚方隐。是岁，续启南北廊。至丙寅年，置常住恒产田园并人户。元统癸酉，立选佛场，布置崇龛华轿，安奉骄陈如尊者。又明年甲戌，建三门，塑绘二金刚护法。其方丈、浴塘，香庖、廥廪，园瓯、磬函，靡不完备。彩饰丹垩，栏楯台榭，亹壁垣墉，悉皆缜密。至元丙子，云南行省右平章卜颜荣禄钦承上命，式是南服，招徕远夷，风清瘴宇，民赖以安。公尝随喜兹山，爱其茂林拥翠，修竹凌云，竟日忘归。至正壬午腊八之辰，再登华顶，至诚有感，见瑞云自南岭兴腾，布满虚空，良久方敛。周览胜概，骇其灵异，喜捐资金，葳殿之南，起海潮音殿，崇观音大士，因以"瑞云"匾其台。今年癸未春，公邀余抵山门，联镳以行，顾谓余曰："释氏之为教也，清净空寂，先天地生，渐顿密圆，难思难议。昭王二十四年，乾竺三宝初兴。汉明帝时流入中国，迄晋、梁、陈，其教愈甚。五代及宋，无世不举，大小三藏，弥亿万言。迨至皇元，福果益振，见性明心，远迩钦崇，弹指赞叹。后至元己卯，姚安酋长武德高明访知地灵人杰，不言而化，遂赸青蚨五十缗，投礼元峰禅师，蕲覃景福。"既获其助，师不自私，谓其徒行曰："曩者华亭，乃高氏世子游憩之所。今忽幻成招提福田，是皆我佛荡荡乎、巍巍乎无量功德深重而致也，岂偶然哉？且经藏皆缺，则无以设化人之善心。矧兹殊方绝域，士庶无远迩毕集，举皆欣欣然倾忱仰慕，合爪稽颡，割其爱以施惠求真，如实际之归，其弗信矣乎？"师遂亲诣江南，梯山航水，不远万里，劬躬竭力，收置琅函一大宝藏。车载艖运，溯流滇上，名利一旦无翾而来，不胫而至，遂立一音宝殿以贮之。噫嘻！戛戛乎难哉！而师成就之易如此也。师名玄通，字元峰，玉案雄辩法师之高弟，宝积坛主之嗣孙也。生平行持严恪，不嗜滋味，尤甘淡泊。赋性聪慧，辩博渊敏，于吾儒经史子传，百氏之书，靡不研究。尝著《高僧传》，梓行于世。敷演妙言，扶持宗教，修洁精秘，降伏搜练，万里昭彻。终老兹山，乃覆茅为庐，作人天师，未谋楹栋。造物呵护，假幻成真，凿空架虚，建就实理。固有迈逴凌霄之气，出尘遗世之态，有不期然而然者，其此之谓欤？师未开山之前，尝憩宝洞山雪庭法师之丈室。假寐中，有人道至西南隅，睹广袤平原间，芙蕖盛发，且喻从者曰："佛说高原陆地，不生莲花，此原生莲，何也？"恍惚聆导者答云："宜即此创立道场，吉祥如意。"忽寐，向雪庭举以所梦，雪庭应声曰："此非常之梦，乃山灵顜挽我师开辟之验也。"仅五旬，檀越聚诣修疏，请创华亭，果叶其梦。由是所证，有梦莲台。吾于此山，因培善果。元峰禅师欲寿诸丰石，以传悠久。鹤野契旧，可当笔以记其颠末，毋让，何如？余对公与师申言曰："仆惟事军旅，其于净明之教，至道之士，未尝不加恭敬。而荣禄公注意兰若，孜孜无斁。上以祝圣皇万岁之无疆，下以集黎元亿兆之有庆。庶几荣禄公之功德，元峰禅师之伟行，永与华亭垂不朽云。"铭曰：

魏魏佛现金相光，祥辉普照明煌煌。翚飞绀宇极乐乡，碧鸡金马围其傍。云漠漠兮松苍苍，缟衣皂氅时翱翔。花芬芳兮春昼长，月姊环佩响丁当。昔年王子飞琼觞，奠桂酒兮斟椒浆，霓裳一曲歌鸾凰。而今乐地为道场，其功较前爰弥彰，下瞰滇海游慈航。元峰至人临彼冈，俯仰万虑俱消忘。精思练行五十霜，禅风仙骨真殊常。裁云剪水成文章，不言而化倾赞扬，五体投地捐赀囊。琅函宝轴珊瑚装，指示因果生忠良。平章莅政清遄荒，助此胜事诚难量。时时祝鼇延吾皇，金汤与固寿而康。期公后裔愈炽昌，悠悠千古铭馨香。皇元至正四年甲申岁季久腊八日立石。

重修大胜寺碑铭

古滇，中庆之盛观也。山秀海明，地灵人杰。有王邸、省宪、总会之府，而碧□金马，太平圆照，华庭宝珠，玉案金台，绀宗琼楼，皆佛神所在。居氓慕善斋洁，茹苦食淡，手捻□提珠，口诵阿弥陀者，比比皆然。繇其地连西竺，与佛国通，理势然□。昆城之内，省宪之南，谯楼之北，有寺名曰大胜。肇自蒙段之时，乃一大道场，缁侣云集，最□别刹。□□岁，天兵南下，混一之后，为巧偷豪夺所据，逾三十年也。至元□□，行省参政段昔苴奏闻于上，蒙降德音，创□故基。乃建正殿五间，延袤宏广，妆像三化身佛像。至元甲午，都□□节思笃蒙掌领释教，宣演律义，护持□□。元贞乙未，都总统律积速南巴继来莅事，修茸佛宇千有余所，特□大胜寺一主盟缘，化檀那而增储，工匠饮食，倾囊钵以置地亩。绘诸菩萨五十□参□□五□矣。固至顺庚午，镇军猖獗，殿堂颓圮，院落芜秽，而田土园囿，尽皆匿于民家，莫能追理。近于至正壬午，有僧了因，河东山西人也。里闬耆知了因励心劬躬，酩烦练行，遂坚留住持兹院。了因既领檀樾盛意，入门俯仰，喟然太息："岂容尸位苟且，默默而已哉！"不免遍谒官豪乐善士庶，□疏恳化，创建□□□，盖大殿及将军等房厦，鼎新革故，剪然涣美。其地双泯没者，悉皆追究，合璧以归，计若干□。门面铺舍，地叁拾间。"使□浸以岁月，又恐沉□，或不可复征。欲丐先生为记，寿□奠珉，庶□有考于将来。"予方将旨招谕车里还，为瘴毒所攻，濒死者屡矣。勿药之日，遂勉强而作是铭，于以见废兴之由，于以见了因之志。呜呼！难哉！铭曰：

大胜梵宫，肇基蒙段。寺□权舆，滇之伟□。天戈南指，混一寰区。□□所隐，虽有若无。茀薇荆榛，三十余载。蒙降德音，复斯胜概。迨于至顺，重罹扰攘。还见了因，□此道场。竭力经营，尽得其地。祝我圣元，天子万岁。

至正青龙岁在阏逢涒滩。主盟修造：省掾谢荣贵、唐有善、席沨、王有庠，檀越□开元、马文坤、朱□先，百户□□□□□何智，承务郎□□王立，承务郎治中节，承德郎同知秃剌，正义大夫、中庆路总管府达鲁花赤按珠。住持僧了因立石。（以上1949年《新纂云南通志》卷九四）

宝珠山能仁寺之碑

古鄯阐城之右，西山之阿，有邑曰石壁，冲其闬而襄陵，漫入幽谷，树林茂郁，窈而深几三百武，乔木阴森，湍流鸣玉，如在尘寰之表也。又径直而骘一里余，高门崇窗，阶城崛岈，扁曰"宝珠"。绀殿巍峨，薨栋环伟，金光熠爎，眩骇心目，恍若睹史之境像。释迦如来，以位其中，菩萨左右，八部四周，一顾俨然，咸生敬仰。俾鄙恪顿消，使凡情之且格。会龙像有丈室，拟选佛有僧堂。众香之厨，宣明之室，兰若所需，罔不备具。瑞气霭于岩隈，祥风披于涧曲。此乃慧云静公禅师，自玉案以来五斯，劝率本邑人杨阿左、梨长太、师忠、董实、董庆宗、王松、张宗、尹生等，兼募昆城檀信，同力之所创也。寺后岩颠有瀑泉，飞流百丈，如垂万索，珠帘之状，虽天造地设之神异，非公之□寻，人莫可知也。经始于至治辛酉之嘉平，落成于泰定丁卯之始洗。上祝圣天子万年之寿，下祈黎元共享之乐也。公厥祖居滇，生而天质淳粹，行洁圭璧。总角之龄，颖悟纷哗终归于尽，遽投宝积坛主宗嗣玉案雄辩大师上足雪庵讲主，披剃受律。茸容膝之居，一无储蓄，澹泊虚怀，研究竺坟，审谛真理，八载间冰檗无改，其始终之如此。其弟亦为僧，曰祖孔，赴京勤事。帝师法旨特降，号曰"慧云"，悯公之能也。噫！公之心佛而事道，履道而僝功，有如此者。日召筇竹慈镜高弟鉴庵，谓之曰："人之所以能其道者，贵乎有所继述也。今吾于此芟荆诛棘，办此一段姻缘，庶几继人之志，无愧于雪庵也。吾将老矣，述其事者，非汝其谁？"仉鉴庵授厥旨而能毕其未毕之志。乃恢地而创建，钟楼列序，廊庑禅栖，香积之室，左右俱完，四时朝夕，钟鼓喧然，皆鉴庵力为之，尤不愧于慧云公之命也。至正癸巳春，予告老而归岷麓之鹤□。鉴庵不远数千里，遣价抵书，以慧云创造之实录，与其重修之颠末，愿丐文辞，勒诸坚珉，以图不朽，垂示方来。予因考佛书，其言浩瀚，邈无涯涘，异□有不能穷其说者。窃据其要而论之，不过曰明心见性，则圣圣之道，其犹以金镕金，以空合空，曷尝有毫厘之异哉！苟不明乎心性，触途生滞，强知生见，妄执纷拿，有若布纲罗者，徒自疲劼而已。且建寺造像，供佛饭僧，培因感果，成己利人，悦明无住之理，斯亦修而无修，为而无为。至于功绪洞达，圆融交澈，同济妙道，岂不韪欤？予尝勉应诸山上人之请矣，兹于鉴庵也，容让为乎？遂摭其概而叙之，仍系以铭。其辞曰：

层楼缥缈云葱笼，金碧晃熠填青红。巍巍浩浩出林表，宛若幻化谁能穷。劫灰载在几今古，岩有祥光互吞吐。□□□□□□□，□□□□□□□□。□□高飞瀑布泉，帘珠灿烂断复连。锵金戛玉协宫徵，快心盈耳音淙然。猗欤慧云解□□，空谷□□□□□。□□□□□□□，□□不□□□□□。嗣音主山真好事，鉴庵继述诚无贰。洪音一振千云楼，丈室□□□□思。鉴庵唑欲忘心斋，□□□□虚□□。□□□□□□□，□□□□□□□。至正十三年岁次癸巳冬至日。（民国七年罗氏影印本《金石萃编未刻稿》卷三）

滇南华亭山圆觉寺元通禅师行实塔铭

元通禅师字玄峰，昆明周氏子，开建华亭禅师也。初，母梦祥云绕室，娠而生师。龆龀具有威仪。童年喜读书，十二岁精通经史。性好缁素，年十四，厌尘缚，谓世谛不足破生死，弃儒披缁。礼玉案雄辩法师，嗣宝积坛主，与宝洞山雪庭禅师及海内诸善知识参同玄妙，一代伟人欤！先是，于爨下入定七日，闻林鹊噪而省，顿悟圆明。担簦远游，遍历名区，撼天目，晤中峰，一语忘筌，真机全解。别后返滇，结茅玉案，苫草为庵。请名于天目中峰，命之以即心，并有偈云："百亿日月绕四栏，光射银山穿铁壁。一庵内外赤条条，拈来总是心王苗。"器重如此。在滇主讲席者有年，平居著有《高僧传》，流行于世。师岂常人乎？若夫梦芙蕖而感檀施，兴丛林而得荣禄，佛面满月，法曲筌云，详记起建颠末，规模固已大备，美矣奂矣。及今煅炼圣凡，炉鞴宏开，又历有年所。至正九年己丑嘉平三日，集众于法堂，示之曰："记取腊八，吾将归去。"越五日示寂。师生于中统丙寅，世寿八十有四，僧腊七十。树灵塔于山之阳，乃为之铭。铭曰：

吾师乎，其生也有所自，其死也有所知。是生是死，色兮空兮。非甚盛德，其孰能与于斯？中奉大夫、云南行中书省参知政事述律杰撰文。资德大夫、云南行中书省右丞殷殷书丹。荣禄大夫、前云南行中书省右平章政事卜颜篆额。皇元至正十年庚寅岁新正月上元之日立石。（1990年中州古籍出版社《中国历代石刻拓本汇编》册五〇）

玉案祖师雪庵塔铭

（上缺）延祐己未三月十有七日，云隐四合，雨雪霏霏。师乃召众僧，聚于寺东丈室，相与口诀。乃曰："人世幻躯，如露电泡影，一切生灭，亦须如是。禅教定慧，汝曹勉之。道岂从吾往也？"语已，索毫楮而书其辞曰："昨日天寒雪冻，今朝满林风雨。正时临时到来，撒手还乡归去。"书竟舍笔，端然跏趺而逝。得年六十有五。其传灯受戒□行比丘，不可胜数。圆寂之日，寺之南冈，霞彩映照，□曜滇南。缁俗相吊，涕泗涟如，拍塞于路。火化骸骴，果有舍利，瑞光五色。遂十丘而竖塔厝之。天目中峰上人悲惋师亡，敬为撰塔铭，述真赞，传之不朽。余因抚摩广西，仇戮退兵，各令分守故地，□整解尘劳，憩于本寺方丈。其徒镜融，具行实泣血□调，恳余斐辞，以志于石。谨按其颠末而铭之。曰：

玉案嶔崎，钟英孕蕤。雄辩宗主，雪庵嗣之。象教昭垂，绰有清规。颖悟□□，禅教兼持。名刹峛崺，有谋有为。宣宠褒微，实赖纲维。西山招提，三藏日辉。遐迩助施，声动京师。雨雪霏霏，灼见先知。逝矣临岐，长往莫追。行实□宜，可□□□。

时至正丙申哉生，当代住持玉案山嗣法沙门智圆立石。（1949年《新纂云南通志》卷四九）

10. 石抹允

石抹允，契丹人，延祐间官云梦县尹，至正间任衡山知州（清乾隆二十二年《湖南通志》卷六四）。

生平事迹见李修生主编《全元文》卷一一六〇；清乾隆二十二年《湖南通志》卷六四。李修生主编《全元文》卷一一六〇收其文1篇：《重修孔子庙记》。

此次文的点校，以1964年影印明天一阁嘉靖十九年刻本《应山县志》、明嘉靖十八年刻本《随志》为底本，《全元文》所收其文版本与此同，文共计1篇。

重修孔子庙记

圣人论道，至天而止，非止也，天无以加焉。异者欲过，反沦弗逮，由不知天也。然天何言哉？必假圣言。圣言即天言也，所以先天而天弗违，后天而奉天时。惟其圣与天无间，故能定以中正仁义，而立人极。人极立，则纲常有赖。以之格致诚正，修齐治平，无不本于天而全于人，乃吾儒天人之学也，又岂有异与过不及之差哉？此吾夫子立教，历于万世而无弊者焉。惜知寡行鲜，治不如古，非道之罪也。后世祀之不绝，宜矣。至李唐，进夫子以王爵，以常情论之，亦云至矣。殊不知此特礼之文耳，若礼之本，则概乎其未闻焉。何幸遇我皇元，颁降圣诏，于吾夫子特加大成，于是乎所谓礼之本者举矣。盖钦圣诏云："先孔子而圣者，非孔子无以明；后孔子而圣者，非孔子无以法。"实发明尧舜以来历代之所未闻，非圣德合天地、明并日月，何其深切如此。由是论之，则先圣、后圣之圣，固圣也，又不若吾夫子之圣，为圣中之圣也。此子贡所谓："夫子之不可及，犹天之不可阶而升也。"猗欤盛哉！信乎无以加焉。应山县自春秋时隶汉东，故今属随。金、宋以来，废于兵者，仅百年。归化后，民始奠居。所以吾夫子之宫，多因陋就简，春秋朔望，主者应故事而已。延祐庚申，三城富侯庆来尹是邑[1]，陋其制度而鼎新之，工及半，以代去。今尹历山翟侯伟踵而成之，其勤笃盖有加焉。本县耆宿感二侯之化，争出帑以助役，材美甓坚，吏敏工善。其于堂庑、斋庖、垣墉，为之一新，梁棁榱桷，黝垩丹漆，悉举无遗。一时同寅若簿苏明，若尉刘仲信，若幕张廷秀，咸克相之。监邑从仕公保，保虽后至，亦完厥未完。讫工，本邑耆宿胡铨等议曰："邦君之善，不可不纪。"遂不远百里而来，求文于予。辞不获已，乃谓之曰：县，古子男之国也。为令长者，有社稷人民之寄，能尽厥职，上不负于国，下不愧于民，固已难得。况学校之设，世皆迁之。今二侯以难得之才，为世迁之事，前作后继，如出一手，可不嘉哉？然人受天地之中以生，既具是形，均禀是理，不学则不知也。知不知，系于学耳；学不学，又治乱之所由出。此朝廷所以于路府州县必立吾夫子之宫，择可师者主之，俾宪司暨长官提调牧养以求治也。噫！今翟侯乃能遵此意，继前政，建此学，又能推此意，集后进，讲此道，吾知其尽厥职，上不负，下不愧矣。进进不已，将见楚随之俗，化为齐鲁之乡。泐之于石，诚可以劝，于是乎书。若夫继翟侯之善，如翟之继富，有后政君子在。时泰定元年岁在甲子十一月[2]。（1964 年影印明天一阁嘉靖十九年刻本《应山县志卷下》，明嘉靖十八年刻本《随志》卷下）

校记：

［1］三城富侯庆来尹是邑："富"，原作"宫"，据明嘉靖十八年刻本《随志》及下文改。

［2］"若夫"至"十一月"：底本无，据明嘉靖十八年刻本《随志》卷下补。

11. 乌古孙良桢

乌古孙良桢，字干卿，自号约斋，女真人，生卒年不详。其祖先为女真乌古部，后"乌古"变为姓氏。乌古孙良桢世居临潢，后转徙大名。其父乌古孙泽，历官广南西道、宣慰副使，寻转海南北道廉访使，所至多惠政。艰于嗣，年五十余，夫人杜氏始生子，曰良桢。良桢自幼凝重好学，好读书，资质绝人。至治二年，荫补江阴州判官，调婺州武义县尹，改章州路推官。为官清廉，"狱有疑者，悉平反之"。后转延平判官，拜陕西行台监察御史。后来，良桢曾因言不尽行而解职。顺帝元统初年，复起为监察御史。至正四年，召为刑部员外郎，转御史台都事。五年，改中书左司都事，出为江东道肃政廉访司副使。上官一日，辞归。九年召参议中书省事，再迁参知政事，历左丞兼大司农卿。至正十四年后，良桢辗转各地为官。晚年病瘠遂卒。

生平事迹在明代宋濂撰《元史》卷一八十七；清代邵远平撰《元史类编》；赵志辉《满族文学史》第一卷；李修生主编《全元文》卷一七〇一；马清福著《波涛卷起千重唱·辽河流域文艺源流》中有记载。

李修生主编《全元文》卷一七〇一收其文 2 篇：《求贤自辅疏》《请国从礼制疏》。《元史》称："有诗文奏议若干卷，藏于家"，惜未见传世。

此次文的点校，《求贤自辅疏》以《元史》卷一八七为底本，《请国从礼制疏》以文渊阁四库本《元朝典故编年考》为底本，《全元文》所收其文版本与此同，文共计 2 篇。

求贤自辅疏[1]

天历数年间，纪纲大坏，元气伤夷。天祐圣明，入膺大统，而西宫秉政，奸臣弄权，畜憾十有余年。天威一怒，阴晦开明，以正大名，以章大孝，此诚兢兢业业祈天永命之秋，其术在乎敬身修德而已。今经筵多领以职事臣，数日一进讲，不逾数刻已罢，而亵御小臣，恒侍左右，何益于盛德哉。臣愿招延儒臣若许衡者数人，置于禁密，常以唐、虞、三代之道，启沃宸衷，日新其德，实万世无疆之福也。（《元史》卷一八七）

校记：

[1] 题目代拟。

请国从礼制疏[1]

纲常皆出于天，而不可变。议法之吏乃言国人不拘此例，诸国人各从本俗，是汉、南人当守纲常，国人、诸国人不必守纲常也。名曰优之，实则陷之，外若尊之，内实侮之。推其本心，所以待国人者不若汉、南人之厚也。请下礼官有司，及右科进士在朝者会议，自天子至于庶人，皆从礼制，以成列圣未遑之典，明万世不易之道。（文渊阁四库本《元朝典故编年考》卷八）

校注：

[1] 题目代拟。

12. 徒单公履

徒单公履，字云甫，号颐轩。辽海人，女真人，生卒年不详。徒单为复姓。《金史·国语解》："徒单，汉姓曰杜。"公履为其名。徒单公履官至侍读学士，性情纯厚孝顺，学问赅贯，并愿诲人，善于持论。至元八年

（1271），上奏应行贡举，设进士科，言帝重释而轻儒，帝怒，召姚枢、许衡与诸臣廷辩。元世祖将南伐驿时，曾召公履等人讨论计策。公履之建议有理可行，为世祖所采纳，曾官侍读学士。生平事迹在王恽《秋涧先生大全集》卷五十九有载；元·苏天爵著《元文类》卷九收《建国号诏》一文；陈垣编《道家金石略》收其文《冲和真人潘公神道之碑》。

此次文的点校，以陈垣编《道家金石略》，元苏天爵著《元文类》卷九为底本，文共计2篇。

冲和真人潘公神道之碑

翰林侍讲学士少中大夫知制诰兼修国史徒单公履撰

自黄帝问道于广成，而神仙之说始兴。老氏夸殷历周，以道德五千言，推极要妙，其教被于万世。降秦及汉，代有显人，安期、赤松、张道陵之流，或出而不晦，或见而不常，神奇之征，昭揭于世人之耳目者，非一事也。涉魏、晋、隋、唐以来，蜕迹阛嚣，凝神碧落者，其名不可殚纪。至于协阴阳之秘幻，集灵异之大成，微而草野鄙人，幽而深闺稚女，一聆其名，知其为列仙者，唐吕纯阳一人而已。盛矣哉，其传之也，全真之教盖发源于此。其流逮于金初，祖师王公倡之于前，七真继起于后，而道大行矣。惟丘公起东海之滨，玄教真风，弥漫洋溢。其高弟一十八人，世称为十八大士者，师其一也。

师姓潘氏，讳德冲，字仲和，冲和其号也，淄之齐东人。家世业农，大父秉政，适大安兵兴，起家为军都统，戍莱州。父楫，字济之，以儒为业，辟充益都府学教授。世父泽民，莱州节度判官。自高祖以上及于师，九世同居，家素饶财。尝遇岁凶，发粟赈饥，民赖以全活者甚众，乡间有贫者即假贷之，不责其偿，其乐施如此。一日，有术士过其家，语之曰：是家有阴德，必获阳报，当生异子。初，师之母王氏，尝梦有祥云入室覆其身，良久乃去。自尔有娠，妊十九月，师乃生。七岁不能言，其父忧之，忽有一道者来乞食，父延之入门，问所从来，云自东海，将适长安。师即从旁与之语，应答如流，父骇愕，道者曰："是子神韵冲粹，非凡儿也，异日当为人天师，宜善鞠之。"自此遂能言。后稍长，警悟敏慧，常人莫及，读书日记千余言。后闻父母欲为娶妻，遂宵遁，即往栖霞滨都

观。道过潍阳，时清和真人住持玉清宫，问所适，知其将诣长春，乃引见
焉。自是服膺问道，得传心之要。

长春委师以焚修之事，至其暇日，则默坐静室中，凝神涤虑，物我两
忘，一归于要妙幽玄之境，如是者十余年。太祖圣武皇帝亲征西域，闻长
春之名，遣仲禄刘君，赍诏诣海上起之。乃从长春西觐，风沙万里，不以
为劳也。还燕之三年，长春仙去，真人尹公嗣法，命充燕京都道录兼领宫
事。真常复总玄机，注倚尤深。燕去和林数千里，朝觐往返，凡十有三，
供拟之费，皆倚办于师，一无所阙。所以玄教真风恢张诞布，薄海内外无
所不至者，师与有力焉。师之内诚外方，各有所任，道并行而不相悖者，
又可见于此。岁乙未，平遥官长梁公，偕同僚恳疏请清和真人重修兴国
观，真人命师往。甫逾年，撤其旧而新之。壬寅署师诸路道教都提举，仍
兼本路道录。甲辰河东永乐祠堂灾，祠盖吕纯阳之仙迹也，朝议以为纯阳
之显道如此，祠而祀之，事涉简陋，可改为纯阳万寿宫，命李真常遴选道
望隆盛人所具瞻者崇建焉。先是，长春自西域回，抵盖里泊，夜与诸门弟
子谈，语次谓师曰："汝缘他年当在西南，此时永乐吾道矣。"至是真常泊
清和二宗师，集众言曰："纯阳，吾教之祖也。今朝廷崇饬如此，孰可任
其事者？"众以师德望干才，绰有余裕，即欲堪其役，无逾于师，况长春
盖里泊之言，已尝命之矣。乃署师为河东南北两路道教都提点，命往营
之。师率其徒至永乐，百工劝缘，源源而来，如子之趋父事，陶甓伐木，
云集川流，于是略基址，度远迩，程功能，平枝干，合事庀徒，百堵皆
作，不数稔，新宫告成。堂殿廊庑斋厨厩库，下至于寮舍温浴之属，各有
位置，莫不焕然一新。北逾一舍，有山曰九峰，土人云此纯阳得道处也。
遣其徒刘若水起纯阳上宫，及于宫侧创下院十余区，市良田竹苇，及蔬圃
果园、舟车碾硙，岁充常住百色之费。

至于四方宾侣过谒宫下者，周爰四顾，见其严饬壮盛，俨敬之心，油
然而生。夫撤祠宇而为宫庭，其崇卑相去奚啻万万，然于纯阳之本真，何
加损益。但致饬之道，斯其行者远矣，而人之观感异焉，此象教所以不可
废于后世。耸天下耳目于见闻之际，而绝其亵易之心，严乎外者所以佐乎
内，象之所以崇者，道之所以尊也。由是言之，师之恢大盛缘，作新崇
构，岂徒以夸其壮丽也哉！己酉秋，中宫懿旨，凡海岳灵山及玄教师堂，

遣近侍护师悉降香以礼之。乃增葺潍阳玉清宫，至昆嵛山麻姑洞，取历代诰册刊之石，以彰灵迹。壬子夏四月，真常因奉朝命祀岳渎，过永乐，见其规模宏敞，喜谓师曰：非师不能毕此胜缘，乃倾帑以助其经费。明旦，与师同跻九峰之巅，见其秀拔如椅，遂易其名曰玉椅峰。甲寅春，圣天子在藩邸，命设普天醮于长春宫，于是召四方羽侣道行清高者毕集，师首与其选。致彩云鸾鹤之瑞，真常曰，此瑞公适当之，遂以清和真人所遗金冠锦服为赠。事毕还永乐。丙辰夏四月适上宫，至五月朔旦，忽谓左右曰："吾幼遇长春师，授以秘传，终身诵之，粗有所得。继而清和、真常以纯阳师祖世缘见付，吾必年经营，略有次第。今世缘道念亦庶几兼修而并举，无复事矣，吾其行乎？"众不知所谓，二十六日，将返下宫，时方盛夏，畏日载途，从者咸以为病，师曰汝众弟行，无伤也。忽阴雾四合，抵下宫四十余里，人不知暑，此尤可讶。初，纯阳殿前有古柿二本，根干盘错，枝叶茂盛，一夕无风自折，众方惊悟曰："此柿无风而折，可谓大异。吾师前日之言，其兆于此矣！"是夜二更将尽，师忽扶杖而出，面四方，诵咒语，随即以灰掺之，露坐移时，若有所待，寻复入，以汤颒其面，即易衣索笔，书颂一篇，既毕，乃就枕翛然而逝，春秋六十有六。门人奔讣于掌教诚明真人，遣提点孟公，赙赠甚厚。庚申岁三月初五日，葬于宫之乾位，仍建别祠，令嗣事者以奉岁时香火，报本反始之道也。既而诚明疏师之德，上于朝，赐冲和微妙真人之号。师性资仁裕，戒履修洁，虽居道流，然乐善好施。中条东西居民，每岁初，或有贷粟于宫者，数逾千石，适时凶荒，道侣不赡，众议欲征之，师曰："岁荒人饥，夺彼与此，是岂仁人之用心哉！"负者闻而德之，后每于纯阳诞日，相率设会，献香资以致报，岁以为常。癸丑春旱，总管徐德禄拉诸耆老祷于师；师为诵灵宝经，不旬日，致甘澍盈尺。师尝居九峰纯阳上宫，又号九峰老人，门人三宫提点渊静大师刘若水，乃于师诵经处筑台，志之曰："九峰老人诵经台"。因状其行，付提点纯阳万寿宫事文志通，自永乐走燕，凡二千里，拉知宫刘志复诣予而言曰："师之道行如此，然神隧之石未有所纪，敢请。"予以不敏辞，凡四五往返，请益坚，予以志通尊其师也笃，而托于予也专，是可嘉已，乃为述其始终而次第之，因系之以说焉。夫道之为教尚矣，小而始于炼度之微，大而极于性命之奥，无非事者。至于营葺宫宇，惠鲜贫乏，此但触物应缘随感而动，劳而不有，施而不报，特神化之糟粕耳，非师之至也。与接为构，纷纷扰扰，殆多事矣。

然游神于谈，合气于漠，超然独观以自出于尘境之外者，彼何足土苴芥蒂乎其间也耶！故自从师海上，缔构诸方，迹与世俱，道随神运，固未尝一日不接于事为，亦未尝一日不在乎悠然泊然之中也。世徒见师之撰日作室，不少辍于斯须之顷，以为若是而止耳，岂知至人循其故然，无所事事，寂感一致，虚中泛应之心迹也哉！道一而已，自随其所见而名之者，盖不止于一而已也。试以四者言之，曰微、曰妙、曰玄、曰通。谓之微者，以其杳冥恍惚，不可为象者也。谓之妙者，以其变化不测，莫知所以然也。玄者，深而不可探也。通者，其化无不遍也。模状形容，固亦至矣，然智者之智，仁者之仁，虽所见殊方，会归则一，亦岂有二本哉！浑沦圆周，无所玷缺，在山满山，在河满河，道之全也。极六合之内外，尽万物之洪纤，虽神变无方，而莫非实理，道之真也。由是而为命，由是而为性，由是而为心，又由是而之于情，或源也，或委也，引而伸之，亦将何有不全，何有不真者乎？然则全也，真也，一而二，二而一者也。其万化之本根，一元之统体欤？长春之传于师者盖如此，师则有以推而广之，是可铭也。铭曰：

浑沦妙理含元精，先天后天无坏成，一真融冶储万形，繄谁不足谁奇赢。于于天乐诚难名，无何七凿情窦萌，以智相轧机相倾，纷然百伪无一诚。风颓俗靡三千龄，何人椅挈还大庭，岂谓否极时方亨，粤有奇人悼含灵。因心悟理开聩盲，尔全尔真性尔情，若醉而醒昏而醒，六尘莹彻神珠明。维师启钥通玄扃，十年动息静不凝，外营扰扰中常宁，功成羽化何泠泠。乘风万里游太清，俯视八极尘冥冥，中条之山郁葱青，黄流宛转相抱萦，纪师盛德存吾铭。（《甘水录》卷五）

建国号诏

诞膺景命，奄四海以宅尊；必有美名，绍百王而纪统。肇从隆古，匪独我家。且唐之为言荡也，尧以之而著称；虞之为言乐也，舜因之而作号。驯至禹兴而汤造，互名夏大以殷中。世降以还，事殊非古。虽乘时而有国，不以义而制称。为秦为汉者，盖从起初之地名；曰隋曰唐者，又即始封之爵邑。是皆徇百姓见闻之狃习，要一时经制之权宜。概以至公，得无少贬。我太祖圣武皇帝，握乾符而起朔土，以神武而膺帝图。四振天声，大恢土宇。舆图之广，历古所无。顷者，耆宿诣庭，奏章申请。谓既成于大业，宜早定于鸿名。在古制以当然，于朕心乎何有？可建国号曰"大元"，盖取《易经》"乾元"之义。兹大治流形于庶品，孰名资始之功；予一人底宁于万邦，尤切体仁之要。事从因革，道协天人。於戏！称义而名，故匪为之溢美；孚休惟永，尚不负于投艰。嘉与敷天，共隆大号。

参考文献

专著类

[1]（元）虞集：《道园学古录·卷三六》，《四部丛刊》影印本，商务印书馆，1929。

[2]（明）叶子奇：《草木子》，中华书局，1959。

[3]（明）朱权：《太和正音谱》，中国戏曲研究院编《中国古典戏曲论著集成》（三），中国戏剧出版社，1959。

[4]（明）宋濂等撰《元史》，中华书局，1976。

[5]（元）耶律楚材著《西游录》，向达校，中华书局，1981。

[6] 褚斌杰：《中国古代文体概论》，北京大学出版社，1984。

[7]（清）赵翼著，王树民校证《廿二史札记校证》，中华书局，1984。

[8]（元）揭傒斯著，李梦生标校《揭傒斯全集》，上海古籍出版社，1985。

[9]（元）余阙撰《青阳先生文集·卷四》，上海书店出版社，1985。

[10]（元）耶律楚材著《湛然居士文集》，谢方点校，中华书局，1986。

[11]（元）虞集：《道园遗稿》，《景印文渊阁四库全书》第1207册，台湾：商务印书馆，1986。

[12]（明）汪砢玉：《珊瑚网》卷十，《景印文渊阁四库全书》第818册，台湾：商务印书馆，1986。

[13]（元）许有壬：《圭塘欸乃集》，《景印文渊阁四库全书》第1366册，台湾：商务印书馆，1986。

[14]（清）柯劭忞：《新元史》，中国书店，1988。

[15] 陈垣：《道家金石略》，文物出版社，1988。

[16] 费孝通：《中华民族多元一体格局》，中央民族大学出版社，1989。

［17］赵相璧：《历代蒙古族著作家述略》，内蒙古人民出版社，1990。

［18］（元）马祖常著《石田先生文集》，李叔毅点校，中州古籍出版社，1991。

［19］（元）王士点、商企翁同撰《秘书监志》，高荣盛点校，浙江古籍出版社，1992。

［20］云峰：《蒙汉文化交流侧面观——蒙古族汉文创作史》，天津古籍出版社，1992。

［21］（元）苏天爵编《元文类》，上海古籍出版社，1993。

［22］（元）苏天爵著《元朝名臣事略》，姚景安校，中华书局，1996。

［23］云峰：《蒙汉文学关系史》，新疆人民出版社，1997。

［24］邓绍基：《元代文学史》，人民文学出版社，1998。

［25］荣苏赫、赵永铣等：《蒙古族文学史》，内蒙古人民出版社，2000。

［26］陈垣：《元西域人华化考》，上海古籍出版社，2000。

［27］李修生、查洪德：《辽金元文学研究》，北京出版社，2001。

［28］桂栖鹏：《元代进士研究》，兰州大学出版社，2001。

［29］查洪德、李军：《元代文学文献学》，中国社会科学出版社，2002。

［30］白·特木尔巴根：《古代蒙古作家汉文创作考》，内蒙古教育出版社，2002。

［31］李修生主编《全元文》，凤凰出版社，2004。

［32］赵琦：《金元之际的儒士与汉文化》，人民出版社，2004。

［33］杨圣敏：《中国民族志》，中央民族大学出版社，2004。

［34］杨镰：《元代文学编年史》，山西教育出版社，2005。

［35］查洪德：《理学背景下的元代文论与诗文》，中华书局，2005。

［36］谭家健：《中国古代散文史稿》，重庆出版社，2006。

［37］周振甫：《文章例话》，江苏教育出版社，2006。

［38］曹萌主编《汉文史典籍述录中国北方少数民族资料汇编与研究》，吉林文史出版社，2008。

［39］王雄：《古代蒙古及北方民族史史料概述》，内蒙古大学出版社，2008。

［40］王树林：《金元诗文与文献研究》，中华书局，2008。

［41］谭家健：《中国散文史纲要》，山西教育出版社，2011。

[42] 宏伟：《蒙古族古代汉文文论研究》，辽宁民族出版社，2011。

[43] 郭预衡：《中国散文史》，上海古籍出版社，2011。

[44] 顾世宝：《蒙元时代的蒙古族文学家》，兰州大学出版社，2012。

[45] 杨富学：《中国北方古代少数民族历史文化丛书》，杨富学：《中国北方民族历史文化论稿》，甘肃民族出版社，2012。

[46] 余来明主编《元代科举与文学》，武汉大学出版社，2013。

[47] 张炯、邓绍基、郎樱总主编，杨镰本卷主编《中国文学通史（第4卷）》（元代文学），江苏文艺出版社，2013。

[48] 李真瑜、田南池、房春草著《中国散文通史·宋金元卷》，安徽教育出版社，2013。

[49] 王素敏、温斌：《中国古代草原文学研究》，南开大学出版社，2014。

[50] 多洛肯：《元明清少数民族汉语文创作诗文叙录（元明卷）》，中国社会科学出版社，2014。

[51] 高洪岩：《元代文章学》，上海三联书店，2014。

[52] 漆绪邦主编《中国散文通史》（增订本），首都师范大学出版社，2014。

[53] 陈柱：《中国散文史》，上海三联书店，2014。

[54] 杨镰：《元代文学及文献研究》，中华书局，2015。

[55] 张延昭：《元代儒学教化研究》，中国社会科学出版社，2015。

[56] 余来明：《元明科举与文学考论》，武汉大学出版社，2015。

[57] 温斌：《民族文化交融与元代少数民族作家创作》，吉林大学出版社，2015。

[58] 温斌主编《元代文学论集》，新华出版社，2016。

[59] 查洪德著《元代文学通论》，东方出版中心，2019。

期刊类

[1] 张梦新：《元代散文简论》，《杭州大学学报》（哲学社会科学版）1990年第4期。

[2] 郭兴良：《元代散文综论》，《曲靖师专学报》1992年第2期。

[3] 郭预衡：《宋元散文余论》，《北京师范大学学报》1992年第4期。

[4] 王发国：《余阙和他的诗文——兼与〈羌族文学史·西夏羌族遗民的

书面创作〉编写者商榷》，《西南民族大学学报》（哲学社会科学版）1996 年第 5 期。

［5］ 党宝海：《察罕帖木儿的族属、生年与汉姓》，《中国史研究》1998 年第 3 期。

［6］ 白乙拉：《元末名将察罕帖木儿传略》，《昭乌达蒙族师专学报》（北方民族文化）1998 年第 4 期。

［7］ 穆鸿利：《论元代北方民族文化成就和时代特色》，《传统文化与现代化》1998 年第 5 期。

［8］ 修晓波：《〈元史〉安童、乃蛮台、朵儿只、朵尔直班列传订误》，《古籍整理研究学刊》1998 年第 3 期。

［9］ 查洪德：《谈谈元代散文的评价》，《古典文学知识》1999 年第 2 期。

［10］ 白·特木尔巴根：《论古代蒙古族作家汉文创作的社会历史背景》，《内蒙古师大学报》（哲学社会科学版）1999 年第 6 期。

［11］ 谭邦和：《论元代散文的特殊文化境遇——兼释元代散文的跌落》，《华中师范大学学报》（人文社会科学版）1999 年第 6 期。

［12］ 查洪德：《元人对散文风格的追求》，《古典文学知识》2000 年第 2 期。

［13］ 查洪德：《元代散文的发展与分期》，《古典文学知识》2000 年第 4 期。

［14］ 查洪德：《文道离合与元代文学思潮》，《晋阳学刊》2000 年第 5 期。

［15］ 修晓波：《〈元史〉巎巎、回回、伯颜不花的斤、丑闾列传订讹》，《古籍整理研究学刊》2001 年第 6 期。

［16］ 孙小力：《论元代散文的杂文倾向》，《上海大学学报》（社会科学版）2002 年第 6 期。

［17］ 马娟：《近十余年来国内元代色目人研究综述》，《西域研究》2002 年第 1 期。

［18］ 查洪德：《20 世纪萨都剌研究述论》，《民族文学研究》2002 年第 2 期。

［19］ 扎拉嘎：《北方少数民族对中国文学的贡献》，《社会科学战线》2003 年第 3 期。

[20] 段莉萍：《试论古代羌族作家余阙的文艺观》，《民族文学研究》
2003 年第 3 期。

[21] 张文澍：《〈全元文〉之辑佚与女真族古文家字术鲁翀》，《民族文学
研究》2004 年第 2 期。

[22] 李军：《论耶律铸和他的〈双溪醉隐集〉》，《民族文学研究》2004 年
第 2 期。

[23] 王树林：《马祖常散文的文化成因及审美特质》，《民族文学研究》
2005 年第 1 期。

[24] 魏红梅：《论余阙散文的儒家情怀》，《德州学院学报》（哲学社会科
学版）2005 年第 1 期。

[25] 任崇岳：《元代中原地区的民族融合》，《中州学刊》2005 年第 5 期。

[26] 王树林：《元代河南三先生文集叙考》，《南阳师范学院学报》（社会
科学版）2006 年第 4 期。

[27] 魏崇武：《论耶律楚材的散文创作》，《民族文学研究》2006 年第
1 期。

[28] 王永：《女真民族性格与金代散文风格关系管见》，《中央民族大学学
报》2006 年第 3 期。

[29] 杨镰：《寻找马祖常与雍古人进出历史的遗迹》，《文史知识》2007
年第 11 期。

[30] 查洪德、刘嘉伟：《理学视阈下的元代色目文学家余阙》，《长春工程
学院学报》（社会科学版）2007 年第 4 期。

附录 元代北方少数民族散文作品列表

元代蒙古人散文作品列表

姓　名	生　平	篇　目	篇数
伯　颜	中书右丞相。蒙古八邻（巴林）部人，《元史》本传说他"深略善断""廉谨自持"。伯颜有文才，能诗能曲	《大丞相贺表》	1
郝天挺	中书右丞相。字继先，号新斋，善骑射，以辩称。其人英爽刚直，有志略，关心社会时政，民生疾苦。曾受业于金元之际著名文学家元好问门下，著有《唐诗鼓吹集注》	《杜氏孝感泉记》	1
按摊不花	任平江州判，重教化，崇斯文，与修《成州志》。又据明隆庆《岳州府志·官迹》载：按摊不花，延祐间判平江，纂州志有功，文章政事重于时	《上公亭记》《忠孝祠记》	2
忽都达儿	延祐五年（1318）赐进士及第	《皇太子受册贺笺》《重修关王庙记》	2
爕理溥化	约生活在元成宗至顺帝年间。泰定四年（1327）进士，任舒城县达鲁花赤。自幼勤奋好学，曾尊翰林侍讲学士揭傒斯为师，学习经史诗文。在任期间非常注重文教	《乐安县志序》《重修南岳书院记》	2
阿鲁威	阿鲁威，字叔重，号东泉，人或以鲁东泉称之，元蒙古人。约生活于元英宗、泰定帝前后。元英宗至治间官南剑（今福建南平）太守，泰定帝泰定年间任经筵官、翰林侍读学士、参知政事。元末寓居江南。其他经历知之甚略。其汉文修养深厚，能诗，与大诗人虞集等人有唱和。尤工散曲	《跋虞雍公〈诛蚊赋〉》《〈续轩渠诗集〉序》	2

姓 名	生 平	篇 目	篇数
同 同	翰林待制。字同初，玉速帖木儿之子。居真定（今河北正定），元顺帝元统元年（1333）癸酉科状元及第。同同是迁居中原的蒙古人，对汉文化有较深的造诣，特别是对古曲诗词兴趣更为浓厚。元末著名诗人杨维桢说："同初诗多台阁体，天不假年，故其诗文鲜行于时。"	《对策》	1
察罕帖木儿	字廷瑞，颍州沈丘（今属河南）人。至正十二年（1352）授中顺大夫。官至中书平章政事等	《祭颜子文》	1
囊加歹	字逢源，元统元年（1333）进士，仕至同知制诰兼国史编修	《善士郭英助文庙礼器记》	1
那木罕	字从善，赐进士出身，逊都思人，为蒙古诸王，泰定时在世	《贺皇后笺》	1
哈剌台	哈儿柳温台氏，泰定四年（1327）登进士第，历任方城县达鲁花赤、徐州同知及内台御史等，与许有壬、苏天爵交游甚密	《圭塘欸乃集》跋	1
僧家奴（讷）	广东宣慰使都元帅、江浙行省参政。字符卿，号嶂山野人。蒙古术里歹氏。政事之余经史不离于手，吟咏不辍。著有《嶂山诗集》，但未见传本	《赵清献公文集序》《宣圣遗像记》《仙掌石题名》	3
笃列图	进士。监察御史。笃列图弱冠，至顺元年（1330）右榜进士第一，元代王逢《故内御史捏古台氏笃公挽词》中载，笃列图在参加廷式时，文宗读其卷，叹曰："蒙古人文学如此，祖宗治教所及也。"故拔为第一	《瑞盐记》	1
息剌忽	蒙古玘鲁古氏，出身军旅之家，参加过宋元战争，是一位文武双全的蒙古族将领	《武当事迹序》	1

续表

姓　名	生　平	篇　目	篇数
朵儿直班	字惟中，元臣木华黎七世孙，为元后期名臣，擅长诗词书画。以扶持名教为己任，留心《经》术，喜为五言诗，字画尤精，著书四卷	《题郑氏义门家范后》	1
仝　仝	乡贡解元蒙古人	《潞州知州张奉议新塑五龙神像记》	1
答兰铁睦尔	蒙古文臣，任秘书卿一职	《祀西镇碑记》	1

元代色目人散文作品列表

姓　名	生　平	篇　目	篇数
廉希宪	廉希宪（1231～1280），为布鲁海牙之次子，又名忻都，字善甫，号野云，畏兀儿人。因其笃好经史，手不释卷，世祖忽必烈称"廉孟子"。丞相伯颜评论希宪："男子中真男子，宰相中真宰相。"	《论史天泽事》《陈大计劝进》《陕蜀行省奏事》《请改革世官之制》	4
察　罕	察罕（1245～1322），元代著名政治家、史学家。初名益德，自号白云，人称白云老人。察罕天资聪慧，体格魁伟，博览强记，自幼受到良好的家庭教育及中原与西域两种文化的熏陶，具有很好的素质和才干，通晓汉、蒙及突厥、阿拉伯、波斯诸种文字	《安南志略序》《涞水东镇创建景福院记》《林县宝严寺圣旨碑》	3
不忽木	不忽木（1255～1300），一名时用，字用臣，号静得。先世为康里部人，后入蒙古籍。早年入国子监，从许衡学。至元十四年授利用少监，出为燕南河北道提刑按察副使，进正使。至元二十二年，入为吏部尚书，历工部、刑部尚书，拜翰林学士承旨。不忽木能诗善文，尤长于散曲创作	《请兴学校疏》《请遣使劝谕陈日烜自新疏》《请效法汉文帝克谨天戒疏》	3

续表

姓　名	生　平	篇　目	篇数
赵世延	赵世延（1259～1336），字子敬，号迁轩，雍古部人。自幼天资秀发，喜爱读书，特别用心钻研历代治国平天下的所谓"体用"之学。曾奉诏与虞集等人纂修《皇朝经世大典》，并且校订律令，汇编成《风宪宏纲》，世延文章波澜浩瀚，一根于理，广泛流传	《茅山志序》 《南唐书序》 《净明忠孝全书序》 《程氏读书分年日程序》 《经世大典序录》 《治典总序》 《赋典总序》 《礼典总序》 《政典总序》 《宪典总序》 《工典总序》 《孔庙加封碑跋》 《读书崖记》 《灵谷寺钟铭》 《昭德殿碑记》 《藏御服碑》 《太华山佛严寺无照玄鉴行业记》 《泰定四年丁卯代祀江南三山还朝醮于崇真宫作上清像云中赵世延赞》 《唐榻化度寺邕禅师塔铭跋》	19
鲁明善	鲁明善，名铁柱，字明善。元农学家。元初随父自西域迁居大都（今北京），幼年受过良好教育，汉文造诣很高。著有《农桑衣食撮要》二卷，成书于延祐元年（1314）	《农桑衣食撮要自序》	1
廉　惇	廉惇（约1276～?），字公迈，廉希宪幼子，贯云石之舅，畏兀儿人。著有《廉文靖集》。廉惇是受汉族文化影响极深的畏兀儿子弟。他尊崇汉族儒士，在朝时为萧赠易名请制赠就是一证。同时，汉族诗人对其也非常敬佩	《宴集芙蓉花序》 《廉文靖公集世系状》	2
赡　思	赡思（1277～1351），即沙克什，字得之，色目人，其祖由大食（今阿拉伯）迁入真定（今河北正定），遂为真定人。著述有《四书阙疑》《五经思问》《奇偶阴阳消息图》《老庄精诣》《镇阳风土记》《续东阳志》《重订河防通议》《西国图经》《西域异人传》《金哀宗记》《正大诸臣列传》《审听要诀》及文集三十卷	《宝庆四明志重刻序》 《元善众寺创建方丈记》 《元甘肃等处行中书省平章政事荣禄大夫公神道碑》 《河防通议序》	4

姓　名	生　平	篇　目	篇数
马祖常	马祖常（1279～1338），字伯庸，号石田，世为雍古部，居靖州之天山。马祖常有文集行于世。《元文类》收录马祖常文二十篇，诗赋三十三首。还著有《石田集》十五卷，其中诗五卷，存诗七百六十五首，是目前已知存诗数最多的色目作家，被文宗誉为"中原硕儒唯祖常"	《伤己赋》 《适忘赋》 《悠然阁赋》 《草亭赋》 《感柏树赋》 《遣奉使巡行诏》 《追封河南王夫人制》 《思州军民宣抚使田冕晃忽儿不花封赠二代制》 《太师右丞相封赠三代制》 《太保左丞相封赠三代制》 《平章也速迭儿封赠三代制》 《太傅秃鲁封谥制》 《右丞按滩封谥制》 《尚书左丞相某封谥制》 《贺元旦表》 《正旦贺兴圣宫表》 《贺正旦笺》 《贺建储表》 《贺春宫笺》 《贺建储表》 《监修国史贺正表》 《监修国史贺正表》 《贺建储表》 《贺建储笺》 《贺立后建储表》 《寿宁宫设醮青词》 《祭星祝文》 《请慎简宫寮疏》 《建白一十五事》 《请量移流罪》 《辨王左丞等》 《弹大都路总管范完泽》 《弹中书参议李罗等官》 《论执弓矢禁例》 《论秦州成纪县等处山移事》 《论百官请赏》 《论加恩典》 《举翰林待制袁桷等》 《弹右丞相帖木迭儿》 《进千秋纪略札子二》 《致乐堂铭》 《滋溪文稿志》 《天下通祀碑记》 《张公先德碑》	139

姓　名	生　平	篇　目	篇数
		《梁彦中家荃中致悫亭铭》	
		《书楔铭》	
		《书几铭》	
		《居室铭》	
		《止善堂铭》	
		《遵诲堂铭》	
		《王仁甫左丞德符堂铭》	
		《飘然亭铭》	
		《李氏种德堂铭》	
		《龚友甫缵古斋铭》	
		《允怀斋铭》	
		《舟箴》	
		《酒箴》	
		《恭赞御书奎章阁记》	
		《吴宗师画赞》	
		《赞双兔》	
		《赞吴牛》	
		《丁君诔》	
		《仁本堂解》	
		《记河外事》	
		《夏干祷雨文》	
		《会试策问》	
		《拟廷试进士策问》	
		《书翟太素弹琴诗序后》	
		《跋夫子击磬图》	
		《恭题御书雪月二字》	
		《记御史台题名后》	
		《题松厅事稿略后》	
		《题简母墓铭》	
		《跋姚照磨考墓铭后》	
		《跋诚求堂诗》	
		《固始县重建县治记》	
		《小石山记》	
		《留侯庙记》	
		《石田山房记》	
		《小圃记》	
		《上都翰林分院记》	
		《圣清庙记》	
		《愿学斋记》	
		《礼部合化堂题名记》	
		《察院题名记》	
		《州判张君去思记》	

续表

姓　名	生　平	篇　目	篇数
		《殿中司题名记》 《送刘文可之官汝州序》 《送牛国宝罢教光学北归序》 《送崔少中序》 《国语类记序》 《送人南归序》 《游经历字序》 《李氏寿桂堂诗序》 《送李公敏之官序》 《王夫人贞节序》 《送高富卿学正归滑州序》 《送聂道元诗序》 《风宪宏纲序》 《卧雪斋文集序》 《周刚善文集序》 《杨玄翁文稿序》 《梁氏寿庆堂诗序》 《送雅琥参书之官静江诗序》 《送简管勾序》 《送吴养元管勾还家省亲序》 《大兴府学孔子庙碑》 《安丰路孔子庙碑》 《光州达噜噶齐乌玛喇去思碣》 《光州孔子新庙碑》 《重修通济渠龙祠碑铭》 《光州固始县南岳庙碑》 《敕赐福州南台石桥碑铭》 《皇元敕赐赠翰林学士杜文献公神道碑》 《敕翰林学士元文敏公神道碑》 《集贤直学士贡文靖公神道碑铭》 《大元赠中奉大夫行中书省参知政事张公神道碑》 《致仕礼部尚书邢公神道碑铭》 《金燕南河北道肃政廉访司事赵公神道碑》 《敕赐赠参知政事胡魏公神道碑》 《安定郡夫人王氏墓志铭》 《故荣禄大夫大司农卿郝公墓志铭》 《济南安氏先茔碑》	

续表

姓　名	生　平	篇　目	篇数
		《朝请大夫大名路治中致仕冯君先茔碑铭》 《故朝请大夫礼部郎中王君神道碑》 《征行百户刘君墓碣铭》 《监黄池税务王君墓碣铭》 《故礼部尚书马公神道碑铭》 《敕赐御史中丞赵公先德碑铭》 《敕赐大司徒蓟国忠简公神道碑》 《霸州长忽速刺沙君遗爱碑》 《故显妣梁郡夫人杨氏墓志铭》 《敕赐太师秦王佐命元勋之碑》 《太师太平王定策元勋之碑》 《故贞节赠容国夫人萨法礼氏碑铭》 《赠亚中大夫顺德路总管董君行状》 《息耴传》 《王氏传》 《节妇高氏传》	
琐非复初	琐非复初，号拙斋，西域人。精通词曲音律，深为周德清所推崇	《中原音韵序》	1
辛文房	辛文房，字良史，元代西域人，大约生活在至元、大德年间，居家豫章（今江西南昌市），曾任翰林编修，善诗文，与王执谦伯益并以能诗称。著《唐才子传》，此书成于元成宗大德甲辰（1304）	《唐才子传引》 《隐逸诗人论》 《女性诗人论》 《方外诗人论》 《仙道诗人论》	5
贯云石	贯云石（1286～1324），本名小云石海涯，字浮岑，号成斋，又号酸斋、疏斋，高昌畏兀人。北从姚燧学，燧见其古文峭厉有法，及歌行、古乐府慷慨激烈，大奇之。贯云石生前著作颇丰，曾有诗文集《酸斋诗集》和《孝经直解》行世，亡佚于明清之际	《孝经直解序》 《阳春白雪序》 《今乐府序》 《夏氏义塾记》 《万寿讲寺记》	5

续表

姓　名	生　平	篇　目	篇数
边鲁	边鲁，字至愚，号鲁生，西域北庭（今新疆吉木萨尔县）人。元畏兀儿艺术家。边鲁自幼好学，对汉文化有较深的造诣	《高阳令边敏铭略》	1
偰玉立	偰玉立（约 1294～?），字世玉，号止庵（一作止堂），高昌回鹘人。世居高昌郡（今新疆维吾尔自治区吐鲁番市东）。元延祐五年中进士，授秘书监著作佐郎。至正九年（1349）五月，以正议大夫福建行省泉州路总管升任泉州达鲁花赤。偰玉立至正年间在泉州任职，当地百姓"皆劝于文学"。著有《世玉集》	《正旦贺表》 《皇太子笺文》 《绛守居园池诗序》 《九日山题名》	4
偰哲笃	偰哲笃，字世南，偰玉立弟，延祐二年（1315）进士，高邮知州，以中顺大夫佥广东道肃政廉访司事	《重修县学记》	1
偰文质	偰文质，字仲彬，高昌人，合剌普华长子。延祐元年（1314）任广德路总管，历迁潭州、赣州两路总管。除广西宣慰司同知。因平徭有功，迁吉安路达鲁花赤。后至元年间卒，赠宣惠安远功臣、礼部尚书，谥忠襄。《元史》卷一九三有传	《无一禅师塔铭》	1
偰处约	高昌人，曾为翰林，皇庆间在世	《勿轩熊先生传》	1
巎巎	巎巎（1295～1345），又译库库，字子山，号正斋，又号恕叟、蓬累叟，又称康里巎巎。不忽木次子，回回之弟，诗文均有时名，并且是元代最著名的书法家之一。始授直郎、集贤待制，迁兵部郎中转秘书监丞，拜监察御史，转江南行台治书侍御史，拜礼部尚书，进奎章阁大学士，又拜翰林学士承旨、知制诰兼修国史	《康里巎草书柳子厚谪龙说》 《阎立德王会图跋》 《题唐欧阳询化度寺邕禅师塔铭》 《颜真卿述张旭笔法一卷》 《周朗画〈杜秋图〉》 《十二月十二日帖》 《草书怀素自叙》 《跋静心本兰亭》 《奉记帖》 《跋赵孟頫常清静经帖》 《跋任仁发张果见明皇图》 《题丞相义门诗后》	12

续表

姓　名	生　平	篇　目	篇数
鲁至道	鲁至道，字至道，又名伯笃鲁丁，至治元年进士，元代著名诗人、政治家。至元三年任岭南广西道肃政廉访副使。伯笃鲁丁无诗集传世	《鼎建庙学记》 《阳桥记》	2
唐兀达海	唐兀达海（？～1344），元代党项族人，祖籍武威（今甘肃武威），家族入中原后定居开州濮阳（今河南濮阳一带）。《述善集》称作"唐兀忠显"，是因为他曾担任忠显校尉，又据《述善集·龙祠乡社义约》，其职务曾为百夫长。忠显校尉为武散官，秩从六品。此篇文署名为"唐兀忠显唐兀崇喜"。据《龙祠乡社义约》序记载，乡约系"十八郎寨龙王社内老人百夫长唐兀忠显与千夫长高公"议定，唐兀崇喜或仅为记录者。此处暂认定为唐兀达海所作	《龙祠乡社义约》	1
唐兀崇喜	唐兀崇喜（约1300～1372），汉姓杨，字象贤。祖籍武威（今属甘肃），家族入中原后定居开州濮阳（今属河南）。曾袭任百夫长，就读于国子监，是国子生，因他长期不仕，故又被称为处士。于至正年间尝捐助米五百石、草万束以帮助元廷镇压红巾军，而不求官位；捐良田五百亩以养士，创建书院，元廷赐名"崇义书院"	《自序》 《报效军储》 《节妇后序》 《祖遗契券志》 《为善最乐》 《观德会》 《劝善直述》	7
余　阙	余阙，字廷心，一字天心，唐兀氏，世居武威（今甘肃武威）。少孤，授徒以养母。登元统癸酉进士第二名，除同知泗州。著有《青阳集》	《元统癸酉廷对策》 《上贺丞相书》 《再上贺丞相书》 《再上贺丞相书》 《再上贺丞相书》 《与中书参政成谊叔书》 《与月可察尔平章书》 《与国子助教程以文书》 《与曾舜功书》 《与危太朴内翰书》 《与刘彦昴书》 《与子美先生书》	76

姓　名	生　平	篇　目	篇数
		《与子美先生书》	
		《与子美先生书》	
		《复陈景忠修撰书》	
		《勉励叶县尹手批》	
		《送归彦温赴河西廉使序》	
		《送月彦明经历赴行都水监序》	
		《送樊时中赴都水庸田使序》	
		《送范立中赴襄阳诗序》	
		《李克复总管赴赣州诗序》	
		《送葛元哲序》	
		《送许具瞻序》	
		《赠刑部掾史镏彦通使还京序》	
		《为高士方壶子归信州序》	
		《送李宗泰序》	
		《杨君显民诗集序》	
		《贡泰父文集序》	
		《聚魁堂诗序》	
		《藏乘法疏后序》	
		《待制集序》	
		《跋揭侍讲遗墨后》	
		《题宋顾主簿论朋党书后》	
		《题孟天炜拟古文后》	
		《题涂颖诗集后》	
		《题永明智觉寿禅师唯心诀后》	
		《题黄氏贞节集》	
		《书合鲁易之作颍川老翁歌后续集》	
		《济川字说》	
		《含章亭记》	
		《穰县学记》	
		《湘阴州镇湘桥记》	
		《汉阳府大成乐记》	
		《新修大宁宫记》	
		《梯云庄记》	
		《合肥修城记》	
		《大节堂记》	
		《宪使董公均役之记》	
		《钧州重修学记》	
		《定远县重修通济桥记》	
		《郡城隍庙记》	
		《染习寓语为苏友作》	
		《结交警语》	

姓　名	生　平	篇　目	篇数
		《御书赞》 《赞晦庵》 《慈利州天门书院碑》 《安庆城隍显忠灵佑王碑》 《化城寺碑》 《济美堂铭》 《青阳县尹袁君功铭并序》 《勉学斋铭》 《镏府君墓铭》 《葛征君墓表》 《张同知墓表》 《两伍张氏阡表》 《潜岳祷雨文》 《西海祝文》 《后土祝文》 《西岳祝文》 《河渎祝文》 《江渎祝文》 《中镇祝文》 《西镇祝文》 《湖广省正旦贺表》 《正旦贺笺》 《圣节贺表》	
泰不华	至治元年（1321），赐右榜进士第一，顺帝初，兴修宋、辽、金三史，擢礼部尚书。著有《顾北集》	《祷雨歌序》 《题范文正公书伯夷颂卷后》 《题范文正公与尹师鲁二札卷后》 《书李孝光汉洛阳令方圣公储传后》 《赤颊潭灵溥庙记》 《明伦堂记略》	6
萨都剌	萨都剌（1308～1355），字天锡，号直斋，西域答失蛮氏人。祖父以勋留镇云代（今山西大同、代县一带），遂为雁门人。弱冠登泰定丁卯进士第，应奉翰林文字。出为御史于南台。历南台掾、宪司照磨，后入方国珍幕府，卒。为官清正，曾有发廪赈灾、救助难民、禁止巫蛊、移风易俗等政绩。萨都剌博学能文，兼善楷书。宦游多年，足迹长城内外，大江南北，不少作品富于生活实感，描写细腻，贴切入微。后人推萨都剌为"有元一代词人之冠"	《龙门记》 《武彝诗集序》 《雪矶和尚住瑞岩诸山疏》 《雪窦请野翁茶汤榜》 《晦机和尚迁仰山杭诸山》 《云外和尚住天童诸山》 《禹溪和尚住雪窦》 《冷石泉住平江北禅教寺诸山》 《印月江住湖州河山江湖》	9

续表

姓 名	生 平	篇 目	篇数
偰 逊	偰哲笃之子。偰逊，原名偰伯辽逊，偰哲笃之子，偰列篪之侄，元顺帝至正五年进士，曾任翰林应奉、宣政院断事官、端本堂正字、单州留守等职，元末为避红巾之乱携家出奔高丽，《高丽史》有传	《金元吉名字说》	1
孟 昉	孟昉，字天炜（一作天伟）。河西唐兀人，占籍大都（今北京），一说占籍太原（今属山西）。清代顾嗣立、席世臣编《元诗选·癸集》（癸之辛上）记载："孟昉，字天炜。本西域人，寓北平。至正十二年，为翰林待制，官至江南行台监察御史。"孟昉著有《孟待制文集》，收录于《千顷堂书目》卷二十九，由陈基、程文、傅若金等作序跋。陈序有"翰林待制孟君，砥砺成均，激昂俊造于斯时也……乃扬历省台，左章右程"之语。可惜现已不传	《杭州路重建庙学记》《十二月乐词并序》	2
王 翰	王翰（1333~1378），字用文，本名那木罕，号友石山人，河西唐兀氏。其子辑其遗诗八十八首，编为《友石山人遗稿》一卷。清代顾嗣立评王翰："用文，将家子，有古烈士风。晚年隐忍林壑，尤以诗自娱。庐陵陈仲述谓，（其诗）皆心声之应，而非苟然炫葩组华者"	《圭塘欸乃集跋》	1
伯颜宗道	伯颜宗道（1292~1358），一名师圣，字宗道，哈剌鲁氏，隶军籍蒙古万户府，世居开州濮阳县。元代学者	《节妇序》《龙祠乡社义约赞》《濮阳县尹刘公德政碑》	3
甘 立	甘立，字允从，生卒年不详，元末西夏人，入中原后，定居陈留（今河南陈留），年少得时誉，公卿辟为奎章阁照磨，至丞相掾卒	《题赵孟頫书过秦论》	1

姓　名	生　平	篇　目	篇数
邾经	邾经，字仲谊，又字仲仪，号玩斋，别号观梦道士、西清居士，吴陵（今江苏泰州）籍，陇右（今甘肃陇西）人，自称"西夏邾经"。至正间为乡贡进士，任平江路儒学录。元明之际，寓居杭州。明洪武四年（1371）充江浙考试官。权衡允当，士林称之。洪武十一年（1378）至京师就养于其子。博闻强识，工诗文，擅八分书，善琴操，能隐语。有《观梦集》《玩斋集》行于世，名重一时，今均佚。杂剧有《死葬鸳鸯冢》《西湖三塔记》《胭脂女子鬼推门》，仅《死葬鸳鸯冢》存曲词二套	《青楼集序》	1
忽思慧	忽思慧，一译和斯辉。蒙古族（一说元代回回人）。于元仁宗延祐年间（1314～1320）被选充饮膳太医一职，至元文宗天历三年（1330）编撰成《饮膳正要》一书	《饮膳正要序》	1
偰斯	偰斯，原名偰吉斯，偰逊之弟，元末曾任昆山、嘉定知州，入明后曾任符宝郎、太安州知州、河间知府、户部尚书、山西布政使、吏部尚书、礼部尚书等职，是为数不多的受到明政府信任的色目人。《全元文》未收其文	《尧臣公传》 《祭忠烈公文》	2
偰列篪	偰列篪，字世德，偰文质之子，合剌普华之孙，至顺庚午科进士，由翰林出监海潮州	《白牛岩牛伯琦诗刻序》	1
廉惠山海牙	廉惠山海牙，字公亮，廉希宪之从子。畏兀儿人。弱冠入国子学。至治元年（1321）登进士第，授承事郎、同知顺州事。曾任江南行御史台经历、翰林学士承旨、知制诰兼修国史等职。卒，年七十有一	《活幼心书决证诗赋序》 《至正二十三年郡守忽欲理持建置白马庙记略》	2

元代契丹与女真人散文作品列表

姓　名	生　平	篇　目	篇数
耶律楚材	耶律楚材（1190～1244），字晋卿，号湛然居士，契丹贵族后裔，蒙古军攻陷燕京后，拜万松老人为师，潜心学佛。乃马真后称制三年（1244）卒，进封广宁王，谥"文正"。著作有《湛然居士集》三十五卷、《湛然居士文集》十四卷、《五星秘语》一卷、《先知大数》一卷、《庚元历》二卷、《历说》、《乙未元历》、《回鹘历》、《皇极经世义》、《西游录》（黄虞稷《千顷堂书目》）	《进西征庚午元历表》 《答杨行省书》 《寄赵元帅书》 《约善长和诗战书》 《寄万松老人书》 《司天判官张居中六壬祛惑钤序》 《苗彦实琴谱序》 《西游录序》 《辨邪论序》 《万松老人评唱天童觉和尚颂古从容庵录序》 《评唱天童拈古请益后录序》 《楞严外解序》 《心经宗说后序》 《糠蘖教民十无益论序》 《释氏新闻序》 《屏山居士金刚经别解序》 《万松老人万寿语录序》 《屏山居士鸣道集序》 《书金刚经别解后》 《贫乐庵记》 《燕京大觉禅寺创建经藏记》 《和公大禅师塔记》 《赵州柏树颂》 《黄龙三关颂》 《自赞》 《自赞》（其二） 《燕京崇寿禅院故圆通大师朗公碑铭》 《题万寿寺碑阴》 《祭侄女淑卿文》 《为庆寿寺作万僧疏》 《太原开化寺革律为禅仍命余为功德主因作疏》 《为石璧寺请信公庵主开堂疏》 《王山圆明禅院请予为功德主因作疏》 《万卦山天宁万寿禅寺命余为功德主因作疏》 《请某公庵主住竹林疏》 《请湛公禅师住红螺山寺疏》 《请容公和尚住竹林疏》 《请智公尼禅开堂疏》 《代刘帅请智公尼禅住报先寺》	79

姓　名	生　平	篇　目	篇数
		《请某庵主开堂疏》 《为庆寿寺化万僧疏》 《请亨公庵主开堂疏》 《三学寺改名圆明仍请予为功德主因作疏》 《平阳净名院革律为禅请润公禅师住持疏》 《太原五台寺请予为功德主因作疏》 《请定公庵主出世疏》 《大龙山永宁石壁禅寺请忘忧居士为功德主代之疏》 《代忘忧居士请琳公禅师住持寿宁禅寺疏》 《为大觉开堂疏三道》 《贾非熊修夫子庙疏》 《孝义永安寺请予为功德主因作疏》 《请旭公禅师住应州宝宫寺疏》 《请文公庵主住王山开堂出世疏》 《请严庵主住东堂出世疏》 《请希庵主住晋祠奉圣寺开堂疏》 《请学庵主住翠微山宝林寺开堂出世疏》 《请石州海秀首座住文水寿永寺疏》 《太原山开化寺灰烬之余再新故宇请余为功德主因作疏》 《重修宣圣庙疏》 《燕京大万寿寺化水陆疏》 《请奥公禅师开堂疏五首》 《请湘公上人住持新院仍名兴教寺者因作疏》 《德兴府嵫峪云岩寺请东林老人住持疏》 《请柏岩俨公疏》 《邠州重修宣圣庙疏》 《安庆织万佛疏》 《请聪公和尚住山阴县复宿山疏》 《为武川摩诃院创建佛牙塔疏》 《请定公住大觉疏》 《补大藏经板疏》 《武川摩诃院创建瑞像殿疏》 《太原修夫子庙疏》 《和林建佛寺疏》 《题恒岳飞来石》	

续表

姓　名	生　平	篇　目	篇数
		《法语示犹子淑卿》 《万寿寺创建厨室上梁文》 《和林城建行宫上梁文》 《茶榜》 《玄风庆会录》	
李　庭	李庭（1199～1282），字显卿，小字劳山，号寓庵，女真人。本金人蒲察氏，金末来中原，改称李氏。华州奉先（今陕西蒲城）人，后徙寿光。李庭著有《寓庵大全集》若干卷，原集今已佚	《兰泉先生文集序》 《恒斋先生文集序》 《云岩先生文集后序》 《嵩阳归隐图序》 《林泉归隐图序》 《王尊师泛霞图序》 《二老谈玄图序》 《长安五陵会序》 《重阳诏旨碑序》 《冯道人语录序》 《大霞薛真人疏抄序》 《庸斋直解后序》 《愚庵集解序》 《送荆干臣诗序》 《虚静子文集序》 《跋文子堂家传》 《跋陶渊明年谱序》 《景陶轩记》 《重修终南山太一宫记》 《兴平县重修仙林宫记》 《遗安堂记》 《古卵瓶记》 《创建灞石桥记》 《廉泉记》 《撰济渎灵应记》 《蓝田县东创修玄真观记》 《琴鹤堂记》 《兴真观记》 《为张经历世杰恒斋铭》 《杨经历省斋铭》 《王彦修存斋铭》 《药郎中母写真赞》 《晋陶处士画像赞》 《陕蜀行中书省左右司员外郎郭公行状》 《元朝故洵州三河县令兼镇抚军民李公墓志铭》 《故京兆路都总管府提领经历司官太傅府都事李公墓志铭》	73

姓　名	生　平	篇　目	篇数
		《金故光禄大夫刑部尚书尼庞窟公墓志铭》	
		《大元宣差陕西京兆府总管大夫人尼庞窟氏墓志铭》	
		《故宣授陕西等路达鲁花赤夹谷公墓志铭》	
		《金故朝请大夫同知裕州防御使事王君墓志铭》	
		《故西蜀四川都转运使王公墓志铭》	
		《大朝宣差京兆路总管仆散故夫人温迪罕氏墓志铭》	
		《故宣差京兆府路都总管田公墓志铭》	
		《故尚书行中书省讲议官来献臣墓志铭》	
		《元故三白渠副使郭公墓碣铭》	
		《故嵩州安抚使成公墓表》	
		《大元故宣差万户奥屯公神道碑铭》	
		《解州盐池重修二王神庙碑》	
		《大蒙古国累朝崇道之碑并序》	
		《玄门弘教白云真人綦公本行碑》	
		《祭亡友郭周卿文》	
		《故宣差丝线总管兼三教提举任公诔辞》	
		《谢张平章启》	
		《寿表》	
		《寿表》	
		《寿表》	
		《圣寿祝文》	
		《老人星致语》	
		《圣寿青词》	
		《僧录司斋意》	
		《祈雨青词》	
		《大祥荐母青词》	
		《冯子文集钱疏》	
		《南冠赎身鸠钱疏》	
		《京兆府灞河创建石桥疏》	
		《又》	
		《京兆府重修太一元君上庙修缘疏》	
		《祭风伯文》	
		《祭飞蝗文》	
		《祭勾芒神祝文》	
		《灞桥破土祭文》	
		《谒城隍文》	
		《宣圣庙上梁文》	

姓　名	生　平	篇　目	篇数
耶律铸	耶律铸（1221～1285），字成仲，号双溪，晚年自号四痴子。契丹人，燕京人，辽东丹王突欲九世孙。父耶律楚材。耶律铸生自西域，幼聪敏，善属文，尤工骑射。耶律铸著作有《大成乐》《双溪小稿》《双溪醉隐集》	《天香台赋》 《天香亭赋》 《琼林园赋》 《龙和宫赋》 《独醉园三台赋》 《独醉道者赋》 《独醉园赋》 《独醉亭赋》 《方湖别业赋》 《四痴子赋》 《雪赋》 《听琵琶赋》 《大尾羊赋》 《毁假山赋》 《永歌赋》 《寄生树赋》 《醉吟斋铭》 《镜铭》 《酒铭》 《圣寿颂》 《有以灵寿杖为皇子寿者辄献颂曰》 《酒赞》 《独醉道者自赞》 《醉圣赞》 《红叱拨赞》 《花史序释》 《四痴子释》 《独醉道者自警》 《有以拟卞彬禽兽决录目为请者戏为赋此》	29
石抹咸得不	石抹咸得不，又作闲得卜，憨塔卜，契丹人。石抹明安之长子，袭父职为燕蓟留后长官，称"燕京等处行尚书省事"，人称"大哥行省"	《请真人长春公住持天长观疏》 《请丘神仙久住天长观疏》	2

姓　名	生　平	篇　目	篇数
夹谷之奇	夹谷之奇（？～1289），字士常，号书隐，女真人。其先出女真加古部，后讹为夹谷。后徙家于滕州。少孤，舅杜氏携之至东平，因受业于康晔。初授济宁教授，辟中书省掾。大兵南伐，授行省左右司都事。清代邵远平著《元史类编》评曰："为文简严有法，多传于世"	《贺正旦笺》	1
张孔孙	张孔孙（1233～1307），字梦符，号寓轩，契丹人。及长，以文学知名，为元世祖忽必烈所重，至元初授户部员外郎，历湖北、浙西两道按察副使，升燕南按察使，召拜集贤大学士，致仕归。大德十一年（1307）卒，年七十五。孔孙善琴，工画山水、竹石，尤精于骑射。其书画作品流传极少	《重修乐安儒学记略》 《清丰县重修庙学记》 《修庙学记》 《重修束皙祠碑记》	4
石抹思诚	契丹人，延祐中官奉政大夫、保宁等处万户府万户	《晋祠诗刻跋》	1
孛术鲁翀	孛术鲁翀（1279～1338），字子翚，始名思温，字伯和，号菊潭，女真人。自幼勤学，从学于名人萧克翁，其学问益宏以肆，后来被姚燧荐作翰林国史院编修官。为官清廉，敢于直谏。著有《菊潭集》六十卷，惜已散佚	《张文忠公归田类稿序》 《大元通制序》 《范坟诗序》 《大都乡试策问》 《韵会举要书考序》 《襄城县学记》 《重修嘉显侯庙记》 《高平县庙学记》 《重修奉元明道宫记》 《普济宫重建麻衣子神宇铭》 《知许州刘侯民爱碑》 《镇平县尹刘侯遗爱之铭》 《安氏尊经堂铭》 《驻跸颂》 《真定路宣圣庙碑》 《浚知州刘公友谅遗爱碑》 《赠同知陕州飞骑尉追封洛阳县男杨君世庆碑铭》 《湖州路安定书院夫子燕居堂铭》 《河南淮北蒙古军都万户府增修公廨碑铭》	29

续表

姓　名	生　平	篇　目	篇数
		《大元创建三皇庙碑铭》 《参知政事王公神道碑》 《大元故镇国上将军河南淮北蒙古军都万户府副都万户赠辅国上将军枢密副使护军追封云中郡公谥襄懋忽神公神道碑铭》 《平章政事致仕尚公神道碑》 《皇元故武略将军济南冠州万户府千夫长监末赤公神道碑铭》 《大都路总管姚公神道碑》 《元赠陇西郡侯李公祖考妣神道碑铭》 《左丞陈公墓表》 《渤海郡吴绎世庆碑》 《参知政事南阳郡公韩昌墓志铭》	
述律杰	述律杰（？~1356），一名铎尔直（朵儿只），字存道（从道），号鹤野，契丹人。好文学，为政文雅雍容	《启建华亭山大圆觉禅寺碑文》 《重修大胜寺碑铭》 《宝珠山能仁寺之碑》 《滇南华亭山圆觉寺元通禅师行实塔铭》 《玉案祖师雪庵塔铭》	5
石抹允	石抹允，契丹人，延祐间官云梦县尹，至正间任衡山知州	《重修孔子庙记》	1
乌古孙良桢	乌古孙良桢，字干卿，自号约斋，女真人，生卒年不详。其祖先为女真乌古部，后"乌古"变为姓氏。良桢自幼凝重好学，好读书，资质绝人。至治二年，荫补江阴州判官，调婺州武义县尹，改章州路推官。为官清廉	《求贤自辅疏》 《请国从礼制疏》	2
徒单公履	徒单公履，字云甫，号颐轩。辽海人，女真人，生卒年不祥。徒单为复姓。《金史·国语解》："徒单，汉姓曰姓。"公履为其名。徒单公履官至侍读学士，性情纯厚孝顺，学问赅贯，并愿诲人，善于持论	《冲和真人潘公神道之碑》　《建国号诏》	2

图书在版编目（CIP）数据

元代北方少数民族散文作品整理与研究／多洛肯等
著 . -- 北京：社会科学文献出版社，2024.5
ISBN 978 - 7 - 5228 - 2735 - 3

Ⅰ.①元…　Ⅱ.①多…　Ⅲ.①散文 - 少数民族文学 -
文学研究 - 中国 - 元代　Ⅳ.①I207.9

中国国家版本馆 CIP 数据核字（2023）第 206641 号

元代北方少数民族散文作品整理与研究

著　　者／多洛肯　姚丽娟　侯彦帆　孟　静　李连旭　万雨萌

出　版　人／冀祥德
组稿编辑／谢蕊芬
责任编辑／张倩郢
责任印制／王京美

出　　版／社会科学文献出版社
　　　　　　地址：北京市北三环中路甲 29 号院华龙大厦　邮编：100029
　　　　　　网址：www. ssap. com. cn
发　　行／社会科学文献出版社（010）59367028
印　　装／三河市尚艺印装有限公司

规　　格／开本：787mm × 1092mm　1/16
　　　　　　印张：38.25　字数：605 千字
版　　次／2024 年 5 月第 1 版　2024 年 5 月第 1 次印刷
书　　号／ISBN 978 - 7 - 5228 - 2735 - 3
定　　价／268.00 元

读者服务电话：4008918866